大雅

为一种品格注脚

文德勒诗歌课

Our Secret Discipline

Yeats and Lyric Form

我们隐秘的法则

叶芝与抒情形式

[美] 海伦·文德勒 著
Helen Vendler
周 丹 译

广西人民出版社

献给谢默斯·希尼和玛丽·希尼，

金兰之契。

“它们变换了嗓子，从此有了鸟儿的嗓音。”

致谢

我要感谢那些曾经帮助我理解叶芝的老师、同事和诗人。波士顿大学的莫顿·铂尔曼教授讲授维多利亚文学时，以叶芝早期诗歌结束课程，他鼓励我写下了第一篇有关叶芝的论文。哈佛大学已故教授约翰·凯勒赫尔教导叶芝的诗歌和戏剧，并指导我的博士学位论文，它最终成为我的第一本叶芝专著。约翰教授成了我一生的挚友并展示了一位诗人历史学家应如何阐释叶芝作品。

我每次参加爱尔兰斯莱戈的叶芝国际暑期学校活动都受益匪浅。我想感谢斯莱戈叶芝委员会，自1960年以来，他们运营并维护叶芝暑校，让斯莱戈成为很多讲座教授的第二个家。叶芝暑校的讲座教授们加深了我对于叶芝的理解，有几任叶芝暑校的前主任已经去世——爱尔兰国立大学教授奥古斯丁·马丁，他几乎可以背诵叶芝所有诗作；令人钦佩的诗人、评论家唐纳德·达维；叶芝研究专家、重要的叶芝诗歌期刊《评论》主编 A. 诺尔曼·杰菲尔斯。还有很多讲座教授告知我叶芝的生平，我要特别感谢叶芝的传记作家、牛津大学赫特福德学院的罗伊·福斯特教授，他在哈佛和暑校的讲座引起我对他的权威之作《W. B. 叶芝的一生》的极大兴趣；乔治·叶芝的传记作家、多伦多大学的安·萨朵梅尔教授，从她那里我得知不少叶芝鲜为人知的事迹。我还要感谢以下叶芝研究专家以及他们的学院派精神和学识：肯塔基大学的约翰逊·艾利森，现任叶芝暑校主任；热那亚大学的玛西莫·巴奇加卢波；范德堡大学的维润·贝尔；密歇根大学的乔治·伯恩斯坦；都柏林三一学院的特伦斯·布朗；得克萨斯大学的伊丽莎白·巴特勒·卡林福德；亚特兰大佐治亚州立大学的梅格·哈珀；斯特灵大学的阿拉斯戴尔·麦克雷；弗吉尼亚大学的贾汉·拉马扎尼；联合学院的威廉·墨菲；牛津大学赫特福德学院的汤姆·波林；埃默里大学的罗纳德·舒查德以及阿伯丁大学的乔治·华生。

这本书有四章（第三、七、十一和十二章）来源于牛津大学克拉伦登讲座。1972年，我第一次担任叶芝暑校的讲座教授，时任叶芝暑校主任、牛津大学圣约翰学院教授约翰·克里邀请我前往克拉伦登讲座，也是从那时起，他以无懈可击的渊博知识，着手整理叶芝的《书信集》。在圣约翰为期几周的讲座，克里教授与夫人克里斯汀以及牛津大学出版社编辑、作家安德鲁·迈克尼尔给我留下了深刻又愉快的回忆。1975年在叶芝暑校，我第一次遇见诗人谢默斯·希尼，当时他正在朗诵自己的诗。他对叶芝诗歌的敏锐观察，见于他的作品、论文以及诺贝尔奖讲座，多年来给我的触动很深。伦敦大学教授华威克·古尔德，我们曾共事于叶芝暑校，他还是《叶芝年刊》的编辑，经他批准，我得以将曾出版于《叶芝年刊》里的两篇论文（第九章和第十章）在此重版。本书提交出版社前，古尔德教授通读了全稿，并给我提供了慷慨、宝贵的批评意见（他也这样帮助了很多叶芝研究者）。他学富五车，让我受益匪浅，本书的注释里也提到了他的许多建议。玛卡莱斯特学院的斯蒂芬·伯特教授也通读了全稿并提出了宝贵意见。

剑桥大学麦格达伦学院爱蒙·杜菲教授热心邀请我出任帕内尔讲座教授，我在学院待了一个学期，他主持了我有关叶芝与十四行诗关联的讲座，部分内容还发表于学院不定期发行的报纸上。本书的部分材料见于2005年欧柏林学院英美文学系列讲座中；当我于库克的爱尔兰国立大学或其他地方进行叶芝讲座时，也从本书提取了部分资料。我十分感激访问活动中受到的这些礼遇。

所有叶芝研究者都由衷地感谢康奈尔大学的斯蒂芬·帕瑞思教授，他见证了叶芝手稿这一宏伟巨制的诞生。当年与他共事时，我还是个年轻的学者，曾一度心灰意冷，他在此关键时期挽救了我的事业。我还想感谢康奈尔大学出版社资深手稿编辑卡伦·华，他在《塔堡》手稿材料付梓印刷前将版面校样寄给我。最后，我要向已故的理查德·埃尔曼教授致敬，他是我青年时期最重要的研究叶芝的专家。埃尔曼教授是我第一本叶芝专著的外审专家，他还好心地为我的书写了书封评论，我这才得知真相。对那时的我而言，我的叶芝研究获得他的首肯已是伟大的馈赠。

这本书有赖于在我之前的叶芝研究者们在传记、编辑、研究和批评等方面的工作，他们加深了我对于叶芝作品的理解。本书中较少引用其他批评研究，这说明在有限的范围内无法与浩瀚的叶芝诗歌解读进行辩论，同时也反映了虽然叶芝相关的专著和文章不计其数，针对叶芝诗歌的形式却缺乏真正的研究。

我感谢国家人文基金会资助了我的叶芝研究。同时我也受到了哈佛大学和英语系的研究基金资助。哈佛大学文理学院前任院长威廉·克比，及哈佛大学前任校长劳伦斯·萨莫斯，在我2005—2006年休假期间，慷慨追加了国家人文基金，我才得以在此期间顺利完成这项研究。过去几十年的叶芝研究中，我曾获得博格利亚斯科基金会、雅朵基金会、国家人文中心和美国柏林学院等赞助的为期一个月的驻地研究。我要感谢这些为我提供驻地研究基金的人们：诗人亨利·科尔，作为委员会成员之一，他第一次邀请我加入雅朵并且让我了解博格利亚斯科和柏林学院的研究项目；肯特·穆林金，国家人文中心执行理事，这些年来对我关照有加；中心主任杰弗利·戈特·哈普汉，批准我这些年驻留于国家人文中心；阿萨德·梅曼迪博士赠予国家人文中心的资产，给我解决了住所问题；加里·史密斯，美国柏林学院主任，邀请我申请该基金。我是如此幸运能够获得这些驻地研究的机会。我还要感谢西门子基金会的海因里奇·梅赫博士，他赞助我在慕尼黑就叶芝《超自然的歌》作讲座。令人敬重的马克·沃尔夫，马萨诸塞州地区法院法官，以慷慨之心积极支持我的工作。

我要一如既往地感谢哈佛大学各大图书馆。哈佛大学出版社前资深人文编辑马格瑞特·富尔顿，是我第一部叶芝专著的文字编辑，也是本书的组稿编辑，她人很年轻，工作零误差，给了我不少启发。她对于我研究的信任一直以来带给我积极影响。夏米拉·森博士，哈佛大学出版社资深人文编辑，我曾经的学生和后来的同事，一直鼓励我直到这本书出版，他和出版社主任威廉·西斯勒对我得到版权许可给予了切实的帮助。本书的文字编辑玛丽·爱伦·吉尔与封面设计提姆·琼斯和玛丽安·波拉克一道将这些章节组成了一本真正的、让人满意的专著。我之前的助理，艾丽西娅·佩拉尔塔，敏捷而聪慧地为我的图书馆工作提供帮助并准备手稿。我现在的助理，阿曼达·盖瑞斯，认真负责地帮我收集最后的手稿。杰夫·伯格帮我处理了很多计算机问题。

感谢 A. P. 瓦特出版社、西蒙与舒斯特出版社和迈克尔·B. 叶芝遗产基金会慷慨地许可我引用叶芝的诗歌作品。

最后，我要感谢大卫、宪春、奇莲和赛琳·文德勒以及其他家庭成员和好友，在我写作的过程中他们带给我欢乐，在我陷入困难时能理解和帮助我。特别感谢谢默斯·希尼和玛丽·希尼，数年来我们相聚于爱尔兰、英国和美国，感谢他们的友善、热情、陪伴和交谈，谨以此书向二位致敬！

目　录

引 言

母亲书架上的诗集伴随我成长，它们于维多利亚时代戛然而止。我自己买的第一本书是奥斯卡·威廉姆斯的《现代诗歌小宝库》，在其中我发现了艾略特、托马斯和奥登。不过，我错过了叶芝。直到二十二岁，阅读他的作品时我惊呆了。研究生第一年，我如饥似渴地选择了一门叶芝诗歌的研讨课，但发现一篇研讨课论文远远无法囊括我想说的一切。我决定以叶芝为研究对象写作博士学位论文。反复思考后我却意识到，要想研究他的诗歌我似乎太年轻了，尽管如此，从传统意义上说，我“理解”（并热爱）他的诗歌，懂得它们所表达的且能描述它们的形式。但是，我知道，他一直写作到七十三岁，一个年仅二十二岁的青年学生如何让人相信她能读懂其中的情感和动机呢？我想，可能是因为我曾在叶芝的作品中经历了人生的数个阶段，这些阶段产生了伟大的后期作品，我原本打算就此出发。后来我遗憾地放下诗歌，选择以叶芝的《幻象》和后期戏剧为对象写作博士论文。那时已经可以读到所有出版的叶芝作品以及有关他的重要的研究成果。

1972年，我同意担任爱尔兰斯莱戈叶芝国际暑期学校的讲座教授，接下来的数年里，为了不荒废叶芝研究，我每年都参加那场特殊的集会。我曾想把这些讲义结集出版，又恐面对普通读者我无法深入到我所希望的程度，于是只得作罢。很多年前，为纪念理查德·埃尔曼，《叶芝年刊》的主编华威克·古尔德拟发行一期特辑，他向我约稿。我写了一篇论文讨论叶芝早期诗歌技巧（现为本书第四章），这篇论文引发了后续的深入研究。除了少数几本专著论述叶芝的风格（主要由诗人托马斯·帕金森和乔恩·史塔沃斯所写），几乎没有人关注叶芝诗歌的形式特点。在我看来，叶芝的风格是他最重要的特点，因为是它使得他的诗歌流传于世。叶芝自己说过，毕竟，“书几乎完全依靠风格存在”[1]。写作一本聚焦于叶芝抒情风格类型的书并不完全是我想要的（因为那意味着要略去讨论诗歌的其他特征），但是，这确是我认为需要做的。我不得不涵盖大量有关诗歌内部和外部形式的事实材料（解释给不熟悉韵律学和文体学的学者和学生），我不得不将重点放在评论诗歌选定的形式而非笼统地评论叶芝的想象（我希望最终能够指出诗人在选择形式时其想象的意图）。我恳请读者谅解部分事实材料的重合，我希望其中每一章都自成体系。

我把自己想象为诗人叶芝，试图追踪他写作时手和思想的动态。因此，我不会过多涉及叶芝意识形态或美学的立场（它们都很复杂，且随着时间不断变化，正如我的老师约翰·凯勒赫尔曾经说的，“叶芝这位诗人就像谢尔曼将军，移动在一个宽阔的、不断变化的阵地”）。1927年，叶芝写信给 T. 斯特奇·莫尔说道，“叔本华在我眼里无可指摘——我情愿去对付山间的大瀑布（原文错误）也不愿再与他的错误争吵。错误就是他突然倾泻真相的深渊”（#5060）[2]，这成为我为自己立场辩护的依据。在这本书里，当评论某首诗时，我的目标是跟随诗人活跃的思想，因为这才是诗歌演变的根本动力。我也不想与这些诗歌争执，诗就是推测假定的位置，而非论文的栖身之所。它们与现实生活不在同一层面，它们不是选票，不是论文，也并非从讲台或讲坛上传来的声音。它们是幻想的产物。它们是内行的实验，将象征想象为事情的一种状态并组织语言以匹配；它们不是需要被赞同或否定的命题。每首诗都是一次新的个人的冒险，通过专业的技术起作用。诗人写作时，道德操守毋庸置疑是与其写作技巧一样的真实，但是，仅有道德操守是无法完成一首诗的。从另一方面看，只有写作技巧同样也不够。形式是诗人道德操守的重要体现和技术担当，是诗人自我展现的方法。

无论从哪方面来说，这本书都不过是初步整理了叶芝诗歌的文体风格。很多叶芝的诗歌，甚至那些名篇，因为篇幅有限在此并未作讨论。我相信，读者们可以将本书中的研究方法用于其他诗歌，并且，我希望我的有关结论能够得到证实：诗歌形式对于叶芝的重要性以及意识形态引入的各种形式。叶芝宣称（在他写给画家罗伯特·格雷戈里的挽歌里），凝视之心“力量倍增”因其依赖于艺术家关于形式的“隐秘法则”。他指出，至于绘画，“那严厉的色彩和微妙的线条”——情感的调色板和结构的制图术——都是那“隐秘法则”的成分。诗歌，同其他艺术一样，“凝视之心”位居中心，不过它力量倍增乃是依靠适合自己的方式：措辞、韵律、结构演变、完美形态的感觉。

诗歌形式对于普通现代读者而言确实是隐秘的法则，甚至在叶芝诗歌研究的圭臬——《评论》中也未曾提及。目前并没有专著可供学生查找，关于叶芝选择内部和外部形式的描述，关于他的形式所承载的文化含义以及这些形式——种类如此繁多——成为他思想和情感的材料主体。本书朝着填补图书馆书架上的空白往前走了一小步，但是仍有很多空间留给今后的批评者去感知和细查。书中的不足之处可能成为任何研究的起点。不过，至少现在我的年纪已足够来就叶芝文字的想象这伟大而复杂的技艺说点什么而不觉荒诞——我二十二岁时可能没有这份从容。

关于引用

本书所引用的叶芝诗歌均出自《叶芝诗歌集注版》，编者为彼得·奥特和罗素·K. 奥斯帕奇（1940年纽约麦克米兰公司首次印刷，1968年第四次印刷），文中以页码标记。所引手稿材料的卷数分别标于注释。方便起见，我将叶芝诗歌标题的首字母统一大写。

我引用了三个版本的叶芝书信集。第一个版本（*L*）是艾伦·韦德编辑的旧单行本，这一版包括了读者能够见到的叶芝整个创作生涯的书信印刷选集。第二个版本（*CL*）为仍在出版的叶芝书信集，总编辑是约翰·凯勒，已出版数卷，还有更多卷待出版。我引用的第三个版本是因特莱克斯数据库的叶芝书信全集，牛津大学出版社于2002年出版，尽管后期的信件还没有来得及校对或加注，却也因需要而被引用。引用数据库里的信件以＃号加检索号标记。

我们梦想着一个伟大的画家生来就是
为了克莱尔冷峻的岩石和盖尔威的岩石和荆棘，
为了那严厉的色彩和微妙的线条
那是我们隐秘的法则
凝视之心于其中力量倍增。
——《纪念罗伯特·格雷戈里少校》

我总是受困于格律组合，第一天通常啥也做不好，没有一个押韵词各就其位；等到最后排好押韵词时，总共六行的诗节草稿竟花费了一整天。

——《自传》(1955)，202

我说："一行诗可能得花上我们数个钟头；
倘若它看上去不似一瞬间的念头，
我们的反复推敲便是一场空。"
——《亚当的诅咒》

书几乎完全依靠风格存在。

——《回忆录》，211

艺术竟然仅仅发生于，有什么东西在屋子里砰砰来回走动后最终掉进了老鼠洞一般。

——叶芝给R. B. 科宁哈姆·格雷厄姆的信，1914年1月你没有好好提升你的诗歌技巧。你选择最简单的处理方式——去掉押韵词或选择最陈腐的韵脚，因为——真的——你很懒……当你马虎处理技巧时，主题也变得次要；要想把你按在字里行间丝毫不费劲。费劲的是我们的犁耙。

——叶芝给麦格·克里斯的信，1936年4月上旬

保持写作，这是唯一要紧的事情。彼尔德斯雷告诉我“我把墨水溅到纸上，一点点小心铲着，直到有文字出现”。

——叶芝给多萝西·维勒斯蕾的信，1936年8月13日

我承认我经常会因为他的创作方式感到惊喜和愉悦，一点点地，从不好到好，从好到更好，从更好到完美。对比之中收获最大。

——约翰·尼古拉斯·福克尔，《约翰·塞巴斯蒂安·巴赫的生平、天才与著作》(1802)

在（未完成的《赋格的艺术》）第三主题的序曲，他提到了自己的名字（用音符 B-A-C-H，即，降 B-A-C-还原 B）。

——《赋格的艺术》第一版书名页背面的《短评》，1751年

第一章

叶芝诗歌的抒情形式：预言、爱情和革命

1926年，叶芝在一封信中感叹："诗歌对我而言始终是一种折磨。"(＃4952) 创作之余，他曾多次抱怨创作抒情诗的"压力"以及随之而来的"精疲力竭"。其实，早在1908年他就说过"创造性的写作让人的神经一度濒于崩溃"(＃936)。叶芝最为人熟知的此类评论见于《亚当的诅咒》一诗，他宣称写好一行诗至少得花上数个小时。在诗歌《驯兽的逃逸》(以及部分书信）中他还提到，连续六周都想不出一个主题，文思枯竭后只能等待，直到诗思再次"充满"头脑。虽然有时出于其他工作的压力，他感到无法写诗，却也能觉察到各类主题在脑海里不断闪现。这时，他将"片段"或"梗概"记录下来，提炼诗的主题（时而经历内部演变）而后成为诗行。不过，这种将主题（甚至文字概述中用到的单词）转换为诗歌的过程让他备受折磨。

叶芝深信，一个深邃而充满激情的内心世界是写作的先决条件。他区别修辞学和诗歌的著名观点如下：前者源自与他人争吵（思考的过程中说话人面向对方），而诗歌是诗人与自我的争执，是诗歌力图要表达（或解决）的争执。当然，叶芝非常清楚，表达完全取决于诗人技艺的高下。随着写作技巧日臻成熟，他强调诗艺必备的三个品质：一是诗句听起来应当如演说辞，二是遣词造句尽量遵循"自然的秩序"，三是以情感为纽带使各部分浑然一体。"我总是竭尽所能去寻求最自然的秩序，尽量朴素地表达我的想法，一旦想法变得诗意后现代人就觉得晦涩难懂。”(#1263) 在评判他人作品时，他通常最关注这三个品质。有诗歌爱好者曾寄给他一些作品，叶芝阅后回复道：“这些诗歌的形式——情感的统一体——都不够完美，获得情感统一体的诗歌才能经久不衰。”(#1190) 他主张青年诗人先掌握写诗的技巧，而后随着年岁的增长，诗中便会积累一整套技术资源供使用，最终达到情感统一的审美形式。他还认为风格须源自诗人创作以前的文学传统。在《悲惨的剧院》(1910) 一文中，叶芝断言，“真实的世界”仅占据艺术作品很小一部分，诗艺创作了绝大部分，这样的诗歌脱离了个体经验，获得了永恒：

> 写诗过程中，我们非但不要排斥真实世界，还要时不时地触及真实世界，然后用韵律、平衡、模式及意象等去填补大量剩余的空间，以激起读者澎湃的情感和对于过去模糊的想象……我们以……某种风格表达个人情感，该风格应能脱离当代的影响，使读者依稀看到过去一些文学巨擘的影子。[1]

总的来说，叶芝研究的传记作家、学者和评论家都忽略了他克服了“韵律、平衡、模式及意象”等技巧的重重障碍，创作的艺术作品自成一派。柯提思·布莱德福特和玛乔瑞·帕洛夫的专著及乔恩·史塔沃斯和托马斯·帕金森的研究虽有所涉足，不过他们的目标局限于研究其部分手稿以及叶芝韵脚的本质。目前尚未有专著研究叶芝写作的抒情诗类型，他会因主题一时兴起调整诗节的形式，一些固定的诗体（如十四行诗、民谣、八行诗等）在其作品中也发生了微妙的变化，这些变化背后隐含的意识形态意义等都有待发掘。作为情感的载体，诗歌的外部形式（譬如单个诗节的外形、诗行长度或者整体形式如十四行诗等）备受叶芝的关注；但是诗歌的结构形式还能承载更多意义，这里的结构形式是指一首诗的架构——如何开头，如何结尾，如何衔接（因其连接首尾），如何分配各部分的比例。并且，诗歌的体裁本身就具有历史意义，它提供了模仿或变化的参照物。由于叶芝使用过许多不同的诗节、韵律和体裁，因此，几乎每首诗都涉及形式引入的问题，并且每首诗都有独立的内部结构形式。形式的演变，简言之，就是我们即将讲述的叶芝漫长写作生涯中的故事之一。

初读叶芝作品时，同所有叶芝的青年爱好者一样，我想理解他每首诗里的“信息”——到底是什么意思，觉得自己有必要了解叶芝特有的信仰“系统”——月相结构、历史螺旋、几何抽象等。这些都是所有想要理解叶芝思想的研究者们的初步准备。逐渐地，我觉察到《抒情诗集》里有多种诗歌形式，其数量众多以致难以分类。再后来，即便在大学教授叶芝诗歌多年，也发表了数篇相关论文，我仍然没能参透叶芝作品的建构原则。例如，我无法解释叶芝组诗为何将不同种类的诗歌形式堆砌在一起（至少表面如此）。我前往图书馆寻找答案却空手而归。因此，以填补书架上的这一空白为动力，数年前，我郑重其事地开始研究叶芝的抒情风格。

叶芝近乎苛刻地追求形式，创作过程中情愿忍受焦虑、头痛、消化不良甚至失眠。他并非为描写处于萌芽状态的诗作内容而犯愁，因为他的散文稿从内容上看已非常接近诗的定稿。但是，散文绝非表现精神的最佳形式，他得选择诗节的形式、编排节奏和韵脚，同时，想象的“情感统一性”要求他增加这个删除那个。创作的第二阶段，即诗人在既定的主题下做出诗学选择，这让叶芝精疲力竭。翻阅康奈尔大学出版社出版的叶芝诗歌的手稿后，我们更能肯定诗人在创作的过程中确实费尽心力。仅《库勒的野天鹅》第一节，就有诸多版本，诗人反复修改，丝毫不愿将就，直到找到符合并能表达他内在情感“光”与“色”的语词形式，这种精神着实令人钦佩。诗人孜孜不倦地追求精准语词的精神无人能及。

但是，诗歌不单只由词语组成，还包括诗人运用诗节形式、诗行长度和各式节奏等全副本领。同时，诗人还得不停地搜寻恰当的形容词表现库勒庄园之美，选择适合的诗节形式表现其哀婉的主题，编排一套足够灵活的韵律结构以服务悲伤的自我和那群时而随波逐流、时而振翅飞翔的天鹅。他还在寻找“合适的”建筑形式：他重新编排《库勒的野天鹅》中已完成的诗节，产生了截然不同的结尾，这件广为人知的轶事显现了他在引入不同结构形式上，有着敏锐的批评意识。这类复杂的决定在他每一首诗里重复上演。叶芝钟情于传统形式，如民谣和十四行诗，但是他也乐于发现并改变来自某首古老诗歌中的奇怪诗节以达到自己的目的——例如他改写了考利为约翰·赫威爵士所作挽歌以及邓恩《圣露西日的夜曲》原诗的形式。

批评者们较少关注诗人们如何选择诗歌形式，诗歌的内部与外部，技术性和适用性等问题。在叶芝学术史上，研究其作品中的历史的和个人的戏剧性事件远多于其作品具体采取了何种形式。诗人本人透露的相关信息也很少：比如在书信中他很少透露有关他的形式选择，最多告知对方“我刚写完了一首诗”或者“我已经酝酿了几首诗”，便不再多说；偶尔他会说那首诗是“以八行诗节写成”。在韵律方面，他写道：“要我解释任何韵律节奏安排是件非常困难的事情，除了直觉几乎没有什么规律可循。”（♯2048）“将思想锤炼成一个整体”仅被人认为是理所应当。甚至在他的散文里，叶芝更多谈论的是诗艺想象的编排而非技术问题。

批评家们也甚少关注一种新的诗歌形式何时何故进入诗集。他先使用哪些形式，后使用哪些形式，又有哪些形式始终贯穿了他的创作生涯，原因又是什么？诗人如何革新一种古老的英诗形式，比如民谣？为什么一些经久不衰的诗歌形式，如素体无韵诗，相对而言较少出现在诗人的作品中？毕竟诗的形式是区别两首诗的主要因素。若非形式的语域不同，主题相近的诗歌作品将被混为一谈。我想提高对叶芝诗歌中个人“内在属性”的认识，无论是其正在演变的还是最终的属性，不仅因为它们存在，还因为它们对于整体理解叶芝作品不可或缺。

通过韵律和诗节形式（三音步、八行体和民谣诗节）进行诗歌分类，我希望不仅能恢复读者对叶芝摸索这些形式本质含义的重复的认识，还能重建叶芝作品的听觉感受。我们现如今过于习惯依赖眼睛读诗，在无声阅读中很难让人记得听觉对于诗歌而言至关重要，而叶芝的诗歌尤为如此。叶芝听单词，而非看单词，这一点，我们可以从他古怪的拼写看出：他把“tortoise-shell”（海龟壳）有意拼写成“tortashel”，只关注它的声音而无视其词源。长久以来，评论家们忽视了叶芝诗歌的韵律，他们评论一首组诗竟只字不提韵律和诗歌形式于其间的巨大变化。韵律是诗歌要解决的首要问题，它在叶芝的诗歌中变化多端：有说教式素体无韵诗，有快速进行曲式的三音步，还有叙事节奏的民谣诗节。叶芝诗歌均以传统韵律写作，从二音步到六音步，后文会一一解释。不过，脱离了意义单纯讨论诗节形式和音步是徒劳无功的。如果只说《长久沉默之后》（下文即将讨论）是由抱韵四行诗组成，或者其诗行是抑扬格五音步，这对我们毫无意义；我们该说的是为什么这首诗采用该形式（或者说，当叶芝——颇费一番心思后——以某种形式表达某种意义时，他心里在想什么）。

因此，为讨论叶芝的“隐秘法则”，我将选择三首语言朴素明了的诗（无须任何隐秘的知识），并阐述他分别选取的不同诗节形式及其原因。通过强调内部和外部形式对于诗人作品的重要性，我希望能说服读者们理解并认可该观点。一首诗是即时的体验，它受到从语音到结构等形式的影响。用诗的形式去接近诗作，而不是通过主题、背景起源或创作的先后顺序等，为研究诗人叶芝及其作品提供了新思路。对我而言，一种短暂艺术的形式结构——当它出现，积聚能量，逐渐一致并达到高潮，最终完稿——既美好又值得深思，诗人发明、修订和完成这些形态时做出的选择值得深究。以下我会列举三首诗，其一是一则预言（《一个爱尔兰飞行员预见了自己的死亡》)，其二是一首爱情诗(《长久沉默之后》)，其三是一组挽歌(《1916年复活节》)。讨论《长久沉默之后》时，我会查阅叶芝的手稿并查实后续修改的证据以证明一首诗“活过来了”，但讨论其他两首诗时，为了简洁，我的讨论只限于最终定稿。

叶芝写了四首关于罗伯特·格雷戈里的诗，其中三首是挽歌。格雷戈里——叶芝的密友奥古斯塔·格雷戈里夫人的独子，家中唯一的孩子——战死于第一次世界大战。让人感到讽刺的是，他所驾驶的飞机不幸被“友军的炮火”击落。这四首诗中，《一个爱尔兰飞行员预见了自己的死亡》“最简单”，它还经常被选入小学生的阅读书目。不过，即便这首诗看似毫无艺术气息，却能恰当地阐释叶芝美学设计的精妙之处。当时爱尔兰并未征兵，没有任何人强迫罗伯特·格雷戈里加入英国的武装部队；况且他还是家中独子，库勒庄园的继承人，家人也反对他参军。在这首诗里，叶芝试图解释为何这样一个人愿意在战时志愿当一名飞行员，为了达到该目的，诗人以大胆的姿态附身于格雷戈里并“起死回生”。叶芝决定假拟“罗伯特·格雷戈里”的声音，从始至终隐藏说话者的身份，称之为“一个爱尔兰飞行员”(诗的原题为《那个爱尔兰飞行员》，后来去掉特指“那个”改为“一个”)[2]。这四首关于格雷戈里的诗中，唯独《一个爱尔兰飞行员预见了自己的死亡》定格于格雷戈里去世前的那个时刻，因而这位飞行员能够预计他加入空军的危险，并得以在该事件中解释这一行为的缘由。叶芝此处颠覆了人死后发布挽歌的传统，给人呈现的幻象是挽歌的对象选择及预言他的命运。

格雷戈里应该如何说话？什么节奏适合表现一个即将奔赴战场的年轻人？叶芝选择了四音步的行军节奏，该节奏坚定向前，这名飞行员在第一行已预见了自己的结局：

我知道我的噩运将会
降临到云端之上某处。

格雷戈里又会使用何种押韵方式？叶芝选择了“完美”四行诗隔行押韵的方式（“完美”abab与“不完美”abcb形式相对），行末几乎均为单音节词 fate，above，hate，love（命运、向上、憎恶、爱情），气势如虹，强调这名飞行员质朴的声音。格雷戈里是一名坦率又独立的士兵，这四拍的行军节奏形式，以突出的阳韵表现他的本质。这位飞行员需要多少四行诗节供他发表演说呢？叶芝选定了四节。每行四音步，四节四行诗（4×4）组成了一个“完美的正方形”，它就像飞行员的“完美”韵脚一样，成为叶芝“正义”的象征，该象征无坚不摧、不容改变。完成这个完美正方形后，这首诗于“应该”（should）结束的地方结束了。通过这些结构形式，叶芝肯定飞行员的选择就其灵魂而言是正确的：

我知道我的噩运将会
降临到云端之上某处；
我并不仇恨那敌对的，
我也不热爱所捍卫的；
基尔塔坦是我的故土，
那儿的穷人是我同胞，
任何结局不会给他们
带来损失或更加欢乐。[3]
既非法律也不是责任，
非名人或雀跃的民众，
只是孤独欢愉的冲动
驱我战于这压城乌云；
我费劲思量权衡左右，

未来年岁如浪费生命，
而浪费的实则是过往，
与此生平衡的是死亡。
(328) [4]

除了四音步节奏、完美的四行诗节和四个“完美的”正方形结构，这首关于格雷戈里的诗还有什么值得我们注意的？尽管全诗使用四行诗节的形式，但是前三节的句法为两句一组，以强烈的语言（“那些”“我的故土”“既非”）反复加强，最终组成意义完整的对句。诗人使用两行紧凑的话语“框架结构”是为了表明飞行员经过深思熟虑才做出此番决定。他以简洁有力的语言描述这一思想过程，更为明显的是，两行的对句与四行诗里四句诗行韵脚的拉力形成对抗。若忽略叶芝的两行“框架结构”安排，飞行员就其选择的最初反思可概括如下：“我既不讨厌德国人也不热爱英国人，我也不是保卫我的祖国，我也不想战争胜利后为我的国民谋得什么好处。我不是应征入伍，也不是出于职责和义务加入战斗，不是政客也不是身边有社会上的好战分子让我走上这条路。”因为这些全是“消极”因素，它们最终迫使飞行员就他个人行为给出“积极的”解释：其行为似乎缘起于他将孤寂的“欢愉”置于社会考量之上，将自发的“冲动”置于反复思量之前。[5] 此番美学选择（更像叶芝式的而非格雷戈里的）的声明使这首诗“本该”(ought) 于第三节结束，因为这些积极的词语如“冲动”和“欢愉”已经替飞行员完成了与上述其他入伍动机的磋商。

为何这首诗“应该”于第三节结束另有原因。当诗中短语“压城乌云”与第二行“降临到云端之上某处”呼应时，我们突然明了，这首诗兜了一圈又回到了原点。我们意识到这个呼应然后对比两个短语，一切便豁然开朗——全诗起于叶芝的精妙设计——第一个短语是飞行员在地面时所言：起飞之前，云朵都在他“之上”。第三节结束时，他已翱翔于空中，看到“压城乌云”。诗人在一首诗里表现了飞机的起飞过程显示了他的魔法杰作（毕竟飞机首次出现于这一时期的诗作中）。这首诗“应该”结束于第三节的第三个原因是，诗中“压城乌云”前的近端指示代词“这”（在反复出现的远距离代词“那”和“他们”之后），将本诗带到关键的“现在”和“此处”的抒情时刻。开头的不定代词“某处”于此“压城乌云”得以具体：飞行员的位置从“在……其中”变换到“在……之内”，反复出现的“云”以及所述积极的愉悦动机使得这首诗的主题完整。

那究竟为何叶芝认为有必要增加第四节四行诗？飞行员从地面到天空“兜了一圈”之后还有什么活动？他的“欢愉的冲动”原因是否需要更进一步的阐释？动词“驱（使）”——第一个音节重读开头凸显其反韵——暗示并非自愿选择：用他自己的话说，一种审美的激情形式“驱（使）”飞行员开始冒险的空中飞升。但是叶芝（于第四节纯粹心理活动中补充）断言人类的激情值得关注，并且须与它主体的理性思维为一体。该理性须与激情一道以成就激情作为一个完整的人的行为。交错配列法是英语诗歌中表达理性思考的一种主要修辞方法，叶芝大多行效此法：单词排列方式不是线性的（1，2，3，4），而是交错的方式（1，2，2，1）。这种刻意的“预测”顺序表明这并非自发、线性、“被驱使”的行为，而是理性思考后的决定。为强调格雷戈里有意选择的飞行员人生，叶芝在诗尾——最后一节“理性的”四行诗尾——给他一组三重交错词语，以示理性肯定其激情：

1	2	3		3	2	1
（权衡	[未来	{浪费	……	浪费}	过往]	平衡）
	年岁	生命		生命		

除去罕见的三重交错后，最后一节四行诗里就“剩下”——“额外交错的”结束词，“此生，死亡”（this life，this death 中的指示代词

“此”［this］与“这［this］压城乌云”呼应）。两个“此”的叠加将这名飞行员的生死巅峰糅合为一个单独的事件。飞行员早前的两行话语的“线性”移动与最后三重交错四行诗——1，2，3，3，2，1——就是普通沉思和有意而为的区别。

这名飞行员不仅注意到他的“祖国”和人民，并且关注到了英国公民相关的律法和职责（尽管它们无法约束他），他也注意到政客们的演说和爱国民众的群情激昂。他对周遭的社会环境了如指掌；在沉溺于“孤独”的冲动之前，他必须权衡身边一切社会因素。他不单单是一个艺术家，一个沉溺于欢愉的冲动艺术家；他更是社会的一员，深受军人性情影响并以行军节奏表现其性情。他的内心有着社会人和艺术家之间的争执，在诗中表现为先前的否定和随后的积极动机。他那富有想象力的世界（如叶芝在诗尾所展示）是理性和激情的合二为一，如果他的热情“冲动”是主要原因的话，他就必须调和这二者。

如果忽略诗人假借格雷戈里的声音、行军的步伐、直截了当的尾韵、“云”一词的环形回旋、飞机的起飞、诗尾的三重交错思考和全诗“完美方形”的形式，我们能否完全理解这首诗？我们是否考虑到叶芝尽力让一切都“恰到好处”，他的努力能否让全诗看上去不单是叙述，更是一种形态——一种适合飞行员表述的形态，记录他从激情到理性反思的全过程？值得注意的是，该形态由十六行诗句组成的一整块：四节四行诗之间未曾被空白隔成四个“诗节”，甚至全诗中间的两个句子也没有以空白将其分为两节八行诗。叶芝将所有可能的“诗节”统辖一处，全诗一气呵成，从头到尾刻下一道表示决心的弧线，证实飞行员于标题中宣告他的“预见”。反过来，若“删除”这首诗里与形式相关的所有发现（韵律、句法、言语、结构等），我们依旧能够“听到”格雷戈里的宣言，却难以理解它为何以此形态写成，我们会把它当成一篇演说词而非一首诗，一份声明而非内心争执的体现。之所以认为叶芝是一位诗人，原因在于读者理解了其为这一结构付出的心力。这份心力源于一句想象："我该如何怀念罗伯特·格雷戈里？"接着，诗人做了一个天马行空的决定："我将以他的口吻发声，解释他为何决定成为一名飞行员。"随后发生的一切都是基于这个选择——节奏、句法、韵脚、发音、长短、措辞和比喻。

其实，即便是叶芝"更简单的"诗歌，其模式也值得一探——事实上，需要人详细记录它们的成形过程。叶芝在创作过程中反复修改最终完成一个令人信服的模式，接下来第二首诗成形的草稿将会给大家一些启示。以下就是叶芝于64岁时写作的《长久沉默之后》，他的创作后期一首感人至深的爱情诗：

长久沉默之后的谈话；是的，
其他的爱人早已疏离或逝去，
灯罩下闪烁着不友好的灯光，
窗帘外不友好的夜晚到来了，
反反复复、来来回回谈论
艺术与诗歌这无上的主题：
身体的衰老即是智慧；年轻时
我们相爱却又懵懂无知。

(523)

在这首诗的戏剧性事件中，两个人，曾有过亲密关系的一对——在现实生活中，是叶芝与他的第一位爱人奥莉维娅·莎士比亚——在晚年时见面。[6]（叶芝最终找到了此番会面的想象结构：他会安排一场幽会，一场灵魂而非声色的幽会；没有身体的拥抱，只有二人交谈。不过，这个构想并非一蹴而就。）昔日恋人相约于餐馆或咖啡厅见面，当诗中说话人走了进来，看见岁月于朋友身上留下的痕迹——她的头发已经花白，他非常震惊。事实上，他对她说的第一句话是："你的头发白了。"他皱着眉头，突然意识到她也会察觉到他身上同样可怕的变化："我的头发白了。"写作这首诗之前，叶芝写了一首《题材》，其基本要义是对即将到来的一切感觉到毫无希望：[7]

你的头发白了
我的头发白了
来吧，让我们谈论爱情
我们还知道别的（主题？）
我们年轻的时候
坠入爱河
因而懵懂无知。

后一稿中突如其来的白发（"友好的光线 / 头发已花白"）叶芝避而不谈，忙于处理第二个主题——二人的对话，恍惚之中将二人相见的尴尬时刻往后延。不久，他基本写成了诗歌的后半部分结构，原本《题材》中的二、三音步发展为五音步抱韵式四行诗，迅速确定了韵脚，同时衍生了第三个主题：二人青年时期互相倾慕。韵脚为abba 抱韵式——descant（谈论），song（诗歌），young（年轻），ignorant（懵懂无知）——二、三行使用"天真的"单音节词（song，young），一、四行以复杂的多音节词环绕（descant，ignorant），保持了一种有趣的平衡。

反反复复谈论爱情　来来回回
只讨论这唯一的主题　艺术与诗歌这无上的主题
这个与年老相匹配的主题；年轻时
我们深爱对方却又懵懂无知

当第二节四行诗大致成形后，叶芝回过头尝试着修改第一节。他试图不用 white（白色）这个词而换另一个包含 white（白色）这个词发音的词，事实证明这样更难。之前他用 light（灯光）与 white（白色）押韵，不过他放弃了；现在他以 right（是的）替换 white（白色），成功地找到了一个关键词组表示判断——“是的”——整首诗从此开始接续。他找到了一个新的方式（不再是白发）去描写他和奥莉维娅的见面——“再一次我亲吻了你的手”——因此次是心灵的幽会，他必须放弃身体接触的记忆如同他之前放弃爱人的白发一样。接着他发明了这句残忍却不可思议的诗行，“其他的爱人早已疏离或逝去”，他的声音愈渐衰弱，这行诗的雏形套用了陈词滥调：“其他的那些爱人都已一去不复返了。”这行痛苦的诗句——“所有”其他的爱人或已疏离或已去世，她们都已无法联系——解释了此时诗人依然手握奥莉维娅、他们依然是朋友的这份喜悦。叶芝与爱人毛德·岗早已形同陌路，这份疏离带来了剧痛，诗人将其置于失落的首要原因，甚至在死亡之前。

遗憾的是，叶芝此时完成的第一节四行诗是 abab 隔行押韵方式，无法匹配早前写好的第二节四行诗的抱韵结构。这一稿全诗如下：

再一次我亲吻了你的手，是的——
所有其他的爱人早已疏离或逝去
那厚重的窗帘挡住了——烛光
与阴影进行着难测胜负的战役
我们用尽了智慧，来来回回地谈论
艺术与诗歌这无上的主题——
随着年岁增长的智慧——年轻时
我们深爱对方却又懵懂无知。

至少现在的八行诗正是叶芝原本计划写作的长度。不过，烛光与未指明的“阴影”——来自室内？室外？还是灯罩？——之间的战役，套用了来自拉丁语的老话“难测胜负的战役”，通常而言这是用在军事行动上，根本不适用于爱情诗，因此叶芝弃用了它。

在下一稿中，叶芝用编辑称之为“紫色彩笔”的痕迹涂改了原先用墨水书写的文字，重新加入了蜡烛，以“蜡烛隐匿在其友好的阴影里”衬托其暗淡无光。但是，若阴影是友好的，蜡烛则不是，蜡烛不允许被点亮，更无法成为现在诗行里的尾词和韵脚。叶芝开始拙劣地修补，最终找到了一个与“right”（光）押韵的词，并且它更适合幽会：night（夜晚）。先以墨水书写的夜晚诗行是“窗帘外不友好的夜晚到来了”，他用紫色彩笔改为“那些窗帘外，夜更深了”（一小会儿嘈杂的时刻“关上百叶窗”替代了“拉好窗帘”的温柔）。究竟哪一个夜晚更真实——“更深了”还是“不友好的”？诗人究竟该如何表述蜡烛、阴影和烛光？

叶芝有一版修改稿为“友好的灯光隐匿在灯罩下”。为什么灯光会被认作是“友好的”？因为它能够让诗人看见他的朋友。但又为何他希望用灯罩隐去其光亮呢？因为若非那样，他便可以清楚地看见奥莉维娅的脸庞，正如她也能看清楚他的，如此饱经风霜（先前尴尬地过于强调看到她白发苍苍时的震惊）。最后他了解了有关灯光的一切都是“不友好的”：其中之一是诗人发现真相与它们表现的恰好相反，形容词“不友好的”同时修饰了灯光和夜晚——灯光不友好是因为它会暴露他们的年龄，夜晚不友好是因为它象征着正在等待他们的死神。叶芝两次使用了“不友好的”一词，欣慰地找到了将第一节四行诗转为抱韵诗行结构的方法，正好与之前写好的第二节四行诗一致：

> 长久沉默之后的谈话；是的，
> 其他的爱人早已疏离或逝去，

灯罩下闪烁着不友好的灯光，
窗帘外不友好的夜晚到来了……

叶芝不仅成功地写作了与第二节匹配的抱韵四行诗，他还使用了交错配列法分隔——“不友好的灯光……灯罩……窗帘……不友好的夜晚”——生动巧妙地用时间和空间将团聚的二人隔开：二人受到来自灯光和夜晚的双重考验，仅以脆弱的灯罩和窗帘阻挡潜在的危险。

在更早的一稿里，叶芝写道“身体的衰老增长了智慧”，暗示某些智慧在衰老到来之前已经存在。现在，他深感疑惑：在衰老启示我们之前，我们毫无智慧可言。于是，他坚定地把这行诗改为：“身体的衰老即是智慧”——至此，他完成了全诗。[8]

既然我们已经看到叶芝为写好《长久沉默之后》做出的部分努力，不妨将全诗的结构视为一个整体，将两节抱韵式四行诗想象为一首意式十四行诗的前八行（因其两节四行诗之间并没有空行）；不过十四行诗韵脚为abbaabba，叶芝的八行诗韵脚为abbacddc。决定使用五音步的韵律结构，叶芝为向奥莉维娅致敬，闯入了彼特拉克爱情十四行诗的领地。这样一来，第二节中部分词语——谈论艺术与歌唱这无上的主题——就没有不相称。这首诗开始于重启对话的感激之情，并将自己擢升至更高层面，用高声部音乐反复歌唱爱情主题，那“艺术与爱情无上的主题”。二人狂喜之前的冗长序曲，隔绝了危光和恶夜后诞生，最终演化成事实上精神的幽会以歌颂爱情、艺术和诗歌。

这首诗应该如何结尾？通晓了爱情所有维度和回忆其长久以来于艺术与诗歌中的表达，这些智慧因“身体的衰老”而获得——七个重读音节扰乱了迷人的高声歌唱。我们可以将这首诗的最后两行抽象概括为用年龄对抗年轻、用智慧对抗无知。不过，叶芝时年六十四岁，将他此时感受的状态仅称之为“年老”是不公平的：不，这是令人恐怖的“身体的衰老”。同样，把他们的过去简单概括为“年轻”同样不公平；相反，诗人将美好的“年轻”挂在行末似乎想要尽可能延续和追忆过往。简单的单音节“我们相爱”从语言上显示年轻时的天真无邪，正如复杂的多音节词“身体的衰老”象征年老的衰弱和智慧。“年轻时 / 我们相爱”读起来像叙述的事实，我们可能期待这首诗能够以追忆过往结束。但是，叶芝以轻蔑又讽刺的评论重启他“智慧的”声音：“却又懵懂无知。”这句点评提醒读者他早前另一评论：“是的……我们谈论（爱情如同艺术与诗歌这无上的主题）。”“是的”，像是回应宗教礼拜仪式的“正确”，它提供了奇怪的观点：他们把爱情奉为艺术表达的无上主题究竟“对”在哪里？该评论肃穆庄严、高雅不俗，叶芝实则暗示长久沉默之后再说其他的话语定然不准确，甚至可能是“错误的”。老友再聚首可以谈论的事情很多——上次见面之后发生的事情、共同的朋友、身体的衰老。不过，如果想在精神的约会中再续过去爱情的约会，他们谈话的焦点不是过去而是当下，不是身体发生的变化（如白发和衰老）而是那些能够融合他们思想的主题，他们关于艺术、诗歌和爱情的共同观念。

描写他与奥莉维娅·莎士比亚的见面，叶芝于诗歌正文部分写下的第一个词是“谈话”，给标题《长久沉默之后》增加了关键信息。再次见到奥莉维娅，叶芝心里不只是高兴，他高喊的不是“久别重逢”（事实上，见到她满头银发他心痛不已）。相反，他高兴的是他能够与那位好久不见的朋友交谈。（当然，他与奥莉维娅也并不是没有联系：虽然诗中并未提及，但他们时常有书信往来。）当诗人以感激、宽慰的口吻说出“长久沉默之后的谈话”（如同人说“久旱逢甘霖”），他歌颂的是二人近在咫尺的见面高声对话，这无法于书信里完成。这个语调，加上“长久沉默”的扬扬格，表达了他的感激之情。

写作《题材》一诗的草稿时，叶芝曾打算直呼奥莉维娅——“你的头发白了”——这首诗的定稿歌颂二人难能可贵的相互交谈，仅使用表示双方共同属性的“我们”。开头插入“是的”之后，叶芝克服了句法局限——插入三行表示条件的弧形长串分词结构——干扰他们即将开始的幽会：其他的爱人或疏离或逝去，灯光（礼节性地）调暗，拉好窗帘隔绝窗外的黑暗并围裹着他们。所有这些悲哀的背景汇集起来是为了让读者理解这份脆弱以及强调该诗即将上升至爱情、艺术和诗歌的“高雅”主题。

这首诗若结束于第六行，我们已经清楚二人见面所有的关键信息：他们其他的爱人都已远去，诗人与昔日恋人的幽会是精神的幽会，他们交谈的语言是非世俗的、音乐的、哲学的，他们共同敬畏的是艺术和诗歌以及最终能够产生审美能力的主题。最后两行究竟增加了什么？它与“长久沉默之后谈话”事件并不相关。关于谈话的叙事已经结束。倒数第二行来自当前约会“之外”，是一句发人深省的隽语：“身体的衰老即是智慧。”尽管叶芝知晓单凭年龄已经足以保证他们当下的高雅言论，那条格言是否足以评判此次会面？几乎不行：它忽略了二位主角的个人过往以及此番精神幽会建立于之前情人幽会的基础之上。像是作为他痛苦格言的道歉，诗人附加了过去的爱情是这次晚年聚首的原因，“年轻时 / 我们相爱”。身体的衰老在两位叙述者之间泰然自若——一边以一般现在时叙述二人交谈，一边以一般过去时回忆二人青涩的爱情，以和谐的形式得出最后残酷的短语：“却又懵懂无知。”“无知”这个词不属于彼特拉克八行诗：它太生动、太傲慢（正如我们在《1916年复活节》中所看到的）。叶芝大胆地使用“无知”来结束这首诗，这把我们推向更新的层面——不是诗里第一个分句感激概述的事实层面，不是灯光与夜晚这些“不友好的”外部条件的象征层面，也不是高谈阔论的“高雅”层面或者隽语里圣人的哲思层面，更不是简要回顾他们青涩爱情时的悔恨反思层面，而是就他们年轻时缺少智慧的尖刻宽恕：“我们从前懵懂无知，要是我们早知道了爱情的深刻维度和审美历史又会怎样？”诗的末尾，“艺术”和“诗歌”早已被人遗忘于早年的情欲与生活的蒙昧之中，这二者失衡的匹配相辅相成。

整首《长久沉默之后》就是一个单句（其句法形式部分解释了两节四行诗之间未曾空格的原因）。正如叶芝于《拙作引言》中所述，他寻求“句号与诗节之间的完全巧合”作为诗作的完美典范：

> 我花了很长时间酝酿符合我喜好的语言。大致在20年前，当领悟到必须自己去寻找时，我便开始酝酿，这并不是华兹华斯认为的日常用语，而是有着强烈情感的句式、句号与诗节之间的完全巧合。我需要激情的句式以表现激情的主题，因此，我强迫自己接受和语言一起发展的那些传统韵律。[9]

我们还将看到叶芝信守句号与诗节巧合的其他例子（最有代表性的是他发明的十行诗节，如《1919年》的第二、三部分）。

阅读《长久沉默之后》时，如果我们不把它视为适合爱情主题的彼特拉克八行诗仿作；在宗教礼拜仪式般“是的”全句完成之前，如果我们忽视这冗长的悬而未决的弧形句式；如果我们没有意识到交错配列法保护二人免受光和夜的威胁；如果不去对比词法、句法和音节的编排（多音节的“身体的衰老即是智慧”与单音节的“我们相爱”对比，前者是哲人以拉丁语系动词结构，后者是率直的叙事结构）；如果我们忽视“descant”（高调谈论）与“ignovant”（无知）押韵、高谈阔论转眼沦为低俗对话；如果我们没有发现所有这些分隔的情感由强大的句式组合成一个句子，那我们就错过了叶芝将糟糕的《题材》塑形为这不朽之作所做的努力。并且，在这些草稿的帮助下，跟随叶芝全神贯注的内部演变过程，我们更清楚地看到他从空白的《题材》到定稿两者之间，就韵脚、句法、修辞手法、词法（甚至细致到对比“关上的百叶窗”与“拉好窗帘”二者的装饰和声音）等进行了精心雕琢。若被视为来自一位老人的回忆与评判，它就是以人类的表达方式进行写作；若被视为一件艺术作品，这首诗便是围绕解决问题而进行：如何给过去的某个时刻定型，没有身体接触如何保留危及爱情约会的氛围?

叶芝诗歌主题中，其个人情感越复杂，其思想形式便越多样。在《1916年复活节》中——我选择的第三首也是最后一首诗，用以阐释理解叶芝诗歌形式是如何有助于理解其诗歌的——叶芝记录了他本人对待“叛军”态度的急剧变化，那些“叛军”声称自己是爱尔兰共和党人。叶芝按英国人的方式把这首诗称为“叛乱”诗，而不是一首关于复活节“起义”的诗。[10] 他不赞同“叛军”采取暴力的方式，乐于相信战后英国议会将“信守诺言”允许爱尔兰自治，叶芝还一度与他的诗友帕德里克·珀斯和托马斯·麦克多纳因政见不一而疏远，更别提他的挚爱毛德·岗。他还鄙视过毛德·岗的前夫约翰·麦克布莱德，因为他虐待毛德和她的女儿伊休尔特。不过，复活节起义和后来英国当局处决起义领袖促使叶芝为他们写下了集体挽诗（在这些起义领袖中，他认识的女性领袖康斯坦斯·戈尔－布斯·马科维奇，出现在诗尾，因其女性身份免于死刑）。虽然叶芝试图颂扬“叛军”的英勇、他们对于爱尔兰的热爱以及他们宣扬的、并不存在的共和国的信念，但他早已拒绝容忍他们武装暴动的行为，他又将如何称赞他们? 这首反思他们行动的作品如何才能不宣传他们的态度? 当然，他最终写下了某些模棱两可的内容，毛德·岗后来写信告诉他：“我不喜欢你这首诗。”[11]

叶芝为这首挽歌选择了轻快的三音步的行军节奏，既符合军事行动也与该诗的第二大主题——日新月异的自然变化相称。叶芝复兴了三音步隔行押韵（abab）“完美”四行诗形式，在第七章我们还会继续谈到，这一形式与他的民族主义斗争息息相关。《1916年复活节》第一、二诗节里，叶芝故意隐去“叛军”的姓名，虽然他同时代的爱尔兰读者都能认出他们。他先以集合名词“他们”称呼，随后逐一提及个人——“那个女人”“这个男人”“这一位”“他”——不过他仍然拒绝喊他们的名字：

傍晚时分我见到了他们
一张张生动的脸庞
从灰暗的十八世纪的房子的
前台或是讲坛走来。
我走过时点了点头
或礼节性地说句客套话
或者驻足一会儿说些
礼节性的毫无意义的话语，
俱乐部里，众人围坐在火炉旁
说话之前我会构思
一个讽刺的故事或笑话
以取悦他们，
可以肯定他们和我一样
住在杂乱而破旧的地方：
一切都变了，完全变了：
一种可怕的美诞生了。

那个女人的白天用在
无知的好心上，
她的夜晚却在无尽的争吵
直到声嘶力竭。
那时的她，年轻漂亮
策马追赶鹞鹰，
有谁的声音比她还甜？
这个男人开办了一所学校

他的座驾是一匹带着翅膀的马儿；
他的天性是如此的敏感，
他的思想是如此的大胆美好
最终他应该会赢得声誉。
这一位是他的助手兼朋友
一起加入了他的队伍；
我曾经梦到的他
是一个酒气冲天又爱慕虚荣的蠢人，
对我心底珍视的人儿
犯下了最心痛的错误。
我还是把他写进了这首诗；
而且，在通俗喜剧里，
他也辞去了原本的角色；
而且，他也开始变了，
彻底地变了：
一种可怕的美诞生了！

批评家们一反常态地注意到叶芝这首诗的形式，发现《1916年复活节》的第三节与其他诗节的形式和主题截然不同。首先，它去掉了每节诗尾的民谣副歌（“一种可怕的美诞生了”），因而它与其他诗节最后一节的四行诗的韵脚不相同。其次，与第一、二、四节不同，第三节脱离历史转向自然[12]，放弃现实主义改用象征，将第二节中复数“真实的”人们转为石头这个单一的无机形式。最后，由于意外的干扰，第三节突然改变了全诗的方向。基于此，叶芝强调被动的“转变”，好像暴动者被“施以咒语”，变成了一尊石头，不过第三节以自然生活的*主动*变化反对被动的政治变革。这一节描写自然变化，与其他三节不尽相同：

历经春夏秋冬，众人似乎
中了魔咒化作一尊石头
心中只有一个目的
阻挡奔流不息的溪水。
大路上风驰电掣的马儿、
骑手、还有那
云端翻腾的鸟儿
无一不在一分一秒地改变；
溪水里云朵的倒影
也在一分一秒地改变；[13]
一只马蹄滑陷于溪边，
马儿跃进小溪溅起水花，
长脚沼地母鸡潜入水中
对着沼地公鸡啼叫；
它们一分一秒地活着：
那尊石头身在其中。

永恒的变化统领自然界的一切，其中包括与自然节奏一致的人类（如叶芝于场景中速写的那个骑手）。在那场景里唯一不变的就是那尊“阻挡”奔流不息的溪水的“石头”。这尊象征性的石头源于圣经典故（《以西结书》36：26：“我会从你们的肉体里除去石心，也会赐给你们肉心”），这个典故随后生成了叶芝于第四节提出的观点，“太久了这牺牲都能把心儿化作一尊石头”。[14] 他以长着石心的狂热分子对比长着肉心的随波逐流人士。叶芝早前在《J. M. 辛格与他那时代的爱尔兰》中这样写道：“有些人仅凭一腔爱国主义热情便能走向断头台，他们的头脑拒绝接受自然冲动，却病态地坚持某些思想，虽然那些思想受到固定想法的扰乱。……（女人会）因一个单一的想法（偏离真理），这让她的部分思想石化。”（*E&I*，313—

314)

如我们所见，第一节里模糊的集合名词“他们”（“傍晚时分我见到了他们”）；第二节中虽仍为匿名，却已是独立的戏剧化人物，有了“真实的”个人简介；到第三节他们合成了一个无机的象征形式——“那尊石头身在其中”。我们将会看到，他们在第四节里又回到匿名的复数形容词性物主代词：“我们知道他们的梦想。”但是，在第四节末尾，诗中身份不明的人们最终被点名了——虽然不是“托马斯·麦克多纳”“约翰·麦克布莱德”“詹姆士·康诺利”和“帕德里克·珀斯”——这些能够辨明身份的全名——而仅仅称呼他们的姓，那些会被铭记于史册的姓氏：“麦克多纳和麦克布莱德 / 康诺利和珀斯。”叶芝延迟这些有着历史意义的姓氏——使用统称的复数和匿名的个人简介——当他们的名字出现时，这一技巧给他们增添了特殊的分量。不过，可能更重要的是，叶芝最后点名先前的匿名人士，是为了给他本人——这首诗里著名的演说者，同等地位，这从一开始的作者签名和权威称呼“我”可以看出。

尽管《1916年复活节》由四部分组成——“changed（变了），transformed（转变），changes（改变），changed（变了）”——其内在结构却一直处于冲突之中：改变（第三节）与被改变（第一、二、四节）之间的对峙。飞速的变化发生于自然层面，而有关被改变的诗节出现于历史层面。命运掌控着“描写社会的诗节”：英国当局处决的那些人“变了”或者“转变”为烈士。（倘若仅仅是被囚禁，这些暴动者未必被“完全”改变。）我认为叶芝这里借用了布莱克的崇高法则——“一种可怕的美”。描写凶猛老虎那“可怕的对称”时（对比羊羔让人愉悦的对称），布莱克以表示情感反应的形容词修饰美学的名词；叶芝依法炮制了“一种可怕的美”。[15] 除了第三节，叶芝在每一节的尾部都加上了叠句：“一种可怕的美诞生了。”诗人刻意将描写自然迅速变迁的诗节作为美的展示，以对比其他三节革命的崇高感。并且，其他三节因持续的叠句归于叙事民谣传统，写作变化的诗节没有叠句，属于沉思类而非叙事类。大自然不变的永恒品质就是变化。

如果第三节欲以迅速的主动变化为题例证自然界和美好事物，那叶芝又会采用怎样的形式？首先，他放弃了其他三节中的“我”：关于自然的诗节是外部的、客观的。诗节开头、结尾的这尊一动不动的石头，隔离了自然，仅给叶芝十一行空间描写这转瞬即逝的美——一反其他诗节“可怕的”美的事实。关于变化的十一行以三组论断、重心交错形式和颠倒用词形式展现其线性形式。第一条论断是一连串有机物控制了动词“改变”：马儿、骑手和鸟儿——“无一不在一分一秒地改变”。第二个论断动词没有变，却从有机物转向无机物：“倒影……一分一秒地改变。”但是叶芝创立了交错配列的修辞手法——重复颠倒中心动词和副词的顺序——经常用来表示深思熟虑（正如我们之前在《一个爱尔兰飞行员预见了自己的死亡》和《长久沉默之后》所看到的）。这个词语颠倒顺序的模式——“一分一秒地：改变”“改变：一分一秒地”——宣告自然变迁的潮起潮落：无论前后，它们都将转瞬即逝。第三组论断重回有机物（马儿、沼地母鸡、沼地公鸡），放弃了先前统领一切的动词“改变”，转而描写当下迅速的一分一秒的变化：“滑陷”“溅起”“潜入”“叫”以及——最重要的——“活着”［live］（“活着”的词根重复了短语“奔流不息［living］的溪水”）。

为何叶芝需要三组论断论述主动变化？部分原因在于他让它们引导读者去看他的风景：“马儿”带着我们去看“骑手”，“骑手”带我们去看“鸟儿”，“鸟儿”把我们带上“云端”，而“溪水里云朵的倒影”把我们重新带回地面，从而得以近距离观察“马蹄”“溪边”和“沼地母鸡”，后者通过啼叫引来沼地公鸡，至此展现自然变化过程中有性繁殖的关键作用。第三节是整首诗中最具音乐性的一节，愉悦的重复变化“一分一秒地”，发生于这些表面看似“真实的”自然母题——溪水、马儿、鸟儿、云朵和迅速的“改变”。当它的关注点从这块水中的阻石转向动词“改变”主动语态的多重形式，突出表现其音乐性、递归性和持续性，这个诗节便在模仿大自然转瞬即逝的活力。石头于开头、结尾“隔绝”的自然生活——尤其横亘于最后一行，“那尊石头身在其中”——告诉读者这个场景中石头是一动不动的永恒部分，“奔流不息的溪水”也无法摆脱这块扰人的石头，流畅的自然和固定的意识形态永远存在并永远对立。这节描写人类殷切地渴望自然和美好事物的回归，诗人特意将其置于描写社会政治的第二、第四诗节之间——被挑战意识形态的殉难者所“阻隔”。保罗·德·曼很早以前就提到，叶芝最成功的诗歌技巧之一就是利用某个寓意明显的事物，这首诗中就是这尊阻石——让周围所有“真实的”世俗的物体都有了象征意义，每个物体都阐明了它们生活的自然界波动的本性。溪水的本性是流动性，骑手的本性是人类易逝的栖居性，鸟儿的本性是周期性，云朵在于其形状的不确定性，倒影在于它变化的光影效果，沼地的母鸡和公鸡在于其季节性的交配，溅起的水花和鸟儿的叫声在其无法预计和变化的音效。

纵观全诗，叶芝对于他本人和1916年牺牲的英雄们的态度始终在变化，现身说法证实自然的变化，展示了一颗富有想象力的心灵的多变性，它打算思考先前并未察觉的美。叶芝让我们看到他的思想经历了如下阶段：首先，在写作时他为早前对待暴动者疏离的态度感到懊悔，因为他犯下了身为诗人最糟糕的错误，（两次）说着“礼节性的客套话”；其次，为他失去了那些曾经的朋友或者诗友感到痛心，他在第二节逐一刻画了他们的形象；再次，他无法诠释他们内心的“坚定”——如童话故事里的主角“被人施了魔咒”，又或是他们自愿选择，历经长时争斗，石化他们的肉心。诗人早前情感的回忆演变为诗尾紧张的发问和猜测。第一节叙述经历，第二节描写人物，第三节描述自然变迁的情形，到第四节就得下结论。结论首先出现于第四节开头表示预计的两个字，“太久”：

太久了这牺牲
都能把心儿化作一尊石头。
啊，什么时候才是个头呢？
那是老天的事，我们只能
默念着一个又一个名字，
就像母亲叨念着她的稚子
当睡意最终降临在
肆意奔跑的肢体。
那到底是不是夜晚？
不，不，那不是夜晚，而是死亡；
这是无谓的死亡吗？
英国可能会信守诺言
为它做过说过的一切。
我们知道他们的梦想，知道
他们梦想过、活过就够了；
太多的爱让他们在临死前
迷茫，那又该如何？
我把它写进诗里——
麦克多纳和麦克布莱德
康诺利和珀斯
无论现在，还是将来
只要身着绿色，
一切都变了，完全变了：
一种可怕的美诞生了。

(394)

诗人原本打算在这节精心雕琢的诗里写下结论，无奈诗人含糊不清、时刻变化的态度混杂于一处。第一句是有关道义的有力言论，他宣称“太久”的牺牲付出，人的内心会变得麻木。然后，当问到多久算是太久时，他懊恼自己的疑虑，想起老哈姆雷特制止儿子评判格特鲁德是非时的话语，这是上帝的工作：“让老天去评判她吧。”“那是老天的事”，叶芝这样写道，草稿中他将“上帝”换成了“老天”以回应这个典故。尽管表面上把评判的权利交给老天，叶芝转身又评判起这些爱国者：如圣母怜子画像所示，他居高临下地管理那些“肆意奔跑”的少年。接着，叶芝试图逃避给出最终结论，假称这仅仅是“夜晚”，不过很快他又严厉反驳自己——“不，不，那不是夜晚，而是死亡”。下一句叶芝质疑爱国者的行动，他本人支持战后爱尔兰成立议会实行自治——“英国可能会信守诺言”——这样一来，暴动者的夭折显得“无谓”。最终——总算是结尾——诗人发现了替代消极评价的另一方式，承认爱国者的行动中有某些他从生活中通晓的事情：这些暴动者和他一样，也是“有梦想的人”，他们因“太多的爱”而“迷茫”，他笔下的乌辛也是如此，因其对“仙女新娘”过多的爱而感到迷茫。

叶芝变换了特色的叙述句法，不再寻找“改变”爱国者的原因（命运，英国当局）；现在只为他们单纯地观察梦想和爱情的后果。与他们死亡相关的外部因素随着过去分词“changed”（变了）和“transformed”（转变）一并消失了。因此，叶芝写道：“他们梦想过、活过。”太多的爱让“他们在临死前”迷茫。这些变化让死亡变得“自然”，不是激烈的内心动机（梦想，爱情），也不是来自外部的处决。至此诗人最终为他自己树立了正确的立场。居高临下的母性“叨念”被无声地复制：诗人不念叨，却写作；不写散文，而写诗歌。他将创造一个持久的艺术品，而不只是快速默念自然的挽歌。（从这个意义上讲，叶芝纯粹的“自然”诗节当之无愧：第三节的自然未给人类的诗歌创作留下任何空间，“石头”的不同形态有别于意识形态的恒定性，却也能稳定和持久。）如部队点名般，叶芝一一呼喊这些爱国者永垂青史的名字——“麦克多纳和麦克布莱德／康诺利和珀斯”——替代了它们意识形态的“恒定性”。作为共和国的缔造者，他们愿意为国捐躯，他们也将永垂不朽。

在最后的致敬中，叶芝故作谦虚引用了一首通俗诗歌《身着绿色》里的“只要身着绿色”，他之前的诗里也用过这个短语。那首诗这样提起爱尔兰：

> 她是世上最悲惨的国家，
> 他们绞死那些身着绿色的男男女女。[16]

叶芝承认他的诗里没有这些爱国主义街头民谣具有的流传力量，借用它们的口号，他预言“无论现在，还是将来／只要身着绿色”，人们会牢记复活节起义中牺牲的这些人，不为他们的日常表现，而是他们被死亡所“完全改变”。（要理解这一举动的力量，我们得回顾叶芝一直厌恶绿色被视为政治的象征，他甚至还禁止装订他的作品时使用绿色。）

《1916年复活节》历经长期酝酿、思考，最终成为叶芝最著名的政治诗。叶芝定稿标注的时间是“1916年，9月25日”，继起义发生后足足五个月，起义的意义和后来的处决也包含其中。让人惊讶的是——既然他以叠句影射本应采用民谣的叙事诗形式——但是他既没有重述武装冲突或者处决的事实，也没有提到戏剧化人物，直到最末。他在《1916年复活节》里所做的就是表达他个人，在起义前和处决后，对起义者变化的态度。一旦下定决心深层对比暴动者和他本人——意识形态的稳定和思想的流动——他就得精心比对，选择将自然的变化安置于诗的中心，用石头在该诗节前后筑起简单的围栏，将讲述社会—政治的第一、二、四节阻挡在外。表现他本人反应的变化时，首先他在起义前第一节显示愤世嫉俗的疏离立场；在第二节，他对于朋友和诗友热衷于暴力的失望之情，成了他们过去生活和新追求的关键点；最后一节的质疑和假设表达了他对于他们武装反抗的复杂情感。

要摄取一个大型历史事件以及一群真实的人物，还要找到一种方法描绘事件经过、人物还有身处其中的诗人，通常这不是抒情诗的任务。但是，叶芝找到了处理复活节起义的方法，刻画匿名人士的心理活动辅以自然和石头的象征，并进一步抽象使得他们既能满足复活节起义的方方面面，又能于抒情诗中表达。并且，我必须在此提到，对我而言最隐秘、最抽象的是，叶芝相信他的诗歌可以由某种看不见的力量控制——这首诗里，是起义的日期：1916年4月24日。[17] 在《1916年复活节》里，年份“16”和日期“24”用以纪念四个诗节的诗行数量，设计了16、24、16、24轮流排列的组合（叶芝的其他诗里没有交替排列两节诗行的数量）。月份中的数字是“4”，这首诗便以4行为一组隔行押韵。据我们所知，叶芝从未提到这首诗的象征形式：像他的其他结构创新一样，这是他个人的秘密，长久以来未被人注意到。他一定是觉得将起义的日期嵌入诗里保证了该作品形式符合其主题。[18]

诗歌的开头、结尾至关重要。叶芝使用现在完成时的习惯性动词——“我见到了他们”——符合诗歌开头讲述过去发生的日常生活，渗透着讽刺意味的肯定，后来被“一种可怕的美”的诞生粗暴地瓦解了。诗尾——“我把它写进诗里”——将这首抒情诗从战前的过去带到眼下，因为诗人担当起爱尔兰吟游诗人的传统历史重任——赞美英雄。如果我们错过了这首诗的基本结构——固定和变化的根本对立；如果我们忽视了叶芝令人讶异的发现——尽管稳定不会改变，但是它能够被改变；如果我们不去思考第三节自然世界的闯入，去掉了“我”和叠句，使用反复、变化、循环等修辞手法；如果我们不追问为何先隐去戏剧化人物的姓名，后又在诗尾点名道姓；如果我们忘记了末尾诗节的评判采取一连串自相矛盾的形式；如果我们没有感受到统领该诗的隐秘数字——那么我们就不能准确地描述叶芝对待起义和起义者的全部态度，或者说，我们就无法看出叶芝将这首现代挽诗的范围从个体扩大到一组特殊的、身份各异的群体，此番冒险有何实际价值。

写给奥莉维娅·莎士比亚的信中，叶芝将《长久沉默之后》称为“一首小诗”（*L*，772）。但是，即便是叶芝的“小”诗，它也历经了从概念到完成那激烈又艰巨的过程。我在这一章中分析的三首短诗，展示了叶芝在每首诗里就内部和外部形式所做的努力，最终产生了，如他所说，一切完美艺术的特质——“存在统一体”。叶芝时代的历史戏剧性事件，直到今天，依旧让批评家忽略他是一个耐心又谨慎的诗人；若要真正读懂叶芝，我们需要同他一道，进入与艺术创作并行的戏剧事件。

第二章

前厅与来世：拜占庭与德尔斐神谕

没有什么比两次写作“同一首”诗更能快速显现叶芝对于诗歌形式的敏锐触觉——这里的形式是指诗歌内部形式的演化与外在音律与诗节形式。两次，叶芝将自己置于拜占庭——死神的前厅；两次——以普罗提诺的身份——穿越到圣人居住的来世的疆域。在这四首诗中，叶芝避而不谈死亡事件本身：前两首是他想象人未死之前反思死亡；后两首是他想象死后灵魂战胜死亡获得永生。他在拜占庭的两首诗里，琢磨他死后可能想要达到的某种状态，幻想一旦“超脱自然”后他面前浮现的两种截然不同的供他选择的生命形式——一种强调智慧，另一种是艺术。在两首关于普罗提诺命运的诗里，他先是采纳了德尔斐神谕里关于圣人之地的描述，然后在《给德尔斐神谕的消息》里，他复写了德尔斐神谕。由于叶芝给这四首诗分别以完全不同的形式——两两一组，因此，比起第一章单一的短诗，它们可以更充分地提供回答本书核心问题的答案：研究抒情诗的内部和外部抒情形式，能否有助于读者更好地理解叶芝的诗歌？这四首关于“来世”的诗——《驶向拜占庭》《拜占庭》《关于普罗提诺的德尔斐神谕》《给德尔斐神谕的消息》，写于叶芝生命的最后十年，前人已有大量论述，不过，我认为，它们依旧没有被很好地理解，甚至还有误读，因为叶芝研究者未曾考虑过其外部或内部抒情形式。比起后面章节论述的其他作品，在这些名篇上，我会用更长篇幅提醒读者注意叶芝选择和运用诗歌形式时谨小慎微的独到之处。

就我手上的资料来看，哈佛大学已故教授约翰·凯勒赫尔最先发现后两首写作普罗提诺的诗与前两首关于拜占庭的诗之间的关联。沿着他的发现我继续前进。叶芝在一封信里提到“追寻精神生活”，上述四首诗都与它有关。刚写完四首中最早的一首，叶芝写了那封信，描述他的个人情绪摇摆于“精神的幸福和身体的折磨之间，并且知道这两者无法分开”（*L*，720—721）。此处身体的折磨指的是性无能。对于叶芝而言，当他反思精神生活突然影响到物质生活时，这种无能的状态竟让他感到意想不到的兴奋。（四首诗都不同程度地混杂着精神与肉体，只是各自表现不同。）每一组的第二首诗都是第一首的后记。每组两首诗都是一幅对折画，身处左右两端提议和反对。最后，每一首诗本身又是独立的、独一无二的。

拜占庭系列诗

组诗《驶向拜占庭》写于1927年，由罗马数字标序，共四节，是以八行体（八行抑扬格诗行，韵脚为 abababcc）写作。

驶向拜占庭

I

那里不是老年人的国度。年轻人
缠绵缱绻，树上的鸟儿
——那垂死的一代代——唱着歌，
满是鲑鱼的瀑布，尽是鲭鱼的海洋，
鱼儿、兽类，还有禽类，整个夏天都在称颂
萌芽、出生和消失的一切。

一切都沉溺于那感官的音乐，
忽视了永恒的理性纪念碑。

Ⅱ

一个上了年纪的人不过是无用之物，
就像竹竿上挑着的一件破衣裳，除非
灵魂拍着手儿歌唱，为它皮囊的
每一处裂缝唱得更为响亮，
可这世间没有教授灵魂歌唱的学校，
只在纪念碑上研习灵魂书写的丰功伟业；
因此，我扬帆破浪，漂洋过海
来到了圣城拜占庭。

Ⅲ

哦，圣人们伫立在上帝的圣火之中
如同镶嵌于墙中的黄金壁画般，
请从圣火中走出来，如旋锥般还转，
来教我的灵魂歌唱吧。
耗尽我的心儿；因它思欲成疾
附着于一个濒死的动物
它已然忘记自己身为何物；并将我
收入那永恒的精湛技艺之中。

Ⅳ

一旦超脱了自然，我便不复要求

用任何自然之物塑造我的肉身，
除非像希腊的金匠用镀金
或者锻金所铸造的身形，
让睡意昏沉的君主保持清醒，
或者就镶嵌在一根金枝上，
唱着过去、现在和未来的事情
给拜占庭的王公和贵妇们听。

(407—408)

之所以称《驶向拜占庭》为“组诗”是因为我认为，当叶芝给单个诗节或一组诗节标以罗马数字时，他以每个数字暗示该“站点”（身体或者心理的位置）的巨变。叶芝的诗每被一个罗马数字打断一次，就意味着读者要去往下一站（或于新的地点思考）。[1] 我所理解的《驶向拜占庭》中的四个站点分别是：

Ⅰ. 说话者痛苦地离开充斥着感官音乐的“那个国度”；

Ⅱ. “圣城拜占庭”——说话者希望在那里学习适合灵魂的歌唱；

Ⅲ. 一个大教堂有一面镀金的墙，上面镶嵌着知名男性圣贤，象征永生之火；

Ⅳ. 国王的宫殿有一只金鸟唱给达官显贵和宫廷贵妇。

早有评论指出，每个站点都有某种形式的“歌唱”，象征诗人不仅承受被迫放弃感官之歌的痛苦，他还得迫切寻求一种新的歌唱形式以替代肉体之歌：

Ⅰ. 鸟儿……唱着歌；那感官的音乐；

Ⅱ. 灵魂歌唱……为每一处裂缝唱得更为响亮；歌唱的学校；

Ⅲ.圣人……教授灵魂歌唱；

Ⅳ.镶嵌在金枝上的金鸟唱给王公和贵妇们。

由于《驶向拜占庭》的每个站点均由单独一节八行体构成，当濒临死亡危机时，叶芝断言他所有的个人安排，耗费的心力“均等”。他诗作中其他组诗的内部诗节长短不一（例如《踌躇》）；或者组诗里某一站涵盖了数节诗，如《驯兽的逃逸》的中间一站——第二组由三节诗构成，而其他站——第一组和第三组各只有一节。叶芝笔下标序部分的结构差异让读者不得不留意《驶向拜占庭》每站的长度均等。我们也将看到，另一首姊妹诗《拜占庭》并无这些“站点”，说话者仅在原地。

在叶芝这首罗马数字标序的诗里，站点编排顺序可有原因？或者《驶向拜占庭》的各个站点可否打乱次序？尤其是所有站点的分量相当，这个问题似箭在弦。因为诗歌是时间的艺术，读者倾向于感知一首诗里时间的推移：首先这个，其次这个，再次这个。尽管如此，诗歌也能够以空间的形式建构（比如诗节运转如“房间”，就像它们名字隐含的那样，或存在于不同“层面”——天堂，地球，地狱）。时间性和空间性一并促成了“争论”或者任何诗里的一整套连续、隐含的主张。同生活一样，一首诗里“最后一个单词”至关重要。当然，开头的“单词”——第一站——也十分重要，它为一首诗的思想世界设定了条件。不过最后一节能否成为第一节？或者第三节和第四节能否调换顺序？《驶向拜占庭》能否以“一个上了年纪的人不过是无用之物”开头？它又能否以“并将我 / 收入那永恒的精湛技艺之中”结尾？在阐释诗歌时，我们应设想它们的可能性后再行评价诗人的选择。[2]

一首诗——至少在叶芝的宇宙里——就是一整套象征的抽象，它是精神概念的语言等价物。（我们看到了象征抽象运转的全过程，正如第一章里《长久沉默之后》，叶芝将散文体《题材》转化为诗。）通常情况下，读者并不知道是什么促成诗人选定诗中的象征，直到这首诗随后自我展现。危机必然促成诗歌或早或晚自我暴露，但是，我们并不认为它将会暴露于第一行（或者，即便有，也不至于完全暴露；直到第三节，我们才清楚《驶向拜占庭》危机的细节）。批评家们早已注意《驶向拜占庭》中很多更为鲜明的“移动”象征：一个老年人（为方便起见，以下我称其为“叶芝”）于第一站总结其对于那个他已离开的、充斥着感官音乐的国度的偏见：这里“不适合老年人”。他自己的性无能活跃了整个自然界。在之前的国度（手稿中指爱尔兰信奉天主教的地区，不过为了达到抽象的目的，叶芝进行了修改，它有了新的指称），目光所及之处，只见繁殖和交配，只闻求偶的鸣叫。在那个国度，所有动物的排列顺序——鱼类、兽类和禽类，代表所有的宜居元素——水、土地和空气，组成了一个歌颂自我的合唱团，歌唱孕育和繁殖。唯有那无能之人加入的尖酸话语“那垂死的一代代”，歌唱“萌芽、出生和消失的一切”。他怀恨在心，坚持认为一代不如一代，偏激地认为生命很短暂，死亡紧随出生之后。盛夏的歌者对此毫不在意，他们正值壮年——身强力壮——不过，叶芝省略这一人生阶段，粗暴地并置人生的起点和终点。因无法加入年轻人田园“国度”的世俗合唱团，他感到挫败，逃去了“圣城”拜占庭。（为隐藏他的绝望，他以镇定而响亮的抑扬格描写前进的过程：“因此，我扬帆破浪，漂洋过海 / 来到了圣城拜占庭。”）在一群朝气蓬勃的年轻人中，他“无足轻重”，诗人强调拜占庭“永恒的理性纪念碑”的力量以鼓舞他的灵魂歌唱新的曲子，他希望借此重获尊重。接着，他从世俗的国度来到圣城；从歌唱身体的感官音乐转向适合于“永恒的理性”音乐。“come（来）…Byzantium（拜占庭）”这对韵脚结束了前两站的呼喊。这首诗的主题发展在此达成重要共识。

尽管所有读者都认同叶芝在第三站是面对一群“圣人”说话，不过，大家却忽略了圣人们不在拜占庭；他们高高地在拜占庭之上看不见的永恒疆域，站立在“上帝的圣火”之中（第一站里没有火元素，因为它不属于地面的宜居元素）。直到第三站，本诗的最深层危机此刻终于完全得以显露，早前它因说话者妒忌和诋毁正在约会的年轻人而被迫压制。诗人向圣人们坦诚他的心“思欲成疾”——该欲望与“年轻人 / 缠绵缱绻，树上的鸟儿……唱着歌”相同。不过，他的身体（不像从前那般）已经力不从心。说话者认为他身体的无能意味着他的肉身已经开始死亡（身体并无其他病症，除了用无能来例证这个痛苦的通感“濒死的动物”；我们此时看到的是说话者自己濒死的感受，这让他将“濒死”和“死亡”这些词投射到年轻人身上）。因为他的心，仍如他在年轻人的国度那般满是欲望，既不情愿也不自然地“附着于”他日渐衰老的身躯上，“它已然忘记自己身为何物”。因此，叶芝的危机便是身份的危机：什么新的身份取代了先前满是欲望、现已失调的身份？

他第一个新的可能身份是——死后将被（读者）认为是圣人且因智慧而被仰慕——出现于第三站，（我们推测）他站在拜占庭圣索菲亚大教堂里，该教堂以神圣智慧闻名于世（大教堂的名字就暗示了诗人说话的对象被冠以“圣人”的称谓）。叶芝正筹谋一幅以黄金为底板的大型壁画，这通常是“上帝的圣火”的绘塑象征，圣人们镶嵌其中，这一切都在告诉读者诗人提到的圣人们身处天堂。（事实上，叶芝在意大利的拉文纳见到了真正的镶嵌画，那是一长条横幅，上面标记了列位先知的姓名。我们推测，叶芝想象的这幅镶嵌画同样也标记了姓名——“以赛亚”“和西阿”“耶利米”——或者相反，说话者并不知道这些圣徒对于殉难者而言本就是“圣人”。）“生命结束时，我必位列其中”，叶芝如是说，不过他知道他不能凭借一己之力升入天堂，他恳求圣人的帮助。他对着他们说话，好像他们还活着，“透过”面前的镶嵌画看到它所代表的“现实”——天堂以及它的居民。这是一种适用于信徒的虔诚做法——他们将圣像摆在面前作为通向天国的窗户，当他们思索玛利亚的圣像时，对着

“真正的”玛利亚祈祷。另一种面对圣像的反应——如鉴画师一般——思考画法和介质——认为画中人物与常人无异，能够交流。如乔治·赫伯特在《点石成金》中所说：

人若对着镜子观看，
那他定会凝视其中；
或者若他愿看透它，
那他就会看见天堂。

叶芝选择“穿透”镶嵌画（将其降格为一个明喻），“看到”顶上的天堂，这样一来，他就能直抒胸臆：“哦，圣人们伫立在上帝的圣火之中／如同镶嵌于墙中的黄金壁画般。”他面对圣人的祈祷由一系列动词组成，祈求圣人的拯救，将他“收入”天堂得以跟随圣人学习歌唱。圣人们（自圣火中）走出来，（以旋锥的方式）还转，教他的灵魂歌唱，耗尽他的肉体，把他收入——到哪里？——到永恒的技艺之中，该技艺代表圣人以及圣人栖身的永久之所。简言之，圣人们要降临，耗尽他痛苦的心，将他从濒死的肉体之中拯救出来，把他收为他们的一员（将他枯竭的心和死去的肉身弃于一旁）。螺旋式的下降（“旋锥”就是锥形线轴，叶芝将名词动词化）紧随螺旋式的上升，而说话者“我”（如在天国般）被“收入”——这个时候问题来了。收入“那永恒的精湛技艺之中”究竟是什么意思？（这不同于带到那永恒之地。）这里的“我”又是谁？叶芝开始想象一旦完成了引导过程，后果会是什么？他那脱离了肉体、“无心”的灵魂将会加入歌唱大师——圣人们的合唱团，在上帝永恒的御座之前，学唱永恒之歌“神圣，神圣，神圣”。濒死的动物就已死去。这具没有了心、行尸走肉的躯干还能称其为“我”吗？一旦他的身体四分五裂、灵魂升上圣人的天堂，他正在观赏的这件镶嵌画作品就得“修改”：那时，这里将有另一位圣人——升入天堂的叶芝，镶嵌于黄金底板，与大教堂里其他圣人们一道现身，画中的他们都获得了永生。（我认为“永恒的精湛技艺”指的是以某种艺术形式将看不见的永恒以可视的方式呈现；它的对立面，“时间的精湛技艺”是将明白易懂的世俗事件以艺术的方式呈现。）

这时叶芝反问自己，他的灵魂是否实际上类似于新的、神圣的存在方式——“超脱了自然”。他当然知道这不可能：（事实上）他并不想让他的灵魂与单一性别的合唱团体住在天堂，住在某种技艺里（镶嵌画里），以宗教的形式表现永恒。他的祈祷错误地认为如果濒死的动物允许死去，如果心能以圣人之火“耗尽”，“我”仍能存留，没有心和身，我仍有保存的价值。但是，那个没有了心和身的“我”无法成为，也永远不能成为真正的叶芝。

从更大的弗洛伊德层面来看，叶芝加入圣人群体的幻象可以被视为，以同性社会和升华的方式解决说话者——因身体的无能——被满是两性感官肉欲的国度所排斥的问题。天国的圣人中没有女性。诗人以镶嵌画的黄金底板象征烈火，烈火燃烧的天堂也没有时间。作者叶芝排斥说话者可能的身份——纯粹的灵魂——上帝圣火的永久居民，这一点可以通过说话者悄然背离它并与它分道扬镳，想象并选择与宗教截然不同的命运可以看出。对于说话者而言，“一旦超脱了自然，我便不复要求 / 用任何自然之物塑造我的肉身”依然是其真实想法，但是，他拒绝未来化身为神圣的镶嵌画中、宗教相关物件中的名人，以天国的圣歌代替失落的感官音乐。他宁愿化身为一件时间的世俗手工艺品，敬奉王公贵族而非教堂；他宁愿化为一只精致的金鸟，歌颂人类的时间而非神圣的永恒——“唱着过去、现在和未来的事情”[3]。由于它歌唱过去、现在或者将来的事件，金鸟应属于艺术的范畴，由时间和技艺生成。《驶向拜占庭》中的大事件就是，说话者放弃了永恒的技艺，而选择了时间的技艺为他的未来圣像显现的领域。第四站身处帝王的宫殿，他断然拒绝第三站大教堂里的一切。

深思熟虑后的这个最终决定，成了诗人的唯一选择。他死后究竟会成为什么？是歌唱的声音，来自《诗全集》。这个声音是否如圣人的声音般只歌颂上帝和永恒？只要随意翻看《诗全集》，没人会同意这个观点。读者从叶芝的作品中听到的声音正是按照时间顺序对过去的记录、时事的评论和（有望）未来的预言。最初，从天堂的崇高跌下尘世（即便是皇宫）让说话者自我否定和无所事事，因为那只鸟不是歌颂上帝而是“让睡意昏沉的君主保持清醒”。然而，该诗迅速从这短暂的反讽中崛起，在结尾处正视自己，因为它激发了诗人更广泛的社会功能：构建一种音乐形式以记录过去、唤醒当下和思考未来。最后的韵脚——“Byzantium（拜占庭）…come（来）”是诗人有意为之的反韵，指向第二站中原本（错误）的欲望：“灵魂拍着手儿歌唱。”渴望写下“永恒的理性”的杰作。不过，该韵脚保持声音的洪亮，它向时光流逝中人性的崇高致敬，甚至用以比照对上帝永久崇拜的不变之声。

第三站与第四站因终极命运相互排斥：人无法既是天堂里歌唱永恒的圣人（以大教堂里圣画的神圣智慧为代表），又身处时光之中歌唱时光（以帝王的世俗宫殿里一件世俗的黄金手工艺品为代表）。他本职工作的实际内容决定了诗人选择的来世化身。开头自欺欺人的痛苦于结尾消失殆尽。对于说话者而言，身处技艺之中的他确实失去了某种东西：那只金鸟没有伴侣，无法歌唱“感官的音乐”。不过那只鸟儿有具体的身形（即便是人造的），并且依旧居住于世俗的两性环境中，然而，他按时间顺序歌唱——以全知全能的、接近神性的视角——时光的全景。当他唱给皇帝，或是王公贵族时，他是希腊人，而非希伯来人。全诗结束时，他回到一个睡意昏沉、耽于声色的国王身边（国王总有王后相配，而且，在叶芝的作品中，“睡意昏沉”一直指代感官肉欲）。金鸟之歌并非一扇“窗户”通往某种超验的“别样的实体”，它像历史以及历史预言般模糊。我们住在历史之中，却无法“看透”历史。因为鸟儿的歌唱，那位国王可能暂时修身养性保持清醒，但过不了多久他会再次沉溺其中，无法自拔。叶芝认为，艺术是感官的暂时替代品，却非超越感官的工具。金鸟之歌与年轻人无知的感官之歌的不同之处在于，那只鸟儿如历史学家般知晓过去，如记者般冷静对待现状，如先知般忧心忡忡地幻想未来；尽管如此，金鸟之歌仍类似于年轻人之歌，是世俗世界之歌，而非穿越时空的永恒之歌。"我不是（也没有打算成为）一位获得永生的希伯来圣人，被人以高超的技艺镶嵌于教堂之上，"叶芝坦言，"我的歌也没有真正成为重量级的'永恒的理性纪念碑'——但是，历经锻造和上釉，（在我的《诗全集》里）我化身为一件精妙又世俗的工艺品，能取悦并教化君主以及他的大臣。"这已是我们所羡慕的真实（且经典的）位置，即便我们意识到，非人类的金鸟形式并非人类来世存在的实际形象，即便它不过是他在作品中虚构的死后形式。

回到我们最初的问题：研究《驶向拜占庭》的形式是否有助于理解这首诗？我已详述其内部形式的空间定向矢量："离开 X，到达 Y，在 A 和 B 之间进行选择。"该形式第一次移动是水平方向，诗歌前半部分的航行，从国家到城市。不过，第二次移动的方向是垂直向上：第三节于城市的上空、熊熊火光中的天堂，建立了一个看不见的"神圣的"参照面。第三次移动的方向仍旧为垂直方向，第四节背离圣人的圣殿，降临到时间的世俗疆域，看似略作休息——直到诗尾，随着 to come（到来）等词，"过去和现在"的直线运动以螺旋式前进至未来伊始。我可以肯定，若不考虑这首诗的内部构造，读者将无法准确地理解它：四站分属不同的区域，走向未知的将来过程中，它先是"错误地"上行到"永恒"再"正确地"下行至时间。

不过，第二个关键问题是：如果考虑它的外部形式的话，读者能更好地理解《驶向拜占庭》吗？第一个外部形式就是诗里四个独立的"站点"，当他在思索其未来时，读者已发现说话者有空间"移动”的迹象；第二个外部形式则是罗马数字本身，通过间歇的停顿，给四个“站点”标以顺序，若换为单词则无法显示这仅是诗节。然而，第三个外部形式是八行体，叶芝以此写作这首诗有着明显的象征意义。对叶芝而言，八行体（在第十章我们会继续讲到）暗指文艺复兴时期的意大利（至少是诗人眼里文艺复兴时期的意大利，这源于他的阅读以及1907年与奥古斯塔及罗伯特·格雷戈里一起到访托斯卡纳）。八行体（在非喜剧场合）庄严而富有仪式感，符合诗人选择未来化身时矛盾的思考。同时，它还适用于表现拜占庭帝国磅礴的仪式和恢宏的建筑。其诗节足够宽绰，能容下天上的圣人和皇宫里的国王。不过，八行体并非对称诗节：其韵律结构为六行隔行押韵——ababab——之后加上一组对句，cc。通常情况下，对句用以小结或评论前面六行。在前两站里，《驶向拜占庭》遵守了该规则：均以独立的对句结尾。但是，当真正的危机出现，自我忍受痛苦的折磨，第三节诗行的节奏开始紊乱。说话者发现这个国度遍地成双结对，而他却无能为力，其内心沮丧而愤怒，他感到无地自容，也无法开口歌唱，诗行因此打破了前两节六行加对句的惯例。他的句子不再以行为单位，而以跨行的形式——“思欲成疾 / 并……”；“濒死的动物 / 它已然忘记”；“并将我 / 收入……”——模仿他想要逃跑的冲动，破坏了原本单一的节奏。甚至在最后一站，诗人选定了世俗身份，不过，身份的焦虑让他在整节诗仅以一个句子表现预知的未来。尽管最后一节插入的“Byzantium（拜占庭）...come（来）”韵脚很是响亮，其对句却不独立，依附于上一行的形容词，“就镶嵌在一根金枝上，唱 / 给……”掌握了严肃八行体的基本构造，以及看到诗人偏离规则时的痛苦和恐惧，读者感受到第三站的绝望和第四站有关未来的预言与向往。

思考叶芝的诗歌作品时，读者应始终注意是否有一种或者多种主要修辞手法统辖全诗。《驶向拜占庭》的主要修辞手法是对称和对照。诗歌的前半部分和后半部分长度完全对称；叶芝在两部分结尾时使用相同（或相反）的韵脚，突显全诗的对称性。前后两部分的对称还表现于两部分各代表一组对立——第一部分以世俗的国度对圣城，第二部分以禁欲的永恒对尘世的短暂。每一部分代表一个选择：主人公背离年轻人的国度选择拜占庭，后来又选择成为王宫里一只歌唱的金鸟，而不愿成为一名站在上帝圣火里歌唱的圣人（天堂的状态在人间显于大教堂的镶嵌画里）。因此，整首诗情感“经典”，它还宣称解决部分对立的方法是利用帝王的宫殿——因其两性属性、现世之歌以及世俗性——全都类似于年轻人堕落的国度。

当然，这首诗中还有叶芝精心设计的其他形式。其一是华丽的辞藻，譬如表现他个人世俗的审美时（“除非像希腊的金匠用镀金／或者锻金所铸造的身形……或者就镶嵌在一根金枝上”）[4]；其二是第一节的语法，中间叙述的长句夹在两句关键的评论之间。不过，读者通常能够自行感受到词语、意象和语法等形式。值得注意的，是诗歌的内外部形式以及诗节之间至关重要的先后顺序所隐含的争论。诗中的争论（最终认为是价值观之争——即便在暮年之际——世俗的、讽刺的和美学的）始于诗人想要否定年轻人的“国度”以及他们“感官的”音乐；否则，诗人无法从教堂的壁画上大胆地飞向“圣城”。接着，这首诗很自然地以诗人选择的“正确”化身结束；而在这之前预言一个临时抱佛脚的“错误”选择可衬托结尾的“正确”选择。诗节的平衡结构突显整首诗建立于对照之上。因此，尽管很多批评家看出乡村和城市的对立，他们却错过了另一组同样尖锐的对立——为了世俗的音乐抛弃了神圣的歌曲。[5]

然而，无论单独阅读《驶向拜占庭》时读者理解得有多透彻，若想全方位读透这首诗，我们就不得不提1930年的非经典的补充作品《拜占庭》（497—498）。它同样以八行为一节，却非八行体。1929年，叶芝大病一场（“马耳他热”或称布鲁氏菌病），他以为自己大限将至，随后写作了这首诗。《拜占庭》里没有罗马数字，因此我们可以假设说话者没有移动位置；他所处的位置，我们在阅读中会发现，正是“国王的甬道”，紧邻港口，大海与国王的金匠们砌筑的防洪堤交锋于此（这些金匠们锻造了拜占庭各类世俗和神圣的黄金工艺品）。全诗虽由八行诗节组成，却不同于《驶向拜占庭》中八行体的五音步“方形”组合。首先，《拜占庭》每一节八行诗里，只有五行五音步，每行诗的音步数为5－5－5－4－5－3－3－5。尽管八行体前六行的隔行押韵模式的重复给人以安稳、可靠的感觉，不过这种平衡的韵律结构很快就被打破，变得让人难以捉摸，最终呈现了两组对句（aabb）加上一节抱韵的四行诗（cddc）。其节奏，（不像八行体里不变的五音步）也变得不可预测。因为这首诗以规则的五音步对句开头，接着第三句也是五音步，我们期待这个稳定又易于把握的节奏继续。不过，问题随之即来：第四行虽与第三行押韵，却“少了”一个音步——它只有四音步，而非五音步。“失踪”的音步造成了明显的停顿：

白天里各种污秽的形象消退；
国王的士兵们醉倒在床上；
夜声归于平静，夜行人的歌声
响于大教堂钟鸣之后［。］

诗人精心设计了这一场景，将读者置身于午夜钟鸣的拜占庭。白天嘈杂的、未经雕琢的图像和声音——它的共鸣，它的感官音乐（夜行人的歌声）以及它的男性的欲望和愤怒（体现于醉酒的士兵）“消退”——如午夜钟鸣喝退一切。神圣智慧大教堂的圆顶浮现于街道的上空，对人类低劣的行径——愤怒（“骚乱”）和欲望（“淤泥”）——嗤之以鼻。随后的抱韵四行诗里，大量的抽象（“人类的一切存在”）替代了真实的士兵和随军杂役：

星光和月色下，圆顶不屑于
人类的一切存在，
一切不过是混合，
人类血液的骚乱和淤泥。

《拜占庭》前四节均是独立、完整的句子。随着白天的景象和声音消失，说话者看到倨傲的圆顶显现并主宰城市的一切，星光照亮了暗月，却显得惨白。舞台已经搭好：主题将是人类的“混合”，它来自血液的流动。对于圆顶而言，这些“不过是”混合：圆顶代表混合物的净化，是净化、纯洁的理想形象的集合。

自我憎恶的形式引发了开头。叶芝诗中随处可见的指称告诉读者，史诗和骑士文学里英雄的两种高尚活动——爱情和战争，过去是他们自甘堕落的两种形式，我们称之为欲望和愤怒。诗人想知道他的情感是否已经如此低俗以致令他厌恶自己和他人。在回应好友多萝西·维勒斯蕾女士对于他后期诗歌的评论时，叶芝写作了《刺激》(1936) 一诗，这首短诗可视为《拜占庭》的跋：

我老了，欲望和愤怒竟向我
大肆献媚，你认为这很可怕；
我年轻时，它们就不算什么；
现在还有什么让我诗兴大发？

在《拜占庭》里，诗人受到欲望和愤怒的刺激而写作，他在诗中重新命名淤泥——肮脏的住处——和血液，二者分别象征情欲的觉醒和好战的侵略。

除了自我厌恶，这首诗的第二个动机是向往——不是向往死亡本身，而是想要了解来世，一瞥视线之外的那个世界。诗人想知道：“在那里我会遇见谁？我身上的淤泥和血液是否能涤净？如果可以，怎样涤净？精灵存在吗？”一个诗人除了本《诗全集》之外，一无是处，他又将成为什么？想象自己成了自己的诗，由一只鸟儿（不时）唱给后代（片刻）认真的听众，这很有趣；但是，读者在诗人的诗里找到的并非一只鸟，而是“他本人，既抗拒又渴望”（叶芝的父亲曾这样说过布莱克）。当叶芝还“活着”的时候，他想要在他的作品中找到一个形象，想象读者能辨别他身份的形象，这似乎有些模棱两可。

因此，他再次将自己置于拜占庭。拜占庭不过是他个人现状的投射，与之相称的是，城市的人口也急剧下降：睡意昏沉的国王、王公、贵妇们已为白天街上晃荡的人所取代——国王的醉酒士兵和他们的夜行军妓。这些都是愤怒和欲望的污秽身体的形象，与说话者的白天形成共鸣；夜里，在叶芝的拜占庭幻象中，它们如肮脏的潮水般退去，净化的欲望油然而生，其形象充分展现了它们对于一切淤泥和血液的混合物的厌恶。这一节里说话者身份不明：它以圆顶倨傲的视角保持客观描述，设法成为“哲学”陈述。

在第二节和第三节里，说话者的眼前“浮现”两个平行、多重声音的来世幻象。左边，我们看到诗人的身体将会变成一具木乃伊。右边，我们看到一只金鸟，代表他灵魂最后的栖身之所：

身体	灵魂
我面前浮现一个影像，人或鬼，	神迹，鸟儿，或是黄金制品，
是人更似鬼，是鬼更似影；	说是鸟儿或者作品不如说是神迹，
因为哈得斯的线轴或许能解开	被固定在星光照耀的金枝上，
木乃伊身上缠绕的尸布；	能够像哈得斯的公鸡一样打鸣，
一张没有水分和呼吸的嘴	或者，它被月亮激怒了，
也许能召集更多没有呼吸的嘴；	在不朽金属的荣光中
我向那个超人致敬；	大声讥讽寻常的鸟儿或花瓣
我称其为生中之死，死中之生。	以及一切淤泥与血液的混合物。

我们知道这两个幻象平行存在而非不同，因为它们使用相同的对比修辞以表达说话者相同的评判困惑：在第二节，“我看见的是什么——是 X、Y 还是 Z? ——但是比起 Y 它更像 Z，比起 Z 来更像 X”；在第三节，“（我看见的是什么）——A，B，还是 C：比起 B、C 来更像是 A”。诗人就两种情况的可能性进行了等级对比选择：“我看见一个影像（而非其他，人或鬼）”；“我看见一个神迹（绝非鸟儿或黄金制品）”。叶芝的第一个幻象是他尸体的影像，他的嘴里没有了水分和呼吸，成了一具木乃伊（仿佛是一个缠绕裹尸布的圆柱体线轴）；说话者希望，它可能是阴间灵魂的指引者或来世迷宫里假定群体的向导。(叶芝圆柱体尸体的意象可能来自圣保罗大教堂的但丁纪念碑，他身体笔直，全身缠绕着裹尸布。)

在第二节木乃伊的幻象中，八行诗节的功能与第一节完全不同。第一节分为前后两部分（真实描述街景后将人类进行哲学的抽象定义——“人类的一切存在”）；而第二节每行末停顿，两两一对共四组。第一组两两押韵（aa）（通常情况下，两行押韵的五音步是诗节中最稳定的部分）奠定基础并将幻象定义为影像。第二节前后两组外部支架结构（第一、二行和第七、八行）分别代表描述（“我面前浮现一个影像”）和反应［“我（向它）致敬”］。内部两组结构（第三、四行和第五、六行）表达说话者内心的希望：木乃伊可能是线索，他的嘴能够召集其他死者同伴。中间两组情绪激烈的结构互相模仿：每一组都是一行长诗加一行短诗（音步分别为5－4，5－3），在有情态动词“能”的这一行末尾停顿并思考：

因为哈得斯的线轴或许能解开 / 木乃伊身上缠绕的尸布；
（停顿）
一张没有水分和呼吸的嘴 / 也许能召集更多没有呼吸的嘴
（停顿）

然而，下一组两行结构，诗人的致敬分别以短 / 长诗句陈述（音步为3－5），颠倒了之前重复的长 / 短 / 停顿的句式，因此，诗节结尾处诗句反而得以拉长：

我向那个超人致敬；/ 我称其为生中之死，死中之生。

这节诗的整句节奏对应形式有三种：两行长度相同（第一、二行）、一行长诗加一行短诗（第三、四行和第五、六行）、一行短诗加一行长诗（第七、八行）。当幻象出现时，该形式给这节以木乃伊为题材的诗一条又一条慎重的推论，最终沉淀为柯勒律治有关幽灵的悖论：生而未生，死而未死。

描写第二个鬼影，即死后灵魂的阴影时，其节奏与该节其他诗行截然不同。金鸟既让说话者大吃一惊（“神迹”），同时又“嘲讽”圆顶的“倨傲”。如凡间公鸡晨鸣般，哈得斯的公鸡（因教堂的钟鸣）午夜打鸣；金鸟能够（在没有月光的夜里）如公鸡般啼鸣；或者，当月亮出现的时候（它那超凡脱俗的美胜过任何黄金手工艺品），鸟儿，有着“不朽金属的荣光”，啼叫中还能说话，不仅对与它相像的（“寻常的鸟儿或者花瓣”）嗤之以鼻，认为它们凡俗又易逝，还“大声讥讽”人类是一切淤泥与血液的混合物。这一节不再以审慎的两行整句为单位：相反，这节诗基本没有停顿，诗人以艺术品的道德态度思考，其中心句（“金鸟能……打鸣，或是大声讥讽鸟儿或花瓣及一切混合物”）时常为各附属条件结构所打断。

我们暂停片刻总结一番，随着眼前污秽影像的消退，叶芝（我们称之为说话者）看见的幻象中有两个净化的影像：一个是他死后身体将成为一具木乃伊；另一个则是死后他的灵魂将成为一个声音。一个活生生的声音——自一本书中升起——超越了肉体的死亡，这是一件多么美好的事情！反复思量后他得出结论：尽管该幻象能够被视为一只鸟儿或者一件黄金艺术品，然而，确切来说，它的名字应是“神迹”。那我们如何通过“神迹”听到过去的书本里的声音？那声音承载的“神迹”，却是迈达斯王的痛苦：它们不再存于肉体，而在以语言铸成的“不朽金属”之手工艺品中，一成不变；锤炼之下它们形式统一，不再因情感欲望的“混合物”感到愤怒；它们不同于人类——它们成为生中之死、死中之生的“超人”范例。

为了死后成为这两种“净化的”形象——干枯的木乃伊身体和痛苦的神迹声音——在午夜钟声响起时，叶芝不得不步入净化的烈火，让烈火吞噬不洁的影像——在国王的锻造炉里，工匠们让它们获得永恒和荣耀。镶嵌画中的火焰代表天堂之火，燃烧于岸边国王的甬道上（如我们在诗尾看到的），海浪拍打着拜占庭城。烈火之中，人类的混合物净化为单纯；但是，诗人知道，单纯却消灭了声音：在《踌躇》一诗中，心儿“于单纯的烈火中震惊得哑口无言！”当诗人面对烈火，《拜占庭》的戏剧情节达到了高潮：他会走进去吗？第四节净化的烈火发出了诱人又可怕的邀请，其定义来自消极神学的悖论：这一节蜿蜒的句型首先以表示“自愿”的词语，如“来临”和“离去”，委婉地表述非自愿的灭绝过程。但是最后——以词语“消失”——第四节没有逃脱想象中痛苦的净化过程，以致坠入最终的双重“痛苦”：

午夜，国王的甬道上忽闪着
火焰，没有柴捆，没有炼钢，
也没有暴风雨惊扰，火生成的火焰，
生自血液的精灵来临，
一切愤怒的混合物离去，
化为一支舞，
出神的痛苦，
火焰的痛苦，它竟烧不尽一只衣袖。

这一句不会让精灵于第四行结尾处停顿，即便这一节“想要”（随着韵脚的变化）自然、停顿（如前三节中）；精灵被迫于下一行进入净化之火，其间它们的混合物“离去”了，火焰吞噬它们时，句法呈现出混合物的缩减和熔化方式：

一切混合物……离去，
化为
一支舞，
出神的
痛苦
火焰的
痛苦
它竟烧不尽一只衣袖。

叶芝在《驶向拜占庭》中略去的正是这般痛苦的过程，诗中精灵曾祈祷（“耗尽我的心儿”），但是它们并没有经历该过程。此处，《拜占庭》倒数第二节，说话者，直面烈火，知晓他若选择进去，里面将发生的一切。风烛残年的诗人，面对诱惑深感疲惫，他决定放弃身体，甚至同意以惊人之火结束生命。（尽管叶芝是在大病一场后身体逐渐康复中写作此诗，但这首诗并不是对于过去经历的事后反思；它从头到尾使用一般现在时，仿佛说话者处于真实的死亡场景之中。）

这首诗应怎样——以及如何变化句式——结尾？说话者是否会拒绝他的孪生来世的版本？或者他是否赞同灵魂净化过程中，出神和舞蹈的极大痛苦，它足以焚化“淤泥和血液的混合物”？在催眠几乎成功的最后一刻，说话者从本可以解脱致命痛苦的火里收回他的脚步。转身离开甬道上的火焰，他向外望去，凝视生命之海（如德尔斐的神谕所述），他曾远渡重洋来到这拜占庭。一队队像他一样

“生自血液的精灵”，骑着海豚（罗马石棺上复活的象征）漂浮在“淤泥和血液”的海里，联翩而至。拜占庭城集结一切艺术力量对抗生自血液的精灵：金匠们的锻造炉阻断了洪水，精灵们于火焰纹路的大理石上舞蹈，压制了“混合物痛苦的愤怒”。不过，污秽影像蜂拥而至，并不断生成新的影像（动词“生成”来自《驶向拜占庭》）。说话者最后一眼直接投向生成这些影像的大海，它被重生的欲望撕裂，饱受午夜净化钟声的折磨（这些形容词，本是修饰蜂拥而至的精灵，转而指向承载精灵的大海）。这里，感叹模式取代了先前的描述模式，诗人的语言正是《忽必烈汗》中激烈发狂的回声：

> 跨坐在海豚上的淤泥和血液之躯，
> 一个接着一个！锻造炉阻断了洪水，
> 国王御用的金色锻造炉！
> 舞池地面以大理石铺设
> 压制了混合物痛苦的愤怒，
> 那些影像依旧还在
> 生成新的影像，
> 那海豚撕裂的、那饱受钟鸣折磨的大海。

尽管最后这节“画外音”句法上分为感叹和描述，诗行最混乱的重复连接了两个部分：“一个接着一个！……锻造炉阻断了……金色锻造炉！……大理石……压制了……那些影像……影像……那撕裂的……那饱受折磨的大海。”叶芝以电影的手法表达这些好似正在进行的事件，只不过它们太快以至于无法叙述。

《拜占庭》前四节严格的形式顺序——午夜场景布置，身体的幻象，灵魂的幻象，净化之火——暗示最后这个饱受撕裂和折磨痛苦的说话者会有一个“解决办法”。不过，我们看到《拜占庭》结束于叶芝式混合物内，而非其外。我们不禁要问，为什么叶芝关于人类生活的描述要屡次变换重心（虽然没有变换其中元素）？

人类的一切存在，
一切不过是混合，
人类血液的骚乱和淤泥。

以及一切淤泥与血液的混合物。

生自血液的精灵来临，
一切愤怒的混合物离去［。］

……混合物痛苦的愤怒［。］

仔细查看以上陆续出现的元素，我们可以看到，首先，人类的混合物等同于愤怒和淤泥，以血液的形式流经人类的静脉（既是愿意倾洒的血液又是唤醒情欲的血液）；其次，淤泥的混合物与血液的混合物并行；再次，我们了解到愤怒也有它的混合物。简言之，血液（我们的肉身）有生物学的混合物；情绪的愤怒在血液中悸动，也有它的混合物；并且欲望的淤泥玷污了血液，同样也有了自己的混合物。基本情绪的混合物与身体机能的混合物一并让存在难以解释。如果淤泥、血液、愤怒和混合物的难解之谜能以某种顺序排列、某种配方调制，那生命就容易解释得多。相反，它们像被制伏的希腊海神般，因痛苦而扭曲，给读者两种选择：要么继续处于污秽的“淤泥和血液之海”的骚动之中，要么屈服于烈火。这首诗的结尾部分处于动荡和痛苦之中，在撕裂和备受折磨的海里，抗拒最初的诱惑——轮廓清晰的双重幻象（“影像”和“神迹”）——灵魂得到净化后的来世，继而又拒绝不死火焰保证的远离死亡。[6]

《拜占庭》，与早年《驶向拜占庭》一样，依赖于水平和垂直运动结构；诗一开始运用垂直等级结构的比喻手法。在该结构中，我们首先看到的是“人类”在街上的水平移动——欲望的“消退”；而愤怒为垂直的、万能的“圆顶”所不屑。我们在三重比较的“垂直”排列中再次看到等级结构，诗人希望能最准确地描述两个幻象——“是人更似鬼，是鬼更似影；说是鸟儿或者作品不如说是神迹”；以及金鸟的意象，它不屑于“寻常的鸟儿和花瓣”。这些等级的对比都与优于人类的“理想的灵魂”有关。但是，当人类选择进入燃烧的火焰时，这首诗又回到水平运动，说话者身处国王的甬道，他将视线转回身旁的甬道。“它竟烧不尽一只衣袖”暗示垂直运动，不过这首诗现在正处于水平层面，精灵们进入死亡的舞池，在大理石甬道的火焰中起舞。最后一节的冲突也将对立的两组力量——理想与人类——活跃于同一水平层面。它能达到此番效果是因为它的兴趣偏离了“垂直的”死后制品（木乃伊和金鸟），并把偏离的原因归咎于这二者本身。木乃伊的成因是肉体的死亡，而鸟儿的成因是金匠们在锻造坊里辛勤劳作。锻造坊里工作的金匠们不像“天堂里”获得永生的圣人，他们与海上备受折磨的人类共处同一层面，因此，诗歌结束于筑堤挡水的工匠和骚动的大海之间的“平面”对峙。说话者拒绝在《拜占庭》逃往天堂（在火焰中羽化升天），也不愿与水平技艺（国王的金匠们）同处“另一”层面。他依然保持人类肉身，尽管那已伤痕累累。

《拜占庭》与《驶向拜占庭》二者相得益彰。《拜占庭》中没有永恒歌唱的圣人；普通人的“感官的音乐”随着夜行人的退场而减弱。金鸟也不似《驶向拜占庭》中那般“歌唱”，而是“大声嘲讽”世俗之美。净化了的精灵不唱歌，它们只跳舞；而跳舞是出神的一种方式，无法告诉人们过去、现在和未来的事情。说话者，从一开始，坚定信念远离自然，聚焦于圣城的标志性装饰——圆顶和金鸟。尽管诗人在《驶向拜占庭》中选择的死后化身让人敬畏——成为天堂里的圣人或是王宫里的声音，但是它们至少显现于镶嵌画和金鸟等手工艺品。但是在《拜占庭》里，当叶芝问到他死后会怎么样，他看到的是一具腐尸，而非自我的化身。他的文字就是它的裹尸布；它能引领我们与它自己以及其他木乃伊交流，但是这些精灵的嘴，不像圣人的嘴，无法唱歌；它们既没有呼吸，也没声音。诗人对于肉体的憎恨隐藏于他构建的木乃伊和鸟儿的双重幻象：寻常的鸟儿活着的时候便飞入烈火，普通的花儿正值花期便坠入锻造炉。真实的鸟儿与花儿刚进入视野，那只金色的迈达斯鸟就因月光下的不真实感到痛苦。《拜占庭》里的说话者，与《驶向拜占庭》里的说话者一样，在诗歌开头时便决定在生命抛弃他之前先抛弃生命。不过，正是由于诗人不满于木乃伊和痛苦的金鸟作为死后身体和声音的意象，这才有我们今天见到的这两首诗。不管是以圆顶或者木乃伊，还是鸟儿或者出神等任何形式存在，人死后生命不会保持静止供人检查。相反，淤泥和血液汇成洪水，海豚乘风破浪，丧钟鸣响以示命令，新的污秽影像不断替代那些消失于烈火中的影像。

探索叶芝诗歌表现哪一种美（美学角度的定义）始终发人深省。虽然都展现了某种“超人”（永恒的圣人，不灭的火焰）和“纯粹”的人（王庭里世俗的歌声，说话者保持淤泥和血液之躯离开圣火）二者之间的冲突，两首拜占庭诗却包含不同的美。《驶向拜占庭》的中心基调是痛苦，尤其是诗人的自我顷刻间四分五裂，镀金鸟儿的幽默（“让睡意昏沉的君主保持清醒”）和镇定（“唱着过去、现在和未来的事情”）确保它结束于艺术审美和解脱的愉悦氛围。国王的宫殿一切井然有序。相反，充满痛苦的《拜占庭》确保的是它仍处于冲突的顶点。在第一首诗里，叶芝愿意死后将来生托付于文学，成为过去的历史学家、现实的记录者和未来有抱负的先知。但是在《拜占庭》中他知道，即便在他作品全集中——那个神迹——他死后的声音也将会因天上月亮的完美而感到痛苦万分。因其本身形式的完美，月亮嘲讽甚至蔑视生命的混合物——尽管如此，他的声音仍旧痛苦地思考它们的骚动。当然，我们将愤怒的《拜占庭》视为《驶向拜占庭》痛苦的“修正”；但是，前一首八行体形式工整，节奏稳定、优美而略带讽刺，它同样可以视为对极度渴望生命的《拜占庭》的“修正”——毕竟，作为《塔堡》诗集中的第一首诗，它最为耀眼。[7]

两首诗的结构如此巧妙，读者不希望诗节之间另有其他编排方式。第一首诗里，我们随着说话者从暗到明、由各个站点到达终点，他最终满意地获得了完整的世俗之歌。第二首诗里，我们随着说话者来到拜占庭城内，凝视圣索菲亚大教堂的圆顶，听到它午夜的钟声，思考接踵而至的身体和灵魂的幻象，想象净化之火，现在——拒绝净化——向后眺望汹涌大海之外。游移于《拜占庭》里每一个站点的是思想，而不是肉体：我们活在那个思想范畴之内，因为它是现在和未来状态的标记。在两首诗中，叶芝的想象力一心寻找它当下的敌人——年老——的象征，很多都已进入读者的脑海，仿佛很久之前它们就已存在：垂死的一代代，圣城，金顶，镶嵌画里的圣人，镀金的鸟儿，国王的宫廷，木乃伊，催眠之火，国王的大理石甬道，淤泥和血液之海。我们需要耗费大量的力气才能忘掉叶芝的想象力所召唤的一切。假设叶芝只说过：“我老了，我没用了，我感觉要死了；我好像看见自己成了一具木乃伊；我好像感觉自己成了永恒诗意的声音；但是，身体的痛苦让我感到愤怒，思想的苦恼让我一蹶不振。”我们无法记住这些句子，但是我们记住了拜占庭这个绝佳的发明——它起伏的波浪，它舞台布景的居民、圆顶、鸟儿和海豚，它浮现的幻象，它的魔法火焰，它弥留之际的动荡。而且，我们还记住了这两首拜占庭诗的内部结构，第一首如此有序，第二首如此起伏向前；还有关于世俗艺术与人类生活之辩，无论它有多让人神伤，在那些编排下最终自圆其说。

关于德尔斐神谕的诗

两首拜占庭诗里都只有一个说话者。他可以——像一只金鸟——唱歌给王公贵妇们听，但是他并不是其中一员。他拒绝成为圣人并加入他们在天堂的队伍。他不能走入净化之火，成为嘴里没有呼吸和水分的木乃伊群体中的一员。或许是死后加入某个团体的想法，部分促成了叶芝第二组从侧面攻击死亡的诗：它们主要来自古希腊传统。正如我们所见，《驶向拜占庭》和《拜占庭》发生于虚构的临终场景，说话者试着想象人的身体残酷变形之外某种新的化身。但是，写作于1931年的《关于普罗提诺的德尔斐神谕》（530—531）和1938年的姊妹篇《给德尔斐神谕的消息》（611—612），（在德尔斐神谕的启示下）说话者来到了真正等待人类的来世。普罗提诺（公元3世纪新柏拉图学派的创始人）是这两首诗中的主人公；正是他去往来世的旅行给两首诗提供了焦点。德尔斐神谕（摘自波菲利的《普罗提诺生平》，叶芝读的是史蒂芬·麦肯纳的译本）展示了普罗提诺穿过生命之海到达不朽之境的艰辛旅程。神谕直呼普罗提诺之名，如是说：

> 当你奋力从浸透血液的苦涩生命浪潮中爬起，克服令人作呕的漩涡，与湍急的洪水和无法想象的骚乱斗争，有福之人时常会告诉你大限将至［。］……在动荡之中翻滚，你依旧会有幻象……不过，既然你已经……放弃了容纳你崇高灵魂的坟墓，你即将进入仙境：沁人心脾的微风逗弄着……情人们的甜言蜜语，空气怡人，万里无云；来自黄金家族、非凡宙斯的伟大手足——米诺斯和拉达曼提斯住在这里；公正的爱考士、柏拉图……和高贵的毕达哥拉斯等一同组成了永恒之爱的合唱团，他们都居于此地。[8]

德尔斐神谕的文字很仁慈，而叶芝关于这段话的诗歌作品却很残酷。他没有让普罗提诺来到这“仙境”，甚至在游向此地的过程中，他被海浪拍打，甚至都没有看一眼来世的宁静。这首诗结构简单，由两部分构成，第一节描写人类生存的状态——骚动、失意、半失明；与之对照的是，第二节描绘德尔斐神谕里田园般的仙境，当然，普罗提诺并未踏足此地：

关于普罗提诺的德尔斐神谕

看那伟大的普罗提诺在那海里
泅渡，海浪拍打着他的身躯；
无趣的拉达曼提斯向他招手示意，
不过他看不清金色家族的成员
因为咸腥的鲜血模糊了他的双眼。

散坐在平坦的草地上
或穿行于蜿蜒的小径
柏拉图在那，米诺斯经过，
还有高贵的毕达哥拉斯
以及所有爱的合唱团成员。

第一节所有b音模拟海浪拍打普罗提诺的声音；第二节解说若没有咸腥的鲜血遮住他的双眼，他所能看到的一切。经历第一节各种阻挠（反韵和扬扬格）之后，叶芝费力将第二节优雅地结束于和谐的抑扬格，“以及所有爱的合唱团成员”。在选择诗节形式的时候，通过呼唤民谣诗节（隔行押韵，四行音步数分别为4－3－4－3）中的鬼魂，叶芝间接指向德尔斐神谕的“民间”特性，进而将那“古老的”形式改为“人为的”更精致的五行诗节：韵脚为abaab，分别为

4－3－4－4－3音步。“额外的”“a”行避免第四行与第二行押韵时的平静（就像我们听到了刚开始的民谣节奏，期待它继续往下）；因此在第一节中，第四行是为了减速的障碍。若是以民谣诗节开头，有人向他招呼示意后，普罗提诺“更倾向于”（在民谣传统诗节里）出现于第四行（在这里，和其他地方一样，括号内是我改写的一段话以表示叶芝的诗有可能这样来写，当然，事实并非如此）：

[看那伟大的普罗提诺在那海里
泅渡，海浪拍打着他的身躯；
和蔼的拉达曼提斯向他招手示意，
并且喊他休息片刻。]

事实上，“额外”增加的第四行有四拍而不是三拍，并且延续了“a”韵而非预先设计的“b”韵，这让我们感觉很不适。甚至当期待已久的“b”韵出现在第五行，设法减轻韵律的冲突，但它并没有终结普罗提诺的痛苦，反而以三个重读音节蒙蔽他的双眼，残忍地加剧了他的痛苦：“因为咸腥的鲜血模糊了他的双眼。”

与此相对，第二节因同样增加“a”行而得以延长，但这却毫无违和感，它只在队列中增添了一位天神，“高贵的毕达哥拉斯”。在诸神的国度，不再有惊涛骇浪：草地平整，还有个小树林；大家永远处于轻松的状态，可以躺在草地上也可以走进小树林的曲径；所有天神温和而自如地陆续“经过”，诗中的沉思代替了早前的激流勇进。面对德尔斐神谕里“万无一失”的描述，叶芝想知道如果他是普罗提诺的话，他是否愿意将自己托付于这无趣的来世。风景是无趣的，连判官拉达曼提斯也是无趣的，所有活动（小憩、闲逛、经过）也是无趣的，整个社会都是无趣的——这里没有女人。甚至连爱情合唱团里的小爱神（爱考士）给予的，按神谕里的原话（译后），都是“甜言蜜语”。叶芝拒绝成为这些性情平和的古希腊男性哲学家中的一员，正如他曾拒绝加入圣火中的希伯来男性圣人的队伍。我们如何能把一个没有女人、孩子、年轻人、中年人和老人的地方称之为天堂呢？如果那个地方只有一种性别，它还能成为天堂吗？男性“爱的唱诗班”无聊的合唱以及镇定的抑扬格乐曲能否吸引人类前往天堂？第一、二节的结构形成强烈对比：第一节是普罗提诺盲目的身体挣扎，第二节是他将面临无聊的哲思漫游以打发来世。当然这只是德尔斐在这首诗里所说的，叶芝尚未下定决心。

1938年，叶芝的生命将近尾声，他处理接受神谕里的特殊异象，“在那里”，着手写一首诗，以嘲讽的口吻描述他为自己设计的更宜人的天堂。如果神谕里说“柏拉图在那，米诺斯经过 / 还有高贵的毕达哥拉斯 / 以及所有爱的合唱团成员”，叶芝的反神谕将会戏仿为“他的爱的合唱团在那儿叹息 / 高大的毕达哥拉斯”，让读者相信他——有更充分的信息——报道同一场景。写完之后，他给这首诗粗暴地加上了标题《给德尔斐神谕的消息》（以下简称《消息》）。叶芝于1939年1月28日去世，这首诗于同年3月才发表。这首迟到的诗既称赞又讽刺了各种文化关于来世的所有神话想象。叶芝的来世是一个精心设计的天堂，诗人再现《流浪的安格斯之歌》和其他诗里的炼金术手法，以金银合制而成，目的在于充分表现来世的每一种类型。

理解《消息》一诗最大的挑战来自它表面的混乱无序。叶芝首先似乎要集聚他读过的神话中各类名人，包括凯尔特人、希腊人和基督徒。在这首诗的存在大链条上——他囊括了——神、人、半人半神（林中仙女和森林之神）和动物（海豚）。他还表现了不同年龄阶段的人，从婴儿（神圣的精灵们）到青年人珀琉斯再到不朽的“老人”。并且，这首诗里还默许了不同种类的性行为（独居、两性、同性、性虐和不同物种之间——涅瑞伊得斯与人、西蒂斯和珀琉斯）。事实上，叶芝来世的主要活动便是性（此前有叶芝特色的伸懒腰和昏沉欲睡打哈欠，并伴之以爱的叹息）。这些人费尽周折到了来世却无法保证道德水准，因为这个天堂里的居民和地球上的人一样容易犯错：爱情是盲目的，爱情与生物学相关，爱情掠夺成性。这混乱群体的统治者是大自然之神——潘（他的居住地和同伴引自荷马的《唱给潘的圣歌》，普桑的画作也给了叶芝不少灵感）。[9]音乐也不再是小爱神们单调的合唱，而是刺耳的嘈杂声，万物“不堪入耳的”声音。《消息》是叶芝最出格的一首诗：柏拉图等人只不过是“金色的老家伙”；莪相的“美丽的新娘”——“尤物”尼娅芙是个投机主义分子；海豚们上蹿下跳，它们背上的精灵们都被颠了下来；“它们的伤口再次崩裂”，神圣的精灵不怒反喜；爱的唱诗班蹚进海湾，给所有来人奉上桂冠；水里尽是光着身子的仙女和人兽在交媾。

《消息》是一首组诗，由三个部分或者“站点”构成，我们需要解释，像《驶向拜占庭》一样，为何叶芝在每节诗的前面以罗马数字标序。

给德尔斐神谕的消息

I

所有金色的老家伙在那躺着，
那里有银色的露珠，
和为爱情叹息的海水，
还有风的叹息。
草地上，尤物尼娅芙
倚靠在莪相身上叹息；
那里，高大的毕达哥拉斯
在他爱的合唱团里叹息。
普罗提诺走过来，四处张望，

胸前还沾着咸腥的盐渍，
伸个懒腰、打个哈欠之后
躺下来和众人一道叹息。

Ⅱ

那些精灵抓住海豚的尾鳍
个个骑在海豚背上，
再一次经历了它们的死亡，
它们的伤口再次崩裂。
狂喜的海水大笑
因为它们的哭声甜美而陌生，
它们舞着世代相传的队形
这些野蛮的海豚沉浮之间
来到了某个悬崖峭壁下的海湾
爱的合唱团从那里蹚过
高举着它那神圣的桂冠，
它们齐力抛下背上的重负。

Ⅲ

宁芙褪去了纤弱的青春，
珀琉斯注视着西蒂斯。
她的四肢如眼睑般娇嫩，
爱情用泪水蒙住了他的双眼；
不过西蒂斯的肚子在聆听。
从潘的洞穴
沿着山崖壁，

不堪入耳的音乐倾泻而下。
丑陋的羊头，野兽的臂膀，
肚皮，肩膀，屁股，像鱼一样
闪烁着光；宁芙和萨蒂尔
森林之神，在水的浪花里交媾。

叶芝出人意料地构思了来世，那里放任所有的性事，类型极为丰富，他本人甚是满意。但是这无序的堆积——以一种轻浮的民谣韵律写成——与叶芝描写“丰饶之角”时的想法截然不同，在《为我女儿祈祷》中，他极尽礼仪描写世代交替：

除了风俗和礼仪之外
还有纯真与美丽吗？
礼仪是丰饶之角的名字，
风俗是茂盛的桂树的别称。
(406)

在潘的自然领地，没有人类建造的房屋，也没有来自风俗和礼仪的压力（虽然时有精灵、美和桂冠出现）。不过，叶芝的田园牧歌里住着这些难以想象的人，这使得它不是一首单纯的田园诗。传统田园牧歌里没有这些哲学家，也没有如此异类混居。叶芝的来世是这样一个所在，那里自然必定包括文化，否则我们将无法欣赏。

叶芝设想好那荒谬的来世后（荒谬就是字面意义，因为诗后半部分的凯尔特人名早于古希腊和基督时代），他就让读者自己消化他以嘲讽口吻写作的神话结构。一眼望去，《消息》一诗外表精致有序：以罗马数字标序的三节诗长短一致，每一部分有三节四行诗，这样一来，每个数字序列代表3×3（如《一个爱尔兰飞行员预见了自己的死亡》里“完美的方形”4×4和稍后看到的《在学童中》8×

8）。不过，虽然这些诗节的外观看似规则的数学算式，但实际上它们并没有那么规范。不像《1916年复活节》中的“完美”四行诗节——“完美”的韵脚（abab）和相同的诗行长度（四行均为三音节3-3-3-3）——《给德尔斐神谕的消息》诗行长度参差不齐，民谣的韵脚也并不工整（4-3-4-3，abcb）。看似我们完全处于“低俗”艺术的领地。说话者荒谬的节奏和用词加深了这一印象，尤其组诗以叙事性“天真的”（“还有风的叹息”）叹息之歌开头。似乎这位毫无艺术修养的叙述者知道，只用一个主要动词表达来世：“和为爱情叹息的海水，/ 还有风的叹息。/ 尼娅芙……叹息；// 那里……在叹息 / 毕达哥拉斯 / 普罗提诺 // 躺下来和众人一道叹息。”（我们可以回忆组诗《三株灌木》中的《情人之歌》，“种子为子宫叹息”。）我们应如何理解这简约又荒谬的措辞呢？这个通用的叹息是动物世界的呼吸，是性的合吟。老年人欲望的叹息让他们不合时宜；尼娅芙是一个美丽的“尤物”，她掠走了难以自抑的叹息。因为那些精灵还是童子之身，他们的叫声理应纯洁，但是叶芝把这些叫声与伤口的再度崩裂联系起来，并说他们“甜美”而“陌生”，还允许他们激起狂喜的海浪撩人大笑，将非正常的性虐氛围笼罩于此。同时，这些肌肉发达的精灵（“个个骑在海豚背上”）和海豚们甩到身上的重负，给该场景增添一丝马戏团表演般的世俗气息，不过，还有一丝唯利是图的氛围悬停在众情欲之神的上方，他们高举着桂冠蹚水走过。这首诗有失体面、追求感官和寻求刺激，既是给德尔斐神谕的消息，也是类似于“给诗人华兹华斯的消息”。我们确实需要走得足够远才能看见孩童们在那永生的海边嬉戏，不过华兹华斯挽歌的崇高顷刻间化为孩童们活力十足的嬉戏，并以陌生化的手法表现为狂喜的海水的笑声。

错乱的表述似欲蔓延至全诗，不过，仔细查看诗中各“站点”的顺序后，我们可以弄明白，叶芝在第一节是展示来世居民的构成，第二节是描写到达来世的那个时刻，第三节是陈述这一世界的中心活动即交配。起初我们并不清楚为何叶芝非要与不同族群共处一地，但是，最后我们明白了他们是他死后渴望拥有的同伴，因此，这还要求不同年龄阶段的人。首先认出的是“成熟的”老年人（叶芝的同龄人）和有性行为的恋人（比如尤物尼娅芙这样的），还有远古时代未成年的赤子多种形态的性行为。人类年龄的顺序结束于年轻人珀琉斯的戏剧场景，他盲目喜欢西蒂斯，后者受生理欲望而非爱情所驱使；她的“肚子在聆听”从潘神上方的洞穴里传来的“不堪入耳的”音乐。

叶芝的风景画并没有肯定神谕原本的表述。是的，虽然我们看到了草地和海滩，但是这幅风景画既不平坦也不安宁：我们找到了海湾、悬崖、峭壁和高处的洞穴。栖居此地的人和动物并没有从事体面的活动，譬如于森林幽径交换哲学思想；相反，他们投身各类粗鄙、戏谑和模棱两可的活动中。简言之，顺序的外部韵律标记（可以预测每一节第二、四行押韵和3×3的方形乘法运算结构），以消减叶芝神话想象中杂乱的*戏剧化人物*，并说服读者叶芝的确由此盘算：较之先前没有性别、没有呼吸的木乃伊以及金鸟等幽灵般的想象，他更喜欢此地生机勃勃的群体。

叶芝式的想象引出顺序的另一原则，此次关乎语法，他坚持使用一连串的动词表现其喜剧能量。普罗提诺到达海边，加入了合唱团的首唱——重复的叹息（神谕可不允许他这样），随后就是一连串动词“骑”“崩裂”“舞着”“浮沉”“蹚过”“高举”“抛下”“褪去”“注视”“蒙住”“倾泻而下”“闪烁”和（最后的）“交媾”——最后一个动词弃用暗喻，格外直接、冷静。最终建立了顺序的内部原则，其想象力丰富：到达了来世，他“四处张望”，休憩片刻后旋即发现到处都是爱的叹息声，来世里所有生物十分热衷于身体活动，尤其是性。想象力十足的顺序的另一个原则，是当我们了解人类年龄的过程（起初看似“混乱”，因为出生之前就开始计算年龄）如何展示真实、精心策划的顺序之后可以推导出的，因为它的末尾聚焦于保持人性的时刻：情欲的时刻。叶芝描述自己的过去时甚至运用了反讽，正如他展示青年珀琉斯渴望爱情却被泪水蒙蔽了双眼：虽然什么都看不见，但他痴痴凝望的姿势将爱情的愚行和即将发生的心碎表现得淋漓尽致。不过，男性对于爱情纯真浪漫的幻想顷刻被撕去了神秘的面纱，西蒂斯的态度逐渐显露欲望，为回应命运的要求——她怀上了阿喀琉斯。守护神潘，放送他的音乐让万物交媾。

这首诗从开头通用的性语言到虐童癖和众情欲之神的同性恋，目的是在刻画思欲成疾的人类恋人和洞悉一切的涅瑞伊得斯时达到高潮。他们两人以各自不同的方式遵守潘神有关自然的设计，潘神四周尽是各种性行为，丑陋的羊头萨蒂尔与“像鱼一样”的宁芙正赤裸地交媾，仙女身上一些动物的部位在水中闪光：

丑陋的羊头，野兽的臂膀，
肚皮，肩膀，屁股，像鱼一样
闪烁着光；宁芙和萨蒂尔
森林之神，在水的浪花里交媾。

看似上述第三行是另一种三音步——闪烁着光；水中仙女和半人半兽的森林之神（“Flash **fish**-like; **nymphs** and **satyrs**”），我们突然想起了民谣诗节的第三行要求有四个重音，因此，我们必须以头韵的扬扬格朗读这一行：“**Flash fish**-like; **nymphs** and **satyrs**.”动物交媾的沉重节奏完全不同于流畅的非重音音节组成的轻快韵律，后者体现青年珀琉斯正处于初恋痛苦之中：

宁芙褪去了纤弱的青春，
珀琉斯注视着西蒂斯。
她的四肢如眼睑般娇嫩，
爱情用泪水蒙住了他的双眼。

[Slim adolescence that a nymph has stripped,
Peleus on Thetis stares.
Her limbs are delicate as an eye-lid,
Love has blinded him with tears.]

年老的叶芝不允许年轻人渴望的眼神以讽刺的意味阻碍他探索来世：最后的交媾（“肚皮，肩膀，屁股”）戏剧化地颠覆了珀琉斯的盲目渴望，他没有注意到西蒂斯的“肚皮”属于潘神。[10] 但是，水的浪花象征珀琉斯求而不得的痛苦以及他周围动物的交配：追溯《两个提坦》一诗，通过恋人的灵魂，浮着泡沫的激情浪花唱着它们的歌：

……浪花唱着
它们的激情和它们的焦躁与悲哀
通过他悲伤的灵魂，无论老幼［。］
(687)

像两首拜占庭诗，叶芝这对“神谕般高深莫测的”诗——一首是德尔斐的神谕原版，其创作源自“天启”阿波罗关于天神所在宁静疆域的异象；另一首《给德尔斐神谕的消息》给理想主义者的观点以野蛮的、喜剧般的、可怕的否定——二者相互“修正”。第二首诗源于普桑的画作，他原以为它代表的是珀琉斯和西蒂斯的婚礼，类似于《关于普罗提诺的德尔斐神谕》，其神话故事情节一致，都是希腊神话；不过，叶芝虽年事已高，但记忆力超群且心胸广博，莪相、普罗提诺和圣婴们共处一地。人的年龄这一传统主题与计划的时间顺序分离，为的是反映叶芝的三重自我映射；以当下金色的老者身份为起点，往前追溯至莪相，再往前到婴儿期，最后再转回莪相，以恋人的身份出现。再次沉溺于潘神的感官音乐，他甚是满意，他把自己投射为一个愚蠢又激情四射的珀琉斯。每次自我投射的记忆幻觉感极强，这导致其他两次映射身份重复出现。《关于普罗提诺的德尔斐神谕》是一首安静的诗，有着寂静无声的草地和树林；诗人构思它发生于《月亮之上》，新柏拉图学派的形式之地；而《给德尔斐神谕的消息》是一首喧闹的诗，全诗满是大胆、“不堪的”世俗动作及身体的响动。

回顾叶芝四首关于来世的诗时，我们可以看到，最后这首《消息》诗中，叶芝废除了之前所有的层次体系。他选择不和谐的声调和民主平等的神话，混淆人的年龄顺序，而且，他还废除了现行文体的等级：来自抒情诗、史诗、喜剧、滑稽戏和悲剧中的人物都现于《消息》，他们同等重要，没有主次之分。全诗的中心比喻——大杂烩，或称“整体”，让他放弃了之前三首诗的中心比喻。我们先前看到《驶向拜占庭》的中心比喻——平衡的对立；与此相对的是《拜占庭》的层次体系：净化的影像取代了污浊的影像；圆顶鄙视人类一切；金鸟嘲讽寻常的鸟儿和花瓣；幻象与人相比更似鬼影，与鬼影相比更似影像；金鸟不只是鸟儿或者手工艺品，更是神迹。《拜占庭》结尾等级体系的崩溃——不断生成的影像和愤怒的冲突，这首诗赖以生存的等级防御系统实则不堪一击——读者得以重回人类的疆域。《关于普罗提诺的德尔斐神谕》被同质的修辞所统领：终极乐土单调乏味，普罗提诺历尽艰辛来到乐土，却与“金色家族”其他成员一样千人一面——“金色家族”意味着丧失所有个人身份。神谕里的单一指令，“那里”，将所有乐土的成员置于同一参考点，无论是树林还是草地都无关紧要。神谕里的非个人声音以集体而非个体的角度思考：金色家族的所有成员伟大而高贵。普罗提诺饱受海浪拍打，他的视线因血液和海水而模糊不清，在大海里沉浮时他还是单独的个体；一旦到达“那里”，他也将成为那些高贵身影中的一员。不过，在《给德尔斐神谕的消息》中，叶芝拒绝平衡赞成混乱，拒绝等级赞成平等，拒绝一致赞成个性。这样一来，他甚至冒着牺牲音乐的风险：音乐由多个音符组成，每一个音符平等而独立，故意略去传统音乐的齐唱和和声。不过，诗中隐藏秘密的理想主义：潘神那包罗万象的音乐——如果我们都承认的话——能够唤醒我们心底最深的欲望，通常与性有关，并且，它能说服我们承认自己就是叹息合唱团的成员。

至少从三十岁起，叶芝就知道他诗歌的最终归属地是世俗世界，而非理想智慧的领地——尽管它拥有强大的吸引力：1895年，他原计划将第一本诗歌选集取名为《月亮之下》。[11] 他最终不得不拒绝拜占庭的圣人和超自然的火焰，选择一个世俗的声音和那撕裂的、饱受折磨的大海——放弃传统的宁静乐土，选择潘神泛性的领地。他这样评价自己的作品："持剑之人自始至终在声讨圣人。"[12] 不过，如果我们从这四首诗里仅得出相似的"结论"——他们虽然受到理想（来自智慧、隔绝或者哲学思辨）的诱惑，但仍坚持不羁的生活——我们只是关注它们的结论，没有意识到他在论证过程中所采用的方法。每首诗里，无论是表达生死攸关的选择，还是叶芝在当下以某种形式构思理想和人，每一首诗的形式与结构都不可或缺。逐渐意识到每首诗里正在发生的旅行，我们可以感受到自我精神宇宙里的共鸣：去往拜占庭的路上，八行诗节彰显隆重与从容；《拜占庭》参差不齐的诗行代表濒死的痛苦；《关于普罗提诺的德尔斐神谕》四行诗延长为五行诗的焦虑；《给德尔斐神谕的消息》里快活讽刺的民谣体。因为它们各自相异，每首诗的情感，必须是，实际上也是以奇特的独立形式构成，无论内部还是外部。这种由前一首诗（或者几首）生成一首新诗的自我批评方法，托多洛夫在《散文诗学》中称之为相互之间线性的组合关系（横向），即前一文本"激发或者修正"我们所看到的后一文本：二者的关系是一种"隐藏的争论"[13]。叶芝诗歌形式呈现其大致轮廓时，我们可以看到它支撑着持续的、来自多方的争论。

要想理解叶芝的诗歌却无视他为其诗歌发明的各种形式是致命

的。即便在柯提斯·布莱德福特早期有关拜占庭两首诗作草稿的研究中[14]，他都没有弄清楚这两首诗的形式意义所在。他这样总结两首诗作为论文的结尾：

> 两首诗与存在统一体密切相关，与通过艺术的形式实现存在统一体有关。在《驶向拜占庭》中，主人公离开了由感官支配的年轻人的国度，驶向拜占庭这个精神生活的象征，从而实现了存在统一体的世俗层面。《拜占庭》探索存在统一体的永恒层面。诗一开头，污秽淫荡的影像让路于宁静的精神影像，月光映耀下的圣索菲亚大教堂的圆顶。死亡的召唤者，化身行走的木乃伊，呼唤亡故者的灵魂去往天堂。金鸟再次出现，不过，单单一只金鸟无法代表叶芝天堂的全部。当亡故者的灵魂骑上海豚，这世俗海里的恒温动物，游向铺着镶嵌画的甬道，它们于净化的火焰中舞蹈，叶芝终于找到了一个完整的象征。我们从复杂走向最终的简单：意识和精神合成一束密不可分的光线，存在统一体完美地存在于时间和永恒之中。
>
> (130)

两首诗的冲突在这总结中都消失了。从这一段解释来看，没有人会想到在第一首诗里，他即将成为圣人却变成了一只世俗的鸟儿，又或者，第二首诗并非以“一束密不可分的光线”简单至极地结尾，而是激烈的对峙，蜂拥而至的污秽影像与国王金匠们的对峙。由于其象征意义随着诗歌形式不断变化，从站点到站点，从诗节到诗节，从比喻到比喻，从人群到人群，因而推动读者从一种情感状态到另一种。并且，叶芝宇宙的任何一个角落，无论是存在于时间之中还是存在于永恒之中，总有一个静止的“存在统一体”不受干扰，甚至视为理想。叶芝诗歌的形式，作为诗歌核心的入口，与生成让人难忘的鬼魂“理念”同等重要（甚至有时候更重要）。

在接下来的章节里，我不会这般细致地分析诗歌作品。不过，指导我分析这四首诗的原则仍旧会用于后续所有讨论，我希望读者记住中心比喻、几何形式和数学对称，有关美的不同主张、对应的诗歌等，它们在叶芝的作品中反复出现，即便我不会每次都指出这些特征。现在，看完叶芝如何写作单首诗和成对的诗之后，我想跃至他最伟大的诗歌抱负——组诗，以两首强有力的政治诗《1919年》和《血与月》作为例证。它们展示了一位有着过去、现在和未来声音的伟大诗人究竟能够走多远；同时，它们以抽象的方式展示了大型、难以把握的事件如何写入诗歌的界域。

第三章

组诗的迷局：两首政治诗

虽然多诗合成的组诗是叶芝抒情诗实验复杂的终点，而我在第三章就开始研究组诗是为了梳理他成熟的抒情诗理性和情感积累的走向。这些组诗，从不同角度接近某一现象（内战）或概念（踌躇），替代了叶芝早年立志写作叙事诗的雄心。在叶芝以前，用英语写作的著名组诗其内容紧密相连、形式完全一致，如十四行诗；而叶芝组诗的特点是——以《1919年》和《血与月》为例——由同一标题下多种不同形式的诗组成。组诗单独的个体都是“诗”（叶芝通常称之为“诗”），[1]尽管其中很多可以独立成为审美单位，但在组诗中它们举足轻重、不可或缺。

是何等富有想象力的冲动让人写作一部组诗而非单首诗歌？这种冲动又是以什么特别的方法来表现自己？我们将会看到，这些方法可能如“魔术般”不同，又或是它们因某种想法而起，以示例一种特殊的文风、节奏或诗节形式。有时候它们看起来很美妙。写作组诗时，诗人那富有想象力的冲动致力于寻求一种适合的形式——这里的“形式”不单指组诗里每一首诗的内部和外部形态，也包括这些诗的组合顺序，我们从中得出全部隐含的争论。叶芝的单首诗形式选择和编排顺序若非随意（它们当然不是随意），我们能否找到合理的方式来描述单首诗歌和整部组诗两种形式的现象学？我们能否参透统领诗人选择的多重目标？我们能否看到，一首诗尤其是一首政治诗，经由时事转为抽象的形式其优势所在？叶芝坚持认为从日常生活中抽象而来的象征更能把握现实的精髓。艾兹拉·庞德永远聚焦于时事，认为叶芝这个观点很有趣，写作《比萨诗章》（♯83，22—26）时，庞德与叶芝同在巴黎，他这样评论叶芝的想法：

天堂不是人造的
而威廉大叔于巴黎圣母院四周游荡
寻找让人暂停一切
　　　　来欣赏那象征
巴黎圣母院正伫立其中［。］

这里将讨论叶芝在两首组诗里暴力行为的象征，以及他有信心落实这些想象的抽象之物的形式。以下两个实例里，我会分别描绘每首组诗的主题并指出整首组诗的形式，以期提高我们对于叶芝诗歌形式来源以及他独特编排的认识。

1928年，《1919年》随《塔堡》诗集出版。它由六部分组成，共一百三十行，读懂这首长诗需经过细致研究和不断反思。它部分起源于1919—1920年间爱尔兰共和党人与英国警察之间的游击战，后者得到黑棕部队（非正规军，因其制服得名）的驰援，大多由第一次世界大战后遣散的军人组成。这些冲突成了1922年共和党与自治党之间内战爆发的导火索。不过，为了理解叶芝在《1919年》中尤其关注暴力，我们需要记得这首诗写于一战刚刚结束之际，当时的欧洲满目疮痍。

组诗《1919年》中六首诗的形式结构看似各不相同（本章附录有更详细的描述），诗与诗之间自发性突变。六首诗长短不一，分别由一至六节组成，有五种不同的押韵方式，四种不同的韵律结构，三种不同的诗行长度；它们代表不同的主题和诗歌类型。它们所使用的人称也不尽相同：叶芝使用第一人称单数仅一次，更多的是第一人称复数，还有非人称的叙述或哲学思辨。对于这不同的韵律、句法结构以及诗歌的编排顺序，我们该做何解释？

《1919年》原名《有关当前世界局势的思考》，完稿日期为1921年5月。1921年4月9日，他与奥莉维娅·莎士比亚谈话时评论他手头的工作，说他一直在读书，“找寻历史之锥的旋锥迹象，好像我们看见了它”[2]。写给格雷戈里夫人的信中说到：“第一首诗还处在安妮诗（《为我女儿祈祷》）的情绪之中，不过剩下的就愈加狂放了。”[3]丹尼尔·奥尔布赖特提到：“（给组诗）重新命名和重新标注日期可看出1919年对于叶芝的重要性，这一年……反叛的爱尔兰共和军受到黑棕部队的阻击”。[4] 1920年11月5日，格雷戈里夫人的日记记录了居于叶芝组诗核心的暴行：爱琳·奎因，一个三岁孩子的母亲，被黑棕部队士兵乘卡车路过时开枪“打死……孩子还在她怀里”[5]。我们的第一反应可能会认为叶芝写作整首《1919年》是为了展示第一首诗里提到的真实事件，过去的幻想突然被打破：

如今的日子是恶龙当道，噩梦
骑在睡眠的头上：一伙醉鬼士兵
居然撇下那母亲，横尸宅前，
满身鲜血匍匐着，扬长而去。

另一首政治组诗《内战时期的冥想》里，类似描写时局的内容出现较晚，在倒数第二首诗中：

有的地方
有人被杀了，又或是房屋被烧毁……

就在这内战的十四天里；
昨晚他们还沿路押运？
那个死在血泊之中的年轻士兵。

若其他诗人写作这两个场景，他可能会将更多的笔墨用于当地的流血事件和这起悲剧的缘由。叶芝既没有用当地事件开头或结尾，也没有详述任何历史细节。[6] 爱尔兰的这些地方事件，虽然触发叶芝写作《1919年》，却不是他组诗中的聚焦点，其真正的主题是人类暴力的不解之谜。为何——跳至《1919年》最后一个谜团——14世纪出身高贵的爱丽丝·凯特勒夫人会屈尊嫁给罗伯特·艾提森那样“邪恶的魔鬼”（叶芝这首诗注释里的原话），并从公鸡的头上撕下“鲜红的鸡冠”作为性的暗示交给他？[7] 为何——回到组诗里第一个谜团——古代希腊会有如此“纵火犯或者偏执狂”，焚烧宗教纪念碑或者熔化艺术品以获取黄金？政治暴力并不是唯一甚至主要让叶芝在《1919年》神伤不已的原因；其实他在组诗中思考的是反复的、多重形式的、由来已久的人类暴力，即便这暴力的牺牲品只是动物。将《1919年》仅置于爱尔兰当代冲突的背景下思考是一种误导：叶芝本人花大力气在组诗里扩大其历史背景，直指古希腊（烧毁雅典娜的雕像）和古巴勒斯坦（莎乐美舞蹈后约翰牧师将其头砍下）。[8] 尽管爱尔兰的大屠杀引发叶芝写作这首组诗，但是理解和详细讨论组诗里的单首诗并不需要这个导火索。

《1919年》最初的谜题是人类竭力毁灭他们建立的各类文明。叶芝说，我们可以期待“普通的事物”会因尘世间的变化而被“抛弃”，但是，“真正可爱的事物”（西方的美学遗产）会为命运之神庇佑免受暴力摧残。从那些可爱的事物中，叶芝列举了宗教圣像如雅典卫城用橄榄木制作的雅典娜神像、艺术品菲狄亚斯的象牙雕塑和以不起眼的蚂蚱、蜜蜂为形、制作精良的希腊纯金复制品。组诗以品鉴这些圣像和意象的声音开始：

那儿矗立着
在装饰铜像和石头制品间
一尊以橄榄木雕刻的古代神像——

而菲狄亚斯著名的象牙雕塑，以及
所有纯金制作的蚂蚱和蜜蜂都不见了。

恰好在诗节中部，第一首诗从古希腊转而评论当前爱尔兰——“如今的日子是恶龙当道，噩梦 / 骑在睡眠的头上”——但是，结尾又回到古希腊并重述开头的谜题。这样一来，这首诗呈环形，结尾的难题与开头相同。刚开始“真正可爱的事物”永久存在的自信被视为幻觉，在诗尾部分，说话者的语言在最后三行沦为重复的间接引语，对于毁灭者而言其态度十分自然：蔑视（“那个树桩”），唯利是图的动机（非法交易）和鲁莽的暴力（“打碎”）：

那个国家上下
没有人敢于承认，是否这个想法是他的，
却有纵火犯和偏执狂
焚烧了雅典卫城的那个树桩，
或是将著名的象牙雕像打碎
或是非法交易蚂蚱或蜜蜂。

诗歌于开始的地方结束——他们的情绪悬而未决，他们的情形也一如当初那般糟糕——这个形式为人熟知（叶芝对邓恩的《圣露西日的夜曲》了如指掌）。但是为何叶芝以八行体写作开头的谜题?

八行体首次出现在叶芝1928年的诗集《塔堡》，随后十年里他偶尔为之，最后一次出现在1938年的《驯兽的逃逸》。叶芝早前也写过八行诗节，那并非他用尽才艺写作的正式、稳定的八行体。尽管《驶向拜占庭》是《塔堡》里最后完成的诗，在诗集中它却位列第一，被引为范例：八行体（经由叶芝）代表文艺复兴时期宫廷诗的成就，代表文化、文明和“不朽理性的纪念碑”，代表杰出的技艺（不论是永恒的还是短暂的）。《驶向拜占庭》前两节未受干扰，展现八行体的标准形式：前六行描写或思考（隔行押韵），后两行以一组洪亮的对句解决问题（同一韵脚）。《塔堡》的读者看到《1919年》中第一首八行体时，很可能自然地期待这是另一首向永恒艺术致敬的诗，无论是希伯来艺术还是古希腊艺术；并且，该诗开篇就称赞真正可爱的事物，这一主题也适用于八行体。但是，在阅读组诗的过程中，读者发现，他们被诗人弃于谜团、问题、古怪的民间传说中。尽管《1919年》第一首诗前两节八行体诗节其结尾对句与标准保持一致，但是后四节或多或少打破了这一稳定性。的确，诗中涉及文明的文化产品，但是这首诗的主题是它们悲剧的命运。“那个能够读懂这些标识的人”知道：

无一作品能够幸免于难
无论健康、财富或是和平的思想能
用于理性或者手工的大手笔，
没有荣誉能留下其宏伟的纪念碑［。］

《1919年》第一部分徘徊于创造力与灭绝、自由意志与宿命论之间。一方面，人类似乎不仅拥有创造力，还能“阅读这些标识”，并且，如果他足够坚强能拒绝诱惑而“怯懦地沉入／某种醉人的半欺骗状态”，甚至想当纵火犯或者偏执狂，这些想法都是自我毁灭。然而，另一方面，这首诗将宣告人们不过是“在洞里打斗的黄鼠狼”，毫无理性可言。在第三个构想中，诗人断言，人们喜爱的事物并非被外界的暴力毁坏，而仅是主动地转瞬即逝消失在我们的视线里：“人们深陷爱河，喜欢转瞬即逝的事物，／这还有什么好说的呢？”《1919年》第一部分这些变化的思考没有按照逻辑顺序或者累积的方式编排：艺术失败了，理性失败了，兽性的恶意失败了，哲学的顿悟失败了。在这喧哗声中，文明，此处对应为八行体形式，也只能止步于这首组诗里；这文雅的诗节形式，徒有其文艺复兴的光环，第一部分后再未出现。

第一首诗里各诗节——只有一节例外——重复使用单一的结构：幻觉（通常于前六行某处发声）和幻灭（大多数现于对句，有时候更早，如第三节里引自圣经的警示，犁铧无法打败大炮）。（在一首诗里，这种重复的心理模式代表着人类无法抗拒的宿命论。）第五节曾有片刻抵制这命定的坍塌，宣告（我们将会发现这并不成熟）一种慰藉的形式："幽灵般独处"能够安慰一个明智而现实的人，不过，若他将其高级哲学知识当作胜利的一种形式，这一切将会付之一炬。灾难之中他个人的客观性是公正的——至少这节诗是这样认为。但是，一旦叶芝把这当成他理性的慰藉品，他的情感却不买账，继而否定他假装知道这里"有个慰藉"[9]。

> 但是这里还有慰藉吗？
> 人们深陷爱河，喜欢转瞬即逝的事物，
> 这还有什么好说的呢？

承认这一点，他便不再以"幽灵般的独处"去战胜灾难；相反，八行体在结论中倒回它幻灭的主题模式，因为希腊的象牙都已毁坏而金银珠宝都被用来换钱。表面顺从了暴力掠劫的哲学思考后，叶芝的组诗将何去何从？领悟到"日子是恶龙当道"，一条恶龙恣意盘亘在他的国家，他又会做些什么呢？

让人意外的是，组诗的下一部分只有一节，描写看似琐碎的东方现代舞蹈，由多位"中国"（实则日本）的舞者手持彩带杆，舞出"空中飞龙"。不过诗人将这现代舞蹈的编排当作一个象征，以认同他感觉到的当前"恶龙当道"的历史：

> 当洛伊·富勒的中国舞者舞出
> 一张炫目的网，一条漂浮的丝带，

好像一条空中飞龙
落于舞者之间，把她们卷入漩涡
或沿着它的愤怒之途将她们催赶；
柏拉图年也是如此
卷入旧的一切，
卷出新的对与错；
所有人都是舞者，而他们的脚步
合着铜锣野蛮的铿锵声。

诗人还未详述洛伊·富勒舞蹈团舞者们的动作，顷刻间它就被——在同一诗节里——类比为宇宙的最大运动，整条黄道带三万六千年的星座旅程。空间的范围扩大至天文学，时间的编排追溯到音乐的原始起源（此处以一面亚洲的“铜锣”发出规定的节奏表现，所有人都必须遵循该节奏；后来，在《超自然的歌》里，原始音乐将由一面“魔鼓”发出；这两种乐器都只能发出单一的起 / 落的声音，表示音乐最基础的形式）。宿命论者断言这是绝对的规则，这与舞龙的舞者们看似自发的动作自相矛盾（事实上他们的动作由看不见的编舞力量所主导）。丁尼生“敲走那些旧的”支持叶芝应对更为险恶的多样变化，新的对与错换回的不过是旧的对与错。

是什么样的诗节形式包含了如此凄凉的言论？为什么《1919年》这一部分由一节怪异、让人感到非常不适的诗节构成？以及为何叶芝在下一首诗，即组诗的第三部分，立刻转向这节诗求助？[10] 以下是这节十行诗的特点：

韵脚方面，该十行诗节并不对称，是6－4的组合，六行诗（abcabc）后紧随（中间没有空行）抱韵的四行诗（deed）。

逻辑和标点方面，这节诗对分为两组五行诗，中间以分号隔开：第一部分关于舞蹈；第二部分关于柏拉图年。

> 节奏方面，该诗节有三种节奏模式，同样不对称：前五行中两组五音步的对句之间夹着一行三音步（5－5－3－5－5）；后五行由四个三音步和一个五音步组成（3－3－3－3－5）。[11]

因此，这一节处于三重混乱局面：不对称的6＋4韵脚结构与5＋5两部分逻辑布局不符；逻辑上类似的两个相等部分（舞者和年）其韵律节奏又完全不同。从图形上看，整节诗开始部分是五音步，形状较宽，然后变窄为三音步，再变宽，再变窄为三音步，最后以五音步结尾：宽，窄，宽，窄，宽——一个双重旋锥。

叶芝在这首诗里为读者"定义"了这个奇怪的诗节，他在1920年《万灵节之夜》里（470—474）发明了该形式。开始告诉读者他希望"缠绕心灵的漫游／就像木乃伊为裹尸布所缠绕"后，他于结尾处回应并放大了这一结论：

> 这个想法——我紧紧攥着这个想法
> 直到冥想掌握了它的各个部分……
> 这个想法，我不需要什么
> 束缚其中，
> 缠绕心灵的漫游
> 就像木乃伊为裹尸布所缠绕。[12]

叶芝在《万灵节之夜》第一次写作十行诗节，再次用于《1919年》和《内战时期的冥想》，它是叶芝成熟的诗歌作品中最长的单一结构。（叶芝成熟时期写作的诗节都不超过十行，如果有类似《1919年》结尾的十八行诗节，他会将它们组合成更小的统一韵律单元，在那首诗里，就是三节六行诗。）因其诸多不对称，这个十行诗节从未形成一个"合适的"形状；它的句法施压给韵脚，韵脚又施压给节奏。在《1919年》（虽然其他诗节没有），这个十行诗节一心要组成一个单句，一个单独的复杂提议携裹着诸多小提议。我们回顾叶芝在《拙作引言》里说到他想要“句号与诗节之间的完全巧合”（*E&I*，522—523）。整个句子蜿蜒的句式如同洛伊·富勒舞团舞者挥舞的长袖，又或是黄道带的环形带上蜿蜒的星座，也像木乃伊身上层层裹尸布。叶芝熟练地完成了如此庞杂的诗节，他本人感到甚为得意，它将大与小、一般与特殊、对称与不对称、扩张与收缩等囊括其中，融为一体。诗节的前半部分（两组工整押韵的五音步对句夹着一行三音步）显示庄重：后半部分以连续四行轻快的三音步构成一组舞蹈的节奏，并以最后一行五音步加固。通过诗节内部的对比，诗人希望留住刹那间的悲剧与喜悦，话语分量和动作的轻盈。

第二部分单节诗描写洛伊·富勒与柏拉图年后，第三部分沿用第一部分的诗节形式，叶芝的目的究竟是什么——是补充说明将灵魂比作天鹅？如果这里没有木乃伊布条、没有复杂的面纱和大规模的天路，为何有此曲折、具有象征意义的诗节？直到第三部分中间部分我们才发现这节不规则诗新的功能：这一次，它要呈现一座迷宫的蜿蜒路径，叶芝本人“艺术与政治”的迷宫：

一个人于他自己秘密的冥想中
迷失在他以艺术或政治
建筑的迷宫里。[13]

叶芝的灵魂不仅在这首诗里——沉迷于“艺术或政治”，穷其一生他都在追寻一个适合它本性的象征。引人注目的是，《1919年》的中间部分——左侧是第一、二部分（恶龙当道的现今和柏拉图年的空中恶龙），右侧是接下来的三个部分（第四、五、六节）——是六首诗里唯一一首以第一人称单数形式写作的。在这首诗里，叶芝式的说话者“我”站在他以艺术或政治筑成的迷宫中央，亲自发声。组诗其余部分可被视为一系列指标，分别指向隐藏于众多非个人关于艺术与政治主张后的“我”，这些主张不断被人提出和撤销。其中部分主张，隐藏于组诗之中，在任何层面都无法和解。在这些不同的诗里，我们时而是自由意志的代言人，时而是无助命运的造物。我们创造了美好的事物；我们又破坏了美好的事物。我们属于人类的范畴，我们属于宇宙的范畴。我们是铭记者，我们是健忘者。我们是有信仰的人，我们又嘲讽一切。我们是有创造力的聪明人，我们是苛待情欲的产物。我们是低等动物，我们又创造了荣誉和真理的抽象概念。所有这些主张在这首组诗里都处于紧张状态。

当叶芝决定（“我对此很满意”）同意（来自未言明的“神话学诗人”）以孤独的天鹅表现孤独灵魂的意象，他将天鹅的两种形态构架了迷宫的中心象征。第一种形态以天鹅代表可能选择的喜悦：它展翅待飞，能够选择“是嬉戏，还是驾乘 / 那风儿，喧哗了这即将来临的黑夜”。然而，在第二种形态里，选择的时间已过，诗人以现在完成时态告知我们“天鹅跃至荒凉的天堂”。原来“孤独灵魂”中“孤独”(solitary) 一词，经由中间诗节的“孤寂”(solitude)（这两个词都源自拉丁文“单独的”），变成了济慈式“荒凉”(desolate，源自拉丁文 desolare，“抛弃”，最终也源于“单独的”)。(这三个词都包含音节“sol”，这与词语 soul［灵魂］是象形双关。) 孤独的灵魂并未跃至“天际”反而进入了荒凉的“天堂”，荒凉是因为这是一个没有上帝的天堂，是因为所有的乌托邦希望最终——在第一首诗里——都是幻觉。荒凉天堂里的那只天鹅是一个意象，用以表现人生意义的迷宫空空如也，迫使叶芝从他宏伟的、象征主义的天鹅河道往下游，以第一人称表述末日般的自我消失：

那个意象能带来荒芜，带来愤怒
以终结一切事物，终结
我忙碌生活所期待的一切，甚至
那半想象、半完成的篇章。

甚至就在写作这首诗时，叶芝决定进行一场猛烈的自我献祭。他检查了自己的作品并故意跑偏——为保持该不对称诗节的节奏——欢快的三音步，此时转为莎士比亚式笔锋，不仅让人想起《李尔王》：

噢，我们曾梦想去修复
那些曾刺伤过人类的
不幸，但是既然
冬天的狂风肆虐
我们知道了做梦时我们的外壳已龟裂。

叶芝本在找寻艺术与政治迷宫的道德中心，这一沮丧的过程被莎士比亚式弄臣的一首悲喜歌所代替。

第二部分和第三部分——四节迷宫诗，各自是一个迷宫的单句——后接另一首单句诗。不过，与前几节微妙之势完全不同，第四部分是一首辛辣的、集体自嘲的扬抑格精巧短诗，极力排斥高度抽象的“荣誉”和“真理”，推崇“黄鼠狼的扭动，黄鼠狼的牙齿”：

七年前，我们
谈论荣誉和真理，
若现在表演黄鼠狼的扭动，
黄鼠狼的牙齿，我们会高兴地尖叫。

说话者在第一部分谈及他本人和他同时代的人“（我们）不过是在洞里打斗的黄鼠狼”；第四部分的重述不过是诗里众多的重复之一，重复将组诗里各部分紧密连接，让整部组诗结构完整而非一些独立的诗随意组合。[14] 短诗里出现的粗俗意象黄鼠狼，暗示1919年到1921年间的情形（叶芝从1921年4月9日起开始写作此诗）——到目前为止，以贵族形式的八行体写作和迷宫诗节的“大师”手笔——还未完全写好，或说还未正确写好。第一部分的自嘲以理性为主：“噢，我们想到好的点子因为我们认为 / 最坏的无赖与流氓早已灭绝”；“我们把自己的想法植入哲学 / 并计划将整个世界归于一条法则”——此处的“哲学”似乎打了引号。尽管第一部分曾经片刻陷入野蛮的自画像中（“黄鼠狼在洞里打斗”），但它迅速从那景象转为高尚的、自我慰藉的想法：人类会反省，能够解读标识并且能拒绝陷入麻醉的骗局。现在，重提黄鼠狼意象，这首诗具体描写其身体的扭曲和凶猛的牙齿，以扬抑格编排“shrieking in pleasure”（高兴地尖叫），将“We who”（我们）与“weasel's”（黄鼠狼的）、“weasel's”（黄鼠狼的）押头韵。第四节令人不快的听觉效果让人不禁质疑第一、二、三节中所有更为崇高的效果。第四部分的黄鼠狼给整首诗带来尖锐的语调以自贬身份，它们的兽性——在第四部分并未被其他意象所驳斥——被野蛮地重述。所有文体中，讽刺短诗最能自诩其主要对象的（恶劣）品质。[15] 既然叶芝试图通过这首否定自我的短诗，否定哲学抽象、审美技巧、谜之想法——这些他从第一至第三部分建立的话语基础，那他又该如何继续写作这部组诗呢？

第五部分，他用一种特殊的文类做到了——以第一人称复数形式极力嘲讽。这首诗起先与黄鼠狼的低级趣味一致，说话者冷笑地推荐，作为一种共同的乐趣，他和他的同伴应该去嘲讽那些伟人、智者和仁者。但在第四节，说话者转向他个人的行为，讥笑他个人的讽刺行为，谴责他和他的同伴拒绝栓门以阻挡外面正在进行的政治风暴，并且使用——尖锐的词语“我们交易讽刺”——这个低俗的动词“交易”他在第一首诗里无法想象，那时他根本无法想象有人居然如此唯利是图，“交易纯金的蚂蚱或蜜蜂”：

> 在那之后讽刺那些嘲弄者

可能不需要费吹灰之力
去帮助仁者、智者和伟人
挡住外面浑浊的暴风雪，
因为我们交易嘲讽。

叶芝羞愧难当的自嘲，经由第四部分黄鼠狼的延伸，提供了这首诗被收录于这部组诗的部分原因。第五部分真正的主题又回到瞬息万变，但是这一次消失的并非象牙和金蜜蜂，而是正在努力奋斗的人们——伟人忙碌着为了留下纪念碑，智者双眼酸痛仍尽力了解史料，仁者则致力于让美德充满乐趣。据赫恩和哈罗德·布鲁姆的考证，叶芝关于伟人、智者和仁者三大类别出自雪莱的《解放了的普罗米修斯》(I，625—628）中的可怕片段：

仁者期盼权力，到头来空悲泣。
伟人想要权力，结局更悲惨。
智者想要爱情，那些陷入爱河的人却想要智慧；
所以一切最好的事物都让人心烦意乱困难重生。[16]

叶芝组诗第五部分前三节中每一节，周期性转至“浑浊的暴风雪”，带着“掀翻屋顶的大风”（“尖叫声”就像黄鼠狼），扰乱了那些伟人、智者和仁者阻挡风雪。“他们都去了哪儿？”叶芝呼喊那些已经消失的奋斗者，回应前辈诗人“人生无常”的主张。

从第五部分的形式可以看出什么？它的形式非常特殊，类似某种民谣，它前四行隔行押韵，韵脚为abab——不过他增加了一行押b韵。前三节的每一节里，“新加的”第五行评论，扰乱了前四行建立的一切：伟人劳作，但他们从未“想过掀翻屋顶的风”；智者从事研究，现在却“张口结舌地看着太阳”；仁者想从美德中获得集体的快乐，但是“风儿在呼啸——而且他们都去了哪儿？”该效果就像同一页面爬了三四行后突然一滑，之前所得一切又失去了。如上所述，这看似一种诗节形式，却无法处理节奏。民谣诗节的节奏通常是4-3-4-3，四音步与三音步交替，而这节诗颠倒了整个过程，三音步与四音步交替，3-4-3-4，然后以三音步结尾。这个节奏实际上说不出口；我想不到其他“把民谣倒着说”的例子，我们姑且这样说。叶芝可能施了些咒语以扰乱民谣诗节，并增加第五行的结尾让它复杂化。无论如何，形式都不是一件易事。[17]

这个绝对无法让人起舞的节奏讽刺了叶芝“大家一起来”的初衷，并与来自民间传说的每节反复出现的“我们一起来”相矛盾。叶芝第五部分的道德立场尽是自嘲，就连含糊其辞的反转“在那之后讽刺那些嘲弄者”也是如此。他原本同情伟人、智者和仁者的辛劳，却受到反复失利的干扰。第一人称复数写作的第五部分，处处都是“我们是”，正如之前第四部分讽刺短诗里拒绝高谈阔论。这首怪异的、新发明的诗节，以“低俗的”民谣形式，同样拒绝之前自我表现时使用的贵族风格：先前部分以八行体或迷宫似的续集等形式，暗示其说话者思想崇高的复杂性。如果叶芝之前选择“崇高的”形式以掩盖其野蛮主题——人类暴力——的兽性，那么他“低俗的”讽刺短诗的鞭策及讽刺性的嘲讽民谣中的咒语与这首组诗的主题都不对等。组诗想表达肆意杀人的乡下及欧洲的流血事件，都没能得到任何慰藉。暴力与瞬息之谜、自由意志与命运辖制之谜仍未解决；“文明的”高雅形式与“品质恶劣的”低俗形式在组诗里含蓄地争执。如果高尚和讽刺最终都未能阐明人类毁灭行径的缘由，那叶芝还能发明什么形式更准确地揭示他谜团的原因呢?

叶芝想要弄清人类暴力的最后的一搏是第六部分三个场景的视觉幻想。第一个场景里，一群马（基本都是无人驾驭或未套缰绳，只有少数几匹佩戴花环和有着“英俊的骑手”）跑得飞快，赛道上的重复训练让它们疲惫不堪，它们停下来并消失了。叶芝在注释里解释它们是乡下人眼里的鬼魅：“我曾假想过这些骑手，因时局变坏而变得更糟。”(433) 第二个场景里，希罗底王后的盲女们，化身为掀翻屋顶的谜之大风，她们在“电闪雷鸣的喧哗声中不安地旋转”，成为旁观者心仪之物——但是若有人胆敢触碰她们中一人，她们的反应将无法预料：“所有人转过来，带着多情或是愤怒的呼喊 / 都是因为那风。”多情还是愤怒，完全取决于风的兴致，这些舞者变成爱神或是死神；它们是济慈虫子更猛烈的版本，“生在高处 / 或者低处，随着微风或生或死”，而且它们代表命运之风与它的主题一样盲目的神秘效果。叶芝幻想的第一、第二个场景——不受约束的马儿和聒噪的舞者——都不过是可视象征，它们由隐匿的骚动隐秘地、不可描述地生成。

在这些闯入自然世界的超自然的屏幕意象背后，叶芝最终揭示了人类暴力之源：伴随暴力的情欲满足感，强大的满足感通常都不理性。[18] 他从巫术纪事中借用了最后一个象征表现恶魔般的强行毁灭文化，援引目中无人“不可一世的恶魔罗伯特·艾提森”的传说，在几乎所有骑士文学作品中，艾提森都是如此的“不可一世”，他与“缺爱的凯特勒夫人”私通：

> 但是现在风平浪静，尘埃落定，于是
> 他大摇大摆地打那经过，两只大眼思绪涣散
> 愚蠢的大锁如稻草般苍白，在它阴影下
> 缺爱的凯特勒夫人献给
> 那个不可一世的恶魔罗伯特·艾提森
> 古铜色的公鸡羽毛，鲜红色的公鸡鸡冠。

罗伯特·艾提森已经征服了她；这名贵妇，被人讽刺为“缺爱的凯特勒夫人”，不仅献给他公鸡身上扯下来的“古铜色的公鸡羽毛”，还有血淋淋的身体部位，“鲜红色的公鸡鸡冠”，作为她被弃的标记。对叶芝而言，出身高贵的女士给低贱的恶魔不同寻常的行礼就象征

着人类欲望的驱策：它在目标面前屈膝，为该目标犯下暴行。罗伯特·艾提森“大摇大摆”地走过去，就像那个巨大的怪兽“耷拉着头”走向伯利恒；它们的步态模仿了超自然生物于暗月时丑陋无形的状态。通过与人类的结合，它们有能力生成一种无法预见的新秩序。

叶芝以何种形式写作结尾的三重幻象？该幻象从剧烈的骚动走向个体，有俊美又疲惫的马儿和骑手穿过尘土和风暴，有希罗底出离愤怒又多情的女儿们，电闪雷鸣，喧哗吵闹，再到恶意罗伯特·艾提森侵扰爱丽丝·凯特勒？五行写马儿，七行写希罗底的女儿们，六行写令人厌恶的私通；不对称的诗行数量为对称的韵脚所掩盖（我把它们分开以清楚明了）abcabc defdef ghighi——或者，更准确地说，abcabc×3。三组六行诗之间没有空行隔开：一个幻象，三个场景，共十八行，一节五音步诗由三部分构成。这些押韵的五音步六行诗节在文类上是“贵族的”（因为它们源于彼特拉克）；这一点，它们与第一部分的八行体和第二、三部分长长的、迷宫般的“玄学的”诗节相近。不过，这些六行诗并未以单独抒情诗“诗节”的方式呈现，而是以单独的、非个人的声音持续流动。随着超自然生物驾驭、旋转或蹒跚，这些六行诗内容上属于浪漫主义传统，形式归为神话故事和民间传说文类，以象征人物和行为叙事，表达暗示和愤怒。骑手和风的女儿就是骑士文学中的异教神祇，爱尔兰人称之为希神；凯特勒夫人和罗伯特·艾提森源自巫术叙事文学。整首组诗流露着末日启示。

叶芝在组诗开头表现文明的“真正可爱的事物”，为何结尾却是女巫大锅中的诗中人物？它让我们记起的不是《李尔王》而是《麦克白》，因邪恶冲动篡位：如叶芝所说，“魔鬼上了头”。最后的幻觉里，叶芝放弃了任何合理解释人类暴力和文化毁灭的可能，拒绝目前想到的所有解决方法——不单八行体和迷宫这些“文明的”方法，还有“低俗的”讽刺短诗和魔法民谣。对叶芝而言，与其他诗歌模式相比，无意识的、幻想的超自然意象似乎能以更好的洞察力解开暴力之谜。这是一种大胆的结尾方式。[19]

如果重新编排《1919年》各部分的顺序，我们是否能得到一首不同的诗？有人立刻觉得八行体结尾处的人声离题，或在缩减的民间传说里，以骑士文学六行诗写作的空想结论能否带给读者特别不同的意义——当然有人会说任何其他编排都无差别。简言之，组诗的顺序涵盖了关于说话者对于暴力持续反应的含蓄讨论。它提到，几乎所有理性的人，面对当代悲剧事件，首先求助历史对比和哲学思辨的理性工具（如第一部分）或者听命于宿命论如柏拉图年引发的一切（如第二部分）。第三部分美好事物看似不可避免地逐渐“消逝”，诗人感到非常绝望，他甚至想自我毁灭以及以手中之笔毁掉这页纸。然而个人观点迟早会现于社会政治秩序中，那时，理性就被抛诸脑后（第四、五部分），人人赞成共同自责，试图否认处理人类问题时理性和道德意愿的功效。抵制共谋的唯一方法是承认每个人都受到难以平息的、非理性的冲动驱使，这些最终无法解释的身体和暴力冲动——生成了第六部分。决定《1919年》各部分排列的心理顺序同时也决定了叶芝写作这些诗时使用的不同形式——贵族的、迷宫的（集体和个人的）、讽刺的、类民谣的和骑士文学衍生的。

不过，决定组诗各部分形式的另一力量是“魔法”。叶芝时常喜欢以“魔法”来编排他的诗歌，对我而言，最明显的例子就是第一章提到的，他将复活节起义的日期——1916年4月24日——隐含于写作该事件的诗歌形式里。《1919年》显示了一个相同的“魔法”意图。第一部分（最先见于出版的《日冕》，作为序言没有标记数量）独树一帜；第二部分分为两半——舞蹈和它在柏拉图年里的相似物；第三部分有三节；第四部分共四行，每行有四拍（4×4，一个完美矩阵）；第五部分由五行诗节组成；第六部分以六行为韵律单位。当然，若读者没有觉察到这些巧合也无伤大雅，但是它们的存在无可否认，清楚明了绝非随意。一开始，叶芝的作品并无空间让他从事这些微观技术（下一章讨论叶芝早期作品时会涉及），它们对叶芝的吸引力——虽不及韵律结构其他方面那么重要——却从未消减。当然，建筑《1919年》（和其他类似技艺精湛的组诗）这项大工程，需要理性地聚焦于先后顺序的重要性，但是，对叶芝而言，所有的顺序，长诗或短诗，一同构成了这部组诗的最终形式。

理解《1919年》中形式的先后顺序以及其阐释的内容，我们获得了什么？我们了解了它含蓄的争论：面对复杂的历史现象，我们必须警惕，不要寄希望于我们不成熟的理性冲动，无论是“贵族的”还是“迷宫的”；我们也要谨慎，不要立刻求助于自贬的判断或简单的自我归类。同时我们还必须承认，人类对于这些理性化或自责或过于简单反应的回应很相似。面对叶芝最后质疑此类追寻的意义时，我们被迫面对自己的欲望以“解释”人类行为。我们还了解到，形式对叶芝而言有意识形态的特殊意义：有些形式代表“稳定和秩序”“贵族”或“骑士文学”，有的却代表“思想的复杂”或“民间传说的来源”或“某事的真谛”。我们知道了诗节停顿的压制（从而压制诗节的核心），象征诗人拒绝给分离的现实以连续的场景，通过模糊的、让人不安的无序“幻象”的流动，暗示它们都是某一事物的多个版本，而真相仅现于最后场景。我们还了解到，稳定的形式（如八行体）能够变得不稳定以突出某种效果；拥有众多竞争性的内部结构形式（如十行“迷宫”诗节），被划为不同范畴时——节奏、逻辑或韵律模式，它们会改变形态；颠倒的形式（如上下颠倒的民谣）让人不安；悲剧和喜悦（如“迷宫”诗节）能共存于同一诗节不对称的、对照的节奏。当然，我们也看到——如我们在所有叶芝作品中看到的——诗歌中其他资源的作用：象征，类比，反讽，叙事暂停，显明的想象层面和各式的诗中人物。最重要的是，我们最终得以欣赏诗人伟大的尝试，他试图吸收本国当代发生的一切悲剧，将其类比人类过去某个重要时刻，从韵律和主题上探索暴力的抽象之谜，并将其投射到一组选定的象征形式。理解叶芝关于形式和顺序的选择，让我们不只从人物和历史背景去阐释《1919年》，更重要的是让我们思考组诗作为一种多重形式想象的产物，以寻找“灾难的合适象征”（《内战时的冥想》）。如果没有合适的形式，它们也不会有合适的象征。

我们设想一下，叶芝写作其他组诗时，他是否会回到我们此处看到的诗歌方法？简短的答案（如我们所期待的）是他为每首组诗寻求一整套新的方法。《内战时的冥想》（1922，以下简称《冥想》）似乎在模仿《1919年》：至少，这两首组诗都以一首八行体诗开头；《冥想》中有一首三节诗（《我的宅子》）以《1919年》第二部分和第三部分的十行“迷宫”诗节形式写成；《冥想》的第五、六部分使用民谣节奏，并且与《1919年》一致，均以三重幻象的结构结尾。[20]不过，《冥想》给人的总体印象不同于《1919年》。譬如，《1919年》的每一“站”都没有小标题。谁能料到，读到《冥想》里的这些小标题——《祖宅》《我的宅子》《我的桌子》《我的子孙》《我门前的那条路》《我窗边的燕八哥巢》《我看见鬼魅，等等》——这些话题直指一首写内战的诗？战争在哪里？尽管《冥想》第六部分回到《1919年》结尾部分的三重幻象模式，但是它使用完全不同的韵律形式——五组由两节四行诗构成的八行诗节（ababcdcd），大致以模糊“不定的”六音步构成，如“怪兽般熟悉的影子游向心灵之眼”。简言之，两首组诗从想象力和韵律上看都相去甚远（而且《冥想》没有《1919年》中的任何数字游戏）。通过《冥想》中聚焦家庭场所和与内战爆发相关的物件，叶芝为政治诗找到了一个全新的焦点，一个不同于《1919年》宇宙范围的焦点。

我们看到叶芝使用完全不同于后期组诗的方法。《超自然的歌》将会在后续第十二章里论述；在此，我的证据是他在《血与月》（480—482）里发明的结构——由四部分构成的组诗，收录于《旋梯》，这是他第二部以与塔堡相关的事物命名的诗集。《血与月》写于1927年凯文·奥希金斯被暗杀后，奥希金斯是爱尔兰自治政府的副主席，叶芝视其为朋友。“我正在写作新的塔堡系列，一部分原因是这次谋杀”，叶芝写给奥莉维娅·莎士比亚的信这样说（L，727）。福斯特认为奥希金斯被害并不完全是因为他于1927年“下令处决77名之前与他在内战中并肩作战的同志”，他那时身处自治政府内阁（Foster，II，343）。之前的处决导致了后来的暗杀，无法阻挡的流血循环似乎成为爱尔兰既定的事实。

这首组诗竭力反对地球的污血向往月亮无法玷污的天国之光——但是其反对的路径很曲折。福斯特认为这首组诗“水准参差不齐，时而晦涩时而夸张”，不过他又补充说它“尽是精彩的词句”（Foster，II，346）。我认为如果要清楚其怪异而起初又无法解释的结构，《血与月》还有很多未尽之言。它由以下部分组成：

1. 第一部分外形结构很修长，共十二行，由三节三音步四行诗组成，每节之间没有空行，押韵方式为抱韵；

2. 第二部分有十八行，由六节不规则的同尾音三行长句组成；

3. 第三部分是一个方形结构，由三小节五音步的四行诗组成一节十二行诗，同样是抱韵；

4. 第四部分结构与第三部分相同，也是一节十二行诗。

为何以一首狭长的三音步诗作为开头？为何松散、不规则的三行诗出现于组诗中部，诗节之间还有间隔？为何最后两首诗的结构是完全相同的五音步诗行？并且它们的韵律结构与第一首三音步诗的抱韵方式相同？

我得承认这首诗的结构困扰我很久。其实，叶芝本人在创作时已经解释过，我后来才发现。狭长的第一部分是“这座塔”；第二部分六节三行诗正是沿着“这盘绕着旋转的、如脚踏车的踏板般的楼梯，……我祖先的梯子”翻越历史；技法完全相同的第三、四部分，从排版上看其外形是完全相同的两个方形，分别代表着两种看待塔堡上“满是灰尘、发着光的窗户”的方式。人们可以将玻璃视为透明的“发光物”，因为他们允许月光落在塔堡的地面上（第三部分）；或者人们能否聚焦于“满是灰尘的”玻璃内侧，那些在劫难逃的蝴蝶无法飞出，只能附着于此（第四部分）。当诗人在《驶向拜占庭》里面对镶嵌画中的圣人时，我们就已经见识了看透和停留于表面这两种方式。

唯独在《血与月》中，叶芝选择了一种图像式、图画式的排列方式。在组诗的首站（即第一部分），他先从外部告诉读者重新建好的塔堡其耸立的形态；随后在第二站（第二部分），他将费力地攀爬台阶，不时停下休息；最后，在第三和第四站塔堡的上半部分（第三、四部分），他将考虑安置窗户。（他本想登上塔顶已损毁的城墙，但是他突然停了下来，也没有生成与城墙对应的任何图画。）很明显，这首诗潜在的象征意义在于“数字三”：第一部分有三节四行诗，第二部分有六节（2×3）三行诗，第三和第四部分都是三节四行诗。我认为这些“数字三”代表叶芝在组诗中描写他所在位置的三个建筑特征：塔堡、旋梯和窗户。（上学的时候，叶芝就很擅长几何学。）

石头塔堡艰难“升起”的年代已经过去，就像建造它的民族曾经的“升起”一样；因此，叶芝用文字象征性地迅速建起一座细长的塔堡，矗立在读者面前。其直立工程已于中世纪完工，塔堡当下承担第二位的、理性的象征功能：其“稳定”的状态可以由第三、四部分“深思熟虑”的抱韵式非线性韵律结构看出。塔堡先前的防御功能使得叶芝在第一站时选择行军式的三音步，他原打算使用四音步，那样的话，诗行显得过长，整座塔堡在纸上就会显得又矮又宽。[21] 但是，塔堡已是一座废墟，“顶端已经半死”，他在非真实层面“虚构”了一座悬浮的字塔，所以诗人附加的歌（“韵律一遍遍”）也成为一首“嘲讽诗”。整部诗——塔堡、旋梯和窗户——就是诗人建立的强大“象征”：它既有真实的塔堡、旋梯和窗户的意象，又“嘲讽”它们的存在；它“嘲讽”（否定）民族—国家，因为它像这座塔一样“顶端已经半死”。

第一稿中的第一部分开头没有动词，只罗列了一连串名词以表现塔堡和它周围环境的特征，后来叶芝将整段转化为命令式、表述式的言语行为，“请赐福给这个地方”：

请赐福给这个地方，
保佑保佑这座塔堡；
这个民族曾经产生
一股血腥、傲慢的力量
叫嚣着、主宰这儿的一切
就像从这饱经风霜的村落里
升起的这些墙壁一样——
我拙劣地模仿并建立了
一个有力的象征，
并以韵律一遍遍将其吟唱
嘲讽一个时代
顶端已经半死。

尽管开头部分介绍了这首组诗的两个中心名词——“血”与“力量”——这座三音步塔堡的相对“失重状态”却预示了它的实际存在，它由节奏筑成，而非石头。这是这首组诗中唯一一首“歌”：叶芝“吟诵”的歌。

不过，诗人随后在塔内攀爬旋梯以登高望远，颇费了一番功夫。六节各具特色、难以把控的诗（当然，原诗是三行诗节两两一组），生成一股引力，像是一组组楼梯，正如年老的诗人一步步往上爬，三步一停顿，对他而言，爬楼是个体力活。同韵的三行诗节基本采用六音步的节奏，以模仿《高谈》中“踩着高跷行走”（详见第六章）。当叶芝进入历史的旋梯，他回忆起过去的塔堡（两座真实的塔堡，一座在亚历山大城，另一座在巴比伦）以及其他象征性的塔堡，如雪莱《解放了的普罗米修斯》中的“思想加冕的力量”。向上攀爬过程中，他停下来（以不同的表述行为方式）宣布旋梯的象征地位，诗人赋予它理应代表的地位：

> 我宣布这座塔堡就是我的象征；我宣布
> 这个蜿蜒、盘旋、无尽的楼梯是我祖传的楼梯；
> 哥尔斯密和那主教，贝克莱和柏克都曾到此一游。[22]

费力攀爬楼梯让他写出了令人讶异的长诗句，他的脑海里浮现了他的前辈斯威夫特、哥尔斯密、柏克和贝克莱。描写贝克莱的那节诗所使用的诗节形式他之前从未用过，这让人甚是费解，除了“这头实际的、自负的、尘世的猪”以及“看似这般结实的”其效果等同于耗费体力爬楼梯：一步，一步，一步：

> 上帝指派的贝克莱，他证明一切事物不过是一场梦，
> 这头实际的、自负的尘世的猪，它看似这般结实的幼崽，
> 一旦心里变换主题，必须顷刻间消失。

接下来也是最后一节三行诗里，诗人到达塔堡旋梯的顶端。他停了下来，以一种全新的、“高雅”语词总结了他思想的“祖先”遗赠给他的观点和原则，按先前点名的顺序分别陈述他们的成就，第一行写斯威夫特和哥尔斯密，后两行分别写柏克和贝克莱：

> “狂暴的愤怒”和劳动者的工钱，
> 那出于自身欲望给予我们血液和国家以宽宏的力量；

上帝以外的所有事物被理性之火付之一炬。

爬完楼梯，叶芝到达最后那间有人住过的房间，即那间有窗户的房间。他看到了什么？“七个世纪”里数名无辜人士在这里惨遭杀害，这怪异的月亮却没有沾染任何血迹，还漠视人世间发生的一切。行刑者手起刀落，血洒一地，月亮仍旧保持它的纯洁。但是，正是这首浸透血液的十二行诗，作者仿佛闻到了“这祖传台阶上鲜血的气味”，如斯威夫特一般，无法忘怀他自己拥有人类的“浸透了鲜血的胸膛”。当他想到无云遮挡的月亮将“箭一般的光线”投向塔堡的地面，并永葆安宁的纯洁，他出离愤怒。虽然这节 abba 抱韵四行诗保证了第一行末的“月亮”（moon）和第四行末的“玷污”（stain）之间最远的距离，但事实上这二者押韵，虽然韵脚不完全工整，暗示了它们于此处在概念上无法分开，如纯洁和玷污般。与之对照的是，叶芝在第四部分又以二词押韵，作为该诗最后一节四行诗的内韵。他倒置了二者押韵的顺序：“玷污：月亮”，正如他在《驶向拜占庭》的结尾处将“来到：拜占庭”颠倒为“拜占庭：来了”。我认为，这些反韵代表诗歌“咒语”的施法和解法。

诗人以远指指示语“那里”指代他站立的浸透鲜血的地面，像是否定与它的联系。他没有用“这里”将自己与过去的杀人犯归结为一类。这首十二行诗前十行都浸透着鲜血：

没有云朵的遮蔽，纯洁的月亮
将箭一般的光线投射于地面。
七个世纪过去了，它依旧是那么纯洁，
无辜的血并未玷污它。
那里，士兵、刺客和刽子手
都曾站在这浸透鲜血的地面，
他们手起刀落，无论是为微薄的俸禄，

盲目的恐慌，还是抽象的仇恨。
竟未有一丝喷射到月亮上。
这祖传台阶上的血腥味！

十行诗中有四处涉及“血”：皓月依旧当空，不论诗人对月抛洒了多少滴污血般的“血液”，不论他列举了多少类杀人者（“士兵、刺客和刽子手”），不论他总结了多少种杀人的动机（“微薄的俸禄……盲目的恐慌……抽象的仇恨”）不论多少个世纪里无辜的人惨遭杀戮——七个世纪之久。这首十二行诗精妙地模拟了血点抛洒的状态，虽然一切都是徒劳无功。

纵使我们自己没有掉一滴血，地球“浸透鲜血的”地面就是从这表层拒我们于千里之外。我们得忍受无法离开地球的事实，只好喝下“某种麻醉剂”，自欺欺人地认为比起死亡，我们能选择一种更纯洁的命运。这首诗的第十行给人以幻想，人能够与月亮一道保持某种纯洁：

这祖传台阶上的血腥味！
我们虽不曾流血但是必须聚集于此
像个酒鬼一样激动地跟月亮抗议。[23]

叶芝举头望月时，组诗第三部分这首十二行诗表达了两种厌恶的情绪：一是憎恶长久以来的暴力（血腥的楼梯，像满是鲜血的地面，在“那里”，不是“这里”）；二是厌恶人类“像个酒鬼一样”逃避当下的处境。这些厌恶的情绪导致这首诗最终走向愤怒，人类渴望到达月亮理想的领地，对于这种堕落的、甚至“疯狂的”执念他感到很是愤怒。

到目前为止，除了以月亮无法企及的纯洁嘲讽血腥屠杀的恐惧之外，《血与月》没有任何暗示其他看待人类处境的方式。承认自家祖屋台阶上的血腥味让他倍感痛苦，他第二次看向窗户——曾经他从其中一扇窗户里看到了月亮，并且向它抗议（第二次解释了为何第三部分和第四部分的写作手法一致：窗户框架为同一尺寸，或者说，两首诗代表不同的方式看待同一扇窗户）。这一次，诗人并没有透过窗户去看那无法企及的皎洁月亮；他反而盯着窗户，凝视窗玻璃的内侧。[24] 他看见，月光照耀下塔堡所有窗户的外侧都在闪闪发亮，其内侧却覆满了灰尘，还有多彩的蝴蝶，有龟背纹蝴蝶、孔雀斑蝴蝶。不过这些蝴蝶都飞不出塔堡，附着在窗棂上，奄奄一息：

紧贴在尘封的、映着月光的窗户上，
仿佛要贴上洒满月光的天空，
那些龟背纹蝴蝶、孔雀斑蝴蝶，
还有一双夜蛾子正扑闪着翅膀。
每个现代国家是否都像这塔堡，
顶端已经半死？

诗人的视觉焦点从至高无上的月亮转为受困的蝴蝶，他将人生的苦难而非暴力引入视野。与苦难相随的是同情，与同情相随的是同感，与同感相随的是坦然接受凡人与不朽之间不可避免的差距。月亮，遥远、纯净而没有生命，永远保持着原样；人类会因为耽于权力而屠杀同类。地球上的生物无法企及月亮的纯洁和智慧。最终叶芝深刻地认识到真正的"现实视野"，诗尾套用亚里士多德的抽象概念，仔细编排语词以区别定冠词和不定冠词："（特指死者的）财富（the property）……某种东西（a something）……所有东西（everything）……（某种）财富（a property）"：

　　　不管我说了什么
只因智慧是死者的财富，

某种与生命不相容的东西；而权力，
与所有沾上血污的东西一样，
是某种生者的财富；但是没有污迹
能够沾染月亮的脸，
从云间望去它一片荣光。[25]

最后一节四行诗里，我们从“血”到“污迹”再到“月亮”，我们看到了叶芝已准备好祝福月亮，而不是与月亮抗议。他想起了雪莱的《云雀颂》，他将云雀之歌比作某个崇高的时刻，“从一片孤独的云 / 月亮洒下光华，光华溢满天堂”。叶芝的月亮从云间望去它一片荣光，诗人最终领悟到以同情的馈赠取代愤怒的折磨，因而放弃徒劳地将血污撒向月亮。

《血与月》成为一首“抽象的”政治诗，有人可能会说这是因为它将奥希金斯的话题事件，包括他的行刑以及他后来被暗杀，抽象作为玷污与纯洁、血与月的对峙。若非诗人用固定的图形结构为背景加以表现叶芝祖传的摇摇欲坠的塔堡、费力攀爬的楼梯和两扇窗户，这首组诗的哲学抽象（“智慧”“权力”“财富”）和历史抽象（“士兵、刺客和刽子手”）就会大打折扣。当他全力应付血与月的对立时，这些地点确定了诗人的位置；通过模仿塔堡迅速升起，攀爬旋梯时艰难地、间歇性地歇脚，两侧窗户的风景，叶芝逐渐给读者描绘了整座塔堡和他在攀爬旋梯的画面。诗人最后的问题——“每个现代国家是否都像这塔堡，/ 顶端已经半死？”读者的视线从有窗户的房间被引向废弃的城墙，并且思考那个区域，是否会同塔堡、旋梯和窗户一般，也将自我塑形为一个象征性的教训。不过，他并没有期待一个答案，反而放弃先前的发问：“不管我说了什么。”他放弃发问是因为该诗将听凭人类仰慕上天。月亮没有（像惠特曼的诗那般）“俯视”人间，它仍在自己的地盘，从云间望去它一片荣光。

《1919年》和《血与月》证实了叶芝有高超的能力处理当代事件，将其概括抽象、充分思考，并通过一些诗和象征的形式进行意义深远的顺序编排。这两首了不起的组诗都有类似的精雕细琢，揭示了叶芝研究复杂事件或概念多方面的其他策略。在这里我只想说明叶芝组诗的形式并不是任意而为，而是背后都有动机；当他决定以这些形式而非其他形式组织材料时，我们能够解释叶芝的选择并推断他的意图。掌握了叶芝喜欢为单首诗发明合适的象征形式（如第一章提到的单首诗），配对诗（如第二章讨论的拜占庭和神谕诗）以及这一章谈到的组诗，我将更系统地研究叶芝诗歌的形式。下一章以诗人早期发现的某些技巧和形式起头，这些技巧和形式在后来成熟的诗里再未出现。

附录：《1919年》韵律格式小结

Ⅰ：“很多真正美好的事物都已消失”

韵律形式：abababcc

音步数量：5个完整音步（五音步）

节奏：抑扬格

诗行数量：8行

诗节数量：6节

叙述者：“我们”

Ⅱ：“当洛伊·富勒的中国舞者舞出”

韵律形式：abcabcdeed

音步数量：5535533335（八行体）

节奏：抑扬格

诗行数量：10行

诗节数量：1节

叙述者：客观叙述者

Ⅲ．“有的说教者或神话诗人”（与第二部分诗节形式相同）

韵律形式：abcabcdeed

音步数量：5535533335

节奏：抑扬格

诗行数量：10行

诗节数量：3节

叙述者：“我，”客观叙述者，“我们”

Ⅳ："七年前，我们"（4×4，完美矩阵）
韵律形式：abab
音步数量：4个完整音步（四音步）
节奏：　　扬抑格
诗行数量：4行
诗节数量：一个四行诗节
叙述者：　"我们"

Ⅴ："我们一起来嘲笑伟人"
韵律形式：ababb
音步数量：34343
节奏：　　抑扬格（混有扬抑格）
诗行数量：5行
诗节数量：4节
叙述者：　"我们"

Ⅵ："马路上的暴力：马的暴力"
韵律形式：abcabc（×3）
音步数量：5
节奏：　　抑扬格（混有扬抑抑格和扬抑格）
诗行数量：18行
诗节数量：1节
叙述者：　客观叙述者

《1919年》：小结
诗歌数量：　　6首
韵律形式种类：5种（第二部分和第三部分相同）
节奏种类：　　4种（抑扬格，抑扬格 / 扬抑格，抑扬格 / 扬抑

抑格 / 扬抑格，扬抑格）

诗行数量种类：3种（三音步，四音步，五音步）

诗节数量：　　1节（第二、四、六首）

3节（第三首）

4节（第五首）

6节（第一首）

诗节长度：　　4行（第四首）

5行（第五首）

8行（第一首）

10行（第二、三首）

18行［3×6］（第六首）

第四章

早期诗歌的“魔法”技巧

大部分读者了解、反复阅读和引用叶芝的作品是继《责任》(1914) 诗集后的成熟作品。然而这一时期的成功源自他在二十至四十岁期间，探索了一系列韵律、节奏、诗节形式、近义词和近音词等诗艺技巧。尽管目前已有不少关于叶芝早期诗歌主题的研究，却很少有人系统地研究他早期作品的诗歌技巧。在本章，我将以一些作品为例展示其最有趣的技术革新，同时，这些例子表明无论早期还是后期，精通这些形式对他而言有多么重要。[1]

由于早期诗歌的主题材料通常较为单薄并多次重复，熟悉诗人神秘主义趣味的读者更有此感，因此，从技术而非想象力层面出发，我们便能最好理解叶芝这一时期部分诗歌的独到之处。我会放弃意义不大的作品，即便它们的技术旨趣相当，而选取一些经典之作。

首先，我会勾勒叶芝探索诗艺的轨迹。一个鲜明的例子就是以韵脚为媒介，玛乔瑞·帕洛夫指出[2]，叶芝穷其一生都在建立韵脚异同之间的意义关系，——正如《驶向拜占庭》中，他以“young”（年轻）对“song”（歌），以“soul”（灵魂）对“animal”（动物）。创作早期，他并没有如此在意押韵词语之间的语义联系，他更在意它们各自音节的长度。他学会了避免仅使用单音节押韵词语串，例如1886年的《印度人论上帝》中，trees / knees，pace / chase，speak / weak，sky / eye，talk / stalk，tide / wide，eyes / skies，he / me，say /

gay，night / light（树 / 膝盖，步伐 / 追赶，说话 / 虚弱，天空 / 眼睛，谈话 / 潜随，波浪 / 宽广，眼睛 / 天空，他 / 我，说 / 快乐，晚上 / 灯光）[①]。不过，即使在这个清单上，我们可以看到 sky / eye 的押韵，本身没有特别的意义，但是，当以复数形式 eyes / skies 被颠倒重复时，它便有了存在的意义。尽管叶芝最后坚决拒绝使用单音节词串，而继续寻找尽可能多的同韵词，如 i / ski，其中一词由基本韵音构成，而另一词则添加一两个辅音，显示了韵律的“构成”方式。叶芝以此法构成的押韵词部分摘录如下：old / cold，air / hair，out / trout，are / star，on / shone，ear / deer。有时候，英语中没有与押韵音对应的单音节词（如我们没有 eep 或 eap 这类的词），若此时需要押韵，如从前一般，在单音节词已有词首辅音前再添加一个辅音，如 leap / sleep，light / flight。给这些韵脚添加辅音的规则就是它们必须以最简单的语素开头，这样才能生成另一个押韵词。

关于单音节押韵词，尽管叶芝经常使用相同拼法的押韵音与单音节词押韵（如 hob 和 bob），但是他更热衷于使用韵音相同但拼法不同的词押韵（如 fire 和 choir）。后一种情形中，拼法差异越大效果越好。任何人都可以用 fears 与 tears 押韵，但是 tears 与 weirs、goes 与 knows 押韵能够产生一种视觉的愉悦感。有时候叶芝有意以形近词押韵，将这种“完美的”押韵与原始宗教（《印度人论上帝》）或淳朴思想相关联；《茉儿·梅吉谣曲》大多数情况使用形近词押韵（如 say / day，me / see），因此人们一眼便能看到例外，如 byre / fire。正如我们会在《箭》中看到，叶芝十分注意韵脚的图样形式以及它们听觉的一致性。

探索单音节押韵词和其他字母等距形式（如一个双音节与另一

① 本文讨论韵脚时，因多为单个词语，而无具体语境，且英文单词往往对应多个中文含义，译为中文对于理解原文帮助不大，反而可能产生误导，故本文谈押韵词时，外文不予翻译。——译者注

个双音节的押韵——island与highland）之后，叶芝开始进行不对称押韵，即两个押韵词其音节长度并不相等。这种不对称的诗艺，日臻完美，成为他成熟时期风格的重要标志之一，我们在《驶向拜占庭》中可以看到这些韵脚——unless / dress / magnificence，wall / soul / animal，thing / enamelling / sing，当然还有反复使用的come / Byzantium。他中期和后期诗歌的口语化部分源于这种押韵的方式，尤其是较长押韵词其后面的音节变得很轻：absurdity / me，caricature / more。

起初，叶芝的不对称押韵略显无趣，如sea / melody。不过，他很快发明了与多字母人名押韵的戏法，就像Knocknarea和away、Lissadell和hill或Mocharabuiee和sea；他逐渐意识到押韵词前长后短或者前短后长的不同效果：Lissadell和hill与hill和Lissadell的诗学组合效果迥异——前者暗示紧张的局势，后者表示完结。（叶芝早年间对反韵的效果深有所感；它们后来还见于come / Byzantium和Byzantium / come。）同时，叶芝开始用多音节词押韵，如bitterness和commonness，这一决定生成了严格的四音节押韵词，如《塔堡》中的fantastical和impossible。他也冒险使用欠工整对称的斜韵，如school / beautiful和enough / love。他好奇于法语中全韵的押韵方式，即词语重复出现以押韵，例如在《灰色岩石》《他渴望天国的衣裳》和后来的《美丽而高尚的事物》等。除了全韵，他还饶有兴致地研究了内韵或“额外的”韵脚，尾韵与“深埋”于诗行中的某个词押韵，《他渴望天国的衣裳》一诗中有所显现。

要说叶芝诗歌技艺的主要革新在于韵律的变化，这基本没有争议。但是，一来我们没有押韵效果通用的标记符号，二来他的诗行实验类型繁多，三来由于没有合适的符号系统，这使我个人深感挫败，因此研究叶芝的韵律将告一段落。诗节形式更易控制，便于评价；而且在叶芝诗歌中，诗节形式与意义单位或者句法单位的对位关系不可分割，通过部分特例能够充分展现他的诗节形式实验。

接下来展现叶芝诗歌技艺的第一个例子是1899年的《他渴望天国的衣裳》，这首八行诗是就全韵和内韵进行的实验：

倘若我有天国的锦绣绸缎，
以金色和银色光线织成，
那湛蓝、昏暗和漆黑的锦缎，
成为夜晚、白昼和黄昏，
我会将那锦缎铺于你脚下：
可是我，穷得只剩梦想；
我已把梦想铺在你的脚下；
请轻些，因你踩着的，是我的梦想。

Had I the heavens' embroidered cloths,
Enwrought with golden and silver light,
The blue and the dim and the dark cloths
Of night and light and the half-light,
I would spread the cloths under your feet:
But I, being poor, have only my dreams;
I have spread my dreams under your feet;
Tread softly because you tread on my dreams.

(176)

为尝试扬抑抑格和抑抑扬格音步，如《苇间风》里其他诗一般，叶芝放弃了早年抑扬格的写作习惯；本诗前半部分（第一至五行）以扬抑抑格的节奏（“**blue** and the **dim** and the **dark** cloths”）表示与事实相反；后半部分（第五至八行）以抑抑扬格和抑扬格叙述。以扬抑抑格中的扬声表达对相反事实的强烈渴望：“倘若我有”（“Had I the”）；叙事的不卑不亢在诗中转化为部分抑抑扬格的轻柔——“我已铺在”（“I have spread”）等。

叶芝写完这首诗时，他可能认为这首诗相当优美。我们自问他想达到何等美学效果时，我们首先看到大量用于铺垫的押韵词，其中 cloths、light、dreams 在诗行内也有重复。我们也看到内韵 night / light 和 spread / tread，元音韵 being / feet / dreams 和 embroidered / enwrought，以及头韵 had / heaven / half。事实上，唯一一个语音上与其他词无关的重要词语是贫穷（poor）；叶芝因而故意使它鹤立鸡群、形单影只、百无一用、糟糕透顶。标题里的主人公说，他之所以渴望是因为贫穷。他渴望拥有幻想，正如他在梦里拥有天空的结构——云裳、星绣和四处辉映的太阳和月亮的光线——作为侍臣他唾手可得。全诗因一个替换而改变：说话者于第六行说到，“我……只剩梦想”，我们将他想要的一切都归于“梦想”的范畴，包括前五行里整句话“倘若我……我会”，以及他大肆渲染天空使之能与意中人相提并论。爱人以外的任何人（诗中隐含意思如此）都不会如此渲染太阳、月亮和星星的基本存在。

《他渴望天国的衣裳》很好地展示了叶芝开始定义和规范他的诗节形式。尽管从韵脚上看它是两节四行诗（ababcdcd），而该诗的定稿确是一首独立的八行诗，对叶芝而言这意味着“诗节”的概念不单由韵脚决定。此处八行诗以一整节印刷而非两节，因为第一节结束时没有句法停顿，并且第一个意义单位延伸至第五行。叶芝全力探索的正是这种意义单位和韵律单位的不匹配，当然他同样喜欢诗节和句号的偶合。甚至他最终在部分诗里（如《塔堡》第三部分）“恣意妄为”，押韵时几乎不考虑意义停顿。

《他渴望天国的衣裳》有醒目的非对称形状——一条长达五行的曲线表示虚拟，让人上气不接下气，后三行分别陈述爱人的三种状态（“我……只剩梦想”“我已把梦想铺在”“你踩着的，是我的梦想”），其特立独行和标新立异纾解了一成不变、甚至单调迂回的全韵。我们可以说此处的全韵象征爱人的坚贞，而不规则的短促句式象征他的希望、缺乏信心和紧张。叶芝深受这些形式特点所蕴含的情感的吸引。他将穷其一生继续对比意义单位和韵律单位，避免二者变得难以琢磨。在这一点上，让人侧目的是他精妙地处理了大量意义单位以对抗《在学童中》中的八行体，大量的对位赋予该诗复杂的氛围，既有发自肺腑的沉思又有内心的踌躇，既一意孤行又满怀情感。在后期作品《三株灌木》里，那位女士告诉她的爱人，她希望听到“如果要我们亲吻 / 必须有条毒蛇发出对位的嘶嘶声”，这条关于美学张力的对位原则，最早见于《他渴望天国的衣裳》，从未被叶芝抛弃。

叶芝精心雕琢所有结构形式的种类时——包括格律、韵律和诗节形状等，他几乎立刻颠覆了原有的规范，手法之多让人称奇。减法是他不太为人熟知的妙招之一。虽然减法听上去好像与精心计划自相矛盾，但它也是强调事物的方式之一；并且，当它引起读者关注缺失的内容时，它就成为叶芝诗节技艺的一部分。这一方法清楚显现于《爱人哀悼爱情的逝去》一诗，适用于其结构。诗中的爱人叶芝，（我明确指出这些叶芝为了普遍和抽象的效果而故意省略的名字），对其挚爱毛德详述他的忠诚，以致他失去了恋人（奥莉维娅·莎士比亚）的爱：

淡眉、安静的手和褐发，	(hair)	a
我曾经有个漂亮的朋友	(friend)	b
还幻想长久以来的绝望	(despair)	a
最后会以爱情结束：	(end)	b
有一天她看进了我的心里	(day)	c
在那里看到了你的形象；	(there)	a
她痛哭流涕地离去了。	(away)	c
[……………………]	[a]	

(152)

这首诗第一节四行诗（abab）的第四行以重音押韵词“结束”（end）结尾，并且强行加上冒号（end 还是该行的内韵）。我们期待第二节与第一节一样肯定，而且我们似乎也看到了曙光：cac 的韵脚——不过马上这首诗消失了。我们读完“一天 / 那里 / 离去”（day / there / away），接下来竟是一行空白而非与“那里”（there）押韵的词。为了韵律单位的对称，这首诗看似“需要”第八行如“我失去了你的爱和她的心”。不过，第八行的空缺却有力地表达了情人遭受的双重失败——心爱的女人不置可否，爱他的女人离他而去。尽管如此，我们注意到该诗的形式依旧完整，因为第二节的第二行最后一个词 there，押第一节的 a 韵（hair / despair），诗行的韵律保持着完整。

叶芝从未忘记他曾经的发明。如果说第一次是无意识的操作，那值得记住的是《塔堡》一诗的末尾，他同样省略了本该出现的一行结句。《塔堡》第三节以隔行押韵的三音步四行诗形式写作，但是最后一节“四行诗”仅三行，如以下节选所示：

现今我得强制	Now shall I make my soul,	a
让我的灵魂在	Compelling it to study	b
一所学堂里学习	In a learned school	a
直到身体衰弱	Till the wreck of body,	b____
血液渐渐枯竭，	Slow decay of blood,	a
暴躁的谵妄	Testy delirium	b
或者暮气沉沉，	Or dull decrepitude,	a
或者更坏的消息——	Or what worse evil come-	b____
朋友们的亡故，或者	The death of friends, or death	a
每个聪慧之人的死亡	Of every brilliant eye	b
都让人屏住呼吸——	That made a catch in the breath-	a
看似不过是天上的云朵	Seem but the clouds of the sky	b____

或者鸟儿疲倦的叫声	When the horizon fades,	a
当地平线消逝在	Or a bird's sleepy cry	b
日渐阴郁的暗影中。	Among the deepening shades.	a
[………………]	[……………………………]	[b]

(416)

在这首后期作品中，我们可以发现许多叶芝早年的坚持——韵脚 eye / sky 的元音与辅音 + 元音组合，单音节同形词韵脚 death / breath 和 fades / shades。同时，我们还发现后期叶芝作品中斜韵的普遍现象，此外，delirium / come 的韵律让人回想诗人年轻时非对称韵律结构的实验。随着暗影的加深和地平线的消逝，最后一行随着呼吸自行消失了。读者期待的结尾竟只有一行空白。正如《爱人哀悼爱情的逝去》，叶芝将"残缺的"第二节第二行尾词（cry）与前一节的韵脚（eye，sky）押韵，这样一来，诗节虽然不完整，整首诗听上去却结构完整，随着鸟儿昏昏欲睡的啼声一道消失于静寂之中。

叶芝早期的作品中还有其他一些"失踪的"诗行，如《平和》中，一行消失的诗"出现"以显示时间开始摧毁最美好的生命形式。我们在第六章将看到《着迷于困难事物》这首"十四行诗"，它不知所踪的第十四行留下无限空间，供人想象说话者"找到那个马厩并且拔下那门闩"后会发生什么。叶芝的诗集《责任》序诗《原谅我，先祖们》里同样有"缺失的"诗行。它以五音步六行诗节写成，韵脚为 abcabc，第四节，即最后一节六行诗，只有四行，其韵律结构与前面诗节不同。正是在这结尾"残缺的"四行诗里（abab），叶芝谴责个人的不足：定稿并非四节"标准的"六行诗，他只写了二十二行，将原本的六行诗缩减为：

原谅我的痴情无疾而终，
尽管我已年近四十有九，

我没有子嗣，只有一本书，

除此之外我也无法证明你我血脉相连。

……………………………………………

……………………………………………

倘若不谈以下这个最著名的例子，我不会结束“失踪的”诗行这一话题。叶芝删除了《本布尔本山下》结尾处他墓志铭上的一行诗。我们从他的信件（*L*，913）和作品草稿中得知，墓志铭原有四行，叶芝最终去掉了第一行：

勒马；屏息。

冷眼一瞥

生与死。

骑士，且前行！

这节四行诗每行只有两个音步，若两两合并为四音步对句，则与该诗其余部分十分相似：

勒马；屏息。冷眼一瞥

生与死。骑士，且前行！

不论被视为真正的二音步四行诗（如诗人所设想的）还是《本布尔本山下》正常四音步对句的内韵变体，这些诗行的形式都很完整。叶芝决定删除第一行二音步诗时，他的墓志铭不再是完整的四行诗或对句，从而进一步强调现下这首四音步诗里的矛盾。删减法让墓志铭（斜体部分为叶芝标识）成为一首四行诗，只是第三行后一切归于平静：

冷眼一瞥	(eye)	a
生与死。	(death)	b
骑士，且前行！	(by)	a
[……………]		[b]

原稿第一行“勒马；屏息”，将叶芝的墓志铭归为提醒旅行者驻足的墓志铭传统，叶芝有可能清楚柯勒律治有关基督教的主张（叶芝《拜占庭》一诗显示他对于柯勒律治自题墓志铭的负欠），从他那里借用了押韵词 death / breath、过路人以及感叹号：

> 停下，基督徒路人！——停下，上帝的孩子……
> 噢，留下片刻为塞·泰·柯祈祷；
> 他多年来笔耕不辍、尽心竭力
> 昔日在生中寻觅死，望今朝死中觅到生！[3]

通过删除墓志铭原稿的第一行，命令（登山的）路人前行（而非勒马停驻，深吸一口气以祈祷），叶芝否定了柯勒律治虔诚祈求的基督教礼拜仪式，并代之以现代主义者目空一切的怀疑以及不对称的诗歌形式。同时，华威可·古尔德提醒我，这可能还有一个来源是 H. J. 奥利弗在阿登版《雅典的泰门》中为泰门的墓志铭所作的注释：

> 我是泰门，躺于此处，我活着的时候，所有人都恨我。
> 走吧，留下你的诅咒，走吧，莫要在此停留。[4]

编辑们注意到，在现行《本布尔本山下》第五十五至五十六行之间，还有一行诗“不知所踪”。如下所示，第五十五行（以“自在”结尾的那一行）没有押韵：

文艺复兴时上帝或圣人的画作，
总是以花园为背景，
那里灵魂安宁自在；
眼睛所看到的一切，
鲜花、芳草和蓝天，
就是它们本来的模样，
或像人醒来却仍在梦中。

(639)

詹姆士·佩西卡认为，[5] 叶芝作此诗时，曾写过一行与“自在”(ease) 押韵 (peace)，暗指英国诗人考文垂·帕特莫尔：

文艺复兴时上帝或圣人的画作，
总是以花园为背景，
那里灵魂安宁自在；
灵魂的臻美源自平和［。］

叶芝删除了第四行，其原因或是解释灵魂在天国花园里安宁自在看似多此一举（我个人的判断），又或者他本人和其他人在印刷过程中无意漏掉了一行（这不太可能），但是，由于“那里”(where) 反复出现并连接上下文，这首诗丝毫未受到影响：“花园（为背景）/ 那里灵魂安宁自在；/ 眼睛（在那里）所看到的一切”等。叶芝乐意出版这首缺失一行的诗，如同我们在《重访市立美术馆》里所见，其中一节八行诗偏偏少了第六行：

我那中世纪的双膝欠佳现已弯曲，
但是在那女人身上，在那栋房子里
荣誉长存，应有尽有。

没有子女时我曾想，“我的子女会在此处
找到根深蒂固的东西”，却从未预见其结局，
现在那结局已经到来，我没有哭泣；
没有狐狸能够弄脏獾子扫过的洞穴——

原本叶芝完成的是一节八行诗。它的前三行与定稿相同，后面却是：

没有子女时我曾想，“我的子女会在此处
认识什么是根深蒂固的东西，”却从未预见这结局
一代代学者曾经珍视的一切；
但是现在那结局已经到来，我没有哭泣；
没有狐狸能够弄脏獾子扫过的洞穴［。］
(603)

叶芝在创作和改良形式时非常小心，因此，他宁愿以省略的方式破坏诗歌的外形而不愿赘述或顾左右而言他（那些“一代代学者”）。

除“失踪的”诗行外，叶芝部分诗歌还有“额外”的诗行，这一现象见于早期诗歌《心境》(1893) 和《老人们对影自怜》(1902)。《心境》这首诗很有趣，模糊地介于有“缺失”诗行的诗歌和有“额外”诗行的诗歌之间：

时间一秒秒流逝	(decay)	a
如蜡烛慢慢燃尽，	(out)	b
而这山川和森林	(woods)	c
风华正茂，风华正茂；	(day)	a
倘若涅槃的心境	(rout)	b
离我们远去	(moods)	c____
人该何等的狼狈？	(Away)	a

从韵律上看，（我之前提到的）这首小诗无疑是一节六行诗加上一行“额外的”诗行——decay、out、woods / day、rout、moods / away。但是，这首诗——在句法意义单位上——还能被视为由两节四行诗组成（正如下文横线所示），韵脚为 abcabca［-］。若以我们之前“失踪”诗行的方式来看，第二节四行诗仍然是“不完整的”：

时间一秒秒流逝
如蜡烛慢慢燃尽，
而这山川和森林
风华正茂，风华正茂；__________
倘若涅槃的心境
离我们远去
人该何等的狼狈？
［………………］

第一节四行诗宣称时间和自然的转瞬即逝；而第二节以一个问句反驳该观点，庆祝涅槃后（因而永生）心境的永恒性。[6]（叶芝注：“神秘的本能让［艺术家］成为艺术家……并教会他在人类的欲望中发现永恒的心境。”）[7] 我们读完《心境》后并不确定，是将其归为一节六行诗加一句“额外”补充的诗行，表示心境一直持续到六行诗（时间单元）完结之后；还是视其为一首“缺少”一行的八行诗，第八行本该押韵，并回答最后的问题（譬如：“它们永远存在”［似有些荒谬］）。不过，这一行虽然“失踪了”，但其意义却不言自明。

另一首早期带有中国风的诗歌可被认为是叶芝添加“额外”诗行的练习，它有九行，由三组三行诗组成：

老人们对影自怜

我听见很老很老的人说，	(say)	a
“一切都会改变，	(alters)	b
我们一个一个消失”。	(away)	a
他们的手掌如爪，	(knees)	c
膝盖扭曲得就像	(trees)	c
水边的老荆棘树。	(waters)	b
我听见很老很老的人说，	(say)	a
“一切美好的事物都会逝去	(away)	a
如流水般”。	(waters)	b

我们不能将它简单归为由三节同韵三行诗（句法上）组成的九行诗，因为它的结构暗示另一种诗节形式——反复：第一至六行看似组成“一节”，然后第七行重复开头（“我听见很老很老的人说”）。读者首先不由自主地把这诗视为“不够完整的”两节诗：

我听见……说，	我听见……说，
“一切都会改变，	“一切……逝去
……消失”。	如流水般。”
他们……如爪，	[………………
膝盖……就像	………………
在水边的……树。	………………]

不过，读者也可将这首诗视为一首单节诗（前六行），其后三行为叠句，与开头呼应。在我看来，这两种描述都有所欠缺。这首诗里真实发生的是，叙述者听完老人们宣告万物无常后，立刻想到他们身体的变形（第四至六行）。随后，叙述者听见他们再次开口：我认

为，这一次，在这首诗“额外的”诗行里，老人们思考一种特殊形式的无常——美的无常。叙述者并没有评论他们的第二段言论。不过，诗歌标题包含了他含蓄的观点：“这些丑陋的老人们，手掌如爪，膝盖扭曲，谈论自己的时候竟援引美好的事物都会消失：他们正对影自怜。”这就是为何我认为第七至九行不是简单的重复而是前六行的一个补充：后三行引入了一个新的事物（美好的事物），因此我们只有将他们与标题“联系”起来，才能理解老人们所提的美好事物原来就是他们自己。标题中最后一个单词的巧妙使用，是叶芝钟情于反复的诗歌类型的又一例证：在他阐述人们到暮年仍然追求虚荣时，他把原本标题中位列第一的“单词”（water，译者注）变化成了全诗的最后“一词”（waters，译者注）（如后三行所示）。

正如我们现在所期待的，“额外”一行或者多行这一手法也见于叶芝后期的作品，特别是附加在《疯珍妮站在山上》（1938）的后两行。这首诗看似结构重复，如第十一至十二行“昨晚我躺在山上 /（疯珍妮如是说）”与第一至二行“我已厌倦诅咒主教，/（疯珍妮如是说）”匹配。既然重复，那重复单位的长度应当一致，即这首应为两节十行诗。但实际上这首诗有二十二行：两个十行单元结束后，增加了一组“额外”的对句来结尾。我把这首诗分成两列，以便展示其结构，虽然事实上该诗二十二行一气呵成，其间并未空格：

我已厌倦咒骂主教，	昨夜我躺在山上
（疯珍妮如是说）	（疯珍妮如是说）
九本书或九顶帽子	两匹马拉着一辆
都不会让他成为男人。	双轮车从那里经过
我还发现一些更坏的事情	艾玛坐在一个大尿泡上，
得去思考。	她那凶猛的男人
一个国王有些俊美的表兄弟，	库胡林坐在她的身边；
但是他们又去了哪里？	因此，

在地牢里被人活活打死，
而他坐稳了王位。

我双膝跪地
并亲吻了一块石头；
我伸展四肢，躺在泥里
哭号着，泪流不止。

(628)

全诗二十二行，部分元音与字母 n 搭配押斜韵：Jane（珍妮）/ man（男人）/ on（上）/ gone（去了）/ throne（王位）/ Jane（珍妮）/ ran（经过）/ man（男人）/ thereupon（因此）/ stone（石头）/ down（流下）。因为韵脚如期而至（通常是一个单音节词，这与珍妮的“简单”民谣形式也相符），我们有可能忽视诗歌的不对称结构；而且，《疯珍妮站在山上》出版时全诗二十二行并未分节，诗歌各部分结构起初看似模糊。反复思量后，我们注意到其重复的效果，前十行是疯珍妮关于时事的演说（谋害沙皇和他的家族，英格兰王的表兄们）；后十二行，是疯珍妮关于凯尔特英雄的两个版本，暗指现代动荡：那个“凶猛的男人”库胡林和他那有着神奇体力的配偶艾玛，有关她膀胱能力的传说。最后两行“额外”的诗，附于第二组十行诗句之后，不可忽视地成为加强的“第二个结尾”。珍妮亲吻了一块石头作为她获得幻象的谢礼，从而结束了第二组十行诗；但是，当她再次思考诗歌开头的谋杀时，她的谢礼出人意料地转向荒凉：

我伸展四肢，躺在泥里
哭号着，泪流不止。

如果没有意识到最后两行“超出”了十行，部分转向荒凉的效果恐怕无法达到。那样一来，整首诗依旧保持对称，疯珍妮在她重复部分便会得到一个赎罪的幻象，以“消除”她先前的哀思。（若非注意到只以 n 音押韵，我们也就无法理解她冥想和幻象“进退两难”的特点，而这正是疯珍妮回归荒凉的原因。）

在其他作品中，叶芝也巧妙利用意义单元之间的模糊关系赋予诗歌不确定性，最具有代表性的早期诗歌是《女伯爵凯瑟琳》中的民歌《谁与弗格斯同去？》。该诗以两节六行诗组成，韵脚为 abcabc。第一节六行诗有两个句法单位——其一为三行的问句（韵脚 abc）、其二为三行的命令（韵脚 abc）——二者的韵律完全吻合，暗示放弃世俗的希望和忧虑之后与弗格斯一起轻松地生活，弗格斯早已放弃他的王位：

现在谁与弗格斯一道驾车	(now)	a
穿过树林深处如织的密荫	(shade)	b
还共舞于平坦的海滩？	(shore)	c
年轻人，扬起你那赤褐色的眉毛，	(brow)	a
姑娘，张开你那温柔的眼睛，	(maid)	b
燃起希望，莫再惧怕。	(more)	c

不过第二节的意义停顿出现在第二行之后而非第三行。这就导致意义和韵律失和，至少将它们置于扰人的非对称关系。最后四行以首语重复和句法排比的方式紧密相连，成为一节“假四行诗”：

莫再转过身去，沉思	(brood)	a
爱情苦涩的秘密；	(mystery)	b
因那弗格斯掌管古铜车队，	(cars)	c
掌管树林里的影子，	(wood)	a
深海里翻腾的白浪，	(sea)	b
还有散落一地游荡的星星。	(stars)	c
	(125—126)	

这首诗最复杂的处理，见于第一节和第二节诗节之间符号对应“失误”，“空留”一行无以匹配：

谁与弗格斯一道驾车	=	弗格斯掌管……车队
树林深处如织的密荫	=	树林里的影子
平坦的海滩	=	深海里……白浪
?	=	散落一地游荡的星星

第一节没有任何内容——至少看似如此——与第二节最后一行匹配，“掌管散落一地游荡的星星”。星星因其数量众多而引人注目，它们“格外众多的数量”却没有任何物质能对应。“散落”一词，如同大海里“翻腾的白浪”，让星星看上去像是女性，增加弗格斯世界的世俗诱惑力。由于第二节的第三、四、五行分别对应了第一节中的第一、二、三行，为保持这一节奏，我们便期待第六行与某一行对应（最好是第一节中的第四行）。但是星星并未匹配任何事物，并且其数量之多让读者大吃一惊。这样一来，我们就看到了整首诗以交错排列法排列：

提问	*否定的命令*	*否定的命令*	*结论*
弗格斯	沉思莫再	莫再沉思	弗格斯

诗行内部交错（燃起希望，莫再惧怕 / 莫再转过身去，沉思）成为连接两节六行诗的“枢纽”。对于男人和女孩而言，沉思、苦涩、莫测的爱情的另一选择便是与弗格斯同去。我认为，叶芝暗示弗格斯本身便是情欲的代表，掌控着代表男性的铜色车队和代表女性的海中“白浪”。

在弗格斯的世界里，大地和天空有树林深处如织的密荫和散落一地游荡的星星，它们有很多共同字母和音素［shadows（影子）/

-shevelled（散落），woven（织）/ wood（树林）/ wandering（游荡）]，这些共同元素联合创造了无边无际、延绵不绝的疆域。恋人们互相交换爱情苦涩的“mystery”（秘密），这个词是诗中唯一一个多音节押韵词，因此，它铺陈了后文的扩张：从森林到海滨再到随意游荡的星星。从配对诗行的水平运动“扩张到”未配对星星的垂直疆域，赋予“额外”的第六行近似无限的维度。读者无法确定：这是一首两节六行诗还是一首三重交错的十二行诗；这首诗是双重三拍的韵律还是从始至终坚持以四行诗为句法单位；这是一首诗行与韵律匹配的对称诗还是诗末“剩下”一行非对称诗。

另一首同样以对位法编排句法和诗节形式的是《永恒的声音》(1895)。这是一首八行诗，因为第四行后的分号让它一眼望去像是由两节押韵不规则的四行诗组成——abac / baca——发出一系列指令。然而，整首诗还有另一个精妙结构，中间是押韵规则的六行诗（bacbac），前后分别附着一行叠句（押 a 韵）——“噢，甜美而永恒的声音，请静些。”第二种韵律结构则为 a / bacbac / a:

噢，甜美而永恒的声音，请静些：	(still)	a
去唤那天堂羊栏的守护神	(fold)	b
听从你的命令徜徉在	(will)	a
层层火焰，直至永恒；	(more)	c
难道你未曾听说我们呼唤鸟儿、	(old)	b
山上的清风、摇曳的树枝	(hill)	a
和岸边浪涛的心，已然老去？	(shore)	c
噢，甜美而永恒的声音，请静些。	(still)	a

第八行重复第一行叠句意味着不绝于耳的声音永不消失，诗歌于末尾处“重新开始”，无法达到它末日启示的意图。

这首诗以及其他诗的“含混”诗节——是六行诗？八行诗？四行

诗？——与叶芝早期诗歌常见的含混韵律一致。叶芝通常想要实现“流动的”韵律形式，这种韵律的不确定性，恰巧与他力图再现徘徊的思绪不谋而合。怪异的亚历山大体诗行、五音步（通常是扬抑抑格或抑抑扬格），甚至早期诗歌的三音步格律在其后期诗歌中亦能得窥踪迹——不过后期诗歌中其频率不高、形式更明显、与主题的联系更紧密。

左右摇摆的敏感、举棋不定、缺词少句和含混不清的另一极端是一言九鼎。早期诗歌鲜少有此决断力，不过，我认为至少有一首堪称此类，因为诗人的自信源自其卓越的形式架构。叶芝早期诗歌中，《流浪的安格斯之歌》完美使用了我所谓的“魔法”形式。这首诗源自爱尔兰婚俗歌曲（aisling lyric），说话者被赐予了一个女性幻象以表现民族精神。诗中的安格斯是爱尔兰的阿波罗神，主司诗歌；此处虽然他以人类探索者的身份出现，他还被选定为充满诱惑的女神的配偶，并且，他最后的话语表示其坚定的决心，“无论她身在何方，我定要找到她 / 与她亲吻，和她牵手”。以下便是这首诗，它以四行诗形式写作却以八行诗节形式展现。我将其“魔法的”词语及音节以黑体标记：

流浪的安格斯之歌

我去到榛树林里，
只因头脑里一团火，
砍下树枝削掉树皮，
并用丝线勾住浆果；
当白色的蛾子扑闪着翅膀，
星星也像蛾子般忽闪着，
我把浆果饵投向溪里
钓上一条银色小鳟鱼。

我把它放在地上
转身去燃起那火，
地上响起沙沙声，
似有人呼喊我的名字：
那鱼竟变成一个闪闪发光的姑娘
她头上戴着苹果花
呼喊我的名字后跑开了
消失于熊熊火光之中。

纵使我年事已高
也要跋山涉水，
不管她身在何方，我定要找到她，
与她亲吻，和她牵手；
与她走在斑驳的草丛中，
直到天荒地老，采摘
属于月亮的银苹果，
属于太阳的金苹果。

The Song of Wandering Aengus
I went out to the hazel wood,
Because a fire was in my head,
And cut and peeled a hazel wand,
And hooked a berry to a thread;
And when white moths were on the wing,
And moth-like stars were flickering out,
I dropped the berry in a stream
And caught a little silver trout.

When I had laid it on the **floor**
I went to blow the **fire** a flame,
But something rustled on the **floor**,
And some one **called me by my name**:
It had become a glimmer**ing** girl
With **apple** blossom in her h**air**
Who **called me by my name** and ran
And faded through the brighten**ing air**.

Though I am **old** with **wandering**
Through hollow lands and hilly lands,
I **will** find out where she has gone,
And kiss her lips and take her hands;
And walk among long **dappled** grass,
And pluck **till** time and times are done
The **silver apples** of the moon,
The golden **apples** of the sun.

(149—150)

虽然《流浪的安格斯之歌》以隔行押韵的四行诗形式创作，但是它却以三节八行诗节形式出版，这样一来，读者定会问这些四行诗为何必须以这种形式排列。诗中故事情节很简单：安格斯用榛木为杆、以浆果为饵，钓起了一条小鳟鱼；它突然变成了一个姑娘，呼喊他的名字后便消失了，安格斯立志一定要找到她。不过，叶芝在这首诗中所用的语言表明他认为语言有其自身的控制力，它能独立于它所述故事之外。我认为，**流浪**的（**wand**-ering）安格斯首先砍下**树枝**（**wand**），或他的**头**（**head**）找到了一根**丝线**（**thread**），这并非偶然。在叶芝看来，这种配对表明词与词之间魔法的、非理性的和非词源学关系与逻辑的、理性的和词源学的关系同等重要。其他魔法联系见于押韵词等：如单词 head 包含于 thread，out 包含于 trout，air 之于 hair，time 之于 times，though 之于 through，短语 hollow lands and hilly lands 包含了 low lands and hi[gh] lands。这些相连的词语以各种方式突出表现，显得格外瞩目——例如，though 和 through 同时作为连续两行的首词，而其他词语则处于押韵位置。

诗里其他单词之间的关系也并非任意而为。地上扑闪着**翅膀**的**蛾子**（moths on the **wing**）是夜空中如**蛾子**般（moth-like）的星星的神秘镜像。安格斯头脑中的欲望之**火**被复制为他在地上生起的熊熊烈**火**。floor（地上）与 floor 的全韵，以及**呼喊我的名字**（called me by my name）的重复，更是维持了场景以及动作的一成不变，只因魔法于名词和代词处悄悄变形。通过安格斯的叙述，我们可以看到魔法变形就在眼前：

[I] caught a little silver **trout**.

When I had laid **it** on the floor
I went to blow the fire a flame;
But **something** rustled on the floor,
And **some one** called me by my name;
It had become a glimmering **girl**
With apple blossom in her hair
Who called me by my name and ran
And faded through the brightening air.

当飞蛾扑闪**翅膀**、星星**闪烁**之际，标题中**流浪的**主人公看到了一个闪闪**发光**的姑娘消失于火光之中，他在**流浪中**变老。这些非理性动名词结构（-ing）的重复（与 wandering 和 wand 这些文字游戏一道），将标题（《流浪的安格斯之歌》）与诗节紧密联系。类似的“魔法”连接让诗尾的总结性格外突出。读到“属于月亮的**银苹果**，/ 属于太阳的**金苹果**”，我们自然注意到“**银色**”鳟鱼和姑娘头发里的“**苹果**花”等词义重复，不过，仔细观察之后，我们便意识到诗尾的总括性还源自“old”“dappled”为“golden”“apples”之前的铺垫。[8] 还有“out”系列的词，如“我去**到**（out）……星星……**忽闪着**（out）……钓上一条银色小**鳟鱼**（trout）……我定要找**到**（out）”，都是叙事中非理性“魔法的”表现。《流浪的安格斯之歌》其结构暗示反复施以魔咒，满是首语重复和短语、诗行及声音的重复。此番“自我生成的”诗歌旨在模仿绝对的命令——是魔法师完全掌控一切的命令，或者神灵掌控命运的命令。读完全诗后，我们终于理解为何该诗以三节八行诗形式写作而非六节四行诗。诗的结构代表叙事阶段：一节写鳟鱼，一节写姑娘，最后一节写追寻。

除了高超的技艺和语言，这首表述行为的诗承诺并指向乐土——安格斯定要（而非“将要”）得到那个闪闪发光的姑娘，这一决心预示了追寻的结果。在我看来，尽管诗人为实现预言中的天堂埋下大量伏笔，读者仍然惊讶于“属于太阳的金苹果”的出现。银色鳟鱼于傍晚时分上钩，是夜被带往家中；因此属于月亮的银苹果更适合鱼儿以及它变身的发光姑娘——但是，属于太阳的金苹果却在这夜色中意外出现。（我们后来可以看到）黎明场景里的“熊熊”火光（brightening air）预示这一切，姑娘自相矛盾地“消失”在火光之中：“［她］跑开了 / 消失于熊熊火光之中。”安格斯知道，虽然她身披银色且闪闪发光，但是，以布莱克的永恒观来看，太阳照耀下，陆地上的她会变成金色。（词语“brightening”是动词的一种类型，如“变红”（redden）和“衰落”（wane）等，在时间的维度有积极或者消极的无限延伸。）在《流浪的安格斯之歌》末尾，读者感受到拜占庭系列诗中有关黄金的炼金术的尝试。

以上考察的各种形式美都非常微妙——有押韵词长短的变化、有重复的诗节和句法形式，有增、减诗行，全韵和咒语般反复，还有魔法的和非理性词语连接等。无论如何它们都无法代表叶芝早期诗歌的全部诗艺手法。但是它们显示，历经长期实验后，叶芝已熟悉并掌握各种有关美的形式。细读完他的早期诗歌，读者已然相信，叶芝在《亚当的诅咒》诗中说到，要写出和谐的音律必须花费大量心力。很多早期诗歌作品可以看出，诗人用尽高超的技能，对诗行进行拆合等反复修改。只有在后期，部分诗歌看似于一瞬间完成，那样的作品显得至高无上。叶芝后期的作品得益于其早期对于语言音乐性的费心试验。正如锡德尼的《诗篇》和赫伯特的《庙宇》一样，他几乎参透了每一种韵律和诗节形式。

语言反复述说的魔力（部分由斯温伯恩处学来，不过他并未滥用）成了叶芝一生有意使用魔法写作的标志。我们在《旋锥》中听到了它的重复：

旋锥！旋锥！古老的岩石面庞，向前看；
思考太久的事物不能再被人思考，
因为美好死于美好，价值死于价值……

(564)

咒语般的重复是革命的保证；变形或者革命的咒语首先必须反复，然后才是革命——要么通过令人吃惊的金色苹果的光彩，要么是从毁坏的坟墓发掘后重生。叶芝作品风格的历史揭示了，从长远来看，其后期风格有多依赖于早期作品的成功：无论是视觉还是听觉形式，后期作品中的单个词、韵律、诗节形式和句式排比等几乎都源自早期作品的外观和形状。

最后，我用一个例子结尾。叶芝头脑中，有多个语言相关的极其繁复的大型图表，一个（或两个）字母不同的单词分别位于某大型语言之轮的相邻处。要想让一首诗的所有韵脚都来自某个特殊的子集，在他看来，就是要设计和构思一条魔法信息，以便准确地找到目标——一支灵魂的箭。以下是《箭》：

过去，我一想到你的美，这把箭，
由一个狂放的想法铸就，就射入我的骨髓。
如今，再无男人对她侧目，没有人，
会像早些年前，那时她正值豆蔻，
高挑而尊贵，面庞和胸脯却像
盛开的苹果花一样娇艳欲滴。
这位美人更是友善，然而，我却
忍不住哭泣，因为那美人竟已迟暮。

(199)

《箭》并不是诗集《在那七片树林》中的扛鼎之作，它甚至允许自己在单词花（blossom）里存在第二个 s。但是，它告诉读者的是，叶芝在胸脯（bosom）和花（blossom），没有男人（no man）和女人（woman）之间建立了强烈的下意识联系；骨髓（marrow）正是一个受伤的想法——箭（arrow）的栖身之处；四季（seasonal）的变化无常（unreasonableness）让他震惊如同弗罗斯特不容四季变迁的叛逆。我们有时认为诗绪以主张和意象前进，事实上，不仅如此，诗绪还因为词义或者语音的滑移和连接而向前。阅读叶芝作品时我们不要忘记这条诗歌创作的公理。

第五章

传说、情感和告别：叶芝民谣创作三阶段

叶芝的民谣创作超过半个世纪。民谣在他创作早期（在他的民族建设时期）和后期（晚年追寻“原初”）都十分重要；民谣作品在他创作中期并不多见，这是因为他当时一心寻找更为复杂的抒情诗形式。由于叶芝诗歌中“民谣”的概念较为宽泛，我与他保持一致。[1] 本章篇幅较长，特此致歉，再者，任何着眼于五十年来诗歌变革的研究注定费时耗力。叶芝写作民谣时做出的各种决定——诗歌长度、诗节形式、韵律变化、措辞（古风或现代）、语言（平实或华丽）、韵脚、人物选择、组诗构建等，成了我们判断叶芝其人其诗的标准：他想创作什么样的诗歌，他的诗歌优缺点如何。评论家，抑或读者，有时会疲于描述和分析民谣这单一诗歌形式的所有变体；但这却是我们了解诗人之所以为诗人、终日费尽心机、以民谣这单一形式阐释其美学思想的唯一方式。在我看来，我们还不够努力，至少我们应该再多几分诗人写诗时的专注及创新思维去理解他的作品。虽说本章篇幅略长，但其内容仍可供人随时翻阅研读（毕竟其中探讨的是诗人于毕生作品中惯用的手法）。叶芝一生都在钻研如何写作一首现代民谣这个无解的问题，因此，在他的创作生涯中，对民谣体裁的长期探寻与修改在他的事业中占据独特位置。它们启发叶芝进行执着而不懈的创作，其他任何形式都无法比拟。

《抒情诗选集》中民谣诗出现的频率很高，在此，我仅能简述它的发展轨迹以及变体，最初是单首，之后是民谣组诗，他最后的作品也有民谣诗出现。与19世纪前辈诗人一样，从司各特和华兹华斯到济慈，叶芝拓展了民谣的范围，同时还保留许多民谣的传统特质（虽然也时不时打破常规），比如叙事情节、四行诗节（有时伴有叠句，有时延展至六行）、简单处理的手法、突出戏剧性时刻、运用对话、非个人化和以集体的声音进行表达。作为青年诗人，叶芝自然选择以常见的民谣诗节开始创作。通常三音步与四音步诗行交替出现（4－3－4－3，普通格律），[2] 其中只有第二、四行押韵（abcb）。后来，叶芝的民谣不再单以叙述为主，而是加入更多抒情、玄学主题，同时创造了多种民谣诗节的复杂变体。[3] 最后，他实验性地将抒情歌曲附着于民谣故事主体（比如组诗《三株灌木》）；或者（如我们见过的后期单首民谣《疯珍妮站在山上》）他的民谣不分节，整首诗押单音韵脚“b”，营造笛声低鸣般的凄凉氛围。

叶芝的民谣书写紧随“青年爱尔兰”诗人的步伐，却又与之不同。叶芝的作品经过推敲琢磨，而非仓促而为；他的作品并非典型的“街头民谣”，而是能与司各特和华兹华斯这些文学巨擘的民谣比肩的。

单首民谣，1888—1921年

在叶芝早期民谣中，《欧哈特神父谣曲》（1888）等部分作品以传统方式展开变化事件的叙事内容。但是《茉儿·梅吉谣曲》（1889）（94—96）采用华兹华斯式主题——被抛弃的女人，强调说话者的情感而非故事情节。《茉儿·梅吉谣曲》展现了一个弃妇内心的心烦意乱。故事令人哀怜，她无意间闷死了自己的孩子，因此被丈夫扫地出门：

我压到了我的宝贝；
这个小小的孩子，
天已破晓地上结霜
我的孩子竟已冰凉。

疲倦的女人睡得真沉！
我男人的脸变红变白，
丢给我钱，喊我滚回
我的娘家金赛尔。

他把我赶了出来关上门，
转身还诅咒我；
我默默地离开，
没见任何邻居。

茉儿或许类似于华兹华斯笔下的一个人物形象，但这首诗却缺少华氏抒情民谣的一大主要特点——其情节依靠说话者或旁观者的心理变化，如《我们七个》《父亲轶事》。而此处，我们并未发现这样的变化：从始至终，茉儿·梅吉的心理没有发生变化（她开头和结束的话语几乎完全一致）。开头如下：

到我跟前来，小孩们；
别因为我走路时嘀嘀咕咕
就向我扔石子儿；
可怜可怜茉儿·梅吉。

结尾如下：

那么现在，你们这群小孩，
不会再朝我扔石子儿了；
而是向我拢来，脸蛋放着光
可怜同情茉儿·梅吉。

《茉儿·梅吉谣曲》沿袭了边疆民谣用词简练、叙事直白的优点。但是，叶芝早期的民谣内容仍属于华兹华斯民谣传统的一个分支——叶芝笔下的主人公绝大多数都生活拮据、疲于生计或者不再年轻。叶芝写作有关神父的民谣，比如神父吉利根和欧哈特，暗示他想吸引爱尔兰信奉天主教的读者，将他们囊括于他想创造的民族文学中，这个想法或许没有什么美学价值但却足够慷慨。叶芝早期的民谣仍基本处于民谣的范畴之内，并且看不出他在形式上的任何创新。

到1897年诗集《苇间风》，叶芝的民谣开始不同于前辈诗人的作品，神秘主义题材开始浸润他的作品。尽管《有福者》（166—168）是以国王和隐士（爱尔兰语分别为 Cumhal 和 Dathi）的对话展开，尽管这里的隐士（hermit）在基督教中寓意为“上帝的母亲”，但在诗尾，同样是这位隐士，他却建议国王，人醉酒后可能得到天启，从而能像玫瑰十字会成员一样窥见神秘的未来。原本普通格律的民谣诗节（4－3－4－3，abab）因能知晓未来的喜悦，其节拍竟如扬抑抑格般轻快：[4]

“我看见这世上最有福的灵魂
他醉醺醺地点头。

“噢！福音日夜降临
无论在哪，智慧的心儿都知道；
有人曾在美酒的红色中看见了

那朵永不消亡的玫瑰 [。]”

数年之后，常见的民谣人物形象如茉儿·梅吉等在诗集《绿盔》(1910) 中已不见踪影。民谣《他的梦》(253—254) 其说话者是一位舵手，谈吐得体，话里还有些神秘的象征。舵手略微调整民谣诗节的格律 (abab) 4－4－4－3，以便重述他的梦想。在梦里，他以一种特别的方式躺在船上，即“死亡”，这让岸上围观的人动容落泪：

虽然我用手指按着唇，
但除了唱支歌我还能做什么？
奔跑的人群，华丽的船只
整夜里，他们都在大声呼喊，

在波光粼粼的海面上用尽全力，
呼喊它的名字，
因为它如此威严，
有着美妙的名字叫死神。

这首民谣披着梦境的外衣，变成了一首象征主义作品，最大程度减少了叙事的内容。不过，由于说话者的声音来自人群的集体思想，因而篡夺了诗人给躺在甲板上的舵手命名的特权，这样一来，民谣匿名集体创作的特质得以保留。因此，叶芝将《他的梦》的抒情氛围适当地附着于民谣集体特质；不过这首诗里超现实的象征主义意象与更为粗犷的民谣传统相背离，叶芝很快便放弃写作象征主义民谣，一如之前放弃以情节为中心的民谣类型。

这时起，叶芝开始对时事民谣进行实验，后来他获得了巨大成功，部分缘由归因于他在剧院的工作让他接触到真正的口语措辞。诗集《责任》(1914) 收录了他就休·莱恩遗产纷争所创作的数篇专题民谣，这一纷争源起英国国家艺术馆拒绝都柏林市政府设立画廊、存放莱恩藏画的要求。[5]《1913年9月》(289—290)，原名《爱尔兰传奇故事——读国家艺术馆质疑报道有感》，以长节奏（即四音步四行诗4－4－4－4）写作。每节诗有八行，由两节民谣四行诗组成，隔行押韵（ababcdcd）。不过，由于其中叠句“浪漫的爱尔兰已死亡消逝，/ 随欧李尔瑞一起葬于坟墓”，准确来说它应归为民谣体。通常情况下，完整民谣诗节后应直接附加非个人化声音的叠句，叶芝并没有这么做。他利用韵脚把叠句融入诗节的主体部分，作为抒情诗中说话者个人情感爆发不可分割的一部分：

难道大雁为此展翅翱翔
掠过每一波汹涌的浪潮；
难道所有热血为此抛洒，
爱德华·菲茨杰拉德就义，
罗伯特·艾梅特和沃尔夫·透恩
以及所有勇毅之士都陷入癫狂？
浪漫的爱尔兰已死亡消逝，
随欧李尔瑞一起葬于坟墓。[6]

在这首讽刺民谣中，1798年反英斗争牺牲的那些英雄代表爱尔兰“真正的”集体。作为一个疏离的英裔爱尔兰诗人，叶芝一直厌恶同时代中产阶级天主教徒的狭隘和市侩，视他们为陌生的“你们”：

清醒过来，你们究竟要什么，
除了在满是油腻钱屉里翻找，
给一个便士再加上半个便士
给颤声的祷告再加一次祷告，
直到你们榨干骨头里的精髓？

叶芝选择以民谣形式表现《1913年9月》里的事件，他暗示读者"浪漫的爱尔兰"最脆弱的文学体裁就是民谣，但是，他将其立为民族之歌，并在诗里点名那些逝去的英雄（类似于后来《1916年复活节》末尾处的点名）。叶芝认为自己是更好的集体代言人。从他最后的民谣作品《黑塔》可见（稍后本章会讨论这首民谣），尽管叶芝从未放弃将民谣等同为爱尔兰人的抵抗，但是他并没有将民谣限于政治话题。尽管他有时会弃用"身份卑微"的说话者，但是，这类"卑微"人物形象的感染力重现于后期作品，比如主人公疯珍妮和老汤姆。

就这样，叶芝开始创造属于自己的民谣诗节形式。1914年写作《乞丐对着乞丐叫喊》时，与之前《1913年9月》相同，他将叠句融入诗节；不同的是，《1913年9月》中叠句与它之前的诗行押韵，而这首乞丐诗中的叠句措辞"低俗"，也不押韵，并且以斜体的形式出现在每节诗的倒数第二行：

"是时候离开人世去往某个地方
在海风里重新找回我的健康，"
乞丐对着乞丐叫喊，暴怒发狂，
"头顶光秃之前铸就我的灵魂。"

后来，叶芝在民谣实验的道路上走得更远。他在《奔向乐园》（300—301）这一单首民谣中插入了两行不押韵的叠句，其中"个人"叠句（"因为我正奔向乐园"）上移到诗节中部，而"集体"叠句以斜体印刷，通常位于诗歌结尾的位置（"在那里国王不过和乞丐一样"）。只要扫视开头的诗节，就能感受到两行叠句的分离状态：

我越过大风山谷而来时
他们朝我帽子里扔进半便士，

因为我正奔向乐园；
我需要做的只是满怀希冀
有人把手伸向盘子里
扔给我一小块腌鱼：
在那里国王不过和乞丐一样。

我的兄弟穆尔廷已筋疲力尽
正打骂他那吵闹的大傻瓜，
因为我正奔向乐园；
可怜的生活，他为所欲为，
尽管他有一条狗一杆枪
以及一个女仆一个男佣：
在那里国王不过和乞丐一样。

《奔向乐园》以长节奏（4－4－4－4）写作，不过每一节诗增至七行，前两行是一组押韵的对句，后三行是押韵的三行诗，中间由一行不押韵的叠句隔开，每节诗以同一行叠句结尾，整节韵脚为 *aabcccd*。从对句到三行诗的递增显示了奔跑的动力，而叠句稍作停顿，解释说话者意欲何往以及为何一个乞丐特别期待前往该地。即便在这常规的民谣形式里，仍有叶芝自由的发挥。他给诗中农夫通常配以抑抑扬格的诗节格律形式，那位坐立不安的农夫不愿被公认的民谣诗节的祈使语气所束缚。

随着叶芝中期的民谣体在内容上变得更为复杂，他决定不再以诗节而以单一的组合为单位写诗，这样一来，一首诗可以随意停顿，也不受空行或者叠句的干扰。虽然1914年的《玩偶》（319）还留有许多常见的民谣特质，比如“低俗”的措辞、三拍的半节奏、隔行押韵的四行诗作为写作的单位，但是，诗句和独立诗节不再保持一致，句法灵活多变，三音步节拍取代了标准民谣四行诗的交替韵律（4－3－4－3）。《玩偶》中玩偶师为一切生物所厌恶，和他制作的玩偶一样，厌恶艺术为自然所取代。一个婴儿在玩偶之家诞生，但是在这之前他的房子里只有一代代手工制作的玩偶。虽然架子上的玩偶们愤愤不平，控诉他们夫妇二人带来了这个令人讨厌的新成员，但这位丈夫并不打算料理孩子，他的妻子为这个“意外”出生的婴儿向她丈夫卑微地道歉。“故事情节”由三部分构成（每一部分都有一个新的说话者和言语行为）。首先，玩偶们纷纷评论这个新生儿是个“玩偶”（它在一行诗里“大声哭闹”），然后是“最老的玩偶”（在随后五行里“高声尖叫”），最后是“玩偶师的妻子”（在随后两行“喃喃低语”）：

玩偶师家有只玩偶
望着摇篮大声哭闹：
“这对我们是一大侮辱。”
但是，在橱窗展示过的
那只最老的玩偶，见识过
一代代它的同类，
在架子上叫得最响：
“竟没有一个人揭发
这个邪恶肮脏的地方，
那对男女带来的、
这个又闹又脏的东西
让我们蒙受耻辱。”
听到丈夫哼哼地伸着懒腰，
玩偶师的妻子意识到
他也听见了这无赖的话，
蹲在他椅子的扶手旁，
头倚在他前倾的肩上，

附在他耳边轻声地说：
“亲爱的，亲爱的
那真是个意外。”

这首讽刺的三音步民谣以妻子的道歉暗示，玩偶师与玩偶们站在一边，比起性生活“聒噪、肮脏”的证据（孩子，译者注），他更偏爱自己手工制作的玩偶。[7]

1916年叶芝五十一岁，他已经能自如地运用民谣的四行诗节。对他而言，*abcb* 四行诗节不是一个自给自足的单位，更像是一个地基，上面可以搭建各种有趣的东西。叶芝在民谣四行诗里最具匠心、最为优美的改动是在《库勒的野天鹅》(322—323) 中附加的两行不对称的同韵对句。刚读这首诗时，我们听到四三音步交替的民谣四行诗（韵脚 *abcb*），不过，这个熟悉的形式包含的显然是抒情内容而非叙事：

秋日的森林绽放美丽，
林中的小径没有水汽，
在十月薄暮的笼罩下
湖水映照宁静的天空［。］

“天空”后的标点符号不是句号而是分号，接着我们的视觉和听觉又被一行华丽的五音步长诗所吸引，它的奇思妙想跨行连续至下一行三音步诗，这让我们大吃一惊：

石头与石头间荡漾的水波里，
有五十九只天鹅。

结尾这组对句虽然韵律结构不对称却格外抚慰人心，这一“民谣”

诗节超出了四行诗节的基础结构和四三音步格律，并且一直持续到末尾。叶芝新发明的诗节既能凸显欢欣鼓舞，比如那天鹅的“羽翼在我头顶拍打的节奏”；又能抒发老生常谈的伤痛情感，比如“此刻我的心中涌起一阵悲痛”。仿佛《玩偶》中自然分娩的“原生”婴儿与“手工巧制的”木头玩偶之间的敌对，于想象中消解在这巧妙混合的半民谣半抒情诗节里。

为了融合高雅与低俗，叶芝做了很多尝试，虽然并没有都成功，却促使叶芝继续进行民谣形式的实验。为了找到高雅与低俗之间的共通点，叶芝有时会过于低俗化。以《在圆塔下》(331—332)这首民谣为例，在格兰达洛的一个修道院附近，比利·伯恩斯睡在曾祖父残破不堪的墓边，梦见太阳国王与月亮王后在圆塔下载歌载舞，最后双双环绕旋梯登上塔顶。这首诗以长节奏的民谣四行诗加上同韵的对句组成（4－4－4－4－4－4，*abcbdd*），每一节的第一、第三行诗必须以扬抑格结尾。[8] 诗中引用卑微乞丐的话更凸显其强烈的民谣特质。不过，据民谣中的叙述者称，这个乞丐现在虽身无分文，却是葬于格兰达洛的欧伯恩斯与伯恩斯贵族的后裔。如《流浪的安格斯之歌》一样，叶芝为在此诗达到高雅与低俗的融合，强行将民谣中粗俗的措辞，加之于炼金术中象征男女完美结合的金和银之上。太阳与月亮这“高雅”的结合却以“低俗”的语言来形容，因为比利·伯恩斯只能想到“咆哮”和“欢腾”这两个词，将“天体”——太阳和月亮充满仪式感的行为描绘成他们载歌载舞，象征着男女结合的能量与欢愉：比利“舒展四肢，坠入了梦乡，/ 梦见太阳和月亮度过了美妙的时光 / 在圆塔下咆哮和欢腾”。

比利梦见太阳与月亮之舞随着他们步上圆塔顶端而渐入高潮：

金色国王和银色王后，
转着圈儿地向上咆哮，
直到脚尖掌握了甜蜜的节奏，

嘴巴熟悉了美妙的声音，
转着圈儿地上下蹦跶，
直到他们跳上了塔顶。

通过这种“低俗”的民谣形式，贬低象征皇室贵族间两性行为的神秘主义炼金术，叶芝究竟想获得何种效果呢？《流浪的安格斯之歌》结尾也涉及炼金术，却没有类似的贬低。他描述的两性行为是比利·伯恩斯讲述的身体咆哮和欢腾与宇宙升华感觉的矛盾结合，世俗的肉体变成了“天上”的太阳和月亮（在生活中也是如此，那时叶芝正值新婚）。比利·伯恩斯是叶芝民谣作品中刻画的众多爱尔兰幻想家和警句创作者之一，其中最有名的当属疯珍妮。然而，叶芝以比利记录“咆哮”和“欢腾”粗俗、原始的词语对抗“高雅”的梦幻式语言，这似乎有些极端并不能令人信服。比利·伯恩斯古怪的词汇本不适合描绘太阳和月亮“高贵”的舞蹈，因此，叶芝以语义和句法的重复编织了一张“高雅的”网以补充（虽然并不太成功），这张网起初比较松散，渐渐收紧，直到太阳和月亮之舞的诗节进入高潮，而后又变得松散。这些重复组成了这首诗“抒情”的一面，“低俗”的民谣措辞与首尾诗节结尾叠句并列“在曾祖父残破不堪的墓边”。民谣里的怒吼声与占星术舞蹈无法和谐混合，《在圆塔下》这首诗从未真正达成大众与宇宙融合的希望。

叶芝写过两首关于复活节起义的民谣：《十六位死者》和《玫瑰树》，一直没有发表，直到1921年才与《1916年复活节》一并出版于诗集《麦克尔·罗巴蒂斯与舞者》中。在这两首民谣中，叶芝尝试以那些死去爱国者的角度思考，不似《1916年复活节》那样坦率地表达个人复杂的情感。两首民谣的诗节都延至六行，韵脚为 *abcbdb*。每首诗都体现了一组对话，《十六位死者》是叶芝自我的两面，即诗中的“我们”和“你”；而《玫瑰树》相对简单，是反叛者帕德里克·皮尔斯与詹姆斯·康诺利的对话，其结尾意识到言语苍白无力“说来太轻巧”，唯一能重建自由玫瑰之树的“水”是“我们的热血”。对话形式允许两首诗对起义持有不同看法，不过，虽然《玫瑰树》里双方是在“辩论”自由是由言语还是仅由抛洒热血获得，但是这首诗更多是向皮尔斯流血牺牲的神秘主义致敬而非一场真正的辩论。

《十六位死者》的标题让人痛心和毛骨悚然，但是它却不失为一篇值得品味的民谣作品，叶芝的民谣措辞并未掩盖可怕的高贵感。这首诗虽简单直白却不显“低俗”，并且其诗艺饶有趣味：即便叶芝几乎每行诗都精选单音节词结尾，但是每节诗里至少有一个出人意料的押韵。叶芝的天才显现于他的实验——他将这首诗抽象为写作练习：“写一首关于复活节起义的民谣，共三节六行诗，每节的韵脚依次为 shot、not、pot，overcome、dumb、thumb，以及 alone、Tone、bone。”当然，叶芝写作《十六位死者》并不是这样“倒推”，而是在他构思、填词的过程中，竭尽全力地寻找看似“普通”却又（在上下文中）出人意料的韵脚。他不想用一些陈词滥调歌颂那些被处死的爱国人士，因此他设想描绘了这十六个人死后的生活，他们依旧在就义的地方“徘徊”，而鬼魂并不会如此。反抗的大锅已经架好、水已沸腾，他们在此游荡，或者说这些新近的流浪者在此“徘徊”，不停地搅动大锅以保持活跃。民谣中的说话者转投革命，赞成迅速应对处决，否认长久以来爱尔兰的政治争辩：

噢，那十六个人被杀之前
我们也不曾详谈过，
谁又能说如何取舍，
什么该存在什么又不该
在那些死去的人徘徊于此
搅动这沸腾的大锅之时？

第二节生动地叙述了这支死亡之舞——尸体聚于此搅动这沸腾之锅，近距离描述皮尔斯、麦克多纳糟糕的身体状况。说话者指责“你”竟然还在争辩（就像当初的叶芝也曾如此）主张等待1914年战争结束后观望议会将采取什么行动：

你说我们应该保持国土平静
直到德国战败；
可如今皮尔斯又聋又哑
还有谁前去争辩？
他们的逻辑就能胜过
麦克多纳细瘦的拇指？

想象一下，叶芝的同辈诗人被残忍地剥夺了身体感觉和血肉，叶芝让他们的尸体——现已为白骨——无声地见证在暴力面前大谈逻辑是多么地荒谬可笑。说话者感到恐惧和痛苦，这些情感在他脑海中生成了如下意象：诗人皮尔斯失去了耳朵和声音，诗人麦克多纳创作的手指露出森森白骨——他们都陷入困境，几近无声，只剩下寥寥数语。但是他们的白骨获得的应该不只是这可怕的呼唤和怜悯，叶芝不仅“治愈”了皮尔斯的“聋哑”，还赞美了这十六个死者。在他关于他们的最后一瞥中，他们最终找到了爱尔兰的革命前辈并且与他们畅谈，不再像从前泛泛而谈“舍与得”，而是与他们进行“骨与骨”之间的交流，因为叶芝已然了解肉体消失的真相：

你如何能梦见他们，
只剩一只耳朵的人会倾听
或干涉我们的舍与得？
他们已经找到新的同志
爱德华勋爵和沃尔夫·透恩，

进行骨与骨的交谈。

最后幻象中的尊严隐约与利西达斯的遭遇有关。他溺水复活后，那些“庄严的圣人和亲切的人们”向他示意并“为他永远拭去眼中的泪水”。《十六个死者》出色地实现了“高雅”与“低俗”之间的平衡，这正是叶芝认为民谣形式最终所能呈现的形式。高雅与低俗的融合会在接下来的著名民谣组诗中延续，这种融合让民谣在抒情诗的道路上更为别致。

民谣组诗，1926—1936年

1902年，叶芝的两个妹妹创立了卡拉出版社，叶芝得以限量印刷出版自己的新作品，不时还出版一些其他作品，主要是爱尔兰作家的作品。1906年起，卡拉出版社开始发行手工上色的大幅单面月刊，印有单首流行歌或抒情诗，部分还配以叶芝的弟弟杰克·叶芝所作的插图。叶芝晚年民谣创作的卓越成就得益于在创作生涯的最后，他为该大幅单面月刊做了整整两年的编辑——1935年与希金斯搭档；1937年与多萝西·维勒斯蕾搭档。直到生命的最后时刻，叶芝仍然希望他的部分作品能得以口口相传。他认为，更为简单的抒情诗、进行曲，尤其是民谣才可能得以流传。不过，后来他经不住民谣组诗的诱惑，放弃传唱度更高的单首民谣，选择冗长又晦涩难懂、偶尔还有些低俗的民谣组诗，而这些都难以走进大众的心里。

《一个男人的青春与暮年》(1926—1927)、《一个女人的青春与暮年》(1927—1928)、《也许可谱曲的歌词》(1929—1932) 以及《三株灌木》(1936) 这四首组诗中，叶芝以民谣传统全身心写作抒情诗而非叙事诗。下面从这四首组诗中各取一二来展示叶芝的独到之处。

四首组诗中最早完成的是《一个男人的青春与暮年》，它完全以民谣形式写作，除了组诗中的最后一首是不规则的长音步合唱曲，译自《俄狄浦斯在科洛努斯》。[9] 虽然组诗中十首短民谣诗均以普通格律（4－3－4－3）创作，但只有第七和第八首由民谣四行诗节（*abcb*）组成，其余八首都在民谣四行诗的基础上延长为六行诗，四音步与三音步交错（4－3－4－3－4－3），韵脚为 *abcbdb*。尽管每首诗都限定于整首组诗的民谣氛围，但事实上把它们称为抒情诗更合适。这其中，在措辞和情节上最为“抒情的”当属《野兔之死》。它一共两节，其结构并不稳定，第一节里有两个明显毫无关联的行为：一群人在追赶一只野兔与恋人赞美另一半，第二节里这两个行为竟突兀又痛苦地连在一起。诗中的恋人意识到——回忆爱人似乎已经失去的“野性”，但她随时有可能再现——那他的爱人将会遭受社会的责难如同野兔被“叫喊的人群”追赶：

我指着叫喊的人群，
野兔迅速窜进树林，
看到那低垂的眼眸，
看到那密布的血丝
我本应像恋人般
欢欣地许下赞美。

然而看她心烦意乱，
我顿时心如刀绞
我回想起野性失去
之后，还从那里扫除
我伫立在林中
思索那野兔之死。

(453)

叶芝在《一尊青铜头像》里提到年轻时的毛德·岗，“但是，她给我的第一印象，光鲜亮丽，/ 那时，我便已窥见她内心的野性”。《野兔之死》仅保留了最少的叙述成分（“我记得那丢失的野性”），而突出对比恋人内心的欣喜和痛苦。

随着组诗的推进，诗的语言逐渐变得通俗，印证了组诗中第一首诗里恋人宣称的个人“转变”——他因爱人的拒绝而变成了一个“戏中的丑角，来回踱步，内心［空虚］”(451)。这首组诗发展为有关心理变化的民谣，甚至演变为华兹华斯式的幻想（如《疯狂的母亲》）：恋人变为四处游荡的乞丐，伴其左右的是“年少时结交的朋友”梅吉和彼得。如那位恋人一般，他们两人在垂暮之年被爱情和骄傲弄得差点发疯：梅吉把怀里的石头当成自己的孩子，而彼得自诩为“孔雀之王”(456)。

民谣《他的狂放》以索福克勒斯悲剧的合唱尾曲开头。叶芝使用了传统民谣中不多见的手法，即借由孔雀和石头，说话者变成了他和他死去的朋友们形而上的混合体。这位恋人想自我神化、羽化升天（“啊，让我上马，腾云驾雾 / 去往那云海之中”），但是，若非达到那般高度，他也不会被赞誉为英雄或者圣人，仍旧是个普通人（如梅吉般）给石头唱催眠曲，或（如彼得般）随着孔雀叫喊：

> 若我在那，没有听众
> 我会让一只孔雀叫喊，
> 对于生活在回忆中的人而言，
> 那本是很自然的事情，
> 在孤独中，我会养块石头
> 给它哼唱催眠曲。[10]
>
> (458—459)

叶芝喜欢将这种抒情且“变幻的”内容写入“低俗”的民谣框架，这在后来的《三株灌木》里愈演愈烈。

这首组诗的定稿于1933年出版。叶芝选择了三段希腊经典片段的译文作为1926年至1932年间三首组诗的结尾。《一个男人的青春与暮年》以戏剧《俄狄浦斯在科洛努斯》中的合唱曲《塔楼》结尾；《也许可谱曲的歌词》的结尾是他对于《关于普罗提诺的德尔斐神谕》的阐释；《一个女人的青春与暮年》以戏剧《安提戈涅》中的合唱曲结尾。这是叶芝深思熟虑后的决定；1933年写给出版商的信中，涉及诗集《旋梯》的审校时，他重申了这一点：

> 希望可以保留《也许可谱曲的歌词》这一部分，因为我给每首诗都编了号。这一［? 系列］诗相互联系，其结尾引自德尔斐神谕，而其他两首组诗《一个男人的青春与暮年》及《一个女人的青春与暮年》的结尾也摘自索福克勒斯的戏剧片段。《也许可谱曲的歌词》中数首诗先是描述疯狂的爱，其次是男孩女孩之间正常的爱，后来关于爱情但并非爱情诗，最后则描述非个人的狂喜，它们的主题大体一致。

1928年，叶芝以一首民谣结束《一个男人的青春与暮年》，回忆“许多流传在穷乡僻壤 / 或通都大邑间的故事”(这两行诗印证了他多年的夙愿，正如他在《重访市立美术馆》中所说，希望“贵族”与“乞丐”能共存于诗中)。但是，1933年，这首诗最终结集出版时，为何叶芝不愿保留结尾的民谣形式？为何不以原框架写作《一个女人的青春与暮年》？(大卫·克拉克指出：“直到《旋梯》的文稿……于1928年3月13日被送至出版商处，《选自〈安提戈涅〉》才被加进《一个女人的青春与暮年》。”)[11] 在那之前，叶芝并未将索福克勒斯戏剧的英译片段作为这两首民谣组诗的结尾。克拉克认为，1933年准备《抒情诗选集》时，叶芝才萌生这个念头，他决定以一首已完成的诗《关于普罗提诺的德尔斐神谕》作为组诗《也许可谱曲的歌词》的结尾。[12] 叶芝希望将这三部"低俗"的民谣组诗置于更为庄重的文学传统中，并附之以"高贵"古典片段的形式暗示在叶芝创作后期，民谣独特的美学地位可能会发生变化。或许叶芝认为读者会低估那些措辞简单的诗歌，但当德尔斐神谕本身和索福克勒斯戏剧的权威分别被注入《也许可谱曲的歌词》等三首组诗的结尾，读者将不得不引起重视。(后来的民谣组诗中，叶芝认为没有必要再附加任何古典作品以支撑，例如1938年，《三株灌木》首次收入卡拉出版社出版的诗集《新诗》。)

1933年写给出版商的信中，叶芝将组诗《也许可谱曲的歌词》描述为各种体裁的混合体，依次呈现少见的"狂热之爱"、原型的稚爱、爱的沉思、"非个人的狂喜"，最后以古典作品片段结尾。在这一点上，诚如信中所述，叶芝的民谣组诗几乎能包容任何抒情诗的文类及任何主观态度。其情感跨度之大不仅现于诗中提到的组诗《也许可谱曲的歌词》，我们之前读过的《一个男人的青春与暮年》以及《一个女人的青春与暮年》中也是如此。

《一个女人的青春与暮年》(1927—1928) 由十一首诗组成，与《一个男人的青春与暮年》长度相当，但是两首组诗的主题、语气以及形式截然不同。《一个男人的青春与暮年》一定程度上以希望结尾，因为普罗提诺虽为海浪肆意拍打，但哲学树林里"乏味"的和声在召唤他；《一个女人的青春与暮年》的结尾以悲剧告终，"'俄狄浦斯'的孩子 / 坠入无爱的尘土之中"(540)。同样地，《一个女人的青春与暮年》中第一和第二首诗虽均以民谣诗节开头，却与《一个男人的青春与暮年》里的民谣相去甚远，十一首诗中只有五首使用民谣诗节或是民谣变体。[13] 在此我不会展开讨论组诗中非民谣体诗歌，但值得一提的是，它们的存在恰恰体现了民谣综合体的独一无二和无拘无束。尽管叶芝的信件证实这两首组诗几乎于同时进行修订的，[14] 但是，通常人们认为《一个女人的青春与暮年》与

《一个男人的青春与暮年》截然不同。叶芝早已发现文类选择的自由，在同一部组诗中，民谣的存在并不排斥更为复杂的抒情形式。

在此我以《一个女人的青春与暮年》中的第九首诗——《哪个活泼少年最让我愉悦》(538) 为例，展示叶芝以民谣诗节创作“玄学派抒情诗”。该诗开篇就成功地将“贵族之音”与“平民之音”融为一体，后来的民谣组诗《三株灌木》(1936) 中亦如此。基于肉欲之爱和灵魂之爱的区别，《哪个活泼少年最让我愉悦》使用最简单的词语以构架，描述身体的词语（“欢愉 / 愉悦”“肉体 / 肉体的”“触碰”以及双关语“胸膛”/ “野兽”）与描述灵魂的词语相对（“灵魂”“赤裸裸地”“紧紧相黏”以及“欢愉”）。由于这些词语与部分民谣常见于词汇搭配，如“共枕”和“爱恋”，“少年”和“笑”，“衣衫”以及“鸟儿”，因此，它们与民谣四行诗节的变体——六行诗节（四三音步诗行交替出现，韵脚为 *abcbdb*）——所营造的“民谣氛围”一致。这首抒情诗以问答形式开头，依稀可见传统民谣对话的影子，围绕提问者暗示性问题而展开——“哪个活泼的少年最让你愉悦？”诗中还展现了清晰的民谣爱情故事梗概：女性说话者和她的爱人（现实生活中）两性关系受挫。不过，整首诗的内容不是叙事，不是对话，也非以民谣为导向，它紧密围绕说话者心理活动展开。它以一种别样的“痛苦”为核心——这位女子与所爱之人、爱她之人苦苦相爱却无身体的交流。(1915年《幽灵》一诗，叶芝谈及自己与毛德·岗的关系，称其为“那怪诞的东西 / 回来了，那没有回应的爱情”。)

因此，叶芝在《哪个活泼少年最让我愉悦》中没有采用民谣的惯例手法，反其道而行之：强调灵魂（不似民谣）；仅有的抒情部分聚焦于情感的“痛苦”死后得以补偿获得“欢愉”；那个女人精辟甚至隐秘的言论——死后拥抱灵魂的爱人会受到褒奖，而这种褒奖只有用消极神学的语言才能言明：“它已找到的他也会在其中找到 / 无人知晓的东西。”正如这位女子在民谣结尾时所说，任何“白天的鸟儿”都无法熄灭这超脱肉体的爱情力量，即便是晨歌《离别》中惊扰罗密欧与朱丽叶的那只百灵鸟。以下便是这首民谣，其中爱情超越肉体，获得了永恒，方便起见我称之为“玄学派抒情诗”：

与我共枕的活泼少年中
哪一个最让我愉悦?
是那个让我献出灵魂、
陷入苦苦爱恋的少年，
曾与他有过极致欢愉
我仍眷恋着他的肉体。

挣脱他的拥抱我笑道
他的激情太过炙烈
他幻想只要肉体触碰
我就会献出灵魂
我笑着趴在他的胸膛
心想那与野兽又有何异。

我给了其他女人也能给的
她们衣衫下的肉体，
倘若灵魂失了肉体，
赤裸裸地走向裸者，
它已找到的他也会在其中找到
无人知晓的东西。

给出他自己的，得到他应得的
他行使着自己的权利;
尽管两人爱得如此痛苦

却依旧紧紧相黏，
没有一只白天的鸟儿
胆敢惊扰那欢愉。

在《哪个活泼少年最让我愉悦》中民谣与抒情诗之间的天平完全倒向抒情诗：与其说在叙述故事，不如说是厘清一阵痛苦的情绪。不过，诗中简单又“低俗”的措辞清晰可辨其语言的民谣风格，因此我们将这首诗归类为民谣，而非以普通格律写作的抒情诗类别（这类抒情诗还包括艾米莉·狄金森的诗，虽以普通格律写成，但与叙事民谣很大程度上并不相同，反而类似于赞美诗）。对叶芝而言，以民谣表达天堂相关的内容是一项挑战。不过，他在此断言，正如《十六个死者》结尾所写，人类无法改变天性，因为他们只是从尘世迁移到了天堂。“倘若这灵魂失了肉体，/ 赤裸裸地走向裸者”，爱情则不再需要两性的结合。天堂里的两性交流，其灵感来自斯维登伯格“天使的交流”，叶芝在《瑞夫在波伊拉和艾琳的坟前》中也提及这一概念。“日常语言”也能表达这类交流，因为爱人会“给出他自己的，得到他应得的 / 他行使着自己的权利”，体验愉悦——该愉悦现已证实获得了永恒——爱人们彼此融合。在叶芝的作品中，这类看似“低俗”的体裁能完胜的原因在于，它大胆地记录了天堂里发生的一切，无论是现在（《十六个死者》）还是未来（《哪个活泼的少年最让我愉悦》）。

为著名组诗《也许可谱曲的歌词》选定中心人物时，叶芝纠结于老年还是青年女性，最终他虚构了“疯珍妮”这个老年妇女的形象。这样一来，他便能以一个老年人的口吻肆无忌惮地表达身体欲望，虽然有时较为客观，但当谈及自己和时间旅人杰克时，其表达相当个人化。这些有关疯珍妮的诗，包括后来增加的《疯珍妮站在山上》和未出版的《疯珍妮论国王》，[15]大体归为民谣传统，但它们同样显示了叶芝民谣形式的实验。其中以珍妮为题材的抒情诗之一，如《年老的疯珍妮观看舞者》，仅叠句保留了民谣形式：这首四音步诗有三节七行诗，韵脚为 abacacb，诗节之间穿插叠句“爱情（Love）就像是狮子的牙齿”。在这首诗的草稿中我们惊奇地发现，原稿竟是“爱情（Love）就像百合花”，虽然它也是押头韵“l”。《也许可以谱曲的歌词》里有大量这种混合体，将民谣的某一特点融入叶芝理性的抒情诗中：一位主人公如“精神错乱的老汤姆”；一行叠句；或者一段引用，比如《我属于爱尔兰》引用了早期爱尔兰民谣歌曲。

组诗《也许可以谱曲的歌词》中第二十四首诗，《又是老汤姆》（一首关于“非个人狂喜”的抒情诗），从标题就能体现这首玄学诗歌与民谣特质的联系。“老汤姆”在先前的诗中精神错乱，现如今他弃用民谣的措辞，突然获得了讽刺的力量和理性的专注，脱口而出华丽的长节奏六行诗。这首诗由两节结构相似的三行诗组成，韵脚分别为 aba 和 cbc，相同的中间韵脚“b”将两节连接起来，也正因如此，需要花费一定的时间来理解：

事物偏离了完美的航行，
它们披着鼓胀的船帆，
自生的灵魂永不消亡
尽管不切实际的人们设想过
船坞与风雨交加的海岸，
裹尸布与襁褓。

(530)

老汤姆此处大胆断言，他坚信“自生”的灵魂永恒不朽。在普通人眼里，这些灵魂像船驶离“船坞”一样，扬着“鼓胀的船帆”在海上航行，最终为暴风雨吞噬。或者说，叶芝中途放弃有关航海的隐喻而转向人类使用的词语：字面上看，灵魂挣脱了襁褓，过上自己的生活，死后裹以寿衣。尽管这些线性的灵魂之旅，无论海上还是事实，都以失败告终，但是，老汤姆断言，他们会重新回归完美，死而复生，由此往复。只有不食人间烟火“不切实际的人们”（质疑这种虚幻的灵魂重塑再生的人），才认为看得见、悲剧的俗世生活才是唯一真实的存在。灵魂自生，因其内在不断重新回归完美，永不“消亡”。而令人惊叹的是，叶芝仅以六行讽刺短诗便说明了这一切。

用暗喻将船和人的生命相融合，这首诗断言“完美”是一切事物的起源和尽头：他们启航于完美，经历一番现实历练后，又归于完美。在普通人眼里，他们似乎以“失败”告终——要么因风暴沉船，要么长眠于裹尸布中——但他们会于完美中重生，就像诗尾提到的，裹于新的襁褓之中。“不切实际的人们”或许会轻信，事物的起源和尽头是无可争议的直线两端，但叶芝坚信“自生”的灵魂其精神不灭，认为起源和尽头——去往升华的灵魂天然之所路上停靠的站台——只是往返完美而已。这首诗的力量在于，前三行“鼓胀的船帆”声势渐强，最后两行焦躁地曲折急行——从船坞驶向风雨交加的海岸，从寿衣再到摇篮。它不屑于解释“自生”的概念，就像它也不屑于解释为何称冷静的现实主义者“不切实际”，为何谴责他们生死都是既定事实的推论。“非个人的狂喜”不需要自我辩护；它的力量在于永恒的誓言，而非“某种证明”（如《致一位富人》）。表面借“老汤姆”之口全盘托出，叶芝实则希望借此将一首理性且有着神秘主义倾向的诗与民谣传统相结合，这也暗示了他企图进一步拓宽民谣的广度。诗中理性的概念完全依靠暗喻和提喻来展现，与明喻相反，这两种修辞手法象征直视。若《又是老汤姆》以明喻的手法讲述，那么诗歌的效果将大打折扣。

回头看这首诗独特的诗歌形式。我们可能会认为，《又是老汤姆》中的声明会因为叶芝选择的韵律结构受到一定程度的破坏。我们可以理解他将老汤姆坚定的主张配以进行曲的节拍，但又为何是

abacbc 这种让人心神不宁的韵律结构？读者期待第四行末出现韵脚 b 的单音节词比如（sail，wear，fail，［-air］），却被双音节词（suppose）的尾音-ose 所打乱。而第五行诗本该重建某种韵律结构，他也确实在做，但由于 shore 和 wear 是斜韵，因此读者乍一听仍然无法确定是否有某种固定的形式。直到诗尾的 clothes 与 suppose 类似，我们才能断定第五行行末的 shore 与第二行 wear 押韵。

这首诗另一别出心裁的设计是，对句与对句行进时通过怪异的词义进行反意对比。开头两行的抽象词汇“事物”和“完美”紧随字面意义的航海词汇“航行”和“船帆”；后两行插入了诸如“自生的灵魂”和“不切实际的人们”这些难以解释的概念；最后两行仅由四个名词构成，我将“风雨交加的海岸”这个带修饰语的名词与其他三个词列为同等语义地位。结尾四个名词中前两个——“船坞”和“风雨交加的海岸”——与船相关，后两个——“裹尸布”和“襁褓”——与人类相关。这四个名词形成一个牢不可破的交错排列，代表“死亡”的两个词语在中间，外围是两个“新生”的词语：“船坞：风雨交加的海岸”“裹尸布：襁褓。”这一交错排列再现了老汤姆宣告的循环航行——由生到死，死而复生，由此往复。

《又是老汤姆》这首诗并没有逻辑说理，主题的对句句法与三行诗的韵律结构（aba 和 cbc）并不吻合。诗中所有这些起初令人困惑的特点似乎与其他笃定明确的方面相互“矛盾”——比如稳固的四音步、严谨而又精巧的交错排列以及毋庸置疑的宣告。如果老汤姆谈论天堂之上的“完美”，那么他眼里的幻象定然纯洁美好、无人打扰、无忧无虑，而他的六行诗可由两节平行的三行诗这样稳定的结构组成，韵脚为 abcabc，如《或许可谱曲的歌词》中第二十三首诗；甚至更稳定，四行诗加同韵两行诗，韵脚为 ababcc，如组诗中第十四首。然而，由于老汤姆必须于人间谈论信仰而非证明其信仰，因此这首幻想诗在现实主义者看来有些“神志不清”，其表达并没有完全的肯定，两节不同的三行诗仅用相同韵脚 b 连接。《又是老汤姆》这类作品展现了叶芝最大的野心，他试图将“形而上学”运用于《或许可谱曲的歌词》的民谣氛围之中。

但是，叶芝的民谣组诗中最“形而上”的无疑是《三株灌木》。叶芝决定将《三株灌木》这首民谣作为主诗（组诗因此得名），然后附加几首由民谣中的人物讲述的、纯粹抒情的“歌”，以及民谣故事中一些“哲学性”关键节点生成的话语。这首民谣取材于多萝西·维勒斯蕾创作的一首源自中世纪的短篇民谣，叶芝开篇重述了一位女士与她爱人的故事，叶芝替维勒斯蕾进行了修改（他自己这样认为）。[16] 维勒斯蕾原诗情景如下：一位出身高贵的女士，为保自己的贞洁，用家中女仆作为替身，把她送到向她求爱的恋人床上。《三株灌木》里第一首民谣以六行诗（abcbcb）写作，主要通过对话的形式叙述整个故事（民谣经常如此）。全诗共十一节，每节都附有同样独立的叠句“噢，亲爱的，我亲爱的”，仅最后四节纯粹叙事。此处引用了第三、第四诗节：

“我悄悄地爱着一个人，
亲爱的女仆，”她说，
“如果他不再爱我
我想我定会倒地而死
但如果我没了贞洁
除了倒地而死还能怎样？”
　　噢，亲爱的，我亲爱的。

“所以你必须躺在他身边
让他以为那就是我，
没有烛光的情况下，
或许我们都一样，
褪了衣服赤裸相见

或许我们都一样。”
　　噢，亲爱的，我亲爱的。

这位女士偷天换日之计成功维持了一年，蒙在鼓里的追求者，在“爱情”的滋润下，愈发深陷其中。初夜周年纪念日当天，这位恋人急于赶回女士身边，途中不幸坠马身亡。这位女士悲痛欲绝当场离世（“因为她 / 以她的灵魂深爱着他”）。最后这首民谣巧妙地设计了双结局：第一个结局，女仆种下了两株玫瑰树以纪念这对恋人：

那个女仆活了很久，
负责照看他们的墓，
在那儿种下两株灌木
以便它们长大后连成一片
仿佛生自同一条根
玫瑰花也连成一片。
　　噢，亲爱的，我亲爱的。

第二个结局是在女仆死后，临死前她曾向一位牧师袒露自己的心事，这位通情达理的牧师将她葬在了这对恋人的墓旁，并在她的坟冢上也种下了一丛玫瑰：“现在活着的人 / 在那拽下一枝玫瑰时 / 谁都不知道它的根始于何处。”这两个结局化解了故事中精神和肉欲爱恋之间的冲突，使之后退至《玫瑰传奇》那安定遥远的时期——正如她虚构的墓志铭，援引拉丁传统，这样写道：“来自神父米歇尔·布尔德维尔《我的时间历史》中的一件事。”但是，如我们所见，组诗附加的这些民歌重新唤醒了那些具有哲学意义的冲突。之所以详述叶芝民歌的节奏，是因为它们承载着重要意义，而这些意义通常为人所忽略。

叶芝于开篇的民谣中设计了一些滑稽有趣的暗示，“如果这女仆 / 成日里看着昏昏欲睡”，这位女士便会心生妒忌；诗人以头韵写蒙在鼓里的恋人（从未幻灭）突然意外身亡，“他头朝下坠马而亡”；这些诗行虽先以民谣形式出现，却超出了悲剧民谣重述死亡的范畴。不过，这段三角恋情——因叶芝对于多萝西·维勒斯蕾的幻象而得以延续——成为一种新型的组诗结构。由此诗人给民谣故事加诸各种第一人称抒情诗，并且由民谣中的人物吟唱（这一灵感可能源自莎士比亚于剧本中插入的大量民歌）。尽管民谣主诗的措辞简洁明了，大部分都是单音节词，但是，部分民歌的语言更是简练，最为登峰造极之作就是《女仆的第二支歌》的最后“插入”的歌词，充分反映了女仆日复一日地屈服于这毫无情感又充满欺骗的性行为。与第一支歌相同，女仆的第二支歌仍是二音步；一句话被分为六行，其中三次运用 *worm* 这一单韵，叠句和诗节混为一体：

由于床第的欢愉，
迟钝得像条虫，
他的下半身和那个部位
疲软得像条虫，
他那逃之夭夭的魂魄
盲目得像条虫。

尽管那女仆使用侮辱性词语形容恋人的“下半身和那个部位”[17]，但是这一短语扬抑抑格的力量辖制了叠句下坠的韵律：“**迟钝得**像条 / **疲软得**像条 / **盲目得**像条 / **虫**。”（**Dull** as a / **Limp** as a / **Blind** as a / **worm**.）它告诉读者，女仆并没有忘记她与这位恋人的性行为。尽管身体的记忆残留于女仆第二支歌的律动之中，她却没有任何事后的伤感：语言和韵律的冷漠和简约表明在此过程中她并未投入任何感情。

叶芝通过歌声区分《三株灌木》中的三个人物。在女仆的第一首二音步两行诗中，她的“硬心肠”有过一瞬间母性怜悯，她这样评论恋人：“上帝的垂怜替他 / 隐去了所有伤害。”但第一支歌结尾时，她紧咬双唇，得意地说，“由于床笫的欢愉 / 迟钝得像条虫”，我们发现，这样的措辞不断重复，甚至还有更为脏污的形容词，贯穿了她的第二支歌。让人惊奇的是（一眼望去），这位女士的爱人（就像《给德尔斐神谕的消息》中被爱情蒙蔽双眼的珀琉斯）也唱了一首歌——他仅唱过这一首，同样是二音步（因为这一韵律至关重要，它暗示他身旁是女仆而非那位女士）。试想，他与所爱之人已经结合，因此歌中他表明渴望最终得以满足，这是灵魂、身体与自然的生命三重和谐的并列。这首恋人之歌前三行的抑扬格和抑抑扬格充满渴望与向往，抑扬格结尾的七个词归于平静；直到最后一刻，这首歌 *aabccb* 的韵律结构才连结了“叹求（*sighs*）”和“大腿（*thighs*）”，至此，第一节三行诗表示通常情况的一般现在时与后三行诗“此刻”表示明确的现在时连成一气，夜幕降临，“休息”的氛围逐渐扩散：

鸟儿渴望着天空，
思绪也不知飘往何方，
因为精液叹求着子宫。
此刻同样的休憩降临，
在心灵，在鸟窝，
在紧绷的大腿上。

虽然这首恋人之歌与女仆的第二支歌（“由于床笫的欢愉”）同为二音步六行诗，二者在“宽度”和“长度”上都完全一致，但是，恋人之歌不同之处有三：第一，它有多样化的韵律结构，不同于女仆之歌简化的单韵 *worm*；第二，迥异的格律类型，恋人之歌中渴望的抑抑扬格与满足的抑扬格，有别于女仆诗中的扬抑抑格，仿拟性爱的猛冲；第三，思想观念上，他“全身心”投入，而她只是肢体动作的重复。由于二人身体之间的关系，他们的歌曲在某些方面匹配，这一点让人感到满意；但他们身体接触的同时，却没有任何思想的交流，屈从的女仆洞悉一切而这位恋人却蒙在鼓里，丝毫没有察觉，因此他们的歌理应有所不同。

叶芝会如何从韵律上将这位女士区别于她的爱人以及女仆？起初叶芝似乎并未打算有所区别，她的第一支歌和另外两人的三首歌同样都使用了二音步。也正是在这首歌中，她树立的自我形象为“还不如一个／四条腿的动物”，理解这一点之后，我们发现这二音步诗行表达了她受两性情感控制产生了道德羞耻感，比起爱人遭受欺骗，女仆委身他人，她也并不好过。

当然，我们不能只从字面意思上理解这首组诗：这位女士并不是“真实”的人，她既背叛了爱人又强迫了女仆；相反，通过这则寓言故事，我们看到她的灵魂试图挣脱性欲的束缚。叶芝再一次选取女性视角而非本人视角以便其创作；我们必须铭记，叶芝后期创作的这些女性诗中人物都源自他内心与自我的争辩，疯珍妮主张肉欲至上而这位女士主张贞洁至上。谈及叶芝创作的另一位诗中女性人物——《超自然之歌》中的月亮，我们发现她离她的爱人——太阳忽近忽远；如果月亮隐于太阳之中，便不能再唱她“甜美的歌声”，“我就是我，就是我”；但如果避开了太阳，就意味着月亮会失去所有光芒。所有这些例子都表明叶芝对于性的态度既屈服又抵制。

《三株灌木》中，这位女士在第一支歌开篇就因身体对于性的渴望而感到羞愧不已，以刻意简化的二音步表达：

我坠入爱河
这让我感到可耻。
损害灵魂的东西

却为我灵魂所崇拜，
还不如一个
四条腿的动物。

叶芝为何以二音步来表现肉欲的身体呢？二音步是所有韵律中最短促的形式，尤其在这位女士上述四行诗节中，统领该诗节是最短的四音节诗行“我坠入爱河”，二音步——即便出现在那位恋人抑抑扬格的诗行中——定是简洁直白、几乎不加修饰的节奏：“精液叹求着子宫。”恋人和女仆二人永远被禁锢于二音步性压抑的状态，只有这位女士可以逃离这一切，因为她象征着人的意识——“灵魂”，比身体更庞大、丰富，如果可能的话，她愿否定它，哪怕只是部分。

《女士的第二支歌》——有了偷天换日的计划，她不再为身体的肉欲感到羞愧，因此，她弃用二音步选择传统民谣的四三音步轮换（偶尔也用三音步替换四音步）。同时所有诗节都以连祷文礼拜仪式的叠句结尾，“望上帝怜悯我们”，如此一来这位女士便以客观的方式为大家发声。[18] 在这第二支歌中，她不再受制于屈辱的二音步诗行，不过，她的身体仍完全受制于灵魂。她给自己的指令是预期的——必须学会；未来以条件从句表达；同时祷告叠句“望上帝怜悯我们”仍将这位女士置于祈使状态，她希望通过女仆的“身体”能保留这份肉欲之爱，同时给灵魂以爱的滋养：

灵魂必须学会一种适合
我胸部、身体的爱情，
这种爱情见于
每个高贵野兽。
如果灵魂可看肉体可及
哪一个更有福呢？
　　望上帝怜悯我们。

当然，从女仆的两首歌中可以发现她的“身体”根本没有感受到任何的爱。女士设想的折衷之法事实上不可信，她和女仆将“爱”分成了两种东西，虽每种都能称之为“爱”，却只不过能眼见灵魂和触碰身体。

到第三首歌时，这位女士决意守住贞洁以维护灵魂的独立，因此她自创了非民谣四音步对句，以示坚定和决心。既已吩咐女仆冒充，她断然不会与爱人同床，因而她得以评判他人的两性行为。当初她感到羞愧难当、自我厌恶，竭力维持二音步诗行，现如今她把诗行拉长了两倍，并用表示习惯的现在时描述爱人与女仆的性行为。不管是现在还是可预见的未来，这偷天换日之计都堪称完美。她的这首歌——一个不可分割的单句——相同结构的两个六行从句形式——其中“二人谁也没有（either neither）”这两个混为一谈的连词源自《凤凰和斑鸠》；此处“分隔的”爱情就是那被骗恋人心中分割之爱。女士对女仆说：

当你与我的真爱相见
他在你双足间吹起曲调，[19]
莫妄言灵魂的任何坏话，
也别以为肉体便是全部，
因为我是他白天的夫人
知道身体更邪恶的事情；
但为了名誉分割他的爱
二人谁也没有足够的爱，
如果我们接吻我会听见
对位的蛇在嘶嘶地叫
你如果被手触摸大腿，
所有劳碌的天国都会叹息。

在这首充满疑云的诗中，叶芝巧妙地用 *lady*（夫人）和 *body*（肉体）押韵；像疯珍妮一样，他用 *soul*（灵魂）和 *whole*（全部）押韵；为了与接下来的恋人之歌呼应，用 *thigh*（大腿）和 *sigh*（叹息）押韵。主仆二人都能感受到这位女士的渴望，这种渴望诡异地回应二人都不愿提及的经历——当她纯洁地亲吻爱人时，听到蛇的欲望的嘶声；女仆得到恋人爱抚时，听到来自天国的叹息。这里印证了叶芝长久以来的看法，“部分思想”应自行补全，身体与灵魂、高雅与低俗都应该达到某种相互理解的状态，至少这位女士不会再要求女仆去感受“爱”。但是，人们会觉得用断绝身体的欲望换来精神独立，其代价太大。

《一个男人的青春与暮年》和《一个女人的青春与暮年》中都没有一首主民谣重述清晰的故事情节。《三株灌木》的主民谣既以民歌开头又以民歌叙事结尾。多萝西·维勒斯蕾向他展示民谣作品后，叶芝似乎已构思好一系列抒情诗书写两性关系，却又未将性与爱的完美结合与任何民谣主人公联系。尽管《一个男人的青春与暮年》中绝大多数诗与《一个女人的青春与暮年》中大多数诗都是以普通格律的传统民谣四行诗为基础写作，但是如我们所见，叶芝在《三株灌木》的开篇民谣使用该诗行写作后，组诗的绝大多数歌曲使用二音步或四音步创作，只在六行诗《女士的第二支歌》时又采用普通民谣格律，同时以三音步叠句表达伤感的结论：

什么样的男人会前来
躺在你的双脚之间？
那又如何，我们不过是女人。
沐浴；让你的身体更加香甜；
我有满柜的干粉香料，
可以遍洒整床。
　　望上帝怜悯我们。

叶芝这四部民谣组诗肯定了它们与英国传统民谣千丝万缕的联系，不过，它们在反思中不断调整该传统。这些民谣组诗时而带有“爱尔兰”成分，比如《也许可以谱曲的歌词》，然而其他涉及爱尔兰之处又很隐晦，比如《三株灌木》。这些民谣组诗并没有背离叶芝想要传达宗教、民族统一的想法，也正是在这些想法的驱动下，年少的叶芝创作了“神父民谣”；它们更多表达个人情感，而非叙述故事情节或者阐明爱国之情。这些组诗展现了叶芝不遗余力地将民谣纳入抒情诗的麾下。不过，对叶芝而言它们依旧是民谣，归属于口头文学和民间传统。遗憾之余，叶芝写信给多萝西·维勒斯蕾（1937年3月29日，#6888）：“我认为我的几首民谣有些尖锐，比以往写过的任何作品都要尖锐。我想它们已经走到尽头，所以我必须回到那些文明的诗歌。”

后期民谣，1938—1939年

叶芝晚年写作的民谣形式有时很粗犷，因为他希望自己创作的民歌能够传唱于市井（其实他心里很清楚希望十分渺茫）。大众并非因《给同一叠句配的三首歌》（1939）中愤怒的补锅匠曼尼恩这一人物才铭记叶芝是一位诗人。尽管如此，叶芝本人或许还是仰慕《祖父在绞刑架下唱歌》的潇洒不羁（见反复修订的《三支进行曲》，1938），诗中一位老人被处以绞刑，叠句提到他摘下天上的月亮成功地顶替了被人偷走的小手鼓。诗节（4－4－4－4－3－3）中倒数第二行采用抑抑扬格三音步，诗节以此韵律“踢了踢脚”；随后的四行叠句（4－3－3－4）表明“祖父”战胜了强盗：

“钱好，一个女孩或许更好，
不管发生什么、谁遭受失败，

唯有一个强大的好事业”——绳索猛地一拉，
喉咙被勒得太紧，他没能再唱；
但临死前他踢了踢脚，
出于骄傲他这样做了。

强盗们抢走了他的旧手鼓
他却摘下了月亮
弹奏一曲；
强盗们抢走了他的旧手鼓。

虽然叶芝尽力考量这首诗的韵律（老祖父反击的三节拍诗行以有力的抑抑扬格展开：“但临死前他踢了踢脚。”），效果却一般。不过，这样一首诗表明叶芝仍在努力发掘民谣形式的诗学潜质。令人称奇的是，绞刑架下祖父略带挑衅的歌虽不尽如人意，但却为叶芝最后一首诗——著名民谣《黑塔》(635—666) 奠定了结构基础。《给同一叠句配的三首歌》最早名为《三支革命歌曲》[20]，《黑塔》的草稿出现在其反面（其一）和《三支进行曲》草稿的同一页（其二）。《黑塔》的诗歌形式（*ababcc*）与绞刑架下祖父的民谣非常接近，唯一不同在于《黑塔》第一节是“完美”的四音步四行诗，韵脚为 *abab*，而祖父的民谣开头是“不完美”的四行诗，韵脚为 *abcb*。尽管《黑塔》的格律为抑扬格，而非《祖父在绞刑架下唱歌》第一节四行诗的扬抑抑格或抑抑扬格，但是，它以扬抑格替换了许多原始音步，其悲壮的韵律更适合表现军人的决心。《黑塔》中“信守誓约的人”坚毅果敢，不似绞刑架上的祖父那般吵闹任性。

《黑塔》开篇讲述一群挨饿的战士久困于塔中，此刻正与敌方摇旗劝降的使者交涉。使者告诉他们国王已死并为人所遗忘，要求他们投降，但是，战士们拒绝使者的羞辱，说着叶芝作为诗人最后的话语：无论国王生死，他们信守誓约，拒不投降。这不寻常的四行叠句中（如《祖父在绞刑架上唱歌》中的叠句以两行四音步夹着两行三音步），景象逐渐变暗，从微弱的月光到渐渐漆黑的坟墓。叠句歌颂那些直埋于山上的死者，他们的白骨颤抖着（似动非动）以回应呼啸的海风：

黑塔

要说起那古老黑塔里的人，
虽然他们只像牧羊人一样吃喝，
钱花光了，酒也酸了，
可战士需要的一切他们都有，
只因他们都是信守誓言之人：
那些旗帜无法进入这黑塔。

墓中的死者站得笔直，
但风从海岸呼啸而来：
海风咆哮时他们颤抖，
老骨头在山冈上颤抖。

那些人举旗前来贿赂或威胁，
或低声说那人真是傻子，
倘若本国国王被人遗忘，
谁还在意哪个国王来统治。
可要是他早就死了
那你为何还这般惧怕我们？

墓中照进微弱的月光，
但风从海岸呼啸而来：

海风咆哮时他们颤抖，
老骨头在山冈上颤抖。

强壮的我们梦中伸着懒腰，
塔里那个老厨子上蹿下跳
在清晨露珠中抓着小鸟儿
他发誓听见了国王响亮的号角。
可他是个谎话连篇的家伙：
我们立正警戒信守誓约！

墓中的夜越来越黑，
但风从海岸呼啸而来，
海风咆哮时他们颤抖，
老骨头在山冈上颤抖。

对于戍守塔堡的古代战士和塔外摇旗的围攻者已有各式解读。叶芝夫人告诉 A. 诺尔曼 · 杰菲尔斯这首诗“有关政治宣传题材”，暗示围攻者是政客，他们想让诗人们成为政见的传声筒。[21] 在其他人眼里，这些誓死留在塔里的人是战败后拒绝向信奉天主教的新政权臣服的英裔爱尔兰人。福斯特（II，648）认为叶芝回想起《芬兰人的假面剧》——“一部三十年前他在帕德里克 · 皮尔斯学校看过的诗剧”，甚至叶芝那时就将这部假面剧与他的个人生活联系起来，他在信中告诉格雷戈里夫人：“我们与那些战败部落留守原地的老人们竟如此相像。”[22] 然而，这些推测都无法解释为何此塔应是黑色。如果诗行“墓中的夜越来越黑”证实黑塔有着死亡之色，那么在那些身陷重围的战士身上，叶芝或许看见了垂死的自己，即使被死神扼住了喉咙也拒绝低头。[23]

结合叶芝临终之前另一首诗作《得到安慰的库胡林》，读者才能体会《黑塔》的个中深意。这是一首关于让步和净化的诗，在第十三章叶芝少见的诗歌形式中会进一步讨论。诗里一群“鸟儿似的东西”邀请库胡林放弃以往身为战士的价值观，变得软弱胆小，共同缝制亚麻寿衣。(这种与生前完全对立的死后状态在《幻象》中被称为“转变”。）叶芝以但丁的三行诗节呈现《得到安慰的库胡林》中的来世。为保灵魂的完整，来世要求库胡林放弃抵抗、战斗技能以及个性。叶芝一直认为很有必要补全自己片面的想法——拥有完整的人生，至少在想象中，一种与实际生活相对的人生。因此，诗人必须带上反我的面具（他这样表述），同时凭借富有创造力的个人意志生活。弥留之际，叶芝写下了这两首对立的诗，因为他发现自己于二者之间无法进行抉择：戴上库胡林温顺的面具还是拥有守塔战士般坚定的意志。如果说《得到安慰的库胡林》是有关英雄的反我，库胡林愿意平静下来，甚至女性化，过上群居生活；那么《黑塔》则是有关英雄的、富有创造力的个人意志——充满着自信、力量与执着。

《黑塔》让人感动的一方面在于，如同《得到安慰的库胡林》一般，它表现的是群体生活而非个人。战士们在部队里共同生活共同行动。这首诗并非想要证实灵魂是自我重生、自我满足以及灵魂的美好意愿就是上帝的意愿。叶芝自觉时日无多，他渴望也能成为某群体中的一员——要么是洗涤罪孽的《得到安慰的库胡林》中林间歌唱的鸟儿似的幽灵，要么是《黑塔》中体格强健的信守誓约之人。如果要问叶芝是否知道，现实生活中，士兵们战败被围攻后能否信守誓约坚守最后一个岗哨，我们立刻会想到复活节起义以及士兵们在都柏林邮政总局大楼坚守到最后。如果还记得《三支进行曲》(《黑塔》的诗节源自于此）原名为《三支革命歌曲》，我们几乎可以肯定，这首叛逆民谣中战败后困于黑塔的士兵就是邮政总局大楼下的众多守卫。毕竟，叶芝此前刚刚写完最后一部戏剧——《库胡林之死》，该剧结尾的歌里问道：“谁与皮尔斯、康诺利一

同 / 坚守在邮政大楼？”

结合《黑塔》，我们想到叶芝更早的诗作《纪念埃娃·戈尔—布斯和康·马凯维奇》（这首诗将在第八章与其他四音步诗歌一并讨论）。尽管叶芝起先嘲讽戈尔—布斯姐妹从事的政治活动，但于结尾处，他祈求康和埃娃成为他坚定的指挥官，煽动大众以燃烧时间：“起来，让我划燃一根火柴 / 再划一根把时光点燃；…… / 让我划燃一根火柴把火吹着。”为戈尔—布斯所写的挽歌中，最后设想的动作由姐妹俩与诗人共同完成。不管是《得到安慰的库胡林》还是《黑塔》，叶芝临终前转向集体的民族精神。选择用民谣形式来创作这最后的诗时，他心里已然清楚，这种形式能够让人想起他早年关于复活节起义的民谣：《1916年复活节》《十六位死者》以及《玫瑰树》。[24]

民谣的特点之一在于按时间顺序叙述，而《黑塔》的结构并非如此。这首诗立于一个重要时间节点——士兵们被包围，面对塔外敌方阵营派来劝降的使者，他们拒不接受。并且，它并非以叙事开头，而是一条命令，陷入重围的士兵指示敌军使者带回两句话：告诉你们的王，塔中之人什么都不缺；他们是信守誓约之人。这两句指令截然不同：第一句是反唯物主义的、夸张的（没有钱，没有酒，但他们什么都不缺），而第二句则具有历史意义且合乎道德（他们既已宣誓效忠便会信守誓约）。士兵们精神的自我满足与誓死效忠封建制度，这两个事实产生了第三种结果：无论是让他们全身而退还是迫使他们效忠新政权，或者很有可能的是，他们被屠杀于堡中，围攻军队的旗帜都无法进入这黑塔。

《黑塔》开篇便直入主题，第一节有意迷惑读者，说话人和听者的身份均不明确，随后的四行叠句也是神秘难解，不知是何人直葬于“这”乱坟岗里。民谣其余部分由被困的士兵们以第一人称复数形式讲述，他们先是内心讥笑围攻者含沙射影的提议，而后直接对围攻者说：“要是他（我们的国王）早就死了 / 那你为何还这般惧怕我们？”这首民谣中，塔里的厨师声称他们的国王还活着，但士兵们很不以为然：“他是个谎话连篇的家伙。”（这位老厨师天一亮就冒险“上蹿下跳”，想抓几只“小鸟”给塔里的士兵们吃，因为他们的粮草已所剩无几。）士兵们已无钱采买食物，即使现在有钱也出不去；塔里也没有了饮用水；被困太久，酒也都酸了。尽管他们向敌人挑衅夸口说自己依旧“强壮”，事实上他们命不久矣。因此“夜越来越黑”，夜色越来越暗，直到一片漆黑。

这样一首“民谣”就像单帧图像，凝固了这冗长又含蓄的史诗故事的某个瞬间。若从篡位者向国王的军队发起进攻时讲起，故事的篇幅则更长：士兵们退守最后的堡垒等待救援，而他们的国王却早已失踪；最后，胜利的敌军兵临塔下，派出使者威胁恐吓。叶芝这首最后时刻的民谣暗含这所有的事件。叶芝认为——如果从这最后的文字推测诗人的内心状态——这一次他无法摆脱宿敌——死亡的攻击；而悲剧的喜悦也不应是他此时的反应。黑塔里的士兵展现的不是内心的喜悦，而是誓约的道德力量。他们不会天真地安慰自己并寄希望于国王回来解救他们，也不会屈服于塔外敌军的贿赂和威胁。[25]

叶芝将民谣写成单帧图像，表达所有战士视死如归的反抗，他偏离了民谣固有的叙述性而是转向瞬时性。虽然诗中保留了古风民谣简练的词汇，但在第二、第三节中，通过强调动摇士兵们坚定意志的不利因素（不论是外部威胁还是自欺欺人），叶芝向我们展现了动摇人类坚定信念的弱点（第一个例子是身体，第二个是灵魂）。这“超脱尘俗的”叠句就是为这些坚定不移的士兵准备的葬礼。仿佛所有一切能一眼洞悉——威胁、贿赂、饥饿、干渴、说谎的厨师、坚定的意志、渐黑的夜色以及埋葬。

叶芝在此成功地避免了其他民谣里或多或少的各种失误，比如浮于表面的天主教（“神父民谣”）、伪装虚假的天真烂漫（茉儿·梅吉）、不合时宜的粗俗（愤怒的补锅匠）、多愁善感的民族主义（《玫瑰树》）以及扰人的神秘主义（格兰达洛的比利·伯恩斯）。

《黑塔》是叶芝政治题材中最纯粹的一首民谣，或许因为它达到最高级的抽象——是一首最普遍、最古风和最可怕的民谣。

现代诗人中只有叶芝如此坚定，他一生都在创作民谣，大部分作品也都是民谣。没有人会称赞叶芝的这一决定，因为谁都不愿意接受民谣体裁复兴的失败。对叶芝而言，民谣不仅是现代连接口头文学最坚实的纽带，更与他年少时读过的青年爱尔兰诗人作品，以及他从斯莱戈外祖父家仆人处听来的“芬尼亚兄弟会”之间有密不可分的联系。叶芝的前辈诗人托马斯·戴维斯曾在《论爱尔兰之歌》中迫切地呼吁人们重视英文民谣（以补充爱尔兰民谣）：

> 但是，无论翻译和编辑对爱尔兰民歌做了多少改动或调整，我们写下的仍是说着英语的乡下人他们的歌曲……从都市到乡村，只消在爱尔兰街头买一曲民谣，你便能感受到其中些许幽默、亲切和甜蜜的声音；不过，你同时也会看到错误的节奏和韵律、骗人的意象、黑色的纸张以及模糊的印刷里充斥着言过其实、诽谤造谣和粗野无知。高质量的民谣有着天壤之别——当前的民族鼓舞人们的同时也贬低、误导人们；这些民谣的销量还很大。[26]

对叶芝而言，放弃民谣就是放弃诗歌的口头传统、放弃爱尔兰民谣遗产、放弃过去用英语写作的爱尔兰诗歌以及他的童年。虽然我们发现叶芝最早的民谣作品深受英国诗人的影响，从不知名的边疆民谣诗人到司各特、华兹华斯、罗赛蒂、莫里斯以及王尔德，但是，我们倾向于忘记这些影响，因为叶芝将民谣形式转化为更有叶芝风格的作品——不像华兹华斯那般专注穷人，不像罗赛蒂与莫里斯那般辞藻华丽，比青年爱尔兰诗人的诗歌更注重内涵，比起过于严肃的王尔德更颓废（创作后期），与其他作家相比，更坚定地将爱尔兰的事件写入民谣，无论过去还是现在。

民谣对于叶芝的重要性毋庸置疑。他曾在信（♯7036）中写道：

> 我正从事一项伟大的工程：为麦克米兰公司整理一百首或新或旧的爱尔兰民歌，半数左右为现代作品，有的摘自一些单页印刷品……爱尔兰民族——散落各地的两千万人——以民歌紧密相连，无论是美国大学里的年轻人、工厂的工人还是农场的农夫，我们必须要让他们都听到。

为卡拉出版社编辑的1935年单页报纸合集时，叶芝和希金斯在前言中写下“英爱民谣”：

> 三四个重音，八个或六个音节的诗行，这样简单的韵律就能组成 G. M. 扬先生所谓的——基本的“语言之歌”，配以合适的曲调，诗人就能写成民谣。

1936年叶芝写给多萝西·维勒斯蕾的信中（♯6644），描述他计划写一首关于帕内尔的民谣：

> 我并不希望单页印刷品《对峙》过于守旧，上面有我们希望歌手清唱的那类诗歌。我打算用大约四分之一的版面来反映当代人最微妙的想法。

叶芝希望自己的民谣和民歌真能为人所唱。写完帕内尔诗后，他写道，“最近，我写了一首歌为帕内尔辩护……一首流行曲调的饮酒歌，圣诞节那天我会在阿贝剧院的舞台上演唱”（♯6717）。后来，他又补充道，“只有听到就读于牛津的爱尔兰大学生在吉尔伯特·穆莱的眼皮底下唱起这首歌，我才会高兴”（♯6731）。

现代诗歌选集的编者挑选叶芝的代表作品时，民谣或许不是第一选择；只有少数几首民谣（如著名的《1916年复活节》）如叶芝所期成了民众的记忆。但对叶芝而言，它们是强大而世俗的一极，与同样强大、象征“淤泥与血液的混合体”的玄学一极对立，有时也成为它的一部分。叶芝思想的中轴在这两极间运转。

第六章

扰乱传统：叶芝的十四行诗

叶芝写作十四行诗本身不足为奇，毕竟他是个诗人并且他对所有诗歌形式都有浓厚兴趣。不过，他的十四行诗格外引人瞩目，因为它是贯穿叶芝创作生涯的两种形式之一（另一种是民谣）。在叶芝笔下，民谣和十四行诗分别渗入对方的社会属性：在《三株灌木》里，他给民谣以玄学的复杂思辨；在《高谈》里他又将口头民谣的力量注入温雅的十四行结构。叶芝最著名的一些诗就是以十四行诗形式写作的，譬如《在阿贝剧院》《责任·跋诗》《丽达与天鹅》和《须弥山》等，这几首诗都有清晰可辨的五音步十四行诗结构，虽然偶尔违反传统的韵律模式。

从历史上看，十四行诗对叶芝而言意味深远：它是书写而非口头流传作品；它源自欧洲宫廷传统；它清楚自己是一项技艺并时常讲述自己的艺术；它虽源起意大利，却与英语抒情诗传统本质紧密相连，经由怀亚特和萨里到莎士比亚、弥尔顿，再到华兹华斯和济慈。正是由于它在英国文学的中心地位，十四行诗迫使叶芝既遵循文学传统又做民族主义的抵抗。当思考为何叶芝“正统”十四行诗的数量如此之少，我认为答案就是他既服从又抵制的独特混合情感。在此我要讨论叶芝如何写作十四行诗：为什么他要写作十四行诗，他是如何把它现代化，他是如何——尽管他是用英语写作——把它爱尔兰化的。我相信他的某些作品能够得到更好的理解，前提是视其为十四行诗，尽管它们看似怪异甚至“有瑕疵”。（我在此会以一种特殊的方式定义“十四行诗”，用以囊括一些十二行和十三行的诗歌作品，原因容我后述。）

叶芝看到的十四行诗有两个基本版本：两部分的彼特拉克十四行诗（八行诗加六行诗）和四部分的莎士比亚十四行诗。彼特拉克十四行诗因其两部分结构，容易落入问与答的辩证结构，或说一个观点对抗另一个观点。莎氏十四行诗，因其四部分结构——前三节隔行押韵的四行诗与一组对句，容易生成看似复杂的逻辑结构。叶芝痴迷于二元对立，自然为彼特拉克式两部分对立所吸引，不过，他同样喜欢多重视角，因而对四重结构的多种可能性也很有兴趣。他无法割舍任何一个，因而尝试写作两种形式。

叶芝19岁时写作了一首彼特拉克十四行诗，21岁时发表了一首，然而，直到47岁他才写作第一首完整的莎士比亚十四行诗（《在阿贝剧院》）。叶芝长期刻意规避莎氏十四行诗——虽然他在多首诗歌中采用三组莎氏四行诗形式展示了他对于该形式的喜欢——我认为，是出于民族主义的顾虑，试图独立于英语诗歌形式，尤其是源自伊丽莎白一世的宫廷诗形式。当英国殖民者开始在爱尔兰建立种植园时，爱尔兰的本土文化便开始走向灭绝。

第一首和最后一首十四行诗

现存叶芝第一首十四行诗（《看那个人》）从未出版。[1] 然而，很快在1886年，他发表了一首彼特拉克十四行诗名为《记得》，与第一首诗很相似。他最后一首十四行诗《高谈》于他死后出版。虽然半个世纪来，十四行诗形式在他的作品中一直存在，实际上他却很少使用该结构。他从未写过十四行组诗，但是在他的组诗中（如《1919年》或《超自然的歌》），他集合了多种不同诗歌结构。十四行诗的连接能力并未吸引他；他仅将其视为一种简短的、自由独立的形式。他感兴趣的是，它的两个甚至多个潜在对立部分能够体现我们与自我的争执——而更线性的结构却不能——他说，在这其中我们写作诗歌。

首先，我要展示叶芝发表的第一首十四行诗和最后一首十四行诗之间惊人的差别。我不仅要指出该形式在他作品中延长的寿命，更要发掘它经历的显著变化。1886年的这首彼特拉克十四行诗《记得》是一首冥想十四行诗，几乎没什么思想内容，概括起来，这首诗说的是："记得你［重复三遍］，今晚数个小时，我在沉思，而光线淡去，金星升起；就在刚才，我的灵魂起身并触碰了它。"

记得你，我在这些淡淡花香丛中
找韵脚；记得你，这新月升起的晚上
很亮，走过新芽，走过草叶
沾上芬芳细雨的露珠，穿着
紫色的凉鞋，数小时的思索
记得你，我在沉思，而那甜蜜
闲暇时光的光线淡去如飞，
还有一线挂于寂静的柳树凉亭，

歌唱无尽孤独和无限遗憾
那颗星星，年轻而伤感满怀
东方的阴影笼罩着它，
到处是死一般的沉寂；
就在刚才，我的灵魂起身并触碰了它，
在天上，我们远远地见了一面，同时叹了口气。

(704—705)

年轻的诗人以时态区分最后两行（一般过去时）和前十二行（一般现在时），试图给最后两行以莎士比亚式效果。这首悠闲的十四行诗告诉读者，尽管它从情感和韵脚上遵循了意大利诗行形式，其内部结构却更接近莎氏十四行诗。前三组是“记得你”思绪集：第一组关于韵脚“淡淡花香丛中”（faint flowers）；第二组有关“思索”时间的消逝；第三组里年轻的星星唱着“无尽孤独和无限遗憾”；最后结尾是一组有关思想的对句。这首诗里仿佛有一位诗人受四部分英式十四行诗的诱惑却拒绝承认其明显的影响，他以彼特拉克式四行诗的押韵方式来“隐藏”其莎士比亚十四行诗的思想结构——就像莎士比亚本人也曾在他四部分韵律模板里“隐藏”彼特拉克式两部分辩证的思想结构。

读完这首梦幻的早期作品，转向1938年叶芝这首十四行诗时，读者会大吃一惊（不是那种让人愉悦的震惊感）。《高谈》，叶芝最后一首十四行诗，诗中叙述者名为马拉基，诗的结构确由十四行构成，中间也有一行空白隔开前八行和后六行，不过它却反常地使用了六音步。每一行六音步诗试图以“额外”的第六个音步进行双关，以补偿高度的差异，诗中所说马拉基太爷爷的高跷有二十英尺长，而他的高跷只有十五英尺。叶芝的“魔力”之一便是除第六、七和十四行之外，各行都有十五个音节，因为马拉基的高跷长为十五英尺。《高谈》并未沿袭传统形式，除六音步外还有其中的押韵对句（aa，bb 等），这种诗歌形式在叶芝后期作品中通常用以表示某种简单而“原始的”时刻。

这首“狂放的”后期十四行诗语调上与1886年颓废主义的温和之作《记得》已相去甚远。不过，《高谈》主题仍属于十四行诗传统，因为它讨论其自身的美学：它以叶芝暮年绝望却又欢欣的语言，捍卫高雅的、“踩着高跷”的艺术。这一讽刺意味的标题是叶芝取自雪莱《智性美颂》中“与已故之人高谈的希望破灭”；马拉基的此番希望也破灭了，如他所说：“我所学到的一切都已失控。”[2] 马拉基·高跷—杰克是公元10世纪至尊国王马拉基的平民化身，摩尔《让艾琳记得》一诗正是纪念他：“肩披黄金领，/ 他从骄傲的［丹麦］侵略者手里抢来。”叶芝笔下的马拉基化身恶魔先知，以六音步原始押韵的对句回应高雅、“踩着高跷的”、史诗风格。

《高谈》前八行发生于一户山村人家。传统工艺的最后继承者，工匠马拉基，正独自用凿子和刨子制作一副新高跷，之前他太爷爷那副更高的已失窃。制作过程中，他想象完成后穿上新高跷大步走在村子里，取代马戏团那些温顺的、关在笼子里的动物游行的“拙劣表演”，以满足——自嘲的语气——妇女儿童们期待的消遣活动。这里未提及任何成年男性观众：

缺少高跷的游行队伍没什么引人注目。
我太爷爷曾经有一副二十英尺的高跷，
而我的只有十五英尺，现代人踩不了更高，
世上有个无赖竟把它们偷去修补篱笆或烧火，怎么办。
因为花斑小马、链牵的狗熊、笼中的狮子只会拙劣表演，
因为孩子们要求长腿老爹踮起他的木头脚尖，
因为楼上的女人们要求一张脸出现在窗口，
好让正补旧袜跟的她们尖叫，所以我操起凿子和刨子。

诗的后六行，出人意料，并没有随着想象的游行队伍走街串巷的场景，反而陷入了狂想。马拉基宣称高跷和他本人都是暗喻，他在后六行游离于社会之外；黎明破晓前，他和一群不羁的生物在海边——一只北极黑雁和一些海浪，在传奇故事中，这些海浪被称为和平之神曼南安的战马：

马拉基·高跷—杰克就是我，我所学的一切都变得狂野
从领子到领子，从高跷到高跷，从父亲到孩子。
所有都是暗喻，马拉基，高跷和一切。一只北极黑雁
翱翔于夜空中；夜幕撕裂，曙光迸溅；

我，穿过日光可怕的新奇，阔步前进，阔步前进；
海里那些巨大的战马露出牙齿，在曙光中大笑。

(622—623)

叶芝对“狂野”一词情有独钟。最早在1901年，他写信给威廉·夏普时就曾说道：“与你相比，我的优势在于我为一个非常骁勇的民族写作，这就像骑着一匹狂野的马，如果握不紧缰绳或者夹不住马匹人就掉了下来。”（*CL*，III，125）1886年叶芝写作的《记得》并未显现与“骁勇的民族”匹配的“狂野”风格，但是，《高谈》却展现了“变得狂野”的风格，让人想起《着迷于困难事物》一诗结尾部分将被释放的爱尔兰珀伽索斯。

若要一查叶芝十四行诗的格律演变，我们可对比马拉基最后怪异的晨曲和另一首名为《黎明之歌》的充满青春活力的扬抑格四音步晨曲，《叶芝诗歌集注版》中它紧随《记得》之后：

醒来，亲爱的，你昏沉的脑袋；
像玻璃钟罩般颤抖
所有天堂的地板，嵌着水汽——
并且沿着那些山脉走过
那里满足星星点点的蘑菇
踩在随风摇摆的草叶上，
青年男女，两两一组，
在露水中采摘蘑菇。

(705)

这首晨曲属田园牧歌（仿弥尔顿四音步诗《快乐的人》）；而马拉基的晨曲却同末日。《高谈》里没有男男女女的好色之徒，并且于结尾处，那只活力十足的北极黑雁居于“天堂的地板”，而海里的战马则露出了它们的牙齿。这些野蛮的居民能破坏任何一首正式的英语十四行诗或者晨曲的氛围，然而马拉基·高跷—杰克的不羁非但容忍了它们还邀请它们加入。

因前有锡德尼和莎士比亚的范例，叶芝认为他在写作十四行诗时有权考虑他的美学观念和读者群。不过，《高谈》的修辞高度，在马拉基通俗的译文中成为了太爷爷高跷的高度，诗歌的读者（曾经是莎翁笔下的“所有后裔的眼睛”）被再创作成了一些小人物，如孩子们期待伟岸的父亲形象和迷茫的妇女们在窗后如偷窥狂般寻求刺激。不过，传统——从马拉基的金领到马拉基的衣领，从阿斯特洛费尔借用意大利的语言高跷到马拉基在家自制高跷，从十四行诗之父彼特拉克到十四行诗继承者叶芝，都将此诗与文艺复兴前辈相连。《高谈》从形式上展现了“传统”（tradition）一词的词源——“传承”(a handing across) ——几乎要抹去，通过第十行的第三对事物，六音步诗行中间正常的停顿：“从领子到领子，从高跷到高跷，从父亲到孩子。”停顿“本应”出现在“高跷”和“到”之间；停顿的困难使得该诗行的文字通过语义（两个一组）而非音律进行分类，强行让读者注意这显明的传承。

叶芝遵循十四行诗传统中“自我暴露的作诗策略”，直接揭示其诗歌构造的艺术本质：“所有都是暗喻，马拉基，高跷和一切。”不过，其暗喻巧妙地摆脱了表面批判，“我……阔步前进”，两行之后“我”如是说，正是他心里的高跷让他“阔步前进”，1－2、1－2高跷行走的节奏将这行六音步诗分成了四个部分（算上中间和诗行末尾的停顿）：“翱翔于夜空中；夜幕撕裂，曙光迸溅。”(Far **up**| in the **stretches**| of **night**| **pause**| night **splits**| and the **dawn**| break **loose**| *pause*.) 海里战马的狂喜——露出牙齿，大笑——使得它们成为“野兽”中的一员（正如给戏剧《复活》写作前言时提到的），“我把笑和狂喜破坏联系在一起”。《高谈》通过其“变得狂野”的表现形式，表明了叶芝的心声：他认为十四行诗传统中“高雅”的修

辞在两次世界大战之间随着欧洲文化的残余一并坍塌。马拉基的末日意象、原始的对句、反常的韵律、狂喜的绝望等都是新的原始主义，它破坏了欧洲温文尔雅的十四行诗形式，只有意识到这点，我们才能理解叶芝此处的文化评论。

学徒时代

从1886年感伤的常规之作《记得》到1938年怪异的平民风格之作《高谈》，半个世纪以来，叶芝长期悉心探索十四行诗这一文类的各种可能性：如十四行诗的构成——有八行加六行的组合、四行诗、三行诗以及对句；单音节韵脚或多音节韵脚；五音步或六音步构诗等。部分摸索看似纯属技术，不过，诗技对叶芝而言从来都有深层含义。因此，当我们发现叶芝二十来岁时（1892）将龙沙的一首彼特拉克十四行诗《当你老了》（“Quand vous serez bien vieille”）改为一首英式五音步十二行诗，题为《当你老了》（“When You Are Old”），我们立刻会问写作这首十二行诗时他心里在想什么。随着进一步阅读，问题更多。他不喜欢十四行诗吗？我们知道他喜欢。是他认为龙沙的十四行诗不可译吗？我们知道并非如此，他后来写的十四行诗《在阿贝剧院》就是改自龙沙的《提拉尔啊，一开始我就饱受苛责》，也是十四行。那在“翻译”《当你老了》时，比起十四行诗，叶芝为何喜欢用十二行诗——不同抱韵的三节彼特拉克四行诗，并且首次印刷时中间两行还缩进排版？为何他的版本偏离了龙沙的主题？以下是叶芝的版本：[4]

当你老了，头发花白，睡意昏沉，
　　在炉旁打盹，请取下这册书
　　还请细读，梦见你眼里

曾经的柔波，还有深深的倒影。

多少人曾爱过你优雅大方的时刻，
　　出于真情或假意爱过你的美貌
　　只有一人爱过你虔诚的灵魂
和你那饱经风霜面容的愁苦。

请俯下身来靠近炙热的壁炉，
　　忧伤地低声轻诉，“爱神离我们而去。
　　他在遥远的峻岭里踱着方步，
还把他的脸藏于群星深处”。

(120—121)

龙沙的作品《当你老了》[5] 展示了彼特拉克式十四行诗于后六行开始处特有的停顿；这首诗以人称代词表示停顿。前八行是主语为“你”的一个预言；而后六行诗的前两行虽含蓄地称呼爱人“你”，却阴森地引出了第一人称的文法主语——说话者，他将死去并长眠地下：

我将深埋土地，化为枯骨的魂灵，
为了寻得长憩，遁入没药的阴影。

接着该诗结尾回到“你”，说话者要求她“因此请听我一言：勿要……”，来自墓园幽灵的权威之音以第一人称强势介入。叶芝改写了龙沙的作品，去除第一人称的干扰，写作一小段对“你”的不懈劝诫：“当你老了，取下这册书，细读、梦见、轻诉‘爱神离我们而去’。”因此他得以保留情绪和指称的一致性，不过他牺牲了龙沙原诗中女士对未来的描写和诗人想象自己死后于墓中昏暗幻象之间的张力。叶芝的“翻译”给出了一道悲伤的叙事抛物线，其最高点在中部以第三人称描写的“只有一人”“爱过你虔诚的灵魂”。[6] 如同《记得》一诗，创作起点、高潮、落点一致的情感“氛围”，是叶芝90年代的一贯追求。彼特拉克十四行诗中二元对立的真实内心争吵对他太过繁重，莎翁十四行诗四部分的冲突视角同样如此。为方便操作，叶芝沿用了更为统一的五音步十二行诗，由此他一直沿用该形式写作（虽韵律不同），直到他去世的那一年。（最后一首五音步十二行诗，见第十二章，来自1935年《超自然的歌》组诗里的一首对句押韵诗《它们从何处而来》；叶芝后来在1938年时写作了一首六音步无韵十二行诗《美丽而高尚的事物》，第十三章论述叶芝少见的诗歌形式时会涉及。）

同年10月（1891年10月），叶芝写作龙沙式抱韵体十二行诗《当你老了》的同时，他完成了他第一首莎氏十二行诗《爱的悲伤》。我将它摘录于此是因为它最先现于《女伯爵凯瑟琳》（1892）中，它向爱人倾诉，以三节独立的莎氏四行诗节构成，隔行押韵且隔行缩进。[7] 正如《当你老了》，《爱的悲伤》也建立了一个抛物线结构：我们首先看到一个优美又动人的自然场景，承载了“大地古老又疲惫的哭喊”；然后出现了说话者略显稚气的灵魂为“悲伤的红唇”所困；当说话者长大成人，褪去了天真，他发现自然场景的元素已改变。它们现如今揭示生命的隐秘悲剧，当自然景物变成受伤心灵的象征时，它们便与“大地古老而疲惫的哭喊一起颤抖”：

屋檐下麻雀的争吵，
　　皎洁的圆月和漫天的星辰
还有树叶无尽的大声歌唱
　　隐藏了大地古老而疲惫的哭喊。

这时你出现了，带着那悲伤的红唇

还有整个世界的泪水，
和她劳碌船只的所有悲伤
以及她经年累月[8]的所有负担。

此刻屋檐下打闹的麻雀，
夜空中残月和白色星星。
不安的树叶在大声唱歌，
与大地古老而疲惫的哭喊一起颤抖。
(119—120)

与《当你老了》一致，这首十二行诗里行动得以统一，消除了所有真实的心理斗争；诗人（对比他笔下年轻的说话者）一开始就知道在这出悲剧里，年轻人因失意爱情的引导，发现先前素净有时也充满欢乐的场景被慢慢渗透和改变。（语调的一致性由作家叶芝所授意，遵循他"九十年代"铁的美学信条；如果年轻人变化的情绪主宰了这首诗，那它的音调就会有更痛苦的停顿。）

在叶芝笔下，十四行诗——无论是四行押韵的彼特拉克体还是莎士比亚体——长期被压缩为十二行，三节四行诗，如一道不断演化的弧线，效果趋同（如这首诗），虽然开头理性上驳斥而结尾从形式上映射（如《爱的悲伤》）。对句的尾部不允许附加浓缩的情绪和激化的锐气。"我愿意"，赫恩引述叶芝写给他一封已丢失的信件所说，"以单一又完整的情绪来结束一首短诗"（*CL*，III，101）。

尽管彼特拉克式十四行诗有二元结构——通常呈现关于其主题两种或两种以上的观点，它最终悄悄潜入叶芝的十四行诗，起初他采取两个人互补互惠的安全形式。叶芝第一首大胆的爱尔兰十四行诗《安格斯的竖琴》是一首无韵十四行诗，其结构仿彼特拉克十四行诗分为八行和六行，用以表现艾道因和安格斯的双重人物，好像他们二人合奏竖琴一曲。他们的故事在1903年的《波伊拉与艾琳》里重复。起初，艾道因以爱人的头发制作了七根竖琴琴弦，后来她被弥德之妻恶毒地变成一只蝴蝶，安格斯用“祭司的苹果木”为唤醒琴弦做了一架竖琴：

> 艾道因从弥德的山里出来，走进
> 年轻的安格斯的玻璃塔，躺在他的身边
> 那里，时光沉醉于芳香四溢的风中、
> 祭司的月里和树枝的低语，
> 昏昏欲睡的树枝上结着以
> 猫眼石、红宝石和灰橄榄石做成的苹果
> 唤起不灭的火焰，用他的长发
> 织成七根琴弦，她的手因爱疯狂舞动
> 演奏甜蜜的乐章，
> 弥德之妻将其变成一只蝴蝶后，
> 他用祭司的苹果木做了一架竖琴
> 在风中她可以听见他的泣诉；
> 自那时起，他只守候
> 忠诚的恋人们。

艾道因是前“八行诗”中的主角（第一至九行）；第八到第九行跨行的（传统）手法凸显她编织琴弦时“因爱疯狂”的行为。安格斯是“后六行”（实则是十至十四行）的主角，失去艾道因后，他刻了琴架安放琴弦以联系她。艾道因变成蝴蝶脱离人的疆域，及时地分开诗中两个动作——一人织弦，一人制琴。在这里，地球上的恋人无法继续联系，他们必须相继完成动作，无法合作。由于诗中艾道因和安格斯的行为仍是互补而非对抗，真正彼特拉克式二分对立的手法并未被启用。不过，在这首叙事十四行诗[9]里，至少叶芝没有一味地沉思，并且他还将爱尔兰的美学创作神话引入欧洲文学传统，毕竟与本土民间素材相比，欧陆和英国文学作品更倾向于两希神话。与欧洲传统相较，叶芝这首爱尔兰十四行诗不规则，它既没有押韵[10]，还使用民间传说，而且最后一行双音步诗，给第十四行留下大量空白供安格斯发挥，去到无限扩张的未来，完成他对“忠诚的恋人们”的使命。[11]

最后，叶芝37岁时写作的《得到安慰的蠢行》（以下复制的是1902年第一版的措辞和标点），虽未达到，却已靠近真正的十四行诗里不可或缺的冲突。这首十四行诗以押韵的对句写成，与其同年晚些时候发表的《亚当的诅咒》一诗相似。全诗分为两节六行诗和一组对句，通过模拟对话，叶芝构造了一种既非彼特拉克式也非莎士比亚式的诗体结构。前六行，一个好心的朋友安慰恋人，随着他爱人容颜老去，他的爱情蠢行也会消逝，而他会变得明智；后六行中，这位恋人反驳他的朋友，坚称爱人的美貌会与日俱增；结尾的对句里，这位恋人离开了正在交谈的朋友，转向他的内心，呼喊着这似是而非的安慰并不比他再看一眼爱人的时间更长久。不再相信爱情的永恒，听人劝慰才是真正的“蠢行”：

昨天那个永远善良的人说道：
“你爱人的头发已有一丝灰白，
眼周竟然有了几丝皱纹；
时间能让人变得更明智，
尽管当下很难，困难终将结束；
请更耐心些吧，做个明智而耐心的友人。”
但是心儿啊，这里没有安慰，一丝都没有；
时间能重塑她的美貌
是因为她那高贵的品质；
当她摇动时，周围的火焰

烧得更猛。啊，她从前可不是这样
那时她的眼里尽是夏日的狂放；
心儿啊心儿！只消她回首一望，
你便知道听人安慰是多么愚蠢的事情。

(199—200)

这里的争论并未发生在爱人身上，而是在劝慰的朋友与反驳的恋人之间。恋人自始至终并未被说服，“这里没有安慰，一丝都没有”。内部争执的缺省，内心世界并未分隔为对立的两个部分，《得到安慰的蠢行》虽有十四行，却没有真正十四行诗里对立的两个视角。从这个意义上说，虽然叶芝一直向往不规则十四行诗的简约和凝练，但是他依然不愿面对和重现说话者情感的矛盾，而十四行诗的形式多处显露了这种矛盾。

真正的十四行诗

以上讨论的这些诗作代表叶芝从练习到逐渐掌握十四行诗结构。现在来到他的成熟期。叶芝第一首“真正的”十四行诗——遵循彼特拉克式和莎士比亚式情感与语调的波动原则——是诗集《在那七片树林》（1903年）的同名诗《在那七片树林》（写于1902年8月）。这首诗虽然无押韵却有着叶芝一贯内心争执的复杂性——有关田园牧歌与世界末日旷日持久的争辩——我们列举早期和后期晨曲时已提到（在他第一部诗集《乌辛的漫游》里也可见端倪，有人将诗集里的作品分为两类：“阿卡迪亚的”和“爱尔兰的”）。首先，十四行诗《在那七片树林》拟建立与《当你老了》《爱的悲伤》等早期“抛物线式”十二行诗相似的氛围：风景、阻断、语调折返。《在那七片树林》前十二行从鸽子和蜜蜂再到鸽子和蜜蜂，的确循着一道渐进的抛物线，不过，诗歌中部的俯视（此处以斜体标记）与之形成了鲜明对比，并打破了抛物线行进的一致性。斜体部分包括两首田园曲子作为反高潮：一是痛斥英国人蓄意破坏古代遗址，二是爱尔兰人庆祝爱德华七世加冕：

> 我早已听见鸽子掠过七片树林时
> 阵阵渺远的雷声，花园里的蜜蜂
> 在菩提树花间嗡嗡作响；我放弃
> 徒劳的哭喊和旧日的伤痛，它们
> 让心儿变得空虚。*顷刻间我忘记了*
> *塔拉已被灭绝，新王即位，*
> *他是如此平凡，街上一片呼喊，*
> *一根根柱子都挂着庆贺的纸花，*
> *而这是唯一值得庆幸的事情。*
> 我很满意，因为我知道安静女神
> 一边大笑一边吞噬着她狂放的心脏
> 在鸽子和蜜蜂间漫游……

如果这首诗结束于此（第十二行），叶芝将重复之前从十四行诗里节取的十二行结构——该结构强调完整和呼应，能满足他对于起势、高潮和结尾的美学需求。但是，正是“塔拉已被灭绝，新王即位”引发的骚动，这首诗被迫超出田园十二行诗的范围。因此，他增加了两行扰人的十四行诗结句，将一个恶魔启示的人物形象加诸田园牧歌的讽喻：

> 我很满意，因为我知道安静女神
> 一边大笑一边吞噬着她狂放的心脏
> 在鸽子和蜜蜂间漫游，而伟大的射手座

正静候时机，将云朵的箭囊
高悬于帕克纳利的上空。
(198)

除了马维尔将田园拟作安静女神之外（这里影射但丁笔下狂野的、以心脏为食的野兽“自我神”），[12] 库勒的树林里还有另一位神话中的居住者——“伟大的射手座 / 正静候时机”。这位不确定的刽子手，主宰诗集《在那七片树林》（该诗集副标题为“多数为爱尔兰英雄时代的诗”）里的同名诗，属于叶芝众多启示诗中聚众等待“时机”的生物之一。正如射手座在“静候时机”，他使用同一词语——源自耶稣的雄心壮语“我的时机尚未到来”——而野兽的“时机最终来临”以及隐秘的玫瑰，诗人说“你的时机确定已经到来”。

叶芝认为十四行诗《在那七片树林》已是“我本人所有（诗歌）中最取悦爱尔兰人的作品”（*CL*，III，94）。“六行诗节”中前五行是一个单句，这是他第一次使用“我知道”这一陈述句式。作为“后六行”的开端，“我很满意，因为我知道”也让人联想起另两节更伟大的六行诗——“黑暗再次降临，不过我现在知道”（《二次圣临》）和“住在须弥山或艾弗里斯特的隐士…… / 知道”（《须弥山》）。这些陈述句唤起一节更为出名、有关知识的六行诗——叶芝质疑知识的获得：“她是否用他的力量获得了他的知识？”（《丽达与天鹅》，下面将详述）。我们从这些追求某种终极知识的六行诗例子里可以看出，叶芝在十四行诗的前八行全力隐藏想要提出的真实问题，后六行里最后回应某个已经（或即将）清楚或知晓的答案。塔拉“已被灭绝”，爱尔兰人卑躬屈膝，诗人心生悲愤，他进一步延伸视角以消解心中的愤怒：何时伟大的射手座能够从他乌云密布的箭囊里放箭、塔拉得以重建、爱尔兰获得独立？

叶芝希望在鸽哨和蜂鸣声中保持他的美学宁静，然而他那高度活跃的意识形态思想又让他倍感痛苦——这种失衡严重干扰他的写作生活，二者于他内心的争执在此表现为田园诗和启示诗于十四行诗内部的争执。第一次读《在那七片树林》时，我们通常会认为，第十二行里重提鸽子和蜜蜂时，诗人已经找到某种美学慰藉；但是那个阿卡迪亚式顶点却指向了另一个更远、更危险的“爱尔兰”末日顶点，伟大的射手座。作为末日的原型，射手座住在库勒庄园七片树林的某个角落，即便没有这个名字，也被认为属于“爱尔兰”。射手座有弥尔顿式的功能，即为那些被杀害的英雄复仇，发掘塔拉遗址时他们的骸骨受到了惊扰，但是它寓言式的隐秘存在，是叶芝神秘民族主义形式的特殊产物。狂放的安静女神和伟大的射手座一并代表了叶芝长久分裂的创作灵感。尽管形式上《在那七片树林》是十四行诗，但是它没有押韵，叶芝仍在规避押韵的十四行诗结构；而他从彼特拉克和莎士比亚十四行诗中继承了押韵结构，目的在于将二者合而为一为他所用。

六年后，叶芝写作了《没有第二个特洛伊》，他意识到他早期莎士比亚式十二行诗《爱的悲伤》里的缺陷：它并没有反映莎士比亚十四行诗中的真实内心动力，该动力处于不断演变的冥想过程，最终形成精炼而警世的对句。不过，在《没有第二个特洛伊》中，他仍避免模仿写作完整的莎氏十四行诗。既然《没有第二个特洛伊》是一首十二行诗，那么叶芝将如何展示莎氏十四行诗的内心冲突？他又是如何将传统主题——爱情，十四行诗的常见主题，打上叶芝的个性标签？

《没有第二个特洛伊》的结构取决于四个疑问句的句法顺序，四个问句反思同一个人其外部行为和内在心理的一致性和不一致性。前五行质疑毛德·岗的*行为*；接下来五行质疑她的*存在*；第九行提问她的*行为*是否为她*存在*的必然结果。尽管叶芝将这首十二行诗印刷为一整节，我在此把它分隔为四个连续的问句，以区别其四部分句式结构：

为何我要责怪她？是因为她给我的日子
填满了不幸，是因为这些日子她本该
教会无知的人们最暴力的方式，还是
因为只要小人物拥有欲望般的勇气
她便能教唆他们公然挑战权威？

究竟什么才能让她安静，拥有
火焰般朴素却高贵的心灵，
她的美貌如满弓紧弦般饱满，
一种与这样的时代并不相符的
高贵、孤独又最为坚韧之态？

为何，她本就如此，她还能做什么呢？

未必还有第二个特洛伊任她烧毁？

(256)

虽然原诗只有三个形式单位——三节莎士比亚四行诗——其句法拒绝遵守原诗体的韵律规则，而是以反作用力构建自身框架，宣称该诗看似莎氏十四行诗，却由四个逻辑单位组成：四个问句。第一个问句就是第一节“四行诗”，表达诗人不满于毛德·岗流于表面的小题大做；第二个问句，与莎氏十四行诗的第二节四行诗相对应，提出她的小题大做与她的高贵本质背道而驰；第三个问句（第十一行）充当莎氏十四行诗第三节四行诗的作用，总结前两节岗的行为与她本人之间的冲突，以言语的中心冲突揭示行为与内心存在之间的存在主义冲突的价值——“为何，她本就如此，她还能做什么呢”；第四个问句（第十二行）相当于莎氏十四行诗回应的对句，意指若在远古英雄时代，岗的作用如同海伦，她的行为与她的存在相称；然而，在当下非英雄时代背景下，她的行为会被人轻视，因为没有第二个特洛伊任她游戏。都柏林不是特洛伊，关于它的争执也非史诗的争执。旋锥在历史螺旋上升的过程中，再一次投射了尊贵之美的原型，却没有将其置于对应的历史环境。世俗的行为与柏拉图的存在，存在与本质之间的张力，成为叶芝真实与理想另一个版本的冲突，诗中可感受的强烈情感源自他内心无法和解的拉力，因为他在一首诗里既想肯定毛德·岗的现实所为，又唯恐有失偏颇。三节四行诗因其重叠的形式和句法结构显示强劲的莎氏影响，不过该诗特有的疑问句式和它（可辨认的）爱尔兰女主角，让它并非仅仅模仿文艺复兴时期的英诗形式。我们可以看到，叶芝正走向四段式英式十四行诗，自信他能驾驭它（他最后确实如此），并且未失信于爱尔兰。

接下来我花点时间谈叶芝的另一个十四行诗实验，一首十三行诗，名为《着迷于困难事物》(1910)。1909年9月，叶芝《回忆录》散文草稿里如是说：

> 题材：抱怨着迷于困难事物。它破坏了自发性和乐趣，且浪费时间。三行诗以difficult（困难）一词结尾，韵脚分别为bolt、exult、colt、jolt（门闩、欢欣、马驹、颠簸）。大致思路为插上狂放的翅膀、毫发无伤的马儿拉着一车石头，垂头丧气，因为这非易事，然后以谴责戏剧、账册和公开争论结尾——所有此番都很艰难。
>
> （《回忆录》，229）

如果叶芝照此开具的韵脚配方写作，则有七行诗以“-olt”音结尾，叶芝起初构思这首诗时，似乎打算写十四行，隔行押韵，韵脚为“-olt”。不过，定稿中“difficult”一词只充当韵脚一次，而非预计的三次，与之押韵的四个词——colt，jolt，dolt和bolt——其中有三个来自他之前所列清单。最终，该诗以第十三行结尾，并非先前设想的第十四行。要弄清叶芝的真实意图，我们必须了解他为何刻意删减诗行数量。

《着迷于困难事物》是一首关于挫败和冲突的诗。乡下的神马珀伽索斯，是一匹带着翅膀的马驹（暗指爱尔兰的艺术初见成效，但羽翼未丰）。它意欲高飞，未成想白天受困于拉货，夜晚被拴在马厩，而诗人，它命定的骑手，正竭力促成建立阿贝剧院，他忙于“剧院里的琐事，人员的管理”：

着迷于困难事物
耗尽了我血液中的元气，
内心的喜悦和自然的愉悦
在我的心里也已消失殆尽。那匹马儿
定有烦心事，看似并无圣洁的血液
也未驰骋过奥林匹亚山上的云端，
却饱尝皮鞭，颤抖、拉货、流汗、颠簸，
好像沿着铺路的碎石拖行一般。我诅咒
那些排演了五十遍以上的剧本，诅咒
白天每一个与我争执的无赖和傻瓜，
剧院里的琐事，人员的管理。
我发誓待黎明再次到来之前，
我一定找到那个马厩并拔下那门闩。

(260)

尽管它缺少一行，《着迷于困难事物》给人的感觉就是一首十四行诗，并不仅仅是因为它以一节完美的彼特拉克式抱韵 abba 式的四行诗开头——difficult，rent，content，colt（困难、耗尽、愉悦和颠簸）。其实叶芝“故意改变”了彼特拉克式的要求，让第一节的第四行起到双重作用，（从概念上）担任了第二节四行诗的首行：colt，blood，cloud，jolt（跳跃、血液、云朵和颠簸）。同时在写作第二节四行诗时，他并非简单重复前四行的尾韵“-ent”，而是引入了一个新韵脚，从而消解了原彼特拉克式十四行诗的结构。这样一来，两个新韵脚与其他诗行一道组成了彼特拉克式叙事“八行诗”，每行的末尾单词分别为 difficult，rent，content，colt，[colt]，blood，cloud，jolt。这八行正是一种典型的叶芝式写法，将情绪写进下一行的前半句（此处是愤怒的宣泄），正如他结尾处描写珀伽索斯变形成了一匹拉货的马驹。尽管该诗后六行是以传统彼特拉克方式押韵（plays，ways，dolt，men，again，bolt），叶芝并没遵守传统的规则，他将前八行韵脚的“-olt”音沿用到后六行，贯穿整首诗，使得整首诗从语音上统一了“十四行诗”的两部分。此外，《着迷于困难事物》后六行不再叙事，代之以执行性的言语动作（“我诅咒……／我发誓”），展示一个类似莎氏十四行诗后六行的巧妙结构——一节四行诗加上一组对句。后六行中前四行持续上文的抱怨，但是最后两行句法上独立，画风突变，诗人立誓要打破所有条条框框。

粗略来看，读者有可能会忽视《着迷于困难事物》中隐含的十四行诗结构和它缺失的第十四行，并且认为它的原创力在于其爱尔兰主题，突如其来的咒骂行为，以及一首有关“铺路的碎石”和“剧务”的诗里居然还有珀伽索斯。显然，这些特征——日常主题、从叙事转为言语爆发式的结尾、现实与神话语词的混合——作为抒情诗的语言确实展现了部分新意。不过，读者若是忽视它对于欧陆十四行诗传统的挑衅便很可惜，因为诗中宣称源自欧陆文化传统的珀伽索斯神马复活了，只不过它被拴在爱尔兰的马厩里。这首诗可被视为叶芝类似惠特曼关于缪斯女神的民族主义呼吁：“她在那，被置于厨房用品中！”（《阐释之歌》）。如果我们不对照十四行诗模板，叶芝的押韵方式也算不上逾矩；但若对照样板，该诗很明显“缺失了”第十四行。我认为，叶芝的意图是表现诗人和神马一起挣脱马厩的门闩，得以自由。若非察觉到这是一首未完成的十四行诗，我们就无法体会其结局耐人寻味的智慧，第十三行后非言语表达的“呼呼的”风声。（我们之前在别处已见识过这类“缺失的”诗行，特别是《塔堡》最后一部分和叶芝为自己写作的墓志铭。）

1910年那首著名的库勒庄园诗现名为《地震撼动的一幢房子》[13]，实际上它就是一首类似于《没有第二个特洛伊》的十二行诗，出版时紧随那首抛物线式寓言诗《这是些云朵》之后。《地震撼动的一幢房子》感觉像是十四行诗，部分原因在于它关注十四行诗的永恒话题——“时间的废墟”。1910年8月7日，叶芝在日记中评论道：“听说法院要强制执行减租政策后我写作了此诗……这幢房子给予我灵魂无限的灵感，因为生命在此处优雅的框架中有限地移动。”（*NC*，93）该诗抗议爱尔兰人情愿饿死，也不愿意接受新的土地法案和由新教徒支配的农业、政府和文学遗产——鹰的视角、鹰的思想和鹰的翅膀：

> 这个世界如何才能更幸运若是这房子，
> 激情和规矩在那儿曾经是一体，
> 很久以前，就已破败不堪
> 而无法孕育那热爱太阳的不眠之眼？
> 让人欢畅大笑的鹰一般的念头，源自于
> 有着翅膀记忆的翅膀处，而一切
> 尽善尽美都与尽善尽美相连？尽管
> 中间的房梁依旧坚挺不至坍塌，
> 它们的运气又如何能好到拥有
> 统治人类的天赋，还能获得
> 时光的最后馈赠，一篇集
> 大笑、美好和从容的深讲稿？

(264)

这首诗（与它1912年最终版本相同）由三节四行诗组成。因其第一节与莎氏十四行诗第一节的形式如出一辙：以一节完整的五音步隔行押韵诗开头，并且是一整句。此番开头（全诗就是一整节，并无空行隔开）让读者期待正要阅读的是一首十四行诗。第二个问题仅三行，结构上与正规的莎氏十四行诗对应。第三个问题，与第一个问题相同，是一整句莎士比亚式四行诗（第九至十二行），虽然它之前还有两行重要的让步从句作为引言（第七至八行）。这两个格外响亮的问题，第一和第三个，是两节完整的隔行押韵四行诗，让人感觉读完这两节诗便已读完四部分组成的莎氏争论：**问题，问题，让步，问题**。

这首十二行诗远比同以问句结尾的十二行诗《没有第二个特洛伊》更复杂。其一，说话者提出的问题："倘若这房子变得颓败，世界如何才能更幸运？"[14]——我们倾向于寻找答案。其二，说话者在第三节前的让步，暗示他已听到一个看不见对手的挑衅的言辞，诗人回应他："倘若这幢房子坍塌了，这个世界将会变得更幸运，因为房梁会因为它的倒塌而变得更坚固。"最后一节说话者对于房梁未来潜力的保留意见可被视为对隐含对手的最好回击。我们从隐含对手的言辞推断，不仅房梁能够成为经济支柱，同时，房子里的住户，从英—爱霸权主义的废墟里获得自治和教育，也将从依附和落后中解放。不过（叶芝——诗中说话者驳斥了该观点），比起以往受制于人，住在房子里的人能否管理好自己？一旦他们学会读书识字，他们的作品能否获得文学的地位？

叶芝写作此诗的目的，很大程度是反驳一位平民主义对话者（天主教徒）的未竟话语，对话者在这之前已断言，若是通过新的减租政策，不管对这幢大房子有何冲击，对整个世界是一件幸事。叶芝被激怒了，诗一开头他不容分说要求合理的解释："这个世界在那种情况下如何才能更幸运？"看到诗人思考平民主义者的争辩时做出的让步，我们便能更好地理解《地震撼动的一幢房子》。他承认那看不见的对手提出的要求有一定可能性——是的，随着这幢英—

爱“大房子”和它居住者的离去，穷人们经济上可能会有所改善，政治上当家作主，甚至知书识礼。但是，叶芝不会以这种柏拉图的比较法来尽力捍卫自己的文化。毕竟，他认为，比脱贫更重要的是文化；比英—爱后裔消亡后的内斗更重要的是政府；比大肆宣传扫盲更重要的是美学思想。库勒庄园的坍塌是否足以达成和平协商取代内战？人们能否精通那语言和讽刺构成的亲密艺术，写出不同于他们当前的粗俗宣传的作品？这些幸运能否持久？短期来看，叶芝的疑虑并非空穴来风。确实有内战，大众民族文学确实是审美粗糙。若是说话者不将对手的立场如此明显地置于和自己的问题一样的位置，这首“十四行诗”理性上会更放松；这种合并成为他内心深处英—爱文化和民族主义希望激辩的象征。

叶芝在最后的对句中发展了一个新主题——流畅而自省的文学作为“时光的最后馈赠”。让这首十二行诗的最后两行“读起来像”一组莎氏风格的警言对句。“演讲稿”（speech）和“从容”（ease）的近似押韵甚至让人产生某种幻觉，认为该诗的结尾就是莎氏对句。《地震撼动的一幢房子》听上去也像是莎氏十四行诗，因为它使用了莎氏最常用的修辞手法——叠字，象征数量众多。叶芝此处不仅重复单词（wings，wings; best，best; gifts，gift; laughing，laughing），还有头韵和行内韵（passion，precision; laughter，loveliness; gifts，govern，gradual，gift; written，wrought），所有这些词都押长元音“e”：breed，sweet，eagle，mean，trees，reach，these，speech 和 ease。这首诗里庄严又刻意的呼喊使得其语言“编排的”本质为莎士比亚式的；从这些诗行我们得出结论，我们读到的几乎就是莎士比亚十四行诗，尽管我们知道它不是。矛盾的原则在这首诗里得到充分体现，一方面叶芝的民族主义思想希望爱尔兰脱离英国取得独立；另一方面，在此阶段，他希望在这个新的国家能看到英—爱文化的永久融合。《地震撼动的一幢房子》唯一一处不能算是莎氏十四行诗的就是它的十二行诗形式。我们看到叶芝仍旧在避免全盘复制莎氏十四行诗的形式。如果他将这首库勒庄园诗写成了莎氏十四行诗的形式，那他就被认为——在这首饱受争议的诗中——他在传递向英国文化臣服的信号，而发问的方式也会显得更浮夸（事实也如此）。放弃将库勒庄园诗和英国文艺复兴时期莎氏十四行诗形式上的"匹配"，叶芝就成了一位爱尔兰十二行诗诗人，而非英式十四行诗诗人。也可能是因为同济慈一样，他不喜欢最后对句的效果。

现在，我们终于来到叶芝成熟作品中的一首真正的莎氏十四行诗——《在阿贝剧院》(264—265)。这首诗于1911年创作于巴黎，叶芝以五音步改写龙沙六音步彼特拉克十四行诗《提拉尔啊，一开始我就饱受苛责》[15]——然而这首诗却并未让人觉得像是莎氏十四行诗，至少结构如此。叶芝以盖尔语联盟领袖道格拉斯·海德的爱尔兰语笔名克里汶·伊汶称呼他，意为"让人愉悦的小灌木丛"，嘲讽他是"最受欢迎的人"。叶芝抱怨阿贝剧院的观众反复无常，他还质问"亲爱的克里汶·伊汶"该如何左右阿贝剧院的观众——他们第一天厌恶崇高，第二天又憎恶平庸——他们的喜怒无常让诗人无比愤慨：

亲爱的克里汶·伊汶，看看我们的处境。
我们曲高时，飘在空中的观众说
如果还是飞那么高，他们就要离开，
可还是这群人，第二天，他们又嘲讽
我们的艺术源自普通的事物。
这真是件苦差，你曾以为他们渴望
借飞舞的翅膀窥探自己的生命。
你曾经宠溺他们，教授他们书本知识
并对他们了如指掌；那告诉我们——
我们会保守秘密——一种新的献媚伎俩。
有没有一副缰绳适合这普罗忒斯

那个像风吹海水般变化莫测的海神?
抑或，这世上本无这最受欢迎之人，
只因当我们受人嘲弄时回以嘲弄?

从外形上看，这首诗的诗行数量和韵脚都井然有序，它是一首莎氏十四行诗。但是，第一节和第二节四行诗的诗行都跨行；其思想结构见于每个句子所用行数——1、6、3、2、2——比起莎氏十四行诗富有节奏的“书面语”，它更接近戏剧逐字逐句训诫的节奏。这首诗满是自信和讽刺的力量，与通常的莎氏十四行诗相比更口语化（尤其是因为叶芝知道，如同他的《着迷于困难事物》和本·琼生的《自我颂》一样，因为观众的“指责和控诉”，在诗里他建议自己退出舞台）。[16] 不过，把龙沙彼特拉克式韵脚的六音步从视觉上转为莎氏韵脚的五音步，叶芝是在向环球剧院的莎士比亚致敬，承认他是爱尔兰剧院新写手的祖先。最后，通过来自法国的媒介，叶芝将一首爱尔兰诗歌披上了莎氏十四行诗的外形。

1914年，叶芝四十九岁。他在一节莎氏八行诗后将一节彼特拉克式／弥尔顿式六行诗组合了一首十四行诗[17]，后来成为诗集《责任和其他诗歌》的跋诗。[18] 全诗只有一个句子，叶芝引用了西林克斯女神、他的数位好友以及格雷戈里夫人作为慰藉，以驳斥困扰他生活和写作的各种骂名。事实上这首诗最初的标题是《臭名昭著》：[19]

今天虽不及往日，那个巧舌如簧的低语者
仍雪中送炭，字字珠玑，
而我在心里揣测那些伙伴，
任那笨驴踢着它的蹄子——
本·琼生的原词[20] ——发现六月竟已到来。
在卡尔纳诺那古老的屋顶下
有一颗更为严苛的良心和一个更友善的家，

我甚至能原谅错中之错，
那些没有预料的失误让我——
看到声名已消失良久
尽管它是古老仪式的一部分——
变得臭名昭著，直到我所有的无价之物
不过是路过的狗儿玷污的一根柱子。

(320—321)

这首诗虽以莎氏韵脚开头并激起了琼生的气势，“那个巧舌如簧的低语者”让弥尔顿成为看不见的主持人，统领诗中的公众演讲、跨行四行诗节、美学合力完成的一个有着复杂嵌入式句法的句子、不规则的彼特拉克六行诗节以及诗中插入的不合传统意义的第三者名字（本·琼生）以及一个爱尔兰当地人的名字（卡尔纳诺）。[21] 如弥尔顿的作品，这首诗里也有不合莎氏十四行诗传统的生僻词，如“笨驴踢着它的蹄子”（来自琼生）和“路过的狗儿玷污的一根柱子”。这首挑战公众的诗以从句和插入的独立主格结构作为炮弹攻击不识字的笨驴和狗儿玷污的宣传物。当全诗的高潮自然出现于倒数第二行“臭名昭著”时，它以语言为武器，从属于人类的动物无法使用该武器，它们只会发出驴的叫声、脚踢和随地小便。如当年弥尔顿与敌人针锋相对，叶芝在此卖弄讽刺的绝对力量，展示他最终的莎氏十四行诗版本，它混杂了其表亲弥尔顿式十四行诗的腔调。同时，这首诗的词语暴力反过来定义了那些嘲讽语言可能的对立面——语言重新被吸收至恰当使用——诗中称之为女神法玛推崇的“古老仪式”，叶芝将这位拉丁女神视为弥尔顿作品中的希腊“不可一世的朱庇特”。叶芝为达成“弥尔顿式”的指责目的，强力扭曲莎士比亚式十四行诗的原初结构，欣赏他此番行为前，我们需要注意叶芝采用的混合式韵律结构。

叶芝扩展的十四行诗有个著名的例子——《第二次降临》

(1919) ——在完成六行诗节之前先写了两节连续的八行诗。至少在我看来，叶芝的这个理念很任性，谢莫斯·狄恩持相同观点：

> 叶芝本人于这首诗的关键点出现，当前八行结束时本可同《丽达与天鹅》一样后接一节六行诗，但是，其后为一整首十四行诗。这首诗重新出发时，我们不仅看到一首十四行诗再加半首，一首本已流产的十四行诗更是重生为一首完整的十四行诗。诗人以说话者的身份突然加入其中，赋予了该诗饱满的形式力量。[22]

叶芝为何以素体无韵诗写作《第二次降临》，为何第一节八行诗突然停顿，无法立刻续接一节六行诗？为何这首诗须从头来过，增加另一节八行诗而不是直接以六行诗结尾？这些都是很复杂的问题，而在此我只能给出一些简单的答案。首先，简要回答素体无韵诗的问题。1919年，叶芝正在写作《幻象》（接下来第九章也会谈到），素体无韵诗是其写作的主要媒介（如《月相》和《我是神》）；他以素体无韵诗强调《第二次降临》的说教本质。是什么“使得”诗人在第八行后没有停下来写完剩余部分（或者说在其后又写了一首十四行诗——因为“剩余部分”由一节八行诗和一节六行诗组成）？诗人决意在此中断，他不愿成为一名冷漠的先知，而要以第一人称进行叙事，从而成就了此诗。这首诗为何是一首加长版的十四行诗呢？因为它预言怪兽的诞生，一方面，这首诗是叶芝让十四行诗变得“畸形”的几个实验之一，《高谈》是另一个。读完《第二次降临》后我会转向《丽达与天鹅》，那是另一种“畸形”诗歌形式。

从《第二次降临》数版草稿和最终版本可以看出，该诗试图免除有明确身份的说话者或是第一人称的“我”而自我书写。它使用一系列毫不相关的隐喻：猎鹰、中心、浪潮和仪式，呈现不带个人感情色彩的象征性叙事：

盘旋啊盘旋在不断拓宽的旋锥里
猎鹰再也听不到驯鹰人的呼喊；
万物分崩离析；中心无法维系；
尘世间一片混乱，
暗红色的浪潮涌动，
圣洁的仪式四处沦陷；
卓越之士没有了信仰，
牛鬼蛇神却慷慨激昂。

“盘旋啊盘旋在不断拓宽的旋锥里 / 猎鹰再听不到驯鹰人的呼喊”。不过，这个视觉暗喻一旦生成，它立刻破碎成了无助的抽象：“万物分崩离析”“中心无法维系”“尘世间一片混乱”“卓越之士没有了信仰”。尽管在“浪潮”和“仪式”等词里，暗喻试图作为一种解释的策略重回它的位置，不过，它从具体（“暗红色的浪潮”）移向抽象（“仪式”）的瞬间被击溃。这些暗喻与它们混杂的符号相冲突。在草稿中，我们看到叶芝关注时事要闻，有俄国革命、法国大革命，有可能还涉及爱尔兰民族革命[23]；他期待有一套能涵盖此类事件的话语，因此，他决定不特指某个历史时刻，这便有了开头的概论。八行诗结尾时，整首诗依旧没有中心，没有一个一致的观点。除了寓言式的比喻（如猎鹰或浪潮）、历史鬼魂（草稿中出现的玛丽·安东尼特）、抽象的命题（“万物分崩离析”）外，诗中有无某种思考的策略？诗人以一行空白重复该停顿，后又重新开始。

叶芝发现，他必须使用第一人称诚恳地写作这首诗，而不是以先知的哲学通用原则取代完全不同的抽象方式。为达到这个目标，他编织了一个个人神话——他的这个神话是受超自然力驱使的历史变迁，生成了预示新时代的精灵（古典时代的海伦，基督时代的耶稣）。超自然生物诞生所表现的动乱必须适用于1789年法国大革命、1917年俄国十月革命以及1919年爱尔兰革命。《第二次降临》第二节开始时，它放弃了之前非个人的断言模式，而采用更为直接的第一人称以表现焦虑：

> 显然某种启示近在咫尺；
> 显然第二次降临就在眼前。
> 第二次降临！这几个字还没有说出口，
> 来自“世界灵魂”的巨大影像
> 便闯入我的视线：在沙地某处
> 一个狮身人面的身形，
> 其目光如太阳般呆滞无情，
> 正缓慢移动着大腿，他的四周
> 环绕着大漠里愤怒鸟儿的阴影。

说话者不再是遥不可及的吉本式分析家，摇身一变成为绝望的目击者，正聆听自己极不情愿的抗拒之词：“显然某种启示近在咫尺；/显然第二次降临就在眼前。/第二次降临！”感叹号使得看似荒诞的词“第二次降临”具体化；并且，值得注意的是，再次降临的并非超验的耶稣基督，而是一个险恶的神话狮身人面的身形，它带着可怕的目的起身、走动，惊扰了愤怒的观鸟者，在第九行他们同样以愤怒的鸟儿盘旋于它的周围。至此，信仰不仅收获了意象，它已被灌输教义：“现在我知道了”——删减版“六行诗节”开头时，说话者以第一人称在“第二首”毋庸置疑的十四行诗中如是说。他确实知道了一件事情——他没有看到耶稣基督第二次降临的荣耀时刻，相反，他看到新能量以一种古怪形式诞生于伯利恒。他还说，东方的摇篮里某不明力量再次晃动起来，以噩梦困扰即将来临的基督教第二个千禧年。不过，说话者并不知道那野兽的本质，当它从埃及沙漠里站起来时，他只看到了它的外形：

黑暗再次降临；但是现在我知道了
那两千年的沉睡
已被摇篮晃动而惊醒了噩梦，
它的时刻终于到来，究竟是何等的野兽
失魂落魄地去往伯利恒投生？

(401—402)

原本“重获新生”的五行“六行诗节”其句法支离破碎，动词后接不规则的名词叙述从句（作为“知道”的宾语）和一个非从属的独立问句，表明说话者的焦虑：“我知道了 / 那两千年……被惊醒…… / 究竟是何等的野兽…… / 失魂落魄地去往？”

《第二次降临》的大致结构是，第一节为非个人抽象叙事的八行诗，其中时有暗喻惊扰；第二节是一节自说自话的八行诗，有关一个惊悚而让人着迷的神话，说话者一边听着他自创的短语“第二次降临”，一边解释。最后他以第一人称叙事的“六行诗”结尾，展现了教义般的启发和存在的威胁。在这三部分彼特拉克式作品结构中——八行诗、八行诗、六行诗——我们能否假设它为彼特拉克式思想结构以肯定这是一首加长版的十四行诗？尽管起先我们觉得第一节八行诗似为对句结构（有 gyre〔旋锥〕与 falconer〔驯鹰人〕，world〔世间〕与 hold〔维系〕的斜韵），事实上，它以一系列半行结构构建了一个更基础的框架，中间有停顿，其“左”半行代表形式的消解，“右”半行代表受到威胁的世界秩序：

混乱	秩序
盘旋啊盘旋	在不断拓宽的旋锥里
猎鹰再也听不到	驯鹰人的呼喊
万物分崩离析	中心无法维系

一片混乱的　　　　　　　　　尘世间
暗红色的浪潮涌动，　　　　　到处
是一片圣洁仪式的沉陷
没有了信仰　　　　　　　　　卓越之士
牛鬼蛇神却慷慨激昂

读者看到这些诗行时，势必从左到右地“扫视”，如同一个恍惚的说话者从左看到右。第一节八行诗以梗概式的半行句式与诗的后半部分隔绝。

另一方面，第二节八行诗使用整行表达，因为说话人预言即将在世界范围发生的事情被一个第一人称的先启意象所取代：

显然某种启示近在咫尺；
显然第二次降临就在眼前。

诗的后半部分都是完整诗行，诗人希望将结尾的十四行诗句写成彼特拉克式十四行诗，其中描写野兽的神话八行诗能够生成一节以“我知道”开头、富含哲学思辨的六行诗。不过，正如我们所见，“现在我知道了”六行诗第一个从句引发的这个历史结论并未将这份宁静保持到末尾；最后两行中说话者如神话传说般的变身打破了原本的宁静，野兽的意象泯灭了信条，忧虑消除了先知的信心。这首诗中，叶芝在六行诗节前强行加上第二节八行诗，他打破了十四行诗的惯例，告诉读者他的诗里有“自由意志”，因而，第一节八行诗后无法立刻接上自信又富有哲思结论的六行诗节。该诗几近“爱尔兰式的”方式反叛了英国启蒙时期历史向前发展的哲学范式。

写完《第二次降临》这首“畸形”的十四行诗后，叶芝在1923年创作了一首同样有趣的实验诗《丽达与天鹅》，这是另一首莎氏—彼特拉克式合体的十四行诗（这之前，他还写了《而我，来自那用芦苇做成喉咙的流浪者》）。该诗的各部分相互“混搭”以表现宙斯强暴丽达后生下了半神半人的海伦。叶芝以空行的形式强调这首十四行诗里的若干部分：

蓦地一击：那对巨翼还拍打在
踉跄的女孩的上方，黑暗的掌蹼
轻抚她的大腿，喙抵着她的背颈，
把她无助的胸紧贴在他的胸上。

惊恐无助的柔荑如何能将那
披着羽毛的天神从她松懈的大腿处推开
那被按在白色灯心草丛里的身躯
又何尝感受不到这颗陌生心脏在跳动？

腰股间的颤栗，在那之后
是一片断垣残壁，屋顶和塔堡在燃烧
阿伽门农死去。
　　　　　　　　她如此深陷其中
竟为那空中的野兽这般宰制
在那冷漠的喙放下她之前
她是否借助他的力量获得了他的智慧？
(441)

《丽达与天鹅》前八行步莎氏十四行诗隔行押韵（abab cdcd），后六行步彼特拉克式复韵（efgefg），诗行结构同《第二次降临》——先半句，后整句。其半句指代海伦诞下的两位参与者，说话者不知他该认同宙斯将命运引向新方向的绝对权力还是同情丽达最初的恐惧。下图斜体部分标记两位参与者，我们可以看到说话者穿梭于化身为天鹅的情人宙斯与无助的“女孩”之间，直到两位主角在一行中合而为一达到顶点[24]：

丽达		宙斯
	蓦地一击：	
		那对巨翼还拍打在
踉跄的女孩的上方，		黑暗的掌蹼
轻抚她的大腿，		喙抵着
她的背颈，		
把她无助的胸		紧贴在他的胸上。
惊恐无助的柔荑		
	如何能将那	
		披着羽毛的天神
从她松懈的大腿处	推开	
那被按在		白色灯心草丛里的
身躯		
又何尝感受不到		这颗陌生心脏在跳动?
	腰股间的颤栗，在那之后……	

这两节莎氏四行诗分别叙事和抒情，均以丽达的立场表现事件的进展。第一节描绘场景里的各个元素，第二节提出两个反问句则是丽达心声的最佳体现：第一个反问句揭示她身体被俘，第二个说明她在愉悦中日渐衰老。她不仅被挟持而且还被“轻抚”（她只能说出这个词）；她不仅内心恐惧而且被人引诱；不似普通强暴时双腿被粗暴甩开，而是因自由意志而“松懈”（只有她自己能感觉），因为她现在能够感受到她奇特爱人的心跳，这与早先受到天鹅双翼猛烈搏

击相反。通过对比狂喜时的“虏获”与前八行诗里的侵犯“抵着”，随后的六行诗节总结了抵抗与意愿这二者的区别。

随着八行诗节的继续，我们看到了一系列名词表达丽达被侵犯时感受的变化：起初，她感受到来自非人类的巨翼和掌蹼的猛击，这两个名词（“那对巨翼”和“黑暗的掌蹼”）前都有定冠词；随后，她觉察到入侵者是一位男性（他的“喙”）。尽管形容词性物主代词“他的”和“她的”分隔了双方，但当共用一个名词时，他们的距离被拉近：当*她的*（人类的）*胸*紧贴在*他的*（鸟类的）*胸*上。丽达意识到这并非一只普通的天鹅，她感受的实体变成了“天神”（即便她用定冠词以示区别，她感觉到“披着羽毛的天神”是如此的温柔）；接着他只有进攻性的动作，远距离指示形容词“那”表明“灯心草”与她的距离，在她眼里不过只是一片“白色”；当感受到她身下的白色灯心草里有一颗跳动的心，她最终放弃了抵抗，接受他成为爱人。即便在高潮到来之前，叶芝刻意用形容词性物主代词“他的”和“她的”压制丽达先前强烈的感受；直到我们听到了“那个”未经辨别的腰股，听到了男性和女性交汇之处，在那里孕育生命。我们无法分离子宫中孕育生命时亢奋的颤栗；那个瞬间的“颤栗让他们合而为一”（正如叶芝在《所罗门与示巴》中如是说），宙斯与丽达无法分离。

宙斯和丽达曾经相聚的十四行诗，现在成为拆散他们的始作俑者。我们看到，宙斯曾是天鹅—爱人—神三者合一，丽达了解他的三重属性后，顿时清楚自己已为他着迷，并臣服于这个“空中的〔神性的〕野蛮的〔动物〕血性〔人〕”。宙斯接近丽达是为诞下海伦，以执行下一个千年计划（让丽达获得他的能量）——特洛伊战争并以阿伽门农和其他人的死亡告终，换句话说，使之成为荷马及悲剧的主题。虽然宙斯打算让丽达获得他的巨大能量，但他不愿轻易让她察觉他的计划：她若洞悉，他便失去了未来唯一知情人的独特性。不过，说话者在想（此时他不再是丽达表达观点的媒介，而亲自进入这首诗，从他个人的历史知识介绍特洛伊战争的史实和结局）丽达与宙斯三部分——天鹅、爱人、神的结合，她是否真的丝毫没有领悟他的想法？在一份手稿中，他以拉丁式反问句提问：“难道没有任何事物于她面前显现？”[25] 可以肯定的是，丽达身怀六甲时获得了宙斯的力量；在“冷漠的喙”——因宙斯急于摆脱天鹅形态恢复正常的虚幻形态——把她放下之前，她是否真的没有获得他的智慧？获得宙斯的智慧，对丽达而言，是以理性力量匹配她所获得的生物力量的假设，显然她已经获得了后者；草稿里的问题暗示这一切并不完全如宙斯所愿。化身为人类，他便给予人类晋升为神的机会。

不过，诗中有无任何证据表明，丽达被放下前已经获得宙斯的智慧？八行诗里两节莎氏四行诗讲述海伦的由来，而彼特拉克式六行诗节聚焦于海伦诞生后的历史后果。这首十四行诗中的冲突来自叶芝对待自由意志问题的模糊态度。是的，人类不可避免地为命运所支配，同时，人类为之着迷并与它融为一体。我们并非对未来一无所知，但是，如弥尔顿和布莱克所思，我们能否偶尔获得类似启示的力量？叶芝中止讲述丽达的故事，于第十一至十二行间插入了若是获得宙斯的智慧后丽达将会看到的情形——“断垣残壁，屋顶和塔堡在燃烧 / 阿伽门农死去。”这是叶芝让读者最后看到丽达之前（第十一至十四行，“她如此深陷其中”等），先看到的先知幻象。读完整首诗，我们无法否认叶芝提供的有关特洛伊未来灾难的知识，因此，当重回第十一行读丽达的故事时——我们被迫持有该知识——读完整首诗我们仍无法忘记。我认为，叶芝的目的是说服我们相信丽达也有此番幻象，正如写作《一尊青铜头像》时，叶芝认为毛德·岗，他的海伦，就有她未来生活的启示幻象：“我看见她身上的狂野，我思索 / 某种必定要发生的恐怖幻象 / 粉碎了她的灵魂。”长期以来叶芝视海伦与毛德为一体，对他和他的读者而言，《丽达与天鹅》就是一首爱尔兰诗，盘问海伦和毛德这类文化破坏传递者其最终命运如何。《丽达与天鹅》与《没有第二个特洛伊》相同，为叶芝寻找原谅毛德的借口，尽管毛德从事的暴力活动与他想要的大相径庭。

如果叶芝关于历史变革的神话来源于非自然的诞生以及《第二次降临》与《丽达与天鹅》中的杂合形式，那么当他决定从更遥远的有利角度去审视动荡时，他能够再回到莎氏十四行诗。由于之前我们已探讨过他最后一首"反常的"诗《高谈》，在此我将细读他倒数第二首十四行诗，即关于告别的《须弥山》。该诗步莎氏押韵方式，彼特拉克式诗行结构，写于1933—1934年间，当时叶芝已年近七十。它展示了两种十四行诗形式的极致典范，从任何角度都难以看出明显的爱尔兰痕迹。不过，它的中间诗行，"埃及和希腊，再见了，再见了，罗马！"对于任何爱尔兰读者而言，不仅是向埃及、希腊、罗马挥手告别，还包括大不列颠帝国。叶芝曾在《地震撼动的一幢房子》中捍卫大不列颠帝国的成就，也想目睹保存完好的荣光与纪念碑，无论市民的还是文学的。由于人类思想永远都在尽力解密"多重幻觉"——这一支撑任何生命的组织，没有文明能够永远自给自足，现在他已接受这个痛苦的事实，并准备好与所有后续文化，包括爱尔兰文化，道一声"快乐的晚安"。事实上，他疑惑于文化如何相继被创造又被毁灭？

人类文明由多重幻象，按照某种
规则，以和平的名义，
箍拢；但人类的生活却是思维，
即便心生恐惧，他也无法停止
掠夺一个又一个世纪，
掠夺，愤怒，将一切他能够进入的
荒凉现实连根拔起：
埃及和希腊，再见了，再见了，罗马！

这首十四行诗的中部，由帝国隔开交错出现了两个“再见”，叶芝为避免这种几乎毫无艺术气息的蔓延，在告别的前后加固了两个结构：前者是已提过的“人类”历史；后者是“隐士”历史[26]：

须弥山和埃菲尔士山上的
隐士，在积雪的山洞里过夜，
那暴风雪和冬日里让人生畏的狂风
吹打在他们裸露的身体上，他们知道，
经过那个夜晚之后的黎明，
人类的荣光和纪念碑都将烟消云散。

(563)

“人类”生活于社会中，无休止地思索，不停地建立和毁灭文化；“隐士们”与世隔绝，以一种超然的态度赤条条地隐居山野，他们唯一的活动就是“知道”。在《天青石雕》(1936) 里，叶芝将写道，“万物分崩离析又再次建立，/ 那些再度建造者是快乐的”，但是，此处他所关心的并非人类作为建造者而是人类作为破坏者的功能，这个早先在库勒庄园受到威胁时他曾谴责的功能。到现在，叶芝已然意识到他本人不仅是建造者，同样也是破坏者，他意识到思想本身总是敦促着过去文化合成物的解体，其中也包括他本人的英—爱身份。正如他会在《旋锥》(1936) 说：“思虑过多的事物不必再费神琢磨。”唯一能够置身文化创造和毁灭之外的人们是那些如同住在埃菲尔士山上或是它隔壁的神山——须弥山[27] 的隐士一样，拥有那份超然，将一切文化系统都视为同等的虚幻和转瞬即逝。隐士们的超然——甚至任凭暴风雪拍打在他们裸露的身体上——就是他们隐秘智慧的回报。

这盛大的告别仪式前后，这首十四行诗如何分别以一句话表现人类的无休无止和隐士们的无动于衷？句式上叶芝使用背面缝合幻象进程的图像以模仿“箍拢”文明的过程：

人类的文明由多重幻象，
按照某种
规则，
以和平的
名义
箍拢。

叶芝巧用音节双关，man-ifold（多重的）幻象看似人为；不过，人类是在自欺欺人——他无法在被胁迫和胁迫他人的文明幌子下生活。转折连词“但”之后，后六行几乎线性地径直向前；思想的生命已无暇顾及制约“文明”停滞的规则。尽管害怕，人类在寻找真理的过程中仍然无法停止破坏幻觉。他只有义正词严地一往无前：

掠夺
一个
又一个世纪，
掠夺，
愤怒，
将一切
他能够进入的
荒凉现实连根拔起。

尽管掠夺式破坏过程是线性的，但我认为叶芝此处第二个“掠夺”的回环意图在于将此节连接前文“箍拢的”文明结构的回环。他借用弥尔顿“r”开头的一系列有力的词语（ravening，掠夺）排列方式，以表现人类草率的掠夺、愤怒和根除行径；为追求现实，无休止的思想无法控制它的枯竭。前两节莎氏四行诗的连续跨行书写是叶芝刻意而为，他将动词和其补语分隔在两行：“［人类］无法停

止 / 掠夺。”自给自足的莎氏四行诗结构在众目睽睽下被打破，就像人类思想僭越了文化规则。结尾济慈式的“荒凉”意味着小镇的文明永远会被它的居民所抛弃，他们随后追随另一名“神秘牧师”的思想以认同“掠夺”的下一阶段。

另一角度，隐士们住在一行永远静止的诗句里。诗行中关键短语“隐士们知道”呈现状态动词，而非行为动词。隐士们知道莎氏对句所说：“经过那个夜晚之后的黎明，/ 人类的荣光和纪念碑都将烟消云散。”这个象征王朝的词“纪念碑”——不仅因为它具有鲜明的莎氏（同样也是罗马诗人贺拉斯和奥维德式的）特征，而且（在“人类”和“人为”的氛围中）它读起来是“mon-u-men-ts”——正是隐士们了解的文化成就不过是过眼云烟的那个词。叶芝此时知晓世间没有类似“不朽的理性的纪念碑”的永久事物。隐士们思想的宁静经历了两次考验：第一次是叶芝的想象，在洞穴里避难时他们受到某种保护；不过他马上修正了他的想象，把他们的裸体置于大雪纷飞的喜马拉雅山上。交错的长弧形“隐士……雪……雪……身体”模仿他们长期暴露于恶劣的气候条件下，让这个延迟顶点的谓语动词“知道”有了完全的克己价值。第三节莎氏四行诗和最后的对句之间的跨行书写——动词和宾语无伤大雅的分隔“知道 / 那”——不似之前“毁灭性的”跨行“停止 / 掠夺”，违反了莎氏十四行诗对句之前必须结句的规则；不过，这节描写隐士的六行诗里，文化的限制被冷漠地无视，而前八行里，它被人类无休止地、激烈地挑战着。

关于这些“十四行诗”还有太多未竟之言。倘若换作他人，定会讨论其他如主题相关性、它们的从属性关系以及它们所在的诗集等问题。事实上，第十二章我讲到《超自然的歌》中的顺序时，会重读其中最后一首《须弥山》。在此，我仅希望加入叶芝在英语十四行诗发展史上的部分实验，展示他如何创新这个形式，而不只是糅杂了结构和韵律或是通过神话、典故和言外之意将他的十四行诗“爱尔兰化”。我所讲述的这些诗作有多少成分能够脱离十四行诗传统？有很多，当然——比如，所有我总结的相关话题、态度和语气。不过，我提到的这些作品的创新结构，在我看来，是基于我们将其理解为十四行诗——或者未完成的十四行诗、压缩成十二行诗的十四行诗、怪异的十四行诗、杂糅的十四行诗、离经叛道的十四行诗和不押韵的十四行诗等。它们的原创性通常来自我们知道叶芝如何引起读者对传统十四行诗的传统期待后对其的大肆破坏，有夸夸其谈的六音步十四行诗，有任意跨行的莎氏十四行诗，有像人马兽结合的莎式比亚式和彼特拉克式杂糅，还有从田园十四行诗转向启示式的十四行诗。

叶芝可能希望我们能够注意这些，因为阅读时它们是我们直觉到震惊的一部分，即便我们最初无法承认究竟什么震惊了我们。它们是他对其英国读者表达的一部分，“我不是在写作你们熟悉的英式十四行诗。尽管我知道我比你们更了解它，对我而言，它就是一片试验田，对你们而言它却是文化记忆的安置点”。他特意将爱尔兰主题引入十四行诗——从安格斯神到马拉基的金领，从阿贝剧院到库勒庄园，从毛德·岗到道格拉斯·海德——很明显，至少他想让这些诗当中的一部分“读上去”是爱尔兰式的，而非英式。这个意图应当是叶芝意欲改革其形式之一，其他意图，主要在于表达其情感，当然也触发了他的革新。

批评家们经常发问叶芝究竟是最后一个维多利亚诗人还是第一个现代主义诗人。在他十四行诗的写作实践中，毫无疑问地，他致力于将十四行诗形式现代化。像其他所有卓越的现代主义诗人一样，他只进行形式实验而非全盘否定。由于诗歌主要的历史功效是激励生成更多的诗作，我们不得不感激叶芝的实验，从某种程度上，它激励了英国、爱尔兰和美国诗歌中十四行诗形式的延续。

第七章

民族主义者节奏：三音步四行诗

三音步诗行出现在叶芝诗歌的多种诗节形式中——例如民谣诗节的第二、四行。本章我仅探讨以三音步诗行写作的整首诗（或者组诗中的一首）。[1] 在此范围内，叶芝只有十七首诗展现了“完美的”隔行押韵的四行诗节韵律。[2] 1913年，叶芝首次尝试以隔行押韵的三音步四行诗节形式写作《致一位徒劳无功的朋友》，在我看来，这一形式对他而言有着独立民族主义者的意义，一是有关“贵族”妇女，二是与“英雄”或“贵族”相关。这类诗中最有名的当属《1916年复活节》，以及《渔夫》和《塔堡》的第三节——叶芝诗歌的最后心愿与约定。本章的附录分别归纳了这十七首诗的不同形式——诗节的数量、节奏的类型等。

为何叶芝以隔行押韵的三音步四行诗节写作了一系列作品？以节奏形式编排“原材料”的过程中，他显然不是随意而为（这本书正在展示）。在之前的章节里，我尝试解释某些传统形式对于他的意义以及他如何就那些传统形式进行创新。这一章我转向三音步四行诗节，探讨叶芝如何使用该形式以及他又使用了哪些辅助成分。

在叶芝以前，英诗历史上并无出色的作品采用隔行押韵的抑扬格三音步四行诗节形式（以下简称为“abab 三音步”或“三音步四行诗节”）。成百上千的民谣、圣歌和抒情诗以隔行押韵的四音步或三音步写作（“先生，上帝赐给你们欢欣 / 让你一切如愿”），但是押韵的抑扬格三音步数量极少。[3] 当我年幼时第一次读到一首始终以三音步写作的诗时，我感到莫名兴奋，此前我从未见过让人如此兴奋的节奏。不过，这首名为《诗人》的诗并非叶芝所写，而是选自西塞尔·德·路易斯为年轻人所写的《为你写诗》(1944)。我曾经为之着迷，特将其复制于此，并于每行末标记音节数量。句首的扬抑格音步两次为节奏上更适合的抑扬格所替代，而第五行最后一个音步又是扬抑格：

如今，想象力——	For now imagination—	(7)
我尊贵、任性的天鹅，	My royal, impulsive swan,	(7)
正俯冲——我眼里的它——	In raking flight—I can see her—	(8)
就像雪朵儿转着圈儿地	Comes down as it were upon	(7)
飘落于湖面，	A lake in whirled snow-floss	(6)
也像滑雪运动员下滑	And flurry of spray, like a skier	(9)
降落。我还感觉到	Checking. Again I feel	(6)
受伤的河流愈合了。	The wounded waters heal.	(6)
她从未如此这般地	Never before did she cross	(7)
撩拨过我的心。[4]	My heart with such exaltation.	(8)

后来，我发现原来德·路易斯不过是模仿叶芝——模仿的节奏确定无疑是叶芝所首创，心中顿时有种被人背叛的感觉。这首诗中轻松活泼的调子不仅来自第五、七、九行的三组反韵（扬抑格替代了抑扬格），还来自偶然的抑抑扬格和扬扬抑格以及非重音音节结尾所产生的六音节“之外”的音节（上述十行中竟有七行如此）。若以严格的抑扬格三音步重写此诗，一行六个音节，没有反韵，这首诗将失去它原本的动力：

[现在我感觉我的灵魂	[For now I feel my soul
像一只尊贵的天鹅	My royal, impulsive swan,
正向下俯冲，我看见她	In raking flight—I can see her—

慢慢没入湖中，湖边	Comes down as it were upon
飘着大雪，在一棵树旁，	A lake in whirled snow-floss
她看了看前面的路，我感觉到	And flurry of spray, like a skier
受伤的河流竟愈合了。	Checking. Again I feel
年轻的时候，她也没有	The wounded waters heal.
如此这般地撩拨过我的心。]	Never before did she cross
	My heart with such exaltation.

这样改写既破坏原诗的意蕴，又破坏原诗节奏的紧迫感。西塞尔·德·路易斯完全掌握了叶芝活泼的音节和格律形式，写出了三音步抑扬格的生动感。下面我会详述叶芝写作隔行押韵三音步的具体事例以及它们各自的主题。

叶芝最先写作的隔行押韵的三音步诗均是赞誉他曾经爱慕或者与他有某种关联的女性：格雷戈里夫人、毛德·岗的女儿伊休尔特、毛德·岗、奥莉维娅·莎士比亚以及叶芝的妻子乔治·叶芝。该形式首次出现于《致一位徒劳无功的朋友》，这是一首有关贵族荣誉的诗，其中谈到的女性是格雷戈里夫人。奥古斯塔·格雷戈里长期为其侄子休·雷恩开办画展而奔走于都柏林，不过均以失败告终，她本人也为公众所诋毁。受到攻击后人的自然反应是为自己辩护，不过，叶芝在这首诗里力劝她三缄其口。“出身高贵”之人无力与小人的无耻谎言抗衡，尤其当谎言被拆穿时，这些小人竟无一丝愧疚感。塑造格雷戈里夫人形象时，叶芝用“出身”（这个类似插入语的“出身高贵”）一词联系后文更明显的话语：格雷戈里“要学会一件比胜利 / 还难的事情”。他告诫她面对流言蜚语要保持“缄默”，并且建议她选择狂野地弹奏竖琴——像早前一首诗里癫狂的郭尔王一样。[5] 以下是这首诗，我给“额外的”音节加注了星标，同时还标记了反韵：

现如今真理皆已沦丧，
面对他们的巧舌如簧
保持沉默，无须挣扎，
你出身高贵，又如何
能与他人争辩？纵使
谎言被拆穿，他们
丝毫不为所动。
你要学会一件比胜利
还难的事情，转过身去
好似一根大笑的琴弦
在一片尽是石头的地方
任凭疯狂的手指拨弄，
沉默又无比的欢欣，
因为所有已知的事情中
这是最难的一件。

Now all the truth is out,	(6)
Be secret and take defeat	(7) *
From any brazen throat,	(6)
For how can you compete,	(6)
Being honor bred, with one	(7) *
Who were it proved he lies,	(6)（第一个音步反转）
Were neither shamed in his own	(7) *
Nor in his neighbors' eyes?	(6)（第一个音步反转）
Bred to a harder thing	(6)（第一个音步反转）
Than Triumph, turn away	(6)
And like a laughing string	(6)
Whereon mad fingers play	(6)

Amid a place of stone,　　(6)
Be secret and exult,　　(6)
Because of all things known　　(6)（第一个音步反转）
That is most difficult.

(290—291)

叶芝给三行各增加一个额外的音节并且反转了四行的第一个敏感的音节，因此，十六行诗中就有七行与原本六音节抑扬格的基本节奏相背离，不过，这却使得整首诗生动而活泼。出乎读者预料的是，叶芝并未使用空行的形式对这四节四行诗，也是两个句子组成的这首诗进行分节。读者期待至少在第二节四行诗结束后，也就是第一个句子以问号结尾时，叶芝可能会空行，不过读者还是未能如愿：整首诗自始至终都没有空行（就像我们之前在《一个爱尔兰飞行员预见了自己的死亡》所看到的）。四节未空行的四行诗组成一个十六行“诗节”，读者定要问为何非要如此安排。诗歌的紧凑感部分源自第一、二节四行诗之间的连续：“你出身高贵，又如何 / 能与他们争辩？”第三、四节四行诗之间也有类似的跨行连续，“在一片尽是石头的地方 / 任凭疯狂的手指拨弄”，此处显现的对应——意义单位（2句）与四行诗（4节）以及诗节的数量（1个）是叶芝后来最重要的发现之一。对应生成许多互相矛盾的结构，每个结构其内部都不尽相同。这首诗总共只有一节，不仅是因为它由一个单独的言语行为构成（他的命令“保持沉默，无须挣扎……转过身去……沉默又无比的欢欣”），更是由于它从第二行到第十四行进行了环形的交错排列，“保持沉默，无须挣扎……出身高贵……学会一件比胜利还难的事情……沉默又无比的欢欣”。这条单一又交错排列的弧线给这首抒情诗以稳定的结构，并暗示——如交错排列法总先要预设句法排列的方法一样——在忠告朋友前，叶芝进行了深思熟虑的筹划。

叶芝本可以用其他韵律结构写作此诗——而非隔行押韵的四行诗，正如西塞尔·德·路易斯在《诗人》里使用的连韵。再者，1910年，叶芝以格雷戈里夫人为题写作了《一位朋友的疾病》，结尾以三音步的连韵将六行诗写为七行，这让人想到乔治·赫伯特《美德》一诗的结尾。[6] 最后一行“额外的”二音步（Against a soul?）表现了灵魂“超自然的”特点，超越了世间一切：

疾病告诉了我这个
想法，在他的天平上：
为何我得如此灰心
尽管火焰已烧尽整个
世界，仿佛它只是一块煤，
现在我看它
不过和灵魂一般重？

(267)

有了上述叶芝连韵写作的例子，那不妨以此改写《致一位徒劳无功的朋友》：

[现如今真理皆已沦丧，	[Now all the truth is out,
千万莫与他人争辩	Do not yourself compete
你出身高贵，那些人	Being honour bred, with one
就算证实了撒谎，	Who, were it proved he lies,
依旧大言不惭，	From such a brazen throat,
他们既不会自惭形秽	Were shamed nor in his own
也不在意他人的眼光：	Nor in his neighbor's eyes:
保持沉默，无须挣扎。]	Be secret and take defeat.]

韵脚随意排列，整首诗的言语行为看似毫不确定：所有一切没有原先那么言之凿凿，因为没有组合成四行诗节的韵律并不工整和让人信服。

若再以押韵的对句改写《致一位徒劳无功的朋友》：

[现如今真理皆已沦丧，	[Now all the truth is out
面对他们的巧舌如簧	From every brazen throat,
保持沉默，无须挣扎，	Be secret and take defeat,
你出身高贵，又如何	For how can you compete,
能与人争辩？他们	Being honour bred, with one
依旧泰然处之，丝毫	Who were not shamed in his own
不会在意旁人的眼光。	Nor in his neighbours' eyes,
纵使谎言被拆穿？]	Were it once proved he lies?]

我们看到对句形式让每两行的末尾显得慌忙而简短，如同丝线被人强行剪断。不像更长的英雄双韵体，三音步对句因其格言式的简短而无法再现朋友间交谈、建议的亲密感。与此相反，叶芝隔行押韵（abab）的三音步四行诗节——以额外的音节和反韵增加活力——既能表现亲密又能让人信服，并且保持着诗歌形式——还能毫不费力地跨至下一节长诗。从1913年起，叶芝将三音步四行诗作为一种常用的形式使用，不过他并未用它表现深沉而丰富的内容。

三音步四行诗节再现于叶芝的单节挽诗《致一位风中起舞的孩子》（与《致一位徒劳无功的朋友》一并出版于诗集《责任》）。这首十二行诗写给伊休尔特·岗，即毛德·岗的私生女。诗人对伊休尔特说，豆蔻年华的她可以在沙滩上尽情地舞蹈，因为她的心，不似他这般苍老，尚未为民族事业失利、失败所累。这首诗里，叶芝尝试用更短的不规则诗句写作，而非《致一位徒劳无功的朋友》里超过四行的长句。尽管《致一位风中起舞的孩子》只有三节四行诗，但是它却有五个句子，长度从一行到五行不等。四行诗节内无法预知的停顿给言语以自发的节奏感，从而掩盖了原本规整的四行诗节格式。该诗本是一节长诗，为展示其对应结构，此处我用空行的形式间隔每个句子，给每节四行诗的第四行标记下划线：

舞蹈于那边的海滩；　　（一行）

你何须在意那咆哮
到底是风声还是浪声？　（两行）

<u>松开你的发髻</u>
咸沫已将它打湿；　　（两行）

你还那么小，怎会知道
那愚人的胜利，也不知
<u>爱情一旦获得便已失去，</u>
更不知道最好的劳力已死
只剩下草堆要捆束。　（五行）

你还有什么好害怕
无非就是风声鹤唳？　（两行）
(312)

有几处妨碍大家辨别《致一位风中起舞的孩子》为规则四行诗节写作：不规则的意义单元长度（1，2，2，5，2）；节奏上偶有抑抑格和扬扬格的干扰；斜韵不时扰乱读者分辨四行诗节（“known［知道］ / won［获得］”；“bind［捆束］ / wind［风］”）；再者，诗人从一种言语行为跳至另一种（允许、提问、允许、叙述、提问）。

不过，在保持其四行诗节作为完整意义单位的同时，叶芝通过多种手段费力破坏言语的结构，让言语看似“随意”和“毫无准备”，这样一来与主题相符——一个年轻的女孩随心所欲地起舞。

《致一位风中起舞的孩子》的“抒情中心”部分显现其主题与《致一位徒劳无功的朋友》一致，叶芝感怀老者不得不承受的一切：“那愚人的胜利”（正是格雷戈里夫人“要学会一件比胜利／还难的事情”）；“更不知道最好的劳力已死／只剩下草堆要捆束”——这是指市立美术馆获批之前，格雷戈里夫人的侄子休·雷恩已溺死于海里。这两首诗都与格雷戈里夫人有关，第三首《友人们》(315—316) 以七节三音步四行诗写成，他以朋友之名称颂奥古斯塔·格雷戈里、奥莉维娅·莎士比亚和毛德·岗。类似《致一位徒劳无功的朋友》，《友人们》将所有四行诗节连成一节，将三位女性都归为同一类“友人们”。整首诗共两句，格雷戈里夫人和奥莉维娅共第一句（前十六行），第二句单写毛德·岗（十二行）。至此，三音步四行诗节不仅用来书写格雷戈里夫人，还用来写作伊休尔特、毛德·岗和奥莉维娅；它是叶芝专门用以称赞他所仰慕女性的诗节形式。

诗集《库勒的野天鹅》增加了第五个“贵族”女性，叶芝的妻子。《论女人》(345—346) 将乔治·叶芝（以示巴女王塑形）写入隔行押韵的三音步四行诗节。《论女人》共九节四行诗，第二节中，叶芝既笼统又具体地描写了两性关系，并且渴望转世轮回时依旧知晓爱的激情。第七节四行诗“有瑕疵”，因为它只有三行，诗人希望来世：

> 能找到我曾拥有的
> 能了解我曾知晓的，
> 直到我被逼疯狂。

由于第二行结尾单个非押韵词知晓（known）与前一节四行诗里押韵词（moon［月亮］，again［再次］）以及后一节四行诗里押韵词（one［一人］，Solomon［所罗门］）呼应，因此，语音上它是一致的。不过，这节不完美四行诗的“错误”暗示诗人本人生活中的“偏差”。（该诗从这里放弃聚焦于乔治·叶芝，而“错误地”转向回忆叶芝对毛德·岗的深情。）

《论女人》第一节称赞女性的顺从，而第二节开始便将重心落在性的欢愉上，通过三个双音节词表现其能量——“Harshness”（刺耳）“Pleasure”（欢愉）和“Shudder”（震颤）——从节奏上反转了第一个音步：

那刺耳的欲望
让他们伸着懒腰打着呵欠，
与睡眠同时到来的欢愉，
震颤中他们合而为一。

不过，第二节剩余部分——更有力的一半——既非描写女性的顺从也非两性结合，而是关于失眠的痛苦，这是叶芝单恋毛德·岗的后果。他祈祷——来世——能够与她再度相识相知：

直到温柔和关爱，
把我逼得疯狂，
还将睡眠赶下我的床，
可怜，头痛欲裂，
牙关紧咬，绝望。

此处诗人颠倒双音节词“Pity”（怜悯）和“Gnashing”（紧咬）以“undo”（松开）先前两性高潮的“欢愉”和“震颤”。在这首诗的末尾，我们能感觉到，乔治·海德·丽丝被撇于半路，她并未真正成功加入叶芝以三音步四行诗节写作的魅力十足的女性团体。

1914年6月，都柏林的政治氛围让叶芝感到十分沮丧，他第一次用三音步诗歌颂一位男性，他是一名普通渔夫，来自康纳马拉，是叶芝本土民族主义的典范。《渔夫》（347—348）的主人公是一位来自乡村的孤独人士，完全不同于都柏林的底层民众。这首诗的第一节由六节四行诗组成，先是大致描写渔夫，而后大肆批评当代城市民众。叶芝于其中只看到懦夫、粗人、醉鬼和普通人，整日忙于“打败智者”，导致“伟大的艺术饱受摧残”。整段讽刺诗里不屑一顾的力量几乎统领全诗，叶芝列举如下：

懦夫身居高位，
也无人约束粗人，
更没有一个恶棍
因醉酒而名垂青史，
聪明人和他的笑话
只讲给最普通的人。

这节文字节奏分明、语言富有攻击性，用以对比这首诗前八行的宁静。在此之前，我们看到了一名完全理想化、“聪明又单纯的”渔夫，远离受人鄙视的城里人。在第二节四行诗里，诗人主要以抑扬格表现渔夫“天真浪漫”，并且冒险移除其情感危机，正是由此引发后续的诋毁。叶芝主要以简单的抑扬格开篇：

很久以前我便
开始留意这个
聪明又单纯的人

我们自问，这首诗大肆渲染城里的普通民众而以寥寥数笔勾勒这个胸无点墨的渔夫，这样对吗？

答案是肯定的。长期以来，叶芝坚持将“本族”理想化，《渔夫》源于叶芝终于找到勇气面对他的毅力（以及审美疲劳）：

我曾终日盯着他的脸
那就是我曾希望
为我的本族
和现实而书写。

“To write for my own race”（“为我的本族而书写”）——读者可以从扬扬格（own race）听到诗人特有的呼唤，呼唤建立“家族”的骨血联系，以维系文明、有鉴赏力的国民。看出叶芝不满于城市观众（“那些我厌恶的世人”），读者期待诗人如是说，“我要为本族中部分人写作 / 为那些聪明而单纯的乡村农民”——或者，如他后来称呼他们的“不肯屈服的爱尔兰人”。这种回归的选择——也曾诱惑过许多民族主义者——叶芝的诗作既接受又抵制。接受是因为诗人——受到都柏林民众的“嘲讽”——从这首诗第一节一开始便想象他是农民中的一员，“前往山上的*灰暗*之地 / 身着*灰色*康纳马拉服饰”（斜体是原作者所标）时，他这样的装扮竟成为风景的一部分。第二节（其长度为第一节的三分之二）重复描写渔夫的理想画面，渔夫爬上山坡，将鱼线抛入溪中，诗人使用一个反韵和行中的扬扬格，使得诗行的节奏更活泼（这让我们感到很是宽慰）。诗行如下（我将重音音节标黑，原注）：

一个人……	A man…
爬上一个地方	**Climb**ing **up** to a **place**
泡沫覆盖之下黝黑的石头	Where **stone** is **dark** under **froth**,

随着他的手腕向下转动	And the **down-turn** of his **wrist**
鱼饵就这样坠入溪里。	When the **flies** drop in the **stream**.

即便这一次诗人描写了他的体态，却依旧无法加强渔夫单薄的形象以对照城里人的活力。从概念上看，以下两行描写渔夫的惊人之笔拯救了全诗：

一个并不存在的人，
这人不过是一场梦。

叶芝坦承——甚至痛苦断言——他理想化的渔夫完全与现实脱节。不过他又附上，把他化为现实的存在是一种责任——因为梦想同样是希望，并且责任始于梦想——叶芝以并不存在的（并非因此而被人遗忘）"恰当观众"有力地反击傲慢与愤世嫉俗的城里人。这位渔夫属于最后的贵族——空有柏拉图的形式，他们伤心不已是因为无法实现的"幽灵"（叶芝后来如此命名）"为激情、虔诚或情感所知 / 为一切天国荣耀所象征"（《在学童中》）。不过，由于这名渔夫不识字，他只能成为积极民族主义未来的不完整象征。（《塔堡》末尾，叶芝最后的心愿就是希望这一缺陷会因坚持学识和艺术成为民族价值而被纠正。）

诗人为何要为那个根本不存在却又永存于想象中的观众而写作？为一个柏拉图理念而书写能获得什么诗意？一个大胆的预言——"我早该为他写首诗"——瞬间充满怀疑——"可能"——引入叶芝为写作正确类型诗作所需的两个迫切要素。首先，它必须激情十足（其积极程度至少不亚于人类憎恶懦夫和粗人的否定程度）；其次，它必须"冰冷"。讽刺永远没有客观那般"冰冷"：叶芝笔下的都柏林人群是以漫画魔法手法画成的卡通人物。但是，诗歌的终极目标不是讽刺，而是"有关现实结构的精准"（史蒂文斯）。[7] 讽刺，源于愤怒，是诗歌临时起意的有效策略之一，但是，叶芝此处想表达的正是这“冰冷”又真实的爱尔兰现实（无论有多复杂）。“冰冷的”诗通常会被认为是民族主义的感伤或者讽刺的愤怒。只有承认理想的虚无性，它才能成为艺术家笔下的真实；不过，为评判真实，必须将理想放在心上。叶芝于《幻象》中想要——“以一个单一的想法表现现实与公平”——《渔夫》的结尾给予其诗意的表达。

1916年复活节起义让叶芝大为震动，男性的英雄行为让他意识到民族主义的节奏也适用于这些战士。《1916年复活节》写于1916年，却于1921年才付梓出版。探索英雄行为的魅力和心理危险时，叶芝跨行连续的四行诗节映入公众视野。叶芝年轻时倾向于将其自我理想区别于西方文化中的男性优秀范例——譬如那些好斗的战士或政治家（阿喀琉斯或伯里利克）。他曾向往的英雄人物是消极的莪相或弗格斯，他们至少曾经一度放弃了艰苦的芬尼亚生活，一个被仙女拐走，另一个放弃了王位。叶芝诗中的渔夫正是这些人物的后裔，过着田园牧歌式的生活。但是，1916年的事件迫使叶芝开始仰慕那些民族主义者，而他之前曾坚决抵制他们的暴力策略。1916年以前，他曾疏远那些激进的朋友，在街上遇见他们时，仅仅寒暄几句——“礼貌却毫无意义的话语”——作为诗人主要进攻的方式。后来，1916年的暴动者被集体处决，他们成了爱尔兰独立的元勋，叶芝得弄明白他们的意义，承认他们是民族主义的贵族，并且，将他以女性为主或以乡村为主的三音步四行诗修正为一种更大众化、以男性为主的文类，即政治诗。

如我在第一章所述，《1916年复活节》以四行为韵律单位，各诗节分别为十六行、二十四行、十六行和二十四行，象征性地纪念复活节起义的日期——1916年4月24日。但是为何这些富有象征意义的诗节要以三音步的形式写作呢？有人会说，这样一首诗以四音步四行诗的结构同样可以写好（依旧保持之前按照日历编排的诗行数量十六和二十四行）。因此，《1916年复活节》的开头可改写如下（在此对叶芝说声抱歉）：

［每天傍晚时分我都遇见过他们
一张张生动的脸庞进进出出
从前台或是讲坛上走进灰暗的
兴建于十八世纪的都柏林老房子
我经过的时候会点头示意，
或者礼貌地说两句客套话，
或者停留片刻说一些
毫无意义的礼节性话语，
说话之前周密地构思
一个讽刺的故事或者笑话
用来取悦这些看似热情的友人
俱乐部里灯火通明，在火炉旁，
可以肯定他们和我一样
都住在鱼龙混杂的地方：
所有的一切都变了，完全变了，
在我们中间诞生了可怕的美。］

若是自问这篇仿作与《1916年复活节》"听上去"有何不同，我们会发现《1916年复活节》快步行进的三音步迅敏又紧张，而仿作的四音步显得持续又刻意。本质上说，每一行三音步诗在尾部都有一个"停顿"音符，这一停顿并非真实的停顿，有些近似于英式六音步诗的行内停顿。[8]《1916年复活节》很容易改写成六音步诗：

［傍晚时分我见到了他们 // 那一张张生动的脸庞
从灰暗的十八世纪的房子的 // 前台或是讲坛走进了。］

正是在《1916年复活节》里我们几乎可以将三音步诗视为六音步“史诗”的一半，由于其血统，三音步韵律更适合写作“贵族的”或者“史诗”素材。不过，比起正常的六音步，押韵的三音步四行诗其结构“更紧凑”，因为每节四行诗的第一、三行末都押韵，而普通六步诗的对句不押韵（它只在每六行末押韵）。六音步诗被截为三音步后“速度加快”。不过，三音步因保留了六音步韵律的痕迹而气势恢宏。

《1916年复活节》紧张的“半截诗行”其形式优势尤现于不规则的第三节。这一节是一幅田园景象，因动词更显生动，诗人粗略环顾四周后歌颂自然更迭的迅速。我们重回渔夫的世界：

溪水里云朵的倒影
也在一分一秒地改变；
一只马蹄滑陷于溪边，
马儿跃进小溪溅起水花，
长脚沼地母鸡潜入水中
对着沼地公鸡啼叫；
它们一分一秒地活着：
那尊石头身在其中。

诗中动作的敏捷恰好与叶芝《1916年复活节》里各种举例不谋而合，不仅适合上文引用的自然界生物，同时也适合（第二节中）特指的四人名单：“那个女人”“这个男人”“这一位”“还有一位”。他们四人都以极短的描述清晰地勾勒，当我们在诗尾的鼓声中将他们对号入座：“麦克多纳和麦克布莱德 / 康诺利和珀斯。”若是以四音步列举这些自然界的生灵或者人名，诗行会显得过于冗长（若五音步更是如此）。下面我们以“华兹华斯式”五音步列举这些动物：

［一只马蹄静静地滑陷于溪边，
那匹马儿跃进小溪溅起水花，
长脚沼地母鸡慢慢潜入水中
沼地公鸡，倾听着啼叫的母鸡；
随着时间的流逝，它们活着，
我们看见那沉默的石头在那。］

这种形式庄严的五音步诗行长度根本无法显现“一分一秒的变化”。三音步最适合叶芝表达“生动”或“迅敏”的形式。

正如在《渔夫》和《1916年复活节》里所见，叶芝开始允许男性进入早前三音步四行诗中“贵族的”民族主义者团体。并且，他还增加了一位民族主义的女性——“那个女人”，即康斯坦斯·马科维奇。接下来他要写入三音步四行诗的人物是两位“贵族”兄妹，玛贝尔·彼尔德斯雷和她的哥哥奥布莱·彼尔德斯雷。玛贝尔·彼尔德斯雷身患癌症，叶芝定期探访她。她是《库勒的野天鹅》中组诗《致一位濒死的贵妇》的主角（我们应注意，并不是《致一位濒死的女人》，叶芝强调玛贝尔灵魂的贵族品质）。这首组诗共七部分，其中第五首《她的家族》和第七首《她的朋友们给她送来一颗圣诞树》是以“完美的”隔行押韵四行诗节写成；第二首和第六首形式略欠规则，但也可归为其列。[9]《她的家族》（365）——组诗中第一首使用隔行押韵四行诗节形式——以三个四行诗节完成一个句子，描写玛贝尔的倨傲以及她与已故哥哥不相上下的“英勇”。这首诗技术上引人入胜的是它仔细编排阴性和阳性韵脚，我以为，叶芝这一做法是向玛贝尔和奥布莱二人致敬，诗中也提及二人。组诗中第二首运用隔行押韵四行诗节形式的是第七首，组诗的终曲，有三节四行诗，共两句。诗人对着死神说话（366—367）——要求那个“伟大的敌人”原谅玛贝尔的朋友们，因为他们要为她装饰一棵圣诞树，请求他再多给她一点时间，尽管死神并不待见她的乐观：

请赐予她一点恩惠，
要是一只大笑的眼睛
洞察了你的脸庞又如何？
顷刻之间它就要死去。

叶芝此处控制自己使用单音词以缓和三音步节奏。第七首诗中一共有62个单词，其中仅有10个为多音节词、9个为双音节词；玛贝尔的诗如她本人一样虚弱无力。

叶芝的脑海里，隔行押韵的三音步四行诗节除用于连接勇敢的女人、民族主义革命者和渔夫般民族主义的柏拉图式理念这三者之外，对他而言，还有其他意义么？我们知道他曾褒奖过这种四行诗节，认为单节的四行诗短小精悍，从诗集《塔堡》(1928) 中《青年与老年》(434) 这首四行短诗中我们可以一窥究竟。第一、二行第一个扬抑格音步（诗人本人是动作发出者）突然减弱为三、四行开头的抑扬格（逢迎的世界获得了主动）。因此，这节四行诗的节奏充分展示了说话者由好斗的青年转向“逢迎的”老年：

年轻时倍受这世界的压制，
我曾经暴跳如雷，
可如今处处阿谀奉承
反倒缩短了见面的时长。

叶芝写作后期还有一首短诗《泼洒的牛奶》，同样依仗隔行押韵四行诗节自成体系的张力。

事实上，叶芝一直都在思考以三音步四行诗节写作讽刺短诗的可能性。《死亡》就是一个例子。这首短诗仅有一节诗，共两句，由三组四行诗节组成。它的主题仍是纪念一位民族主义英雄——欧拉西里，他于1927年被人暗杀。讽刺短诗，是一种有时本质粗俗、态度较为傲慢的文类。在挽歌《死亡》的第一节四行诗里（交错编排因而加倍讽刺），叶芝抬高人类的地位，认为人类与动物的区别在于人类临死前有情感觉察，而动物对于即将到来的死亡一无所知：

垂死的野兽
既无恐惧也无希望；
人在命垂一线时
仍心怀恐惧与希望［。］

这首诗将第二节四行诗拆分为两个句子"破坏了"其整体性。一个句号结束了关于人的两行预言：

多少次他曾死去，
多少次又活过来。

第二节四行诗剩下的两行加上后三行用来展现这名"伟人"的英雄气概，他虽即将被人谋害，却未像普通人临终前表现的恐惧或希望。他嘲讽眼前的死亡：

一个伟人直面
杀人者时视死如归
他大声嘲讽
呼吸的起伏；
他深知死亡——

最后一行"人类创造了死亡"——同样"破坏了"最后一节四行诗的整体性。它出人意料地背离之前所述的"伟人"，转而讲述一个哲学悖论：既然没有人经历死亡后还能活下来讲述整个故事，那"死亡”不过是人类发明的一个概念。“死亡并非人生的一个事件，而是人生尚未经历的”，在晚年一首十四行诗里，罗伯特·洛威尔阐释维特根斯坦时这样写道。

假设《死亡》十二行中前六行描写普通人的恐惧与希望，后六行书写那个伟人嘲讽死亡，那叶芝为何不将整首诗分成两节呢？我认为这首诗以一整节印刷的原因在于，只有超过普通人起伏的“恐惧与希望”，才能凸显那个“伟人”贵族气质的嘲讽。并且，普通人和伟人的情绪反应都必须视为垂死动物无情绪的意识。三种类型——动物、普通人、伟人——各不相同又互相定义对方，因此都归于同一节短诗中。此外，如果我们更仔细些便会发现，前五行写完那“伟人”后，叶芝在最后一行又回到泛指的“人”——而非特指开头提到的那个“人”（“任何人，除了一个伟人”），不过，这个泛指的“人”意指“人类”——整个人类。作为一种文化，我们“创造了死亡”——并且详细说明了与之有关的概念、礼节和神话。它的意义仅限于我们所赋予的。那个“伟人”可能懂得这条真理，因为“他深知死亡”。所以，不像旁人，他能够嘲讽死亡不过是“呼吸的起伏”——压制的仅是生理功能，与刚毅的精神相比微不足道。

叶芝以三音步写作民族主义名流，包含女性“贵族”、高尚的男士（后来还写了摩西尼·查特杰，诗名即他的姓名——德赫德尔·图梅认为，他的名字本身就是一个完美的三音步）和柏拉图理念这三方。在这之后，他又如何使用三音步呢？花甲之年，他选择三音步四行诗节写作他的遗嘱（《塔堡》一诗结尾，414—416）。反复暗示先前于诗中纪念的一些人物，叶芝大胆地将这精练的韵律单位写成了自传形式。他开始想象他的后代：

是时候写下我的遗嘱了；

我选择那些在黎明时分　　　　我选择那些挺拔的人

把手中的钓竿弃于　　　　　　他们涉水前行

滴水的石头旁，兀自
涉水前行至喷泉处
的挺拔之人。

直到跳动的喷泉处，
黎明时他们抛出鱼钩
在滴水的岩石旁。

叶芝解释其回归渔夫之举（此处是复数形式）：他号称年轻时也是这些健壮的年轻人中一员，“也曾是那金属所铸 / 哪知这长期伏案的工作 / 竟拖垮我这金刚之躯”。这里他假定这些年轻的渔夫们多少会遵循他的研究轨迹，那他们也将会熟悉“高深的意大利物件 / 以及古希腊骄傲的石头，/ 诗人的想象 / 和爱情的记忆”。

标记至叶芝三音步遗嘱末尾处时，我们发现它由十九小节四行诗组成，不过最后一节略有瑕疵：它没有第四行。“消失的”那一行，类似于叶芝为自己写作的三行墓志铭（之前是四行）里“消失的”那一行，说话者的呼吸停驻于页面，这是他的声音之死。这个遗嘱以四节长短各异的诗节组成，有两点不合规则。其一，第一节于第十三小节四行诗第一行突然断开，如前所述，最后一小节于末尾缺少一行。简短的第二节被掐头去尾，第一节与第二节之间突然断开使之显得既突兀又悬而未决。第二节背离了遗嘱的修辞，转而谈论叶芝塔堡中寒鸦之巢，它由七行组成，因其“第一”行被第一节所挪用。（与它不同的是，第三节同样很短，但是它由两节正常的四行诗组成，结构独立且稳定。）与这奇怪的第二节避谈遗产反而转向寒鸦的做法如出一辙，《1916年复活节》不规则的第三节离开原诗后半部分谈论的历史事件而讨论变化的自然生物。《1916年复活节》和《塔堡》里的这些诗节，正是田园生活的逃生舱口，“动物们”在此既无恐惧也无希望，全凭本能活着（《1916年复活节》里的“骑士”属于此类）。这些动物告诉我们，人类的生活不是因被人类意识强迫才高于动物的存在。叶芝遗嘱的第十二节四行诗里，读者听到“人类”如何为自己创造“一个超人 / 镜像般的梦境”，接着是不规则的第二节，一共只有七行，它以一个不完整的句子开头。[10]

叶芝在这一节中将人类创造的令人生畏的艺术进行简单、自然的类比：人类与寒鸦有着类似的本能，人类制造镜像般的梦境如同寒鸦低鸣和筑巢——

犹如那边的瞭望孔里
寒鸦在低鸣和啼叫，
衔来一层层树枝。
当它们搭好巢穴时，
雌鸟便会栖息在
一窝雏鸟的上方
以温暖它的小巢。

让人意外的是，“诗人的想象”与无意识的本能表现之间出其不意的并列，使得叶芝的遗嘱“冰冷”而“有情”。我们可能高于动物，但是我们仍是动物；雌鸟的行为——孵小鸟和坐卧——树枝搭好时就是艺术家积累学识和记忆后的作为。通过这个类比——在这个掐头去尾的诗节里，它的孤立尤其突出——诗人传给后人的除了信仰和骄傲等精神财富，还有激动和生殖力的本能意义。

只消浏览《塔堡》临近结束的三音步四行诗节，读者便能明了叶芝举棋不定后的最终决定。写作临终遗嘱时，叶芝纠结于究竟是用“高雅的”多音节词语以示形而上的知识还是以“低俗的”单音节词语讲述世俗的朴素。这一部分大多数诗行的尾词都是单音节词，即便谈及柏拉图和普罗提诺时亦如此：

我嘲笑普罗提诺的思想，
甚至公然叫板柏拉图，
人类用痛苦的灵魂
学会制作武器后，

死亡和生命
才得以完整。

有力的言语行为（例如嘲笑和叫板）在三音步四行诗节中最为响亮，通常伴以尖刻的单音节词如“teeth”（牙齿）“whole”（完整）等尾词。虽然叶芝有时也会离开这些精练的尾词转而细声呢喃于遐想之中，如“月亮之上的乐土”或“一个超人 / 镜像般的梦境”，从上述活力十足的单音节词中我们可以看出，说话人体格强健、言辞朴素、意志坚强，正向世人宣告他的遗产。

不过，诗人努力写下遗嘱后逐渐步入生命最后时刻的沉寂，三音步四行诗节也应适当调整。所有遗赠均已结束，随着“我留下”——这一指向外部的言语行为让位于向内的决定——叶芝改变了这首诗的方向，“现在我要给我的灵魂塑形”。他一边沉思未来可能面临的一切，一边写下刻骨铭心的诗篇。他以升序排列了一组临终时的灾难，首先——开始于——“肉体败坏”。有读者问肉体腐坏后除了死亡，最坏的是什么？叶芝不受干扰，继续加重灾难：

现在我要给我的灵魂塑形，
强迫它去一所
学堂里学习
直到肉体败坏，
血液缓慢腐溃，
精神暴躁健忘
或者衰老迟钝
以及更坏的结果——

叶芝精准用词的才能在排序中显露无遗。肉体败坏后是毫无力气（“血液缓慢腐溃”，其中“decay”［腐溃］中其拉丁语词根意为

“下跌”）；随后暴躁健忘（“健忘”［delirium］意思是“偏离了正确的轨道”）；再后来就是“衰老迟钝”后再无思想（“decrepitude”［衰老］的拉丁词根指“破裂”）。至此我们可以看出，叶芝——在先前诗行里使用大量尖锐的单音节词后——充分利用声势浩大的四音节“书面语”：健忘、迟钝。令人恐惧的是，此番举例后，叶芝还能思考“更坏的结果”。有什么会比败坏、健忘、迟钝更坏呢？他用第四个头韵“d”回答了这个问题——“朋友们相继离世”——那些朋友，女性和男性，曾经于三音节四行诗里多次颂扬，而如今，他们不费一丝力气便潜入他和我们的记忆里：

以及更坏的结果——
朋友的死亡，或者
每一只让人屏息的
明亮眼睛的死亡——

最坏的灾难，让人无法想象的痛苦——“或者 / 每一只让人屏息的 / 明亮眼睛的死亡”，甚至超越了朋友的死亡。毛德·岗那时还尚在人世，叶芝其他一些昔日恋人也还活着，但是他在想象，弥留之际，没有一个女人——她们的美曾经在艺术和身体上都让他激动不已——活着。叶芝列举了此番灾难，其尾词的重元音如同土块落入墓穴的沉闷声音：study，body，blood，delirium，decrepitude，come（学习、肉体、血液、健忘、衰老、到来）。

当然，诗尾声音恢复了：“那一刻 / 天鹅须将它的眼睛 / 紧盯着渐变的余晖。”最终，在这首伤感又“冰冷的”诗尾，是所有令人恐惧的灾难：

不过只是地平线消退后
天上的云朵，

或是一只鸟儿睡意昏沉地
啼叫于渐暗的树荫里。

通过两个持续性动作动词——（地平线的）“消退”和（树荫）“渐暗”，二者均暗示光线逐渐变暗——叶芝的视野和光线于读者眼前逐渐变暗。最后，最后一行悄无声息地“消失了”（最后一节四行诗只有三行，第二个韵脚恰巧与前一节四行诗中的第二个韵脚相同），就这样诗人让他的身体和声音都消失了。

这首诗的最后两节——两小节总结遗嘱的四行诗（“我给挺拔的年轻人 / 留下信仰和骄傲”）和四小节坚韧的灵魂塑形——分别都是一个单句，并且，它们都展示了意义单元和诗节形式不一致的矛盾对立。在总结信仰和骄傲的馈赠中，两个意义单元分占五、三行；与之对照的是，在灵魂塑形和临终灾难的诗篇里，先前跨行连续的四行诗节此刻却保持各自独立的意义单元。后者明快的押韵词虽不完全工整，却也近似；不过，（由于诗人的理性尚未受到伤害）它们形式上一致，要么是单音节词（“soul”［灵魂］和“school”［学校］），要么是双音节词（“study”［学习］和“body”［身体］）。不过，随着性和思维能力的丧失，韵脚在音节数量和语义范畴上均已混乱。不过这时，这首诗逐渐趋于沉寂，临终时刻虽气若游丝，但人的意识仍然清醒，其押韵词突然变得语义协调一致，且是清一色的单音节词，音色上也是完美的一致：“death”（死亡）和“breath”（呼吸）；“eye”（眼睛）、“sky”（天空）和“cry”（哭泣）；“fades”（消退）和“shades”（树荫）。

在叶芝笔下，随着《塔堡》中时间的流逝，隔行押韵的三音步四行诗成为连接他和朋友们绝妙的表现手法。当然，他还使用其他格律形式写作他民族主义的“浩大工程”——后期两首挽诗《库勒庄园，1929》和《库勒庄园与巴里利，1931》里的八行体；《美丽而高尚的事物》里不押韵的六音步诗节等。但是，选择以三音步四行诗节写作他本人的遗嘱，这个事实本身便显示了该形式对于诗人的重要性。叶芝处心积虑地改造它，发掘其源头——史诗的六行诗节，给它以高尚的光环；他欣然接受了从女性中发现的贵族理念，它的写作题材从这一理念跨越至男性的暴力行为，对他而言，这一主题更难以控制。事实上，他还能以三音步四行诗表现一个虚构的渔夫的柏拉图理念。因此，对他而言，这种形式的概念范围很广。他最后以这种诗节形式作为他个人声音的载体，立下遗嘱并给他的灵魂塑形，证明与其他任何一种他用过的形式一样，他也熟悉这种形式。由于叶芝“发明了”三音步四行诗节作为英诗的一种主要形式，比起他接受的其他广为流传的形式，如四音步对句、素体无韵诗、民谣、六音步诗、八行诗、十四行诗、十二行诗、七行诗等，这一诗节形式被认为与他密切相关、与爱尔兰密切相关。叶芝用激情和巧思使隔行押韵的三音步四行诗成为他复兴民族事业的绝佳工具，也正因为叶芝，那些以三音步四行诗节写成的诗应单独归类，名为现代爱尔兰的贵族形式。

本章附录：叶芝隔行押韵三音步四行诗列表

以下是在1912年至1932年间，叶芝用隔行押韵的三音步四行诗节（绝大多数为抑扬格）写作的十七首诗或部分诗节。按照它们在《集注版》中的顺序排列，辅以创作的时间（如果已知的话，或不同于首次出版的时间）或者首次出版的时间。

题解：

［abab×数字］＝单个诗节中连续四行诗节的数量

（abab 指四行诗节的结构形式，并非真实的韵脚，因为在连续四行诗节里，其韵脚通常为 ababcdcd 等。）

＋＝诗节之间的空行

（m）＝阳性韵脚

（f）＝阴性韵脚

（例如，"m 和4f" 指一首诗中除了4个阴性韵脚外，其余韵脚均是阳性。）

abab 后若有分数（例如，abab×11 $\frac{1}{4}$），指第十二个四行诗节的第一行后有空行。

标了星号*的四行诗节指空缺了一行（《论女人》、《致一位濒死的女士》II、《塔堡》III）。

一首诗首次出版时的标题与《叶芝抒情诗集》中的标题不同，则用括号表示。

诗集出版前，如果一首诗在库拉出版社的诗集或者其他刊物先行出版，我会以叶芝诗集的惯例缩写（例如，*GH* 指《绿盔》［*The Green Helmet*］），指代它首次正式出版的刊物名称。

《责任》(1913)

《致一位徒劳无功的朋友》［abab×4］（m）［《失意中写下的诗》，1913］

《致一位风中起舞（于海岸上的）的孩子》［abab×3］（m）［《诗歌》，1912年十二月刊］

《友人们》［abab×7］（m）［1911；《绿盔》，1912］

《玩偶》［abab×5］（m）［1913］

《库勒的野天鹅》(1917)

《论女人》［abab×2］+［abab×6］+［aba］*+［abab×2］（m和4f）［1914；《诗集》，1916年2月刊］

《渔夫》［abab×6］+［abab×4］（m）［1914；《诗集》，1916年二月刊］

《致一位濒死的女士》［1912—1914；《小评论》，1917年8月刊］

II［abab×3，*第二节四行诗少了一行］（mfmfmfmfmfm）

IV［abab×2，最后一行押韵词与第一行押韵词相同］（m）

V［abab×3］（fmfm）

VII［abab×3］（m）

《迈克尔·罗巴茨与舞者》(1921)

《1916年复活节》［abab×4］＋［abab×6］＋［abab×4］＋［abab×6］（m 和4f）［1916；《新政治家》，1920年10月刊］

《塔堡》(1928)

《塔堡》III［abab×11 $\frac{1}{4}$］＋［abab×1 $\frac{3}{4}$］＋［abab×2］＋［abab×3$\frac{3}{4}$］（m 和8f）［1925；《新共和》，1927年6月刊］

《青年与老年》［abab］（m）［《猫与月》，1924］

《旋梯》(1933)

《死亡》［abab×3］（m）［1927；《旋梯》，1929］

《泼洒的牛奶》［abab］（m）［1930；《或许可以谱曲的歌词》，1932］

《摩西尼·查特杰》［abab×2$\frac{3}{4}$］＋［abab×4$\frac{1}{4}$］（m）［《给埃兹拉·庞德的包裹》，1929］

《老年的争吵》［abab×4（m＋2f）［1931；《或许可以谱曲的歌词》，1932］

第八章

进行曲与良知的拷问：四音步诗行

叶芝年轻时写作的四音步诗行，长度基本一致。叶芝在创作早期以微弱、闪烁的节奏仿写佩特的印象主义，以重头韵的舞蹈节奏仿写斯温伯恩的诗，这些都只是昙花一现。不过，四音节诗的其他形式——抑扬格、扬抑格或者两种节奏的混合——在叶芝的作品中持续经年。诗行的长度，介于快速的三音步和正式的五音步之间，适用于多种韵律单元和不同长度的诗节。叶芝写作的十四行诗、三音步四行诗、素体诗和八行体等，因数量不多，方便罗列，而其四音步诗歌数量众多，在此不宜一一举例。我希望以下例子能够充分说明本章的标题；叶芝的四音步几乎无所不能，既可用来表现严肃、决绝和质疑，也可表现节奏、温和和讽刺。

叶芝的四音步诗行可用于任何一种诗节形式。例如，在《本布尔本山下》和《人与回声》中，虽同为对句形式，却分别表达不同的节奏效果。《本布尔本山下》开头几句命令式扬抑格后，两行对句同押一韵，变成了抑扬格：

在这突兀的本布尔本山头	Under bare Ben Bulben's head
叶芝长眠于德鲁克鲁夫墓园，	In Drumcliff churchyard Yeats is laid,
他的祖先曾是那里的牧师，	An ancestor was rector there
数年以前；附近是个教堂［。］	Long years ago; a church stands near［.］

(640)

与之相反的是，《人与回声》开头的扬抑格单刀直入、先声夺人：

是否我的剧本派出一些人，	Did that play of mine send out
他们死在英国佬的枪下？	Certain men the English shot?

(632)

四音步诗行也能写作迷人的四行诗节。在悼念戈尔－布斯姐妹时，叶芝将诗行写成抱韵四行诗节，abba（《纪念艾娃·戈尔－布斯和康·马凯维奇》选段）：

夜晚的灯光，利萨代尔，	The light of evening, Lissadell,
巨大的窗户朝南开着，	Great windows open to the south,
两个少女，身着丝质和服，	Two girls in silk kimonos, both
她们都很美，一个像羚羊。	Beautiful, one a gazelle.

(475)

他在《天青石雕》里再次使用四音步诗行写作押韵的四行诗节，不过这次是交替押韵，整节诗的风格接近民谣：

两个中国佬，后面跟着第三个，	Two Chinamen, behind them a third,
刻于天青石雕，	Are carved in lapis lazuli,
他们头上，飞着一只长腿鸟	Over them flies a long-legged bird
象征长生不老［。］	A symbol of longevity [.]

(566)

正如华莱士·史蒂文斯所说，这些只是表面现象。从1886年（《我相的漫游》第一册）到1938年间，叶芝用四音步诗行写作了近八十首诗。这八十首诗中，他并未坚持使用某一种韵律形式或诗节单位，而是将其用于对句、四行诗、五行诗、六行诗、七行诗、八行诗甚至更长，最长一节见于《乐手们祈求福祉》（1902），二十行连续押韵的四音步诗。研究整首诗之前，很有必要考察这种诗行的本质，一是将其与韵律谱系中它左右两边的三音步和五音步诗行相比；二是看清楚写入韵律单元和诗节单元的过程中，它是如何被改变的；三是以民谣诗节等韵律单位为参照，对比它与三音步诗行的异同。

关于诗歌的外部形式，我们首先会关注什么？——诗行的长度，诗行的节奏，尾韵，诗行的韵律单位，还是诗节的形状？如《本布尔本山下》开头有力的扬抑格引起读者注意其持续的强音，这是强调节奏；又如，《本布尔本山下》以对句写成，在读者面前凸显其韵律单位，两行并行才算完整。事实上，如果没有注意到它首行持续的扬抑格、开头是明显的对句，以及其强有力的单音节韵脚（head 和 laid），那么，我们听到的《本布尔本山下》将是另一番景象。设想前四行以抑扬格而非扬抑格开头、以交替押韵的四行诗取代对句，韵脚为阴性：

[本布尔本山旁，很久以前传说，	[Beside Ben Bulben, in tale long storied,
那附近有座教堂，	And where an ancient church stands near,
叶芝长眠于德鲁克鲁夫墓园；	In Drumcliff churchyard yeats is buried;
他的祖先曾是那儿的牧师。]	An ancestor was rector there.]

这样一节交替押韵的抑扬格四行诗，尽管是仿叶芝原诗四音步写成，却基本无法引人注意。四行诗节不像对句，无法即刻表明态度。譬如戈尔－布斯挽歌温和的前两行，“夜晚的灯光，利萨代尔，/ 巨大的窗户朝南开着”，该诗的诗节形式尚未稳定，我们被邀请一同进入这首诗而非被命令以遵守指令。

看到部分四音步诗时，我们可以尝试理解为何叶芝将这些富有想象力的素材以这种节奏呈现，并且，他为何给每首诗选择不同的节奏形式、韵律单位形式和诗节形式。我们首先要对四音步四行诗有清醒的认识（这是叶芝最常见的四音步诗行形式，4－4－4－4），区分其与叶芝诗中两个主要的诗节形式——民谣诗节（4－3－4－3）和三音步四行诗（3－3－3－3）。民谣诗节每两行后有一个音律的“停顿”，方便故事讲述的节奏：

这位老神父彼特·吉里甘	The old priest Peter Gilligan
白天黑夜疲于奔命；［停顿］	Was weary night and day; ［*rest*］
因为他的教徒要么瘫卧在床，	For half his flock were in their beds,
要么长眠于青草地下。［停顿］	Or under green sods lay. ［*rest*］

(132)

为展示四音步四行诗节与民谣诗节的迥异效果，我们做个试验，改写下面这首《轮》。《轮》写于1922年，认为人类所有的焦躁是渴望死亡，原本以抑扬格交替押韵的四音步写成：

整个冬季我们呼唤春天，	Through winter-time we call on spring,
整个春季我们呼唤夏天，	And through the spring on summer call,
当繁盛的树篱摇响铃铛	And when abounding hedges ring
宣告冬季是最好的季节	Declare that winter'best of all;
在那之后世上再无好物	And after that there's nothing good
因为春天还没有到来——	Because the spring-time has not come—
也不知那烦扰我们血液的	Nor know that what disturbs our blood
竟是生命对坟墓的向往。[1]	Is but its longing for the tome.[1]

(434)

《轮》论证了，人类灵魂冲动的渴望和各种不满实际上都是渴望于坟墓中寿终正寝。设想这首诗以民谣体写成，每两行末尾停顿，其动力效果会如何：

［整个冬季我们呼唤春天，	Through winter-time we call on spring,
到了春天我们呼唤夏天，［停顿］	In spring on summer call, ［*rest*］
当繁盛的树篱摇响铃铛，	And when abounding hedges ring,
发现冬天竟是最好的季节；［停顿］	Find winter best of all; ［*rest*］
在那之后世上再无好物	And after that there's nothing good
因为春天还未到来——［停顿］	For spring-time has not come—［*rest*］
也不知那烦扰我们血液的	Nor know that what disturbs our blood
竟是生命对坟墓的向往。］	Is longing for the tomb.］

我们得出结论，叶芝发现四音步诗行适合写作正持续行进的过程，这一过程根本不需要停顿。为达到这种动力，叶芝甚至抹去了两节不同韵脚的四行诗之间的空白。他这样做无非是想强调这首诗是一个未受干扰连续的单句。

民谣诗节每两行一停顿以方便讲述故事，三音步四行诗节则在每一行的行末都有停顿（在《1916年复活节》里尤为显著），嵌入了无声的"第四拍"，暗示隐匿却又无疑的步伐：左，右，左，［右］：

我把它写进诗里——［停顿］	I write it out in a verse—［*step*］
麦克多纳和麦克布莱德［停顿］	MacDonagh and MacBride［*step*］
康诺利和珀斯［停顿］	And Connolly and Pearse［*step*］
无论现在，还是将来［停顿］	Now and in time to be, ［*step*］
只要身着绿色，［停顿］	Wherever green is worn, ［*step*］
一切都变了，完全变了：［停顿］	Are changed, changed utterly: ［*step*］
一种可怕的美诞生了。	A terrible beauty is born.

行军的步伐令读者呈二次纵队，井然有序，还缩短了停顿的时间。若以民谣诗节的歌唱节奏重写这节诗，我们可以看到其军事力量是如何削弱的：

[我把它写进诗里：［停顿］	[I write it out in a verse: [*rest*]
麦克多纳和他的朋友麦克布莱德	MacDonagh and his friend MacBride
康诺利和珀斯［停顿］	And Connolly and Pearse [*rest*]
无论现在，还是今后的日子	Now and in every time to be,
只要身着绿色，［停顿］	Wherever green is worn, [*rest*]
一切都变了，彻彻底底变了，	Are changed in substance utterly,
一种可怕的美诞生了。［停顿］］	A terrible beauty is born. [*rest*]]

再进一步，若将《1916年复活节》中原三音步诗篇扩充至四音步，我们可以看到在详细阐述的过程中它失去了动力十足的剑拔弩张之感：

[我把它写进民谣诗里	[I write it out in bardic verse,
麦克多纳和光头麦克布莱德	MacDongagh and the bold MacBride
还有士兵们康诺利和珀斯	And soldiers Connolly and Pearse
无论是现在，还是今后的日子	Now and in every time to be,
无论在哪，只要爱国者身着绿色，	Wherever green's by patriots worn,
一切都永远地变了，彻彻底底，	Are changed forever, utterly,
新诞生了一种可怕的美。]	A terrible beauty is newly born.]

以上两种情况中，《轮》的四音步强健有力、《1916年复活节》的三音步武力霸道——叶芝选择的格律既拟态又想象丰富。

介于较短的民歌形式（二音步、三音步、民谣）和长吸气的五音步之间，四音步诗行有一席之地。从历史上说，四音步可以写民歌（《蜜蜂在那吸蜜，我也在那吸》）或者长话短说（《快乐的人》）；它也可以写作行军曲节奏（《我们鲜血和国家的荣光》），叶芝《起来并叫我划亮一根火柴》也是如此；它还可以以非强调形式进行貌似毫无艺术性的叙述（《纪念阿尔弗雷德·珀雷克斯芬》）。四音步通常用于抒情诗，也有一部分用于说明。在某一特定的诗里，它无须任何停顿（如《纪念艾娃·戈尔－布斯》），从抒情到说明再到军事表现一气呵成。叶芝乐见其各式变体。

我们将看到一些非常简短的四音步诗歌，考察四音步诗行在每首诗中（除动力、抒情感和叙事感外）呈现的内容，我认为诗行是诗节的重要组成部分，对叶芝而言，通常情况下它们都有某种象征意义。同时，诗行也是整首诗内部结构演化必不可少的一环，能够追踪其情感发展的全过程。

早期四音步诗

叶芝早期最为人熟悉、最美的四音步诗是《流浪的安格斯之歌》(1897)，我们于第四章已经讨论过它的部分细节。这首诗是关于起源的神话，它回答了“为何安格斯永远在流浪；他究竟在寻找什么？”这一问题。安格斯歌唱他关于一名魔法女孩的幻象：他刚一见她，她便消失得无影无踪；自那之后，他便一直在寻找她，希望最终能够找到她。安格斯的这首诗里，每节诗后附着的两节四行诗以及它们以“和”(and) 进行的大量连接，表现了诗中三个相连阶段的必然性：欲望——幻象——追求。安格斯有着原始而强烈的性渴望，在施了魔咒的榛树林中的小溪垂钓，他钓到的那条鳟鱼变成了“一个闪闪发光的姑娘”，而他后来的人生都是命中注定的。我将它重复于此是为阐释第一节和结尾诗行中的一些特质：

我去到榛树林里，
只因头脑里一团火，
砍下树枝削掉树皮，
并用丝线勾住浆果；
当白色的蛾子扑闪着翅膀，
星星也像蛾子般忽闪着，
我把浆果饵投向了溪里
钓上一条银色的小鳟鱼。
……
不管她身在何方，我定要找到她
与她亲吻，与她牵手；
同她行于斑驳的草丛里，
直到天荒地老，采摘
属于月亮的银苹果，
属于太阳的金苹果。
(149—150)

第一节环环相扣的并列形式（“我去到…… / 砍下……削掉…… / 勾住…… / 钓上”）一直贯穿至诗尾（“我定要找到…… / 与她亲吻，与她牵手；/ 行于…… / 直到天荒地老，采摘 / 属于月亮的银苹果，/ 属于太阳的金苹果”），与四音步诗行的动力匹配的是这一连串相关事物强行附着的结构，至此我们可以看出，来自初恋的印象永久决定了我们的未来。我们可能会问，这一决定性的情事——看到挚爱“一个闪闪发光的姑娘”的第一眼——为何到这首诗的中部才出现。我们发现，这首诗的上半部分受到决定性见面的深刻影响，我们进行了一连串理性的预想。在诗里，这种趋同的预兆暗示施了魔咒的幻象，生成带有明确指向性的魔法氛围：流浪的安格斯头脑中那团象征之火，由榛木魔杖指引他前往榛树林，看到浆果、鱼儿、炉中真实的火，还有呼喊“他名字”的姑娘，这个名字早在标题里就已揭晓。

《流浪的安格斯之歌》的四行诗节是“不规则的”：它们的韵脚为abcb而非abab。从这一点看，它们类似普通民谣四行诗节，这赋予这首诗民谣风情以便于故事的讲述。尽管其韵律单位为四行诗节，整首诗却是以八行为一节。这一策略保持了紧密的连接，同时它也减弱了这首诗的图像外形，从原本六节单独的四行诗节到现在用诗节简单划分的三个时期：预兆、化身和渴望。这一模式的扩张形态——在逐渐透亮的“火光”中宣告，并且结尾有将来时态的动词表示延续的动态——不仅指代安格斯渴望再次遇见他的挚爱，也暗指他漫游的范围不断扩大，“要跋山涉水”。读完《流浪的安格斯之歌》，我们理解了叶芝描写的一个抽象、非真实的幻象，这一幻象环环相扣、无法验证、不断扩大，有关理想化的爱情故事——以及结尾得不到爱人的永远伤痛。所有一切都紧密相连：以原始的“和”连接各个事件，民谣的韵律结构，三节八行诗分别展示性渴望、火光象征的希望（诗尾以褪色表现的醒悟与它相对），尤其是，稳定且不可动摇的四音步诗行前进的动力。

叶芝另一首早期四音步诗《谁与弗格斯同去？》(1892) ——第四章也已详述——与《流浪的安格斯之歌》中的希望相同，提出去往另一个世界的探险。不过，二者的氛围和结构形式完全不同，《谁与弗格斯同去？》中被催促着拒绝爱情的“痛苦神秘”，并且它以两节六行诗组成，韵脚为abcabc。不过，这首诗也依赖于并列的句式结构和四音步的助推力以定制邀请，让年轻人远离充满挫败感的欲望世界而前往弗格斯的逍遥世界，那个放弃王位的前国王。四音步的水平作用力持续推动这首诗向前，到最后叶芝背离了水平推力将最后一行诗“垂直向上”，直至星空：

现在谁与弗格斯一道驾车
穿过树林深处如织的密荫
并共舞于平坦的海滩?
……
因那弗格斯掌管古铜车队,
掌管树林里的影子,
深海里翻腾的白浪,
还有散落一地游荡的星星。
(125—126)

垂直力矩超越了车队、树林和大海，直抵未知的、无序的、尚未标识的星星。叶芝此处利用四音步的行进动力——首拍强音，“**谁**与……驾车”——不同于结尾温和的二重奏叙述形式（“因那弗格斯掌管……白浪”）。然而结尾处，他让四音步重拾动力并一飞冲天，因而展现他所理解的诗行潜力——蕴含巨大能量并可随时中断。

我们不要忘记（可能从《快乐的人》那时起），四音步对句就适合列举一系列相关事务、清单或是目录。叶芝在《他记得那已忘却的美丽》(1896) 中使用该形式以逐条陈列爱人的物品，代表“这份可爱 / 确是这世上早已消逝的东西”：

当军队溃败时，国王把镶满珠宝的
王冠丢弃在阴暗的池塘里;
好梦想的贵妇们用丝线
将爱情故事绣于锦缎
竟养肥了那只恶毒的飞蛾;
那些古代的玫瑰被
贵妇们编进她们的秀发[2]
(155—156)

弥尔顿的对句意义完整（“去听云雀开始它的飞行，/ 并且歌唱着，惊动了这沉闷的夜晚”）。叶芝则不同，列举第一项物品清单时，两组对句之间以两行隔开（“hurled”［丢弃］与“fled”［溃败］也不押韵）；第二组对句中，叶芝描写物品时扩大了对句的范围，其结构由两行延展为三行（“线”“锦缎”“飞蛾”）；仅第三组的遣词造句才与对句“应有”的形式一致（“were”［被］，“hair”［头发］）。优美、看似“工整”的四音步对句，在弥尔顿《快乐的人》一诗中格外突出（叶芝《人与回声》一诗也运用自如），而《他记得那已忘却的美丽》一诗，由于物品排列的非偶然性、韵律结构以及清单内外物品的跨行排列等原因，一再回避看似“工整”的四音步。即便意义与韵律结构的故意对峙，《他记得那已忘却的美丽》这首诗规则的、“虚无缥缈”的抑扬格竟转向步调缓慢的、习惯性的四音步节拍，这样一来，叶芝颠倒格律后的扬扬格都无法克服不规则的清单列表和频繁的跨行：

因为那白皙的胸脯和缠绵的手掌
来自一个更虚无缥缈的地方，
比此时更虚无缥缈的时刻；
并且当你在亲吻的间隙叹息时
我听见那雪肤花貌的美人也在叹息，
数小时后一切都会像露珠一样消逝。

(156)

因为无数梦想而昏昏欲睡，这首早期四音步诗以单一的音调和重复的音乐歌唱它的名目。

中期四音步诗

直到叶芝创作中期，关怀社会作为公开的主题进入他的诗歌，而戏剧创作使得他的句法和词汇充满热情，再加上斯威夫特流畅的四音步诗歌实践创作的影响，叶芝将讽刺的力量和智慧注入四音步诗行。一谈到政治，叶芝发现四音步诗行咄咄逼人的节拍甚为有效，并且，当该节拍运用于强有力的跨行四行诗节时，它多半省略了四行诗节之间的空白，他开始沉湎于将其用于激烈争论。《致一位富人，他承诺致一位富人，他承诺再次给都柏林市立美术馆捐款，如果证明人民真的想要画的话》(叶芝标注的创作时间为1912年，以下简称《致一位富人》)[3] 这首诗的四行诗节步伐迅敏、韵律“规则”(abab)。叶芝充分利用跨行四音步诗行的相对迅敏（它使用聚合而非并列的句法），迅速扫视随着时间推移仍值得嘉赏的艺术作品。希腊给西方世界提供了逻辑、法律和艺术的准则；普劳图斯在公元前数个世纪时便以拉丁文创作戏剧；文艺复兴时期一位王子，费拉拉的厄科尔公爵，将他收藏的普劳图斯作品给他的“哑剧演员”，因此那些演员才有可能通过模仿古罗马喜剧开始本土剧院工作；卡斯蒂里昂报道基多巴尔多·迪·蒙特菲尔卓公爵在乌尔比诺举办了一场类似的艺术赞助活动；叶芝认为这些赞助人希望意大利的逻辑学、法学和艺术繁荣兴盛，他们不仅可以从本土的古罗马时代吸取养分（罗慕路斯和雷穆斯靠吮吸一头“罗马”母狼的奶汁活了下来），而且，“通过吮吸希腊的乳头”，那些军阀赞助商们也变得温文尔雅。诗人用古代和文艺复兴时期的范例激励那个“富人”，因为他说过如果能“证明”都柏林人“真的想要画的话”，他会出资修建一个美术馆展出雷恩爵士的绘画遗产。

起初我们很纳闷，叶芝将这首诗大致分为数量不等的两部分，第一部分二十八行，第二部分仅八行。叙述意大利赞助系统的历史之前，这首诗先用一个八行的单句作为序曲嘲讽这位现代富人。初次阅读时，读者会认为有关富人吝啬的这一部分应作为单独的一节来写，这样便与诗尾的八行诗相称，呼吁富人出资赞助今天的艺术。这首诗第一句描述爱尔兰赞助人粗暴和胁迫的要求，使用跨行四音步诗行模仿来自“白丁”和“穷人”那可怜的一个半个便士的捐赠，（据那位富人说）还要他手里的金币。不同阶层源源不断的捐款，或少或多，一点点都体现在叶芝诗歌的句法里——“你不会再给／直到足够［便士和半个便士］／躺在／作为……‘证据’／在你放下你的金币之前”：

致一位富人，他承诺再次给都柏林市立美术馆捐款，
如果证明人民真的想要画的话

你给了，但是不会再给
直到有了足够白丁的便士
躺在穷人的半个便士旁
作为“某种证据”，
在你放下你的金币之前，
放下金币是一件荣耀的事情
那钱币可以让这个盲目又无知的小镇
想象它最兴盛的样子。

描写当代的富人拒绝出资后，第一节剩余的二十行穿越历史。连续的诗行、四行诗节之间省略的空格以及诗中的句子大胆超出韵律单位的界限，这些都是“宏伟”形式的指数——过度慷慨——叶芝眼里的文艺复兴时期赞助者的特点。这首诗以轻快的步伐展开一系列专有名词——厄科尔公爵、普劳图斯、基多巴尔多、乌尔比诺、卡西莫、米舍罗佐、圣马可教堂、意大利、希腊。如同电影镜头般展示，过去慷慨解囊的捐赠者竟是那些无知的民众：费拉拉集贸市场

的“洋葱贩子”，乌尔比诺周围的牧羊人，佛罗伦萨充满敌意的群众，他们还赶跑了卡西莫·迪·美地奇。（这些匿名的普通民众恰巧与刚开始提到的现代“盲目而无知的”“白丁和穷人”相对，据富人称，这些“白丁和穷人”没有显示任何想看画作的“证据”。）

这节诗的历史记事揭示叶芝打算将意义单元的长度随着诗歌的发展而“加长”：五行写厄科尔公爵，紧接着六行写基多巴尔多，再有九行写卡西莫（我以下划线标记四行诗节之间本应有的空格）：

那些洋葱贩子想什么或者做什么
厄科尔公爵丝毫不在意，他让
他的哑剧演员们去到集市，
<u>这样他喜欢的普劳图斯就能给</u>
意大利的喜剧演员们示范步伐?
而基多巴尔多，当他在
乌尔比诺多风的山丘上，
<u>创办文法学校教授礼仪</u>
供才子佳人学习技艺后，
便不再派信使来回跑动
无须知晓牧羊人的心愿。
<u>他们赶走了卡西莫，</u>
他却并未在意他们的怨恨，
他把他们解放的自由时光
献给了米舍罗佐新近
<u>设计的圣马可图书馆，</u>
在那里动荡的意大利
通过吮吸希腊的乳头，
于艺术、逻辑和自然法则中
找到乐趣，最终获得和平。

三位赞助者——厄科尔公爵、基多巴尔多·迪·蒙特菲尔卓、卡西莫·迪·美地奇——各自活跃的行为都以一个独立、复杂的聚合句表现。因此，这三个句子被视为提供平行的例证，作为文艺复兴史上刺激的投资活动，民众对于希腊和罗马经典作品的赞助将“动荡的意大利”于艺术中“找到乐趣，最终获得和平”。我们现在理解了——正如我们之前不理解——为何富人必须与文艺复兴时期的贵族身处同一诗节：捐献过程中他们的小家子气与意大利赞助者们的慷慨大气形成强烈反差。富人被迫与文艺复兴时期的贵族一并“活在”第一节；因被置于“他们的”诗节，他倍感羞辱，比起那些更为慷慨的前辈来显然“相形见绌”。

这样看来，《致一位富人》其形状是辩证的而非线性的。这首诗为这位富人提供两个截然不同的选择（“不捐”和“一定要捐！”），辅以三组历史人物范例：

A：你现在（糟糕的）选择（“不捐”）
相反，他们曾经（明智的）选择捐
厄科尔……基多巴尔多……卡西莫
B：你将来（明智的）选择（“一定要捐！”）

叶芝十分清楚该结构，结尾时单独以两节四行诗作为来自当代的劝告，诗尾结构长度上与开头两节谈论当代的四行诗结构完全一致：

你摊开的双手宣告我们的损失，
因为他［卡西莫］更知道如何生存。
就让白丁们去玩抛掷硬币的游戏，
抬头仰望太阳的眼睛并且赠予
那些狂热的心称之为好的东西

> 总有新的一天能够孕育出翘楚
> 因为你所赠予的，并非他们所愿，
> 而是鹰的巢穴所需的宝贵枝桠！
>
> (287—288)

叶芝说道，就让人们在街上继续玩那一个半个子儿的游戏；至关重要的是富人的金币应该给巢穴提供“枝桠”——雷恩画廊——那会最终孵化代表爱尔兰艺术的雏鹰。细枝层层叠加搭建巢穴的理想过程，就像详述文艺复兴时期的文化范例，在表达过程中超越了韵律单位。因为这种有目的的建筑“枝桠”的集合，不太适合使用“不规则”押韵的四行诗节：在这建筑过程中，既然要推荐完善的文化，其每一块独立的四行诗砖就必须完美。[4] 同时，由于这首诗事关雷恩遗产的公众事宜（当时的报纸大肆讨论），诗人——尽管他没有隐藏他的学识，自由地引证了不少历史事件——斟酌这首诗的用词时，他选择了一系列通俗的词语：“向下”和“小镇”，“创办”和“技艺”，“山丘”和“心愿”，“找到”和“法则”，“生存”和“赠予”。这些都是报纸上常见的词语，这首诗带有评论性质，它尖锐讽刺的强调以及其简洁的例证，同时遵循有说服力的报章杂志和诗歌创作的规律。

1916年，叶芝在创作中期使用一种完全不同的抑扬格 / 扬抑格四音步写作了一首奇特的、被人忽视的挽诗《纪念埃弗雷德·珀雷克斯芬》。这是一首纯粹“私人的”、家庭的诗，写于叶芝的舅舅埃弗雷德葬礼的前一天，哀悼“一个风趣、没有野心的人”。埃弗雷德五十多岁时离开冷漠之城利物浦，他在那里是“芸芸众生中的无名之辈”，回到土生土长的斯莱戈与妻儿团聚。他的父亲有十二个子女，埃弗雷德是七个儿子中最小的一个；他的大哥乔治已经去世，与父母一同葬在斯莱戈的墓园，埃弗雷德也将长眠于此。他的三哥约翰，利物浦的船长，也去世了，不过却没有被安葬在斯莱戈，那他又在哪儿？从这些不太乐观的素材中，叶芝以混合的抑扬格和扬抑格四音步对句写成这首三十九行单节挽歌。无论是措辞还是句法，《纪念埃弗雷德·珀雷克斯芬》都是叶芝最简单的挽歌，虽然它同《致一位富人》一样，意义结构随着全诗行进而逐渐拉长。我们注意到，不断拉长的句子在诗的中部被奇怪打断而暂时中止，后以短句结尾：诗里的句子分别由五、七、八、（二、一、）十二和四行组成。最后一句（有四行），很明显，是结束语，不过，在五、七、八行组成的句子和长达十二行的句子之间，出现了两行和一行的两个句子，我们又该如何理解这一奇怪的间隔呢？我们将会看到，除了长度异常之外，这两句长为两行和一行的诗句还有其他引人注意的原因。

我们有些疑惑地发现，提到这首诗的写作对象埃弗雷德·珀雷克斯芬时，已经到了诗的中部。葬礼上，叶芝的思绪回溯至二十五年前，他外祖父母威廉和伊丽莎白·珀雷克斯芬的辞世；接着五年前，他那忧郁的舅父乔治（一个共济会员，也是一名占星师）的离世；最后，没有特别指明时间——事实上是十六年前——他那焦躁不安的（且忧郁的）水手舅父约翰：

二十又五年过去了
自从老威廉·珀雷克斯芬
将他的老骨头放倒在
他的亡妻伊丽莎白身旁
他建造的灰色的石墓里。
二十年后人们将他们的儿子
乔治，那个占星师也埋在那；
共济会员们从四面八方赶来
将金合欢树枝抛撒在
一个忧郁的男人身上

在他呼吸开始的地方结束了生命。
他们很多子女安葬的
地方远离了故乡的天空，
远离摩尔商业街和伊兹文法学校，
在伦敦或者在利物浦；
不过那水手约翰如今身在何处？
他曾经去过那么多地方，
平静的陆地、颠簸的大洋
与印度人或日本人做着生意？

考察《纪念埃弗雷德·珀雷克斯芬》这首诗的开头时（我们一直期待其对象的出现），我们看到，虽然这首挽歌以两两押韵的对句组成，其上半部分的基本意义单位却是四行诗节，由跨行的对句组成。四行诗节（基本上）一直平稳进行到第二十行：实际上由五个句子组成，各占五、三、四、四、四行。随后，奇怪的事情发生了：我们看到了一节“有缺陷的”四行诗，它由之前提到的两个奇怪的句子组成，分别由两行和一行诗构成。这节只有三行的“四行诗节”，其“缺陷”导致了整首诗总共有三十九行而非“应有的”四十行：

他从未在陆地找到安宁，
郁郁寡欢地想着下一次航行。
人们究竟把水手约翰埋在了何处？

“缺失的那一行”，是这节“四行诗”的“第四”行，象征着失踪的约翰。我们起初并没有感觉到它的缺失因为下一节四行诗的第一个押韵词，son（儿子），与 John（约翰）押韵。正如我们先前看到的，叶芝在其他诗里也使用了相同的策略（比如《塔堡》的第三部分和《论女人》），这样我们并不认为其他三行的“四行诗”是相对

“有缺陷的”。如果叶芝将这节不完整的“四行诗”减为一个对句（这首挽歌的韵律单位），其“缺陷”便不至于如此明显；不过，他并没有那样做。相反，他额外“增加了”第三行（步 ashore / more［陆地 / 下一次］韵脚），故意突出这一怪象，重复先前对约翰的哀悼：“不过那水手约翰如今身在何处…… / 人们究竟把水手约翰埋在了何处？”这节有缺陷的四行诗节的“瑕疵”，因舅父遗体下落不明产生的痛苦和困惑让人如此伤感，以至于读者几乎都要将兴趣从埃弗雷德身上转移（他至今还未被提及），至少从标题上看，这首挽歌的感染力应该更多地倾注于埃弗雷德。

这首诗的后半部分，埃弗雷德的后半部分（我们可以这样称呼它），放弃了前半部分以独立的四行诗节筑成墓碑献给已逝的长者，而采用连续的四行诗节更适于表现尚在人世的埃弗雷德。叶芝这位没有野心的舅父，在利物浦的家族企业里如鱼得水，却非常思念家乡和家人，最终被写入了这首低调（却不简单的）诗里。一个句子十二行（基本都是抑扬格，与温和的埃弗雷德相称），总结埃弗雷德的斯莱戈葬礼以及他最后十年的返乡过程。先前固定的四行诗节墓碑逐渐融为记忆，韵脚也变为轻盈：

> 就在昨天，最小的儿子，
> 一个风趣、没有野心的人，
> 埋葬于此，与占星师为邻，
> 昨天也正是第十年，这个
> 芸芸众生中的无名之辈，
> 曾经一度志得意满，
> 决定必须返航回家，
> 既然他已年逾半百，
> 再次成为周围民众
> 口中的“埃弗雷德先生”

他们的记忆里承载着
他的童年和他的家庭。

至此，我来到本诗最古怪之处：尽管标题表示为一人所写的挽歌，事实上它却是为六个人书写的挽歌。他已明确提到珀雷克斯芬家族中的五个人，分别是叶芝的外祖父威廉、外祖母伊丽莎白；乔治（叶芝父亲的同学，叶芝最熟悉的舅父）葬在二人墓旁；约翰，葬于他处，下落不明；埃弗雷德，与他的父母和哥哥同葬于此。[5] 但是，第六位珀雷克斯芬成员隐藏于此，她同样隐身于《为我女儿祈祷》一诗：她便是苏珊·玛丽·珀雷克斯芬，叶芝母亲，那些已故舅父们的姐妹。苏珊于1900年1月3日去世，她并未与她的父母和手足一并葬于斯莱戈的家族墓地，而葬于伦敦。[6] 由于埃弗雷德于1916年去世，叶芝于斯莱戈再次感受母亲的离世，落叶并未归根。我认为，她未被点名的缺席存在，生成了这首诗里奇怪的结尾，回忆每位珀雷克斯芬离去时，女人们听到了“一只虚幻的白色海鸟”的哀鸣——在爱尔兰语里，是白色仙子（Banshee），或说“白色的”（爱尔兰语“ban”）仙子（“希神”，音同“Shee”）。（爱尔兰神话中，希神是成年的男神或者女神，而非“神话”一词的词缀。）乔治·珀雷克斯芬去世后，叶芝在信件里明确地将白色仙子与他的母亲及她的家人联系在一起。《自传》(55) 里，弟弟罗伯特死后，叶芝写道，“我听人说起，我母亲和她的仆人在弟弟去世的前一晚，都曾听到白色仙子的叫喊声”。1910年9月28日，乔治·珀雷克斯芬去世以后，叶芝写信给爱德华·戈登·克莱格：“我的舅舅，一位出色的占星师，在我母亲的白色仙子哀号之后，刚刚在此与世长辞。”一天之后，在写给安妮·霍尔尼曼的信里，他说：“白色仙子，跟在我母亲家人身后哭丧。仆人和我的妹妹［丽莉］都听到了。”（♯1433，♯1435）为纪念埃弗雷德·珀雷克斯芬，叶芝此时也加入了那群哀号的妇人；不过，他通过诗歌并伴以他母亲白色仙子的哭声，以“一只虚幻的白色海鸟”为代表：

在这些墓碑旁，女人们听到
一只虚幻的白色海鸟
哀鸣一个人即将离去；
随着那鸣声我大声哭喊。
(360—361)

“与珀雷克斯芬家族联姻后，我们与悬崖峭壁都能交谈”，叶芝的父亲这样说道，但他却认为叶芝家族有“想法却没有激情”[7]。叶芝此处默默地将其母亲珀氏加入她家族的挽歌中，并以诗歌回应她那虚幻的白色（ban）海鸟 / 希神－鸟 / 白色仙子的哀鸣。

为何叶芝以如此“简单的”四音步诗行给埃弗雷德·珀雷克斯芬——以及数位珀氏家庭成员——写作挽歌？他的其他挽歌往往采用更复杂的形式；即便是四音步的戈尔－布斯挽歌至少也使用了复杂的抱韵式，而此处叶芝以最原始的形式——对句——两两押韵。为奥古斯塔·格雷戈里所作的挽歌（在两首库勒庄园诗里）以八行诗节写成，帕内尔挽歌亦如此（《帕内尔的葬礼》），《重访市立美术馆》里纪念的那些朋友也是如此[8]；为罗伯特·格雷戈里所写的挽歌借用十七世纪考利的八行诗体写成；《美丽而高尚的事物》中纪念“奥林匹克人”以史诗六音步写成；为毛德·岗提前作的挽歌《一个铜质的头像》是七行皇家体。珀氏家族既非艺术家又非作家，是商人；为他们所写的挽歌（叶芝一定思考过）必须与他们的质朴甚至是天真相匹配。因此，诗人在其中还加入了一些珀氏家庭的人可能说过的话语。他们可能说过“大洋 / 与印度人或日本人做着生意”；他们可能不停地哭喊“人们究竟把水手约翰埋在了何处？”；他们可能吹嘘过“共济会员们从四面八方赶来 / 将金合欢树枝抛洒在”乔治的身上；他们也很熟悉斯莱戈的那些地名“摩尔商业街”和“伊兹文法学校”。当我们看到叶芝以“毫无艺术气息的”四音步对句哀悼珀氏家族成员时（然而他保留了作家的权力，他不仅推迟了埃弗雷德的出场，同样在诗尾还隐藏了对于母亲的哀悼），我们看到这些四音步诗行——大方、亲切，甚至有些孩子气的节奏和措辞——与《流浪的安格斯之歌》中甜蜜的四音步相比有多大相似度；当然与《流浪的安格斯之歌》不同的是——它与作者同处一时代，并且使用家庭生活的语言。这首诗由爱尔兰现代最伟大的诗人写成，为表达对“风趣、没有野心的”舅父的敬意，证明了艺术能掩盖艺术。这首诗因其罕见的朴素表达而格外动人。

后期四音步诗

《纪念埃弗雷德·珀雷克斯芬》让读者意识到四音步诗行潜在的温和。如果我们的脑海中仅有叶芝使用四音步进行大胆预测的诗（《致一位富人》《人与回声》），我们可能会认为这种热情的甚至有些好战的诗行不适合用来悼念两位女人，伊娃·戈尔－布斯（卒于1926年）和她的妹妹康斯坦斯·马科维奇（卒于1927年）。《纪念伊娃·戈尔－布斯和康斯坦斯·马科维奇》（475—476，以下简称《纪念》）写于1927年10月，很显然，康斯坦斯的去世促使叶芝写作此诗。为戈尔－布斯姐妹写作的挽歌再次利用了四音步诗行的一些特点：温和、轻慢、好斗。第一节表现安宁的家庭生活，第二节贬低二人的政治活动，第三节改善诗中预示的末日结局。如前所述，叶芝给这首为“贵族”所作的挽歌配以四音步抱韵四行诗节，丁尼生在《悼念集》里所有诗都使用该诗节形式（该诗集是为纪念他的亡友亚瑟·哈兰姆所作）。叶芝刚开始写作戈尔－布斯挽歌时似乎就在思考《悼念集》里的四行诗节；从草稿可以看出，他迅速采用了抱韵形式。[9] 写作过程中，他决定，保持韵律结构同时，不效仿丁尼生诗节四行一空格的形式，而写作两首长短不一的诗构成组诗，以罗马数字标记，前二十行为第Ⅰ部分，后十二行为第Ⅱ部分。（第二章论述《驶向拜占庭》时我曾解释道，叶芝给诗的每个部分标上罗马数字是为了以每个部分代表说话者所处的不同地方或位置——我称之为"站点"，这个词来自济慈称赞弥尔顿将人物"放置于"某一视野领域。）现存草稿的第一页显示，除了丁尼生诗节形式，还有两个问题也刺激了作品的诞生：姐妹俩精致的人生刚开始为何就成了悲剧以致她们的人生戛然而止？她们应该对此负责吗？草稿上第一组词语便已宣告悲剧（他明显为姐妹俩开脱，谴责"爱尔兰"），而第二组词激起叶芝第一次拜访利萨代尔——戈尔-布斯宅邸时，见到美人的回忆：

但是，爱尔兰是个相貌丑陋的老妇
而且，她好像用呼吸去感知一切
……但是遇赦后，挨过寂寞的年岁

阳光撒在海面和山上
一张桌子延伸
一张桌子和窗户朝南[10]
（*WS*，3）

正如我们现在所看到的，完稿颠覆了草稿中的顺序，并且，它以甜美而流畅的田园短诗格律开头，拼接了多个逗号，而非上文的指责：

利萨代尔，傍晚的灯光，
朝南的大窗户开着，
两个女孩身着丝质和服，

她们都很美，一个像羚羊。

虽然诗的开头语法结构齐全，其句法单元（句子片段）与四行诗节的行数对应，渐渐地，诗句——因为一系列灾难性事件——开始超越并无视其四行诗结构。这首诗——我先移开其中一组对句，稍后再谈——打破开头（温和悦耳的四音步营造的）场面，以性别色彩否定女性参与政治活动，表现理性的讽刺和不屑一顾（用费力的 c's, d's 和 g's 辅音叠加以表示其严苛的态度）：

姐姐被判处了死刑，
被赦免了，挨过寂寞的年岁
在愚昧的人中继续从事阴谋。
我不知道妹妹的梦想是什么——
某个模糊的乌托邦——她好像
那种政治的一个影像，
年老色衰，瘦骨嶙峋。

叶芝对于同时代人和姐妹俩从事反英活动持消极态度，其辛辣尖刻的幽默态度大抵源自这种消极态度产生的罪恶感（这在组诗的第二部分得以证实）。（康斯坦斯因参与复活节起义而锒铛入狱被判死刑，后因身为女性而免于死罪。她被判处监禁一年，释放后继续从事政治活动；伊娃成了一位妇女选举权论者。）

诗人百思不得其解：她们的前途本是一片光明，为何遭此劫难？草稿中，叶芝试用两行诗写下两个乏味的意象（最后并未采纳）：春天变成夏天，接着变成了秋天，以解释和辩驳季节的更迭。他未采用的第一个版本将季节的衰落归咎于时间的消耗，像夏日“流逝”至秋日：

但那春日慢慢变成了夏日
渐渐地，又迎来十月风吹。
（*WS*，5）

他未采用的第二个版本试图将夏日树叶的“消失”归于类似雪莱的秋风，只是其力量更弱：

夏日的落叶消失了
只因十月的呼吸。
（*WS*，5）

叶芝遗漏了有关十月秋风的第二行（尽管此处需要以“-eath”押韵词［breath，呼吸］结尾的诗行与“姐姐被判处了死刑”这一行［最后一词为 death，死亡］押韵）。不过，虽然他保留了“但那春日慢慢变成了夏日”，但接下来数版草稿中，这行诗并无与 death（死亡）对应的押韵词。甚至这首诗历经数版印刷后，仍有一整行缺失。就在最后时刻（在诗集《旋梯》第一版清样前后的空白页里），叶芝解决了解释性诗行这个关键问题，其灵感源自弥尔顿的《利西达斯》。这时，他不再使用消耗或衰退，而是使用出人意料的暴力语词：

但是疯狂的秋天剪下
夏日花环上的花朵。
（*WS*，16n）

一心复仇的命运之神阿特洛波斯手持厉剪，挥向住在利萨代尔的热情奔放的姐妹俩；下一行续写秋日的肆虐，我们见到往昔夏日花环上完好的花朵饱受摧残的痛苦。为了与 death（死亡）押韵，叶芝发明了 wreath（花环），用花朵缠绕的圆环，以替代之前的押韵词

breath（呼吸）。剪，在叶芝这首诗里是一个强有力的动词，而在其原始出处《利西达斯》里，它是个名词：

> 然而当我们希望得到公正的报酬，
> 并且思索着灵光就要到来之时，
> 复仇的瞎眼女神手持厉剪不期而至，
> 一刀剪断了细若游丝的生命之线。

叶芝回应并改变了他前辈的诗句——因为弥尔顿的瞎眼复仇女神变成了一心复仇的秋日；弥尔顿的一刀（动词）变成了剪下（动词）；他的厉剪（名词）变成了剪下（动词）；他的火光、花朵——既能在叶芝的诗行见到它们的影子，同时还体现了叶芝的原创性。姐妹俩的悲剧"归咎于"最后三行疯狂的复仇女神，最终她们也免于刑罚。为对抗开篇利萨代尔悦耳的抑扬格音律，我们注意到此处重音音节 shears（剪下）越过行末剪掉重音音节 blossom（花朵），叶芝强力迫使四音步节奏变成了野蛮的扬抑格，并发明了相互抵触的扬扬格跨行结构：

> 但是疯狂的秋天剪下　But a raving autumn shears
> 夏日花环上的花朵。　Blossom from the summer's wreath.
> （*WS*，16，nn5 / 6）

虽然叶芝在这首诗送去印刷后才插入一个青春美的意象作为花环，但我认为早在他动笔时他便已下意识或在心里思考它，因为这两节罗马数字标记的部分，正是这首诗自己生成的两个花环，两个圆环：这正是其至关重要的结构特征（这解释了叶芝为什么决定放弃四行诗节之间的空格）。在第一节二十行诗的尾部，叶芝重复最初对于姐妹俩的描写："两个女孩身着丝质和服，/ 她们都很美，一个像羚羊。”记忆获得重生，诗行首尾相接，形成一个“花环”：

很多次我想去寻访
姐姐或者妹妹，谈论
那乔治年间的旧宅子，混合
脑海里的画面，记起
那张桌子和关于青春的谈话，
两个女孩身着丝质和服，
她们都很美，一个像羚羊。

类似的是，第二部分一共十二行，其最后一行“让我划一根火柴点着”连接早前“起来，让我划一根火柴”，作为预示灾难的第二个“花环”，为第一个饱受摧残的天真“花环”复仇。[11]

虽然叶芝受丁尼生挽歌的影响，沿用《悼念集》四行诗节形式，不过，从那4×4的“完美矩阵”——四音步诗行横向交错排列的抱韵式中，叶芝创造了个人的四行抱韵式结构。这首挽歌告诉我们叶芝究竟从丁尼生的诗里继承了什么？我们看到，诗开始时是无动词的静态画面（通过名词展现了一幅油画——灯光、利萨代尔、窗户、女孩），弥尔顿诗中的剪刀带来的暴力（从名词变为动词）打破了画面的宁静，迅速生成了姐妹俩后半生的素描，数十年压缩于寥寥数语。我们在第一部分的结尾部分（“很多次”）看到了叶芝跨行连续的巅峰（此手法多于丁尼生的挽诗），一行行以积极的动词推动欲望的前进：诗人想要寻访（“姐姐或者妹妹”），谈论（“旧宅子”），混合（“脑海里的画面”），记起（“那张桌子和关于青春的谈话”）。这里，四音步诗行巧妙地围绕行尾，迅速织成第一节的“花环”。（下面我会谈到更多有关叶芝改写的《悼亡集》四行诗节。）

至此，第一部分里，叶芝以第三人称谈到姐妹俩——“两个女孩”“姐姐”“妹妹”。但是现在，他开始写作第二部分。戈尔－布斯姐妹活着的时候他再也没有拜访过二位，这让他感到很不安。纯粹表示赎罪的意愿让他直面二人，为了见面他甚至得跨到另一个“站点”，逝者的领地。那“跃至另一个地方”（就像《驶向拜占庭》里）让叶芝以罗马数字标记这两节诗，让《纪念》这首诗成了一部组诗而非一首两节的抒情诗。离开他的“站点”去到幽灵的领地，叶芝便可以直接以第二人称与姐妹俩的幽灵对话，这大力提升了这首诗的温度。他的口吻，或许，还有一丝屈尊俯就：他说，现在姐妹俩也学会了他早已知晓的——“战斗的蠢行 / 反对共同的错误或者正确”。草稿中，他开始有些高人一等：

亲爱的幽灵们在坟墓里学会
~~现在学会了超越坟墓~~
一切战斗的蠢行
那样?~~ 像 / ? & 应~~该永不战斗
（*WS*，7）

不过，最后的定稿中，叶芝的语调不再高高在上，一反先前的抵触情绪，他摇身变成一位格言警句大师，嘴里念叨着老生常谈的谚语智慧：

亲爱的幽灵们，现在你们都知道
一切战斗的蠢行
反对共同的错误或者正确。
天真无邪者和倾国倾城者
她们没有敌人除了时间。

然后是这首诗里最让人诧异的转折点，叶芝颠覆了他先前的嘲讽，并且承认要完成未来的事业他必须从姐妹俩那里寻求帮助，他甚至有些嫉妒她们的行动方向（就像他会羡慕组诗《内战时的沉思》之一《我门前的路》中的士兵）。姐妹俩一呼百应；而他是个诗人，“做着长期伏案的活”，并不清楚应该如何点燃一场火，一场烧尽时间的小火，却是无辜者如利萨代尔的美丽的两姐妹的真正敌人：

起来，让我划一根火柴
再划一根，直到燃尽时光；
倘若大火熊熊燃烧，
那就奔跑，直到所有圣哲知晓。[12]

姐妹俩将成为这次宇宙探险的指挥者；诗人无法划亮火柴直到她们要求他这样做。若她们俩命令他加入，那三人将一并执行这项形而上的任务，打败其他所有人，获得《启示录》中所预示的、激烈的世界末日的胜利。接下来，同样让人吃惊的是，诗人彻底转变了他对姐妹俩的指控——起初和她们保持相当的距离，使用第三人称称呼二人，现在，作为她们的追随者，真切地恳求她们发布点火的命令——与她们同心协力，从他早期的同情、进而恳求的第二人称改变为激动人心的第一人称复数，使他和她们一同获罪（以强有力的扬抑格节奏）：

我们搭建了伟大的楼台，
他们［圣哲们］宣告我们有罪；
让我划一根火柴点着。

诗中第一个“花环”完结（第一部分结尾的呼应）和第二部分第六行起开始编织第二个“花环”（“起来，让我划一根火柴”）之间，叶芝加入有关道德评判的格言警句，比两个“花环”更普遍而富有哲理。因此，整首诗的形状由三部分构成：“花环”、警句、“花环”。这样一来，我们需要解释，为何叶芝只用两个数字标明两部分而非更有“逻辑的”三部分？我们看到第一部分用来记载姐妹二人曾经积极的世俗生活，而第二部分发生于想象层面，姐妹俩死后其幽灵所处的圣哲领地：

<u>第一部分，“现实生活”站</u>

1号花环{
第三人称田园诗（“两个女孩”）
（寓言式的秋天对句和它的结局）
回忆田园诗（“两个女孩”）

<u>第二部分，“来生”站</u>

第二人称称呼（“亲爱的幽灵们”），警句和圣哲箴言

2号花环{
第二人称请求（“起来，让我划一根火柴”）
第一人称复数一同获罪（“我们搭建了伟大的楼台”）
第二人称请求（“让我划一根火柴”）

这一结构描绘对于生活补充想法的叠加，因为第二个花环于想象的层面，向第一个花环中所有的历史错误“复仇”。不过，第二个花环编好前，叶芝必须通过格言警句宣布这首诗的道德结论，以评判他个人和两姐妹。(警句最终出现于两个“花环”间，因为若以警句结尾则显得格外平淡无奇，表示叶芝屈从命运并与时间针锋相对。）叶芝承认，他们一起在爱尔兰创建了不宜居住的“楼台”或者英—爱文化这一“蠢行”，而爱尔兰热衷于自己的天主教以及（叶芝看来）物质主义的建筑，他们的楼台建筑注定要被驱逐。他和戈尔-布斯姐妹都（他现在承认了）因参与反对当时“共同的”错误或正确战斗而获罪——她们参与了暴力、阴谋和模糊的乌托邦计划，而他写作了大量政治文书和参与社会活动，尤其当他年轻的时候。[13]

他和她们都被时间毁灭了：如果他生前没有与她们一道，那现在，姐妹俩已是“幽灵”（而且，为了和她们说话，他得置身于她们所在的冥府），他将与她们密谋他的自我完善之道，因为他们三人都要向毁灭自己的时间复仇，在圣哲面前凭借末日想象的动力为自己开脱。

挽歌永久的冲动是“修补”真实历史（“让我们脆弱的想法戏弄虚假的猜测”）。叶芝不会承认——至少不会在这首“正方形”四音步四行诗节的诗里——“脆弱的”想法，也不会将死后他与姐妹俩的激进合作描述为“虚假的猜测”（原本以为是这样）。如果我们将这首诗的第二部分视为叶芝早该进行、后知后觉的道歉行为，或者是在想象中他完成了在她们生前他未能成行的利萨代尔之行，那么我们可能会更支持第二部分。这首诗的道德核心是第一人称的“我们”，由于这个词，叶芝在诗的后半部分，承认他与她们一并犯下的罪行：“我们搭建了伟大的楼台，/ 他们［圣哲们］宣告我们有罪。”[14] 他坦言，只有在冥府，在圣哲的领地，那里的每个人才“知晓”他在诗歌中部引用的道德格言，因此，他将警句置于第二部分的来世而非第一部分的历史年代。他自我反省时悟出人生的“蠢行”，最终让他能够同情和尊重她们，因为她们已是来世智慧领地的栖居者。

四音步诗行的多样性和《悼亡集》四行诗节的灵活性，都体现在这首诗里：随着最先抑扬格的和谐（“夜晚的灯光”）到扬抑格的愤怒（“但是疯狂的秋天”），从愤怒（“年老色衰”）到同情（“亲爱的幽灵们”），从同情到教化（“天真无邪者和倾国倾城者”），从教化到武装力量（“起来，让我”）。这种形式的多样性部分来自叶芝对于声音和节奏的掌控，如最后三行押头韵的扬抑格，粗糙的“b”音效果和着原先用来诋毁姐妹俩冰冷的“c”和“g”音，现在同样用来表现诗人：

我们搭建了伟大的楼台，	We the great gazebo built,
他们宣告我们有罪；	They convicted us of guilt;
让我划一根火柴点着	Bid me strike a match and blow.

叶芝对于《悼亡集》中四行诗节的处理也显现了他的个人创新。第一个韵音出现在第四拍，与它押韵的音出现在第十六拍，这期间读者等待了十一拍之久。有关第一个押韵词的节拍分布如下图所示：

1 2 3 4
The light of evening, Lissadell,
5 6 7 8
Great windows open to the south,
9 10 11 12
Two girls in silk kimonos, both
13 14 15 16
Beautiful, one a gazelle.

这节弓形的韵弧长时悬挂，将-dell 和-zelle 之间发生的一切聚拢于读者脑海；south-both 这对不显眼的斜韵在长时悬挂过程中几乎让人察觉不到。鉴于抱韵的韵律结构，我们期待它能带来某种解决方案，以完成每一组新的“外部的”押韵词。如下文所示，诗行都于句子中部开头和结尾，究竟有多少词可以囊括于一节“四行诗”内，我们的问题始终未能解决：

那种政治的影像。 (politics)

很多次我想去寻访姐姐或者妹妹，谈论那乔治年间的旧宅子，混合［。］ (mix)

我们看到，除第一节外，这首诗里所有诗节都打破了通常情况下叶芝试图达到的句子与韵律单位的对等。最后一节，尽管叶芝让它读起来句式结构尽可能完整，实际上这开始于一个句子的中部：

> 那就奔跑，直到所有圣哲知晓。　　(know)
> 我们搭建了伟大的楼台，他们宣告我们有罪；让我划一根
> 　火柴点着。　　(blow)

因此，叶芝重新界定了丁尼生《悼亡集》的四行诗节以及其四音步诗行：比起丁诗的规则和反思，它们更频繁、更有煽动性，让人内心不安而非丁诗那般抚慰人心。这部组诗绝大多数四行诗节都与句子针锋相对，诗行频繁跨行而非结束于行末，每个部分都成为花环中花朵的连续排列，而不是人为重复诗行长度和可以感知的四行诗节形式的组合。

从戈尔－布斯挽歌可以看出，一个诗人，能默默地与他所选择的格律合作、炫技甚至针锋相对。为证明最后一点，我将讨论其他两首四音步诗。在这两首诗中，叶芝反对四音步自然的节拍和动力，这在《致一位富人》和《纪念》中已非常明显。这两首简短的战争诗像一对双胞胎，叶芝先后将其排列于组诗《内战时期的沉思》的第五部分和第六部分。第一首《我门前的路》共三节，情绪低落；第二首《我窗边的燕八哥巢》共四节，带有乌托邦性质。两首诗均以四音步诗行写成，因为它们都是战争诗，都使用行军节拍。不过，奇怪的是，两首诗都以五行诗节写成。（五行诗节的诗行较为简短，其韵律结构是四行诗节 abab 的扩展；此处它显示第二行和第五行之间“额外”插入了一行。）在长度如此有限的诗节里，四音步从来没有机会完全舒展：哪怕《流浪的安格斯之歌》中每节也有八行，允许每节叙述的长度也不过如此。

《内战时期的沉思》写于1923年，反思爱尔兰的内部冲突。英国

在1921年英—爱条约里声明允许爱尔兰建立自治领，共和党内某团体不接受分裂，拒绝签字。（内战开始前，爱尔兰共和军与英国黑棕部队已展开游击战，叶芝写作《1919年》一诗以纪念，我们在第三章已展开讨论。）《我门前的路》（423—424）一诗描写的一切发生在叶芝于戈特的石塔祖屋，停火的间隙，双方军事代表相继拜访过塔主叶芝，态度友好。诗人并未表明自己的政治立场，他表示羡慕双方，因为他们都是行动派，而他，作为一名作家，不仅与世隔绝（他们代表披着战争外衣的社会），也与周围一切“自然”生物的生活隔绝，悲伤转身离开前，他附身凝视那只红松鸡和它的稚子。他沿着旋梯登上塔顶的书斋，感觉自己好像上升到另一个地方，顷刻间疏远了真正的外部世界（无论社会还是生物）。我将第五部分复制于此，却没有照搬诗集里三节排列的顺序，这是为了反映其公正的内部政治结构，并且展示该结构溶解于疏离：

V

我门前的路

一个殷勤的杂牌军人
一个福斯塔夫式的胖子，
前来说一些内战的笑话
好像倒在枪口之下会是
太阳底下最好玩的把戏。

一位黝黑的中尉和他的士兵，
身上穿了件警察的制服
站在我门前，我抱怨这
恶劣的天气，冰雹和大雨，
暴风雨还吹倒了一棵梨树。

我数着这些带羽毛的煤烟球
红松鸡漂浮于溪水上，
平息了我脑海里的妒忌；

然后转向我的书斋，陷入
一场梦，梦里冰天雪地。

这首诗是关于小型对话掩盖下的沉默：杀戮始终未被提及。叶芝的古塔附近发生了可怕的事件，这些事件有可能是德·瓦勒拉手下爱尔兰共和军那些非正规军人所为——或者，也有可能是自治政府的中尉和他的士兵所为。我们记起叶芝更早在《1919年》里也描述过此类恐怖事件：

> 如今的日子是恶龙当道，噩梦
> 骑在睡眠的头上，一伙醉鬼士兵
> 居然撇下那母亲，横尸宅前，
> 满身鲜血匍匐着，扬长而去。

不过，没有人会在私人场所见面时挑起暴行。爱尔兰共和军非正规军人说着笑话，诗人对自治政府的中尉抱怨天气。对于一个文人而言，这样静寂的谋划无法忍受。但是，登上孤独的书斋写作，将事件转换为隔离人与生活的象征——不仅是当前社会生活中的野蛮战事与初次见面虚假的客套共存，还有自然有机的生活：两性交往、孕育和哺育，这通过红松鸡和它的稚子体现。

这首诗的结构很明显：一节写非正规军，一节写自治军，还有（分隔的）一节供诗人左边观察红松鸡、右边看着他的塔堡。叶芝用一整节写自己，好像他组建了与非正规军和自治政府军对抗的第三股力量——从某种程度上说，的确如此。叶芝在这首诗和它下一首姊妹篇中表达这类诗节的主要特点是，第二行押韵词要等上相当长一段时间才在第五行行末找到对应物。此番等待，当然，事实上已经不再是《纪念》抱韵诗节中第二个押韵词的重复，这首诗里我们似乎需要等待更久，因为我们在一连串韵脚“soot / stream / thought / —? ”（煤烟球 / 溪水 / 妒忌 / —? ）之后强烈希望有押韵词立刻出现与“溪水”匹配。但是，让读者大跌眼镜的是第四行以“陷入”(caught) 结尾。四音步诗行向前行进的节奏受到两方面力量的阻碍，首先是每五行之后的停顿，正如叶芝明确分开介绍双方士兵；其次则是以“是”（were），“雨”（rain）和“陷入”（caught）结尾而故意拖长、“额外的”诗行。并且最后叶芝还删除了这首诗中本已写好的四音步“行军”诗行。回到他的书斋，“陷入”他梦里的“冰天雪地”，梦创造它自己异常的节奏，这首诗以三音步结尾“In the cold snows of a dream”（“一场梦，梦里冰天雪地”）。当军队的四拍行军节奏被“击败”，原本四音步减至三音步，这暗示战争失败的根源在于叶芝孤身一人耽于想象。然而，与士兵们交谈时，因不愿看到战争中的血腥场景，他要么袖手旁观，要么以诗人的身份对门边的士兵说着“礼貌却毫无意义的言语”，这都让他倍感耻辱。

也许出于这个原因，《我门前的路》的姊妹篇——紧随其后出现在组诗《沉思》中第六首，《我窗边的燕八哥巢》（424—425）——强调战争对人身心的毁灭。类似于《我门前的路》，《我窗边的燕八哥巢》也使用五行诗节中“额外的”一行来减缓动作的前进。然而，这首诗里延缓的效果与上一首全然不同，因为诗人，在组诗《内战时期的沉思》中的倒数第二首，将五行诗节中的最后一行改成了一句叠句。与其说《我窗边的燕八哥巢》以五行诗节构成，不如说它以四行诗节加一句合唱叠句组成。第一节一片静寂，描述的一切都处于自然秩序之中，与后三节形成强烈对比，后三节重复内战带来的恐怖——一般的、特殊的以及心理的。我将这首诗以其内部结构形式排列如下，每一节四行诗后附着一句合唱效果的叠句以示请求：

VI

我窗边的燕八哥巢

松动的石壁缝隙里，蜜蜂们
筑着巢穴，那里，还有

雌鸟们衔去蛆虫和苍蝇。
我的墙壁竟已松动了；

蜜蜂们，

快来燕八哥的空窝里筑巢。

我们被圈禁起来，也不知道
何时可以出去；听说
有人被杀，还有房子被烧，
也不知道真假：

快来燕八哥的空窝里筑巢。

石头或木头做的防御工事；
为期两周左右的内战；
昨晚他们在路上推着
那个阵亡的年轻士兵，浑身是血：

快来燕八哥的空窝里筑巢。

我们曾经以幻想供奉心灵，
而它却因为这伙食变得凶残；
我们的敌意比我们的爱情
更注重实质；

蜜蜂们，

快来燕八哥的空窝里筑巢。

这一结构（为明确起见如上图所示，当然这隐含于原诗之中）代表——第一节正常状态之后——反复说明战争对于诗歌想象的攻击，诗人正试图重建慈爱的自然生活。这首诗刚开始时，诗人的想象——永远与它的自然环境有即时的感觉联系——不屑于最终战胜文化的自然，砖石搭砌的外墙已松动，蜜蜂们发现它的缝隙适合储藏蜂蜜，鸟儿们也可利用这缝隙给雏鸟们筑巢。随后，雌燕八哥的窝空缺后，石缝便可引来更多的蜜蜂产蜜。他在石缝中看到它们的身影后，诗人“自然而然地”开始邀请蜜蜂。但是，他后来的请求——近似于祈祷——是为了反对那压倒性的、重申的暴力的证据。叶芝暗示他不知道该以何种诗意的方式来反对政治形势；他不能依靠表达他个人的观点支持任何一方以改变当前政治局势。诗中唯一可能的回复便是二者的叠加。[15]

理性和历史的思想此处都以“强大的”四音步诗行书写。第三节四行诗中以抑扬格的行军节奏进行血腥叙事，这让人不寒而栗、记忆深刻；没有什么比第四节中不祥的格言警句表达得更清楚。[16]这些规则的四音步诗行形式精确叙事，诗人的内心只能重复原地踏步的合唱叠句，“快来燕八哥的空窝里筑巢”。不过，这一叠句因其抑扬格和抑抑扬格，像是曲调上扬、轻松愉快的舞曲；并且，其劝告显得有些浮夸，与三节战争四行诗中的悲惨新闻格格不入，即便如此，它还是反复出现。该叠句第一次出现时最有生气，包括（将前半行引入算在内的话）三个三音节音步：

˘ ´ ˘ ´ ˘ ˘ ´ ˘ ´
My wall is loosening; honey-bees,
˘ ´ ˘ ˘ ´ ˘ ´ ˘ ˘ ´
/ Come build in the empty house of the stare

第二节和第三节重复出现的叠句，激励人心的三音节音步已经减少为两个；不过，第四节中，它引来了蜜蜂，这又回到了原来的抑抑扬格。这是希望的标志，于诗意的头脑中闪烁，别无他法只有重复——几乎茫然地渴求——新生活的可能，与严肃的行军节奏相对。类似于《我门前的路》结尾“有缺陷的”三音步诗行，《我窗边的燕八哥巢》三音节音步的叠句简单而固执，力争战胜每一节诗前四行严格执行的行军节奏。

叶芝在《我窗边的燕八哥巢》一诗里将叠句作为每节诗韵律结构不可或缺的一部分（就像在《1913年9月》里他也曾如此），因此，它的希望不能简单视为与“现实”毫不相关的情感附属物。如果叶芝没有包括具体向往的精神存在，那“现实”的结构就不完整（无论其战争场面看似多么成功）。这一叠句只有一行——虽然与前四行强有力的诗行相比它势单力薄——在每节诗的完成过程中却必不可少；而且，“燕八哥”不仅是原文每一节的最后一个词，并且它还是一个结束的长元音韵脚，结束一切魅力。这行叠句还是一句请求，它无法肯定该请求能否有人回应。但是，第一节中自然力量的持续存在暗示这句蜜蜂叠句是有效的期待；其三音节重音，让人重新审视四音步诗行如何听上去更有希望，减轻这首诗里四音步诗行原本让人绝望的战时野蛮。

最后的四音步诗

叶芝晚年使用四音步诗行写作了《天青石雕》（1936）和《人与回声》（1938）。《天青石雕》（565—567）以全景视角讲述文化的相继兴起和衰落，叶芝不断调整四音步诗行形式，使之适合该主题。如同叶芝后期很多诗，《天青石雕》测试一首“严肃的”诗里可以容纳多少怪诞的事物，为了开头显得更客观，叶芝于诗尾推荐沉思的快乐。探索怪诞的过程中，它借用“歇斯底里的女人们”之口默念着幼稚的措辞：

她们厌恶调色板和提琴弓……
因为人人知晓，或应知
如果不采取激烈的手段[17]
飞机和飞艇就将会出动，
像比利王一样投放炸弹
并将这座城市夷为平地。

它将莎士比亚笔下最复杂的人物内心独白压缩为游荡和愤怒：

哈姆雷特在那游荡，李尔王在愤怒，
成千上万个舞台上
所有帷幕同时落下
［悲剧］不会再增长丝毫。

以一行荒谬排列的诗模仿文化的大规模迁移，九个音节组成八个名词（其中四个用作形容词，四个仅是重复动物的“背部”）：

他们来过：或徒步，或乘船，
或骑骆驼，或骑马，或骑驴，或骑骡。

《天青石雕》从远距离的视角看待大屠杀，轻视那些“面临刀剑”之人的命运，他们和他们的“智慧”一同衰落，而且定然不“快乐”：

古老的文明面临刀剑……
万物衰落又重新建立，
重建一切的人都很快乐。

这首诗大肆鼓吹与新赢家结盟，与女人们惊慌失措的歇斯底里相匹配。

由于这首诗频繁摇摆于古怪和严肃之间，《天青石雕》的主要力量之一在于它巧妙地设计了四音步节奏。在加速的“坚定”步伐间，叶芝加入延迟、哀伤的情绪表达和直接评论等手段，间接表达文化起落。这些手段时而让三音节音步的节奏变缓，使行军的步子变成舞蹈：

> 伽里马科斯的作品不复完好，
> 他所雕刻的石像仿佛是铜像，
> 当海风席卷那角落，石像上
> 衣服的褶痕仿佛要随风舞动；
> 他那细长的灯罩，形状好似
> 纤细的棕榈树干，只立一日。

其他时候（我们马上就会看到），叶芝利用诗行中部或者尾部的标点符号放缓四音步节奏。除步调的多样性外，《天青石雕》运用的四音步并没有其他技术创新；相反，它重复叶芝之前使用的四行诗节之间强有力的跨行连续，将文明从古代希腊带到现代都柏林，其间并无他物阻止它们流向这“悲剧场景”。

时代更迭的过程中，唯一能阻止行军节奏向前移动的就是精神陷入暂时的沉思，这首先表现为叶芝以语言细致刻画了高大的天青石雕。他简要描写石雕上的人物以阻止四音步前进；此处，这首诗的组成单位由四行诗节“减少为”行末标点的两行句法单位（一系列的逗号，一个分号和一个句号）。每组结构描写石雕上一个或几个人，精心设置：两个中国人；他们头顶，一只长腿鸟；他们身后，一个仆人。

这天青石雕上刻着，
两个中国人，身后还有一个，
他们头顶上飞着一只长腿鸟，
这是长生不老的象征；
第三个，无疑是个仆人，
身上背着一件乐器。

当叶芝沉湎于天青石雕的场景时，他的济慈想象填补了延迟的时间，石雕上的三个“中国人”向上攀爬（同样精心安排）到达“半山腰的小亭子”。早些时候，“歇斯底里的女人们”让诗人感到愤怒，从而一时无法记起某些现实事件。在那里，中国的贤哲以远景视角看待那些事件，静心冥想，远高于历史的覆灭。四音步节奏此时因后续的标点符号变得散步般缓慢：诗行，句号；诗行，分号；诗行，句号，两行，句号。唯一的活力源自一个中国人要求奏响一首曲子后引发的一个三音节音步；一个类似的“发光的”音步装饰最后三行里的每一行；古人坐定凝视，其活力还在有节奏地延续，他们的眼里放着光，即便身处悲剧场景，他们心里却没有悲伤的感觉：

他们注视着一切悲剧的场景。
其中有一位请奏悲伤的曲调，
技艺纯熟的手指便开始弹奏。
他们的眼周尽是皱纹，眼睛，
那古老而发光的眼睛，是快乐的。

与《天青石雕》及诗里中国人“冷峻”而快乐的远景视角不同，叶芝于1938年写作的最后一首四音步诗《人与回声》（632—633），[18] 其结尾近距离聚焦痛苦。诗人于黑暗中审视良心，一只受伤的兔子哭喊着，“扰乱”他的思绪：

但是嘘！因为我早已失去那主题，
它的欢欣或者黑夜不过是一场梦；
在那高处，有只鹰或是枭进攻了
从天空还是岩石上坠落，
一只受伤的兔子哭喊着，
它的叫喊声扰乱我的思绪。

以此六行诗结尾，叶芝以当前动物的痛苦平衡他早前的反思，并展示那唯一的叫喊声——即便仅来自动物的痛苦——已足够打破，或至少扰乱，他的冥想。（他正于此处反对《天青石雕》里古代“中国人”的无动于衷。）这首诗前四十行重点描述“精神智力的伟大工作”，暗示这已然十分重要，虽然不如致命伤痛般要紧。如《天青石雕》，我们看到上述四音步六行诗节奏渐缓，诗行的天然动力被控制为几个不同的单位结构：第一个单位是一组对句，停滞前四十行诗里长久考虑的事情；第二个单元仍是一组对句，描写一只看不见的掠食动物鹰；第三个单位是一行诗，关于一只受伤的兔子；最后是单独一行，展示与客观反思的交锋中，受到震动的同情心获得人道（如果是暂时的）胜利。

《人与回声》与之前看过的四音步诗有何不同？与其他四音步诗相同的是，它有开头（前五行）和结尾（后六行）；并且，它不仅对四音步“向前”的能力感兴趣，它也能生成鲜明突出的格言对句。之所以不同于叶芝早前所写的其他四音步诗，是因为叶芝将其归为古老的回声诗。对句——这首诗鲜明的单位——其内部“空间”小于四行诗节，且时常猛地被“削减”——不过，像所有形式一样，诗人能够让对句“反噬”其自身天然的本性。正是其讽刺力量才能让叶芝连续使用对句对他自己发问。

叶芝一开始便解释他来到“裂开的岩石”隐秘的“坑里”，“对着这块岩石喊了一个秘密”。这个“秘密”就是在生命最后，他感觉到他所做的一切都是邪恶的（他无法在公开场合承认这一点，但是他必须“喊出”这个执念以释放其毁灭性的压力）：

在一个名为奥特的裂谷中
在一块裂开的岩石下我停下来
在一个深坑的底部
正午的阳光从未照射过那儿
并且朝那块岩石叫喊着。

然后，他提了一系列问题，却一直没有揭开那个秘密，直到那些问题都恶意变成他所谓“秘密”的实质：

是否我写的那部剧本派出
一些人被英国人枪杀荼毒？
是否我的话语给那位女子
眩晕的头脑更添巨大的压力？
是否我的话可以阻止
一幢房子分崩离析？

尽管保罗·穆尔顿从奥登（《肯定不是》）得到了第一个问题无声而诙谐的答案[19]，这些问题作为自责的经典表述，于失眠的夜里依旧反复敲打读者。我们注意到，叶芝这里的问题，都与言语相关：一部政治题材剧本的台词，说给一位情绪不稳定的女人的话，在一场危机中没有说出的话。诗人行为中的相似之处让他得以总结“秘密”：“一切都显得邪恶。”

不过诗中最后一节使用相同的修辞形式（问题紧紧相扣），诗人重新以对句提问，问题的内容却不同于之前的言语。第一个（无法回答的）问题是，对于人一生最后的评判是否积极；第二个问题

（一个纯粹的反问句）从对来世的思考转为我们深陷此生：

噢，岩石的声音，
那个伟大的晚上我们会高兴吗？
我们知道什么，除了
在此地面面相觑？

第二个问题是杠杆的支点，将这首诗从思考转为痛苦，从自省转为同情其他生物。

这两段不连贯的对句问题之间，叶芝竭力保持诗节的完整，诗节不因对句形式而分为两句一组的结构。就像写作《纪念埃弗雷德·珀雷克斯芬》时，他“迫使”这首诗的对句保持连续的状态；反思“精神智力的伟大工作”过程中，他承认生命的流动（以连续对句为象征）使他免于自我评判，因为那是来世，灵魂死后的工作。他现在“年老体弱”，没有“美酒和爱情”的麻醉，那项本属于灵魂的工作竟提前到来，以对句的问句形式不断困扰他，他现在痛苦不堪。以下就是叶芝以对句形式表达的单句，长达十二行：

当人还能保有自己的肉体
美酒和爱情皆可让他入眠，
醒来时感谢上帝因为他
拥有肉身和它的愚蠢，
而肉体消亡后他便再也无法入睡，
并且直到他的理性渐渐肯定
一切都在一个清晰的画面中，
追求我所追求的思想，
然后站起来审判他的灵魂，
所有工作完成后，把一切

都赶出理性和视线之外
最后没入那黑夜。

看似叶芝以对句形式写作《人与回声》是为了使这首诗的基础单元简短、紧凑，并处于焦躁的状态。疑问式或推测式对句，与反复自问责问相匹配，正是这首诗的情感核心。故事发生于克瑙可瑞纳山下的“一个名为奥特的裂谷中”（两面陡峭高耸的崖壁之间有一道可供人通过的裂缝），这个场景强调诗人的孤独。在此他无法接触社会的一切：他“在一个深坑的底部 / 正午的阳光从未照射过那儿”。这是他唯一找到的、能从事这项特殊活动的地方——“喊出一个秘密”——而不被人听到。当他“叫喊”着让他感到羞辱的结论“一切都显得邪恶，直到我 / 无法入睡，躺下来死去”时，这面崖壁的回复让他大吃一惊，它邪恶地回应：“躺下来死去。”这一恐怖的发展（并没有马上出现，于第十八行后）将这行四音步诗分为两部分，并且将这首诗归为回声诗的范畴，这样诗人听到的永远都是他自己言语的回声。此类诗中最诙谐的莫过于乔治·赫伯特的《天堂》，他让天上的回声与他自己声音中的音素巧妙双关，并改变他们的语义内容：

噢，谁可以让我看到天上的那些欢愉？
回声：我。
你是回声，你会死的，所有人都知道。
回声：不。

赫伯特的回声发出了九次声音，一次比一次更抚慰人心。但是叶芝的回声既没有创新又并非如此和善；它重复人类最黑暗的词语，没有变化，强迫他聆听——通过外部重复——他让自己这样说。一旦有其他人（回声）对他说“躺下来死去”，他立马驳斥该观点：“那便是逃避 / 精神智力的伟大工作。”他坚信自己还有时间完成那项工作，于是再次成功树立自尊心："也没有一项工作如此伟大／像那样一笔勾销人类的肮脏。"但是那项工作完成后呢？再一次，人类的思想转向黑暗，正如他坦言，最后终将陷入"那黑夜"。还有，那恐吓的半行回声，带着阴森的智慧之印，强行进入四音步诗行——"入那黑夜"。

人

所有工作完成后，把一切
都赶出理性和视线以外
最后没入那黑夜。

回声

入那黑夜。

人

　　　　　噢，岩石的声音，
那个伟大的晚上我们会高兴吗？
我们知道什么，除了
在此地面面相觑？

第二段回声的长度（四个音节："入那黑夜。"）与之前那段回声的长度完全一致（"躺下来死去"），这一事实告诉我们回声仅有半行之长——比起人类几十行话语而言，少得可怜。但是，诗人再一次躲开，不想听到另一个声音重复那令人害怕的"入那黑夜"。仿佛他发现自己处于地下陌生声音的范围（并非之前良心提出一系列自我拷问时那平静而细微的声音，而是清晰的死亡之声）。在人类“呼喊”的词语中，岩壁回应的只是那些预示灭亡的词语，好像它能选择它想要认可的词似的。当它第二次回应时，诗人惊恐的声音意识到要将这回声拟人化，给它起个名字，让它成为和他一样有意识的生物。他称之为，“噢，岩石的声音”[20]，并且——远离这首诗的剩余部分——现在向他声音的外化部分提问，而非之前直接向他失眠的自我提问。这一自我认同在来回重复同一短语的过程中明确：“入那黑夜”（人），“入那黑夜”（回声），继续“入那伟大的黑夜”（人）。

如同早前关于言语的问题，后两个问题都采用对句的形式（第一个有所删节是因为要与回声的“入那黑夜”一致）。但是，早前的问题使用第一人称单数提问，（“我写的那部剧本，我的话语，我的话”），这些问题均以第一人称复数“我们”表述，并且表达那人思想的转换以及他与他们的集体关系：“我们是否会……欣喜？”“我们知道什么，除了 / 在此地面面相觑？”“此地”不是指那人走进去叫喊他秘密的深坑，而是他与他人共处的社会。不过，从身体上说，这人仍“深陷”个人耻辱并孤独地叫喊着；在那“深坑”里他见不到其他人。那里唯一自由的感官便是听觉；而为了听到外面的世界，这人必须让他的声音以及他声音的回声都保持安静：“但是嘘！因为我早已失去了那主题。”那人听到的哭喊声来自“高处”——峭壁的任何一边高地，尽管声源是否来自动物仍存疑，但叶芝的想象力跃至独处，通过言语回声连接来创造：一只鹰进攻了，一只兔子受伤了。通过最后一组对句“out”（出来）和“thought”（思想）的押韵，叶芝承认外部关注和内心冥想之间无法修补的分隔：它们无法共存，而必须在人类大脑里，一个接一个轮流生成，否则一个会让另一个“分心”。他的冥想缩短，诗人必须回到“那高处”面对他人，继续他那困顿的生活。

《人与回声》因其扬抑格的优势而格外突出：几乎半数以上的诗

行以一个重音音节开头。不过，扬抑格节奏在“流动”那一段消失了，描写“精神智力的伟大工作”（第二十五至三十六行），仅第三十五行（“都赶出理性和视线之外”）是扬抑格。那些精神焦虑不安的问句又以扬抑格开始（“What do we know but that we face / One another in this place?”［“我们知道什么，除了 / 在此地面面相觑？”］），老鹰那一句也是如此“从天空还是岩石上坠落”(Dropping out of sky or rock)。通过持续的扬抑格对句发问，《人与回声》获得其他四音步诗歌没有的外形，显示诗人对于诗歌形式变化一生的追求。通过他对节奏和诗节形式或多或少的调整，叶芝展示给读者四音步诗行拥有的多种可能性。探索四音步诗行的扩展能力、推动力以及（对句）简洁有力的讽刺，他的每一次创新都拓宽了它的适用范围。

第九章

教导的媒介：素体无韵诗写作的学说

每每想起叶芝的诗歌作品，首先映入脑海的定是各类押韵诗。叶芝几乎使用过所有英诗韵律的传统形式，并让部分诗节形式如交替押韵的四行诗节与八行体焕然一新。不过，叶芝也写过非押韵诗，多数都以不押韵的抑扬格五音步即素体无韵诗写成。[1] 韵诗与素体无韵诗之间究竟有何本质区别导致他非得以无韵诗体表现某些题材？奇怪的是，与叙事诗和戏剧诗相比，叶芝的抒情诗中很少有无韵诗[2]，尤其考虑到抒情无韵诗曾在华兹华斯（沉思）、柯勒律治（“谈话诗”）等人的抒情诗和后来丁尼生和布朗宁的戏剧独白中大放异彩。素体无韵诗是英国戏剧和叙事诗中最高级的形式之一（莎士比亚和弥尔顿笔下），有可能正是这个原因让叶芝这位爱尔兰民族主义者年轻时甚少使用不押韵的五音步形式。[3] 他避之不及，就像他尽量不使用莎士比亚十四行诗。

在叶芝的心里，哪种类型的诗歌内容需以“抒情”素体诗表达？答案就是叶芝认为素体无韵诗作为一种媒介，适合表现两种叙述性的抒情场合：一是对话，二是说教。长远来看，说教取代了对话。

对话体介于抒情诗的单一声音和戏剧的多人（或社会）声音之间。抒情诗对话体的内容，若用以表现诗人与自我的争执，必须是对抗性的，叶芝最终明白了这一点。但是，他最早的对话无韵诗体并非以冲突为目的：他单纯地以它作为双方任意交流的传统媒介，因此，叶芝最先一批对话无韵诗体表现相互促进而非双方辩论。[4]

据《叶芝诗歌新评论》一书称，1889年出版的《蜉蝣》（79—81）一诗，是1884年叶芝十九岁时创作的。它由两位恋人讲述，他们没有争吵反而达成共识：他们的爱情已经枯萎。男人在诗尾暗示没有必要一味哀伤，“因为还有其他爱情在等待我们”（于不久的将来）。在这个例子中，叶芝并没有依靠对话体承担诗中全部情绪负担：尽管《蜉蝣》以对话开头、结尾，叙述者（从第三行到第十行是听他人讲述）从第十三行讲到第二十行，为了弄懂二位恋人的对话，似乎我们需要借助编辑暗喻，用言语建立视觉场景。这首诗像是《库勒的野天鹅》的序言，诗人将二人安置于湖边：“他们沉思着走过落叶。”二人对话的空隙处，叙述者还加入舞台指令：

树林环绕着他们，枯黄的树叶
像夜空中暗淡的流星飘落，从前
有只老兔子一瘸一拐地走在这路上；
秋色笼罩着他；而现在他们二人
再次站在这孤寂的湖边：
蓦然回首，只见她眼里噙着泪水
静静地拾掇枯叶，狠狠地
把它们塞进胸襟和头发中。

跛足的兔子源自《圣艾格尼丝之夜》，而那个忧郁、眼里噙着泪水、身上和头发中满是枯叶的女性形象似乎借自前拉斐尔画派。这首素体无韵诗，有着丁尼生式哀怨的抑扬顿挫，已完全不同于活力十足的英式素体诗传统。叙述者冗长的句式结构以多个慵懒的“and”（“和”，中文未译出）将眼底一切囊括在内，并把它们置于同一视觉平面。他们的四周环绕着树林，（和）树叶飘落，（和）一只跛足的兔子经过，（和）现在他们二人再次立于湖边。叶芝并非漫不经心地描述这一切：他以前拉斐尔画派的水平视角展现，因此，这些——

树叶、兔子、湖泊和爱人——都是二维的形象，而非真实的形体。此外，恋人的对话——尽管这是叶芝以素体无韵诗形式写作此诗的原因——似乎并未引起诗人的兴趣，更像是叙述者进行景物描述。仅如下诗行显示了部分诗意：“星星看上去好远；那么久远的是 / 我们的初吻，啊，我的心儿更老！”不过，无论他从丁尼生处学到了什么，“枯黄的树叶 / 像夜空中暗淡的流星飘落”源自诗意的想象。

还有一首素体无韵诗也是描写恋人之间的对话，短剧《阿娜舒雅与维加亚》(70—75) (1887年)。它比《蜉蝣》更长，有可能受到《薄伽梵歌》中的对话启发，诗中两位恋人身处“黄金时代的一间印度小庙”。阿娜舒雅曾一度怀疑爱人的忠诚，不过，当维加亚向她保证他不爱前女友阿木丽塔后，她便释然了。没有进一步的冲突，并且，除了姓名和性别以外，这段对话中的人物并无其他特点。也许叶芝认识到二人素体诗对话的苍白无力，他三次插入简短的抒情歌打断其对话，仿佛恋人之间更深刻的情感需要一组更激烈或兴奋的歌唱节奏，而不是日常普通的素体诗。然而素体诗本身几乎没有意识到这一点。另一个极端便是弥尔顿式的高傲，当阿娜舒雅说道，“神圣的老火烈鸟”现在出现了，并且

　　　　寻找它们惯常的栖身之所
在寺庙里，迂回地走着，供
它们阴郁的心情到处游荡。

“迂回地走着”，形容词性修饰词用作副词，这是弥尔顿惯用的手法。而另一方面，六行之后，当阿娜舒雅告诉维加亚小心火烈鸟盯上她的米饭，为表现“活力”，素体诗又屈尊至平凡琐事：

啊！它在那偷吃我的米饭。我早就告诉你了。
快把它赶走。它走了！奖励你一个吻，

因为你救下了我的饭。

这一小节空洞的素体诗彻底暴露了年轻的叶芝没能找到一种介于描述性和对话性之间的手段。

1892年，表达两个说话者之间真正戏剧冲突的无韵诗对话最终出现于《弗格斯与祭司》(102—104)。诗人国王弗格斯虽已将其王位让与康纳哈，他却向那个“小个头灰色的”祭司抱怨他依然感觉自己是“一个骄傲的国王！”并且，“这正是我的绝望之处”。弗格斯如此看重自己先前国王的个人身份，以至于他无法想象自己独立的个人身份。叶芝并不打算让弗格斯与祭司的对话看似如早前印度短剧里那般“真实”。不过，祭司的语言表达既正式又有仪式感，同一个事物他说了三遍（第三次是缩略形式）：“那么你有何心愿，骄傲的红枝王中之王？”弗格斯答复他希望“不再为王”，并且希望学习祭司“梦幻般的智慧”(虽然祭司描述他羸弱不堪的身体，不再适合爱情或战斗，他却依旧百折不挠)。祭司遵从了他的指令，给他一只灰色的小袋，里面盛满了梦想，不料，这袋梦想既“解决”又“增添”了弗格斯原本的忧郁。他从中了解到几百年来他曾经历多个身份——植物、动物、人类；这一真相使得他原本的悲伤扩大为“巨大的悲伤之网”，因为他终于参透没有一个身份会永远适合自我。在他激动人心的结语里，弗格斯没有用“和”拼接过去不同人生的场景，不再如白日梦般罗列过去的身份。叶芝的素体诗从中吸取了活力十足的节奏：

我曾经历很多人生——
浪中的一滴绿珠，剑上的
一道光，山上的一颗冷杉，
一个推着沉重石磨的老奴，
一个坐于黄金宝座的国王。

不断加速的拼贴节奏暗示叶芝开始理解如何以素体诗表现急促感。他还掌握如何使用不同的言语行为以增添不押韵诗行的活力。诗尾处，弗格斯知晓了前世经历，感受到它们渐强的情感权重，一声叹息，察觉到那袋灰色的“梦幻般的智慧”模糊并抹去了他的前世身份：

所有这一切身份神奇而伟大；
如今我虽心知一切，却一无是处。

弗格斯最后的感叹句突然改变了言语行为，增添了该无韵体诗行的生动感：

啊！祭司啊祭司，巨大的悲伤之网
竟藏于这个小小的灰色物件里！

整理过去大量有关身份的幻象时，相比他过去国王的身份，他更觉悲伤。这首短小简洁的无韵诗没有任何赘语；读者无法预计它的高潮，祭司仪式化的修辞与弗格斯谈话式的阐述形成鲜明对比。尽管叶芝后期素体无韵对话诗——如《吾乃汝主》和《月相》——继续追寻智慧，但它们这样做并非听命于“祭司”神话中的凯尔特符号指令，而是遵从神秘主义的指令。不过，如弗格斯与祭司的对话，它们的动力只有一个，都想成为“活着的最聪明的人类灵魂”之一以及告诉他人如何实现这一过程。

叶芝如梦中呓语般叠加的素体诗最后出现于无韵冥想十四行诗《在那七片树林》(198)（1902年），作为诗集《在那七片树林》的序诗。其附着的本性一开始便一览无余：前八行有六个“和”（虽然后六句中只有一个）。此处的素体无韵诗不以对话体进行，叶芝将其用作描述的工具——至少这首十四行诗以描述开头，似乎以列举库勒庄园的自然之美作为应对痛苦政治局势的手段。不过，这首诗并未终结于此（我在第六章已详细论述）。为预示其末日结局，叶芝成功地将这种沉思的句式写入八行诗的并列“和”结构之中，通常情况下这种沉思的句式会阻碍愤怒的抒发。尽管《弗格斯与祭司》中的素体无韵诗倾向于行尾结束，《在那七片树林》从每一行的跨行连续处获得了动力，因此，读者必须从库勒庄园宁静的七片树林里，蜂拥至英国人肆意破坏的塔拉，再到充满讽刺意味的都柏林盛典以庆祝爱德华七世的加冕：

> 我早已听见鸽子掠过七片树林时
> 发出阵阵渺远的雷声，花园里的蜜蜂
> 在菩提树花间嗡嗡作响；我放弃
> 徒劳的哭喊和旧日的伤痛，它们
> 让心儿变得空虚。顷刻之间我忘记了
> 塔拉已被灭绝，新王即位，
> 他是如此平凡，街上一片呼喊，
> 一根根柱子上挂着庆贺的纸花［。］

七片树林里风光旖旎，鸽子和蜜蜂与诗人在政治上遭受的痛苦形成鲜明对比，这节素体八行诗也变得戏剧化了，尤其是八行诗节里两次轻蔑的否定之声与开头库勒庄园宁静的低语相对。

为了将诗行绑在一起，除了使用跨行和戏剧化对比增加素体诗的动力外，叶芝开始给这首原计划不押韵的诗插入一些相似的押韵词。以上八行中，bitterness（伤痛）与 commonness（平凡）“押韵”；away（放弃）与 awhile（顷刻）对应；而菩提树花与加冕仪式上绝对服从的纸花相对应；诗人无疾而终的呼喊为街上粗俗的叫喊声所取代。并且，叶芝对反韵颇为留意，它们并非随意出现，而时机恰到好处，要么为了强调主要动词（“发出”和“嗡嗡作响”），要么为了表达愤怒（“塔拉已被灭绝”）。《在那七片树林》这首素体诗试图“精致地”自我维系——使用内“韵”和排比句式——这样一来它能够轻而易举地让人记住它是押韵诗。这一目的——不同于叶芝使用素体诗作为创作中期对话诗体的传统标志——对于诗人尤为重要（我们将会在《第二次降临》和《瑞夫在波伊拉和艾琳的坟前》两首诗里看到）。

下一首对话素体诗是叶芝于1915年写作的《人民》（351—353）[5]，这是他第一首以无韵诗行模拟“真实”对话，“报导”九年前他与毛德·岗的一次对话。[6]《人民》共三十七行，其中只有五行不是谈话。与《阿娜舒雅与维加亚》（描写早期恋人之间的交谈）不同，《人民》没有不时插入民歌而放弃素体诗，相反，它是一组灵活的素体诗，自如地游走于阐述和抒情之间。当叶芝坦言他在“这个粗俗的城里日常”所遭受的一切“怨恨”，毛德·岗如实讲述她的同样遭遇，“然而，现在或是任何时刻，我 / 都不会抱怨人民”。对待同样一群仇视他们的当地群众，他们二人的态度截然不同。诗人为了给毛德·岗说明这一成因，他在全诗最具说明性的诗行里这样解释：她的生活是行动的生活，而他是一个艺术家，必须活在反思、分析观察和强行表达之中：

“你，不是活在思想而是在行为里，
能够拥有一种自然力量的纯净，
但是我，优点在于给分析的思想
定义，既不能闭上心灵之眼
也无法让我的舌头永葆缄默。”

充满活力和理性的诗句常见于叶芝创作中期有力的素体诗里。他无所顾忌地在传统对话中插入一些分析话语，也不在意以复杂句式表达思想。叶芝不满于当代爱尔兰现状，他设想生活在费拉拉或者乌尔比诺的文艺复兴时期，如卡斯蒂格朗在《廷臣论》所描述，有贵族、文人作伴，整夜交谈，他的生活会更轻松，“我可能曾经住过…… / 费拉拉墙下的绿荫里； / 或曾爬到…… / 乌尔比诺狭长的街道上……”：

“我的朋友不会像他们那样
把礼节与激情如此糅在一起
在曙光中看那灯芯变黄；
我本可以利用我的技艺
行使那项权利：选择我的同伴，
和选择我最喜欢的风景。”

叶芝这个假设句共十六行，虚拟一个不同的人生，大家于幽静温馨的场所往来密切。这与诗人的真实生活形成鲜明对比，当时的爱尔兰，群情沸腾，争议不断，人们筋疲力尽。这首素体诗里，诗人以精致的排比从句（“我本可以……”）自我审视，有莎士比亚独白的影子。

叶芝那时经常为阿贝剧院写作剧本，力争语言戏剧化，《人民》中活力四射的素体诗证明了他不仅将句式缩紧为简洁的主从形式，他还不断提高阐述真实对立观点的能力。这种理性的争论使得1915年的另一首对话体诗歌《吾乃汝主》更为生动。这首诗由两人对话组成，诗人仅以来自拉丁语的两个指示代词 *Hic*（这个）和 *Ille*（那个）给二人命名。《吾乃汝主》源自叶芝醉心于《幻象》的写作；杰菲尔斯[7] 引用叶芝写给父亲的信，这首诗“给我一个新的框架和模式”。这些“新的模式”就是叶芝后期思想和写作的基础概念——对立：意志与面具，对立与主导，主观与客观，以及反旋锥与主旋锥。

《吾乃汝主》对于叶芝的发展意义非凡，因为从这首诗起，叶芝的素体诗里将对话与学说杂糅在一起。“这个”是1890年代的诗人，内心充满惆怅，不断内省和表达情感；而“那个”则是现代主义的叶芝，坚定地呼唤一个新的反我意象，这个意象将会说出他所了解的自己和世界：

那个：　　　　通过一个影像的帮助
我呼喊我的对立面，召集所有
我了解得最少、看得最少的一切。
这个：　那我宁愿找到我自己而非一个影像。

天性敏感的这个开始了这场争论，而物化的那个结束了争论。两位说话者不仅价值观不同，并且他们对艺术能体现的态度也持不同观点。对于叶芝式现代主义的那个而言，所有文学都是悲剧的，因为生活是悲剧的。这个难以接受该观点并极力反对：

但确实有人热爱生命，或是
容易冲动，他们创作的艺术
无须从悲剧战争中汲取养分，
他们找到幸福后便放声歌唱。

双方就如何形成风格也是各执一词。这个为传统和技巧发声：“风格的获得源自日积月累的辛劳 / 或者仰仗临摹大师的作品”；而那个直接宣称诗歌的情感动机就是通向风格之路，断言“他们作品中最聪明的那些人 / 除了他们盲目又呆滞的心以外，别无他物”。这番辩论绝非个人杜撰，它是真实的，是数十年来叶芝与自我之争。日积月累终得风格；然而，步入中年后，他反复写作此类风格的作品，竭力主张激情是诗歌不可或缺的成分，并在“盲目又呆滞的心”中发现“辛劳”中未知的智慧。

《吾乃汝主》中，叶芝将素体诗作为中立的谈话场所，两位艺术家因不同观点形成对峙。当然，那个，有些恍惚的现代主义者，说出了最好的台词。现在，我选取他其中一条宣言来说明成熟的诗人如何使用这种素体诗形式阐述观点。回忆一下，这个说诗人无疑要寻找幸福，并且“找到幸福后便放声歌唱”，那个则特别不屑于修辞学家和感伤主义者，他以素体诗无懈可击地回应道：

那个：　　　　不，别放声歌唱
因为那些热爱尘世的人以行动服务它，
变得富裕、出名且影响力十足，
他们画画或写作，这都是行动：
苍蝇在果酱里挣扎。
修辞学家会欺骗他的邻人，
感伤主义者欺骗自己；而艺术
只不过是现实的幻象。
那从普通梦境里惊醒的艺术家
除了消散和绝望以外
在这尘世中可曾有一席之地？

此处，叶芝戏剧性地将素体诗置于强有力的对立状态中，歌唱对行动；修辞学家对感伤主义者；修辞学家和感伤主义者对艺术家；欺骗邻人对欺骗自己；普通梦境对幻象。他还进一步细化类别，强迫读者——以世俗的方式——区别变得富裕、出名和影响力十足；或者通过它们各自的位置，让读者辨明消散如何走向绝望。诗节节奏同样精彩：诗行“变得富裕、出名且有影响力十足”的扩张既来自额外的音节“popular”（出名），也来自第二个诙谐的反韵，使得“rich”（富裕）和“出名”呈扬扬格。叶芝节奏规律的诗行“苍蝇在果酱里挣扎”中的轻蔑讽刺，严重地破坏了这种错误的社会能量。在这个天才意象里，虚弱的行动派作家溺死在他本人的宣传作品里。叶芝这一行展示了莎士比亚式的才能，用极少数重点单词写成一行素体无韵诗（这一行有三个，有时只用两个），而其他次要词语自动隐藏于这行“之下”：

struggle（挣扎）　fly（苍蝇）　marmalade（果酱）

(The)　(of the)　(in)

另一行——“只不过是现实的幻象”也是如此，两个重要的名词——虽简洁却统管这一节素体诗，表达最核心的观点。叶芝说，诗人让写作成为服务世界的一种行为方式，要么关注公众的反应（修辞学家目的在于欺骗他的邻人），要么让自己看上去赏心悦目（感伤主义者欺骗自己）。与之对照的是，艺术家既不关注他的观众也不关注自我，他关注现实。艺术“不过”是——一个带有极大贬义的“不过”——现实的幻象。尽管现实是其目标，但艺术不是我们外部世界的直接转述，因为我们中每一个人是透过性情，尤其是透过知识和个人情感的滤网看待现实。我们看见某种意义的现实和另一种意义的“幻象”——基于想象层面的象征性建筑——现实。真正的艺术家，不会关注旁人眼中他的个人形象或者他眼中的自我形象，比起修辞学家和感伤主义者，更有机会通过他的“幻象”接近现实。要认清“只不过是现实的幻象”这行有十个音节很难——因为它是浮夸的诗行“修辞学家会欺骗他的邻人”之后不为人所留意、“随意的”声音。这行轻描淡写保证其纯粹的主张和破坏力。叶芝连接这两个词语——“幻象”和“现实”——彼此映照，形成对立之势。

在有关真实学说的末尾，叶芝回忆了“悲剧的世代”，90年代诗人们从“共同的梦境”中醒来，身无他物只得依靠内省，最终屈服于“消散和绝望”。他的朋友们堕落酗酒，神志不清，叶芝早已习以为常。不似先前嘲讽修辞学家和感伤主义者的口吻，他以提问的方式写作消散那行诗。他成功地在这首素体诗中连续添加与从前不同的言语行为：语调突然转至阴暗的自我毁灭，辅以头韵的表现形式“dissipation and despair”（消散和绝望）。叶芝节奏的多样化和对于句法的纯熟掌控——与果酱里的苍蝇的想象一道——虽无韵脚的装饰，却使得他此处的素体诗响亮有力，表现意象的句式风格复杂。

《月相》（372—377）——同样以素体诗阐述主张——却远没有《吾乃汝主》生动，因为诗中没有辩论：迈克尔·罗巴茨详述月亮的盈亏变化，而欧文·阿赫恩只是一个随从和谈话的对象：

阿赫恩：再为我唱一遍月亮的变化吧；
虽是说话，却是一首真正的歌：“我的创造者唱给我听过。”
罗巴茨：月亮的阴晴圆缺可以分为二十八个阶段……

罗巴茨于随后二十五行里逐一叙述月亮的各个时期，阿赫恩仅回复“唱出那歌儿；唱至结尾，唱 / 那修炼得来的所有奇怪回报”，而罗巴茨继续教导阿赫恩直到诗尾。这首诗里，叶芝给自己设定任务：以诗歌的方式呈现月亮变化下人类精神元素的周期时刻表，这一时刻表既通俗又无法预测。阐述个人主张的工作从来不讨人喜欢。不过，叶芝这首素体诗恰如其分地展示了我们曾在《吾乃汝主》一诗中见识的凝练和讽刺，尤其是它声称那些害怕并逃离想象梦境的人在自己身上创造了畸形的灵魂。那些在社会上被认为“最优秀的”男女公民，不用说，都有着最畸形的灵魂：

罗巴茨：改革者，商人，政客，学者，
有责任心的丈夫、诚实的妻子轮流，
一个个出生，所有人都在逃亡，
都已变形，因为没有任何一种畸形

能够把我们从梦境中拯救。

叶芝有时恼火自己深陷作诗法的教条，曾在一篇未发表的叙事散文中抱怨有关罗巴茨和阿赫恩的写作（原本要以《迈克尔·罗巴茨和他的朋友们》一文发表）："我必须修正并且在哪天为［它］找到一席之地，因为我写好了几首与它有关的诗，若不与它联系起来根本没法看懂，我真是太蠢了。"[8] 但是，即便是这些轻蔑的话语，叶芝个人的"系统"，如《幻象》所述，让他沉迷数年；并且，他还努力将它与其他人们熟悉的教义体系如基督教体系相提并论，因此，他的读者得以更清楚这一系统。正如1933年出版的《诗歌选集》里，他为《月相》《迈克尔·罗巴茨的双重幻象》和《迈克尔·罗巴茨和舞者》写了一条共同注释，迈克尔·罗巴茨和欧文·阿赫恩"存在于一个幻影中，这个幻影就是我尽力去阐释有关于生与死的哲学。从某种程度上说，我写的这些诗就是阐释的文稿"(821)。

叶芝单首最出名的素体诗是1919年的《第二次降临》(401—402)。这首诗中，他怀疑他的"系统"是否——表现了那个古老的千年神话，第三个时代将取代古典和基督时代——预示耶稣基督的第二次降临。当然，这不是末日意象中所预示的、真正的基督再次降临，而是一个半人半兽的怪兽即将降临，并执意前往伯利恒的摇篮。正是因为《第二次降临》这首诗关涉神学教义，叶芝才以素体诗写作（第六章谈十四行诗时我已使用较长篇幅讨论过此诗；此处，我更注重它的诗行而非整体结构）。叶芝不再以素体诗行诱发对话：这首诗里没有这个和那个，也没有阿赫恩和罗巴茨，甚至没有一个叶芝和一个毛德。相反，叶芝只写了一个说话者，他先前与他所处的时代斗争，然后告诉读者意外的启示。不过，这位单独的说话者其内心一分为二，他用精神与自我进行对话（借用马修·阿诺德的话）。叶芝的说话者发现，当他沉思时他要么保持先知的客观性（完成第一节八行诗），要么被受难者的主观意识所影响，但他无法同时接受双方。此外，他放弃了最先的先知观察者的立场，以模糊的主观性结尾。在开头的八行诗里，我们仅听到无意识的客观叙述，形式简短；第八行后的一行空白暗示焦点的转移，阻碍这首诗朝原本方向驶去。两个不确定的“确定”（surely）将这首诗带入主观的第一人称模式，偏离之前先知的立场。那些愤怒的沙漠之鸟象征改变之前人类的愤怒，最终战胜了叶芝笔下说话者先前有关非人类、全知全能的预言。

关于《第二次降临》中完美的素体诗行，我们有什么可说呢？正如几乎所有素体诗，它既有行末结句的诗行也有跨行连续的诗行。叶芝其他素体诗中，这两种诗行通常也混合出现，但是在《第二次降临》中，诗人试图分隔行末结句的诗行与跨行连续的诗行，这样一来每种诗行形式都有各自效果。在这首诗全知全能的“客观”开头，叶芝的素体诗行格外遵循规则；前四行中第二、三、四行都是规则的行末结尾从句，先知般的声音宣告这一切，仿佛每行或每半行都是一个世界末日方案：

> 盘旋啊盘旋在不断拓宽的旋锥里
> 猎鹰再听不到驯鹰人的呼喊
> 万物分崩离析，中心无法维系；
> 尘世间一片混乱［。］

这些诗行都没有押韵，代之以内部高度的一致，不仅有重复（盘旋啊盘旋；猎鹰……驯鹰人；不……无法），更有行末的半韵（“gyre［旋锥］... falconer［驯鹰人］；hold［保存］... world［尘世间］”），行内韵（“hear［听］...mere［只］”）以及不合逻辑的同形词重复（“fal-con...fal-coner...fall”）。从语义角度我们将诗中下列两组对句视为四个严肃的独立句，它们与前四句行末结尾的声明一样肯定：

暗红色的浪潮涌动；
　　四处
圣洁的仪式四处沦陷；
卓越之士没有了信仰，
　　（然而）
牛鬼蛇神却慷慨激昂。

如之前在《吾乃汝主》中所见，这首素体诗的“伎俩”在于让“独立的”陈述中的每个词堪此重任，那些“不重要的”词，如“四处”和“然而”几乎消失不见，剩下四个独立的句子坚固地矗立于此。读者也几乎看不见那些系动词，因为它们可以为形容词所取代（不牺牲意义的情况下）：涌动的浪潮，礼崩乐坏，慷慨激昂的牛鬼蛇神。

第一人称与突然现身的斯芬尼克斯外形的野兽目光对峙，替代了先知大胆自信的立场，他不再进行独立而抽象的价值评判。讲述为展示所取代；不再解释精神的意象，只能展示。我们看到的意象由一个描述性的句子的向上推力完成，其间的阻力仅来自几个逗号：

在沙地某处
一个狮身人头的身影，
其目光如太阳般呆滞而无情，
正缓慢地移动着它的大腿，他的四周
环绕的是大漠里愤怒鸟儿的阴影。

这部分作品风格上主要使用的“诡计”是将这野兽分解为几个部分——狮身，人头，呆滞的目光，缓慢移动的大腿——为了给读者再现说话者这个“身影”生疏和匮乏的经验。（叶芝从弥尔顿处借用了

“shape”这个无定名词，在《失乐园》里，弥尔顿以它表示死神这一无法描述的寓言形象。）“身影”与“某处”——这个同样无法描述的地点——紧密相连。“在沙地……身影……目光”：这些短语特意挑出无法组成格式塔的一些部位；鸟儿受到干扰，它们像“阴影”般横冲直撞，身份不明。当然，诗里还有一些无法否认的细节：沙地，狮，人，大腿和鸟儿。正如梦境中的影像，幻象中看见的事物虽一目了然却难以表达。这两行素体诗为表现幻象全力延伸，以复指使两行紧密相连（“一个……身影 / 目光”）；不过，这两行的连接名词并不和谐：第一行里，身影，狮，身，头，人；第二行里，目光和太阳。描写目光呆滞的一行十个音节非常顺畅，毫无阻碍，但是，它奇怪的内容背离了表面的一致性。叶芝将这行五音步诗从叙述改为最后的问句，他曾经在《丽达与天鹅》中也这样做过，使得这个问句与《丽达与天鹅》诗尾的反问句同样出名。谢默斯·希尼曾说过，《第二次降临》里明确的观点肯定地回答了《我知道吗？》中所提出的问题，而诗尾的疑问暗示那个知识并不完整。最后以问句结尾的形式在素体抒情诗传统中并不常见。

从诗艺上说，《第二次降临》标志着叶芝与素体诗之间故事的终结，叶芝以该形式或作为对话的载体或表达更为严肃的教义，又或者二者兼而有之（如《吾乃汝主》）。写完《第二次降临》后，叶芝素体诗写作的技能已日臻成熟，能写作灵活简洁、富有象征含义和纪念意义的素体诗。叶芝作品中这种诗行形式及其从句的并列结构，源于丁尼生，不过叶芝超越了他的前辈。[9] 不过在本章的结尾，我仍想提他后期的两首抒情诗《瑞夫在波伊拉和艾琳的坟前》和《塔拉的宫殿里》。第一首诗写于1934年，是组诗《超自然的歌》中的第一首，我将会在第十二章重点论述。在这一章，我们已经详述它以素体诗写成，因为它是《超自然的歌》里后十一首诗的教义总序；后十一首无一首以素体诗写成。这首序诗里，僧人瑞夫向好奇的路人解释，神秘恋人波伊拉和艾琳死后再度拥抱产生的光，它带给黑暗中读书的他以光明。瑞夫前两行序言后，便是训诫的句子——这是叶芝常用的模式——四个训诫句子依次展开，其长度分别扩展为三行、四行、七行和八行，最长的两个句子分别传授教义和展现幻象。叶芝的素体诗行容纳了戏剧的长句，（相比这首诗里前面的诗句而言）最长的那句象征着瑞夫复述文学传奇的本质。

我之前说过，叶芝写作独特的素体诗形式其美学目的在于让它在词义和句法上进行非常微妙的自我参照，让读者记得它是韵诗。我们可以在《瑞夫在波伊拉和艾琳的坟前》里一睹该手法（全诗见第十二章），当僧人瑞夫告诉不知名的听众他所看到的"天使交媾"的幻象，实际上是死去的恋人波伊拉和艾琳，他们二人的拥抱生成了一束神奇的光让他能在黑暗中看书。《瑞夫在波伊拉和艾琳的坟前》的前十六行里，仅有五个单词其元音（或元音字母）重复（speak，heard，join［is joined］，touching，whole），但是，这首诗的后十行（十七至二十七行）约占据全诗三分之一，有大量单词与前三分之二部分重复或并列，通过这种背逢的方式，这首诗形成了双层叠加：

<u>第一至十六行(传奇)</u>	<u>第十七至二十七行(重复)</u>
在漆黑的夜里	在漆黑的天空
翻开的书本	我的神书
我的传奇	他们的传奇
这颗头……这个声音	这些眼睛
听到	听到
说	说
树叶	树叶
苹果和紫杉	苹果和紫杉
他们的骨头	骨头

这样的死亡	他们的死亡
纯粹的物质	净化的
结合	结合
没有接触	也没有接触
这里	这里……这里
整个	整个
一束光	那束光……那束光
周年忌日	周年纪念日

叶芝以羊皮书的叠写方式，叠加三种事物：波伊拉和艾琳悲剧爱情的原始神话叙事，瑞夫有关“天使交媾”时发光的教义，以及当下的光让二位已故恋人拥抱。此番“相称的”叠加，既“保证”瑞夫传奇故事的可靠性，又创作了大量语义上的“韵脚”，让读者一时间竟忘了自己正在阅读素体诗。

叶芝以素体诗形式写作《瑞夫在波伊拉和艾琳的坟前》，并将这首诗的主题从传奇和神话（我们可以将它与叶芝早期的抒情四行诗《波伊拉与艾琳》描写的恋人进行比较阅读）转移到严肃的讨论。当然，我们想象一下它的结构：在冥想思维的虚拟空间里，一个有着神秘色彩的象征能同时“适用于”古代神话、文学传奇、教义阐发及反复重述神话等诸多层面。

最后一首素体诗《塔拉的宫殿里》（609）写于1938年，一年之后叶芝便逝世了。这首诗里有一位匿名的叙述者反对依赖，这也是一则教义寓言，尽管它披着叙事诗的外壳：它却想表达决心的力量。叙述者说道，有个人（叶芝在草稿里称之为“有个国王”）已经活了百岁，他害怕从此自己要依附他人。他无法忍受这一想法，命令自己死去。他告诉所有人他是如此的独立，他从未向他熟知的女性要求过爱情；现在年事已高，也不会向上帝要求爱的回归：

“我曾爱过上帝，但是如果我要求
上帝或者女人的回归，那我的大限将至。”

引用这位百岁老人的坚决话语后，叙述者继续以他本人的声音向读者讲述并展示一年后的场景。他用了六个讲究的动词描述老人最后的日子，其中三个出现在诗歌的最后一行。我以斜体标注了这些动词：

在他一百零二岁生日即将到来之际，他命令，
掘墓人和木匠为他修建坟墓和打造棺材；
看到墓穴深不可测，棺材结实坚固，
便召集他宫殿里的男女老少，
躺在棺木里，停止呼吸死去。

对比瑞夫不断延长的句子，这首诗从句的长度锐减：第一个动词（“命令”）管辖两行；后两行各有一个动词（“看到”和“召集”）；最后一行有三个动词（“躺在”“停止”和“死去”）。叶芝特意让诗中百岁老人和叙述者都以素体诗形式表述，因为他想以趣闻而非道德说教的形式表现他的临终愿望。诗中的叙述者我们不得而知（我们也可以认为就是叶芝），除了赞扬一位无名人士（“我曾经赞扬过的一个男人在塔拉的宫殿里”），叙述者以古代史诗般的力量表述“在塔拉的宫殿里”，我们由此可以认出这个人。这个故事是一个民族主义范例讲述人们的钦佩和效仿；诗中精神战胜物质的“神迹”，自愿死亡，类似于《须弥山》诗中印度教僧侣等待转世。这位坚忍的老人意志严苛，行事果决，这与叶芝韵诗里喜怒无常的老人形成鲜明对比。除十四行诗《须弥山》以外，韵诗里的老人们都是创造力十足的“疯子”，或许他们变疯是因为见过的悲剧“结局无法与开始相称”（《老年人为何不能变得疯狂》）。

接近死亡时，这类韵诗的后期作品忙于应付人生的挫折，依旧停留在人类层面。有关诗人和毛德·岗之间普通对话的素体无韵诗，也停留于人类层面。那些与神秘主义相关的对话，如《月相》，摇摆于人类和其他领地之间——如月相的第十四阶段，或者一首理想之歌的层面。但是，叶芝笔下的素体无韵诗或阐释其主张，或展示视觉的多重书写，或提供坚韧的道德寓言，它们都处于一个假定的抽象层面，时而呈几何结构，却总是保持崇高。叶芝于弥留之际注意到，体验式痛苦和那种对话式或者哲学式教导之间的巨大差异，前者对于韵律的要求很高，后者则要求素体诗的枯燥形式。

第十章

文艺复兴的光环：八行体诗

八行体（因其八句诗行得名）是叶芝喜爱的诗歌形式之一。[1] 它的韵律为abababcc，因而“自然地”分为两部分——六行和一组结束对句。《驶向拜占庭》，诗集《塔堡》的第一首，是读者于《叶芝诗歌选集》中第一次看到的八行体诗。虽然《驶向拜占庭》既非《塔堡》中最先创作的诗歌，也不是诗集同名诗（叶芝将其置于第二首），但是，它处于诗集的首发位置不单是由于它与这册有关老年诗集的主题相关，还因为它大肆宣告叶芝新的韵律形式——并且他后来在单首诗和最著名的几首组诗中继续探索该形式。我们看到，诗集《塔堡》中，不仅《驶向拜占庭》和《在学童中》属八行体，《内战时期的冥想》中有两部分（《祖屋》和《我的后裔》）以及《1919年》的第一部分（《真正可爱的事物已经逝去》）也是八行体。诗集《旋梯》中有更多八行体的例子，如，单节诗《选择》（原本为《库勒庄园与巴利里，1931》一诗的倒数第二节）；1929年和1931年的两首库勒庄园诗；《踌躇》一诗的第二部分（《那有一棵树》）和第三部分（《获得所有真金白银》）；《一个女人的青春与暮年》的第八部分（《她在林中的幻象》）。随后，《帕内尔的葬礼》（第一部分《伟大喜剧演员的坟墓下》）[2]《驯兽的逃逸》以及《雕像》均以八行体书写。

这种形式究竟对叶芝意味着什么？顾名思义，它是一种意大利诗节，爱德华·费尔法克斯翻译的塔索《解放的耶路撒冷》（1600）

首次引至英国。虽然拜伦（引自阿里奥斯托）的《唐璜》吸收了其喜剧效果，叶芝却因为阅读雪莱的作品（《阿特拉斯女巫》、《祖卡》、荷马式《水星颂》）受到八行体的吸引。雪莱的八行体依赖于晦涩难懂的氛围，而叶芝（和他晚年生活一样）则专注于准确而精辟的言语。正如谢默斯·希尼所述，该诗节是一个“拱形的坚固房间……它是复活灵魂的堡垒……八行体诗节坚定的韵律节奏从形式上对应诗人不屈不挠的精神”[3]。正是叶芝将八行体确立为一种可行的现代形式，适用于一切严肃的事物——告别、颂歌、历史深思、幻想。不过，当叶芝选定八行体作为一首诗的形式时，他希望赋予这首诗何等的氛围?

1907年，叶芝与奥古斯塔和罗伯特·格雷戈里前往意大利进行为期六周的旅行，这趟旅行让他萌生将意大利文艺复兴视为爱尔兰潜在的文化模式，他对此很有信心。通过援引意大利人赞助艺术获得成功，从而避免援引文艺复兴时期的英格兰作为典范（作为爱尔兰民族主义者，他也不可能这样做）。从意识形态上看，由于八行体的特殊起源，叶芝将八行体视为获得“宫廷”“威严”“贵族人格”“赞助文化”和“文艺复兴”的捷径；这些价值观经常明确地表现于他的八行体诗里（如《祖屋》）。但是，该诗节形式对他而言还有另一种价值，有关结构：它扩充的六行诗句和结尾的对句使得内部元素呈几何形精确“放置”（正如我们在第二章《驶向拜占庭》中所看到的）。

八行体的诗节形式因其五音步的宽度形式与其他押韵的五音步诗体相连。它最接近意大利宫廷十四行诗（abbaabba）的八行诗，其次则是七行“贵族”韵律皇家体（ababbcc），叶芝专门以其来写作毛德·岗（《一尊青铜头像》）和在《猎狗的声音》里提到的她以及他心爱的“贵族”女性群体（参照第十三章《少见的诗歌形式》）。西方抒情诗传统中，五音步诗至关重要，尤其用来写作崇高或哲学主题。如我们所见，以无韵五音步（素体诗）写作的抒情诗模仿日常言语和阐释，押韵的五音步诗则模仿高尚的民歌而非言语。它们的韵脚将其带入民歌传统，但是，五音步宽度又不能称其为习惯意义上的民间或艺术歌曲的“民歌”。相反，五音步韵诗更接近圣歌：颂，合唱评论和公共赞美诗。（我的一个学生内森·罗斯曾说过叶芝的八行体是叶芝的“参议员”诗体形式。）

通常情况下，若要填满不对称的6 + 2格式的八行体框架，需要六行连续的描述或思考加上一组讽刺对句。叶芝确实时常这样操作：

> 一个上了年纪的人不过是无用之物，
> 就像竹竿上挑着的一件破衣裳，除非
> 灵魂拍着手儿歌唱，为它皮囊的
> 每一处裂缝唱得更为响亮，
> 可这世间没有教授灵魂歌唱的学校，
> 只在纪念碑上研习灵魂书写的丰功伟业；
> 因此，我扬帆破浪，漂洋过海
> 来到了圣城拜占庭。

前六行以第三人称讲述有关一般“老年人”的形象及其需求，接着是一组第一人称的结论性对句，并以其响亮而独特的韵律（“come / Byzantium”［来 / 拜占庭］）加强效果，该韵律在诗尾因反韵重复而格外突出：金鸟将“唱着过去、现在和未来的事情 / 给拜占庭的王公和贵妇们听”。《驶向拜占庭》中，这些宏伟的呼应对句分别标志这首诗的中间点和结点，向读者展示八行体中铿锵有力的对句作为标点的功能。

对叶芝而言，与其说八行体是一个诗节，不如说它是一个站点，一个位置，一处地点。1919年的挽歌《纪念罗伯特·格雷戈里少校》中，他便开始在某些诗的诗节前加上罗马数字，诗集《塔堡》

(1928) 以及之后的组诗中多次使用。形式上标序给每节诗以同等重要性，通常用于组诗。例如，四个罗马数字将《驶向拜占庭》转换成一组固定的四部分构成的组诗，每一部分代表进入不同空间“环境”的重要一步；我将这些环境称为“站点”，因为说话者身处其中。正如我们在第二章中看到的，这首诗的站点可以称之为地点：Ⅰ：年轻人的国度；Ⅱ：拜占庭；Ⅲ：圣索菲亚大教堂：Ⅳ：国王的宫殿。叶芝标序的八行体诗节显示了庄严的自我意识，并加强了我们对于罗马数字功能的印象——它们的存在是为了让这首诗成为一部经过深思熟虑的“组诗”，这首组诗随着每个数字走向不同的精神地点，而非一首自发的“抒情诗”。

没有罗马数字时，另一种突出八行体诗节的方式是在其措辞的语域内进行显著的内部调整，如单节八行体诗《选择》(495)。前四行以基督教措辞的三种经典形式构成，即道德选择的措辞（“一仆难事二主”），个人救赎的措辞（“我父亲家里有许多豪宅”），以及诅咒的措辞（“他们将被丢到外面的黑暗中无尽的哭泣和愤慨”）：

人的理智被迫选择
生活完美或作品完美，
如果选取后者就得拒绝
天国的府邸，于黑暗中愤激。

完美的生活是圣人的选择。完美的作品是艺术家的选择——对于这种选择，据基督教观点（叶芝这样解释），艺术家是被诅咒的。所有这一切浓缩于八行体诗的前半部分——华丽而毫不妥协的四行诗中——以宗教的高度表达。但是，随后两行以其普通性（“还有什么新闻？”）和物质性（“劳作”已留下“印记”）嘲讽前四行基督教关于天国府邸和恶魔黑暗神话的超然崇高。这位新来的嘲笑者说，无论哪种选择，人在生命的尽头都会衰老不堪：

故事全部结束后，还有什么新闻?

好运或歹运，劳作已留下印记［。］

这样一首诗会如何结束? 哪一方会胜利——崇高一方还是嘲讽一方? 宣布宗教破产和完美工作后——那项工作已被贬为"劳作"——其最终结果只是自我戕害，最后一组对句又能如何措辞?

这首八行体作品不同寻常的结尾对句主要由四个精心挑选的名词组成：押头韵的"perplexity"（困惑）和"purse"（钱袋），以及对照的"vanity"（虚荣）和"remorse"（懊悔）：

那旧时的困惑成了空空的钱袋，

或白日的虚荣、黑夜的懊悔。

这组对句用来解释一生劳作留下的印记。每一行都是警句：第一行考虑两种职业间选择的原初理性问题（"那旧时的困惑"），第二句则评判诗人的行为。第一行里，旧时的困惑——选择圣徒还是艺术职业——最终只剩"空空的钱袋"，没有益处，毫无回报，因为人由命运而非多个选择决定。[4] 第二行，劳作之人白天曾经如此爱慕虚荣，在夜晚的注视下，他却变得悔恨不已（如《人与回声》）。这样一来警句对句也有了意义，但我此处更关注其美学效果。第一行的两个名词"困惑"和"钱袋"，重新引发前六行有关措辞的崇高和世俗之争；而第二行的两个名词"虚荣"和"懊悔"属于同类措辞，即道德化的个人情感。它们虽内容相对，却层次相当（同属评价个人行为的心理层面），而"困惑"和"钱袋"则分属两个不同层面（道德和物质层面）。

总而言之，第一至四行于宗教层面遣词造句，而第五至六行于世俗层面遣词造句。第七行以讽刺的方式再现崇高与世俗之争；但叶芝在第八行找到重新升华艺术家生活的方式，不用将其提升至赞赏的天堂，也不用停留于“空空的钱袋”被弃于阴沟，而是通过伦理的理性尺度评价艺术创造，以虚荣表现最初的得意，以懊悔表现后来的自我批判。八行体的每一行诗都很重要，而最后一行是重中之重。

在阅读叶芝八行体诗的过程中，我们需要注意他对于诗节节奏的关注，他的八行体诗节通常节奏稳定，风格严肃、非拜伦式。叶芝所有八行体诗中节奏变化最快的是《1919年》的第一部分（428—430），我们在第三章曾看到，第一部分正式挽歌的开头（《真正可爱的事物已经逝去》）赋予其演说般的庄严感，这种庄严感甚至通过提到卫兵的“沉寂的军马”一直延续。突然，随着第四节开场和“麻烦”进入该诗，其节奏也发生了变化。自由的信仰于进步中崩溃后产生了一组激烈的跨行，随后将诗节主体的六行诗“溢出”扩至第七行，最终于结尾处猛然坠入深渊：

> 如今的日子是恶龙横行，噩梦
> 骑在睡眠的头上，一伙醉鬼士兵
> 居然撇下那母亲，横尸宅前，
> 满身鲜血匍匐着，扬长而去；
> 黑夜可于惊恐中出汗，就像从前
> 我们把我们的想法刺入哲学，
> 计划把世界置于一条规则下，
> 这不过是黄鼠狼在洞穴里打架。

此处奇幻的素材——龙与噩梦——突然出现在这首诗里，这类似于读者在《选择》诗中第五至七行看到的恶魔入侵。一些赤裸现实的词语突然跳出来：醉、横尸、匍匐、扬长而去、出汗、打架、黄鼠狼、洞穴。这些词争先恐后地轻蔑贬损诗节中的“崇高”词语——想法、计划、规则、哲学。随着每个新的动词或者分词的出场，诗中出现了新的施动者——日子、恶龙、噩梦、士兵、母亲、黑夜、我们、黄鼠狼——从句一个接一个，显得杂乱无序。急促的节奏至关重要：打斗中的黄鼠狼无法与正常的八行体诗句仪式感的节奏相容。

我们对于叶芝八行体诗节的理解，不仅受制于其节奏，还有其内部结构的变化。在写作八行体的一次实验中，叶芝故意违反6 + 2正常的思想分配模式，以两组四行诗节组成八行诗节。我们可以在三节诗《我的后裔》(422—423) ——组诗《内战时期的冥想》的第四部分——看到叶芝在前两节里如何将一节诗象征性地分为两组四行诗节。我们在第一节发现，原本是一节自豪的四行诗描写家族的兴旺：

从我古老的祖辈处继承了
一种积极进取的精神，我必须怀抱梦想
并留下精神上同样积极进取的
一男一女……

但是，这些充满决心的诗行很快引发了剧变，一个“可是”引出下列对立的四行以表达消沉：

……可是好像
生命极少能把芬芳抛洒在风中，
极少能把荣耀播撒给晨光，
只有残破的花瓣散落于园地；
然后再剩下点寻常的绿色。

《我的后裔》第二节也被分为两节四行诗，它们各自的言语行为不同。第一节四行诗是一个问题，表达诗人对于后裔衰落的担忧：

要是我的后人因灵魂的自然衰落，
因流逝的时光忙于过多的事务，
因太多的嬉戏，或与一个蠢货结婚
而衰败凋零又会如何？

第二节四行诗祈祷毁灭，预言砖石结构与家庭一道衰败：

愿这艰辛的楼梯和这荒凉的塔堡
变成一片无顶的废墟，以便猫头鹰
可以在破裂的石缝中筑巢，
朝孤寂的天空叫嚣她的孤寂。

《我的后裔》前两节里这四条生硬的斜线——一条表示上升繁荣，随之而来另一条长度相同、方向相反的斜线表示衰落，接着是两条平行的向下的斜线表示王朝日渐衰落以及建筑物随之坍塌的趋势——与第三节截然相反。第一节和第二节暗示观点分明的喜剧和悲剧人生观，要么繁荣要么衰落。但叶芝不再相信二者之中的任何一个，他用圆形的几何反像来反驳这些分明的斜线。

与前两节不同，“圆形的”第三节并非由向上或向下运动的四行诗节组成；事实上，该节开篇先以两行否定宇宙“先行者”厌恶的斜线，他偏爱圆形，以至于他任意安置圆形，就连鸟类的本能也不例外：

那创造了我们的宗动天
让那猫头鹰也盘旋飞翔。

（我必须补充一点，第二节的垂直回声线路早已预示了猫头鹰的盘旋飞翔，废墟中盘旋飞翔的猫头鹰“朝孤寂的天空叫嚣她的孤寂”。）结尾的第三节通过将其塑造为一个循环修辞格，即首尾交错的 abba 型，“证明”它关于循环形式优越价值的断言。此处的交错排列由四个词组成：“爱情：友谊”“友谊：爱情”，这在第三节八行体中形成了一节“内部四行诗”（三至六行），构建了一个闭环，把（没有点名的）奥古斯塔·格雷戈里和乔治·叶芝围在爱情和友谊的花环中：

> 而我，认为自己非常成功，
> 因为爱情和友谊已足够，
> 由于一位老邻居的友谊选择了这幢房子，
> 为了一位少女的爱情将其进行修缮维护。

这一环形诗节以两行对句结束，摒弃“繁荣与衰落”的线性模式。不过，它仍然希望以经久不衰的物质意象战胜原动力旋锥的动荡。叶芝预言，即便时代更迭，他那荒废塔堡里的石头依旧坚固如初：

> 并且［我］知道无论时代如何兴衰成败，
> 这些石头依旧会是它们和我的纪念碑。

因此，《我的后裔》最后一节完整的思想结构是不寻常的2－4－2结构——对句、四行诗节、对句——通过诗节内部包围四行诗“圆圈”，最后一节与前两节严格的4－4表示兴衰的斜线相矛盾。

叶芝理应认为《我的后裔》美学上不可信（我也同意该观点），除非其主题概念在叙事诗节结构中找到类似的反映。叶芝借鉴的五种历史模式——首先是上升的喜剧模式，其次是下降的悲剧模式，再次是重复下降的灾难模式，最后是喜剧的永恒回归“环形”模式伴以持久的“水平”静态模式——这些本不新鲜。其新鲜之处在于，它们在诗节中令人信服，并以形式相当的四行诗节表现这些斜线，最后一节以圆形交错为中心。在叶芝固定的韵律模式下，探索其诗节的结构安排大有可为。例如，第二节的双重衰落，表明认同原动力对于环形模式的偏爱之前，叶芝只相信灾难。最后一节通过其显明的内部交错和原动力的循环决定论，明确告诉读者，即便曾经看似无法改变和普遍的历史衰退（斜线），也可以用更广泛的方式阐释，将其视为正常循环的一部分，并（与石头）保持持久的状态。

叶芝最后一首八行体诗是《雕像》(610—611)，其中他使用了最长时的煽动手法，这不足为奇。这首诗广阔的文化跨度——从毕达哥拉斯到皮尔斯——复制了艺术在历史上曾起过的发明、表现和迁移的巨大作用。朴素的毕达哥拉斯几何形式，虽是艺术存在的必要条件，却并非充分条件，只有附以“凡胎肉体”或热情的拥吻才能赋予雕像性格。没有媒介的体现，概念的力量便一无是处。毕竟，正是菲迪亚斯的雕像（自身蕴含强大的文化能量）让希腊人在萨拉米斯于敌众我寡的形势下击败了波斯人。单一文化中的力量不足以维持艺术；艺术内在的力量传播并殖民其他文化，就像亚历山大曾控制了已知世界。然而，随着艺术从殖民者传播到被殖民者，从希腊到印度，殖民地逐渐将殖民者的艺术转化为他们自己的艺术，实现了无声地占有。如今，若非行家里手，谁能从犍陀罗佛陀中认出其希腊原型？在这些佛陀的雕像中，希腊雕塑被认为来自亚洲。（根据叶芝斯宾格勒式的叙述）最终，任何一种文化形式，不论它早期力量有多大，都无法避免衰落。表现失去了现实生活的参照，而“世间万象虚如镜中景”。希腊—欧洲的意义迷失于佛陀冥想的空虚中。

叶芝在《雕像》中描绘了雕塑热情的精神从埃及转至希腊和印度，诗人说，这种精神现在将重起作用，这次在爱尔兰，皮尔斯的革命热情将重现过去的几何图形：

> 当皮尔斯把库胡林召唤到他的身边，
> 是什么阔步穿过邮政总局？什么才智

什么计算、数字、尺寸，做出回应？

这两个高潮的问题开始于《雕像》最后一节；在这一点上，最后一节与第一节相似，第一节始于第一行的问题：“毕达哥拉斯设计了它。人们为何凝视？”与八行体6 + 2正常结构相反，《雕像》“调换了”第一节和第四节结构的顺序，开头“短”结尾“长”。事实上，回顾《雕像》，我们发现诗中所有诗节的表达方式几乎都是毫无章法的不对称。虽然这首诗中间两节遵循对句独立的句法单位（这里指一个句子）的“规则”，“规则”对句之前的诗句竟如此反复无常，以至于“服从规则”的结束对句都无法平息其动荡。例如，第三节里，第一个名词“一个影像”历经“穿过”“坐在”和“变得”相当长一段时间后，才被认为是“一个丰满的 / 向往中世纪的梦想者”：

一个影像穿过万人攒动的波涛，坐在
热带阴凉下，逐渐变得浑圆迟钝，
哈姆雷特不因食蝇而消瘦，一个丰满的
向往中世纪的梦想者。

即便找到了“一个影像”模糊的中世纪类比，我们也无从得知“一个影像”穿过“万人攒动的波涛”后，在什么地点、以何种形状登陆。只有读到整节诗倒数第二个单词——“佛陀”时——我们才得知，希腊形象经过漫长旅程后在印度的表现。这样一诗节从各方面否定了规范的八行体诗节的平静和优雅。

叶芝就八行体所作的变化，当然只是服务于《雕像》里众多煽动形式之一。诗中其他“干扰”包括过多的文化异类专有名词（从菲迪亚斯到哈姆雷特，从革里毛金到佛陀和库胡林）；突然出现的问题和惊叫（“不！”）；大量极端的主动动词（阔步、抛掷、摧毁、攀登）；不同的人物（从菲迪亚斯到库胡林）。这都是不寻常的组合。频繁的跨行连接也破坏了“标准”八行体稳定的节奏特征。即便是《雕像》里的韵脚（除对句外），也避免结论性，如叶芝用 stare（凝视）和 character（品质）与 were（是）押韵；men（人们）和 down（下面）与 upon（上面）押韵；slow（迟钝）和 knew（知道）押韵。直到最后一节，叶芝才创造了“完美”的韵脚（side, replied, tide［身边，回答，潮流］；intellect, sect, wrecked［才智，宗派，摧毁］；trace, face［搜索，面孔］）。通过煽动这一行为——不是保持静止或稳定——以《雕像》的八行体为特色，叶芝颠覆了其诗节形式，扰乱了艺术“贵族式”稳定的早期内涵意义，让艺术参与了历史迁移、改革和革命剧变。

八行体对于叶芝的非凡意义在由三部分构成的组诗《驯兽的逃逸》里完全不同。《驯兽的逃逸》(629—630) 是《诗歌选集》中最后一首八行体诗（他创作的最后一首诗是《雕像》）。[5]《驯兽的逃逸》不同于数字编号的八行体，因罗马数字 II 并非只包含一节诗，而是三节（第二到第四节）。因此，这首组诗由一节序曲、三节主体和一节终曲组成。考虑到五节诗之间紧密的语言联系，我们如何理解编号的必要性呢？我们应如何解释这首诗里不对称的三个部分？叶芝在这八行体中究竟发现了什么，为何不似他平常的做法，省略所有编号，或者给每一节都编号？

《驯兽的逃逸》第一部分序曲是叶芝“混乱的”诗节之一，前两行为一个单元，后六行为另一个，因而展现了有叶芝特色的、韵律与句号之间旷日持久的对位。前两行自白引人注目，揭示“作家的障碍”（就像我们如今所说），诗人深受其害，而这“生成了”这首诗的其余部分[6]：

我寻找主题却寻得徒劳无功
我每日寻它花了六七周。

三个“寻”和“每日”的精准，让读者看到诗人当下的悲惨状态。第一天，没能找到主题；第二天，没有主题；第三天、第四天、第五天……第十、二十、三十、四十……直到第四十二天（“左右”）还是没有找到主题。悲伤的第一节暗示诗人因年事已高，自觉力不从心，必须停止期待个人艺术的未来表现。唉，他已为创作的各元素抛弃，他借“驯兽”讽刺自己：

I

我寻找主题却寻得徒劳无功
我每日寻它花了六七周。
或许最终，不过是个衰败之人，
但我必须满足我的心，尽管，
冬去夏来直到垂暮之龄
我的驯兽都展示于人前，
那些踩高跷的男孩，那锃亮的马车，
狮子和女人还有上帝知道的一切。

根据这节结尾的隐喻，一个不断生成新鲜意象的新主题，将为叶芝常年指挥的马戏团提供下一个表演。让人不寒而栗的是（这就是他的本意），除传统的狮子和战车外，叶芝还将“踩高跷的男孩”和“女人”也归为马戏团的驯兽。（我们将会看到，诗歌意象的不同象征最终将取代被迫表演的动物的象征。）艺术的人为性（用叶芝苦涩的比喻）把人的同伴，甚至是心爱之人，变成了人自己指挥的活生生的驯兽。不过，马戏团领班醒来后发现他的帐篷不见了，他信任的驯兽也永远背弃了他。（这一点，诗人并没有为他沮丧和缺乏创造力的状态承担任何责任，他认为动物“背弃了”自己的岗位和主人从而导致了这一切后果。）

接下来三节诗都统归于罗马数字 II，其中第一节更是“本末倒置”——第一行是一个无望的问题，回应“我寻找主题却……无功……我每日寻它”——“除了列举些旧的主题我还能做什么？”若找不到新主题，诗人或提醒自己沿用过去获得成功的旧主题以激发灵感。以下我仅引用第二部分头两节诗，真理和反真理：

Ⅱ

除了列举些旧的主题我还能做什么？
首先是那海上骑士莪相被牵着鼻子
穿越了三座魔岛，寓言的幻梦，
虚幻的欢乐，虚幻的战斗，虚幻的安憩，
心怀怨恨的主题，或看似如此，
倒可装点古老民歌或宫廷表演；
让他驰骋，可又有什么让我挂心？
我，渴望他那仙女新娘的酥胸！

其次，一个反真理充斥于剧本，
我给它起名为《女伯爵凯瑟琳》；
她，醉心怜悯，早已放弃灵魂，
可专横的上天却插手来拯救它。
我想我亲爱的她定会将其毁灭，
同样的狂热和仇恨也将她奴役，
这样便生成了一个梦，转瞬间
梦本身包含我全部思想和爱情。

第二部分几乎就是枚举，过去的作品各占一节：《莪相的漫游》第一节，《女伯爵凯瑟琳》第二节，《巴尔雅海滩》第三节（如后所示）。

这些诗节遵循预先设定的模板——每节须包含四种事物（不一定按名称）：作品，主人公（莪相、女伯爵、库胡林），其源泉为“心灵的奥秘”，以及作者最终偏爱的艺术作品（至少表面如此）超越了它们源起的生活事件。叶芝试图整理他过去的成就和态度时，这三节诗为表现其内省无果的特质，故意将主题、幻梦和心灵这些词语交织在一起。[7] 莪相的“寓言的幻梦”被认为是“心怀怨恨的主题”，随后是《女伯爵凯瑟琳》“反真理”的对立风格。“反真理”一词表明，诗人现在回顾《莪相的漫游》里的事件时（尽管不久前被嘲笑为“幻梦，/ 虚幻的欢乐，虚幻的战斗，虚幻的安憩”），事实上这也是一个真理，虽然它不同于女伯爵的反真理。[8] 创作《女伯爵凯瑟琳》时，诗人的想法（关于毛德·岗未来可能遭遇的灾难）引发了一个幻梦（写作该部戏的想法）；随着这部戏的诞生，最初关于爱人和诗人对她的爱（“我亲爱的”）的想法变成了他对虚构女伯爵的关心：“梦本身包含我全部思想和爱情。”

有关莪相的叙述看似轻松，只有一句话，却有七行之长，“填入”先前心灵的奥秘，然后回到其文学对应物，“仙女新娘”。而凯瑟琳的这节更让人恼火（四行写凯瑟琳，两行写毛德·岗，还有两行写文学梦境），它从未回到《女伯爵凯瑟琳》这部戏，而停留在引发这部戏的幻梦里；不过，整节诗沿用笼统的叙述方式，第一节开头为“首先是那海上骑士莪相”，第二节便以“其次”衔接。第三节涉及诗人另一部作品——《巴尔雅海滩》——它似乎延续了之前的叙述方法，“还有，当傻子和瞎子”，等等。不过这一节与前两节不完全相似，从第四行起，其叙事文类与前两节迥然不同，两行诗展现了更为苛刻的模式和更难理解的审美抽象：

还有，当傻子和瞎子偷面包时，
库胡林正在与无羁的大海搏斗；
种种心灵的奥秘，然归根结底

是那幻梦的本身让我着魔；
人物的性格为行为所孤立
以吸引当下的时代并主宰记忆。
演员和舞台带走我全部的爱，
并非那些他们所象征的事物。

这段叙述不同于前，强行将叶芝真实作品的描述压缩为两行，还有情节主次之分：

还有，当傻子和瞎子偷面包时，
库胡林正在与无羁的大海搏斗；

同样凝练的语言支配心灵和幻梦意料之中的冲突，接下来两行，如诗人坦承，他仍为幻梦“着魔”正如我相在他的“魔岛”上。

这一诗节的八行体变得——阅读的过程中我们意识到——尤为不连贯，每两行就有一个停顿（分号或句号）。整节诗共四段简短的话语，以标点符号间隔，每两行视角不同——先是概述戏剧情节，然后冥想反思，再次阐述文学理论，最后简要叙述艺术家以生命交换艺术。这诗节里愈演愈烈的讽刺风格在不经意间引用亚里士多德戏剧理论时达到顶点：叶芝声称他的剧本，如《诗学》所述，展现了人物（比生命更重要，库胡林便是如此）因行为（古典传统指狂妄自大，但在库胡林的例子中，指他杀死了自己儿子）而被孤立。正如亚里士多德研究希腊戏剧时所得的结论，叶芝的戏剧如此有力，它不仅首次公演时“吸引了”整个时代的全部注意力——这将他铭刻于时代，并且“主宰”了接下来几代人的“记忆”。为了提醒读者这段戏剧理论描述的经典特征，叶芝使用拉丁词源的单词表达其主张（“present”［当下］、“dominate”［主宰］和“memory”［记忆］都来自拉丁语，当然“engross”［吸引］来自法语），让人易于识别其古典来源。

这组对句的组合诗学（“人物”等）和文学接受（“吸引和主宰”）完全不同于前两节叙事诗。亚里士多德的文学理论暗示读者与创作时间之间的距离，并且它赞成审美评判（并非仅判别“奥秘”或“真理”）。这两行文学评论，有关成功地“吸引”和“主宰”，对叶芝而言它就是结论。我认为，叶芝想要读者将《巴尔雅海滩》中的亚里士多德短语与三节诗中其他作品的概述相联系：人物（莪相）因行为（逃到另一个神话世界）而孤立（于其他芬尼人）；人物（凯瑟琳）因行为（为了穷人的面包将自己的灵魂出卖给魔鬼）而孤立（天主教）。亚里士多德诗学段落中硬朗的“男性”抽象不同于之前叶芝描述其过去作品时使用的叙述和情感措辞。诗人在第二部分最后追忆时似乎意识到，虽然他过去那些作品的确代表“心灵的奥秘”和想象的“幻梦”，现在却展现了成功的艺术作品的客观存在、权威地位、强大力量以及长盛不衰。

现在若回顾罗马数字 II 下辖的三节八行体诗，我们就会发现，每节诗都有一组明确的结束对句（虽然第一部分序曲诗节没有），而每一节的前六行结构却不相同。虽然三节诗都以回顾、词语重复和末尾相似的对句结构紧密相连，各自在发展过程中语言和句法更为繁复，直到每节诗末的“经典”两行中接连出现耐人寻味的词语：人物，孤立，行为，吸引，当下，主宰，记忆。叶芝所有诗作中，这首诗最好地展现了八行体渐增的潜力：其形式完全自给自足，构成一个强大的独立单元；然而由于它足够短，通过文字或所指，读者瞬间便可以领会前一节诗中的典故，因而增加整首诗持续进行的效果。八行体让叙述有趣，其中的哲学思考亦是如此。词域的变化通常以诗节中听觉节奏的变化为标志（譬如此处第四节的断续句法）。八行体的五音步诗行给足空间以阐述，不过对句却无法摆脱讽刺效果。

序诗徒劳找寻主题和主体部分罗列过去的主题，《驯兽的逃逸》

第三部分增添了什么？[9] 这首诗即将落幕之际，叶芝依旧处于最初的困境中，但是现在，他不再把自己的沉默归咎于马戏团动物的逃逸，开始审视第二部分叙述的以往写作过程。这样一来，他须重新界定心灵，从前它只是一个“奥秘”的宝库。结尾部分神来之笔是将心灵想象为旧货商店的收银员“长舌妇”，而诗人是当地的居民。这家店铺让人望而生畏的形象替代并“修正”了序曲中领班和他马戏团里动物的形象。借用第二部分诗句“可专横的上天却插手来拯救它”中“专横”（masterful）一词，诗尾将诗人过去主题生成的过去影像等同于天堂，这些“精妙的形象”生长于“纯净的心境”：

Ⅲ

那些形象如此精妙，因为纯粹生长于
纯净的心境，但它们源自何处？
街道上待清扫的垃圾或一堆破烂，
旧水壶、旧酒瓶、一只破罐子，
废铁、残骨、破布、那柜台上收钱的
长舌妇。既然我的梯子不见了，
我必须躺在所有梯子开始的地方，
那儿是心里污秽的旧货商店。

库胡林诗节堆砌了大量亚里士多德坚硬的抽象名词，这一节读者又被一连串具体名词所包围，这些具体名词回答了诗人开头有关其文学形象的问题：“它们源自何处？”诗人正胡乱地想象商店的货物，突然闪现那疯癫柜员吓人的外表，他的声音戛然而止。他告诉我们，之前的形象之所以精妙，是因为它们登上了柏拉图的阶梯，走入纯粹形式的动物园——纯净的心境。对于文学的读者而言，这样“鲜活”的形象定能“显现”。不过，我们现在终于了解，叶芝“驯兽”的起源几乎完全是无机物：它们主要由肮脏的碎石、垃圾、金属和破布构成，其中只有“残骨”属于有机物。缪斯女神突然变成“狂怒”的复仇女神之一，以长舌妇的形象面对顾客，漫天要价。那个“踩高跷的男孩”——我相或年事已高的马拉基·高跷－杰克（来自新近创作的《高谈》一诗），他必须走下他的高跷和梯子，躺在这个让人生厌的旧货商店里。

《驯兽的逃逸》依赖其核心词语的反复出现，心灵——它的“奥秘”于此诗中彻底解密。不过，心灵的回收站虽脏乱不堪，与马戏团表演相比，它却是一个更人道的艺术形象；虽然领班几乎不用花钱就能让他的马戏团表演，结尾处更真实的画面却表明，艺术家从店铺拿走原材料各自创作艺术作品，他们必须为此行为买单，将未言明的货币付给那位漫天要价的缪斯女神——“柜台上收钱的／长舌妇”。结尾处旧货店里明快的片段与序曲里同样明快的全年无休的马戏团片段匹配，暗示序曲和终曲的概述功能，相比之下，中间三节诗更有回顾和反思的功能。《驯兽的逃逸》一诗的形状类似浑天仪，有两个交叉的外环（一为“马戏团”，另一个为“商店”），中间包裹三个不同的金属环，分别为“我相”“凯瑟琳”和“库胡林”，所有部件通过不同类型的齿轮连接、转动。

我们看到，正是诗人早期对于意象的理解——即事物必须有机地“生长”于“纯净的心境”——日复一日地阻碍他寻找主题。他只消下定决心发掘“心灵的奥秘”，就能发现他身上早已堆砌上百种主题：废铁、旧水壶、破布、残骨等。废铁曾经是一把剑，旧水壶是一口极好的大锅，破布是他一件满是刺绣的外套，残骨指那些芬尼亚会英雄。垂暮之年，他终于能将剑、外套和英雄们原始粗糙的外形当作心底的牵挂。事实上，他四周满是主题；他与随意又愤怒的缪斯一道自如地穿梭于这些主题之间。由于找到了数量众多的新主题，叶芝的八行体诗恢复了常态。最后一组对句显示，诗人最终的自我气质接近王者风范，他的“贵族”马戏团领班的宝座，从前如此“匹配”其高超的诗节和目空一切，现如今被一张无足轻重的床所取代：

> 我必须躺在所有梯子开始的地方，
> 那儿是心里污秽的旧货商店。

《驯兽的逃逸》的流行——源于开篇令人迷惑的思索、“破碎”、自传体回忆以及通俗易懂的意象——让读者看到其1－3－1“站点”模式的理性、诗行内部中心词语的阐释，以及其优美对称的序曲和结尾概述。叶芝将这一“高尚”又“威严”的文艺复兴诗节作为最后一站解密迄今为止仍旧闭塞的心灵旧货商店，他正式宣称，我们在艺术精雕细琢的表面下（比如诗中第二部分所回顾），找到的并非“心灵的奥秘”而是所有艺术作品源自不羁且不讨喜的本能情绪。

虽说叶芝所有八行体诗品质高超，而伟大的“哲学”诗《在学童中》更是首屈一指。由于它涉及老年的压抑和人类情意的破裂，我们不禁会问，为何非得以八行体诗承载有关艺术、文化成就和人类文明浓厚的弦外之音？《在学童中》最后的对句解释了叶芝此番选择的真正缘由。在此之前，这首诗的主题可以用叶芝任何一种“冗长的”八行诗节形式来表达——如《纪念罗伯特·格雷戈里少校》或者《拜占庭》等的形式。了解八行体诗对于叶芝的意义有助于我们理解《在学童中》这类诗作。它是否诚如其诗节形式承诺、表达了一种艺术的哲学？如果答案是肯定的，那是如何表达？体现于何处？

《在学童中》一开始便致力于建立青年与老年的鲜明对比。它前半部分——四个“站点”——是叙事诗。一位“年近六旬面带微笑的公众人物”、参议员叶芝，作为一名官员访客，以八行体的节奏，彬彬有礼地参观蒙特梭利一所“开明的”学校：

穿过长长的教室，我边走边问；
头戴白头巾的和蔼老修女回答我（。）

接着，我们听到修女带着朴实的自豪，以间接引语解释她的学生能很好地适应社会：

孩子们学习算术和唱歌，
学习阅读和历史，
学习裁剪和缝纫，一切都妥帖
以最好的现代风格……

然而，她那抑扬顿挫的声调骤然被打断：

——孩子们
出于一时的好奇，凝眸注目
一位年近六旬面带微笑的公众人物。

当八行体进行到第七行时，老年访客和老修女宁静的步伐被打乱，诗人看到孩童们与陌生访客目光不期而遇。这首诗里老年与青春的核心对峙于此形成。

叶芝厌倦了公务——正如我们在标记"站点"的组诗中所期待的——走进第二节，来到人生另一个阶段：他忆起毛德·岗年少时曾向他吐露上学时发生的一件事情，"将那儿时的一天变成悲剧"。毛德向他倾诉过去，他心生怜悯，不禁觉得他们二人融合成一个单独的柏拉图球体——或者更确切地说，融合成《丽达与天鹅》里的孪生兄弟（"成了同一个蛋壳里的蛋黄和蛋白"）。到第三站，叶芝的思绪重回教室，漫不经心地思索着（回忆丑小鸭还未变成天鹅时的故事）丽达诗里他的另一半——毛德·岗——年轻时是否就像他面前的某个孩子；他身处教室，思绪却再次飘远——这次不是回忆，也不是看见教室里一个真实的孩子，而是飘至某个幻想层面："她站在我面前，像个活生生的孩子。"第四节开头诗人仍停留于上一节精神幻象的层面，脑海里浮现毛德·岗如今年老色衰的形象，与前一行描述她的外表像个"活生生的孩子"形成可怕的对称。像一副对折画，与孩童时代的毛德·岗相对的是暮年毛德·岗（她的"双颊凹陷，好像在饮风"）。第四站结尾，诗人畏缩不前，不敢再看毛德·岗的对折画，创作了另一幅青年和老年的对折画与毛德·岗那幅并列：这幅画一边是年少时的自己（"我……有过漂亮的羽毛"），另一边则是"过着舒适日子的老稻草人"。

前四站结束后，诗人不再叙述他参观教室的经过。他以"在学童中"的经历以及两幅残忍的青春与老年对折画为出发点，展开诗歌后半部分的哲学思考。第五站的一次思维实验中，叶芝创造了第三幅对折画：母亲膝上的婴孩与这个孩子到了诗人这般年纪，"历经六十多个寒冬"。（叶芝六十一岁生日后第二天写作了《在学童中》。）如果他母亲看到儿子六十岁的模样，她会认为值得生下他吗？性的"生殖之蜜"欺骗孩子出世，剥夺了它柏拉图式的前生，只给它两种人生的选择：要么昏睡一场，不知道它的前世在天堂；要么记起前世它柏拉图式的幸福，"尖叫着［和］挣扎着要逃脱"世俗的境况。设想这位母亲否定她六十岁的孩子的情景以反问句结束；八行体中的对句悬而未决。

在第六站，孩子柏拉图式的前生唤起了叶芝的作品中最简短的思想史概述，因其足够简洁而充满讽刺意味：首先是柏拉图，然后是亚里士多德，然后是毕达哥拉斯。柏拉图是空想家；"略结实些的"亚里士多德是实用主义者；而毕达哥拉斯是美学家，他通过确定琴弦的比例来制作音乐，将"星星所唱和无心的缪斯们所闻"带进现实。如此枚举哲学家——类似于以彩绘或壁画装饰描述它们——如扇形展开：两行描述柏拉图，两行亚里士多德，三行描述毕达哥拉斯（因其创造了美学）。此时此刻，仅一行就让整个组合崩溃，因哲学家们被贬低为“破衣裳搭在旧木棍上吓唬鸟儿”。我们眼前，身着托加袍的哲学家们变身为顶着破旧衣裳的稻草人——最后这一行的重要性超过了之前所有哲学思想艰难的交接仪式。我们再次看到一副对折画，而这幅画的两边各有三帧：左边是三位身着古典服饰的哲学家，他们在右边被缩小为三个顶着破旧衣裳的稻草人。“对句”再次不完整：它在先前数节接连失去独立的状态，被迫从上一行跨行而来，此处，它在句法上被缩减为单独一行。随着哲学被摒弃，教育的终极目标——文化知识——一并被摒弃。

叶芝将哲学家贬低为我们部分文化残留物后，他在第七站没有讨论学校的知识，而是思考他在教室里看到并记住的人与人之间的关系：首先是老修女和她的礼拜生活（以她宗教习性中的“白头巾”为代表）；其次是他和毛德·岗二人的恋爱；再次是假想的母亲和她的孩子。寻找这些关系共同点的过程中，他意识到这都是理想化的倾向：老修女虔诚地祷告，透过教堂的烛光看到青铜或大理石雕像崇拜她想象的上帝；母亲满心欢喜，痴迷于刚出生的孩子长大后可能的影像。（以及两位恋人：他在激情中崇拜什么？他心爱之人的理想形象。）诗人意识到，无论孩子被宠溺的形象和修女们崇拜的大理石雕像有多不同，它们的共同点在于：随着时间的流逝，它们都会让崇拜它们的人心碎。就在下一行，当这首诗上升为一曲话语崇高、包罗万象的颂歌之时，诗人（仅用一个词，“激情”）的心碎了。不过，他将激情放在最重要的位置，将其列为产生被崇拜“幻象”的首要情感：

——呵，种种幻象，
为热情、虔诚或爱慕所熟知，
一切天国的荣耀象征——
呵，人类事业自生的嘲弄者们；

第七站在那让人讶异的分号后结束了，之前每站末尾均以句号或问号结束。无论先前的诗节其内部如何焦虑，以至都无法完成一组独立而平静的对句，但是它们至少结束于该结束的地方——八行体诗的末尾。而诗人于第七站意识到崇拜本就是一种不可靠的情感，自创的偶像总有致命弱点，于是他在句子的中部结束，完全无法继续维系大写字母表达的层面（“呵，种种幻象”）。他以小写字母表达悲伤的回音驳斥该层面：“呵，……自生的嘲弄者们。”幻象并非神灵，无法直呼其名；它们是自生的、自欺欺人的慰藉，源自我们对所爱之物的完美追求。

读者只消大致扫视这七节诗便能感觉其八行体结构的不稳定，每一节视角不同，跨行连续和问题句法共同阻碍每节“本该”使用的6－2模式——而最重要的是一切忧虑结束于第七节“哲学”站末尾的断裂处。我们终于意识到，这首诗——尽管使用了八行体形式——却并未思考艺术作品这些“精巧可爱的东西”；相反，它只关注热情、虔诚或爱慕，这些与爱人、上帝或孩子交往的基本情感。尽管该理想化的“崇拜”可能象征我们渴望的一切，所有天国的荣耀，但它总以令人心碎的结局告终，嘲笑人类的“事业”——无论爱情、宗教，还是母性——正是这些“事业”造就了它。

叶芝知道，禁欲的宗教生活中，肉体受到伤害，灵魂获得快乐；而哲学生活中，点灯熬油的回报是两眼昏花的智慧；只有当爱人陷入绝望才会产生美。他从第八节开始寻找某种不以心碎告终的生活愿景，他想知道，有没有一处寓所让灵魂和身体同享快乐，智慧不会摧毁年轻人明亮的目光，美好源于爱情而非爱的绝望？第八站第一节四行诗，他去到人类堕落前的幻想之地，亚当的诅咒已被废除，劳动不再费力，自发而美丽：

> 劳动将会绽开花朵或翩跹起舞，
> 只要肉体不再为取悦灵魂而受伤，

美好不是生于它自身的绝望，
两眼昏花的智慧不再源自点灯熬油。

但又有谁会以这种伊甸园式的方式劳作呢？上述诗行以现在分词形式含蓄地表示答案是一朵绽放的花和一位舞者。随着站点从思想移至世俗层面，二者在这首诗的最后四行具体化。诗人将世俗生活与伊甸园幻想置于同一编号的“站点”下，暗示二者能汇于人类层面，一眼望去它们确处同一“位置”。

第八站以两个两行的问句结束，第一个问题有关绽放花朵的变化：

呵，栗树，根须粗壮繁花兴盛，
你究竟是叶子、花朵还是枝干？

叶芝视这棵庄严的栗树为世俗存在的非悲剧隐喻，其原因大可深究。每逢春天，它自然开花，虽然它已根深蒂固。当我们真正看到这棵树时，我们从未怀疑它那由紧密相连的叶子、花朵和枝干组成的视觉统一性。这个问句当然是反问，叶芝并非真要发问，这棵树究竟是它的哪个部分——叶子、花朵还是枝干；他是在想象一个快乐的存在统一体。然而，我们将看到，这一形象并非十全十美。

如果叶芝已经找到一个自发、轻松劳作的意象，因其旺盛的生殖力给它起名为“繁花兴盛”，而且，那美好的劳作能够持续到晚年，为什么整首诗不能就此结束？伊甸园的树根深叶茂仍绽放如初；母亲不会否定孩子，爱人也不会觉得另一半老得可怕。但是，叶芝却用其他意象替代了栗树，对他而言，栗树并非应对年龄的积极方式。直到最后几行，诗人真正解决了先前那让人震惊的少年和老年对折画里的双重困境，我们这才意识到，栗树无法作为代表人类成功“事业”的形象是因为其自身的缺陷。它没有自由意志；晚年保持的繁殖能力不属于我们；晚年开花之美不属于我们；它那一成不变的物种特性——也不属于我们。骇人的老妇人和稻草人无法通过栗树这存在统一体而“恢复原状”；她们只能通过人类存在的某种意象以“修正”，而该意象不在理想和心碎的对折画里，但无论如何，它真实体现了个人生活，随着时间的推移，生活地点发生变化，生活本身也会改变（而栗树则保持不变）。

只有回顾这首诗的原稿，我们才能更好地理解这首诗的结尾，从而更好地理解整首诗。终稿的对句如下：

呵，伴随音乐摇摆的身体，呵，明亮的目光，
我们如何从这支舞中识别这位舞者？

最后的对句以前一节里的呼语“呵”音开头，不过“呵”在此并无嘲讽意味；因此，它“治愈了”前一节“呵”音所引发的神圣崇高和心碎悲剧：“呵，种种幻象…… / 呵，……自生的嘲弄者们。”这组欢快庆祝的对句让人感觉他以呼语反击诗中的绝望；那么，它是如何“治愈”这让人难以接受的崩塌，先前所见前途光明的孩子竟成为一个令人讨厌的稻草人？叶芝早前有关青年与老年的二元模式，与《驶向拜占庭》开篇那位心怀怨恨的老人所持观点相似。那位老人概括旺盛繁殖能力的生物之歌时，将其称为“萌芽、出生和消失的一切”。他略去人生从出生到死亡的中间阶段，就像他那残忍的对折画一般。美丽又“活生生的”孩子和灾难性的“当下形象”之间，母亲膝上的“形体”和“那形体 / 头上历经六十多个寒冬”之间的生命历程也没有描述。“错误的”对折画模式需要人“展开”：必须有一个意象恰当地表现生命，能够连接起点和终点之间漫长而持续的生命历程，能够结束《在学童中》。

起初，叶芝认为，“展开”生命的恰当方式为承认生命历程中有些话非说不可——譬如两性欢娱。到目前为止，孩童和老年之间写

入《在学童中》唯一片段是“青春共鸣”的珍贵时刻。这一刻，“两人的天性 / 融为一体。”为记住这情爱交融的时刻，诗人在草稿里抽象地表现为两个象征：一是山楂树于春天开花；二是古老的性意象，一对跳舞的夫妇，凝视着对方的眼睛，完美地同步舞动：

> 呵，山楂树，那艳俗的外表，
> 就是你的全部？抑或都是你所创造的？
> 呵，舞动着的人儿，互相凝视着对方，
> 我们如何从这支舞中分辨这个舞者？[10]

但是，（叶芝意识到）将两性时刻单独予以褒奖，对于挽救生活其他阶段已无济于事，他也没有考虑对许多人而言，性行为时间跨度很短。叶芝本人年逾六十，早已过了诗中二人起舞意象所表现的对异性着迷和互相凝视的年纪。那么，究竟是什么意象能成为他现在看到的人生历程的“合适象征”呢？叶芝大胆而精准地删去了草稿中“gaudy”（艳俗）（该词来自拉丁语 gaudium［堕落天使］，表示欢愉）的山楂树（安东尼对克莉奥佩特拉说，“来，让我们痛痛快快乐一晚上”）。修改最彻底的一个版本中，他将这二位舞者的意象一分为二：舞者孤独一人，没有性别，双目无神。“呵，身体，呵，目光”，他喊道（重回呼语层面），然后发问，对于那单一的身体和孤独的目光，我们会说些什么？身体必须随音乐摆动，是的：人类无法选择音乐，只能按照给定的时间和命运舞动。不过音乐留给人类自行编舞的无限可能，人类“明亮的目光”永远在构思新舞步。[11]表示前进的动词“使闪亮”（就像其他表示前进或倒退的动词，如“变红”或“消退”）其行为永远不会停止；目光总是“照亮”未来舞蹈的概念（就像安格斯的爱人消失在黎明时刻永远“明亮”的空气里）。叶芝终于在舞蹈中找到了生命连续体的意象，它占据了生死之间的广阔空间；他不再强调死亡的残酷和扭曲，也不再追寻本能的存在统一体（如栗树），转而聚焦我们一生中意识的必要演变。我们能想象人类存在的新的可能方式，而栗树不能。我们生成的生活形态，部分无法改变（由音乐决定），另一部分却是自由的（正如我们发明与音乐合拍的舞步）。并且我们必须自行创造这种生活形态——他人无法替代。

如果我们的身份不似老稻草人般由命运决定，那么我们可将身份定义为时间的连续体，随着生活向前而持续改变。我们是谁？我们是从出生到死亡持续创造的舞蹈。将自我想象为一个身体，对我们永远明亮的眼睛发明的舞步做出反应，我们获得了一种更丰富（也更准确）的存在感和身份感，这种感受远甚于少年和老年顽固对抗的对折画中所感，后者将全诗带入绝境。就像对栗树的发问："你究竟是叶子、花朵还是枝干？"结束这首诗的问句——"我们如何从这支舞中识别这个舞者？"——答案同样明显：我们无法了解（也就是说，分辨）这支舞中的舞者，无法从时间的运用辨明其身份。这个问句暗示好奇和快乐，不是无解的谜题。叶芝发现了人生的真谛：人生是一种孤独而又不断发明创造的自我满足的集合。将快乐和身份安放在我们创造的个人舞蹈"事业"中，叶芝便能承认普遍心碎的真相，而不让它完全摧毁生命的能量、快乐、创造力和存在的连续。

叶芝选择的八行体对于我们理解《在学童中》有何贡献？我承诺过我们会在这首诗里发现一种诗学，叶芝所选的诗节形式中蕴含的贵族和美学思想最终会"证明"这一点。要说这首诗的结尾仅援引舞蹈这一种艺术形式还远远不够。当然，它确实提到舞蹈通过舞者的眼睛连续进行创意性自我编排。创作舞蹈的过程中，叶芝特别强调目光和身体的作用，这或许是他记起了布莱克《老虎》一诗中的造物主，他以眼和手铸造老虎：

是怎样的圣手或神眼
造就你这样可怖的对称？

布莱克再次强调了创造力的双重性，包括身体（“臂力”）和智力（“技巧”）：

又是何等臂力，何等技巧，
捏成你心脏的筋肉？

最后，布莱克的终稿将动词“能”改为“敢”，凸显原创所需要的勇气：

是怎样的圣手或神眼
敢造出你这样可怖的对称？

布莱克坚称身体的作用（手与肩）、智力的创造性（眼与技巧）以及诗尾的审美勇气，这些都成为叶芝的后盾。叶芝同样强调感官的身体与智力的目光对于身份的贡献，突出人成为自我编排的舞蹈所需要的勇气。

尽管我们获得了一种（恰好适合八行体诗的）艺术形式——舞蹈——作为一种“解决方案”，叶芝以惊人的慷慨之举，让所有人看到了他结尾的艺术形式。我们没有看到一位特指的“训练有素的”舞者（比如洛伊·富勒的“中国”舞者之一）；我们也没有看到出自熟练工匠制作的艺术品，如镶嵌画或拜占庭的金鸟。诗人此处没有称颂需要训练或手工制作的艺术品：如八行体《1919年》中“金色的蝗虫和蜜蜂”，《内战期间的冥想》开头建筑师设计的“祖屋”或《重访市立美术馆》里展览的画作。他在读者面前既没有呈现《驯兽的逃逸》里的一组戏剧供人模仿，也没有陈列《雕像》中那些举世闻名的雕塑作品。他更没有提到通过贵族的资助以改善生活，比如他于1929年和1931年先后以八行体写作两首库勒庄园诗，赞美格雷戈里夫人：“祖屋”里有一位“头顶桂枝的贵妇”。以上都不是：

《在学童中》展示了一件艺术品就是生命各个阶段自我编排的范例——每个有意识的生物或多或少地参与了其中的某项事业。叶芝从“贵族特质”和“美学意义”上将塑造个人灵魂等同于他在八行体作品里其他的艺术实践，叶芝为所有人写了一首哲学诗。他已经走出自己的生活，也走出其他创作艺术家的生活，叶芝曾在这首八行体诗里向那些艺术家们创作的艺术品致敬。他走进普通人的生活，这首诗因此更伟大。华兹华斯曾写过另一首关于少年和老年的伟大哲学诗《不朽颂》，叶芝改写了它的结尾。《不朽颂》里早已失去年少时的快乐，但华兹华斯相信人类获得了更大的能力并将其取代——灵魂的怜悯之情以及将自然解读为近似人类生活的能力。叶芝同样相信，时间的推移让人类蒙受巨大的损失，但是，自我发明和自我创造的快乐，能让人在花甲之年依然充满活力。

八行体对于《在学童中》的另一贡献是——纯粹的形式。从一开始毛德和叶芝的对折画中，我们可以看出诗人的绝望——它为教室所唤醒，持续于诗歌后半部分的“哲学”思考，即母亲与孩子、哲学家与稻草人以及崇拜和心碎之间的抽象对折画。他曾幻想伊甸园里的无须收获的“劳作”，精神愉悦、美好和智慧都无法减轻他的绝望；甚至那棵幻想中的“有机”常青栗树也无能为力。只有诗中最后两行出现的孤独舞者，才让《在学童中》找到解决方案。这两行诗是整首诗中唯一一对真正独立结束的对句。在此之前的对句，或结构不稳或跨行连续，最后这组对句终于显露了八行体形式本来的“自然”之美。

此外，叶芝选择八行体还有一层深意。这首诗连续展示生活的缺失——直到最后一组对句——暗示生活根本不完美，这世上也不存在完美。乔治·赫伯特沮丧地写道，“我读书，叹气，希望自己是棵树”，至少作为一棵树，他能有所贡献，结出果实或为鸟儿提供荫蔽。同赫伯特一样，叶芝想成为树的愿望并没有提供人类生活能获得的完美真实的形象。但是，个人创造的身份相同之舞成为了神奇的“解决方法”，这首诗终于呈现一种完美的形式——由于解决方法出现于第六十四行，我们意识到《在学童中》在结尾的问号处突然变成了一个完美的正方形，全诗共八节，每节八行，一个“神奇的”完美象征（就像在《一个爱尔兰飞行员预见了自己的死亡》中看到的4×4完美正方形）。这首诗的体裁、称谓、诗节比例和隐喻不断变化，在重复这自发而热情的舞蹈中，完成了实际舞蹈编排，证明它忠诚于它的发现。但无论如何，没有哪首诗能够抹杀或否认找到“解决方法”之前的思考。叶芝发现了有创造力生命连续的重要性——舞蹈让人激动并无限延展——却无法消除他眼中婴儿啼哭和理想恋爱的悲剧。这首诗的严肃性部分导致它无法像栗树那样沉于无忧无虑的幻想。

读完这首诗和之前几首，我们认识到一种新的形式——现在称之为叶芝八行体——已被列为新的诗歌类型。它享有文艺复兴时期云彩的荣光，但是，叶芝修改了传统结构形式、措辞以及“连贯性”，强行将其现代化。通过给某些诗歌的诗节编号，创设独特的“站点”，叶芝赋予八行体形式以重量和存在感；他让八行体承受最大限度的心理复杂活动，让该诗体远离描述或思辨的主要功能，从而与理智和情感的自传产生共鸣。随着我们日渐熟悉《叶芝诗歌选集》，我们将这些形式相似的诗歌组成“家族”群体；再次看到叶芝八行体诗时，相比第一次，我们有更强烈的期待和更丰富的满足。这十六首八行体诗，归拢一处，构成叶芝诗歌风格史上最有成就的篇章。

附录：叶芝的八行体诗

《驶向拜占庭》

《在学童中》

出自《内战期间的冥想》:

I:《祖屋》

IV:《我的后裔》

出自《1919年》:

I:《真正可爱的事物已经逝去》

《选择》

《库勒庄园1929》

《库勒庄园与巴利里1931》

出自《踌躇》:

II:《有棵树，从它最顶端的树枝上》

III:《获得所有黄金和白银》

出自《一个女人的青春与暮年》

VIII:《她在林中的幻象》

出自《帕内尔的葬礼》:

I:《在伟大喜剧演员的墓下》

《旋锥》

《重访市立美术馆》

《驯兽的逃逸》

《雕像》

第十一章

宽绰的抒情诗：长诗节，不规则诗行

叶芝抒情诗的形式多样，既有紧凑的短诗，也有篇幅较长的组诗，介于二者之间的，我称之为宽绰的抒情诗。所谓“宽绰”，意指辞藻平淡、富含沉思且情感浓缩的单首抒情诗。诗人创作此类抒情诗时，不似写作组诗时可选择以不同角度阐释复杂主题，从而呈现不同的诗体形式。虽然通常情况下宽绰的抒情诗所表现的内容混杂不同，但叶芝坚持采用单一诗节的形式，至少从外形上体现了一致性和连贯性。标题中“宽绰的抒情诗”，包括《在学童中》在内的八行体诗。由于此前我已单列八行体抒情诗进行讨论，本章便不再赘述。这一章中，我首先讨论八行诗节作品，例如《纪念罗伯特·格雷戈里少校》(1918)、《为我女儿祈祷》(1919) 和《自性与灵魂的对话》(1927) 等，而非八行体抒情诗。《拜占庭》(1930) 这首杰作亦属此列，本书第二章关于叶芝的配对诗也已讨论过，不过，我们不要忘记本章未做讨论的这些作品也是非常优秀的宽绰的抒情诗。第三章讨论十行诗节，源自《万灵节之夜》，再现于《1919年》第二、三节以及《内战时期的冥想》的第二节，本章我不会提及上述作品。但请谨记于心，叶芝以大家风范，游刃有余地编排了这些错综复杂的“迷宫”诗节。

叶芝创作《纪念罗伯特·格雷戈里少校》(323—328) 时，借鉴了亚伯拉罕·考利 (1618—1667) [1] 的挽歌《写在威廉·哈维离世之际》(威廉·哈维是血液循环的发现者)，他在作品中首次运用了宽绰的八行诗节。考利的诗节（韵脚为 aabbdccd）十分有趣，长短句相间出现，遵循一定规律。其效果，不似无规律地编排不同长度的诗行所表现的歌谣般“自发”，如《利西达斯》；而是呈现了不容违背却又似是而非的“不规则的”法则。考利这首纪念亡故好友的作品共十九节，以下是最后一节。同许多诗人一样，考利缩进了短句，将五音步诗行靠左顶格，而缩进四音格诗行（如第四、六、七句）：

若光荣的圣人不再视而不见
他们在人间经受疾苦的可怜朋友；
我眼中的激情依旧未曾熄灭，
　　　　是那样纯洁和清澈。
当不朽的颂歌为你唱响
　　　　带着神灵的悲悯用眼观瞧
　　　　我们乏味沉闷的尘世诗歌，
字里行间显现悲伤和痛苦。

这正是叶芝借鉴的诗节形式。虽然考利在这节诗里有三处以三音步诗行代替本该使用的四音步诗行[2]，但是叶芝却严格遵循五音步和四音步的诗行形式。二者相较之下，叶芝的作品更有规律。[3]然而，叶芝在创作时并没有采用缩进的形式，因此诗行的不规则性得以掩盖；而考利诗行长度的不规则性在出版印刷后尤为明显。以下诗节来自叶芝的《纪念罗伯特·格雷戈里少校》，其方块形态仅凭肉眼很难辨别诗行之间长度的差异。一眼望去，这一节几乎全是五音步诗行：

因为愉悦的思想现在所见的世间万物
都曾为他所热爱；那被风暴所摧残的老树
其树荫投射在路边和桥上

那个塔堡建在溪流的边缘
在浅滩饮水的牛群夜间
引起了骚动，那声音惊起了
水鸡，不得不挪动她的窝舍；
他本是你最热诚的接待者。

倘若叶芝遵照考利使用的缩进方式，引发读者对其诗句长短的关注，那么他的挽歌将显得“老派”“形而上学”和“正式”，而非“现代”“平实”和“随意”：

因为愉悦的思想现在所见的世间万物
都曾为他所热爱；那被风暴所摧残的老树
其树荫投射在路边和桥上
　　　　那个塔堡建在溪流的边缘
在浅滩饮水的牛群夜间
　　　　引起了骚动，那声音惊起了
　　　　水鸡，不得不挪动她的窝舍；
他本是你最热诚的接待者。

（以隐蔽、对齐的方式）借鉴考利，成为叶芝卓有成效的创作方式。[4] 这种非八行体的八行诗节，根据不同的韵律分为不对称的两部分，激励叶芝探索截然不同的作诗法，相比正式的八行体，叶芝的新形式音节更少、没有那么庄重，但却更让人激动。

叶芝发明了三种非八行体的八行诗节形式。第一种完全照搬考利的模式；第二种改变了部分诗行长度但保留了整个韵律结构（如《拜占庭》）；第三种保留了诗行长度但改变了韵律（如《自性与灵魂的对话》），如下所示：

第一种　考利的模式（不包括考利偶尔替换的三音步诗节）：

题目	韵律结构	诗句长度
《纪念威廉·哈维先生》	aabbcddc	5－5－5－4－5－4－4－5

第二种　叶芝三种非八行体八行诗节形式：

1. 直接模仿考利的诗行长度和韵律结构：

《纪念罗伯特·格雷戈里少校》

aabbcddc　5－5－5－4－5－4－4－5

《为我女儿祈祷》

《塔堡》（第二节）

《农奴的赞美》

2. 模仿考利的韵律结构但改变诗行长度

《拜占庭》　aabbcddc　5－5－4－5－5－3－3－5

3. 模仿考利的诗行长度但改变韵律结构

《自性与灵魂的对话》　abbacddc　5－5－5－4－5－4－4－5

这种杂糅了两位诗人风格的“考利－叶芝”诗节类型出现在多首作品中，包括《纪念罗伯特·格雷戈里少校》《为我女儿祈祷》和《塔堡》的第二节。这一类型可分为三种韵律单元：

其一：押韵的五音步诗行对句（aa；5－5）；

其二：押韵的非等长对句，四步诗行后紧跟五音步诗行（bb；5－4）；

其三：抱韵的四行诗节，其中两句五音步诗行嵌套两句四音步诗行（deed；5－4－4－5）。

这类诗节给人的“感觉”不同寻常。开头两行对句均为押韵的五音步诗行，读者先是倍感轻松；接下来的一组对句虽押韵但长度不一，读者随即变得不安。出人意料的是，第三个韵律单元已成了既长短不一又不押韵的两句诗。由此，读者再次感到疑惑，期待找到与第五句行末押韵的韵脚，直到第八句末我们才找到它。由韵律产生的不安情绪在听觉和理解层面均有所体现，倘若叶芝缩进短句以提醒读者诗节形式的演化，那么这种不安的情绪将得到极大的缓解。

这一节诗不同于考利，叶芝认为句法规则无需与韵律单元相匹配，这使得读者在音律上颇感费解。我们早已习惯 abba 普通四行诗节、闭合式五音步诗节对句（蒲柏）以及跨行的五音步对句（济慈）；可我们并不习惯叶芝在《塔堡》（第二节）中写作的五音步对句和不规则四行诗节：

> 老伙计们在旧屋里玩着纸牌，
> 轮到这个老流氓出牌时
> 他给手上的牌动了手脚
> 除了那张牌，其他所有牌都变了
> 变成一堆猎犬而非纸牌
> 那一张牌变成一只野兔
> 胡里汗暴怒起来
> 跟着这群号叫的生物跑向——

听人大声朗读这节诗时，不同于四平八稳的八行体，有读者会觉得它难以理解，更别提要记住诗行长度或是韵律结构（后者因 thumb / became［手 / 变成］或 cards / towards［纸牌 / 向］这类斜韵更显模糊）。叶芝的后期作品中，如同《塔堡》此处一样，看似随意的词汇和语法，让人难以觉察其严谨的诗节结构。

然而，为罗伯特·格雷戈里所作的著名挽歌末尾处，诗人不再掩盖其诗节结构的一致性，反而凸显这一特征。于我而言，三节诗里连续出现了“士兵，学者，骑手，他”[6] 这一句，这样的重复虽显刺耳，却是诗人有意而为，旨在用这一程式化的重复赞美区别于这首诗的原旨——他将提到他的新娘，之后数节诗中将她一一介绍给朋友。通过三节诗中连续重复格雷戈里的三种称谓，诗人很好地区别了“拖泥带水式”简要描写挽歌主人公及之前单节诗里描写亡友的两种手法。诗人因悲伤过度暂时无法继续，只能重复格雷戈里的三种称谓，叶芝此时想到自己的故友不久前横死战场、英年早逝，无法再一一枚举他的朋友。尽管叶芝的称谓重复是一种美学上错误的手法，但读者却发现，在这首格雷戈里挽歌里，叶芝首次成功地使用了这种笼统而（通常被视为）随意的回忆方式，这一方式随后多次出现在《塔堡》第二节、《万灵节之夜》、《重访市立美术馆》等诗中。在这些诗作中，叶芝创立了一个强有力的叶芝式抒情诗新流派——我称之为“现实主义”自传式沉思，可以同时表达普通和高贵。《纪念罗伯特·格雷戈里少校》一诗让我们瞥见一位当代人的普通生活与朋友——他同妻子刚搬入新家并即将攀爬旋梯然后就寝。诗里提到的几位朋友，部分是艺术家或作家；还有一位是诗人的亲戚。诗中的讲述者曾参加过赛马，去过克莱尔、戈尔韦和梅奥，注意到岸边的水鸡被饮水的牛群惊吓后挪窝，他精通占星术，还读过菲利普·西德尼的作品。这些片段，让我们从不同角度了解罗伯特·格雷戈里少校其人。

正如我在书中别处提到的，《纪念罗伯特·格雷戈里少校》一诗是一首风格杂糅的作品，创作过程中其文类不断变化。[5] 这首诗开头的悠然自得格外具有欺骗性，直到末尾我们才知道诗人本想为他的新娘写一首新婚赞歌（显然以斯宾塞为范例），但他此时缺乏灵感。他本打算邀请这些朋友参加他的婚宴，无奈斯人已远去，因此，诗人决定待到想好写给新娘“更合适的欢迎辞”后，再提到一些朋友并加上他们的“一些祝福话语”以填补这些空缺。这些刻意的话语集合成一种风格完全不同于婚礼致辞的温暖话语；诗人为友人提出一种折衷的哀婉风格，不同于放声大哭。诗中第二、四、五节是人物简介，分别介绍莱奥内尔·约翰生、约翰·辛格和乔治·波莱克斯芬，这种手法后来也被使用于《塔堡》第二节和《万灵节之夜》。这三节诗分别“对应”三个平行诗节——即描写格雷戈里“士兵、学者、骑手，他”的诗节。[6]（此番三三对应的一致性，证明了叶芝在如此显明的自发性回忆中，仍旧坚持构建诗歌形式。）

这三个“格雷戈里”词——士兵、学者和骑手——如同丧钟的哀鸣，将他的这些简介区别于早前提到的诗人其他朋友。那些朋友都有各自的“形象”——莱奥内尔·约翰生不善社交，渴求尊严，幻想末日；约翰·辛格的迟暮之年以及异常之举，他选定一块荒凉之地（阿兰岛）作为自己的身后之所；乔治·波莱克斯芬由活力十足的青年变成了“行动迟缓、喜好沉思”的中年男子。与此对照的是，诗中的格雷戈里不是一个完整的“形象”，而是一个理想化的形式。他是人人称羡的“伟大画家”、艺术品鉴赏家，一生短暂却也活得精彩（应玛格丽特·格雷戈里的要求，这节诗加入了格雷戈里的骑手身份，诗节因此添加了很多特定的时间节点或地点，如戈尔韦、泰勒城堡、罗克斯伯勒、埃瑟尔凯里和慕宁等，从而打破了叶芝原本归纳的三个原型名词的惯例。）

叶芝将已故友人们细枝末节的生活琐事与格雷戈里的光辉形象分隔，在一首诗中由遥远的回忆自然过渡到当下的挽歌，这表明叶芝开始熟练使用多种回忆形式。这首诗里，每一个故友的有关回忆都被置于独立的诗节框架之中。虽然《万灵节之夜》中对于朋友们类似的描述形式上各自独立，但是，由于每人占据的篇幅被延长至两节长诗（每一节有十行之多），与《纪念罗伯特·格雷戈里少校》精练的单一诗节相比，《万灵节之夜》的诗节看似随意松散。在《塔堡》（第二节）以及《重访市立美术馆》中，叶芝更加流畅地运用简介以衔接诗篇，《重访市立美术馆》中的每一段文字都是曾经吸引过诗人目光的一幅画作。有些画只消匆匆一瞥，如《革命士兵跪地接受祝福》；有些让诗人写下几行（五十年前遇到那个女人）；而有些则让诗人写了整节诗，如奥古斯塔·格雷戈里。

在《纪念罗伯特·格雷戈里少校》的末尾诗节，叶芝宣布以格雷戈里挽歌取代无法完成的新婚颂歌，并取代为他妻子打算邀请的婚宴宾客名单，他们相识于不同的人生阶段，可惜无法参加他的婚礼：

我曾想，看那风多么狂烈
它击打着窗户，也打进我心里
那些成年时考验过、童年时爱过
或是以稚气的理性赞赏过的人们
对每个人都有合适的评价；
直到想好
一段更体面的欢迎词；但一想到
那新近传来的死讯，我便无心言说。

从这流利的结尾我们可以看出叶芝从考利处借鉴的不规则的非八行体诗节有强大的表达潜能。年少时期的轻狂不羁——“稚气的理性赞赏过”——与三行五音步诗句后接一行四音步诗句节拍减少相称；成年后丰富的阅历“对每个人都有合适的评价”与五音步诗句重新匹配；跨行表达的急切希望“直到想好 / 一段更体面的欢迎词”被一个“不自然的”分号将该行一分为二，正如突然想到格雷戈里的死讯。从第五行到第八行，读者期待“each”（每个人）的押韵词，直到（略有些）饱满的多音节词“appropriate commentary”（合适的评价）压缩为一组空白的拟态单音节词“but a thought / of that late death took all my heart for speech（但一想到 / 那新近传来的死讯，我便无心言说）”。最后一句带有歉意的五音步诗行饱含诗人当下的悲痛，斥责诗人原本打算以刻意、“合适的”挽歌手法来哀悼那些已去世很久的朋友。跟随叶芝诗节的前进逐层体会其思绪，读者惊叹于这种非常规或不规则的诗节韵律和思绪韵律是多么的浑然天成。

一年后，叶芝在《为我女儿祈祷》（403）一诗中改进了《纪念罗伯特·格雷戈里少校》中的诗节。他在重复自己么？显然，诗人拾回早前作品中的某些发现，在《为我女儿祈祷》的草稿阶段，使用之前简单素描的创作方法——叶芝把海伦和维纳斯作为因情欲引发灾难的神话原型人物；同时将（未指名道姓的）毛德·岗比作当代因政治辞令和党派“观点”招致灾难的代表。（“观点”是叶芝一贯用来轻蔑表示时尚界、政客、宣传家、媒体界使用的话语；在他看来，“观点”从来不是富有洞见的想法。）《为我女儿祈祷》里也包含了不少贬损的词句，这与《纪念罗伯特·格雷戈里少校》一诗宏伟肃穆的诗句截然不同；接下来，我首先简要分析诗人为女儿的祈祷中那些显明或晦涩的描写，然后再论述其新的诗节效果。

《为我女儿祈祷》因“歧视女性”而广为批评家诟病。从文类上看这首诗隶属宗教诗，而叶芝几乎无法以这首“厌恶女性群体甚至某位女性”的诗恰当地给女儿做施洗礼。许多批评家指责叶芝对其女儿的唯一期待就是希望她有个好归宿。（事实上，安妮·叶芝终生未嫁，亦无子嗣，这一讽刺正中那些反对派的下怀。）但叶芝所处时代的社会风气便是如此：一位穷困潦倒的父亲无法期望女儿自己养活自己，因为当时的中产阶级女性无须养家糊口。为了安妮未来的幸福生活，叶芝认为她需要与人一起组建美满的家庭以获得幸福。叶芝为女儿祈祷的平和、爱情和喜悦与世间任何父母的期许并无二致；并且，这些祝福，叶芝认为，实现的唯一途径（在当时爱尔兰的历史背景下），就是联姻。

在我看来，《为我女儿祈祷》实则暗指叶芝之母。[7] 她错误的人生刺激了叶芝创作此诗：她的不幸婚姻（嫁了一个律师却不愿执业）；当了画家的妻子其地位岌岌可危；漂泊于英国和爱尔兰之间，居无定所（苏珊·叶芝从未拥有过属于自己的房子）；她意志消沉且毫无主见；与丈夫冷战时经常跑回斯莱戈的娘家——最长一次待了两年之久。当叶芝为女儿祈祷时，必定想到了自己的母亲，他希望女儿活得“像月桂般长青 / 根植于可爱的永恒居所”；透过母亲的经历叶芝了解到女人要想获得幸福，她的灵魂需要“自娱自乐 / 自慰自安 / 自惊自吓”，肯定它的意愿就是上帝的旨意；正是由于母亲的遭遇，叶芝在诗尾祈祷，女儿的新郎将带她“步入洞房 / 那里一切寻常，庄重堂皇”。从这字里行间我听到（来自叶芝心底）的不同回响：“还愿她的新郎［不像我母亲的新郎］引她步入洞房 / 那里一切寻常，庄重堂皇。”看到母亲——深陷抑郁、疾病缠身，居无定所，费力育儿；生活穷困潦倒，甚至有时连茶和蜡烛等日用品都买不起；嫁给了一个既穷又没责任心还刚愎自用的艺术家——这一切让叶芝认识到，一个快乐、和睦、相敬如宾且富足的生活是一个女人获得幸福的最低保障。叶芝深刻领会到父亲的无能给家庭带来的不幸：不但导致了母亲痛苦的一生；而且，由于没有嫁妆，叶芝的两个妹妹终生未嫁，还得不时接受兄长的救济。

在《为我女儿祈祷》一诗中，毛德·岗是因为嫁错了人而导致生活不幸的反面典型。诗人可以评述她与约翰·麦布莱德失败的婚姻，而他却无法评论母亲的婚姻。叶芝平生最爱的两个女人——母亲和毛德·岗——都误入“歧途”。至于原因，已是意料之中，诗人认为部分原因就是二人选错了结婚对象。一想到自己女儿的未来，叶芝无法接受她的生活也将如她们那般悲惨。若不是有母亲和毛德·岗的事例在先，想必诗人对女儿祈祷的内容定会有所不同。但他的期许源自他对母亲和毛德·岗的伤痛之爱，他对两人选择的另一半以及后来的不幸深感挫败。这首诗所展现的，并非叶芝对毛德·岗的厌恶，而是对这个“世界上最可爱的女人”因人生的错误选择而承受的命中劫难所产生的同情和愤怒。

当然，当时社会的性别问题只是叶芝为女儿最终祈愿的因素之一。在这首诗的前几份草稿中，我们看到叶芝在结尾部分摇摆不定，很难结尾。起初，诗人计划结尾描写二十五岁的安妮回到库勒庄园，走在乡间小路上思念她已故的父亲。（以下诗行——为阅读方便起见，我在出版后的版本上略做了些改动——紧随“理智的仇恨为害最甚”一节。）

女儿啊如果你一直快乐且已经长大——
当你二十五岁时——独自走在那
库勒庄园并且只是为了来看我
那湖畔的石堤，
我年年在那数着天鹅，兀自哭泣
感叹这世间美好，万物触手可及
凝固的空气中泉水叮咚作响
天地之间万物焕发生机……

没有哪个人会嘲笑哭泣的人
也想不到即便我死了也能听到声音。

以下是诗人尝试写作结尾时，想象安妮在他死后来到库勒庄园的另一版本。在这一版中，叶芝的灵魂回到了库勒旧地，回忆与格雷戈里夫人一道在库勒度过的岁月：

毫无疑问的是我将于
我常常站立的地方思考
在那湖畔，在那蓝色的树林里
小路沿着岩石和树根蜿蜒曲折

又或者，二十年左右
我和朋友沿路来回走着
脚下水汽缭绕，思绪疾驰［。］[8]

描写死去的自我与安妮成年后重聚的诗节写于1919年4月，而且这些诗节不断被修改，后续手稿中还有多个版本。直到1919年6月的终稿，描写新郎的诗节出现了——它终于替代了原有的诗节，成为这首诗的结尾。回想这首诗，叶芝本人定然察觉到了，让一个二十五岁的未婚女性回到库勒怀念逝去的父亲，这其中隐含着乱伦关系。叶芝使用另一种结尾的方式，扮演父亲的传统角色，把女儿的一生"托付"给她的新郎，组建新的家庭，成为别人的妻子（也有可能成为母亲，聚宝盆这一意象便是影射该角色）。叶芝提笔写作此诗前便已设想女儿可能扮演的这些角色。定稿中以"愿她成为一株繁茂的绿树"开头的诗节起初如下（此处也是文德勒规范后的版本）：

愿她心平气和且身体康健
嫁作良人，儿女绕膝，家中殷实
当然，要想获得幸福
还得有颗自娱自乐的心。[9]

这些诗句后来虽有所删节，但却给末尾的婚礼诗节播下种子。叶芝不再一厢情愿地希望成年后的安妮回到库勒庄园、思念亡父，而决定放手让她成为另一个男人的心上人。这首诗重复诗人在《库勒的野天鹅》中的慷慨姿态，放飞天鹅，独留自己感伤曾经短暂地拥有的一切。

现在回到这首诗的结构，我将探讨叶芝在《为我女儿祈祷》中如何改进他早期使用的不规则八行诗节。不过，首先要提到这首诗发行过两个版本，第一个版本见于1919年11月的《诗集》和《爱尔兰政治家》；另一个出版于诗集《迈克尔·巴茨和舞者》(1920年)。两个版本在形式上有重大区别：1919年的《诗集》中，这首诗的诗节均以罗马数字标序；而1920年出版的叶芝诗集中，诗节前已没有罗马数字。某些诗歌的诗节前是否加上罗马数字，叶芝并未一以贯之：比如在《纪念罗伯特·格雷戈里少校》一诗里人物简介时他添加了数字，而在《万灵节之夜》双诗节的简介时却没有。并且，诗节前添加大量数字明显地干扰和减缓了诗歌节奏，还改变了诗歌原有的重心。因此，《为我女儿祈祷》最终定稿时，叶芝去掉了罗马数字；他在祷告过程中，于塔堡的城墙上为这首诗单独设立了一个“站点”。

《为我女儿祈祷》一诗虽与《纪念罗伯特·格雷戈里少校》诗节形式相同，但在这首诗中，诗人运用诗节更自如。这种诗节本就有一对天然的反作用力，一是开头“理性的”五音步对句，它们设定场景或谋篇布局；二是内部四音步押韵对句（第六、七行）和结尾抱韵四行诗节的“抒情”效果。内部对句通常行文简洁，有时带有讽刺意味。格雷戈里挽歌充分利用了第一组五音步对句的阐述性，以下为实例：

> 既然我们在家里已经差不多安顿妥当
> 我来提下那些不能与我们共进晚餐的朋友们［。］
>
> 我们总是愿意让新朋友会见老相识，
> 若谁表现冷漠我们也会觉得心里不好受［。］[10]

《纪念罗伯特·格雷戈里少校》中，除开头使用五音步对句陈述外，叶芝还探索诗节内部四音步对句的抒情性。当然，叶芝旨在强调这组对句，因此“士兵，学者，骑手，他”重复出现于三节诗中

（IX、X 和 XI）。不过，在我看来，诗人执拗地坚持重复显得有些机械。若我们观察其他诗节，第一组内部对句召集了酝酿已久的宾客：

> 发现被人遗忘真理的人们
> 或许只是我儿时的伙伴们

第六节里第四个称谓：

> 但不是我亲密友人的爱子，
> 我们的西德尼和完美之人，

但是，剩余诗节中内部押韵对句的表现力并没有那么突出。

读到《为我女儿祈祷》这首诗时，我们发现第一组五音步对句的阐释性功能让人想起了格雷戈里挽诗。但是，叶芝意识到诗节内部四音步对句生成的美学能量时，它成为叶芝此时关注的焦点。我们看到诗人强调强烈的情感节奏，不论节奏明快的对句是凶险还是讽刺（这与第一组五音步对句的理性效果相对）：

> 未来的时日已经来到：
> 踏着狂乱的鼓点舞蹈……
>
> 我确定娇贵的女人吃肉时
> 都喜欢佐以古怪的色拉……
>
> 她尽可以这样，尽管每个人都应怒吼
> 而每个多风的冬季都在咆哮……

在《塔堡》的第二部分，叶芝进一步发挥诗节内部对句的显著效果。有时语调是轻快活泼的：

跑过去，用园艺剪刀
绞掉一个无礼农夫的双耳

或者这组对句强调诗中提到的某个整体：

呵，希望这月亮和日光仿佛
是一道纠缠不清的光束……

或者，它将结果聚拢一处：

跑断双腿只为佣金
和欲望可怕的光辉……

《农奴的赞美》里，其内部对句再现了节奏感十足的四音步诗行，让人不禁起舞：

不朽的女士们脚踩大地
因那和美的旋律而迷醉［。］

接着，在《自性与灵魂的对话》中，叶芝用内部四音步对句表达灵魂对于理性的探险不屑一顾：

理性四处游荡
由此到彼，随处游移……

另一组对句标志了灵魂于神学上的自得意满：

也就是说，升入天国；
唯有死者才能得到宽恕

这首诗里还有一组极富热情的、扬抑格布莱克式对句，表达自性跳出自责，欢快无比：

我们必须大笑，我们必须歌唱
我们接受世间万物的祝福……

很明显，叶芝已清楚认识到他使用的考利诗节的巨大潜能——既可以解释说明又可以体现诗歌的节奏。反复使用某种诗节形式时，他始终在尝试探索和提升其表达效果。

因为叶芝在《纪念罗伯特·格雷戈里少校》和《为我女儿祈祷》两首诗中如此成功地运用了考利式挽歌，所以当我们看到《拜占庭》押韵结构相同而节奏不同时，起初都感到非常讶异。他应当非常清楚，这首充满骚动的死亡诗无法和着讽刺诗或者热烈的四音步对句那样一二、一二的舞蹈节拍。因此，他减少了内部诗节中左右对称四音步对句（如"That is to say，ascends to Heaven"［也就是说，升入天国］）的音节数量，转为不对称的三音步对句，并且每行末尾都隐含停顿供人反思（如同音乐休止符）：

人类完全就是，［停顿］
各种复杂物的集合体；［停顿］

起舞时奄奄一息，［停顿］
充满恍惚的痛苦；［停顿］

这些意象还［停顿］
产生新鲜的意象［停顿］

总的来说，写作非八行体的八行诗节时，叶芝使用的格律介于五音步和四音步之间（其中，《拜占庭》采用了五音步、四音步和三音步），扰乱了五音步八行体这一历史上已成形的格律。尽管其交替押韵的八行诗节的韵律结构——对句、对句、抱韵四行诗（aabbcddc），或两节抱韵四行诗（abbacddc，例如《自性与灵魂的对话》）——暗示整节诗可以分为两个四行诗节意群单位，而叶芝通常从句法上以四行诗为意群单位组成诗节。比如《为我女儿祈祷》只有第二节从句法上可分为两节四行诗。其他诗节则大不一样，第三节是一整句八行的意群单位（“希望她面容姣好”）；第五节（“我希望她能知书达理”）意义单位不对称，分别占据了一、二、五行。并且在这首诗里，叶芝仅重复句法单位形式一次，即第九节（五、三行）重复第七节（五、三行）；第九节是一个单句，而第七节有两句，诗节之间虽句法相似但实际效果大相径庭。

写作《为我女儿祈祷》时，叶芝允许自己在遣词造句上有更大自由（从“袒露心声的亲密”到“一个膝盖外翻的铁匠”）。这首诗的感染力部分源于此：诗人虽年逾半百，却不按常理选择正统词汇写诗。由于每首诗都体现了作者的思想，我们不禁自问，这位诗人用八行诗节同时写作多个层面最终组成这首宽绰的诗时，他在思考些什么？《为我女儿祈祷》第一层面是叙述外在事实：屋外的**大风**扰乱了（另一层面）一名男子的**思绪**，他初为人父。整首诗里“**思绪**”和“**大风**”于第七节和第八节两度押韵，强化肉体和灵魂两个层面虽实际含义不同但象征意义相近；第三层面是通俗化的神话故事（海伦和维纳斯）；第四层面是有象征意义的自然（如风暴、红雀和月桂树）；第五层面是同时代的痛苦女性（毛德·岗，诗中影射的叶芝之母）；第六层面是冥想（“心儿并非为人所馈赠”）；第七层面是心理（若被仇恨扼住咽喉 / 那将是最可怕的厄运）；第八层面是明显的寓言（丰饶之角是为仪式，延伸的桂枝是为风俗），或许还有其他层面。叶芝那自由的想象游走于各个层面——他的手上下移动，就像手指敲击键盘，穿梭于按键之间——这与叶芝以语义自由地划分诗节的手法相契合，因为各诗节表达方式都不尽相同。

我之所以提到这些谋篇布局的技巧，是因为我想解释读到叶芝这些宽绰的八行诗节作品时，是什么给我们留下了深刻的印象？这些看似是自由组合的话语，反而展现了叶芝对于整首诗的完全掌控。根据每首诗所展现的内容，我们可以领会这一正式成形的模式：韵脚和句长得以重现；诗节形式上，用词和主题重复增多。上述这些创作方法一经实践，即产生了大师级的效果。由此产生的明显的自发性，传递了作者的思想，并达到了个人、理性和情感的自由。这些长诗如《纪念罗伯特·格雷戈里少校》和《为我女儿祈祷》作为桥梁便于读者了解更为宏大的叶芝组诗（见第三章和第十二章），它们不再囿于某种韵律顺序或风格，而需要于内部迅速激增以形成一组非等长诗。

1927年或1928年，写作《自性与灵魂的对话》（477—279）时，叶芝变化了《纪念罗伯特·格雷戈里少校》《为我女儿祈祷》和《塔堡》（第二部分）中曾用过的诗节形式。尽管《自性与灵魂的对话》不规则的诗行长度（5－5－5－4－5－4－4－5）与叶芝规整后的考利诗节中诗行长度相当，但他修改了韵律结构，两节四行诗为抱韵结构（abbacddc）。叶芝这首诗的高明之处在于，这首诗的第一节始终保持单一的诗节形式（尽管“自性”和“灵魂”二者主题完全对立）。自性和灵魂（共存于单一的诗节形式），在现实生活中也处于同一身体之中。它们被迫共处于同一外在的、物质的诗节形式中。我们无法想象，这首诗的形式主题表明，现实生活中，灵魂与自性分别处于不同的形态之中。只要灵魂和自性还有所体现，那二者就必须同居一处，拥有单一的“形态”和单一的诗节形式。

尽管如此，叶芝在第一部分从主题上区分了灵魂和自性。灵魂劝说自性拒绝情欲和死亡、爱情和战争（这些传统的荷马主题），还拒绝思想、想象以及记忆，认为这一切都能被以下方面所替代：精神的提升、感觉的消除、沉入无我的黑暗、请求宽恕“生死之罪”（自我就是化身）以及最终沉默不语。相反，自性附着于唯一一件有价值的财物上，它有五百年的历史，具有三重象征含义：来自日本的一柄剑（“佐藤的古剑”）、其木制剑鞘和包裹于剑鞘上的刺绣锦缎。这三者不仅象征着两性结合——剑与剑鞘——也是叶芝坚持到底的荷马双主题：战争与爱情（锦缎就是士兵的奖赏）：

　　　我把所有这些
当作白昼的象征，与那塔堡抗衡
它是黑夜的代表

自性转喻为手握大师铸剑的士兵，[11] 声称：“就像以一个士兵的权利 / 要求再次犯罪［生与死］的许可证。”

这首诗第一部分开头和末尾诗节都是灵魂在说话，叶芝的此番做法甚为大胆，这似乎是在嘉奖虚无主义的胜利和死亡的寂静。不过，他旋即增补了第二部分——四个诗节均为自性的独白（诗节形式与第一部分相同），随着灵魂的流放对话已然消失。通观全诗，自性占据了六节诗而灵魂有三节，一直持续到第二部分最后一个词，篇幅又长且掷地有声。文字上消失的“灵魂”让“自性”得以独占诗节形式这一具象化事物的象征。

以下《自性与灵魂的对话》的草稿引自康奈尔版《旋梯》的手稿，篇幅较长很是有趣。[12] 第一版草稿是个大体框架（此处略做修改，为方便理解，后面引用部分也有所改动）。整首诗已是一则对话（“他”与“我”之间的对话）；设定了主题（上帝与爱情和战争的对抗）；描绘了自性的象征（宫廷服饰和剑）。但是，这一稿坚持进行人格分离，以第一人称对抗第三人称的自我，仅标记一种声音（后来成为“自性”）“我”（而另一个是“他”，后来成为“灵魂”）。叶芝虽以阿拉伯数字标记诗节，但草稿的第一页语词的间距甚为混乱。我把代表说话者的词语加上下划线以分辨草稿的结构。

他

1

楼梯

站在

我

2

我知道这些象征
和设置
展示宫廷服装

3他

现在对你有什么用
爱情和战争

4——我

我对上帝祈祷［? 要］他把我带回世界

他

你在这找寻什么
你对人类和冲突还没有厌倦吗

我

从来不会厌倦女人

他

你所寻找的［? 于它们］
他来提供

我

［? 不］只有剑坦露真相——
（*WS*，23）

在这页手稿里，世俗和圣洁的冲突、女人和上帝的冲突明显易懂。尤其这一句直白的概述：“你所寻找的［? 于它们］他来提供。”

下一稿（*WS*，24）展示了叶芝为开篇第一句（“时间靠近了旋梯”）和后续若干句（“冰冷的星光，和让人屏息的空气”）选择五音步格律。第三稿（*WS*，27）诗行确定为五音步，但叶芝写作短诗句时纠结选择四音步或者三音步，而且他也没有确定第三行和第四行两行是否都使用五音步（如下方 III 所示）还是四音步为第四行（如下方 I 所示）。尽管在句长问题上犹豫不决，但诗人在第三节确定了最终的韵律结构，即两节抱韵四行诗。第一个讲述者（原为

“他”）改为“灵魂”，而第二个讲述者（即将最终改为“自性”）此时不是“我”而是“我自己”：

灵魂

I

我召集到那古老的旋梯上；
将你的全部思绪都放在那陡峭的斜坡
放在那破败的城墙
以及那让人屏息的星光闪闪的空气里
但是，最要紧的是放在
那全部思绪都已沉下的位置
那是北极星所在和那个寂静的地方

~~II~~

我自己

III

那神圣的宝剑放在我膝盖上
那是佐藤的古剑，一如既往，
如剃刀般锋利；如玻璃般明亮
不曾生锈，虽饱经风霜数百年
那包裹在剑鞘上的绸缎来自
某位宫廷贵妇的长袍——我坚信
那树枝上盛开的花朵

描绘出她内心红色和紫色的光芒。

在第二组四行诗里（上述第一节诗中），叶芝尝试写作一行三音步的诗句，这一做法一直保留至最终版本。倒数第二节的第二组四行诗中有一行三音步“男人犯下的蠢行”：

或是丢进最丰饶的沟渠
男人犯下的蠢行
或必须忍受的痛苦，如果他向一个
骄傲的女人求婚，而两人灵魂并不相通。[13]

在《对话》现存第三版草稿中，叶芝终于完成了新诗节，由两组抱韵四行诗组成。并且，（在同一稿中）他还做出重要决定，即“自性”和“灵魂”使用相同的诗节形式。他把诗节前早先的阿拉伯数字改为罗马数字，第一稿中“他”和“我”变换为“灵魂”和“自性”。（在后来的版本《绸缎，剑和塔堡》以及最终的版本里，它们两者之间的距离更近，诗人分别称之为“我的灵魂”和“我的自性”［*WS*，45］。最终版本的标题为《自性与灵魂的对话》，叶芝去掉了人称代词，扩大了这两个名词的指代范围。）

强行给灵魂和自性以相同的诗节形式后，诗人只能用两位辩论者的惯用语以示区分。灵魂的语言带有宗教含义、命令式口吻，涉及占星学、天文学、神秘学等学科，语言轻蔑，自相矛盾，跨越甚至超越范畴（正如灵魂宣布事实与价值等值）：

理性不再知晓
如何［? 占卜］知者和已知
以及知晓一切和一无所知

有关“是”和“应该。”

（*WS*，35）

与灵魂的个人言语相对，自性的惯用语是什么？首先，自性大量重复灵魂的词语，目的是为了与灵魂争夺词语隐含概念的“所有权”。自性的话语有关剑以及后续草稿中的“刺绣锦缎”，争取世俗的神圣，与上帝治下的完全黑暗一致：“我的膝盖上放着一把神剑 / 那是佐藤的古剑”（*WS*，27）；“它的刀锋一如从前那般神圣，/ 撕自某位宫廷贵妇的长袍”（*WS*，29）。若灵魂召集大家来到“古老的旋梯”，那么自性同样会以古代的证物——“佐藤的古剑”回击。如果灵魂承认神权政治的防御墙已经“破败”“崩塌”，那么自性也承认它美学意义的法宝“破碎”且“黯淡”。这些词语的重叠，象征以上争论都是在同一人中进行。这个人无论是为自性还是灵魂代言，他都十分看重圣物和古物。

但是，诚如草稿所示：“我自己”与灵魂区别的过程十分痛苦。承认刺绣锦缎随着时间而破损的同时，他断言来自贵妇的信物定能保护和装饰剑鞘；并且他还增加了另一法宝，那柄剑，时间流逝，它却毫发未伤，因为它“如剃刀般锋利；如玻璃般明亮 / 历经岁月却毫发未损”（*WS*，27）。虽然灵魂希望时间凝固（“摆脱生死之罪”），但自性倾心历史，希望与过去保持一致，并认为很有必要提到铸剑者：“元茂，他家族的第三代，五百年前铸就了它。”若灵魂追求黑夜，那么自性则追求白昼，以及它命定的经典主题：爱情与战争。

目前，这段对话中，灵魂先开口说话，已为这场辩论设下基调，而自性则用其自认的神圣之物和高贵的象征反抗灵魂。然而第二部分，自性不再跟从灵魂的步调，开始确定自己的基调。自性选用极端的词语，完全不是信徒嘴里那些高度抽象词语，如“爱情”与“战争”以及它们高贵的象征“古剑”和“锦缎”等。灵魂在前一段设置的挑战迫使自性直接面对这些卑劣的、盲目的事物，所以自性此时就用新式的肮脏词语和第一人称的视角，而非委婉的词语说，“我满足于再活一次”：

我满足于再活一次
再活一次，假如生活是扔进
一条满是蛙卵的盲人水沟
一个盲人痛打一群盲人
或是丢进最丰饶的沟渠
男人犯下的蠢行
或必须忍受的痛苦，如果他向一个
骄傲的女人求婚，而两人灵魂并不相通。

带有情欲意味的蛙卵和圣经中盲人打架（“他们没有双双掉入那沟渠？”）极度淡化了爱情和战争的主题，甚至比《马刺》(1936) 中抽象的“性欲”和“狂怒”以及《拜占庭》中的“人类血液的骚乱（愤怒）和淤泥（欲望）”还要隐晦。第二节自性的惯用语虽受灵魂的影响，却第一次展现自性与自性之间因自性的社会经验而产生的冲突。自性生活在古剑、锦缎的原型世界，同时它也活在第二部分充斥着进攻与欲望的原始世界。

从该诗先后数版草稿可以看出，自性在第二部分开头使用单独的语态。在描述自性形态演变过程时，叶芝起初一直保持第一人称（使用“我”和“你”自说自话）。当理性为愤怒和欲望所控时，他栖身于理性的“污垢”之上（如前文一样，此处有所改动）：

什么古老的［? 悲痛］我必须忍受——
狂怒是思想的创造者，而欲望是
所有瞬间场景的缔造者

它们让你的理性污秽不堪——

(*WS*, 39)

然而在第二部分定稿中，叶芝有趣地交替使用第一人称单数（“我”）和第三人称（“他”“人”）直到最后才使用第一人称复数“我们”，或许是因为若仅有第一人称似乎是放纵诗人自怜自哀。第二部分第四行起，叶芝弃用第一人称而以泛指的第三人称描写自性的遭遇，通过诗节间的跨行连续，诗人普适性的自传得以继续：

即使我再活一遍又有什么要紧？
忍受那成长的艰辛；
少年时期的耻辱；那伤痛
由男孩成长为男人所经历的伤痛；
那初长成的男人和他的痛苦
让他直面他自己的愚笨；

长大成人后深陷仇敌之中？——

这首诗的创作初期诗人就已写好这段文字，历经数稿修改，它依然毫发无损。以下清单展示了叶芝卓越的用词技巧，尤其是名词。“成长”的中心词是什么？——艰辛；“少年时期”遭遇了什么？——耻辱；哪个名词伴随着“青春期”？——伤痛；刚成年后的特点是什么？——愚笨；哪个名词可以概括一切？——痛苦[14]。叶芝罗列了一系列与“忍受”有关的短语（indurare 来自拉丁语，指长时间持续某动作以固定于某地点），其鲜明的特质被刻于记忆深处。成长是一种“艰辛”，它不仅表现于身体，更在心智，连绵不绝，令人精疲力竭且无以为报。少年时期蒙受“耻辱”，主要来自叶芝的亲身经历——学习成绩欠佳，家庭与众不同且生活较为贫困。从词源学看，“ignominy”（耻辱）一词表明他是 sine nomen（无名之辈）——他内心知道自己将成为碌碌无为之人。“成长”是外在逐渐变化的过程，而“少年时期”则是一种状态。青春期作为日常准则，带来令人尴尬的改变：“由男孩成长为男人所经历的伤痛。”“distress”（伤痛）一词——由 di（两次）和 stringere（紧握）构成——意指难以忍受的双向压力，从男孩成长为男人二者之间不可调和的期许。长大成人后，发现身体已然成熟但心智尚幼，他愈发痛苦。身心发育的脱节在求婚或者行动等社交活动中显得格外“愚笨”。最后，当这位普通人终于“成熟”，整个成长过程看似告一段落。不过，历经“那一切艰辛”后，他发现身边都是恶敌，他们在公共场合不断诽谤自己，让他几乎相信自己竟是如此不堪。

叶芝的作品中，《自性与灵魂的对话》里这些非个人的诗节最准确、生动地简述了自性追踪自我成长的过程。灵魂对这一持续、渐进的过程竟一无所知，它只关注绝对与极端、罪恶与完美。由于严厉的灵魂和不完美的自性同处一个身体，当自性一到公共场合他便陷入两难的境地：是继续留守在此以获得荣耀还是逃离他被损毁的公众形象以及塑造该形象的恶敌？荣耀与逃离的冲动斗争，自性已经苦涩地觉察到自己除了荣耀一无所有，像李尔王一样，将身处“凛冽的寒风中”：

> 我以天堂的名义发问，他怎么就逃跑了呢
> 那脏污扭曲的形象
> 那凶狠的眼神反射
> 投向他眼中，直到最后
> 他认为这一形象必是他自己的形象？
> 逃跑的好处又是什么呢
> 如果荣耀发现自己身处凛冽的寒风中？

这不仅是个人自我形象与公众镜像的冲突——敌人出现后带来的混乱——它还引发了自性内部对立的冲动。(叶芝通过镜像的交错排列“形象：眼”“眼：形象”和强行并列“这一形象必须是他自己的形象”以强调公开的过程。）同时，自性过去的行为和当前灵魂影响下的判断成为现在更激烈的冲突——那些行为被认为是“愚蠢”和“堕落”。事实上，草稿比最终版本表述更为清晰，展现“我”和“他”之间同样的踌躇（几乎所有叶芝手稿的草稿，我都进行了些微的整理）：

我满足于再活一次
越过那满是罪恶、肮脏却是丰饶的沟渠
他曾做过的那些蠢事
或者他必须经历的苦痛，如果他向
一个骄傲的女人求婚而两人的灵魂并不相通
因为我必须跟随我的愚蠢
追溯一切堕落的根源。

(*WS*, 52, 53)

不纯粹的理性，恋爱的蠢行和道德的堕落是自性对自己过往的评判。简言之，自性似乎内化了灵魂充满敌意的价值观——因为这关系到灵魂如何评判“无效激情”引领自性的时长。草稿中早有迹象表明自性采用灵魂的标准：“古剑与绸缎让人类不洁。”(*WS*, 40, 41) 如果自性坚信古剑和锦缎的神圣，那他就不该称自己对二者的热爱是“不纯粹”或“堕落”(尽管叶芝将“不纯粹”一词保留至终稿，但它与社会的“沟渠”相连，而非与“人类”或“理性”相连）。此外，虽然叶芝称爱情为“愚蠢”，并且该词也得以保留至终稿（相比之下“堕落”一词可没那么幸运），但这却绝非自性单方面失败：它关乎爱情这一举动本身。它既能使某人停止蠢行，也能让人成为沐浴爱河的“愚蠢”受害者。在情欲的魔咒下，人也定会犯下蠢行。承认愚蠢双重性的同时，自性还进行了自我批评并为个人的罪责开脱。他将愚蠢普遍化，认为它来自情欲且生成情欲。

之前的文学作品如《李尔王》和《古舟子吟》等对《自性与灵魂的对话》产生了较大的影响（这一点从叶芝的草稿中便可见一斑）。《李尔王》中的台词（“噢，我被绑在一个火轮上”）虽然在定稿中已无踪迹，却隐现在叶芝的这行诗里：“人类的灵魂除了哀嚎还能做什么？因为它 / 被绑在命运之轮上。”（*WS*，40，41）叶芝论及自我宽恕时，读者也能分辨出《古舟子吟》中水手给水蛇的祝福（“噢，快乐的生物！”）的影子：

> 因那［？一瞬间］［？美妙］无比
> 我应懂得所有活物
> 并祝福所有活物
> （*WS*，42，43）

叶芝定稿时放弃了柯勒律治笔下的“活物”，改用抽象的“一切事物”：

> 当我放下悔恨
> 无比美妙的感觉流入我的心田
> 我们必须大笑，我们必须歌唱
> 我们为一切事物所祝福
> 我们眼中的一切都得到了祝福。

灵魂感知的存在仍于此生成了不少表达。针对灵魂提出的“哑巴似的”沉默，自性会“歌唱”。但是，叶芝不单与灵魂相抵触，出人意料的是，他以布莱克式“大笑”来作为“歌唱”的开端；而我们无法将笑容与李尔王和老水手相连。《自性与灵魂的对话》最后一节内部扬抑格四音步对句所表现的欢愉——“我们必须大笑，我们必须歌唱”——有一种布莱克式童真，若代之以《天真之歌》扬抑格开头也依然合适：“在云上我看到一个孩童，/ 他笑着对我说，奏一曲关于羊羔的歌！”

第一部分后，那看似获胜的灵魂不见了，叶芝似乎将灵魂与自性之间让人胆寒的对话变为了自性的胜利独白。但是，第二部分的独白仍隐现前一段对话的影子，自信突然使用自己的语词首次回击：“那些沟渠肮脏又有什么关系？/ 我再活一次又有什么关系？……［他］如何能以天堂［指的是灵魂］的名义逃离？”“逃离又有什么好处？”这些时而挑衅时而无助的问题，扰乱了四行诗节的整体性。最后两节诗里，诗人通过重复话语的稳定节奏予以“回答”：

我满足于从头再活一遍
一遍又一遍……

我满足于追寻
每件事情的源头。

这些回应于诗歌结尾处到达顶点，自我的创造者如诗人“放下悔恨”：

我们必须大笑，我们必须歌唱
我们为一切事物所祝福
我们眼中的一切都得到了祝福。

自性最后的交错排列——“祝福：一切”“一切：祝福”——代表预见和一个完整的循环——这一形式宣告它无须后续修改。但这并非是完全对应的宣言：我们没有看到“我们为一切事物所祝福 / [和] 我们祝福一切事物”，或者“我们为一切事物所祝福…… / [和] 一切事物 [为我们] 所祝福”。在这非对称的关系下，万物能给予祝福，被祝福的人眼中的一切也是有福的，说话人成了祝福的接收者而非给予者，无比美妙的感觉流入他的心田。他的行动都会受到他列举的那些精心筛选的动词的限制：他会从历史上“追寻”他的每个动作或思想的根源；他会用审视的眼光“丈量一切”；他会“原谅自己的一切”（把自己视为一名法官，收放自如）；然后他会“放下悔恨”，仿佛有七只恶魔曾占据他的灵魂。人世间自行驱逐邪魔是自性的最终胜利（这与灵魂的言论“唯有死者才能被宽恕”相悖）。这些活动足以让不期而至的外部甜蜜流入心田，产生寻求欢愉的冲动，并以宿命论的风格表达：“我们必须大笑，我们必须歌唱”而非以将来时态的平铺直叙：[“我们将会大笑，我们将会歌唱”]。

我们可以说，叶芝写作《自性与灵魂的对话》时，将《驶向拜占庭》中有关神圣和世俗的对立抽象化。他从未认真地将自己置于灵魂的永恒技艺之中，尽管他未曾放弃探索永生。只有在他写作《自性与灵魂的对话》的第二部分时，与自性纠结于自性那越来越扰人的对话时，他才得以描述理想化的“纯粹”自性和生活中有着欲望和怒火的自性之间的深层对立，从而改写了之前压抑的灵魂定下的辩论基调。[15]

现在回到叶芝选择两节抱韵四行诗（abbacddc）作为《自性与灵魂的对话》的诗节形式这一问题。这种诗节的效果与格雷戈里诗节（即两组押韵对句后接一节抱韵四行诗 aabbcddc）相比有何区别？《自性与灵魂的对话》中使用的两节抱韵四行诗在形式上也各不相同。第一节抱韵四行诗不对称：押 a 韵的两行（第一和第四行）长度不一致——第一行有五拍而第四句只有四拍——因此，每节诗的第一节四行诗的韵律为5－5－5－4；与之相对的是，第二节四行诗是对称的。韵脚相同的两行其长度也相等：5－4－4－5。在一首诗里，若两节四行诗形式类似，其结构稳定并且不断重复，这样读者通常会觉得较为安心。《自性与灵魂的对话》诗节中的四行诗听上去完全不同，因此让人心神不宁，这也暗示着每节诗中仍有些事情悬而未决。似乎自性在第二部分表达观点时试图否定灵魂的控制，它想选用一种新的诗节形式，但他被迫与灵魂共同生活，而灵魂早已定下对话的基调。因此，这种不安感永远无法得到平息，叶芝能做的不过是以抑扬格书写感恩和祝福。这之前，在灵魂诗节末尾的神学阐释中，倒数第二行有四拍，展望灵魂升上天堂的“轻盈”之姿，最后一行由十个单音节词组成，以生硬的重量凸显其存在：

也就是说，升入天国；
唯有死者才能得到宽恕；
但是一想到这，我的舌头已僵硬如石。

若将该结尾与第二部分自性的跋相比，那时自性已卸下重负，以六个单词轻松结尾——“我们眼中的一切都得到了祝福”——我们发现自性尽全力“修正”，而灵魂不得不接受生活中的愚蠢，步伐沉重地爬上破旧不堪的旋梯。

在《自性与灵魂的对话》这首诗里，叶芝故意忽视四行诗节的界线和诗节的界线，让读者品味这首诗时有一种不安的感觉。诗节形式“应是”匀称的抱韵四行诗节且有确定的框架（abbacddc），而非只有一个重复的韵律和一个不稳定的句法结构，因为后者展现了存在的原始不可预见性，即自性和灵魂都在以不同的方式进行组织。诗的末尾，自性通过最终的交错排列，让精神的困境变得甜蜜，拒绝前文灵魂定下的“上升直抵天堂，下沉归于寂静”的庄严基调。

诗人将难以控制的诗节果断地塞进我所探讨的这些“宽绰的抒

情诗”里，其诗行长度也无规律可循。由于它们“任性”的诗节形式，实现了它们力争表现的形式，遇到并解决障碍，时而感到挫败，时而因痛苦而沉默，或（相反的是）展示甜蜜。虽然八行体也能体现困难，但是稳定是它的天性（正因如此，叶芝意识到必须为《在学童中》的结尾选择更平静的诗节形式）。不过，努力和兜圈子是叶芝多种不规则八行诗节的天性（其变体亦如此，如《选定》[16]的不规则九行诗节和《万灵节之夜》首创的不规则十行诗节）。这些不规则的诗节，虽然形式松散，但节奏和听觉上都有不同程度的变化，将无可预知的旋锥的稳定性和不稳定性组合在一起——总在重复自身，但每次或高或低的平行转动与过去多少有些差别。

第十二章

原始主义与怪诞：《超自然的歌》

组诗《超自然的歌》(1934) 由十二首诗组成 (554—563)，是叶芝后期较为怪诞的作品。叶芝写作这首组诗的目的在于戏仿、亵渎基督教教义，为新的原始主义扫清障碍。以下叙述中，我将首先概述整首组诗，然后逐一讨论这十二首晦涩的诗（其中难免部分重叠，望读者海涵）。

诗人在组诗的前五首里虚构了一位早期爱尔兰基督教修道士。他的名字叫瑞夫，他信奉的"德鲁伊"基督教与异教紧密相连。传教士帕垂克来到爱尔兰，瑞夫很是厌恶，因为帕垂克宣传的教义瑞夫闻所未闻——上帝是男性三位一体，由圣父、圣子、圣灵组成。瑞夫对此十分不屑，认为柏拉图的希腊文化是一种"抽象的希腊荒诞"。叶芝的长篇《有关〈超自然的歌〉的评论》较为详实地解释了这首组诗的前提：

> 一名著名哲学家认为，无论其源自何处，每一种文明都源于亚洲，当我们还处于蒙昧状态时，就有来自非洲或亚洲的有识之士。圣·帕垂克定然在爱尔兰发现了人们信奉的基督教来自埃及，因为他并非首位来到爱尔兰的传教士。爱尔兰保留了这些远古信仰的特点，这些特点对我们的发明创造依然很重要……
>
> 这部［《大钟塔的国王》］送去出版社之际，我写作了有关老隐士瑞夫的诗。我没有在［这部戏］《大钟塔的国王》里

解释这些诗，我也不会去解释。若非他有关三位一体的想法，我会认为瑞夫是持正统基督教观念的。

(837)

组诗开始时，路人便发现了瑞夫；他们看到尽管天色已晚，他似乎还在看书。他告诫路人（源自叶芝对于斯维登伯格的了解），天使的“交媾”——天使指死去的恋人——产生了光，在光的照耀下他读他的“神书”。[1] 随着组诗的展开，瑞夫宣布他本人对于基督教的价值评估；他说他将“学习仇恨”，而非基督教的博爱，因为“上帝的仇恨能将灵魂带给上帝”。虽然听众无法理解瑞夫于异象幻觉中所说的“断断续续的句子”，但他们的不解并未妨碍他；他的职责在于尽可能地传达他所见之幻象背后的事实，这样一来他的听众才能广为传播他的传奇故事。在组诗第五首的结尾处——后面还有七首诗，瑞夫保持沉默。

我们将会看到，第六首是瑞夫部分和《超自然的歌》后六首诗之间的“合页”（引用某位妇女的声音）。虽然瑞夫已销声匿迹，但是他的部分教义，包括针对帕垂克的反三位一体（由男性、女性和儿童三者组合的一体），开始奇怪地出现在书页上，而其他教义则以一个客观而莫测的视角讲述，从宇宙遥远的距离审视一切生物。这组“超自然的”诗后半部分（第七至第十二首）以叶芝一首重要的世俗诗《须弥山》结尾，它以莎士比亚十四行诗的形式写成。诗中对比东西方不同的世界观，前者对于过去文明相继自我毁灭持悲观态度，来自东方的印度教隐士却很超然，它们都与组诗前半部分爱尔兰的隐士瑞夫有相同和相异之处。

有关这首组诗的长度引发了一个问题。1934年杂志版和同年出版的册子《大钟楼的国王》里，《超自然的歌》都只有八首诗。但是，在1935年出版诗集《三月十五》之前，叶芝增添了四首，整首组诗的效果看似有些怪诞而非更有美学特色。读《超自然的歌》时我们会发现以下主要问题：究竟为什么叶芝要写作一首有关“超自然”的诗？为何他会在中途放弃爱尔兰修道士瑞夫这个人物？为什么这些诗中都透露出一丝怪诞的氛围？为什么叶芝要以这些韵律和诗节形式写作？为什么这些诗会以如此顺序排列？为什么后插入的诗最终出现在这些位置？

每一首诗都是叶芝在怪诞地戏仿基督教信仰和仪式。单独讨论每首诗之前，为解释叶芝写作这首组诗的意图，我建议引用维克多·雨果的精彩论断（曾出现于叶芝戏剧《克伦威尔》的前言）来解释怪诞艺术的必要性：

> 现代的缪斯……会意识到创作的一切不是尽可能的美，丑与美并存，畸形与优雅并存，怪诞与崇高相对……在现代人看来……怪诞的作用巨大。它无处不在：一方面，它产生了畸形和恐怖；另一方面，它又生成了喜剧和滑稽。它将上千种原始迷信附着于宗教，将上千种富有诗意的幻想附着于诗歌……它大胆地呈现上个世代人们用裹尸布小心翼翼包裹的所有奇怪的形式！……我们需要与一切，甚至是美的事物，保持些许距离……怪诞似乎是一个……起点，从这里人们以一种更新鲜、更敏锐的感觉迈向美好。[2]

“它［怪诞］大胆地呈现上个世代人们用裹尸布小心翼翼包裹的所有奇怪的形式！”我们在叶芝《超自然的歌》里看到一个现代诗人在思考基督教形式时的敌对情绪，他感觉这些形式现在已约定俗成几近“自然”。仪式、祷告和习俗等形式，可能曾经一度代表美好：禁欲的生活似乎是脱离欲望折磨的崇高解脱，男性三位一体看起来与希腊文化同质，上帝之爱代表着通向完美之路。但是现在，这些形式已陈腐无用，不再是美好事物的表现形式。通往新的美好事物之路（叶芝通过瑞夫的话语暗示）必须通过怪诞和戏仿；瑞夫对“上帝”的仇恨（基于基督教神学中对于上帝的理解）能将灵魂带给“上帝”——也就是说，对上帝而言，如果他代表一个现代人而非古人，那他就是崇高的。[3] 但是，这个新的圆满无法预想；在它展示之前，旧的圆满必须涤净。我们在《超自然的歌》中看到的正是这不时激烈的净化，它们多以原始形式写成，以适合新的起点。何处能找到一种新的精神能量？我们能否识别驱动整个宇宙动力系统的原始能量？我们可以在这个系统里找到新的神圣。《超自然的歌》不计任何代价，旨在发现一种新的活力起点，以消除我们可能为旧的形式或仪式产生的眷念。（阅读叶芝老年时期的这些狂野作品时，重要的是我们要牢记它们都是彻头彻尾的象征主义作品。它们并不指代为创造新的宗教而设计的某个实际方案。）

现在，我们看到叶芝专为这首组诗设计的形式结构中的两个元素，这个结构无疑非常重要。元素一——韵脚——用以代表原始（除了第一、第五和第十二首）。另一元素则没有那么明显，组诗中各首诗排列成“同心”形状，代表至高无上——主要体现在中部第六首——叶芝称之为他的“中心形式”，女人与男人、月亮与太阳矛盾的两性结合。

如上所述，叶芝首先创作了组诗中的八首诗，1934年陆续发表于《诗歌》和《伦敦信使》。在现行扩充的十二首的版本中，最先的八首诗分别标为I－II，V－VI，和IX－X－XI－XII。在期刊和1935年的诗集之间，叶芝加入了其他四首诗，他并非随意添加，而是仔细将它们安置于如下位置：他把第三首和第四首置于中心组V－VI的左边，而第七首和第八首在其右边。我们不禁要问，他为何要将这四首新诗如此排列？这四首新诗与早前创作的八首有何关联？为何后加入的这四首两两分组——III，IV；VII，VIII？为什么叶芝允许它们，在两个重要时刻，“打断”组诗先前的连续？之后我会回答这些问题，不过，首先我会画一个图以标明组诗中各首诗的形式特点。后加入的四首诗以黑体标识：

诗名	韵律	押韵结构	诗节	诗行
Ⅰ瑞夫在坟前	5	素体无韵诗	3（长短不一）	27
Ⅱ瑞夫驳斥帕垂克	6（+）	aaa（x4）	4	12
Ⅲ瑞夫在出神	**5**	**aa**（x4）	**1**	**8**
Ⅳ那儿	**4**	**aa**（x2）	**1**	**4**
Ⅴ瑞夫在思考	5	aabccb（x4）	4	24
Ⅵ他和她	3	abcbdb（x2）	2	12
Ⅶ什么魔鼓声？	**6**（+）	**aaa**（x2）	**2**	**6**
Ⅷ他们从何处	**5**	aa（x6）	**1**	**12**
Ⅸ人的四个阶段	4	aa（x4）	4	8
Ⅹ结合	4	aa（x2）	2	4
Ⅺ一个针眼	4	aa（x2）	1	4
Ⅻ须弥山	5	莎氏十四行诗	1	14
				共计135行

以上综述表明了诸多事实。我们看到，这首组诗以复杂的文艺复兴形式为基本框架——素体无韵诗为序曲，结尾是一首莎氏十四行诗。鉴于组诗采取的这些高尚的框架，中间十首诗其押韵词的原始本质又让我们很是疑惑。从组诗所有形式方面来看，最奇怪也最引人注意的是韵脚。这十首诗中，有八首（II，III，IV，VII，VIII，IX，X，XI）均以aa对句或者aaa同韵三行诗节写作。叶芝早已精通各种韵律，尤其（我们早在第三章就已看到）是组诗的韵律，将自己限定于（十首中）八首内部诗，仅“使用”两种最简单的韵律结构：这八首诗里所有诗节都以这两种“原始的”aa或aaa结构组成。这内部十首抒情诗中有两首未遵循这一模式，V和VI，位于

组诗中部相互相邻形成中心组。作为中心的第六首，引用一位女性的声音，改编另一种“原始的”形式——六行民谣诗节，abcbdb——以押韵。第五首（瑞夫最后的话）是唯一一首拥有“高级”押韵结构（aabccb）的内部诗，它打破了主导相邻各诗的“原始”结构。

当我们查看诗集出版时增加的诗时，我们发现新增的第三首与新增的第八首相配（都是对句押韵的五音步诗），新增的第四首与旧的第九、第十和第十一首相配（都是对句押韵的四音步诗）。我们还注意到第七首中新的“三位一体说”与旧的第二首“三位一体说”相对：两首均以较长诗行、不规则且单韵脚的aaa同韵三行诗节写作。简言之，叶芝插入四首“额外的”诗——III，IV，VII和VIII，均以“原始”aa对句或者aaa同韵三行诗节写作——他的目的一览无余：强调最基础的韵律形式：对句和单韵脚的同韵三行诗节形式（这里所有四行诗都以对句韵律写作）。从形式上说，这四首叶芝后增加的诗，其位置正是围绕第五首和第六首诗，从而使得这首组诗大致形成一个同心圆：

第一首对第十二首（组诗框架诗），
第二首对第七首（同韵三行诗节诗），
第三首对第八首（五音步对句诗），
第四首对第九首（四音步对句诗），
第五首（六行诗节）对第六首（六行诗节），
第十首与第十一首（两首四行四音步对句诗）一并生成八行与第九首（八行四音步对句诗）相对。

若以图所示，叶芝的安排如下：

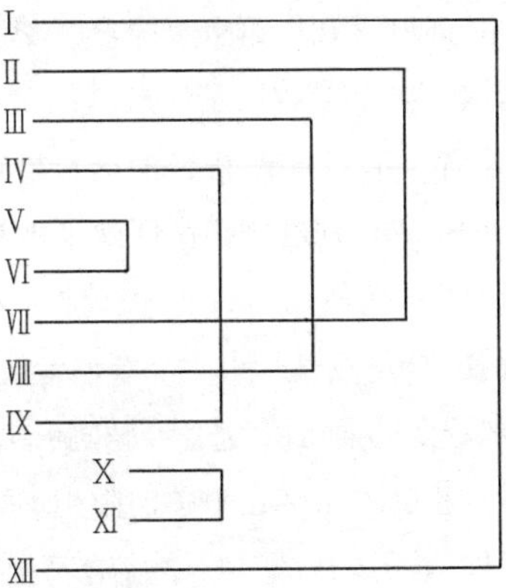

我提到这些叶芝故意安排的“同心”结构是因为它们同样需要解释。

叶芝写作这首组诗时已年近七旬，（除《须弥山》之外）组诗并未引起评论家们的广泛兴趣。《须弥山》，一首不同凡响的莎士比亚十四行诗，是组诗的最后一首。实际上它最先完成，叶芝在一张草稿纸上给它起名为《结局》。[4] 这首诗中，叶芝将自己接近死亡的感受（部分原因来自1932年格雷戈里夫人的去世）投射至帝国消亡的历史层面以及印度教冥想知识的宇宙层面，那知识留存如此之久看起来仿佛“超自然”。叶芝有关《超自然的歌》中个人和文化的主题是，他本人临近死亡，英—爱文化可以预见的（或已为事实）死亡，以及（对《须弥山》而言）包罗万象的印度教观点——目的在于克服人所处时代的文化怀旧观。避开基督教寻找一种不指望死后得到安慰的宗教模式，叶芝于此处找到了，并非第一次，印度的禁欲主义。不过（完成《须弥山》后）他知道，通过组诗他无法扮演令人信服的印度隐士角色，因此，他劝说自己，早期的爱尔兰基督教与东方的宗教定有某种共通性。[5] 这样一来，组诗中为他代言的那位隐士就不是《须弥山》中的一位印度教隐士，而是类似于隐士的一个爱尔兰人物，即瑞夫。早期爱尔兰基督教留有异教残余，同时与印度教也有密切关联（瑞夫不知道这一点），他被想象为早期爱尔兰基督教真正的代言人。叶芝在《有关〈超自然的歌〉的评论》中推测，通过追溯基督教至早期异教与基督教的混合，到“更古老的信仰”，人们可能会发现早期美德的传播者：“有可能是某位非常年轻的人从事这项伟大的任务，他能够在那里发现他所崇拜的男人和女人——用歌德的话说——把他们的名字加在他个人的思想上；有可能我本人开了个头。”(837)

《超自然的歌》旨在紧紧抓住两种无法和解的狂热能量源泉：一种来自禁欲的生活（正如《须弥山》中的隐士，瑞夫没有伴侣、独自一人，沉溺于冥想）；另一种与第一种完全不相容，是瑞夫描述的两性生活，从神到兽各个层面都是繁殖的需要。瑞夫断言自生的上帝其超自然的性行为就是一切的源头，地球上每种性行为都是它的复制。人类两性结合“沦为”普通繁殖；若人类的自我有上帝般纯净的意图，它将会以异教三位一体的方式进行自我繁殖（瑞夫如是说）。如果上帝是性能量的主人，那禁欲的隐士则是另一面，即禁欲知识能量来源的主人。(此刻，叶芝将各类宗教思想融为一体，他愿意吸收解释系统的任何方面：“埃及”赫尔墨斯·特里斯墨吉斯忒斯的口头传说，占星术中的天体——火星与金星、木星与土星——印度教智慧文学，史前自然崇拜，以及维多利亚时代的旋锥。)

瑞夫的指导性序曲，我们曾在第九章看过，以素体无韵诗写作，叶芝通常使用该形式写作教义诗；它以我们习惯于称之为叶芝的玄学诗风格写成——深奥、自给自足、与神学有关、学识渊博。长期以来，神学语言因其自我指称的本质特点吸引了不少诗人：神学话语看不见的主题由标榜描述和解释它们的句子构成。“超自然的”教义，旨在揭示一切神性事物的起源，引领语言进入这奇特的领地，叶芝在这首组诗里探索不少——尤其是杂志发表后添加的四首诗，他这四首诗里表现的“原始性”最引人注目。

叶芝有关原始性的概念不仅现于这首组诗的基础韵脚，同时也表现于他写作单首诗歌作品时采用的“原始”文类。西方抒情诗中有些古老的文类与宗教仪式密切相关，这些文类涵盖谜语、起源的神话、教义阐释、祷告、神学争辩以及与宇宙论相关的诗歌等，还有文类断言人与神之间的感应或报导神秘体验或描写来世。但是，这些文类单独产生的效果远不及它们聚拢一处协同发力：它们虽只是旧瓶，叶芝倒掉其传统基督教教义的内容后，加入了他用奇幻而渎神的想象力酿成的新酒。

我们在《超自然的歌》里首先看到的这种文类是圣徒传，由此产生了第一首诗《瑞夫在波伊拉和艾琳的坟前》。叶芝适当调整了圣徒传的语言，这样广大信众能合理地推想神迹、幻象以及圣人的变身；圣徒故事一般由灵媒口述或书写，他们能眼见这些“超自然”的行为或状态。我们首次看到的瑞夫，他便是这样一位圣徒传口述者，他告诉旁观者（他们非常惊讶地发现他在黑暗中看书），他看书借用的光来自爱尔兰神话故事中的两位恋人——波伊拉和艾琳——他们死后结合所产生的能量，旁观者知道他们的故事。

1901年，叶芝就将这个故事（以四音步对句）写成了一首优美的抒情诗《波伊拉和艾琳》。序言部分——“争论”——讲述故事情节：

> 波伊拉和艾琳曾经是恋人，但是爱神安格斯希望他们能在他掌管的冥界幸福生活，于是分别告诉二人对方的死讯，结果二人心碎而死。

在《波伊拉和艾琳》这首诗里，二人死后他们的故事被刻在了一本“扇形的”书上（华威克·古尔德告诉我这个词），这本书的书页分别由苹果木（代表波伊拉）和紫杉木（代表艾琳）做成：

> 并且诗人们发现，古老的作家说，
> 他的身体躺在一棵紫杉树下；
> 但是一棵野苹果树挡住了青草

她的身体带有苹果花的香甜；
保持善良，因为
很多人死后
更好的时机再次来临，
要塞处旷日持久的战斗，
他们用苹果木和紫杉
做成薄木板，在上面
写下所有他们知晓的爱情故事。

(197)

叶芝能够在《瑞夫在波伊拉和艾琳的坟前》中谈到两位恋人时说“大家都知道他们的故事”，他能如此肯定是因为他早将这个故事写成了长篇抒情诗。事实上，瑞夫可以把写他们二人故事的扇形书（华威克·古尔德推测）用作他的“神书”。瑞夫吟诵的不是他们的人生传奇故事，相反，他描述了二人于忌日周年神奇的结合，这一天同是他们首次拥抱的周年纪念日。以下是《瑞夫在波伊拉和艾琳的坟前》的第一节，瑞夫正讲给路人听：

因为你发现我在这漆黑的夜里
面对翻开的书本，你问我在做什么。
标记并消化我的故事，把它带去远方
讲给那些从来没有见过这削了发的头
也未曾听过这九十年来喑哑的嗓音的人们。
你不必再说波伊拉和艾琳，
大家都知道他们的故事，都知道苹果木
和紫杉的结合，都知道是怎样的树叶和枝桠，
覆盖了他们的遗骨；只说些大家不曾听过的。

在安格斯的要求下，二人离奇死去，双双化为“荣耀的”身躯（这是一个神学术语，描述在末日重获昔日灵魂的身体）。但是，叶芝从斯威登伯格处获得灵感，这些身躯仍能“交合”：

是神迹让他们这样死去
曾经的筋骨化为纯粹的
物质；当这样的身体交合
这里没有接触，那里也没有，
也没有紧张的快乐，但整个身体相连；
因为天使的交媾是一团光
在闪耀之际二者仿若迷失、耗尽。

瑞夫解释给那些看不见的听众，神奇的光其本质源于恋人的交合（只有他可见），他使用了三种不同的话语形式，神学语言“神迹”“化为”“净化”“神圣的”和“天使”；哲学话语“纯粹的物质”和“整个身体相连”；以及文学话语“故事”“悲剧”和“神圣的书页”。这些都是第二级语言。这首诗从未进入真实的第一级超自然体验的内部戏剧情节：瑞夫与他的听众仍在地球上，只有瑞夫看见或者能理解他的“幻象”；瑞夫身处其中时却无法清楚表达。

从习惯性的“当”——“当这样的身体交合”开始——瑞夫进入他抒情诗中的真实场景，“当下”和“这里”的幻象：

这里，漆黑的氛围中
苹果树和紫杉树颤抖着，
这里，在他们的周年忌日，
他们初次拥抱的纪念日，
二位恋人，由悲剧净化，
飞速投入彼此的怀抱［。］

瑞夫于结尾处解释为何只有他能看到恋人们超乎寻常的拥抱：

……这些眼睛，
因清水、草药和孤独的祈祷
而变得锐利，睁大眼睛看那光。
尽管树叶让那光变得斑驳，它
在草地上形成了一个光圈；
在那光圈里我翻动我那神圣的书页。
(554—555)

开头第一首诗建立在超自然、自然、哲学和文学之间错综复杂的关系上，这种复杂关系贯穿整首组诗。神圣的事件，譬如“天使的交合”，须以人类的语言（“我的故事”）重述。文学阐述和留存的作用——无论书面还是口头作品——支撑瑞夫的坚持：他不仅看到化为天使的恋人，还读着他的神书，不仅思考神性，还将神性的特点说与他人（“标记并消化我的故事”）。这些行为将瑞夫区别于《须弥山》里信奉印度教的沉默的对手，瑞夫将幻象和圣徒传逐渐化为纯粹的会意，一种内在意识的状态，忘记了阅读、书写和叙述——一种叶芝可能羡慕的状态，但是身为作家，他无法真正渴望。波伊拉和艾琳二人“交合”时产生的能量，他人无法洞悉，必须渗透瑞夫有关神光的故事，再传给他的听众。

如果说圣体传和神学教义在《超自然的歌》第一首诗中以素体诗形式传授，那构建第二首诗所使用的激烈的神学争辩便显得十分自然。《瑞夫驳斥帕垂克》（原名《瑞夫偏爱更古老的神学》）提问上帝究竟是一还是三，三位一体的神究竟有无性行为。瑞夫坚持“所有自然或者超自然的故事”以相同的方式流传——“男性，女性，孩子”——正如每个人所知，异性结合孕育后代的能量推动一切生命。不过，现在帕垂克来了，鼓吹（瑞夫这样说）一个来自希腊的滑稽概念（甚至可以说是一个同性的概念），认为上帝是纯粹的男性，并且能够以男性三位一体进行自我繁殖——圣父、圣子和圣灵——这个故事没有女人和孩子。瑞夫嘲讽道，任何人若鼓吹这个不可能的故事他都丧失了理智。瑞夫对于帕垂克的大声斥责（第二首诗中）以戏仿三位一体的同韵三节诗写成，其节奏有些参差不齐，但诗人仔细设计了三位一体的韵脚（aaa）：

> 一门抽象的希腊哲学让这人发了疯——
> 所谓男性三位一体。男人，女人，孩子（女或男）
> 所有自然和超自然的故事都这样进行。

爱尔兰人谈性色变，叶芝对此早有微词，终于在瑞夫暴躁地驳斥帕垂克神学时得以爆发。这些诗行延续瑞夫在序曲中提出的两性关系的神学，斯文地解释波伊拉和艾琳二人“交合”时产生的能量，这很有争议。

神学话语建立在能够轻松理解宇宙的信念上；而哲学话语允许认知理解终点处的空白的可能（维特根斯坦的“凡不能谈论的，就该保持沉默”）。叶芝偏好总结陈词，这便产生了瑞夫的布莱克式宇宙，一切地面事物都是高于地面的事物的复制，“自然和超自然用相同的环结合在一起”。正如布莱克诗《羔羊》中孩子—叙述者所断言的（虽有些幼稚）一切存在的秩序统一于耶稣（“我是个孩子，你是一只羔羊，/ 我们都叫他的名字”），因此，叶芝笔下的瑞夫（以怪诞的方式）也有类似的论断。该对应延伸至所有秩序：“如人类、野兽和蜉蝣孕育生命一样，神也孕育神。”这一笨拙又荒谬的叙述将四种生物类型包含其中——人类、野兽、昆虫和神——瑞夫有关孕育的宇宙神学将这一诗行扩展到足够长，以容纳生物大链条。瑞夫引用的赫尔墨斯·特里斯墨吉斯忒斯“伟大的绿宝石书板”，来自权力的争论，是叶芝戏讽神学的最佳来源。他还暗示，戏仿神学语言有可能成为现代人接受神学语言的唯一途径。我们由此可以看出，长久以来叶芝一心想要建立某个神学系统，而每次他提出一个，他又将其推翻。诗节形式本身也表现了瑞夫与帕垂克之间的冲突：瑞夫的思想以笨拙的同韵三行诗节记录，通常是六音步诗行，时有超出，字里行间显露他的三位一体由不同性别和成员组成；而他相同的“三位一体”三行同韵诗（aaa）正与帕垂克新柏拉图男性三位一体形成对峙（若在诗歌中，后者定会以三行长度相等的完美诗行表述）。

组诗第三首《出神的瑞夫》并未准确使用出神的话语，反而是在事后讲述他的出神。当路人向瑞夫抱怨他们无法理解他出神时所说的“破碎的句子”，瑞夫对他们的批评嗤之以鼻。如同瑞夫开篇的解释，这一神秘体验以五音步讲述，但是叶芝不会沿用教条的素体诗形式写作这首新诗，其原因在于，出神，即便是事后重述，其押韵词的本质应是抒情而非叙事。当然，这首诗的押韵词仍严格效仿上一首“原始性”对句，aa，因为瑞夫出神时表达的内容较为简单，甚至有些赘述：“神与神的结合产生了 / 神。”瑞夫表述出神时被迫跨行，表现了有限的专注时间内继续向前的压力：

　　　　我的灵魂已经找到
一切幸福的源泉和依据。
神与神的结合产生了
神。有阴影降落。我的灵魂忘记了
那些静寂之中的深情叫喊
它必须归于日常生活。

有读者可能期待出神的话语以“破碎的句子”陈述，不过，没有诗人始终保持无法言说的状态，即便神秘主义诗人也无法做到。瑞夫也只是总结其出神的状态，而读者也没有看到听众在他出神状态下说出的那些“破碎的句子”。这些句子超越了文学，表明超自然对于诗人而言已毫无益处。

瑞夫出神后，会有一种奇怪的、新的内部形式进入组诗：一成不变的句法模板。我认为，叶芝使用该模板以表现永恒的纯粹静止，纯粹的能量贮于其中。静止是能量守恒的状态，其前后均处于动态之中。一首诗的部分或者全部诗行都必须遵循模板定制的套路，这种形式第一次出现在组诗《超自然的歌》的第四首，叶芝有关末世论的短诗《那里》。它由两组对句构成，每一行是一个完整的句子，并且结束词均为单音节词，贯彻整首组诗的“原始性”押韵形式。不过，这两组对句给原始性增添了叶芝的新特色：固定的模板为“那里，所有〔复数名词主语〕〔复数谓语动词〕”。第一行讲述事物的材料，第二行神话，第三行历史，第四行——随着清单扩展到它的临界点——宇宙，一切都遵循该模板：

那里，所有桶箍都被紧捆，
那里，所有蛇尾都被紧咬，
那里，所有旋锥都合而为一，
那里，所有行星都坠入太阳。

尽管表面看来这四行句法对称，但是关键一处不对称：前两行的动词是被动语态，由于时间的单个弧形板条被看不见的箍桶匠箍成永久的形式，而世俗的乌洛波洛斯自我强迫以首尾相连；后两行的动词是主动语态，旋锥合而为一且行星坠入永恒的能量之源。看上去强力紧箍的木桶和紧咬的蛇尾都是包含无限永恒能量的扭转，如果桶箍松垮或蛇一松口，永恒的能量便释放给时间。这些暗喻替代了叶芝草稿纸上无力的几何名词：“每个圆圈紧紧相连／所有尾巴用牙紧咬。”[6]

如组诗里其他诗一般，《那里》戏仿宗教话语，照搬《启示录》

中末世论语言：“那里不再有光那里……那里不再有诅咒……那里不再有黑夜；他们不再需要蜡烛，也无须阳光；因为上帝会给他们光。”（《启示录》21：25；22：3－5）不过，叶芝的措辞来自截然不同的语料来源（制桶工艺、乌洛波洛斯、维柯的旋锥、宇宙、《启示录》），并且，它从张力转向自由意志，前者受制于高级意志，后者来源于转动的旋锥和寻求能量守恒的行星。叶芝《那里》一诗中的末世论故意表现不一致的画面，不同于宗教意义上的各种末世论，它们都以相同的、文化上共通的标准写成。

瑞夫戏仿的下一类宗教话语是基督神学对于爱情的理解，他将其理解为“上帝的仇恨可能将灵魂带给上帝”。[7] 通过仇视男人、女人或者某个事件，甚至他有时还想仇视上帝，灵魂便能以一种新的午夜禁欲主义定义自我和上帝，因情感能量而生机勃勃（不是瑞夫有关波伊拉和艾琳传奇故事中的性能量）。《瑞夫认为基督之爱不足》，瑞夫的第三首五音步诗，与第一首素体诗的教义阐释和记录他出神体验的对句结构相联系。不过现在，叶芝进入组诗中第一个积极的神学希望时，他以五音步诗行组成美好又“完善的”六行抒情诗节，如《瑞夫在出神》中“原始性”对句（aa）附着于抱韵四行诗节（bccb）之后。叶芝将第一、二、四节第一组对句的讽刺力量进行到底：

为何我得寻找爱情或研习爱情？
它属于上帝并超出了人类才智。

为何我憎恨男人、女人或者事件？
那是我嫉妒的灵魂发出的一束光。

午夜钟声敲响时，灵魂不再忍受
身体或精神的构造。

这三节诗开头的主张都是在某人十分清楚自己立场的情况下提出的。这些对句后接的四行诗节，尽管它们仍言之凿凿，并以大段叙述吊足胃口，但读者需要读完三行五音步诗后才又看到 b 韵脚。譬如第二节第三行，叶芝于“能”字后暂停——这个情态动词结束了一行诗——他（用情态动词能、会和能够）回顾了灵魂从人类堕落后的拯救（“解脱”）到堕落前的天真无邪（“这一切事情开始前”）的全部历史。其间跨越三十个音节的等待直到“能”与“开始”的第二个音节押韵：

> 它能从恐惧和欺骗中解脱
>
> 发现杂质，能最终展示 / 所有这些事情逝去后灵魂会如何行走，/ 在这些事情开始前灵魂能够如何行走。

韵脚之间插入大段叙述让读者感觉到说话者“正在思考”，他正用最后一个词、最后一个韵脚完成其想法的表述。

然而，在《瑞夫认为基督之爱不足》的后半部分，叶芝打破先前定下的短诗对句模式，费尽周折使用了弧形四行诗节。第三节的六行诗并未分隔成对句加四行诗，而是三行加三行的形式，并且整首诗从这至关重要的对称中，不再阐释教义转而断言“须研习”宗教预言，辅以瑞夫公开驳斥思想华而不实的外表。不过瑞夫有关灵魂作为新娘的幻象虚无缥缈，“可以带来”这节诗的诗尾：

> 于是我获得解放的灵魂自己将学会
> 一种更黑暗的知识，在仇恨中背离
> 人类拥有的一切关于上帝的思想。
> 思想是一件外衣而灵魂是一位新娘
> 她无法隐藏于那破烂和亮片之中：
> 对上帝的仇恨可以将灵魂带与上帝。

当化身为新娘的灵魂丢掉“身体或精神的构造”，瑞夫还是无法看穿最后午夜的黑暗。由于预言判断失误，这首诗大胆地呈现永恒停滞的无限能量，如《那里》一样，强行设定一个固定的模板。这首诗的模板是“［疑问词］+能够+她+［主动动词］+直到［上帝］+［情态动词］！”（中文翻译略有变化）四行诗节部分这样期盼灵魂的未来：

在她主人给予之前她能得到什么！
在他展示之前她又能看到些什么！
在他让她知道之前她还能知道些什么！
在他活在她血中之前她又能如何生活！

感叹号取代了预期的问号（手稿中曾出现过），[8] 这也是瑞夫否定基督之“爱”的挑衅话语表现之一。如《那里》一般，模板虽严格却也允许每行诗的内部有所调整：想象中灵魂与上帝的第一个永恒结合是感激的结合（他会给予，她会接受）；第二个则是有关思考的结合（他会展示，她会观看）；第三个接近认识论的结合（他会让她知道，她将会知道）；第四次联结几乎达成了一致（他希望活在她之中，她会活下去）。我用自己的话把这些预言未来的诗行复述了一遍，不过叶芝虽然在起草时使用陈述语气，但是他后来放弃了：删除陈述语气的谓语动词，替之以虚拟语气（从第三人称单数“bids”到动词原形“bid”，从“makes”到“make”，从“lives”到“live”），[9] 他恐吓道，永恒的灵魂在人死后万般无助，只有某种更大的能量才能插手干预。规律十足的疑问词（“她能……她又能……她还能……她又能如何”）无须回答却将等待的交集展现无遗。《瑞夫认为基督之爱不足》结尾的问句和《那里》的严格框架里，永恒停滞能量的句法模板对于整首组诗至关重要。它们还将出现于第八首《它们从何处而来》、第九首《人的四个时期》和第十首

《结合》。

组诗中第六首《他和她》，在杂志和诗集版中均处组诗的中心，正如叶芝所写的，它体现了叶芝的“中心神话”[10]，但它没有“解决”组诗中的任何有关原始性的问题：我们如何回归原始性并获得其能量，特别是当它似乎身处无法企及的永恒领地，“那里”？什么“最佳”模板能代表原始能量的形式本质？我们已经看到有关原始性的数个概念。它首次现于瑞夫，他代表一个更早的“对立”或者主观的两性时代，驳斥“主要的”或者“客观的”由基督徒帕垂克主导的三位一体时代；我们也看到通过发明一种新的有力“仇恨”，瑞夫戏仿神学尝试回应并“开发”宗教话语；我们还注意到叶芝使用对句和三行诗的基础韵律结构象征原始宗教（包括瑞夫非基督教的异性三位一体神话）。

第五首诗后，瑞夫代表更古老的秩序，消失于组诗中。（第四首《那里》已是非人称叙事，但是，由于它后面紧随另一首“瑞夫诗”，我们也将其归为瑞夫的诗，而没有归于一个不同的普通声音。）自第七首起，诗中都去掉了声音的人称化，不特指瑞夫以及他的幻象。我们会想，为什么叶芝的组诗会有如此转向？在《超自然的歌》里，瑞夫的话语都是第一人称叙事，它们被置于爱尔兰“历史”的关键时刻，当时的爱尔兰本处于异教和基督教原始性的融合，却突然转向帕垂克带来的“罗马”天主教。不过，在组诗的后半部分，叶芝采用宇宙距离开始展示以“神圣的”视角观察宇宙中事物的发展，他从第七首起以一个客观的、未言明的声音说话。

但是，第六首《他与她》——《超自然的歌》的核心之作——似乎既不是由瑞夫也不是由后来非个人的声音讲述。组诗中它如此独特是因为它未言明的说话者直接引用月亮女神，发表她所预计的有关两性结合的快乐和危险：

他与她

当月亮悄然升起
她必须悄然升起，
当惊慌的月亮逃走
她必须仓皇逃走：
“他的光早把我闪瞎
若是我胆敢停下来。”

月亮唱歌时她也唱：
“我是我，是我；
我的光越亮
我就逃得越远。”
听到那甜蜜的呼喊
万物都在颤抖。

此处由月亮的盈亏象征距离的远近，表现叶芝有关两性结合的“中心神话”。叶芝早前在介绍汉摩沙的《圣山》时就曾提到类似的神话传说：

> 预言家一定看见了……月亮和太阳之间的冲突，……月亮将太阳的光线纳为己有，……然后月亮迷失在太阳的光线中……这位东方的诗人视月亮为太阳的新娘；现独处寂寞；并且与她的新郎相处时自暴自弃，我们的诗歌也无法领会。
>
> (*E &I*，470)

将月亮比作太阳的新娘，并展现月亮几乎与太阳合为一体却又逃之夭夭，叶芝在《他与她》中再次例证所有秩序之间布莱克式的“自然”感应——宇宙论、生物和神学的——“原始性”状态。正如月亮之于太阳，女人之于男人，（含蓄的）灵魂之于上帝。月亮的诱惑将“坠入太阳”，因而结束两性之间的紧张、时间和改变，但她知道如果太接近太阳，她就会被闪瞎而最终消亡。月亮谨慎地反抗象征灵魂与永恒神性神秘结合的男女两性结合。她选择独善其身，以简洁的三音步放声歌唱：“我是我，是我”——这通常认为是上帝耶和华的主张，但是，叶芝不明身份的说话者在此公开支持，使之适用于人类并推广，宣称“听到那甜美的呼喊 / 万物都在颤”。

叶芝以女性灵魂的身份遭遇了永恒的“那里，”在那里，“所有行星都会坠入”太阳，但是他没有屈服于它。他的灵魂使用三音步同义反复呼喊，“我是我，是我”，有别于哲学思辨的五音步或四音步诗行，满是瑞夫早前教义诗里学究的话语。从语言涉指看，“悄悄逃走”和“逃走”与瑞夫用分量十足的拉丁词语描写性爱——“天使的交媾”“激情的大火”——相去甚远。这首组诗至此已由纯粹的女性第一人称进行歌唱[11]，描写她与男性之间的二元性爱神话（并未提及繁殖后代，重点多放在女性的独立），不仅替代了瑞夫的男性阐释话语和他对于家庭三位一体的认可，同时还取代了他精妙的神学思想和深奥的谜语。可以说，在这首明确表达自由意志的抒情诗里，随着月亮成为一个自娱自乐的声音，这首组诗达到其自身的神话中心。月满即第十五月相高潮后，一方面肯定（新的叶芝宗教思想）两性吸引的神学中心地位，另一方面抵制灵魂的独立性，组诗开始松开它曾捆绑的一切，逐渐衰落至暗月，自由意志也随之消失于不可抗拒的宇宙中。（第十三章分析《迈克尔·罗巴茨的双重幻象》时，还将补充说明暗月和满月。）

《超自然的歌》的后半部分开始于一则怪诞的神话，它讲述神能自我繁殖，实现了瑞夫早前鼓吹的异性交合神话。瑞夫那首三位一体的诗斥责了帕垂克男性三位一体的概念，宣称“所有形而下的都是复制品”，因此，组诗的后半部分必须旗帜鲜明地反对帕垂克的基督教神话，支持“真正的”异教三位一体神话，孕育——“男性，女性，孩子”。后加入的第七首《什么魔鼓声?》每一行都很长，是另一首三行同韵（aaa）的三位一体教义诗，与瑞夫早期那首谴责诗形式相当、内容互为印证。叶芝开始将这部组诗重新塑形为“同心”形式。这首诗里，叶芝将自己想象为瑞夫见证的神所生下的神——这位神部分是野兽、部分是人、部分为神——自己孕育并拥抱“原始母性”，他还生下一个神兽，它吮吸他光泽的腹部长大，同一条舌头又沿着原始母性的胸脯和身体向下移动：[12]

他抑制自己[13]的欲望，几乎屏住了呼吸
以免原始母性离开他的肢体，幼孩不再休憩于此，
吮吸他的身体，仿佛那是乳汁。

是什么魔鼓声穿透了黑暗的花园灌木丛?
他的嘴和有力的舌头沿着手臂、胸部和光泽的腹部往下。
森林里走出来的是谁?是什么野兽舐舔了它的幼崽?[14]

我们看到，叶芝创作瑞夫以体现一个所谓的原始爱尔兰，完成前基督教时期凯尔特人对于赫尔墨斯式上帝的想象。这个爱尔兰让我们“起底”基督教，从人类学的视角探究宇宙更深层的意义。随着叶芝的诗将瑞夫神推向舞台，他本人几乎都无法相信神在自我孕育前后天然的愉悦感，“他抑制自己的欲望，几乎屏住了呼吸”，生怕自我孕育的过程中暂时合体的自己再次分裂成三个单独的个体。这一原始神圣的三位一体与人类三人组——父亲、母亲、孩子——以及动物三重组合——雄兽、雌兽和幼兽——几乎难以辨别。神、人、和兽三者之间暂时获得的不稳定平衡表现于叶芝忽闪而未可知的节奏效果，而他的三行同韵形式（aaa）则是瑞夫再次谴责帕垂克。神性三位一体的自我分隔伴随（我们从其标题——《什么魔鼓

声？》——和诗中的重复可以看出）最原始的音乐形式：无伴奏的“魔鼓”节奏。[15]

不过，第七首“异教”三位一体诗里能见的自由意志和第六首月亮－女性－灵魂——“我是我，是我”——顷刻受到来自后加入组诗《超自然的歌》的第八首《它们从何处来？》的挑战。第八首展示了一幅彻头彻尾的宿命论历史全景。叶芝在此宣布，无论人类有何个人自由的幻觉，事实上都是木偶，他们说出的词语并非属于自己而是由未知的拉线人构思（这个造物主的形象与《驯兽的逃逸》中马戏团领班相关，叶芝在那首诗末还含蓄驳斥了一个受到胁迫的人物），并由看不见的剧中人物讲述。这一宿命论，以更荒凉的暗月形式，重复《迈克尔·罗巴茨的双重幻象》的第一部分，我们在下一章会看到。

根据第八首诗，时代精神通过人类演员之口说出，他们却没有意识到他们注定在历史上扮演的角色。我们的激情——性欲的、宗教的、政治的——它们不过是看不见的剧作家、先行者“手和皮鞭”之类的手段。叶芝在此继续发挥五音步的离题效果，并将其塑形为——如第三首（瑞夫叙述他的出神）——精炼的 aa 对句。然而，《它们从何处来？》结束于另一组静止的问题（“从何处”“什么”），组成一个重复的模板，让木偶拉线人瞥见永恒中的静止能量。此处这一宗教题材的诗作借鉴了天意史学的作品风格：

它们从何处来？

用手和皮鞭就能打败冰冷的罗马？
她的身躯起伏可以带来什么神圣戏剧
当改变历史的查理曼正在母胎之中时？

这些问题类似于释经者布道时的提问，但是，在耶稣诞生时，用历史上的查理曼戏仿耶稣使得这支“超自然的歌”与其姊妹篇——基督教超自然叙事——一样遥远。因为我们过着自己的生活，我们既无法看清剧作家，也无法看懂他笔下的剧中人物的言辞在我们之间的“流动”。《它们从何处来？》让我们意识到，叶芝使用“超自然”一词以表现人类经验是他深思熟虑后的想法，聚焦于更迷惑或更神秘的方面。推动这首诗的神秘因素就是情感上让人费解的性欲驱策，以及它所产生的让人震惊又无法预知的结局。

叶芝在宿命论历史的“神圣戏剧”后写了三首深奥的短诗，它们都属于“原始性”宗教神谕文类，以严肃的腔调郑重声明放弃个人的一切。正如叶芝在1937年的《拙作引言》所说：

> 个人的一切很快就会腐烂；必须以冰或盐保存……我必须选择一种传统的诗节形式，甚至我所做的改变都必须看起来像传统的……若与我谈原创，我可要发火。我是个凡夫俗子，我是个孤独的人，我一无是处……想象力必须舞蹈，必须超越感情，渗入原始之冰。
>
> （*E &I*，522—523）

在他“非个人的”风格中，叶芝以最通俗的方式描述人成长和变老的过程：他依次与身体、情感、思想和上帝斗争，最终成为了“人”。另一个机械的模板，不过现在已成为主题——“他斗争，但每次以失败告终”——再次将整首诗写成讽刺短诗，以双行同韵对句为诗节，这首诗里四音步诗行以坚实的强拍显示战争的节奏。据第九首诗里遥远的声音说，人生的四场战斗有三场已结束，而最后一场战斗尚未打响：

人的四个时期

他曾与身体展开一场搏斗，
不过身体赢了；开始直立行走。

然后他与情感斗争；
天真与和平扬长而去。

再后来他与思想斗争；
骄傲的情感从此被抛诸脑后。

现在他与上帝的战斗打响；
午夜钟声响起时，上帝将获胜。

尽管人生命定的过程被安排在无法改变的失败者的情节模板中，人类接连失利，但其思维拓展却获得了胜利。因为学会直立行走、找到情爱、获得理性能力一一打败了无助的青涩时期，我们怀疑人的最后一战，相反，会是一次胜利，因为人在弥留之际终于了解他的人生是完整的全部。

组诗中另两首神谕诗，第十首和第十一首，都只有四行。它们尝试“超自然地”描述个人命运和历史普遍动态。第一首，《结合》着眼于个人奥秘，通过他们各自的行星星象，“解释”叶芝儿子和女儿的本源。这首诗里再次体现了男性与女性结合的“中心神话”，不过，这一次不再以波伊拉和艾琳的神话，或太阳与月亮的关系，或人类始祖二人的拥抱，而是以一种原始宗教仪式——挑选星象——表现“中心神话”。因为星象相关的词汇（通过行星的名字）暗指古典神话，叶芝将星象“人文化”，将它们引入古典和基督教叙事（巨人萨特恩与奥林匹亚朱庇特之间的王权之争，马尔斯与维纳斯之间的风流韵事，以及耶稣基督的受难）。迈克尔·叶芝是朱庇特和萨特恩生下的“对立”（主观）精灵；安妮·叶芝则是由马尔斯和维纳斯生下的“主位”（客观）精灵。据叶芝信中谈及他写给奥莉维娅·莎士比亚的诗时提到（*L*，827—829），“马尔斯与维纳斯属于基督教——它是民主的”，而“朱庇特－萨特恩文明则不受文明、传统和

规则的限制”。他的一双儿女分属两类星象，代表两种经典神话，于二者之间，叶芝把他们塞进基督教统治短暂的时代：[16]

结合

如果朱庇特和萨特恩相遇，
那将是一场风干小麦的丰收！

那把剑就是一个十字架；他死于其上；
那女神扑在马尔斯的胸膛上叹息。

这些结合让《超自然的歌》的后半部分开启了宿命论的可能：时代更迭重回组诗。事实上，帕垂克不断上升的旋锥将取代瑞夫下降的旋锥，如基督教文明替代过去的古典文明；但是我们可以等待一个新的主观世界回归以替代基督教的“客观性”。在古埃及金字塔里发现的“风干小麦”一遇到水，（传说）便开始发芽；因此（在迈克尔的星象里）主观世界的风干小麦会重新生长。此外，虽然耶稣确已蒙难，而马尔斯与维纳斯的名字，仍是古典神话里两性交合的象征，随着基督教的胜利出现在叶芝这副对折画的第二部分。叶芝以弗雷泽式诗歌写作他的孩子，如公正的历史学家一般，他漠然地将基督教的中心象征——“主位”十字架——作为支柱，将“异教的”重要人士朱庇特和萨特恩置于左边，而将同为“异教的”好色名人马尔斯和维纳斯置于右边。叶芝的两组对句表现为一行简短的异教“阻隔”，“战胜了”基督教；两个星象固定的同韵对句形式告诉读者这些改变都由宇宙决定。

与《人的四个时期》里永恒的失败、《它们从何处来？》里不知名的说话者连续的五音步对句一样，《结合》这首短诗由两组四音步对句诗节组成，它所述的占星预言没有留下任何思考、完整叙述和情感表达的空间。同前两首诗一样，《结合》将人类的生活设定于特定的框架中。这类框架可能由某位看不见的木偶师所设计，也可能是普遍存在的人的四个时期，甚至有可能是神话交替行进（古典，基督教，古典），不过人类无力抵制或修改其中任何一个框架。这一点《超自然的歌》似乎忘记了它的中心，月亮悄然升起和落下，她庆祝她所宣称的身份，下决心远离太阳至高无上的权力。同时，下一首诗两组对句组成的四行短诗（第十一首）《一个针眼》仍未消除我们的疑虑。它以骇人的天文距离解读历史，将其视为一“系列”事件在宇宙中的不间断运动，由于距离太远，观察者不能在这“咆哮的”激流中看到个体生命。这一整体暗喻，源自耶稣基督有关针眼的言论以及（大卫·克拉克指出）奥义书有关一根线连接所有世界的概念，[17] 是起源的终极神话，适用于一切，没有例外：

整条溪流咆哮经过
都源自一个针眼；
未出世的事物，已消逝的事物，
不停地从针眼里涌出。

正如叶芝的儿女能成为（他们的星象预言中）对立和主位特许的非个人例子，现在，历史的一切成为了一个有声的旋锥，由一个未知又细小的原点向外发散，针眼后有一个反向聚宝盆式旋锥，其内容推动历史的旋锥呈螺旋式上升。过去和未来的压力推动当下的溪流。“当下的世界是人类思想中的意象流……；这条溪流就是时间。永恒则是接受和生产的深渊”，叶芝在论述雪莱《解放了的普罗米修斯》的文章中写道（*E&I*，419）。从特定的距离看，溪流中的一切没有区别。它们都是“事物”，未出世的、已消失的和当下的一切（我们已经远离拜占庭帝国那只金鸟讲述的史实）。《超自然的歌》里先前提出的人类维度——包括性、一位“家庭”神以及个体特征——似乎全都消失了；对叶芝而言，这样的缺失代表暗月，此时，一个人类无足轻重的“哲学”观点，历经物质世界的沧桑变化，抹去我们所有的价值观。《一个针眼》里四音步对句的原始神谕（基本都是扬抑格）如同旋锥的残酷宇宙几何学的公理。

这样我们再次来到诗尾——莎士比亚十四行诗《须弥山》，它原本是这部组诗的起源，现在成为正式的结尾。（作为一首十四行诗，它曾经出现在第六章。）基于这一点，我以为，我们可以看到叶芝写作《超自然的歌》时的全心投入。19世纪以来考古学家、人类学家和古典学家兴起了比较宗教学，这首组诗首先是受到19—20世纪比较宗教学刺激的作品之一。学者们立志发现人类的原始宗教，还幻想发现语言的根源、社会制度的准则和艺术的起源。人类学试图发现宗教系统的共同起源，无论异教还是基督教。“我深信，”叶芝在《拙作引言》中写道，“自然和超自然交织在一起，为避免陷入危险的极端狂热，我们必须研习一种新科学；那时，欧洲人可能会发现一位有德鲁伊教、而非犹太教背景的基督教徒很有吸引力，这样一来，历史没有被割裂，反而处于流动、具体和兴盛的状态。”（*E&I*，518）这些“超自然的歌”是流动、具体和兴盛的状态的表达，叶芝希望借此追溯文明的原始起源，甚至追溯到原始的“针眼”乃至更远。但是，上述叶芝的散文并没有暗示诗歌引入的戏仿和怪诞实则源自宗教表达的古老文类——圣徒传、训诫、神谕、神学论战、起源神话、教义诗、箴言谜语等——再现于异教的“德鲁伊教”语境，充斥着新的亵渎宗教的学说。

总体来说，在自然和非自然之间，读者偏好窥探自然的叶芝。特别是《超自然的歌》的后半部分，叶芝的个人之眼，受原始和神谕的抒情形式支配，同意雪藏他称之为非个人的“原始之冰”。他将《圣山》（一位高僧记录他前往冈仁波齐峰的朝圣之旅，神话中该山峰被称为须弥山）[18] 解读为冰与雪的严峻考验，也许正是他所谓的向玄学之“冰”致敬让他格外引人注目。那里首先得“攀爬五千英尺高”，然后在冰封的湖面守夜祷告，再“历经险阻”。那位僧人这样记录他的抗争：

> 冰冷刺骨的寒风，无尽的雪花，极度的饥饿和彻底的孤独一并侵蚀我的思想；身体变得麻木，已无法承受这痛楚。雪已覆盖到我的胸部，一直到后半夜，我与我的思想激烈地斗争。[19]

这一段描述生成了《须弥山》的六行诗节，印度隐士最终战胜了各种困难，不屑于人类的纪念碑：

> 须弥山和埃菲尔士山上的
> 隐士，在大雪覆盖的山洞过夜，
> 那暴风雪和冬日里让人生畏的狂风
> 吹打在他们裸露的身体上，他们知道，
> 经过那个夜晚后的黎明，
> 人类的荣光和纪念碑都将烟消云散。[20]

不过，这首十四行诗在这隐秘知识之前讲述了什么？《须弥山》开篇的八行诗节描述了一幅这样的画面，这幅画里，规则、意识形态以及幻觉人为地创造并限制了“文明”，而长久以来，“文明”又被用于破坏这一切：

> 人类的文明由多重幻象，按照某种
> 规则，以和平的名义，
> 组合在一起……

由于它受制于人类的质询，这种规则、这种意识形态的和平——它们内部的紧张局势最终导致它的崩溃：

……人类的生活却是思维的过程，
即便心生恐惧，他却无法停止
无尽的掠夺和愤怒，将一切他能够进入的
荒凉现实连根拔起。

此处，济慈曾用过的“荒凉”(desolation) 一词格外醒目，原因很简单，因为它弃用了贯穿前三行刺耳的“r’s”音。如果弥尔顿式强音“r’s”象征掠夺成性的理性，那外部命运则以野蛮的“d’s”和“b’s”音代表，“让人生畏的狂风”摇撼着雪中僧人的身躯。人类“荣光”和“纪念碑”的音素并未参与之前“d’s”和“b’s”音的排列：凸显它们的非对抗性和纯粹哀伤。《须弥山》的前八行隔绝了因思想的强烈渴望而产生的荒凉，而后六行纪念荣光和纪念碑——即便会烟消云散——它们来自相同的思想，不可抗拒却又生生不息。然而，六行诗节开头的荒凉和哀叹之间，叶芝确信僧人不为所动和坚忍的知识。

若非八行诗节末尾英勇无畏的致敬——“埃及和希腊，再见，再见，罗马！”——超自然的“客观”之眼似乎没有必要存在，因为它无情地显现人类现有的苦难和人类成就的无常。1909年，叶芝在《自传》里曾用一段话来衡量人类的痛苦，这也是理解《须弥山》的关键所在：

所有文明都是由一位看不见的催眠师——即人工创造的幻觉提出建议而连在一起的。现实知识通常而言就是一种隐秘的知识。它是死亡的一种类型。[21]

但是，大声呼喊的自由，“埃及和希腊，再见，再见，罗马！”——这声呼喊是来自时空的臣民，而非某国或某世纪的公民——提醒读者身为诗人的绝对优势——他可以拥有人类学的、全景式视角。当再次使用犹太－基督教传统的“原始性”文类时，叶芝破坏了普遍认可的宗教话语。掏空一种已知的文化形式再填入类似但却不合规范的新内容、新话语和新的文化准则，这种文学策略的威力无与伦比。组诗中，叶芝给它们贴上“超自然的”标签，他以怪异新奇、异常活跃的“天使”如波伊拉和艾琳替代基督教圣徒；以反三位一体教义的僧侣瑞夫和埃菲尔士山上的僧人替代圣·帕垂克；提议以多边性关系的三位一体取代无性或同性的三位一体；从人类学角度将耶稣基督等同于查理曼大帝，将二人都视为新历史循环的发起者；建议将仇恨作为一种神学美德；对印度教僧侣的隐秘知识而非基督教神秘学知识更感兴趣。这样一来，叶芝肆意扭曲各种宗教文类，不过他笔下的宗教文类自成体系、清晰可辨。

当然，尽管叶芝给旧宗教文类填入诸多格格不入的材料，但在展望新宗教替代已失去的现代宗教的意义上，这些歌最终仍然不属于“超自然”。“人类思想中的意象流”是已经创造的一切——流动、具体而兴盛。《超自然的歌》其标题甚为伤感；是一篇以瑞夫为自画像的“德鲁伊教”怀旧文；将自我想象为有多重形态的性行为正是弗洛伊德认可的一种幻象。叶芝向往神话中更为狂野的海滩，此处，却遭遇他现代主义的冷峻之眼。那只眼睛仔细挑出推动宇宙的四种原始能量：推动宇宙的物质能量，生成人类历史行为戏剧性事件的情感能量，指向动物延续的性能量，以及寻找和发现知识的禁欲能量。能量——并非任何一种单一文化系统或信仰系统——是永恒的一切。

若非调整了形式，《超自然的歌》算不上原创组诗：它最先的神学场景是以素体无韵诗写作的训导诗，后转向原始对句和同韵三行诗，以及有意扭曲诗行长度，以其古怪的三位一体形式表现诗行本身。这首组诗通过其戏仿宗教文类和宗教话语备受瞩目（且供人消遣）。但是，这首组诗以一位古代爱尔兰隐士和深奥的神谕定义原始宗教形式，为何它却要以一首莎士比亚十四行诗——所有诗歌形式中最文雅、最理性、最高级的形式——来结尾？组诗前半部分形式上已经回归原始性，那么这首复杂的莎士比亚式十四行诗究竟要表现什么？我认为，它提出了一种叶芝自信能够拥有的知识类型。他不属于新野兽派（或旧瑞夫式）原始主义；也不赞成欧洲基督教信仰体系；当然，他也不是一个印度教淡泊无为主张的追随者。他是，如他笔下的《须弥山》，世俗而世故的自我。虽然他是历史变迁的见证者，却不是从遥远的星球距离视历史为“咆哮的”溪流的观察者。他是站在人类天平上的观察者，汲取了埃及、希腊和罗马文明的遗产，却看到它们当下的枯竭：“埃及和希腊，再见，再见，罗马！”

叶芝此时将十四行诗形式挪为己用，英式十四行诗以哀叹时间的遗迹举世闻名；但是，叶芝在这首莎士比亚式纪念碑（他用以结尾）挽歌里加入了三种非莎士比亚成分，很有爱尔兰和叶芝的风格：首先是与帝国“快乐地告别”；其次是印度神秘教派仪式予以西方挽歌的修正；最后则是坚定的跨行以示思想企图消灭人类曾建立的帝国。《超自然的歌》结尾处，通过莎士比亚十四行诗形式，叶芝表示莎士比亚是最好的人类歌者，歌唱“自然和超自然天生一对”。毕竟，莎士比亚在《十四行诗》中展现了他同情并理解瑞夫和月亮所捍卫的基本性能量，以及——尤其在历史剧里——时代变迁的苦行智慧类似于禁欲僧侣所拥有的智慧等。此外，莎士比亚那无与伦比的天分在其十四行诗里显现得淋漓尽致，并且他最终认可诗人的激情能够让形式体现意义。（即便是《须弥山》最后一节对句，叶芝也避免完美押韵，以“dawn”［黎明］和“gone”［消失］作为代替。）[22] 叶芝有意选择各种诗节形式写作这首组诗，其范围从最原始到最高级，它们聚焦于性自由和个人意志的“中心神话”；第六首为其他诗歌提供关键的参照点，它们“围绕”第六首旋转，无论它们时而显得多么不可抗拒。

弗雷泽式《超自然的歌》与叶芝其他历史主题的组诗如《1919年》以及《内战时期的冥想》形成了鲜明的对比，其不同之处来自诗人试图在《超自然的歌》里想象一个原型——一个人类文化系统必然演替的原型——而非给某首诗一个完全的人类中心。统领《超自然的歌》里各首诗歌的想象技艺并没有全部成功，但就作者而言，它们以各自怪诞的诗节和韵律形式，代表有趣而故意的自我限制。那位叶芝，优秀的文体学家，应该将自己的思想限制于对句和同韵三行诗节；那位叶芝诗歌外形的崇尚者，应该写作笨拙的同韵三行诗节以表现原初三位一体；叶芝，这位焦虑的诗人，写作了《为我女儿祈祷》和《为我儿子祈祷》，应该将他的孩子们抽象为神秘的形象；这位诗人长久以来避免写作莎氏十四行诗就该以莎氏十四行诗结尾——这些诗歌因上述所有矛盾成为叶芝晚年非凡而不可预知的附录。叶芝从怪诞的现代主义视角再次审视“原始性”及其能量：时而黑暗，充斥着宿命论；时而因自由意志而光彩夺目。

第十三章

少见的诗歌形式

如前几章所示，叶芝重复使用多种形式进行创作——民谣、交替押韵的三音步四行诗节、四音步、八行体等。这些形式给叶芝提供了一整套已知的资源，他就这些形式进行了无数次实验。不过，还有部分诗节形式在《诗歌选集》中只出现过一两次：如（几乎）不押韵的六音步（《美丽而高尚的事物》）；七行皇家韵格（《一个青铜头像》和《猎狗的声音》）；一双原创诗节以五音步和三音步诗行奇怪组合，5－5－3－3，韵脚分别为 abab 和 aabb（仅在《迈克尔·罗巴茨的双重幻象》出现一次）；（节奏）不规则的自由诗其韵脚却始终完美（《破碎的梦》）；奇怪的六行诗节由交替押韵的四行诗节加上五音步同韵对句组成（《在阿尔杰西拉斯》）；叶芝生前写作的倒数第二首诗——以三行诗节为单位（《得到安慰的库胡林》）。还有其他一些少见的形式：对话体《一个来自过去人生的影像》共七行（abcccab），其诗行长度不定，历经短长短（5－4－2－3－4－5－3）；《恶魔与野兽》，（类似于《内战时期的冥想》中《我的桌子》一诗）由“前重后轻”（4－4－3－3）的两组对句组成，韵脚为 aabb。

这些创造（以及创造的动机）都值得研究；同理，在一些诗中，叶芝重复使用不规则押韵的诗行，其中包括诸多不精准的韵脚，整首诗因而看似非常随意，没有押韵（譬如，八行诗《源自普罗佩提乌斯的一个想法》其押韵词分别为 head，knees，line，altar，images，side，centaur 和 wine——这一组词无法让人立刻察觉其韵脚为 abcdbadc，因为其中唯一一对“完美的”押韵词是“line”和

"wine"，而这二者在诗中相隔甚远）。在此我无法一一列举叶芝写过的所有少见的诗节形式，不过我会重点考虑其中两种类型：一种类型的形式源自传统意识形态的输入（例如，七行皇家韵体和"史诗"六音步）；另一种虽然形式罕见，但却与意义出奇地匹配。

不过首先我要总体述评叶芝写过的少见形式。对诗人而言，他第一次尝试的任何形式都是"少见的形式"，因为他的整体作品风格中还未有它一席之地。尽管某种形式如八行体能够（在叶芝的笔下也的确如此）"内化为"熟悉的资源（虽然每个特定的实例中它仍需要原创力），当然，叶芝第一次使用八行体创作时，意味着他当时选择尝试写作的就是一种"少见的形式"。我们曾在第四章详述叶芝早期的诗艺探索并展示他喜欢研究形式的方方面面：节奏、诗节形式、结构、共性以及"魔法"。诗歌形式的每一次成功更新（与实际创作的痛苦一道），伴随美学发现，定然给他以强烈的幸福感。例如，我们可以想象他写作十行诗《一件外衣》（320）时，特意选择他从未使用过的两部分形式。《一件外衣》以三音步 / 四音步抱韵四行诗节（abba）开头；随后是（中间并未空行）"抱韵的"四音步六行诗节，其中两组同韵三行诗节紧紧包围各自中间诗行并且押韵；整节六行诗韵脚为 cdc ede（为清楚起见，我将两部分隔开）。十行诗在叶芝的作品中并不常见，在《诗歌选集》中仅有一首写于《一件外衣》之前（《他听见蒲苇的呼喊》），其韵律格式不如《一件外衣》对称（也不够成功），且句法分布也更为游移。（《一件外衣》的意义单位与韵律单位十分一致，这是叶芝当时偏好的风格。）因此，叶芝创作诗集《责任》时——其韵脚通常为四的倍数，如四行诗和八行诗——而十行诗《一件外衣》，于他当时的写作而言，就是一种"少见的形式"：

我为我的歌儿缝制了
一件外衣，从头到脚

我将古老的神话故事
织入满是刺绣的锦缎；
但愚蠢的人将其夺去，
穿上它，展示于人前
仿佛那本是他们所制。
歌儿，让他们拿去吧，
因为要有更大的勇气
才敢于赤身行走。

《一件外衣》作为诗集《责任》的尾声，宣告叶芝浪漫主义时代的结束，覆以长长的外衣（“从头到脚”），镶满神话象征（颇似《恩底弥翁》中海神格劳克斯的斗篷）。前四行踌躇于诗人的苦心经营（见两个四音节词“embroiderises”［刺绣］和“mythologies”［神话］）及其成果——华美的外套——但他不会再披。他正把它丢给——开始还有些勉强——那些剽窃他作品风格的“愚蠢的人”。“传统”abba 抱韵恰如其分地让“外衣”花哨的修饰语（有意）阻止其找到韵脚：

I made my song a coat
Covered with embroiders / Out of old mythologies / From heel to throat.

（诗人脚踩大地，喉咙里哼着歌儿。）

现在我们可以期待空间距离上更远的抱韵四行诗。相反，《一件外衣》一节三行诗，句法上自给自足，韵脚为 cdc，强硬地指称那些贼为“愚蠢的人”。并且，这首诗以第二节三行诗结束，让读者惊讶的是，它弃用前七行（叙述）的言语行为，转而精神抖擞地对那可怜的、赤裸的“歌儿”说话，“歌儿”因人抢去了它的外衣而打战。

诗人放弃他满是刺绣和神话象征的外套，以“勇气”展望未来（该词后来再次响亮地出现在《在学童中》），以激励这首不确定之歌。通过一个看似漫不经心的韵脚，他既放弃了旧式风格（“让他们拿去吧”），又有了新的自我表述（“赤身行走”）。

《一件外衣》的两个诗节单位——四行诗节和六行诗节——若以五音步诗行写作，便显示其与文艺复兴时期诗歌传统的关联；但是，若以三音步或四音步形式写作，则表现了诗人不满于文艺复兴时期作品形式的漫无边际。尽管叶芝试图放弃书写神话内容，但是他明显有意保留韵脚的“embroidery”（刺绣）——该韵脚成功地吸引了读者的注意，用“浪漫主义的”四行诗节囊括其多音节词“embroideries”（刺绣）和“mythologies”（神话），并将这些单音节词“caught it”（夺去）、“wrought it”（穿上）、“take it”（拿去）等写入精简的现代主义六行诗。最后值得一提的是，这首诗并非名为《赤身行走》，而是《一件外衣》，这表明在他人盗走他的外衣前，诗人会坚守这件外衣的意义。叶芝写完这首十行诗后再也没有用它的整体形式写过其他作品（当然他在六行诗《记忆》中曾使用《一件外衣》中后六行诗节的韵律）。《一件外衣》的诗歌形式仅在这首宣言诗中出现过一次。他在写作时甚至可以对其独特性诅咒发誓。

叶芝决意寻找少见的形式与手头材料相称，这一点在1937年写作《一尊青铜头像》时得到印证。这首原始挽歌是他为毛德·岗所作，形式为“七行皇家韵格”（据称苏格兰詹姆士一世曾以该诗歌形式写作）。唯有这七行皇家韵格才配得上这位“有可能是，皇后”（《幽灵》）的贵妇。[1] 这首七行皇家韵格由五音步诗行组成，韵脚为ababbcc，以一节“英雄体四行诗”开头，由于它通常被称为——交替押韵的五音步四行诗节，读者不禁期待更多的英雄体四行诗节，或者下一组ab押韵（如果这节诗继续发展为八行诗节），或者一组cc同韵对句（若这节诗以维纳斯与安东尼斯诗节写作，韵脚为

ababcc)。让人意外的是，这首七行诗中，四行诗节故意延迟上述任意一种接续方式，而重复韵脚 b；这四行诗节得到完全延伸后才进入最后一组对句。此番效果是为了将前四行的反思延至第五行，并且叶芝（特别是《一尊青铜头像》的第一节，也见于第二和第四节）充分利用了这一效果。在我看来，毋庸置疑的是，该韵格的"贵族"本质使得叶芝为毛德·岗写作"最后"一首诗时对它如此倾心，不过，他选取的形式无疑与他的语言进行了好一番"争辩"，希望毛德千万勿将"小街小巷抛给大人物"或是教"无知的人以最暴力的行径"。这首诗试图和解毛德"优雅贵妇"的一面与她"革命"的另一面，稍后我们会看到，这首诗的形式有时适合这一面，有时却适合另一面。

当叶芝走进都柏林市立美术馆，看到暮年毛德·岗的半身像（外表看似青铜，事实上是上色石膏），他大吃一惊。美术馆展出的人像其人大多数都已故去（见《重访市立美术馆》），而这尊塑像像是描绘命若游丝的毛德，只有眼睛还在动，暗黑的灵魂悬浮于"遥远的天际"，通常情况下，人的灵魂出没于死者的坟墓（有可能指被处决的爱国者的坟墓）。叶芝引人注目的开篇没有一个动词，这位"贵族"半身塑像的生命形态已不似人类，而更似超人，引发他探寻她灵魂的实质，由于气息尚存或者处于休眠状态，它仍是"空的"：

一尊青铜头像

这里是入口的右侧，这尊青铜头像，
人的、超人的、还是一只鸟儿的圆眼，
其他一切都已枯萎，像木乃伊干尸般。
何等伟大的幽灵掠过那遥远的天际
（有东西停留于斯而其他一切都死去）

发现那里并无他物能够将其空虚的恐惧
减少半分歇斯底里的热情?

李尔王歇斯底里的热情是一种过度上升的情感，一种“向上的悲伤”，象征受到强烈情感左右的人物——在毛德这里，就是政治的情感——而非理智。七行皇家韵格通常诗行较长，但是，这首诗并没有遵循这一规律，并且骤停于第三行行末“死亡”一词，以致“没能”完成第一节四行诗。

如《在学童中》一诗，诗人蓦地拒绝接受毛德暮年的意象，转而回忆她年轻时的理想画面，那时的她展现了皇家“宽容”的美德，并含蓄地将她的“温柔”之美比作叶芝第十四月相的满月（虽略逊于“王者”太阳，却也光芒四射，无疑是皇家专属）：

从前绝非什么暗黑幽灵；她的形体丰盈饱满
宽厚仁慈，光芒四射，
却又最是温柔；谁能分辨
哪个形体真实展示了她的实质?
又或者实质原本就是组合……

第二节开头的四行诗节（这一次允许写作完整的四行诗节），诗人提出毛德多重矛盾身份的玄学之谜。据亚里士多德哲学，她的多重形式必定都源自一个“简单的”（非合成的）潜在“实质”。但是亚里士多德认为物质是简单的这一观点正确吗？很可能不对。如第六行所述，物质有可能是合成的，以延长四行诗节里所涉及的问题。叶芝转向现代新黑格尔派权威，麦克塔格特（1866—1925），后者大胆断言实质可以合成，或者（叶芝称之为）实质能够包含于现象之内，普通如一瞬间、一口气或是布莱克式的生死对立：[2]

又或者实质原本就是混合而成，
深刻如麦克塔格特所想，而一瞬间
一口气便抓住生死两极。[3]

他宽慰自己说毛德的所有形式都“真实展示了她的实质”［并且以“light”（光）和“right”（真实）与“composite”（组合）押韵——针对早前出现的“暗里”幽灵］，叶芝重获勇气以准确完成（因此复杂化）毛德先前的部分意象，她年轻时“最是温柔”。现在他可以承认，即便是在那时，她还如此年轻，正处于生命之赛的“起点”，她的灵魂里已经有了某种“野性”。她的灵魂曾被它未来的幻觉“打碎”，“它必须经历的恐怖幻象”。承认毛德的缺点将从第一节“超人的”特点和第二节贵族的“宽容”抽离，不过前提却是将她（在她焦虑爱人的眼里）退至孩提时代。诗人回忆道，他通过想象共情靠近她的“恐怖幻象”时，似乎被传染一般，他抓住爱人的“野性”并且自己也变得“狂野”，叹息她注定是个“孩子”。七行皇家韵格此时失去了镇定，一泻千里，第一行之后行末竟再无停顿：

但是，即便是起点，一切簇新光洁，
我看见她身上的野性，我想到了
它必须经历的恐怖幻象
曾打碎她的灵魂。亲近让
想象上升至此，它投射的
一切都不是它自己：我也变得狂野
四处流浪，喃喃低语，“我的孩子，我的孩子！”

在这重复跨行的时刻，诗人屈尊俯就面对破碎的爱人，同时自己也变得狂野，从而影响这节诗的“女王气质”。诗人第二次退缩以商讨毛德即将失去的王权，她现在不仅是“超人”，更是完全的“超自然”。她身上唯一还活动的部位——那圆睁的眼睛——可能不再只属于她个人，现已成为一只“更严厉的眼睛”的晶状体，能够以吉本式“衰败堕落”视角审视整个世界。毛德获得了真实的贵族身份，拥有先知的幻象：

否则我就认为她是超人；
仿佛一只更严厉的眼睛透过她的眼睛
看到这污秽的世界衰败堕落；
看到纤细的树木变得粗壮，粗壮干枯的树木，
祖先们的珍珠都被扔进了猪圈，
英雄的梦想被小丑和无赖嘲讽，
思忖还有什么留给大屠杀。

如果我没有弄错，叶芝此处以六音步抑扬格结束最后一节，借用优美的斯宾塞诗体效果凸显结局。（虽然将最后一行挤成五音步几乎不可能，但是，作为终点节奏，六音步显得更为自然：“思忖还有什么留给大屠杀。”）

叶芝所有诗歌作品中，这首诗的最后一节最为暴力，毛德的“王国”衰败堕落，他为此感到异常愤怒。这首诗的恐怖推测——只有“大屠杀”才可能拯救“英雄的梦想”以及所剩无几的“粗壮的树木”和“祖先们的珍珠”——暗示这种方式太过邪恶以至于根本无法证明其目标的合理性。比起他在《地震撼动的一幢房子》中预见自己文化族群的“衰败堕落”，叶芝更为悲伤的是毛德默许使用暴力手段建立一个“联合的爱尔兰”（她就是个彻头彻尾的共和党人，反对向英国人低头建立自治领地）。只有那只眼睛“透过她的眼睛……思忖还有什么留给大屠杀”是命运之眼，最终的统治者，这行诗的无情之处才能为人所理解。

没有哪首七行皇家韵格诗如《一尊青铜头像》这样形式错乱，情节花哨（叶芝另一首诗《猎狗的声音》除外）。并且，尽管叶芝“观察到”第五行的潜力，但这首诗完全怪异的嘈杂内容——从幽灵到麦克塔格特到纤细的树木再到大屠杀，佐以歇斯底里的热情、珍珠附加上一个猪圈——保证它与以往任何一首传统皇家韵格都不同。打碎毛德灵魂幻象后反应的不一致以及她破碎的灵魂一并阻止（她所见的）世界回想任何持续的和谐。《一尊青铜头像》——其诗歌形式与毛德永久的恐怖幻象是一致的，回忆她年轻时的美貌并唤起她年老时的憔悴——于诗歌中再现其复合的实质。以废墟为背景，这首诗还清算了诗人对毛德多年求而不得的爱意，这些年来他屡受重挫。若非使用往昔浮夸又喜庆的七行皇家韵格，这首挽歌也不至如此悲伤，该诗歌形式与珍珠以及英雄的梦想相当吻合。

毛德曾出现于另一种独一无二的诗歌形式中——大体归为无韵六音步诗，以纪念叶芝笔下神殿里《美丽而高尚的事物》。[4] 可以肯定，叶芝希望效仿史诗六音步形式写作这首六音步诗，以示他对“所有奥林匹斯山神”的尊敬。史诗是人类最早用于列举编目的文类（譬如船舶等），叶芝简要描述他情感生活中至关重要的五位人士，史诗正好与之相衬：三位“父亲”（革命爱国者约翰·欧里尔瑞，他的生父约翰·巴特勒·叶芝，以及历史学家史丹迪诗·欧葛来迪），一位“母亲”（他的赞助人奥古斯塔·格雷戈里），以及他的挚爱（毛德·岗）。虽然这首诗有它自己独特的听觉模式（包括一些韵脚），但其主要手段是绘画，仿佛修建了一座美术纪念馆，其中陈列了叶芝生命中不可或缺的五尊雕像：

美丽而高尚的事物

美丽而高尚的事物：欧里尔瑞高贵的头像；

我父亲站在阿贝舞台上，面对一群狂热的群众：

“这是圣徒的领地”，掌声停歇后又说道，
“是石膏圣徒”；他把帅气的后脑勺顽皮地留给观众。
史丹迪诗·欧葛来迪倚着桌子站定
给醉酒的观众说着不着边际的大话；
奥古斯塔·格雷戈里坐在那张镀金桌前，
迎接她第八十个寒冬：“昨天他还威胁我的命。
我告诉他，每晚六七点钟百叶窗拉起的时候
我都坐在这桌前”；毛德·岗在豪斯车站等车
是那昂首挺胸的帕拉斯·雅典娜；
所有的奥林匹斯山神；一件再也无人知晓的事物。

个人素描类似人物半身像：欧里尔瑞的头像，约翰·巴特勒·叶芝的头像，欧葛来迪正在说话的头像（尽管还有他的双臂），透过窗户看到奥古斯塔·格雷戈里的头像，毛德·岗傲慢的头像。这首诗表现手法简练，读者能迅速从标题“美丽而高尚的事物”（首行进行了重复）移动到末尾与之匹配的复数短语：“所有的奥林匹斯山神。”不过最后半行，这些“美丽而高尚的事物”竟突然被压缩为单数——“一件”再也无人知晓的“事物”——这个时代将它不同层次的居民归为一个类别并封存于历史。通过“事物”到“一件事物”的单复数变形，叶芝给他的诗歌增添了一丝柏拉图主义色彩，历史的永恒形态中，多数并为一体。

到目前为止，我所列举的叶芝精心挑选的少见诗歌形式容易为人所理解：他的宣言诗《一件外衣》所使用的十行诗形式仅使用过一次，再无重复的十行诗形式；他渴望以皇家七行体合理书写毛德·岗的痛苦；他期盼以史诗形式列举雕塑和绘画手法，向“美丽而高尚的事物”致敬，并且——他同样刻意选择以三行体描写库胡林的来世——我会在本章结束时讨论。然而，难以理解的是为何他会选择其他一些少见的、随意的形式。接下来，我仅以两种少见而随意的形式为例：一是写于1928年的《在阿尔杰西拉斯——对死亡的沉思》(493—494)，二是1919年《迈克尔·罗巴茨的双重幻象》(382—384) 里的双重形式。

叶芝于《在阿尔杰西拉斯——对死亡的沉思》里发明了一种新的诗节形式——四音步叙事四行诗续接一组五音步对句（4－4－4－4－5－5），韵脚为 ababcc。这种韵律结构——一节四行诗后接一组对句——很熟悉，莎士比亚《维纳斯与安东尼斯》采用的就是该结构。不过莎翁这首诗的韵律结构从始至终使用五音步诗行，而这首诗的诗行长度不相称，前四行短而后两行长，这让它独树一帜，不同于《维纳斯与安东尼斯》的诗行结构。结尾的五音步对句拓宽了诗节，更有利于总结，从而给予这首诗独特而引人瞩目的外形。

不过，这首三节诗其措辞和停顿最让人感觉怪异。试问还有哪首诗写作“最后事情”——死亡与审判——的诗，开头会以如此令人作呕的诗行描写“那些苍白的牛背鹭长着兀鹰的喙 / 以……肮脏的寄生虫为食”？从充满摩洛哥异域风情的午夜到第一人称回忆天真的孩提时代（“傍晚时分时常有个男孩”），诗人想起他曾经在罗西斯海滩拾贝壳交给大人以获得认可，这首诗究竟会发生什么？它的画面如何从风格迥异的开头跃至一位想象的死者出现在“伟大的提问者”面前？叶芝其他诗作无一例类似于这首三节诗里跳跃的情感和理智。他这首后期作品的精简之力值得一叙。为了阐明开头奇怪的诗行，叶芝于标题中便宣告这首诗写于西班牙南部的阿尔杰西拉斯，临近直布罗陀海峡。海峡对面是摩洛哥，那些鸟儿白天觅食之处：

在阿尔杰西拉斯

——对死亡的沉思

那些苍白的牛背鹭长着兀鹰的喙

以摩洛哥牛羊身上

肮脏的寄生虫为食
飞跃狭窄的海峡，点亮
午夜暗黑的园林
直到黎明降至那混合的海域。

傍晚时分时常有个男孩
我给这位朋友带去的——
希望得到更实际的乐趣
有位年老的智者表扬了——
不是牛顿比喻的那些贝壳，
而是罗西斯海滩上真正的贝壳。

太阳里更伟大的荣耀，
空气中弥漫着夜晚的寒冷，
让想象力更多地
集中于伟大的提问者；
他会问什么，如果被问及
我又能泰然自若地回答什么。

这首诗借联想发展而非逻辑。这些牛背鹭（长着“兀鹰的喙”［cattle-birds］）长相怪异、生活习惯异常，就连这个词的构成也是以连字符突兀地联结，白天过着不寻常的生活。它们与其他物种一起消时度日，以摩洛哥牛羊背上污浊的寄生虫为生。这是叶芝将生活转为艺术的一个范例，他在两封信中也描述了这一场景，读者只消将这让人不快的开头与之稍做对比：“我的窗前有很多树，每天晚上很多苍鹭栖息在那黑色的枝桠上”（＃5049）；“傍晚时分，大约百余只苍鹭会从直布罗陀海峡对岸飞来，栖息在黑色的树枝上”（＃5046）。收信人若看到“那些苍白的牛背鹭长着兀鹰的喙……肮脏的寄生虫为食”定会大吃一惊，心生不悦。我们起初并不知道为何信中无辜的鸟儿会有如此变化，但是我们觉察到它们从起点到终点的巨大差异。它们白天“肮脏”，但到了晚上，它们可以飞越狭窄的直布罗陀海峡，住在——虽然很短暂——另一个世界，西班牙南部的世外桃源。在那风情十足的欧罗巴午夜，果木的芬芳聚于地中海与大西洋交汇处。黎明时分，哎，这些鸟儿必须飞回非洲寻觅让人作呕的食物。巨大的变化暗示“风情十足的午夜”远胜于令人讨厌的白天——或者（正如叶芝的副标题暗示）即将到来的死亡之夜所馈赠的财富无法从白天痛苦的生活中获取。

当然，叶芝还没去到那无人知晓的未来“风情十足的午夜”，但他意识到自己年逾花甲。实际上，我们会在最后一节看到，“夜晚的寒冷”已弥漫于上空。他先避而不谈那寒冷的夜晚，回忆起早年那些有意义的夜晚，那时他还是个孩子，晃荡于斯莱戈附近的罗斯岬角取乐，捡到贝壳拿去年长的朋友家希望获得“更实际的乐趣”，这位年长的朋友“表扬了”他亲近自然的行为。不过，此番偏离主题转向孩童时代的记忆并不能成功地遮挡步步逼近的死神；接着，成熟的诗人回忆牛顿对于自己毕生研究惆怅的言论，“就个人而言似乎我一直就是个孩子，在海滩上嬉戏，时不时找颗鹅卵石或者更别致的贝壳，前方大海的秘密还都未曾发掘”(*NC*，292)，这时，青年时期进入了诗节。诗人将“牛顿的比喻”诙谐地摒弃一旁，坚称自己收集的是“真实的贝壳”，诗中青年特意将牛顿解读为童年清晰的回忆；西班牙久经世故的海滩上，他不可能毫无阻力地回到那“天真的”斯莱戈海滩。

回忆感人又短暂的童年“夜晚”后，诗人开始思考当前的“夜晚”。鸟群夜间暂居于风情十足的花园，抚慰人心的情感谬误至此消除了。当下时刻不只有挽歌般“寒冷”，最后一节出人意料地以赞美开头：“太阳里更伟大的荣耀。”这句诗否定华兹华斯《不朽颂》里落日离别、悲伤的意象：

那些聚集在落日旁的云朵
从一只守护人类生命限度的眼里
染上了一抹冷静的神色。

对叶芝而言，落日，丝毫不在意周遭的凄冷，保持自己的色彩和（华兹华斯原词，永不褪色的）“荣耀”。年老和疾病赐予叶芝的福祉之一便是纯粹欣赏夜晚不断扩展的荣耀（这首诗另一个名字为《在阿尔杰西拉斯生病时的沉思》）。精彩的左右对等“太阳里更伟大的荣耀 / 空气中弥漫着夜晚的寒冷”，暗示诗人意识到自然的宏伟与冷酷，他将从容面对死亡。上帝对于人死后灵魂好坏的特殊评判突然浮现于叶芝的脑海，并显现于他的外表，与一位牛顿式“伟大的提问者”面对面。这一自然神论哲学思想的抽象过程不仅产生了倒数第二行从容地交错排列（“他会问什么，如果被问及”），并且，最后一行以18世纪的理性风格，“泰然自若”地回答问题。叶芝一贯的怀疑精神驻留于虚弱的“如果”一词——“如果被问及 / 能……回答”——还表现于他承认想象力，而非信念，“管控着”伟大的提问者。

这首诗的诗节形式对于这首书写规则、庄严肃穆的诗有何贡献？要想感受叶芝诗节形式的重要性，读者只需弃用结尾部分若有所思、加长的五音步诗行，将整首诗以四音步诗行改写：

[那些……鸟儿
飞跃狭窄的海峡，点亮
午夜暗黑的园林
直到黎明降至那混合的海域。]

[有位年老的智者表扬了——
不是牛顿比喻的那些贝壳

而是罗西斯海滩上的贝壳。]

[……伟大的提问者；
他会问什么，那我又能
泰然自若地回答什么。]

以上四音步诗行的歌唱效果——即时显现——去除了诗节结论部分所有的情感分量，只有五音步的庄重感才能保持其稳定和严肃。

此外，《在阿尔杰西拉斯——对死亡的沉思》一诗中不同的四音步诗行，其效果也有差异。若对比满是——事实上过多修饰语的——第一节四音步诗行与最后一节四音步诗行，我们能强烈感觉到“人生厚度”的流逝。前四行形容词数量众多——兀鹰的喙、苍白、牛背、肮脏的、摩洛哥、狭窄——后一组四音步诗行则大为减少（真正的、年老的）——最后以抽象告终（更大、夜晚、伟大）。每一节诗均由四音步叙述诗行转为五音步反思诗行，该过程揭示年老的说话者思想的死亡倾向。他已无力思考——从牛背鹭到孩子气的捡贝壳再到当下空气中的寒冷——每节诗结尾的五音步诗行里，他并没有将他的思想坚持到最后（分别表现于风情的午夜、牛顿晚年的反思以及虚构回复伟大的提问者）。在人生的终点，哲学始终影响每个事件，无论这些事件之间千差万别还是千丝万缕。本无关联的各个时刻在死亡关头显现，有慵懒地享受晚年时光，有轻松回忆童年，还有对于客观评价的忧思。我们现在清楚诗节之间为何缺乏联系（之前还觉得困扰）。如果它们被用来表现思想的三个确切时刻，那它们必须看上去毫不相干。事实上，它们都无情地指向关于死亡各个方面的同一沉思，这让我们很是吃惊；当逐渐感受到这三个毫不相干部分的内在联系，我们心里又觉欣喜。这两部分诗节形式如此契合诗人的想法——事件，反思；事件，反思；事件，反思——审美满足伴之左右。诗节固定转为各类反思，最终练就“老年人鹰般锐利的思想”。因此，《在阿尔杰西拉斯——对死亡的沉思》一诗的形式最初看似任性随意，没有主题传统、与死亡或老年等毫无关联，但是，正是由于叶芝的内容，它在结尾处得以模仿病榻上的老人宁静的心态和坚忍的决心。[5]

叶芝以少见的诗节形式写过最奇怪的诗是一首晦涩的组诗（一眼望去疑窦丛生）《迈克尔·罗巴茨的双重幻象》(382—384)，由三部分组成。我们读这首诗时，不禁思考以下问题：明明以罗马数字标注了三部分，为何标题声称“双重”？为什么第一部分的四行诗节是隔行押韵（abab）而第二、第三部分的四行诗节均以对句押韵（aabb）？并且，如果这是个双重幻象，又为何三部分的格律又完全相同（5－5－3－3）？我们知道在这些选择背后，叶芝心中必定有他的想法；那通过这些异同之处他又想表达些什么？

有些问题不言自明。标题中的名词竟是单数形式：当然迈克尔·罗巴茨被赐予的有可能就是一个双重幻象，但是幻象本身只有一个：“一个……幻象。”而双重幻象的两部分（第一部分和第二部分）以相同的词语开头：“在卡瑟尔灰黑的岩石上，”而之后的第三部分，尽管仍在同一地点，措辞的顺序改为“在科马克倒塌的房子里”。由于贯穿三部分的场景一直未变——在蒂珀雷，卡瑟尔的岩石上是12世纪哥特式教堂的废墟（“科马克的教堂”）——组诗的三个部分格律也没有变化（5－5－3－3）。但是，若迈克尔·罗巴茨在整首诗里都处于原地（事实如此），为何叶芝要以罗马数字告诉大家，这首诗事实上有三“站”——罗巴茨持三个不同观点呢？我们能够理解的是既然幻象中的两部分有区别——它是个双重幻象——那幻象第二部分的韵律结构（aabb）就应该不同于第一部分的韵律结构（abab）。那叶芝又为何非要以第二部分同样的韵律结构（aabb）写第三部分而不是采用第一部分的韵律结构（抑或其他完全不同的韵律结构）？

为弄清这些形式的情形和回答最后一个问题，我们必须考虑组诗的题材和编排，全诗由单一的叶芝人格面具——迈克尔·罗巴茨——讲述。第一部分包含他召唤的精灵们，它们主管月球的暗面（叶芝称之为生命的最暗处）。这一刻罗巴茨感觉到他生命中的一切都已命定，他没有也未曾有过自由意志："我何曾有过自己的意志？/噢，生下来就没有。"与之对照的是，我们将会看到，他幻象的第二部分会赐予他满月（生命的顶点）："在月光下，我看见/现在正是第十五夜。"幻象的第一部分（暗月）共四节四行诗；第二部分（满月）以八节四行诗例证自由意志比宿命的暗月部分长两倍。诗节长度差异，类似韵脚差异，提出了一个问题：我们感觉，一个"双重幻象"应该呈现相等的两部分。第一部分可怕的黑暗四行诗节，其重量是否是第二部分满月四行诗节的两倍？并且，将第三部分五节四行诗加诸已明确表达的双重幻象，其意义何在？

以下是《迈克尔·罗巴茨的双重幻象》的第一部分，迈克尔·罗巴茨在此召唤暗月时刻的"冰冷的精灵"，在这阴森的幻象中，人类的身体如牵线木偶般被"约束、责骂、为难、弯曲、拉直"，它们外表怪诞、任人摆布，服从某种不为人知的神力：

I

在卡瑟尔灰黑的岩石上，心灵之眼
召唤那些冰冷的精灵，它们出生时
古老的月亮正从天边淡去
而新月尚未崭露头角。

在空洞的眼睛和手指下从未静止
反复锤炼直到变成人。
我何曾有过自己的意志？

噢，生下来就没有。

被线控的下巴和木头做的四肢
约束、责骂、为难、弯曲、拉直，
它们唯命是从，
也不知善恶；

服从于某股不为人知的魔气。
它们甚至没有感觉，它们如此抽象，
如此毫无生机，超越我们之死，
我们服从，它们胜利。

这首诗的开头十分特别，“心灵之眼”（哈姆雷特）召唤了一群冷漠的精灵，它们服侍一位空洞眼睛的造物主，他的双手从未停歇，以某种未言明的工具“锤炼”那“特殊之物”（可能是一些基础粒子），“直到它变成人”。此处叶芝描绘《幻象》所述的第一个时期：

> 思想对于好坏、对错已麻木；身体像个面团，无法辨明各个部位；思想和身体丝毫不在意自己的外形，接受一切烙印……可能这样乐趣无穷；但这是一种有意塑形的乐趣；塑形、液化或锤炼使得一切知识成为人类的本能或能力……所有的塑形……因为自动而类似。[6]

（这位造物主“锤炼”身体面团让它服从于他，他类似于布莱克的恶魔上帝，后者用锻造和“圣手或神眼”将火打造为老虎的形态。）

意识到自己受控于这隐秘的力量，罗巴茨绝望地以三音步发问，自他出生起，是否拥有过自由意志：“我何曾有过自己的意志？/噢，生下来就没有。”黑暗中“冰冷的精灵”就是造物主的代表，是他的牵线木偶；它们也不识好坏，绝对服从于他“不为人知的魔气”。我们只得无望地服从造物主的机械人，它们如此抽象，如此“毫无生机”，甚至无法从我们的服从中获得一丝愉悦。第一部分呈现的宇宙是一连串的自动装置：造物主、精灵和我们。

随着《迈克尔·罗巴茨的双重幻象》第一部分渐入尾声，该部分的韵律也逐渐清晰——5－5－3－3。[7] 不过，即便我们清楚了韵律安排，问题依旧存在：其节奏起伏、对抗，有时无法言说——例如，我们可以将“古老的月亮正从天边淡去”这行三音步诗的节奏改写为“when the **old** moon is **van**ished from the **sky**.”（“**古老**的月亮从**天**边**淡**去。”）通过名词、动词、名词的排列，我们感受到这一行诗与下一行的句法对应，读起来更为自信：

> 古老的月亮正从天边淡去，
> 而新月尚未崭露头角。

尴尬的节奏在第九和第十行再次出现。它们都是五音步，不堪重负的节奏再现人类在地球上生活的状况，我们被：

> 被线控的下巴和木头做的四肢
> 约束、责骂、为难、弯曲、拉直……

这些诗行模仿的步态——不规则、断断续续、膝盖僵硬——意义鲜明。当感觉自己没有自由意志时，我们抵制命运，即便我们被迫于其中前进。节奏这般纠结，第一部分末尾的句法更是如此，如下我们用图形表达（我加了些括号以区别叶芝的轻声旁白）：

我们　　木偶　　　　　　　　　　　　　　造物主

约束，
责骂，
为难，
弯曲，
拉直
　　　　被线控的下巴和木头做的四肢，
　　　　　（它们　　　　　　　　服从
　　　　　　从来不知好　　　　　与坏）
　　　　　　　　　　　　　　　　服从于
　　　　　　　　　　　　　　　某股不为人知的魔气
　　　　　它们甚至没有感觉，
　　　　　　　（它们如此抽象，
　　　　　　　如此毫无生机，超越我们之死），
我们服从，
　　　　　它们胜利。

读到这些磕磕绊绊、不时中断的短语时，我们几乎无意识地理解了它们以畸形的状态想要表达的事实，感受到被束缚和被钳制，领悟到人从未有过也不会再有任何自由意志。叶芝认为暗月代表“客观性”这一公共法则的胜利，这里没有个人主观性的立锥之地。[8]

《迈克尔·罗巴茨的双重幻象》写作的前一年，叶芝曾在对话诗《月相》中描述过“冰冷的精灵”：欧文·阿赫恩在《月相》里就暗月精灵向迈克尔·罗巴茨发问——“并且那些精灵／最后恭顺的新月让它们获得了自由？”罗巴茨回复，这些黑暗的精灵不似人类，它们被驱逐出人类存在的边际线外：

　　它们被赶出了边际，在云端，
　　如蝙蝠般相互掩面而泣；

它们没有欲望，也辨不明
好与坏，甚至竟然不知
获得他人的服从是胜利；
不过它们说出头脑中的一切；
畸形的，超越了畸形和未成形。

(376)

的确，这些暗月的冰冷精灵绝对服从造物主，无法辨明好坏。罗巴茨在他幻象的前半部分召唤它们时，它们说出罗巴茨“头脑中的一切”。它们“如此毫无生机，超越我们之死”，甚至“死”这个词都不足以描述它们机械、没有灵魂的存在。

似乎双重幻象的第二部分自由意志的幻象与宿命论幻象的对决更复杂，因为它比第一部分占据的篇幅多一倍。罗巴茨于第二部分开头告诉我们，虽然仍在“卡瑟尔灰色的岩石上”、满月的月光下，但他“突然看见了”双重幻象第二部分的画面。我们由此推断，正是召唤和看见这些冰冷的精灵并承认它们象征的宿命论真理，罗巴茨才“突然”得以获得自由意志的幻象作为补偿。不同于第一部分隔行押韵的四行诗节，第二部分的诗节以不对称的对句组成，按音步两两押韵——aa（5－5），bb（3－3）。它首先分别陈述刚被赐予的幻象中自由意志幻象三个元素——斯芬克斯、佛像和舞者：[9]

II

在卡瑟尔的灰黑岩石上我突然看见
一个斯芬克斯，它长着女人的胸脯和狮爪，
一尊佛像，一只手休憩
一只手托起那祝福。

二者之间有个女孩正在嬉戏
或许，她已经跳完她的生命之舞，
现在虽然她已死去
似乎仍在梦想舞蹈。

尽管这些都是我以心灵之眼所见
却十分真切，直到我死；
凭借月光我看见这一切
此刻正是它的第十五夜。

对于罗巴茨 / 叶芝而言，仅仅表现这三个形象还远远不够：接下来的三节诗里，他必须（以同样的顺序）分别阐释。他认为斯芬克斯代表理性，佛像代表爱，舞者代表完美：

一个抽打她的尾巴；她的眼睛因月光而明亮
注视着一切已知事物，一切未知事物，
理性的胜利
高昂的头颅一动不动。

月光照耀下，另一个的眼珠不曾移动，
凝视着一切被爱的事物，一切不被爱的事物，
不过，他几乎没有半点平和，
对待那些拥有悲伤爱情的人。

噢！他们丝毫不关心谁在他们中间起舞
她也一样，她的舞蹈因她才为人所见
因此她赢过思想。
给身体带来完美［。］

我们感觉叶芝在重述人类的自性。按照惯例，灵魂的两大特性应为智力和意志。叶芝愿意保留“理性”这个词，却不以“理智”表现，而以斯芬克斯来表现。他把理性定义为谜语呈现者而非解决者。意志（寻找理性认为好的一切）通常被认为是意动的，朝着设想的目标前进。由于叶芝的目标是人类创造性艺术（舞者）而非工具性工作，他将满是同情的爱情和怜悯作为理性的补充，而非意动（从佛像的手部姿态可以看出）。舞者徘徊于理性和爱情两极之间，表现非人的“满月精灵”生成的时刻，《月相》中也有类似描写：

所有想法成为一个意象，而灵魂
成为一个身体：那身体和那灵魂
于满月时（都）躺在摇篮，如此完美，
于尘世的喧嚣中显得，如此孤寂：
身体和灵魂被赶去、被弃于
那看不见的世界。

(375)

诗人以两组三节诗分别描述象征的外形和阐释象征的意义，这时，我们定然认为，罗巴茨“双重”幻象的第二部分现已完成。当舞者“赢过”思想后，我们看到思想成为意象；我们还看到身体获得完美。还有什么？让人意外的是，叶芝在六节象征诗节后附加两节诗作进一步阐释。这两节诗定义沉思这一时刻，意即“思想于沉寂时的”永恒间隙（《长足蝇》一诗生动再现诗人持续思考恺撒大帝、“米开朗琪罗”和特洛伊的海伦的时刻）。《迈克尔·罗巴茨的双重幻象》里，唯一能够让不安的理性沉静的力量便是“眼睛和耳朵”，因为它们关注人类生活中感官的细微之处。布莱克的“细微之处”对抗造物主锤炼的黑色粒子。第二部分最后两节诗迈克尔·罗巴茨的双重幻象是自我反思、思忖沉思的讽喻意象。斯芬克斯、佛像、舞者——思想、爱情、意象——受困于灵魂突变为动态的肉体形式这一过程，而反思和激情则转化为内在的艺术，该艺术似是而非，既是“活的”（于永恒），然在现实生活中又是“死的”：

因为除了眼睛和耳朵，还有什么
能以人类的细微之处让思想安静下来？
思想在动却又似乎要停
就似一只旋转的陀螺。

沉思之中那三者如此作用于 / 一瞬间，
片刻，各自向外生长
它们，在时间结束时，
死去的只是骨和肉。

至此，人类所有的能力聚集一处——理性查看已知和未知事物，激情扫视爱与被爱的事物，而身体将这些活动转化为动觉模式的能量——沉思于舞蹈形式中到达顶点（与《在学童中》相同）。自由意志看似如此复杂，它聚集人类的各种力量打败了宿命论，从诗节数量上，它占据了八节，远胜于宿命论的四节。

叶芝于《月相》中曾描述沉思的时刻，灵魂“沉于思索，心灵之眼 / 聚焦于曾经思考的意象”(375)。既然《月相》已详述暗月的寒冷精灵和满月的完美精灵，我们不禁要问，为何叶芝还要创作《迈克尔·罗巴茨的双重幻象》？后一首含蓄地表达了素体诗不能用于阐释教义，由此我们可以推断，叶芝认为除了他之前的素体诗，还有其他形式也能用作阐释教义。叶芝在《月相》一诗的注释中这样写道：素体教义诗“从某种程度上……用作阐释的文本”(821)。不过，1918年7月15日，叶芝写给埃兹拉·庞德的信中提到了《迈克尔·罗巴茨的双重幻象》（♯3461），他并没有将它描述为用以阐析的文本，而是把它视为一个“奇怪而美丽的象征”。正是感受到它民歌般格律之美（非素体诗乏味的阐述），诗人才决定以这种韵律形式写作《迈克尔·罗巴茨的双重幻象》。

1921年诗集《罗巴茨与舞者》的序言中，叶芝将诗人的工作描述为在一间黑屋里寻找光明，直到看见所寻之物。如同寻找蜡烛和火柴，诗人由沉思逐渐到肯定、情感再到意象，最后他能真实地看见“房间里的物件”：

> 一个作家已在风格上耗费大量精力，若还要记住对他而言如风格般清晰易懂、对其他人却晦涩难懂的想法真是一件苦差。随着刚开始那兴奋劲儿消失并确定想法后，我认为他对于简单——即正常情感的兴趣定然大增；他不再寻找蜡烛和火柴，而是查看房间里还有什么物件。
>
> (853)

将造物主、冰冷的精灵、斯芬克斯、佛像和舞者视为“房间里的物件”是一件近乎滑稽的事情。不过，对比《月相》里更抽象的推测，双重幻象中一面是精灵和人物象征宿命论，另一面是理性、爱情和艺术，它们处于更抒情的环境而非阐析。因此，我们可以理解为什么叶芝认为有必要通过迈克尔·罗巴茨将意象和新的节奏具体化，这之前，他在《月相》中以阐释教义的素体诗描写其想法的“首次兴奋”。

我们现在终于看完迈克尔·罗巴茨的“双重幻象”，两部分均以四行诗节写作。不过，前半部分充满悬念，隔行押韵的四行诗表现了人类被精灵们操控的宿命；后半部分由简明扼要的两两押韵的对句组成，展现月光下舞者自由意志的静态画面。罗巴茨从情感上似乎完全控制了他的幻象，他审慎有序地展示并区别了两部分。看到双重幻象竟然还有第三部分为补充时，我们满腹疑虑。令人惊讶的是，迈克尔·罗巴茨突然情绪失控，并解释他被这双重幻象打败，他被带去"一处愚蠢的峰顶…… / 受困于暗月 / 与满月的引力之间"。我们现在感受到，罗巴茨本人身陷宿命论与自由二者的争执。当描述（借用第二部分两两押韵四行诗的"自由意志"形式）长久以来夜里对于一个女孩的幻象时，他的语言也变得不堪入耳，他将这个女孩表现为（他现在意识到）幻象中第二部分的舞者。他醒来时这些梦想消散，空留他挫败的性兴奋状态：

III

我知道我看见了，我终于看见
无数个没有记忆的夜晚紧紧抓住的女孩，
或者我的梦想会飞走
如果我揉拭下眼睛，

但是我的身上突然飞来
一股疯狂的果汁，它让我的脉搏狂跳不止［。］

这粗俗的语言来自以心灵的沉思替代身体的性幻想，提醒我们沉思的优待时刻仅仅只有——片刻——自那一刻，人突然清醒，思想和身体如从前那般疯狂和激情，自己在冷漠的爱人面前显得更为谦卑：

一股疯狂的果汁，它让我的脉搏狂跳不止
好像我曾被荷马笔下的
完美典范所打败

那人从未顾及那燃烧的城镇；

我被带去一处愚蠢的峰顶
受困于暗月
与满月的引力之间。

思想的平凡和那些
让我们西方海域疯狂的意象。

“思想的平凡”源自暗月时期“客观性”治下的集体专横；“那些 / 让我们西方海域疯狂的意象”指荷马笔下的海伦以及后来所有她在月亮中光彩夺目的继承者，她们都是罗巴茨因欲望而疯狂的原因，叶芝在《自性与灵魂的对话》中也提到了这一点：“或者把男人所遭受或必须 / 遭受的愚蠢——假如他追求一个不是 / 他灵魂近亲的骄傲女人。”

“打败”“受困于”，他的身上弥漫着一股“疯狂的果汁”，罗巴茨一旦走出他的幻觉恍惚，不过就是个人——纠结于自身的宿命论或自由论，同时既受制于集体思想又因欲望的意象而激情澎湃。直到罗巴茨完成最后两节诗时我们才理解，为什么第三部分保留了双重幻象满月部分的韵律模式 aabb:

于是我痛苦地叹气，
后来我亲吻了一块石头，

后来我把它写进一首歌里
明白自己，长久以来竟浑然不知，
因此还获得了奖赏
在科马克的废墟之上。[10]

此番程式化的感恩——因个人的忧虑和矛盾的人生状态，迈克尔·罗巴茨首先得叹气，其次须亲吻石块以示绝对服从，在那神圣之处——还得完成他最后一项任务，将幻象“写进”“一首歌”——到达莫比乌斯带终点时，我们意识到这首歌就是刚刚读完的双重幻象之歌，第一和第二部分。

现在，我们可以后知后觉地推演诗人获得双重幻象抚慰之前他的精神状态。长久以来他饱受梦中情欲的折磨，通常得不到满足；他感觉无法抑制自己神往且随意选择海伦式的“完美典范”；激情和困惑把他带到日常生活的愚蠢峰顶，他深觉羞愧。“我的梦什么时候能停止折磨；我是被迫还是自由地享有这份激情；为何我要喜欢一个对我不置可否的女人；游移于外表强烈的冲动和内心坚信的自由选择之间，我感到绝望还是愉悦？”这些问题让罗巴茨的思想再也无法平静，直到那两部分幻象（他内省的正反两面）——仿佛神奇的自我生成——显示他既为人所控又自由，既无法控制又自我编排，既服从于造物主的精灵又是理性、爱和沉思的产物。

双重幻象来得快去得也快，罗巴茨被弃于荒废教堂的光秃岩石上，周围都是古老的石头。不过，在他双重幻象中，他个人得到了有关双重真理的非凡启示：宿命论是真实的，只有召唤那些冰冷的精灵时，人才能“突然明白”自由意志也是真实的。罗巴茨不再责备自己愚蠢，贬低自己的性欲，谴责自己的无能。他先前的“无知”为“奖赏”所取代，他不仅从哲学上更深刻地理解两股力量总处于人性之中并驱使人行动，并且他意识到这双重幻象事实上就是一个幻象，两部分辩证相连。他还能将这些深化的认识“写进一首歌”，对此他心怀感激。

那么，我们看到叶芝将这首长“歌”写进了什么样的诗歌形式？第一种：以单一形式——四行诗节——写成组诗的三部分。第二种：以两部分四行诗节组成，以隔行押韵和两两押韵分别描写双重幻象。那第三部分罗巴茨从幻象中清醒后，叶芝会以什么形式记录他的“真人”话语？我们看到，罗巴茨第三部分的评论闪耀着满月那抚慰人心的余晖：他在结尾处采用了表达他自由意志幻象的两两押韵形式 aabb。幻象的第二部分，他的思想不知怎的竟打上了满月的印记，因而她的格律将回荡于他的歌里。最终，罗巴茨不像是造物主的作品，更多像是时间长河里三位沉思者中的一员。同所有人类一样，他仍然，“受困于暗月 / 与满月的引力之间”，不过，能够阐明双重幻象下自己的状态，他心怀感激——在召唤和未获幻象之前，他失意又卑微，现如今他更自由、更沉稳。

了解叶芝两种韵律模式使用相同格律后，我们才理解它们原是同一格律5－5－3－3正向和反向的“变形”，它们贯穿全诗三部分。注意到第二部分关于“自由意志”的诗节形式仍被用于第三部分的“真实世界”，我们才明白罗巴茨“奖赏”的范围。直到回忆罗巴茨为获得幻象，不得不将自己受尽摧残的身体带到爱尔兰王权历史的“废墟”上，我们这才知道这是一首民族主义之歌。情欲和思想的折磨能够得到缓解，但是，那慰藉仅来自人与人之间可感知的本土联系，卡瑟尔的岩石就是该象征。历史上的科马克——和邪恶的法师造物主以及三个自由意志的象征物——组成了罗巴茨解放了的自我。

就我个人而言，第一次读这首诗时有些愤怒，并且后来数次阅读时仍带有该情绪。可能过了若干年后《迈克尔·罗巴茨的双重幻象》中的动力才开始显现，它的意象开始变得熟悉。再过了若干年，叶芝写作“疯狂的果汁”这类让人烦恼的语言的缘由才逐渐明朗。直到后来格律形式相互搅扰、问题横生。那时叶芝正在写作《库勒的野天鹅》，他早就想好从他兼容并蓄的头脑中构思部分诗作，这无须过多解释；他绝对相信总有一天它们都会为人所理解。这些诗作的动人之处在于它们无视已有的阐释，安静地躺在《诗歌选集》里待人发掘。数年后我终于读懂了《迈克尔·罗巴茨的双重幻象》。现在，对我而言它是一首伟大的诗，关于宿命论、自由意志、内心煎熬和部分慰藉，根植于爱尔兰历史的土壤；我不想失去它，不想失去它那奇怪又富有含义的诗歌形式，以及它弃用两部分、以三部分写作幻象的晦涩选择。

当然还有部分形式叶芝只使用过一次，有些（几乎都在早期）不如其他成功。以上这几首诗里也一定有些我没有顾及的精妙之处（更不用说那些我没提到的诗）。但是，叶芝作品中类似这样的未被发掘的精彩确已很少。我们尊重他这般漫不经心的思维方式，“我还没有做这个”——即便在他临终时刻，他还在继续。最后除了但丁的鬼魂之外，还有什么更好的伴侣一同栖身于叶芝节奏完美的三行体?《得到安慰的库胡林》（634—635），标记时间为1939年1月13日，是叶芝创作的倒数第二首诗。叶芝在那之前刚写完剧本《库胡林之死》，他将这首诗视为1938年12月的一部“续集——很奇怪，有些新意”[11]。这首诗以三行体写作是因为它展开了一场但丁式的邂逅，著名战士库胡林死后发现自己与一群难以捉摸的鸟类生物在一起，它们被称为“裹尸布”。叶芝在《幻象》清晰阐述了有关人死后的神话故事，他认为，炼狱时期（“转移”）要求死人感受与他生前相反的情感与道德准则，以便于（在《人与回声》中也说过）“完善他的片面思想”[12]。长期以来，库胡林以战士的行为准则度日，现在被要求卸下武器，捡块亚麻布料，如新同伴一样，做一条裹尸布。他只有服从它们并亲手缝制裹尸布，那些裹尸布们才会告诉他它们的本性以及这一时期他会与它们共同经历的各种变故：它们“被判为懦夫，都被亲人杀害 //‘或被赶出家门，在恐惧中等死’”。它们说完这些后便开始唱歌，它们的声音变成了鸟鸣。以下就是这首诗——独特、安静、怪异而动人:

得到安慰的库胡林

一个人身负六处重伤，一个
凶猛的名人，阔步行走于死者之中；

有眼睛从树枝中向外张望，然后消失。

于是裹尸布们交头接耳窃窃私语
来来往往，消失不见。他倚靠着一棵树
好像对着伤口和鲜血，若有所思。

那群鸟儿似的生物中，一个看似
权威的裹尸布走上前来，丢下一捆
亚麻布。因那人无动于衷

三两个裹尸布爬了过来。
这时那个扛亚麻布的说：
“你的生活会过得更好，若你愿

遵从我们古老的律法，缝制一条裹尸布；
主要因为我们只知道
那些盔甲的碰撞声让我们感到恐惧。

我们穿过这些针眼，并且所有要做的
我们都必须一起完成。”穿针后，那人
捡起身边最近的一块布开始缝制。

“现在我们必须唱歌，并要唱得最好，
不过必须首先告诉你我们是什么样的人；
被判为懦夫，都被亲人杀害

或被赶出家门，在恐惧中等死。”
它们歌唱着，却非人类的音调或语词，

尽管发生的这一切一如从前；

它们变换了嗓子，从此有了鸟儿的嗓音。

1939年1月，叶芝写信谈及他的新剧本《库胡林之死》时，顺便提到这首被认为是该剧本“续集”的诗：“我以为这个剧本很奇怪，它是这些年来我写过最动人的一部。我在为一首诗做文字概述——这首诗类似续集——很奇怪，有点新意。”[13] 据叶芝夫人回忆，1月7日，叶芝口述，她记录《得到安慰的库胡林》的“文字概述”，这时距离诗人临终前完成的最后诗作（日期标记为1月13日）还有一个星期。比对文字概述和这首诗，我们能看到叶芝为向但丁致敬，如何将想象中的死后素材以三行体进行创作。下一段引用中，我把口述文字中后来出现于诗中的单词**加粗**，将诗中保留的相似主题材料以斜体印刷：

> **一个阴影**最近来到**死亡**之国的——**山谷**；**他身负六处重伤**，不过他从前可是个高壮又英俊的**人**。*另有阴影从***树枝***中看他*。**它们***不时靠近他，然后又匆匆离去*。*最后他坐了下来，看上去很是疲惫*。*渐渐地那些阴影拢了过来*，*一位看似***权威之士***将一捆***亚麻布***丢在他脚下*。其中一人说：“我现在没那么**怕他**，因为他坐在这**无动于衷**。他**盔甲**的**碰撞声**才吓人。”另一人说：“如果**你**脱掉盔甲，**缝制一条裹尸布**穿在身上，你会感觉更舒服。我们现在给**你**一些**亚麻布**。如果**你**自行**缝制**裹尸布，那**你**会**更**快乐，当然，我们会**把这些针穿好**，然后，我们把它们放在你脚下时，**你**可以自行**选择**最喜欢的那一根。”**身负六处重伤**的那个人，从未见过有人竟能如此轻快顺畅地**穿针引线**。他**捡起穿好的针开始缝制**。还有一人说：“你缝制时**我们会唱歌给你**，不过**你**一定想**认识**我们。*我们是战场上的懦夫*，部分人因

为胆小被人处死，不过其他人都躲了起来，有的人死了都没让人知道他们是懦夫。”接着**它们开始唱歌**，**它们的唱法**不同于普通人，却像栖息于枝桠上的红雀，听从一位歌唱大师的教导。[14]

令人讶异的是，叶芝的文字概述中仅少量词汇出现在诗里：**个，那个，死亡，他，六，重，伤，树枝，它们权威，之中，亚麻，说，害怕，一动不动，盔甲，碰撞声，你，更，做，裹尸布，线，针，捡起，和，开始，去（动词不定式符号），缝制，我们，歌唱，知道，懦夫**——共计32个单词。完成文字概述后，诗人的首要任务就是集合更多词汇并记住它们，只有它们中大多数会被用作三行体必要的韵脚。我们看到终稿里25个押韵词时，发现仅有九个——**人，死亡，树枝，权威，一动不动，说，知道，害怕和缝制**——来自之前的概述，其中只有7个词互相押韵。叶芝从文字概述中拟定了9个押韵词，并且为它们寻找匹配的韵脚以完成库胡林的故事：man（“**人**”）选中了 gone（“消失”“能”“杀害”）；三个词“**死亡**”“**说**”和“**害怕**”召集了——创作中的神来之笔——“**裹尸布**”（以及“头”和“鲜血”）；“**树枝**”和“**权威**”与“三”押韵：“**一动不动**”与“丢下”和“能”；“**缝制**”和“**知道**”与“做”押韵。我们感觉到这首诗最后三个押韵词——“性格”“恐惧”和“从前”，以及“词语”和“鸟儿”——与故事中任何单词无关；作为韵脚的来源，概述中的词汇已全部用尽。(有的词语并没有用来充当韵脚，如“**碰撞声**”和“**针**”这些非重音结尾词，它们显然不适合用作叶芝三行体的阳韵；还有词语如“**开始**”和“**歌唱**”等，看似可以充当韵脚，实则不然。）着手写作结尾之际，叶芝仍要寻找来自文字概述以外的新韵脚，因为他在这二十五行诗里，书写并维系着一部令人难忘的死亡剧本。

这首诗一开头，叶芝通过使用莫名的动词和简要叙述片段中的故事，设定了这首诗的戏剧化动力。这首诗开头的剪影，分别记录库胡林和裹尸布们，那些让人不安的动词故意重复，让那些简短的句子更为生动："那个人**走**了过来；眼睛**四处张望**后**离去**；裹尸布们**嘀咕**着……**走过来又离去**；他**弯腰**；一个裹尸布**走过来**，**丢了**捆布；裹尸布们**慢慢爬了过来**。"该诗上半部分活跃的句子将我们引入情节，为第二部分铺垫。第二部分完全由裹尸布的对话组成，个体或集体。最近被杀的库胡林对此未做任何回答。他安静地接受它们的邀请开始给自己缝制一件裹尸布；并且（从标题我们就能看出）加入这群如鬼魂般让人难以置信的胆小鬼，他感到欣慰。他最终会加入（一旦披上他的裹尸布）合唱终曲，如同裹尸布们一般，形态脱俗，像鸟儿歌唱，不再费力地唱着歌词，而是哼着超越人类能力范畴的曲调。

叶芝将具体的（并且是头韵的）"裹尸布"替代了文字概述中更为模糊的"鬼魂"，同时，他去除了概述中爱尔兰民谣明显的拖沓风格：（最后他坐了下来，看上去很是疲惫）这句如闲话家常般尤为明显；口语化的夸张表达（身负六处重伤的那个人，从未见人竟能如此轻快顺畅地穿针引线）；频繁重复以及其社交指令（［**它们唱得**］像栖息于枝桠上的红雀，听从一位歌唱大师的教导）。叶芝之所以选择但丁三行体诗节，不仅是因为这首诗讲述遭遇鬼魂，而且因为该形式给这首诗以宗教尊严。（它让我们意识到，叶芝将自己与但丁共处于同一月相，月相十七，恶魔人——其心理特征详见《幻象》。）关键的是，叶芝于诗中删减了部分文字叙述；民间传说里（我们是战场上的懦夫）描写的裹尸布远不如诗中押头韵的短语残酷而简洁有力，如裹尸布们展示各自的"**是什么样的人**；/ **被判为懦夫**，**都被亲人**杀害"。从它们自我形象的塑造，我们了解到尽管死后它们的集体性替代了生前"名人"的唯一性，它们的团体并非一个包罗万象的种族。相反，该团体由社会上各类被驱逐的人士组成，他们或为亲人所杀或被亲人赶出家园，坐以待毙。这一团体为屈辱和恐惧所左右，而这些情感对于库胡林而言相当陌生。虽然他也将歌唱，但他会以完整的思想歌唱，这思想集结了之前身为战士的思想和现如今一度沦为懦夫的想法。

虽然《得到安慰的库胡林》是叶芝唯一一首三行体诗，但是，它的水准与叶芝的其他作品无差。我们试着想象，将文字叙述材料以另一形式写成——四音步叙事诗？民谣？还是十四行诗？我们意识到，其他更温和的形式难以如但丁三行体这般承受库胡林进入地宫的重力。不了解三行体的读者能够很好地欣赏《得到安慰的库胡林》，但是他看不到搭在《神曲》上的时空之桥，也无法感受叶芝希望以诗中事件表达近似宗教的尊严。在这首为自己所作的挽歌里，叶芝就是库胡林，感觉到自己的身体每况愈下，含蓄地同意放弃誓为名人、声名显赫的想法，决定加入匿名、谦卑的死尸群体。不过，如我们在第五章所见，在最后一首诗《黑塔》里，叶芝并没有坚持那谦卑的立场，公然挑衅死亡。这两首临终之作证实了《诗歌选集》（以及其他叶芝作品）展示的双重叶芝：诗人赞成宿命论成为他思想的一部分；同时，“誓死的”民族主义者肯定意志的自由。

济慈在《恩底弥翁》的序言里写道：“我希望我没有太晚接触希腊曼妙的神话并让其变得晦暗。”我希望我也没有，因触摸叶芝曼妙的诗歌形式，使读者失去了阅读叶芝的兴趣。若是有人略知一二却不假思索全盘接受我的话语，那他可是辜负了我一片苦心；若是看懂我经过长时间理解消化所得，他定会满心欢喜。叶芝以济慈式跨行连续的对句写作《亚当的诅咒》时定然没有想到济慈，这首诗既有得不到爱情的痛苦，又提到写诗所耗费的心力。我认为，长期以来，这首诗并未得到正确的理解，年轻的叶芝在那首诗里所说的一切不只是你来我往的对话（虽然字面如此）；每个词并非指向对话者毛德·岗的妹妹，而是沉默的岗。年轻的诗人说话，毛德·岗的妹妹（“那个美丽又温和的女人”）[15] 说话；但是毛德一言不发。年轻的叶芝一开始便告诉两位同伴（事实上只是对毛德说）要想成为一名诗人有多艰辛，毛德还是一言不发。然后（她妹妹说道——压根非他所愿——要想成为一个漂亮的女人也绝非易事），他再次尝试，说他尝试写作昔日情人的“高贵仪态”，“有着博学的面孔 / 从那美好旧书里旁征博引”，却又很不以为然，“但如今它却沦为懒人的行当”。他期望毛德回复他这不是懒人行当，并肯定是他狂热的追求和他的溢美之词打动了她。但是毛德还是没有只言片语。他的含蓄请求落空了，毛德依旧保持沉默。当“残”月升起，他知道爱人已远去。他虽有满腹的话语想与她诉说，但又不想于人前展示；他想告诉她他的心碎，想叙说难以理解的命运，但是于此公众场合，他必须痛苦地抑制自己的言语：

有些话我只想在你耳边低语：
你那么美，我用爱情古老
而高贵的方式竭力爱你；
一切看似那么快乐，可你我的心
却像那空空的月亮般残损。

正是叶芝一生穷尽各种方式劝说毛德·岗爱上他、理解他，我们今天才得以在他作品中见到他反复磨炼诗歌技艺。而他本人有时也这么认为，如《文字》中他所说：

每年我都会哭诉，“最终
我的爱人理解了这一切，
因为我用尽了气力，
而文字也听从了我的安排”；

倘若她如此这般谁又能说
漏斗里掉下的是什么?
我早该把贫乏的言辞抛开
心满意足地过活。
(255—256)

当然，这不仅是解释叶芝自己创作诗歌，也满足了他排列组合有型的节奏语言的热情，以及“将甜蜜的声音合在一起”的愿望。最终他精于形式、创作了刚毅果敢的作品，并坚持写作达半个世纪。

作为一名诗人，叶芝清楚一位诗歌读者应有的样子：

没有丰富的记忆就无法理解一篇诗性的文字，正如某古老的绘画学派有意迎合传统，也不仅是提及“黎西的码头”或者“狄多在荒凉的海堤”，它更注重节奏和遣词造句；耳朵必须留意古老腔调和习语的细微差别，这些都是高雅诗歌风格不可或缺的成分。[16]

想要了解诗人叶芝，我们必须清楚他如何精通和变换传统诗歌类型和形式中的“古老腔调和习语”，以表达他迫切的个人或民族体验；我们必须了解他有意吸取过去“高雅诗歌风格”，孜孜不倦、坚忍不拔地写作了半个世纪，最终形成自己的高雅之风。

缩略语表

以下是文中及注释部分使用的缩略语:

CL *The Collected Letters of W. B. Yeats*, General Editor John Kelly, 4 vols. (Oxford: Oxford University Press, 1986—2005)

DWL *Letters on Poetry from W. B. Yeats to Dorothy Wellesley* (London: Oxford University Press, 1964)

E&I *W. B. Yeats*, *Essays and Introductions* (New York: Macmillan, 1961)

Foster R. F. Foster, *W. B. Yeats: A Life*, 2 vols. (Oxford: Oxford University Press, 1997, 2003)

L *The Letters of W. B. Yeats*, ed. Allan Wade (New York: Macmillan, 1955)

Myth W. B Yeats, *Mythologies*, ed. Warwick Gould and Deirdre Toomey (London: Macmillan, 2005)

NC A. Norman Jeffares, *A New Commentary on the Poems of W B. Yeats* (London: Macmillan, 1984)

PF *"Parnell's Funeral"* and *Other Poems from "A Full Moon in March"*: Manuscript Materials, ed. David R. Clark (Ithaca, N. Y.: Cornell University Press, 2003)

WS *The Winding Stair* (1929): Manuscript Materials, ed. David R. Clark (Ithaca, N. Y.: Cornell University Press, 1995)

原注释

引　言

1. 威廉·巴特勒·叶芝，《回忆录》，由丹尼斯·多诺霍抄录、编辑（纽约：麦克米兰，1927），211。
2. 括号里♯号加数字指的是因特莱克斯数据库《叶芝书信集》里信件的检索号，总编是约翰·凯勒（牛津：牛津大学出版社，因特莱克斯数据库电子版，2002）。

第一章　叶芝诗歌的抒情形式：预言、爱情和革命

1. 威廉·巴特勒·叶芝，《散文与引言》（纽约：麦克米兰，1961；1968年再版），243。文中和注释部分的引用缩写为 *E&I*。
2. 该版本以及下述其他版本，见于《库尔的野天鹅》：威廉·巴特勒·叶芝的手稿材料，斯蒂芬·帕瑞思编辑（伊萨卡岛，纽约：康奈尔大学出版社，1994），63。
3. 需要说明的是，诗中两处基尔塔坦（Kiltartan），其语调重音是用来对比："基尔塔坦是我的故土，那儿的穷人是我同胞（My country is Kiltartan Cross, / My countrymen Kilatartan's poor）"，

（就是说，“我的故土并非不列颠，我却报名参加了它的部队。”同样，“或者”（or）需要重点说明：“任何结局不会让他们 / 血本无归或衣食无忧（No likely end could bring them loss / Or leave them happier than before）。”对于基尔塔坦人来说，英国如何强盛与他们无关。

4. 威廉·巴特勒·叶芝，《叶芝诗歌集注版》，由彼特·奥特和罗素·K. 奥斯帕奇，1948年纽约麦克米兰公司首次印刷，1968年第四次印刷。以下引自该选集的诗歌将于诗末标注页码。
5. 叶芝本想改为“我那阵独自欢愉的冲动（The lone impulse of my delight）”，但是考虑再三后决定放弃，可能是碍于音律和音调。
6. 为证实本诗与奥莉维娅·莎士比亚有关，参考叶芝于12月16日（1929，#5327）以及10月24日（1933，#5956）写给莎士比亚的信。
7. 《或可谱曲的歌词》：叶芝的手稿材料，大卫·R. 克拉克编辑（伊萨卡岛，纽约：康奈尔大学出版社，1999），491—497。此处，为方便起见，我轻微地调整了手稿的排版，以下同。
8. 叶芝写《血与月》时，他已明白衰老不能赋予人智慧：“因为智慧是死者的财富，/ 它与生命根本不相容。”
9. *E&I*，521—522。
10. #3204（1917年3月28日）：“请仔细阅读那首叛乱诗。”（此处有《1916年复活节》的更早版本）
11. 罗伊·福斯特，两卷版《W. B. 叶芝的一生》，（牛津：牛津大学出版社，1997，2003），第二卷，63。这也是福斯特从其他地方得到的引用。毛德的原话福斯特引自安娜·麦克布莱德·怀特和A. 诺曼·杰弗勒斯合著的《岗－叶芝书信集，1893—1938：永远是朋友》（伦敦：哈钦森出版社，1992），384。
12. 现存的手稿中，第三节从一开始便与其他诗节不同。见于《迈克尔·罗巴茨和舞者》：威廉·巴特勒·叶芝的手稿材料，托马斯·

帕金森与安娜·布兰妮编辑（伊萨卡岛，纽约：康奈尔大学出版社，1994），69—87。这首诗的多版草稿中，每一节都以罗马数字编号开始。也许叶芝决定这首诗不同于他通常以罗马数字编排的组诗——它由固定的意识形态的稳定与流畅的自然生活之间的矛盾所决定，而非同一事件多方面的不同思考。

13. 叶芝意识到，动词“改变（to change）”的唯一**主动**语态能出现在这节诗里在他作品这一行中是非常明显的。他第一次写的是云的阴影“一分一秒地变化（Changes minute by minute）”；然后，许是想要不同版本，他划掉了“Changes”，并于其上写到“一分一秒被改变（Is changed minute by minute）”。再后来，终于意识到他破坏了变化中和被改变的主要差别，叶芝划去了“被改变”，并且在原稿、主动语态的“Changes”旁写上“保留”字样。见该诗的草稿，《迈克尔·罗巴特斯和舞者》：手稿材料，73。

14. 叶芝第一次写的是“能使心灵石化（Can petrify the heart）”。他总希望将他的抽象具体化、他的语言“自然”，这便促使他以真实的“石头”替代抽象的拉丁动词。

15. 华威可·古尔德曾建议我，“一种可怕的美”有更近的来源，即爱尔兰文学传统。叶芝信中（♯2950）说到，“我尝试着写一首诗关于被处决的人；可怕的美再次诞生了”，他附加了毛德·岗的“主要思想”，她认为这次事件“似有悲剧的尊严重回爱尔兰”。叶芝于《自传》也评论过王尔德《行善者》剧情中的“可怕之美”，威廉·H. 欧唐纳和道格拉斯·N. 阿奇博尔德编辑（纽约：斯克里布纳出版社，1999），224。古尔德引用谢里丹·勒·法努的诗《大刀传奇》（“The Legend of the Glaive”）——爱尔兰语中的“可怕之美”作为“最接近的例子”，（《大刀传奇》一诗发表于都柏林大学杂志，1816年2月，210—216）；有争议的诗行（216）如下：

残暴的费奥努拉，最聪明又最恶毒
他满是仇恨的眼神里有着可怕之美
身上挂着金条，汲着凉鞋，过去的日子一去不复返——
眺望，回忆，追寻，继续。

古尔德附言，《大刀传奇》收录于斯托普福德·A. 布鲁克和T. W. 罗尔斯顿合编的《爱尔兰诗歌宝库》（*A Treasury of Irish Poetry*，纽约和伦敦：麦克米兰，1900），叶芝还给其中一册供稿。我偏向布莱克如同叶芝对于措辞本源的偏好，不论他何时使用（并没有完全否定法努），法努的作品中其语境是关于情欲，而非政治。毛德·岗的短语"悲剧的尊严"，虽然表面与"可怕的美"相似，先审美词语后道德观念；但是布莱克和叶芝的短语将道德观念放在首位（"恐怖的"和"可怕的"），而审美词语其次（"对称"和"美"）。这一对比在我看来神似布莱克的老虎，那冲锋陷阵的生物。

16. 叶芝1895年出版的《爱尔兰诗集》中将《身着绿色》收录于"无名氏"部分，还标注："这并非民谣最古老的格式，布西科曾改动过，并且长期以来替代了其他版本。"见叶芝选集的现代重印版，约翰·班维尔为它写了新序（伦敦：劳特里奇出版社，2002），162，176。
17. 数字象征主义由我在哈佛大学指导的博士生南希·罗斯提出。
18. 华威可·古尔德质疑数字象征主义理论，认为十六行以及十四行的诗节长度只是以四行诗节写作的一种巧合。他指出这里提到的数字象征理论并不能解释为何十六行和二十四行两种诗节交替重复。除了不同长度诗行的重复可以加深读者印象之外，我想不到别的缘由，并且那还可能引发其他问题：为何这节诗使用这个数字，那节诗使用那个数字。我也没发现叶芝在其他抒情诗中交替使用不同长度诗行的技巧。

第二章　前厅与来世：拜占庭与德尔斐神谕

1. 如第一章所示，叶芝原本给《1916年复活节》加上了罗马数字，后又删除，我想原因在于，强调四个部分定会弱化这首诗中根本的二元冲突——意识形态的固定与自然的流动。
2. 诚如大家所知，叶芝重新编排了《库勒的野天鹅》中诗节的顺序，从而改变了整首诗的隐晦主题。（同样如此，例如，哈里特·门罗修改了华莱士·史蒂文斯《星期天早晨》中诗节的顺序。）
3. 众所周知，整首《驶向拜占庭》是与济慈《夜莺颂》的对话；这段对话建立于叶芝对济慈诗中的"鸟""一代代""流逝"和"国王"的回应：

   你不会死亡，永生的鸟！
   　饥饿的一代代无法将你踩踏
   在这流逝的夜晚我听到的这支歌
   　古时候是唱给国王和小丑们的［。］

   叶芝将济慈诗中"流逝的夜晚"有感染力的形容词变成了客观的事件，他把自己视为正在"流逝"的事件的客观评论员，而非写下"过去、现在和未来的事情"，那更自然的系列。
4. 华威可·古尔德告诉我"镀金和锻金（hammered gold and gold enamelling）"是"一种独特的音律交错形式：单词'金（gold）'的重复保证内部对称，单词的外部形式（如括号内）'hammer (ed)'和'ename (lling)'都是纯粹的音律交错。"
5. 华威可·古尔德称，第三节可视为中间状态，说话者的心已"耗尽"为的是点石成金，而且圣人们已经成为（如他们所称）说话者的"歌唱大师"，能够让他如金鸟般歌唱。"所以，'一旦超脱了自然’似乎表达的是一种状态，介于圣火和圣人们‘炼金术’净化之后和重塑为唱歌艺术作品之前”，古尔德这样说。我能看出火与歌唱大师之间的逻辑关系，它们生成金子和歌唱，但是我认为叶芝并非以不及物动词“耗尽（consumed away）”（而不是，举个例子，“变化［transmute］”暗示炼金术，我认为人无法从永恒的技艺“走进”时间的技艺。一旦成为永恒，便永远在那。

6. 有一年在斯莱戈叶芝国际暑期学校，贝尔法斯特皇后大学已故教授奥利弗·爱德华背诵叶芝曾逐字念过的《拜占庭》(在爱德华教授的热情要求下，叶芝曾多次大声给他朗读过)。爱德华教授的朗诵中最显著的就是其共鸣性：叶芝的元音的低沉、饱满、缓慢，卷舌音“r's”，以及行末辅音的延长。最后一行诗发音如下“That dollphinnn toorrrnnn，that gongggg-tooorrrmennted sea”。
7. 叶芝于1930年10月4日回复给T. 斯特奇·摩尔的信件写道（#5390）：

> 我亲爱的斯特奇·摩尔：
>
> 是的，我已经决定给这本书取名为《拜占庭》。我附上同名诗，希望能从封面起它就可以暗示象征主义。这首诗源于你的一篇评论。你反对《驶向拜占庭》的最后一节，因为金匠制造的鸟与其他事物一样自然。看来我有必要详述这一点。

8. 普罗提诺，《九柱神》，史蒂芬·麦肯纳译，第三版，由B. S. 佩吉修订（伦敦：费伯出版社，1962），16—17。
9. 以前认为普桑的画作是表现珀琉斯和西蒂斯的婚礼，现在更名为《阿西斯与加拉提亚》。
10. 1938年2月6日，叶芝回信给多萝西·维莱斯利时谈及她的诗作

《贝壳》，他写道："这首诗很有魅力且意味深长，尽是一些绝妙的词语：明亮、潘格罗斯、仪式和合欢。"（#7175）

11. 见 *CLI*, 411，以及乔治·伯恩斯坦，《改造自己：叶芝对他的早期经典的修正》，选自《文本：考据学学会学报》（1991），339—358；段落引自348页。
12. 1932年6月30日写给奥莉维娅的信（#5692）。
13. 茨维坦·托多洛夫，《散文诗学》，理查德·霍华德译（伊萨卡，纽约：康奈尔大学出版社，1977），245。
14. 《叶芝的拜占庭诗：对作品发展的研究》，收录于《叶芝：评论文集》，约翰·昂特里特编辑（恩格尔伍德·克里夫，新泽西：普伦蒂斯霍尔出版社，1963），93—130。这是布莱德福特的手稿修订版，手稿发表于 *PMLA* 第75期（1960年4月），110—125。我认为，他在理解《驶向拜占庭》时出现了偏差，他说叶芝让诗中的主人公"恳求圣人们……再次进入旋锥以便他们……能帮助他……进入'永恒的技艺'，帮助他，也就是，成为金枝上歌唱的一只金鸟"（112）。这是个常见的错误。为什么圣人们想把一个人变成一只金鸟呢？我上面提到的，主人公希望成为圣人中的一员，把他带去圣人的地方——上帝的圣火——而不是成为王宫的常客。有趣的是，"圣人们"曾是镶嵌在画里的"圣徒和使徒"或"圣徒和殉道者"（或者甚至是"天使"）："圣徒和使徒刻在金墙里 / 象征着上帝的爱等待我的祷告。"（101）它揭示叶芝怀疑他的神圣祷告依旧没有回应："仿佛上帝的爱会拒绝我的祷告。"（101）叶芝草稿里的各处删减表明了他对宗教圣贤的固有印象发生了巨大改变："使我成为你……严格的，抽象的，狂热的"……（后来改为"坚定的，中立的，狂热的"）（102—104）。布莱德福特引用的手稿见于《〈塔堡〉：叶芝的手稿材料》，理查德·J. 芬纳兰与贾里德·柯蒂斯以及安·赛德米尔合编（伊萨卡岛，纽约：康奈尔大学出版社，2006）。

第三章　组诗的迷局：两首政治诗

1. 见《内战时期的沉思》(827) 一诗叶芝的注解："这些诗写于巴里利塔楼……第六首诗叫作《我窗边的燕八哥巢》……第七首诗第二节中有这些词'报复那些杀人犯'"(楷体原为斜体，由文德勒标记)。
2. *L*，668。希利斯·米勒的《语言的时刻：从华兹华斯到史蒂文斯》(普林斯顿：普林斯顿大学出版社，1985) 认为整首组诗就是旋锥的表现，意象与意象相继快速出现。是否所有部分都解构性地围绕"一个缺席的中心"看起来还非常有争议；叶芝的中心——跨越世纪的暴行——全部显现。
3. 福斯特，II，193 n. 83。
4. 威廉·巴特勒·叶芝：《诗集》，丹尼尔·奥尔布赖特编辑（伦敦：J. M. 登特，1990），651。
5. 《格雷戈里夫人的日记》，两卷本，丹尼尔·J. 墨菲编辑（杰拉德克罗斯：科林斯迈斯出版社，1978），I，197。
6. 对比叶芝悼念罗伯特·格雷戈里的挽歌《复仇》中略详细地描述了基尔塔坦地区的动荡：

> 半醉的或者疯狂的士兵
> 在那里杀害你的租客。
> 那些尊崇你父亲的人们
> 被他们杀害于辽阔的平原上。
> 那些新妇们现在可以坐在
> 哪里给孩子哺乳？他们
> 荷枪实弹，路过时随意杀人
> 没有法律和议会能管辖。
>
> (791)

7. 达姆·爱丽丝·凯特勒被指控，在1324—1325年间，“作为基尔肯尼城一群女巫的首领，她们献祭给恶魔。她将九只红色的公鸡和九只孔雀的眼睛作为祭品献给她的夜魔，有时他以一只猫或者一只狗的形象出现，有时是个黑人”。见威廉·巴特勒·叶芝，《神话集》，华威可·古尔德和迪尔德丽·图米编辑（伦敦·麦克米兰，2005），289 n. 7；以下引用缩写为《神话》。《集注版》（433）里叶芝的笔记补充道，“我最后的象征，罗伯特·艾提森，是14世纪初期在基尔肯尼城被大力追赶的恶魔灵魂”。
8. 杰斐尔斯，与赫恩持相同观点（*NC*，234），推测有两个原因促使叶芝将（《马太福音》中的）莎乐美的舞蹈统称为“希罗底女儿们”的舞蹈。其一为中世纪对希神的称呼，叶芝在《苇丛中的风》提到，“在中世纪，旋风中的旅程被人称为希罗底女儿们的舞蹈”(800)；其二源自亚瑟·西蒙斯的诗《希罗底女儿们的舞蹈》。华威可·古尔德告诉我西蒙斯的诗“其标题很可能来自叶芝对于该主题的关注，《苇丛中的风》的注释也可以证明这一点，并非是叶芝借鉴了西蒙的诗”。
9. 华威可·古尔德此处发现了理查德二世的典故（2. 1. 72）：“什么安慰，人？年老憔悴又怎么了？”
10. 叶芝写《内战时期的冥想》第二部分（《我的宅子》）时也曾求助于巴里利。在《我的宅子》一诗中，它以漩涡结构组成，其外部特征（桥，农舍，土地）引人（第二节）进入高塔，走上旋梯，找到一个房间还有壁炉，终于在旋涡狭窄处，在“一支蜡烛和一张写过的纸”前停下。相反，“旋锥结构”的重复是为了显示叶芝的文学血统，由弥尔顿的“柏拉图主义者”单一形象开端，于“某间像是内室的房间”里劳作，然后向外扩张，“愚昧的旅行者”自外面经过时看到他的“蜡烛闪烁着微光”。诗中的第三个漩涡是时间的漩涡，而非空间：他的祖先建立这座塔楼；传给叶芝，现居于此；并且在它最狭窄的地方等待他“身体的继承者”。这个漩涡可以看作是迷宫和旋锥的一个版本。

11. 洛伊·富勒诗节第九行似乎有四拍，而非三拍；但浏览一下其他诗节中的这个模式就会发现，叶芝一直打算将第六、七、八和九行诗写成三音步。正确音律应是“All men are dancers and their tread”。

12. 《万灵节之夜》写于1920年11月；叶芝于1921年4月9日开始写作《1919年》。见♯3899和♯3900。

13. 叶芝在其他两首诗里也使用了“迷宫”一词：“她岁月的迷宫”（《抵制没有价值的赞扬》）以及“另一个人存在的迷宫”（《塔堡》II，第112行）。

14. 这些包括：铜／铜制的；旧的错误／新的对与错／旧的；习惯（复数）／习惯；想法、想法、想法／想（复数）／想法；胜利／胜利；独处／孤独／独处／独处；打破／打破；消逝（复数）／消逝／消逝；恶龙当道／恶龙；交易／交易；作品／大师的作品／作品（复数）；展示／展示；尖叫／尖叫；缠绕（复数）／缠绕（复数）／缠绕／缠绕／缠绕／缠绕／缠绕／缠绕；迷宫／迷宫；意象／意象／想象的／意象；眼睛／眼睛；太阳的／太阳（*bronze / bronzed*；*old wrong / new right and wrong / the old*；*habits / habit*；*thought*，*thought*，*thought / thoughts / thought*；*triumph / triumph*；*solitude / solitary / solitude / solitude*；*break / break*；*vanishes / vanish / vanish*；*dragon-ridden / dragon*；*traffic / traffic*；*work / master-work / works*；*show / show*；*shirk / shirked*；*winds / winds / wind / wind / wind / wind / wind / wind*；*labyrinth / labyrinth*；*image / image / imagined / images*；*eyes / eyes*；*sun's / sun*）。以上未涉及单首诗内部所有重复，它仅提供组诗中诗与诗之间的重复。

15. 见本·琼森《格言》一书的前言，它以诗写成，《致本书》：

会有人来寻你，我的书，有的人看见了
　　你的标题，《格言》，我给你命名，
你得勇敢、放肆、满是怨恨，
　　苦涩、以硫黄处理、尖刻、锋芒毕露，
你得任性，恣意挥洒笔墨、充满智慧
　　当疯子扔掷石块时：别在意他们砸中了谁。

《诗歌》，乔治·伯克·约翰斯通编辑（剑桥，马萨诸塞州：哈佛大学出版社，1960），7。

16. 雪莱《勃朗峰》里第81—83行里也有此分类，雪莱诗里山的声音是："并不是人人 / 都能理解，只有智者、伟人和仁者才能 / 加以解释。"

17. 德里克·阿特里奇，可能没有意识到叶芝反向民谣诗节的冒险写法（还增加了一行），发明了（给他的韵律种类）一种3－4－3－4的诗节，并且评论，"这是新发明的诗节，传统中并不多见……诗节的律动笨拙。……如果我们重新编排这些诗行（以4－3－4－3的民谣诗节方式），他们便呈现熟悉轻快的调子，我们立刻意识到我们正在阅读一篇律动感十足的诗篇"。见他的著作《诗歌韵律：导读》（剑桥：剑桥大学出版社，1995），61。

18. 华威可·古尔德提出叶芝将人类的暴力行为归咎于"信奉超自然"而非性欲，援引《叶芝自传》（奥唐纳·阿奇博德所编，298—299）中的一段文字，其中叶芝回忆其陪伴格雷戈里夫人"挨家挨户收集民俗传说"：

我的目标是找到超自然的真实体验，因为我原本不相信，现在也不信，在学校的教材中、在宗教书商出售的册子里，甚至于圣徒们微妙的幻想里能够发现历史上最暴力的力量。

实际上，叶芝《1919年》第六部分的场景表达希神、希罗底女儿们的舞蹈，以及罗伯特·艾提森的“超自然”象征；只是那只试着触碰希罗底女儿的手，以及臣服于她梦魇的爱丽丝·卡特勒，都象征着受性欲驱使的人类。

19. 叶芝决定以同样的方式结束《内战时期的冥想》。在那首诗里，他也有三重幻象，其副标题为：“我看见了三个幻影，它们分别是仇恨、心灵的满足和即将来临的空虚。”仇恨的幻影是中世纪圣殿骑士们请求为雅克·莫莱大骑士复仇；心灵满足的幻影是众多女性骑乘独角兽，代表月相第十四期——当“所有思绪化成一个影像”（《月相》）；即将来临的空虚幻影是厚颜的老鹰，其两翼能遮住月亮；在叶芝看来，这些老鹰象征着“逻辑的笔直道路，同样也是机械的”(827)。不过，不同于《1919年》，叶芝在这三重幻象后还补充了个人观点。他厌恶代表行动的当地士兵，接受自己诗人的天命：“这抽象的喜悦，/ 这恶魔意象半参半透的智慧，/ 让这个老人如少年时心怀满足。”虽然结尾的观点并未采取新的形式，但是它以六音步八行体呈现了叶芝的三重幻象，没有干扰结束这部组诗的视觉骑士文学模式。《冥想》结尾与后来《1919年》结尾惊人的相似，不过，叶芝以“骑士文学”五音步六行诗结束《1919年》，区别于《冥想》结尾的“文艺复兴”六音步八行诗 (ababcdcd)。
20. 《冥想》第三部分《我的桌子》与《恶魔与野兽》(4－4－3－3，aabb) 一诗奇怪的韵律相同，打破了整首组诗与《1919年》相似的模式。第三部分有三十二行诗中间没有空行（虽然《恶魔与野兽》里五十行诗其诗节长短不一）。由于《恶魔与野兽》加了两行4－4的结句，其结构比《我的桌子》更稳定。
21. 《血与月》的手稿显示，第一部分原本以四音步写作，第三部分以六音步写作。叶芝很快决定给以非线性的 abba 韵律结构写作第一部分，而第三部分的五音步诗行实际上更长。第二部分一直是以笨拙的三音步写成“旋转的”楼梯形状。见《旋梯：叶芝的手稿材料》(1929)，大卫·R. 克拉克编辑（伊萨克岛，纽约：康奈尔大学出版社，1995)，61—99。

22. 华威可·古尔德回忆叶芝的小说《玫瑰炼金术》里，有人看见斯威夫特和他的同伴们在叙事者都柏林家中楼梯上“嬉笑怒骂”。见《神话故事集》，179。

23. 这段陈述的绘画品质让人想起布莱克的雕刻版画，一个长梯子从地球延伸到月球，一个小孩在梯子底部对着月亮哭喊，配有文字：“我要！我要！”

24. 认为叶芝此处翻转了乔治·赫伯特在《点石成金》里对窗玻璃的著名凝视，这并非异想天开，毕竟叶芝在《驶向拜占庭》模仿他观看，透过其中的镶嵌画：

人若对着镜子观看，
那他定会凝视其中；
或者若他愿看透它，
那他就会看见天堂。

在《血与月》里，叶芝不满于窥探天堂和月亮，选择“将他的眼睛停留于”表面；他用绮丽的蝴蝶代替赫伯特的脏玻璃。(手稿中他有一个更富创意的拼写，叶芝提到了“龟背纹”［tortashel］蝴蝶，以证明声音而非词源对于他的重要性。)

25. 叶芝本不情愿赋予月光明确的荣光。我们在手稿中读到两种对比：“智慧没有污点，/ 无论是新月还是残月，/ 无论云散还是被云遮挡”(*WS*，95)。如果“是残月”或者被云“遮挡”，月亮似乎就失去了力量，即便在自己的领地。在《血与月》中，叶芝最后认定政治力量和理想力量之间无法交易：月圆自无瑕，塔尖惹血污。

第四章 早期诗歌的“魔法”技巧

1. 本书中这一章最先完成。《叶芝年刊》欲专门发行一期特辑以纪念理查德·埃尔曼，华威可·古尔德向我约稿，故而写作此文。在这过程中，我疾病缠身，论文于特辑后一期才出版，不过这仍是献给那位可亲的、学识渊博和慷慨的绅士的，我想再次重复我的敬意。正如我在致谢中提到的，理查德·埃尔曼是我第一本研究叶芝专著的匿名审稿人，而且他允许出版商使用（我内心非常感激）他的评论作为腰封。我与迪克相识已久，友谊与日俱增。上次和他见面在牛津，当时他邀请我参加新学院的晚宴。他为人处世一贯谦虚低调。每每从事叶芝相关的教学和写作，我都会以崇敬之心回忆他的先锋意识和天才研究，他对于我第一本书的帮助我永远铭记于心。
2. 玛乔瑞·帕洛夫，《叶芝诗歌的韵律及意义》（海牙：穆顿，1970），多处。
3. 塞缪尔·泰勒·柯勒律治，《墓志铭》，《诗集》，欧内斯特·哈特利·柯勒律治编辑（伦敦：牛津大学出版社，1961），491—492。
4. 威廉·莎士比亚，《雅典的泰门》，H. J. 奥利弗编辑（伦敦：梅休因出版社，1959）；见第140页编者注。事实上普鲁塔克说墓志铭的最后一节由卡利马库斯所撰写的，这也可能吸引了叶芝的注意力。1938年4月8日，叶芝在信中写道，写作《在锅炉上》时他把自比泰门：“在我看来好像要把余生……如暴躁的泰门用于鼓吹。”（#7239）
5. 《最后的诗：手稿材料》，詹姆斯·佩西卡编辑（伊萨卡岛，纽约：康奈尔大学出版社，1997），xxxvi－xli。
6. 它以斜体印刷出现于《凯尔特的晨光》的序言部分，最后三行是：“但是，好心的老家伙 / 有着火一般的性情 / 你不会死去。”

虽然他果断删除了破坏崇高气氛的“好心的”（kindly），叶芝在修订版中仍保留了七行形式的双重本性。可见《神话故事集》，433。

7. 来自1895年文章《情绪》E&I，195。

8. 《流浪的安格斯之歌》精雕细琢的手稿展现了叶芝在修订过程中一直想在文字间建立某种“魔法的”联系，为压头韵而删掉非头韵的词，或者删掉待定的词以重复前面的词。见《苇间风：叶芝的手稿材料》，卡洛琳·霍尔兹沃思编辑（伊萨卡岛，纽约：康奈尔大学出版社），56—57。

第五章　传说、情感和告别

1. 读者可以参考《新普林斯顿诗歌和诗学百科全书》，亚历克斯·普雷明格和T. V. F. 布罗刚编著（普林斯顿：普林斯顿大学出版社，1993）。《百科全书》（118—120）中词条“民谣韵律”如下，有部分缩减：

> 民谣韵律的性质备受争议……有人说它所有类型都是基于四行诗节，每行四个重音（或三个）韵脚为abcb或abab……大部分受后期民谣重音和松散所影响，斯图尔特（G. R. 小斯图尔特，《现代韵律技巧：以民谣节奏为例［1700—1920］》）认为，所有民谣韵律基本以韵脚为主，根据三音节替换和单音节音步等规定做适当调整……把民谣韵律当作重音诗歌直觉上很吸引人，因为很多著名民谣显现了诗行的等时性。
>
> 另一组民谣韵律的措辞是由押韵的诗篇传统发展而来……即使这些措辞发生了变化，节奏仍旧是传统的（数字

> 表示每行重音）：长节奏：4－4－4－4；普通节奏：4－3－4－3；短节奏：3－3－4－3；以及（少有的）半韵：3－3－3－3……学者们部分接受音律部分接受民谣韵律的重音起源，……对于三个重音诗行中缺少的第四个重音……他们插入一段押韵的停顿以保证民谣的对称性……
>
> 普通节奏如下：
>
> X / X / X / X /
> X / X / X / (P)
> X / X / X / X /
> X / X / X / (P) .

2. 在这些早期民谣中，三音步有时为四音步所替代，如《普林斯顿百科全书》。
3. 直到1936年，叶芝仍为民谣的常见韵律辩护："我们想在叙事诗里聚焦于事实和故事，而非形式。表达的形式必须为大众所接受——'基础之歌'。没有哪首叙事诗其韵律结构多变。"（#6619，1936年7月21日写给多萝西·维勒斯蕾的信。）
4. 我将《有福者》读成扬抑抑格，而非抑抑扬格，因为重音音节后为强拍："O| **bless**edness| **comes** in the| **night** and the| **day**."而抑抑扬格则为："O **bless**－| edness **comes** | in the **night**| and the **day**."两种读法其轻快的调子都很明显。
5. 莱恩，艺术商兼收藏家，奥古斯塔·格雷戈里的侄子，在1915年5月7日卢西塔尼亚号沉船事件中丧生。影射莱恩事件争议的民谣包括《致一位富人》和《致一位徒劳无功的朋友》（见第七章）。另一首诗《致一个幽魂》，虽是写给帕内尔但也影射莱恩事件，它以"英雄"（五音步）四行诗节组成，韵脚为abab；不过，四行诗节以固定的一节诗歌的形式印刷，中间没有空行。《重访市立美术馆》一诗以八行体纪念哀悼莱恩事件。

6. 华威可·古尔德告诉我《1913年9月》源自托马斯·戴维斯的街头民谣《红色之上的绿色》，该诗收录于戴维斯《民族和历史民谣、民歌和诗歌：新修订版》（都柏林：詹姆斯·邓菲父子出版社，1876），190—192：

> 爱德华勋爵绝非因此去世，沃尔夫·透恩平静地下沉——
> 因为他们无法忍受绿色之上的红色；
> 而且欧文亦为此而战，赛斯菲尔德流下高贵的鲜血——
> 因为他们的双眼热切期盼红色之上的绿色。

古尔德附：“（叶芝）再次使用戴维斯诗中熟悉的比喻显示他巧妙利用文化包容的修辞策略。不过它极大地延伸了大雁的崇高概念——它原本喻指爱尔兰军团里战斗的爱尔兰士兵，现在还囊括了更多流亡者和侨民。并且它胆敢要求结束：‘但是随他们去吧，他们都已死去不复存在。’”

7. 《玩偶》和《东方三贤》是一对诗（同我们已经见过的拜占庭以及神谕诗），叶芝以不同风格形式写作“同一”对象。这两首诗写于同一天（NC，126），而且从诗集《责任》到1933年的《抒情诗选集》里它们作为一部组诗的两首诗共同出版，在各自标题前加以罗马数字I和II。

8. 在诗节第一、三行的末尾，为何叶芝坚持（通过最后的扬抑格）增加一个额外的音节获得九音节诗行，替代预计的八音节诗行以匹配诗节中的其他诗行呢？他这么做，我相信，部分考虑是将第一行直接连接第二行，第三行直接连接第四行，使用“额外”的音节作为桥梁连接诗行之间的停顿。这一做法有助于区分四行诗节的音节模式，由开篇诗节（9－8－9－8）到“纯粹的”八音节对句（8－8）再到诗尾（第十一至十二行的“小时”［hour］和“塔堡”［Tower］的英式发音的单音节）。这样一来，《在圆塔下》的诗节听上去形式如下，两行纯粹的八音节诗像在拟仿最后的舞蹈旋转：

金色国王和银色王后，
转着圈儿地向上咆哮，
直到脚尖掌握了甜蜜的节奏，
嘴巴熟悉了美妙的声音，
转着圈儿地上下蹦跶，
直到他们跳上了塔顶。

9. 大卫·克拉克在《或许可谱曲的歌词及其他：叶芝的手稿材料》的引言中指出（伊萨卡岛，纽约：康奈尔大学出版社，1999，xliv），《一个男人的青春与暮年》首次印刷时，《俄狄浦斯在科洛努斯》的结尾合唱曲并未收至组诗内。《塔堡》（1928）诗集里，它出现在《一个男人的青春与暮年》组诗之后（中间仅隔《三座纪念碑》）。
10. 这首诗里两节六行诗的第五行各包含一组合唱“民歌”的内韵（away / stay 和 alone / stone）。《一个男人的青春与暮年》其他诗里并无此特点。
11. 大卫·R. 克拉克编辑《〈旋梯〉（1929）：手稿材料》（伊萨卡岛，纽约：康奈尔大学出版社，1995），xxvi。
12. 同上，xxvi。
13. 这些种类繁多，分别为：《她的胜利》交替押韵的五音步十二行诗；抒情对话体“十四行诗”《分离》，三音步交错押韵；八行体《她在林中的幻象》；《选自〈安提戈涅〉》，不规则押韵四行诗节，诗行长度不等（六行，七行，三行）；《选定》从邓恩处吸收了不规则九行诗节。叶芝《选定》诗节的三部分韵律结构与邓恩《圣露西日的夜曲》的结构完全相同：两首诗均以抱韵四行诗节

(abba) 开头，后接三行诗节（ccc），再接对句（dd）。但是叶芝在诗行长度上做出重大改变。邓恩诗中三部分诗行长度如下：5－5－4－4，3－5－5，5－5；而叶芝在中部三行诗节处，每行递增一个音步，3－4－5。叶芝希望以这种逾矩的方式模仿性高潮的到达和消退，好似在三行诗节建立3－4－5结构后于五音步对句5－5的稳定中消退。两节诗中的第一节，女人的欲望渐强，上升至“胸部”，被为和她太阳爱人的离开而中断：

他刚刚从西方沉落	(west)	(3)
或找到一处隐秘的休憩之所	(rest)	(4)
在我胸部的母性的午夜	(breast)	(5)
在我注意到他北上之路前，	(way)	(5)
我好像起身却仍卧于床榻。	(lay)	(5)

不过，第二诗节里，高潮隐晦地完整显现，从起因到结合再到描绘的结束，一切都在平静之中，

……我把		
那平静当成一个主题：	(theme)	(3)
他的心儿就像是我的心儿	(seem)	(4)
两颗心漂浮在那神奇的溪流上	(stream)	(5)
那里，一位博学的占星学家写道——	(astrologer)	(5)
黄道带变成了一个球体。	(sphere)	(5)

后续诗行“长度递增”还见于《过去生活的一个影像》，这首诗的结构叶芝仅使用过一次，以5－4－2－3－4－5组成七行诗节，韵脚为abcccab。

14. 见克拉克编《旋梯》，引言，19—26，有关两首组诗的“当代性

与渗透性”(20)。

15. 《疯珍妮论国王》(以四音步八行诗节写作，韵脚为aabcbbcd，及叠句“愿魔鬼带走乔治王”)见克拉克编的《或许可谱曲的歌词：手稿材料》，579—603。

16. 见《叶芝与多萝西·维勒斯蕾书信集》(伦敦，牛津大学出版社，1964年)，69—82。后续引用缩写为DWL。

17. 叶芝修饰女仆的形容词（于更早的草稿中）让人印象深刻，它们坚定地回应多萝西·维勒斯蕾的退缩。“虫是对的”，他回答，“它的排斥是对的——这些形容词也一样——‘迟钝’‘疲软’，‘消瘦’，‘赤裸’，所有都暗示人赤裸的身体，虫随卑微和无助的身体一并带走。一切暗示超然，她冰冷的‘胸部’，她母性的祈祷”(♯6731)。叶芝《女仆的第二支歌》的定稿删去了“消瘦”和“赤裸”。1936年11月，叶芝先后发给维勒斯蕾和埃塞尔·曼宁这首诗数个更早的版本，参见L，867—870，以及♯6717、♯6716、♯6722和♯6733。

18. 叶芝组诗中的叠句“望上帝怜悯我们”与一组持续二音步诗行的趋同让部分读者想起纳什于瘟疫时的哀叹，“永不再见，告别，地球的幸福”；叶芝诗中情人的开场白以“空气”(air)和“哪里”(where)押韵，或许他下意识想起了纳什最著名的诗行：

> 光自空中落下，
> 王后死的时候依旧年轻貌美：
> 尘土已覆上海伦之眼。
> 我生病了，我定会死。
> 　　上帝，请怜悯我们。

19. 华威可·古尔德告诉我，这种表达（包括部分这首女士的歌）来源于奥利弗·S.约翰·戈加蒂的《海伊酒店》里的色情叙事曲。

在结束行之前，它最后一节如下：

钢琴玛丽在哪？
谁的住处远离地狱之门？
她过去演奏的所有曲调，
在床单之下沿着你的脊柱？
她从前是一个小甜心，
远暖于地狱之门。
现在谁在两脚之间给她调音？
去海伊酒店问问他们。

（A. 诺尔曼·杰菲尔斯编辑，《奥利弗·S. 约翰·戈加蒂的诗歌和戏剧》［杰拉德十字会出版社；科林斯麦斯，2001］，302。）我们将会看到叶芝（相连的押韵对句）没有借用戈加蒂的韵脚（ababbcbc）和诗节。其相似性仅限于叶芝的诗行，“他在你双足间吹起曲调”。叶芝知道这些诗，写给奥莉维娅·莎士比亚时，提及《老钢琴家》，认为这是戈加蒂众多成名曲之一，那些口口相传的诗机缘巧合下少数记录下来。诗作淫秽却充满悲剧（# 5942）。

20. 《三支进行曲》的数版草稿和原标题（最先的标题为《同一曲调下的三首歌》）见《最后的诗：叶芝的手稿材料》，詹姆斯·佩西卡编辑（伊萨卡，康奈尔大学出版社）。有关《黑塔》各式草稿的评论见第175—181页。标题《三支革命歌曲》在第150页。
21. 见诺尔曼·杰菲尔斯，《威廉·巴特勒·叶芝：人与诗人》（伦敦：凯尔凯西出版社，1996），337 n. 4。
22. 福斯特，II，648。
23. 福斯特，II，648—649，引用《黑塔》草稿中的“废弃碎片”，认为它“显示了（叶芝）本人的死亡方式”，不过他并没有用其解释定稿。

24. 《1916年复活》是也不是民谣。其半韵三音步、交替押韵的韵律结构以及它的叠句将其置于民谣的影响氛围；但是它拒绝分开四行诗节，偏离民谣的措辞，以及第三节后省略了叠句（以及其他特征），使我们无法认为它是一首纯粹的民谣。

25. 然而，值得注意的是，这位老厨师——他发誓国王还活着——为这首诗增添了另一维度。谢默斯·希尼谈及这首诗及其中人物，说："讽刺作家和提问者是他们的老厨师，代表着一种非英雄的生命力，一种生存和自我保护的逃避原则……然而，这位厨师完全可信的怀疑论却遭到了士兵们的抵制；他们坚守阵地，即使他们为他的谣言和质疑所困。"见《写作的位置》（亚特兰大：学者出版社，1989），34。

26. 《爱尔兰民谣与爱尔兰民歌》，D. F. 麦卡锡和迈克尔·J. 巴里编辑（都柏林：詹姆斯·达菲出版社，1848），36—37。

第六章　扰乱传统：叶芝的十四行诗

1. 见《早期诗歌》第二册。乔治·博恩斯坦编辑。(伊萨卡，纽约：康奈尔大学出版社，1994)，361。
2. 华威可·古尔德建议我注意雪莱的典故。
3. *CL*，I，3。
4. 我重印了叶芝的首次印刷，来自《女伯爵凯瑟琳》(1892)。
5. 以下是龙沙的原诗：

当你老了，对着夜下烛光，
你摇纱穿线，静坐在炉火旁。
吟唱起我的诗句，不觉奇妙回想：

龙沙啊，曾赞美过我俏丽的时光。

侍女疲惫，几近坠入梦乡，
你突感孑然，这词曲无人分享。
唯听到我的名字，她忽觉声音响亮，
惊醒中，称颂你的尊名至久至长。

我将深埋土地，化为枯骨的魂灵，
为了寻得长憩，遁入没药的阴影。
而你蜷缩屋内，拖着衰老的身心。
懊悔因为骄傲，错过了我的爱情。
因此请听我一言：勿要对明日憧憬，
采摘生命之玫瑰，只抓住当日现今。
(给海琳的十四行诗，1587年)

英译龙沙十四行诗如下：

当你很老了，夜晚，坐在火炉旁，
烛光下纺纱绕线，
你会说，背诵我的诗时惊叹，
“龙沙曾称赞我的美貌”。
不过，你的仆人充耳不闻，
因为她干活时早已睡意昏沉，
不过听到我的名字猛然惊醒，
以不朽的赞美祝福你的名字。

我将躺在地下，一个无骨鬼，
我要长眠于香桃木的阴凉处，

你会成为蜷缩于炉边的老妇人，
后悔我的爱和你轻蔑的骄傲，
活在当下，相信我，不要等到明天，
从今天起摘下生命的玫瑰。

6. 尽管龙沙在诗中第三句使用形容词所有格形式“我的”（说，吟唱起我的诗），引入第一人称“我”，那一笔带过的形式远没有“我将深埋土地”中幽灵般的力量。叶芝注意压制第一人称，以第三人称表述保持客观，如“这册书”和“只有一人”。
7. 1925年改写这首诗时，叶芝让这个女孩更荷马化，在第二和第三诗节之间使用跨行连续，试图赋予这首诗古典崇高和更大的动力；他还进一步明确最后的符号：“廖寂的天空”，“给树叶的那些哀悼”。
8. 《女伯爵凯瑟琳》（1892）第一次印刷中省略了定冠词（the）；1895年《诗集》中将其补上。
9. 它首次独立印刷于1906年《诗歌作品》第二卷《戏剧诗》，为《暗影之水》中第二首。
10. 叶芝以前，济慈已经放弃十四行诗的押韵方式，见《噢，你的脸已感受到冬天的风》。
11. 叶芝从《暗影之水》的戏剧版本中提取了这首十四行诗，福盖尔被删节的空白诗行以德克托拉的演讲接续：

福盖尔：从那一刻起，他的眼里再无他物。
除了忠实的爱人。
德克托拉：（半起身）那里有东西闪闪发光。
那里——那里——船桨边。(762)

12. 安静女神和她狂野的心还现于1903年诗集中另一首叙事诗《波伊

拉与艾琳》中。在这首诗里，叙述者这样赞扬标题中变化的爱人："我们如何赞美他们？他们吃着 / 安静女神狂野的心，就像每天吃肉。"

13. 叶芝为这首诗想过几个标题。在《麦克卢尔杂志》上（1910年12月）这首诗题为《致变化时代的一所乡间别墅》，暗示这首诗的终点是房子本身。在《绿盔》里，它被称为《一处受到威胁的房子》（因为它没有具体指明是何威胁，暗示威胁可能来自恐怖主义而非新立法）。最后一个标题使得沉思"聚于"而非随口一说"致"。
14. 这首诗的草稿表明"更幸运"一词（第九行重复"幸运"）是深思熟虑后的结论。更早的版本是"更好"。《叶芝，〈在那七片树林〉和〈绿盔和其他诗歌〉：手稿材料》，大卫·霍尔德曼编辑（伊萨卡，纽约：康奈尔大学出版社，2002），201。
15. *NC*，94有法语原版，但说"［叶芝的］诗和原版十四行诗非常接近"是错误的。相反，叶芝自由地写作了许多诗行。原文大致翻译如下：

提拉尔，我开始写作时，他们责怪我，
说我不了解普通人；
但今天他们说我成了反面，
说我自相矛盾，说我言语太粗俗。
　　你，学识渊博，写下了这么多
不朽的作品，告诉我，我该怎么做？
告诉我，因为你无所不知，我该如何
取悦这头任性的怪物，它的判断竟如此相悖？
当我的诗句响彻云霄时，它不敢读，
当我的声音泄气沮丧时，它又诽谤我。
　　告诉我，用什么绳子、力量、钳子或钉子
让我留住这个喜怒无常的变形人吗？

提拉尔，你说得对，我们必须让它发言，
像它嘲笑我们一般嘲笑它。

16. 颂歌如下：

离开讨厌的舞台，
和更讨厌的时代，
派系的骄傲和轻率交织，
篡夺智者之位：
每天都在整理和排列，
他们所谓的戏剧。
让他们挑剔吧，韦恩，
布雷恩委员会，
愤怒、流汗、审查和谴责：
他们并非为你而生，你也如此。

见《本·琼森的诗》，乔治·伯克·约翰斯顿编辑（坎布里奇，马萨诸塞州：哈佛大学出版社，1960年），298。

17. 叶芝第一首“组合”十四行诗，《隐秘的声音和黑暗的问题》，作为阅读材料重印于威廉·巴特勒·叶芝《月下：未出版的早期诗歌》，乔治·伯恩斯坦编辑（纽约：斯克里布纳，1995），61。这首诗有些语无伦次，第一行是“我走在路上，电车在旋转”。前八行呈现两种“含蓄的声音”：第一种来自一个孤独的“法利赛人”，他以莎士比亚四行诗（abab）发声；第二种是彼特拉克四行诗（cddc）中因泪水而发出的笑声。后六行诗里有第三个“含蓄的声音”，来自一位倒下的女性，由一副对句（ee）后接一节彼特拉克四行诗组成，其内部韵律回应之前对句（feef）。该韵律结构给予每个“含蓄的声音”不同的押韵“范围”。叶芝后来可能看了约翰·邓恩的《神圣十四行诗》中的组合十四行诗；他也可能早期在济慈的诗中看到了组合十四行诗（尤其是《坐下来再读一次〈李尔王〉》）。

18. 在《责任和其他诗歌》（1916）的目录中如此命名。
19. 首次发表于《新政治家》（1914年2月7日），叶芝给它取名为《臭名昭著 /（最近一篇杂志文章所建议）》。
20. “蠢驴的蹄”一词来自琼生《冒牌诗人》的结尾：

　　我想到了一些事情，
一定要唱，也将要唱，高调而冷漠，
远离狼的黑下颚和蠢驴的蹄。

参见英国散文戏剧全文数据库（剑桥：查威克·希利出版社，1997）中的本·琼生《冒牌诗人》（1616年作品集）。

21. 参照《论长期议会下良心的新力量》：

你敢为这把军刀辩护吗？
　为了解放我们的良心
　以经典的等级驾驭我们
　仅凭一个A. S.和卢瑟福教你们？

弥尔顿的四行诗节之间经常跨行连续，并以转折控制八行诗。其六行诗总体的押韵规则，是交替押韵或四行诗节加上对句，不过，有时（见《有德之人劳伦斯为父为子》押韵的六行诗cdceed）他也不盲目坚持更规则的模式。他使用的专有名称（包括地名“英里尽头绿色”）也可在《一本书后来被称为以四氯化碳写作》中找到。叶芝在《回忆录》（53）提到他年轻时接触的民族主义者J. F. 泰勒，大律师和演说家，他似乎“能够背诵所有莎士比亚戏剧和所有弥尔顿的著名诗篇”，年轻的叶芝一定听过他朗诵。

22. 《〈第二次降临〉：第二次来临；就要来临》，《爱尔兰大学评论》(1992年第一期)，92—100。文中引自第94—95页。

23. 参见威廉·巴特勒·叶芝，《迈克尔·罗巴茨和舞者：手稿材料》，托马斯·帕金森与安妮·布兰宁编辑（伊萨卡，纽约：康奈尔大学出版社，1994），151。正如柯提斯·布拉德福德很久前所说：“一首诗以第一人称开始是叶芝常见的做法，除此之外，在创作后期，他还经常在一首诗开始时抹去第一人称……许多叶芝最伟大的诗歌都开始于其象征性场景……；然后第一人称出现，可以说，叶芝的冥想探索场景开始于它出现之时……开头选择的类型涉及叶芝是否希望其视角将受人控制，或者视角本身，或者两者皆是。”见布拉德福德，《写作中的叶芝》（卡本代尔：南伊利诺伊大学出版社，1965），52—53。

24. 关于《丽达与天鹅》篇幅最长的评论见伊丽莎白·巴特勒·卡林福德《叶芝爱情诗中的性别和历史》（剑桥：剑桥大学出版社，1993），最近出版的《剑桥叶芝指南》收录了她的论文《叶芝和性别》，其中有重大修改（剑桥：剑桥大学出版社，2006，167—184）。我之前并未意识到她发现的含混（如高潮的相互性）。叶芝花费很大工夫以代词和代词性形容词（“他”“她的”）区分动作主体，以至于当他放弃这些所有权形式时（在“身躯”“白色灯芯草”和“陌生心脏”）时，他正准备未言明的措辞，“腰股间的颤栗”。卡林福德倾向于字面理解这首十四行诗为强奸，而我认为它并没有那么可信。我认为自然主义的评论更离谱（它们以人类的法律意识视整个事件为“强奸”）。这首诗（或者叶芝参考的来源）并没有质疑宙斯以他选择的方式创造命运的权利。并且遇见神，因为“她如此深陷其中”“披着羽毛的天神”和“白色的灯芯草”“虏获”，想必不同于“抵住”自然主义者理解的强奸感受。叶芝的灵感来源于浅浮雕，从莱昂纳多到柯雷乔的作品中，绝大多数的视觉场景描写都暗示诱惑，而非强奸，就像斯宾塞《仙后》中复述的故事，第三部，第十一章，第三十二节（华威可·古尔德提醒我）：

然后他变成了一只雪白的天鹅，
为赢得貌美丽达的芳心：
啊，他的绝技和聪慧，
她在水仙花中休憩，
她优雅的身躯从酷热到阴凉：
骄傲的鸟儿愤怒地扑闪着翅膀，
擦拭他伟岸的胸膛，侵入了她，
她睡着了，却紧拧着眼睑。
他朝她跑去，神气地微笑。

25. 参见《〈塔堡〉：叶芝的手稿材料》，理查德·J. 芬纳兰与贾里德·柯蒂斯以及安·赛德米尔合编（伊萨卡岛，纽约：康奈尔大学出版社，2006），328—332。关于《丽达与天鹅》一些手稿证据的阐释可见托马斯·帕金森《威廉·巴特勒·叶芝：后期诗歌》（伯克利：加州大学出版社，1964），136—142。
26. 最初刊发于各杂志时，《须弥山》的八行诗节与六行诗节以空白行分开，该诗显然是一首十四行诗。然而，它第一次出现在诗集（库拉版《伟大钟楼里的国王》）中时，这首诗以整体形式印刷，给予其恰当的莎士比亚式外观，尽管其内部意式结构分为八行诗节和六行诗节。
27. 见威廉·奥唐纳的注释："凯拉斯山（海拔22030英尺约合6714.7米），位于西藏喜马拉雅山脉；在史诗《摩诃婆罗多》和《吠陀》中，它被称为须弥山。"见威廉·巴特勒·叶芝《后期散文》，威廉·H. 奥唐纳编辑（纽约：斯克里布纳出版社，1994）375 n. 22。

第七章　民族主义者节奏：三音步四行诗

1. 叶芝的“抑扬格”三音步中也使用了很多扬抑格，如《玩偶》一诗，以至于有时将它们称为“抑扬格 / 扬抑格”三音步诗。读者会注意到一系列强拍，尤其是这些诗的第一个音步。
2. 这首组诗几乎没有任何不合规范之处。然而，《论女人》《一位濒死的女士》和《塔堡》都有一节“有缺陷的”四行诗，其中有一行“失踪”。
3. 当三音步四行诗出现于民歌时，它们通常被配以抑抑扬格节奏，并包含阴性韵脚：

> 他说那柄剑奴役了我们
> 　　　　我们还须跪于那剑尖——
> 骗子！——虽然它经常骁勇善战，
> 　　　　我们用更硬的钢穿过它！

（约翰·巴尼姆的《他说他不是我们的兄弟》，收录于《爱尔兰民谣和爱尔兰民歌》一书，D. F. 麦卡锡和迈克尔·J. 巴里编辑（都柏林：詹姆斯·达菲出版社，1848），选自《爱尔兰民歌》，139。）

史蒂芬·伯特提醒我，《一个什罗普郡的小伙子》有两种三音步四行诗节（第三、十四、二十八、三十三、五十四和六十三节），还有五行三音步诗节，韵脚为 ababb（第二十一节，二十九节）。不过，他补充说，a 韵通常是阴韵，而叶芝通常使用阳韵；

叶芝跨行连续写作三音步四行诗节，而豪斯曼则相反。

4. 见西塞尔·德·路易斯，《诗人》，收录于《全诗集》（伦敦：辛克莱·史蒂文森出版社，1992），329。

5. 《郭尔王的疯癫》里相关诗句为：

> 我放声大笑，匆匆向前冲
> 跑过岩石海岸和草丛……
>
> ［我］看到这只老破鼓
> 被人遗弃一家门洞里，
> 我带它去到树林里；
>
> 当我的手拨弄一根根琴弦
> 它熄灭了，声音像落下的露珠，
> 那转着圈儿游荡的火焰。
> （83—86，原作者斜体）

叶芝的父亲把他画成疯狂的郭尔王并上色。上面的几行，尤其是我标以斜体的单词，似乎是叶芝写作“大笑的琴弦 / 在一片尽是石头的地方 / 任凭疯狂的手指拨弄”的来源。

6.
> 只有甜美而善良的灵魂，
> 仿佛应季的木材，永不给予：
> 但即便全世界都变成了煤炭，
> 　　还是要生活。

7. 华莱斯·史蒂文斯，《华莱斯·史蒂文斯：诗集和散文集》中的《诗歌大战》（纽约：美国图书馆，1997），251。

8. 我很感谢剑桥大学的爱蒙·杜菲教授告诉我叶芝三音步诗行与青年爱尔兰诗人抒情六音步诗行之间可能有关系。

9. 第二部分和第四部分在押韵形式上不同于“纯”abab 四行诗形式：第二部分共十一行（关于玛贝尔的艺术家朋友以及他们带给她的作品）有一节有缺陷的四行诗（第五至七行，其中第六行本应与“幻影”第八行押韵，却与前一节四行诗的第二行和第四行押韵，使得该节“隶属于”上一节，这是叶芝于其他诗中也使用过的一种技巧，例如《塔堡》的结尾）。第八部分有八行（《一天的结束》，关于玛贝尔的衰落），通过添加一个连接的“b”韵（ababcbcb）和一个押韵词以连接两节诗（最后“b”韵词，“play”，与第一个“b”韵押韵词相同，使得整首诗成为一个封闭圈。如果我们把这两部分（虽然在我看来它们很不规则）归为三音步四行诗节，那么玛贝尔·彼尔德斯雷的组诗明显被三音步四行诗控制（七部分中有四部分）。其他三部分的写作——毫不奇怪地，考虑到玛贝尔的物质英雄主义作为叶芝的主题——体现在“自由”的六音步，叶芝的“史诗”节奏。三部分中有两部分与三音步（abab）的押韵方式相同。第三部分是一节十行诗，虽以六音步而非五音步写成，它将莎士比亚四行诗节和彼特拉克六行诗节糅杂在一起，韵脚为 ababcdcede。形式的“杂合”象征叶芝想象玛贝尔来世的“杂合”（“我没有言语只有象征”）；叶芝说，在那来世，她将遇到一群异类的居民，他们“生活于欢乐之中，面对死亡大笑”。在此我们可以看到——因为玛贝尔首先遇到凯尔特人格兰尼，然后是乔尔乔内画中的“一些古老的红衣主教”，最后是“阿喀琉斯、帝汶、巴巴、巴海姆”——在《给德尔菲神谕的消息》之前，叶芝描绘的来世其历史和神话相对不同。

10. 它并不总是句子片段。在《新共和国》和《标准》杂志首次发表时，第二节第一行为“在那边的瞭望孔里”，这就是一个完整的句子。但那句话并没有在艺术创造和寒鸦筑巢之间进行明确类比；叶芝以“as”替换“and”，以句法为代价实现了他的比喻。

第八章　进行曲和良知的拷问

1. 叶芝从莱昂纳多·达·芬奇的笔记里借用了“命运之轮”的概念以及它部分措辞，以下是他二十五年前在《律法一览表》中的意译：

> 莱昂纳多·达·芬奇……有句高尚的话：“希望和渴望回到从前的状态，就像飞蛾对光的渴望；那个一直渴望新月和新年的人，认为他渴望的事物都来得太晚，并没有察觉到他渴望自己的毁灭。”
>
> （《神话》，197）

《神话》(416 n. 40) 给出了叶芝引用的来源：《莱昂纳多·达·芬奇的文学作品》，让·保罗·里克特根据原稿编辑合成（伦敦：桑普森·洛、马斯顿、塞尔和里温顿，1883），II，291：

> 现在你看到，回家和回到从前状态的希望和愿望，就像飞蛾向往光，那个人一直渴望每个新春天、每个新夏天、每轮新月和新年，满怀喜悦地等待——他认为他所渴望的事物总来得太晚——却没有察觉他渴望自己的毁灭。但这种欲望是精灵的典范和灵魂，发现自己被灵魂囚禁，一直渴望从人类身体返回它的给予者。你必须知道，这相同的渴望是与那自然不可分割的典范，而人类是世界的影像。

2. 在叶芝后期诗作中，这个列表会变成《驯兽的逃逸》中“心灵的废品站”里的物品，第十章谈到叶芝其他八行体诗歌时会一并讨论。
3. 这个标题（首次出现在诗集《责任》中），它开头的扬抑抑格和随后的抑扬格以及头韵 p——如果证明人们真的想要画作（If It Were Proved the People Wanted Pictures）——替代了1913年精确描述的标题（并且在音质和修辞方面有惊人的改进）。1913年1月11日刊于《爱尔兰时报》的标题为“礼物 / 送给一位朋友，他承诺如果证明这些画作有相当大的‘大众需求，’他将再次捐赠比第一次更多的善款给都柏林市立美术馆。”
4. 叶芝诗中最坚固的四音步四行诗单位可能是后期使用的双对句四行诗节 aabb，它只出现于20世纪30年代的作品，如《一只针眼》（1934）、《那里》（1935）和《一炷香》（1939）：

    那里，所有桶箍紧紧相连，
    那里，所有蛇尾互相噬咬，
    那里，所有旋锥合而为一，
    那里，所有行星坠入太阳。
    (557)

尽管其“完美的”形式能与交替押韵四行诗节相媲美（对照“不完美”的 abcb 四行诗节），但双对句形式“密不透气”，首次出现的押韵音与其直接回音之间没有任何空间。《致一位富人》中的 abab 四行诗节允许第一个押韵音和它的重复之间有些距离，但不像 abcb 四行诗节那么远。双对句诗节的“密闭”性使它特别适合紧密干脆的短诗，上述《那里》就很明显。使用双对句四行诗的危险性在于它分为两个独立的对句单元：叶芝《那里》一诗为规避这一危险，使用首词重复和固定的模板将第一组和第二组对句绑在一起。

5. 还有两个珀雷克斯芬兄弟没有在挽歌里提到，他们先于埃弗雷德去世：威廉于两岁时去世，威廉·米德尔顿死于1913年，他在去世前已发疯。珀雷克斯芬的五个姐妹中，只有大姐——叶芝的母亲苏珊不在人世；她与失踪的水手约翰同年去世；而他与苏珊一样，“本应”葬于斯莱戈的坟地。

6. 见叶芝写给格雷戈里夫人的信，1900年1月4日（*CL*，Il，485）。

7. 《自传》，威廉·H. 欧唐纳和道格拉斯·N. 阿奇博尔德编辑（纽约：斯克里布纳，1999），52。

8. 尽管《帕内尔的葬礼》第一部分第一节只有七行诗（ababacc），但其他诗节均以八行体写作。对比《重访市立美术馆》第五部分（ababacc）中缺失的一行，最初这节诗有八行（见第603页第37a行）。叶芝拒绝滥竽充数，删去了薄弱的一行。正如我之后在第十章所说，现存的手稿草稿中，有证据表明《帕内尔的葬礼》第一部分第一节缺少第六行。所需的一行必须与“吹”和“倒”押韵：叶芝认为，写作“通过所有动物的血液，颤栗地流淌”。见《帕内尔的葬礼》和《其他诗歌》，威廉·巴特勒·叶芝的手稿材料，大卫·R. 克拉克编辑（伊萨卡，纽约：康奈尔大学出版社，2003），25。考虑到上述诗中“丢失”的诗行以及《纪念埃弗雷德·珀雷克斯芬》，我们也许能认可诗人于《本布尔本山下》最后版本中删除一行“灵魂的完美来自和平”，这一缺陷使得四行诗节“不完整”。

9. 柯提斯·布拉德福德在《写作中的叶芝》说，叶芝写诗的第一件事几乎就是建立自己的形式，这一做法在我复制的大多数手稿中可以见到（《写作中的叶芝》［卡本代尔：南伊利诺伊大学出版社，1965］），9。《纪念伊娃·戈尔－布斯和康斯坦斯·马科维奇》的草稿（见下一条注释）展示这首诗的九页草稿里第一页出现的抱韵四行诗，叶芝称之为“心灵的图画”：

心灵的画面回忆，
那张桌子和青春的谈话
两个女孩身着丝质和服，
两人都很美，一个像羚羊。

10. 叶芝《纪念伊娃·戈尔－布斯和康斯坦斯·马科维斯》的草稿引自《旋梯》（1929）的手稿材料，威廉·巴特勒·叶芝，大卫·R.克拉克编辑（伊萨卡，纽约：康奈尔大学出版社，1995），3—17。《旋梯》选段的页码标于每段引用的括号中。在引文中，我将叶芝模糊的拼写规范化。另见约翰·史塔沃斯的《诗行之间：叶芝诗歌的形成过程》（牛津：克莱伦登出版社，1963），164—176，关于草稿的讨论。

11. 史蒂芬·伯特认为保罗·穆尔顿1987年的诗作《米德达赫街7号》中“环形花环风格作品”其来源可能是叶芝此处的“花环”，正如叶芝在后来的诗《人与回音》中（用奥登的声音）开玩笑，穆尔顿也（拟卡森·麦卡勒斯和路易斯·麦克奈斯的声音）笑话这首诗：

卡森
两个女孩，我想，两个身着丝质和服的女孩
路易斯
两人都很美，一个像羚羊。

见《穆尔顿诗集：1968—1998》（纽约：法勒，斯特劳斯和吉鲁克斯出版社，2001），178，189。

12. 草稿中有一节诗备用（我重新整理了草稿）：

有伟人对着柴堆怒吼，

未能让大自然遗孀宁静。

所有那些要填充的摇篮

和理性之火的作品

华威可·古尔德提醒我注意这节诗以及被销毁的“理性之火”出现在《血与月》中部的“楼梯”：“不是上帝的一切都以理性之火烧毁。”(481)

13. 叶芝回忆：“［他年轻时］与成千上万的爱尔兰人走上奥康奈尔街……我们打碎了超过10000英镑价值的平板玻璃。”见《威廉·巴特勒·叶芝：访谈和回忆》，两卷本，E. H. 米哈伊尔编辑。(伦敦：麦克米兰，1977)，Il，348。

14. 叶芝在这节诗的一份草稿中表现了最深的内疚：“我搭建了这个伟大的楼台 / 他们［圣哲们］宣告我们有罪。”叶芝用复数形式“我们”替换表示他个人身份“我”，这一改变揭示了诗人彻底将自身置于负罪之中，因他最初不屑一顾地将姐妹俩置于其中。从“你”到“我”到“我们”的过渡，标志着说话者内心道德的进步，是这首诗低调但富有创造性的胜利。

15. 谢默斯·希尼提出了这个绝妙的观点——对于野蛮而富有想象力的回应应来自完全不同的层面——他以一件小事为例，有人问耶稣，通奸被抓的女人是否应该被投掷石块，耶稣并没有口头回答该问题，而是弯下腰，在地上默默地写下文字。见《舌头的管辖》节选，收录于《发现者守护者：1971—2001年文选》(纽约：法勒，施特劳斯和吉鲁克斯，2002)，207—208。

16. 与第一节和叠句相反，其他解释性四行诗节几乎都是抑扬格（可能有一行开头为抑抑格，“我们是”）。第三节根本没有三音节音步；第二节和第四节中各有一行单独的抑抑扬格——“还有那钥匙”和“我们曾经供奉着”。

17. 历经多次四音步诗行和其他形式的尝试后，这行诗最终为“如果不采取激烈的手段”，本应与其他四音步诗行相同。但我认为，它最适合写成三音步。“歇斯底里的女人们”话语的节奏已被诗行“因为人人知晓，或应知”加快——然后骤减至“如果不采取激烈的手段”。事实上，叶芝曾考虑将这行诗保留为四音步；他在一张草稿中将三音步改为：“如果不采取任何激烈的手段。”见威廉·巴特勒·叶芝，《新诗》：威廉·巴特勒·叶芝手稿材料，J. C. C. 梅斯和斯蒂芬·帕里什编辑（伊萨卡，纽约：康奈尔大学出版社，2000），31。叶芝很少违背其韵律规则，所以我无法解释这一矛盾，只能比照其他诗中违背韵律规则的现象（如《帕内尔的葬礼》第一部分，《重访市立美术馆》《纪念阿尔弗雷德·珀雷克斯芬》和《本布尔本山下》，他始终避免滥竽充数，不愿多加一行诗或一节诗。正如约翰·史塔沃斯谈及叶芝此句的修订，“‘如果不采取激烈的手段’这行诗一旦变化，其口语节奏便荡然无存”。见《叶芝最后作品的构想与修订》（牛津：克拉伦登出版社，1969），55。

18. 有编辑决定采纳（反对《集注版》中《那人与回声》）《人与回声》，该标题首次出现于1939年1月《大西洋月刊》和《伦敦信使》。叶芝草稿罗列诗集《最后的诗》目录时，只写了《人和回声》（“Man & Echo”）——也许只是缩写，而非确定的标题，不过，与之类似的《自性与灵魂的对话》中则清楚暗示了两种对立。见《最后的诗：手稿材料》，詹姆斯·佩西卡编辑（伊萨卡，纽约：康奈尔大学出版社，1997），466。然而，1939年库拉出版社的《最后的诗和两部戏剧》中，该标题为《那人与回声》，更接近这首诗的第一人称立场。这首诗并不涉及普遍的“人”；它涉及某个人，标题中的那个人，面对他的对手，回声，他正在考虑有关存在的最后问题。草稿中的标题《人和回声》暗示两个单独的实体相互对抗，这一观点由诗歌中两个有名字的说话者——“人”和“回声”来证实。反对者的平等性与标题《那人与回声》一致，与《人和回声》不一致，其中“人”意指“人类”（《人和回声》中并无此意）。尽管这首诗追求集体的“我们”——“我们知道什么，但是我们面对 / 彼此，在这个地方？”——一只受伤兔子的叫声扰乱他哲学思辨的总结，说话者，“那个”人以第一人称记录哭声：“它的哭声扰乱了我的思绪。”这是一个个性化的说话者，一个人，那个人。

19. 保罗·穆尔顿，《米德拉什街7号》收录于《穆尔顿诗集：1968—1998年》（纽约：法勒、斯特劳斯和吉鲁克斯出版社，2001），178。

20. 他似乎从1938年《旋锥》一诗中借用了这个名字（同时改变了它），其中他称一个身份不明的人为“古老岩石的面孔”。

第九章　教导的媒介：素体无韵诗写作的学说

1. 以六音步诗行写作最著名的一首诗是《美丽而高尚的事物》，其中大部分诗句都不押韵，我们会在第十三章《叶芝少见的诗歌形式》中讨论。我认为叶芝将这首诗也写成了无韵诗，是因为它类似于我在此讨论的其他一些成熟的无韵诗，不仅写轶事，更重要的是提供书写学说的形式，这首诗是有关一个人和许多人的哲学学说。这首诗证明了许多“美丽而高尚的事物”完美地“融合”成一个典型的“事物”：“所有奥林匹克人：一件再无人知晓的事情”。还须补充的是，《美丽而高尚的事物》中仍有部分押韵，包括全韵；见我在第十三章的讨论。

2. 出于营销的原因，1933年版的叶芝诗集将其作品进行了分类：抒情诗（放在首位），叙事诗和戏剧诗（排在第二），叶芝也同意此举。华威可·古尔德在私人交流时曾评论过《梅芙女王的晚年》《两位国王》和《哈伦·拉希德的礼物》中素体诗行的数量：“当这570行左右添至叶芝的素体诗行中，穿插于他想在抒情、冥想以及对话诗的语境中，我认为素体诗的影响力非常深远。”不过，因为这些主要是叙事诗，不符合我所谓的“抒情”素体诗，所以在此我把它们排除在外。《哈伦·拉希德的礼物》与表达训导的素体诗很接近，但是，它不同于《月相》或者《吾乃汝主》，不是纯粹的训导诗。它主要是一首涵盖叙事的书信体诗歌，它本身包含了某种学说。

3. 1912年，叶芝给詹姆斯·斯蒂芬斯的一封信中，谈及《心愿之乡》时，他说“没有一个年轻人能写好素体诗”（#1908）。

4. 为什么《自性与灵魂的对话》不是素体诗？灵魂与心灵之间的对话《踌躇》也不是？我认为，到叶芝诗歌创作后期，他之前对于素体诗阐释的热情消耗殆尽，因为写作《幻象》时给他中期作品带来的兴奋感已经消失。

5. 叶芝在《在那七片树林》（1902）和《人民》（1915）之间写了两首类似于丁尼生风格的素体叙事诗，《梅芙女王的晚年》（1903）和《两位国王》（1912）。这些仍然使用相当单调的素体诗写作，并没有揭示叶芝使用过程中有任何创新。

6. 当然，这之前还有1904年美丽的押韵对句“报导对话”作为《亚当的诅咒》的序。

7. *NC*，166，引用 J. M. 霍恩，《W. B. 叶芝，1865—1939》（伦敦：麦克米兰，1962），305。

8. 见《幻象》［B］中的《〈幻象〉导读》（伦敦：麦克米兰，1962），19。

9. 然而，叶芝确实后来有失误。在我看来，1918年的素体叙事诗《哈伦·拉希德的礼物》，虽然其变化相对无趣，但是由于其内容涉及叶芝的婚姻和无意识写作，自然引起了广泛关注。（这首诗是由“库斯塔·本·卢卡”书写的一首书信体诗——致“阿卜杜勒·拉班”，哈里发的司库——其中包括库斯塔和哈里发之间的对话，导致库斯塔发现了他后来娶的女人。）

第十章 文艺复兴的光环：八行体诗

1. 本章更早的版本是以《叶芝和八行体诗》为题发表于《叶芝年刊》，第11期，华威可·古尔德编辑（贝辛斯托克：麦克米兰出版社，1995），26—44。
2. 《帕内尔的葬礼》第一节只有七行，韵脚为ababacc。押b韵的最后一行失踪的诗仅有简短的片段出现于现存孤本手稿（《帕内尔的葬礼》，25）中（从“ran”“runs”和“run”中选择韵脚）。按照我所理解的这几个易混淆的词语组句，最后一行可能如下：

   他们全身贪婪的血液感到一阵战栗
   穿透他们全身血液的，是一阵战栗
   正是那全身野兽般的血液，战栗着

   叶芝显然对他第三行所有“b”韵的尝试都不满意，因而直接删除了第一节的第六行。《帕内尔的葬礼》中第二、三、四节都是常规的八行体。
3. 谢默斯·希尼，《写作的地点》（亚特兰大：学者出版社，1989），29。
4. 短语“空空的钱袋”源自《乔叟对着他的空钱袋发牢骚》（华威可·古尔德告知我），这首诗现在被称为《乔叟对着钱袋发牢骚》，收录在叶芝编辑的世界经典和凯尔姆斯科特出版社出版的乔叟作品集。
5. 关于《驯兽的逃逸》和《在学童中》更完整的论述可见我的《诗人思想：蒲柏，惠特曼，狄金森，叶芝》一书中叶芝的章节（剑桥，马萨诸塞州：哈佛大学出版社，2004），92—119。
6. 叶芝这一时期的信件可以证实他在六周时间里颗粒无收时的抱

怨。见#7093（1937年10月13日，《致乔治·叶芝》）：“自从来了英格兰，虽然我每天都在尝试，却找不到诗歌的主题，我一直很沮丧。我本以为我可以完成。”

7. 《拜占庭》也有类似的词语纠葛，“泥潭”“血腥”“愤怒”“泥潭”“血液”和“混合物”，其间叶芝也有细致的考量。

8. 叶芝在《女伯爵凯瑟琳和其他传说及抒情诗》（伦敦，1892）的序言中把“莪相”和“女伯爵凯瑟琳”描述为［异教徒的］“真理”和［基督徒的］“反真理”：

> 本书中更多诗，如《莪相的漫游》一样，建立于爱尔兰传统。主诗［《女伯爵凯瑟琳》］试图将个人思想和感情与爱尔兰基督教的信仰和习俗融合；然而我早期的书中最长的一首诗试图以传说中的前基督循环阐述我想象中的印象。基督循环主要关注好斗的情绪和道德动机，我认为，它是一个戏剧的载体。另一方面，喧嚣和英勇的异教循环，与庞大而阴暗的活动以及强烈的非个人情感有关，以史诗和史诗般的抒情节奏自然地表达自我——或者是我的想象（845）。

9. 直到诗集《最后的诗》的第一份打印稿，叶芝仍在奋力坚持，而非取消，《驯兽的逃逸》最后一节中的悲剧快乐和武装暴力：

> 噢，胜利的时刻来临，让我欢愉，
> 如果铮亮的战车被击溃
> 为何要沉溺于过去的胜利，准备牺牲；
> 即使在无法想象的夜晚即将来临之际
> 人类有自己欢乐的避难所，
> 一小块黑色让每一处白色更加突出，
> 紧张只是心灵的活力，

大炮是人类的神和父亲。

见威廉·巴特勒·叶芝，《最后的诗：手稿材料》，詹姆斯·佩西卡编辑（伊萨卡，纽约：康奈尔大学出版社，1997），383。

10. 见《塔堡》（1929）：威廉·巴特勒·叶芝的手稿材料（伊萨卡，纽约：康奈尔大学出版社，2006），386，387。
11. 其中一版草稿（380，381），附着于目光（glance）的动词为“发光”（glittering）（头韵的缘故）：“呵，伴随着音乐摇摆的身体，呵，明亮的目光。”但“发光”是一个状态稳定的频率动词（如济慈的“叽叽喳喳”），并且，它不似“明亮”，不会随时间变亮。叶芝很少牺牲类似“glittering glance”这么诱人的头韵，但他显然希望将创造性更多地包含在现在分词形式的形容词中，因此他决定使用持续性动词而非频率动词。

第十一章　宽绰的抒情诗：长诗节，不规则诗行

1. 引自亚伯拉罕·考利，《诗集》，A. R. 沃勒编辑（剑桥：剑桥大学出版社，1905），32—37。
2. 在关于哈维的这首诗里，考利三音步出现在第六、七行的频率高于第四行，当然它们也可出现在第4行。考利并没有通过进一步行首缩进的方式区分三音步和四音步，可以说他的诗由“长的诗行”（五音步）和“短的诗行”（同样行首缩进的四音步和三音步）组成。（相比之下，乔治·赫伯特通常会根据他诗行的不同长度来决定是否保留行首缩进。）以下是一节考利诗，其中的第六、七行都被代之以三音步：

广博是他的灵魂；灵魂如从前那般广博

呈递至此，告知一个躯体。
升入天堂不久后便有一个如宫殿般高的地方，
　　　　但在那低洼处，他的坟墓简陋破败，
却又是那么高，所有美德纷至沓来
　　　　至于他们最主要的座位
　　　　显眼夺目而又伟大；
这么低，对我来说它也构成了一个房间。

3. 这条规则有个例外，叶芝在写作《自性与灵魂的对话》这首诗的第六十二行时，似乎写不出一行让他满意的简练的四音步诗，所以他写了一行三音步“The folly that man does”（男人所做的蠢事）。他尝试写了四音步“The folly that a man does”“一个男人所做的蠢事”（WS，59），不过，出版前夕，他又将其改为现在的三音步形式。
4. 将所有诗行向左平移时，叶芝可能受到了琼森在卡瑞－莫里森颂中类似做法的影响（华威可·古尔德提醒我）。虽然古尔德认为格雷戈里诗节中闭合的四行诗节模式与颂歌《立场》部分的第二节四行诗相匹配，不过前提是使用抱韵的四行诗节。它们的节奏并不相符：叶芝的四行诗节是5－4－4－5，而琼森的四行诗节是5－3－3－4。
5. 见我的论文《四首挽歌》，收录于《叶芝、斯莱戈和爱尔兰》，A. 诺曼·杰弗雷斯编辑（杰拉德·克罗斯：科林·斯迈思，1980），216—231。
6. 华威可·古尔德提到，“士兵，学者，骑士，他，/ 作为所有生命的缩影”源自德莱顿的《押沙龙与阿齐托菲尔》：“一个人的身份如此多样，他似乎 / 不是一个人，而是全人类的缩影。”（私下交流中）古尔德补充道：“叶芝需模仿来自德莱顿精妙讽刺作品中的屠杀片段中的角色和‘缩影’写作赞美和颂词，这难道不奇怪吗?”

7. 见叶芝作品中对他母亲和母亲困境的间接反思，迪尔德丽·图米著《叶芝与女性》中的《不在身边》一文，迪尔德丽·图米编辑（贝辛斯托克：麦克米兰，1997），135—167。这篇论文首先出版于《叶芝年刊》第10期（1993），3—32。其中最惊人的发现是，叶芝的精神连接了母亲中风和瘫痪后迟钝的身体与那些灵魂被仙女们带走后留下的迟钝的身体。图米描绘了叶芝童年时期所有母亲缺席的时刻，将这些视为他难以处理与女性之间亲密关系的潜在原因。
8. 《迈克尔·罗巴茨与舞者》：威廉·巴特勒·叶芝的手稿材料，托马斯·帕金森与安妮·布兰宁编辑（伊萨卡，纽约：康奈尔大学出版社，1994），175。编辑们提到后面这些涉及他女儿的诗节，“这里……这首诗的草稿，是给女儿写的一封信，而非祷告”（185）。但叶芝有过从第三人称引述转为第二人称陈述的先例，没有写“信”的痕迹，如《纪念伊娃·戈尔·布斯和康·马基维茨》。引述姐妹们为“年长的……年轻的”之后，叶芝直接转向她们：“亲爱的阴影们，现在你们知道了一切。”同样，当诗人为女儿祈祷时，他的思想也在加速运转，他的口气像是与二十五岁的女儿对话。此处无须假定一封“信”，这不过是一个与成年的安妮对话的决定。
9. 同上，171。
10. 在这首诗的十二节诗里，只有两节没有完成陈述的开头对句。相反，这两节以第三行与开头对句跨行连续。第一节是应他妻子玛格丽特的要求，补上了格雷戈里高超骑术的诗句：

    他骑行时，身边伴有几条高威猎犬
    从泰勒城堡到罗克斯伯勒
    或者埃瑟尔凯里平原……

第二处为最后一节：

我想过，看那狂风多么凛冽
它击打着床沿，也刮进我的回忆
那个男子汉曾努力过的一切……

11. 叶芝决定，删去草稿中他挥动佐藤古剑的诗行：

我起身
我头上的剑鞘、丝绸和剑［33］。

在这首诗的印刷稿中，这把剑稳稳地倚在他的膝上。不过，《叶芝的身份》一书中（伦敦：费伯和费伯，1964年），8，理查德·埃尔曼叙述了在印度学者博斯教授的一次访问中，叶芝“大步穿过房间，取下佐藤的剑，戏剧性地拔出剑，大喊‘冲突，更多的冲突！’”

12. 威廉·巴特勒·叶芝，《旋梯》（1929），手稿材料，大卫·R. 克拉克编辑（伊萨卡，纽约：康奈尔大学出版社，1995），23—60。

13. 其中一版草稿（*WS*，53）显示，诗人原本打算以两节笨拙的内部四音步诗来规范倒数第二节的节奏，他却犯了一个令人诧异的拼写错误：将“woos”拼成“woes”，因此这节诗为：

因为那错误，他应该
被丢进最丰饶的沟渠
或必须忍受的痛苦，如果他悲伤
一个骄傲的女人，而两人灵魂并不相通［。］

最后，叶芝让那行异常的三音步（“男人犯下的蠢行”）出现于出版的定稿。这也许预示他将在《拜占庭》（1930）的抱韵四行诗节里，以三音步取代四音步。

14. 叶芝在草稿（*WS*，39）中曾考虑将“痛苦（agony）”这个名词附着于“童年”，但这样会过于夸大诗中冲突的痛苦，因此，他把这个词改为读音相似的“耻辱（ignominy）”以对他的“童年”进行断定；他原本打算首先强调青春期的长度，将丁尼生的“悲伤（drear）”（出自《玛丽安娜》）附着于“痛苦”，但后来觉得它过于夸张且古板，最终删去。

15. 我一直拒绝将严苛的灵魂定义为弗洛伊德的超我。当然，它们有共同之处；但是灵魂代表神圣（并非单纯压抑的良心），而自性也不仅是性欲。

16. 1926年2月21日，叶芝在写给赫伯特·克利福德·格里森教授（约翰·邓恩诗集的编辑）的信中说：“我又拜读了您编辑的邓恩诗集……尤其是那首醉人的《圣露西日的夜曲》……我刚刚以这首诗的韵律自己编排了一首诗。”（*L*，710）叶芝在《选定》一诗（534—535）的确保留了邓恩《圣露西日的夜曲》（abbacccdd）九行诗节的韵律格式，但他改变了一行诗的韵律长度。邓恩的诗行长度为5－5－4－4－3－5－5－5－5，而叶芝在第6行以四音步取代五音步。邓恩的诗里，有三行诗押ccc韵，其长度为3－5－5，而叶芝（一位总考虑旋锥的诗人）的诗里它们逐行增加了一个音步：3－4－5。在《选定》的第二节里，这些诗行的押韵词为theme（主题），seem（似乎），stream（溪流），它们显然要模仿那个“最大乐趣”，恋人结合递增的张力：

若被问及

我与一个男人的最大乐趣

有个新婚的新娘发问，我将

那寂静作为主题（3）

他的心与我的心似乎 (4)
一并漂浮于这神奇的溪流…… (5)

第十二章 原始主义与怪诞:《超自然的歌》

1. 叶芝在信中谈及斯威登堡时说道:“他在某处描写过两个精灵相遇，而当它们一接触便会燃起一团火。”(#5836)
2. 维克多·雨果给《克伦威尔》作序时，引用了《英语但丁》(文本中引用英语翻译)，埃里克·格里菲思和马修·雷诺兹编辑(伦敦:企鹅经典出版社，2005)，lxxvi。原文如下:

> 现代诗歌……认为，从人的角度来看，创作本身并无美好之处:丑陋与美丽并存，畸形与优雅相伴，怪诞又与精致互为对照。在现代派思想中，怪诞扮演着重要角色。它无处不在:一方面，它制造畸形与恐怖;而另一方面，它又促生出滑稽与诙谐。在宗教里，它是各种迷信的源起;在诗歌中，它又是各种宏大想象之根……过去的年代里，怪诞的奇异衍生物被不断地裹藏起来，但它却固执地推出新品……无论对于何事，我们都无法持久专注，即使对于“美”也是如此……因此怪诞似乎为我们构建了一个间隔期，由此也成了我们以一种新鲜而又刺激的视角追求“美”的出发点。

见《维克多·雨果和让·路易·考努兹全集》，第11卷(巴黎:会议版本，1967)，19，21，22。

3. 在《律法一览表》(华威可·古尔德提醒我)中，“欧文·阿赫恩早已越过对于他人的仇恨，转为对传统信仰上帝的仇恨，他对上帝的仇恨最终让他相信，有信仰就是一件好事。”见《神话》197—

199。但《律法一览表》未使用“仇恨上帝”等字眼。形式上很难联系欧文·阿赫恩模糊的痛苦和瑞夫坚定的决心。

4. 见《〈帕内尔的葬礼〉和〈三月的满月〉的其他诗歌：手稿材料》，大卫·R. 克拉克主编（伊萨卡，纽约：康奈尔大学出版社，2003），253。本章以下引用缩略为 *PF*。

5. 见 P. S. 斯利，《吠檀多哲学对于叶芝〈超自然的歌〉的影响》，《叶芝年刊》第16期（伦敦：帕尔格雷夫·麦克米兰，2005），113—129，描述叶芝同时将“早期爱尔兰基督教和……印度神秘主义”投射于瑞夫。叶芝在一封信里谈到类似问题，“我无法让罗巴茨成为佛教徒，因为我需要的那个人其思想距欧洲传统不远”。(#6017，写给 F. P. 斯特姆，1934年3月7日)

6. *PF*，169。

7. “这个［? 声音］曾说过，‘想想仇恨’／……人类之间日益增长的仇恨这个问题一直困扰着我。”这个“声音”来自乔治·叶芝的催眠。见 *PF*，171。

8. 同上，185。

9. 同上，185。

10. *L*，829

11. 有趣的是，这首诗一开始（如草稿所示）是一首四音步和三音步交替的民谣诗节。民谣确实是一种“原始性”形式，但它的基本前提是叙事。除一行外，叶芝最终成功地将《他和她》中所有诗行都变成了三音步：例如，他将四音步“我是我，我是我”缩减为“我是我，是我”。其他诗行变为三音步时（*PF*，203），还有一行抵制其强迫行为，仍保持四音步形式，“She sings as the moon sings”（月亮唱歌时她也唱）。叶芝在草稿中不愿（我们推测）把它强行改写成三音步形式：“As sings the moon she sings”（“月亮唱歌时她也唱”）（*PF*，205）。但是叶芝很快恢复了原来的四音步，可能因为他进行比较后有更好表述，“她”

和“月亮”的节奏比“唱歌”和“月亮”要好。这行四音步突兀地出现在三音步诗节，让民谣诗节的幽灵从这首“歌唱”的抒情诗里飘过。

12. 大卫·克拉克在《〈帕内尔的葬礼〉和其他诗歌》（xl）指出，这段文字无疑在描绘男性与女性的性爱欢愉：“在那暗黑的斜面和四周，他的嘴和舌头在游走。”（*PF*，207）叶芝在1926年的《离别》中同样使用了这个短语，年轻的女人说，“我愿意进行爱的游戏／我暗黑的斜面”(536)。

13. “他”指上帝，这个动词是反身动词，“他克制他［自己］不受欲望的驱使”，以免他打破咒语，因为他来自自我实质的原始母性和幼兽。“他”不是尚未提及的孩子。“孩子”是神性的另一方面，不同女性（原始母性）。批评家们在这两点上被误导了，不过丹尼尔·奥尔布赖特没有：“上帝是父亲，也是母亲，还是孩子。”但是，尽管瑞夫在第三首诗中把这种行为称为“性痉挛”，叶芝在《什么魔鼓声？》里强调静止的时刻，克制欲望的时刻，以及性行为停顿中身份满足的时刻。我认为，奥尔布赖特错误地认为诗中的行为是“自生的狂热”。叶芝《诗集》，丹尼尔·奥尔布赖特编辑（伦敦：J. M. 登特出版社，1990），764。

14. 叶芝此处借鉴了印度教僧侣巴格万·希里·哈姆萨描述的神秘经历，他听到一个神秘的声音在唱《曼都卡奥义书》。然后，这位僧侣在凯里斯山（喜马拉雅对应神话中的须弥山）长时间忍受严寒和孤独后，对达塔特雷亚勋爵说：“我的主人像神圣母亲一样托着我，将我抱在怀里，爱抚我的全身。”（《曼都卡奥义书》，*E&I*，479）这个来自印度的故事抵制肉体与灵魂的分离，因而属于叶芝整首组诗的反基督教论战。

15. 很长一段时间，拜占庭风格的大教堂和锣一直是这首诗里（*PF*，221，223）的部分氛围。只有最后一稿时才以“什么魔鼓声”代替了“魔法之锣”。

16. 在初稿中（*PF*，237），这首诗以基督受难开始，居于最重要的位置。后来数稿调换了这两节的位置，将基督教时代“贬低至”两个古典时代的从属地位。
17. 见 *PF*，xlvi－xlvii。
18. 据《大英百科全书》（1991），第8册，44，大卫·克拉克于 *PF* 书中引用，xlvii，“须弥山的地下直达地狱，又延伸到天堂”。若叶芝早知道这一观点，他会将须弥山视为双重旋锥，作为有着双重吸引力的象征。
19. 巴格万·希里·哈姆萨，《圣山》，引自叶芝的散文《曼都卡奥义书》（*E&l*，478）。
20. 为了去除人的作用，叶芝明显修改了最后两行。最初的诗行如下（我修正了混乱的草稿）：“为何一切必须结束，为何人必须打破 / 他在光辉岁月里创造的一切。”（*PF*，251）
21. 威廉·巴特勒·叶芝，《自传》，威廉·H. 欧唐纳和道格拉斯·N. 阿奇博尔德编辑（纽约：斯克里布纳，1999），356。
22. 华威可·古尔德提醒我对句的不完美押韵，这是叶芝的非莎士比亚十四行诗风格。

第十三章　少见的形式

1. 叶芝还有一首诗也是以七行皇家韵格写作，与《一尊青铜头像》创作的时间很接近：即《猎狗的声音》（621—622），杰菲尔斯在没有任何解释的情况下奇怪地评论，“这首诗本着嘲讽精神写成”（*NC*，420）。这首异常暴力的诗将叶芝所爱的女性集合一处，像叶芝一样，她们仍忠诚于狂野而非“固定的”情形——同处一个标题，“她们都是猎狗的声音”。在《一尊青铜头像》中“粉碎”毛德·岗的恐怖，也袭击了其他女性以及诗人：

我们从远处认出对方并知晓
什么恐惧的时刻来考验灵魂，
以那恐怖之名听从了召唤。

当这首诗接近尾声时，诗人和女性都知道“狩猎开始了”，他们带着“古老的猎犬”追捕猎物，直到“岸边的猎杀”：

然后清理和包扎伤口，
在猎犬的围簇中，吟唱胜利的赞歌。

在我看来，有关《猎狗的声音》的批评讨论至今未能让人信服这鲜血淋淋的狩猎“情节”，当然，我自己也没有成功。华威可·古尔德推测，叶芝可能从威廉·莫里斯的鸿篇巨制、多种格律诗《人间天堂》中提取其七行体皇家韵格诗（而非取自中世纪或文艺复兴时期）。

2. 参照叶芝1934年作品《大钟楼之王》中的民歌：“噢，除了呼吸空气，生命是什么；/ 一个散漫、蹒跚的旅行者说。”(788)
3. 我已将集注版中“held”（抓住）修订为“hold”（抓住）。1939年3月出版的原版期刊（《新共和国》，《伦敦信使》）中，原文是“hold”（抓住），但在诗集准备印刷的过程中（可能是叶芝夫人），它被改为“held”（抓住）。最近发现的一份打字稿证实了叶芝打算使用“hold”（抓住）：“或者实质是可以合成的……一瞬间、一口气，［物质］能留住生与死的极限。”詹姆斯·佩西卡确认“hold”（抓住）是正确拼法，见威廉·巴特勒·叶芝的《最后的诗》：手稿材料（伊萨卡，纽约：康奈尔大学出版社，1997），xlix－li。
4. 史蒂芬·伯特提醒我，《美丽而高尚的事物》结尾处确实包含一组完整的押韵（train / again［火车 / 再次］）以及辅音韵律（head /

crowd［头 / 拥挤］）和部分全韵（head / heads［头 / 头］，tables / table / table［桌子 / 桌子 / 桌子］）。尽管如此，我认为读者会认为这是一首非押韵诗，当然也会注意有许多词被重复使用。

5. 华威可 · 古尔德曾大方提醒我，《在阿尔杰西拉斯》最初由两部分对折画组成：《对死亡的沉思》为第一部分，第二部分包含了现为《摩西尼 · 查特杰》里的诗句。最后，叶芝将《沉思》分为两首诗，以《选择》分隔。“这三首诗，”古尔德（私人交流中）说，“旨在‘拜占庭’幻象之前，清除理性。”他引用草稿和叶芝的评论继续总结：“树木‘黑暗的胸部’就是乳母的胸脯，伟大的检查者（孩提时代的回忆）就成了伟大的提问者，［连同］夜晚的清冷不仅暗示‘头脑中三个独特的时刻’，［并且］事实上，它们之间‘巨大的鸿沟’记录了人类四个时期中的三个。”
6. 《幻象》(伦敦和贝辛斯托克：麦克米兰出版社，1937年；1962年再版)，183—184。
7. 这并没有消除将第三行读成三音步或将第六行读成五音步的困难。这首诗里有诗行可被读成两种韵律：三音步（我何曾有过自己的意愿？［When **had** I my **own will**?］）或四音步（我何曾有过自己的意愿？［**When** had **I** my **own will**?］）。但是诗节5-5-3-3的韵律结构，以及它与下一行平行的句法，使得我们无法将这行读成三音步。
8. 叶芝从《人民的剧院》(《探索》［1962］，258—259）里摘录了这些诗行（“受限于……中，我们服从”），在这之前描述了“暴政”，造物主和造物主冰冷的精灵是暴政的象征。他声称，若非想要获得反向旋锥的主观性，“我们这一代人将会陷入某种最终不是暴政的暴政，因此，完善我们的顺从”(*NC*，182)。
9. 华威可 · 古尔德暗示，佛像和斯芬克斯形象的各个方面分别来源于福楼拜《圣安东尼的诱惑》中的佛陀插曲以及于斯曼的《逆天》（“奇美拉与斯芬克斯之间的对话被妓女以口技的形式表演给让德泽森”）。

10. 比较该结尾的抚慰仪式和后来《疯珍妮站在山上》结尾的抚慰仪式，后者是悲剧：“于是，/ 用我两个膝盖支撑，/ 我亲吻了一块石头；/ 我躺在尘土中 / 我流下了眼泪。”进一步论述见第五章有关疯珍妮最后的诗。

11. *L*，922。

12. 《幻象》(1962)，231。《幻象》第三卷——被称为“审判中的灵魂”——叶芝写道（第七部分）：“在［来世］第二状态的结尾，过去生活的事件是一个整体，可以被破坏；但是，根据生活中接受的准则，感情和道德生活是整体。精灵直到第三状态才得以满足……被称为**转移**，在那里，精灵被净化为善与恶。人行善不知道恶，行恶不知道善，直到他获得知识他的本性才得以颠覆。”

13. *L*，922。

14. *NC*，410，引用多萝西·维勒斯蕾在 *DWL* 中描述叶芝大声朗读草稿。

15. 为写这首诗，毛德的妹妹变成爱人的“密友”；一个手足可能会干扰诗人想要与爱人之间无声对话。

16. 《某些日本的贵族戏剧》，*E&I*，227—228。

部分参考书目

综合类

Attridge, Derek. *Poetic Rhythm: An Introduction*. Cambridge: Cambridge University Press, 1995.

Bornstein, George. "Remaking Himself: Yeats's Revisions of His Early Canon." *Transactions of the Society of Textual Scholarship* (1991), 339—358.

Bradford, Curtis. *Yeats at work*. Carbondale: Southern Illinois University Press, 1965.

—— "Yeats's Byzantium Poems: A Study of Their Development." *In Yeats: A Collection of Critical Essays*, ed. John Unterecker. Englewood Cliffs, N. J.: Prentice-Hall, 1963.

Brooke, Stopford A., and T. W. Rolleston, eds. *A Treasury of Irish Poetry*. New York and London: Macmillan, 1900.

Coleridge, Samuel Taylor. *Poems*, ed. Ernest Hartley Coleridge. Oxford: Oxford University Press, 1961.

Davis, Thomas. *National and Historic Ballads, Songs, and Poems: A New and Revised Edition*. Dublin: James Duffy and Sons, 1876.

Foster, R. F. *W. B. Yeats: A Life*, 2 vols. Oxford: Oxford

University Press, 1997, 2003.

Gogarty, Oliver S. John, *The Poems and Plays*, ed. A. Norman Jeffares. Gerrards Cross: Colin Smythe, 2001.

Gould, Warwick, ed. *The Yeats Annual*. London, 1982— .

Gregory, Augusta. *Lady Gregory's Journals*, 2 vols., ed. Daniel J. Murphy. Gerrards Cross: Colin Smythe, 1978.

Henn, T. R. *The Lonely Tower*. London: Methuen, 1950.

Jeffares, A. Norman. *A New Commentary on the Poems of W. B. Yeats*. London: Macmillan, 1984.

——*W. B. Yeats: Man and Poet*. *London*: Kyle Cathie, 1996.

Jonson, Ben. *Poems*, ed. George Burke Johnston. Cambridge, Mass.: Harvard University Press, 1960.

Le Fanu, Sheridan. "The Legend of the Glaive." *Dublin University Magazine* (February 1816), 210—216.

McCathy, D. F., and Michael J. Barry, eds. *The Book of Irish Ballads* and *The Songs of Ireland*. Dublin: James Duffy, 1848.

Miller, Hillis. *The Linguistic Moment: From Wordsworth to Stevens*. Princeton: Princeton University Press, 1985.

Parkinson, Thomas. W. B. Yeats: T*he Later Poetry*. Berkeley: University of California Press, 1964.

Perloff, Marjorie. *Rhyme and Meaning in the Poetry of W. B. Yeats*. The Hague: Mouton, 1970.

Plotinus. *The Enneads*, trans. Stephen MacKenna, 3rd ed., revised by B. S. Page. London: Faber and Faber, 1962.

Preminger, Alex, and T. V. F. Brogan, eds. *The New Princeton Encyclopedia of Poetry and Poetics*. Princeton: Princeton University Press, 1993.

Shakespeare, William. *Timon of Athens*, ed. H. J. Oliver. London:

Methuen, 1959.

Stallworthy, Jon. *Between the Lines: Yeats's Poetry in the Making*. Oxford: Oxford University Press, 1963.

——*Vision and Revision in Yeats's Last Poems*. Oxford: Oxford University Press, 1969.

Todorov, Tzvetan. *The Poetics of Prose*, trans. Richard Howard. Ithaca, N. Y.: Cornell University Press, 1977.

Vendler, Helen. "New Wine in Old Bottles: Yeats's 'Supernatural Songs.'" *The Southern Review* 27, no. 2 (Spring 1991), 399—406.

——*Poets Thinking: Pope, Whitman, Dickinson, Yeats*. Cambridge, Mass.: Harvard University Press, 2004.

—— "Technique in the Earlier Poems of Yeats." *Yeats Annual*, no. 8 (1991), 3—20.

White, Anna MacBride, and A. Norman Jeffares, eds. *The Gonne-Yeats Letters, 1893—1938: Always Your Friend*. London: Hutchinson, 1992.

叶芝作品

Yeats, W. B. Autobiographies, ed. William H. O'Donnell and Douglas N. Archibald. NewYork: Scribner, 1999.

——, ed. *A Book of Irish Verse* (1895), rpt. with an Introduction by John Banville. London: Rutledge, 2002.

——*Collected Letters*, General Editor John Kelly, 4 vols. Oxford: Oxford University Press, 1986, 1997, 1994, 2005. I: John Kelly and Eric Domville, eds.; II: John Kelly, Warwick Gould, and

Deirdre Toomey, eds. ; III and IV: John Kelly and Ronald Schuchard, eds.

——*Collected Letters*, General Editor John Kelly, InteLex Edition. Oxford: Oxford University Press, 2002.

——*The Countess Kathleen, and Various Legends and Lyrics*. London: T. F. Unwin, 1892.

——*Essays and Introductions*. New York: Macmillan, 1961; rpt. 1968.

——*Explorations*, sel. Mrs. W. B. Yeats. London: Macmillan, 1962; New York: Macmillan, 1963.

——*Letters*, ed. Allan Wade. New York, Macmillan, 1955.

——*Letters on Poetry from W. B. Yeats to Dorothy Wellesley*. London: Oxford University Press, 1964.

——*Mythologies*, ed. Warwick Gould and Deirdre Toomey. London: Macmillan, 2005.

——*New Poems*, ed. J. C. C. Mays and Stephen Parrish. Ithaca, N. Y. : Cornell University Press, 2000.

—— *The Poems*, ed. Daniel Albright. London: J. M. Dent, 1990.

——*Under the Moon: The Unpublished Early Poetry*, ed. George Bornstein. New York: Scribner, 1995.

——*The Variorum Edition of the Poems*, ed. Peter Allt and Russell K. Alspach. New York: Macmillan, 1940; 4th printing, 1968.

——*A Vision*. London: Macmillan, 1937.

——*A Vision*: A Reissue with the Author's Final Revisions. New York Macmillan, 1956.

手稿材料

"*In the Seven Woods*" *and* "*The Green Helmet and Other Poems*": Manuscript Materials, ed. David Holdeman. Ithaca, N. Y.: Cornell University Press, 2002.

Last Poems: Manuscript Materials, ed. James Pethica. Ithaca, N. Y.: Cornell University Press, 1997.

Michael Robartes and the Dancer: Manuscript Materials, ed. Thomas Parkinson with
Anne Brannen. Ithaca, N. Y.: Cornell University Press, 1994.

"*Parnell's Funeral*" *and Other Poem from* "*A Full Moon in March*": Manuscript Materials, ed. David R. Clark. Ithaca, N. Y.: Cornell University Press, 2003.

Responsibilities: Manuscript Materials, ed. William H. O' Donnell. Ithaca. N. Y.: Cornell University Press, 2003.

The Tower: Manuscript Materials, ed. Richard Finneran with Jared Curtis and Ann Saddlemyer. Ithaca, N. Y.: Cornell University Press, 2006.

The Wild Swans at Coole: Manuscript Materials, ed. Stephen Parrish. Ithaca, N. Y.: Cornell University Press, 1994.

The Wind Among the Reeds: Manuscript Materials, ed. Carolyn Holdsworth. Ithaca, N. Y.: Cornell University Press, 1993.

The Winding Stair (1929): Manuscript Materials, ed. David R. Clark. Ithaca, N. Y.: Cornell University Press, 1995.

Words for Music Perhaps: Manuscript Materials, ed. David R. Clark. Ithaca, N. Y.: Cornell University Press, 1999.

译后记

本书的作者为哈佛大学海伦·文德勒教授，她是当代文学批评界的领军人物、美国最负盛名的诗歌评论家之一。她的研究聚焦于英语抒情诗，从二十世纪六十年代起，她陆续出版了莎士比亚、赫伯特、济慈、迪金森、叶芝、史蒂文斯、希尼等多位诗人的评论专著。《我们隐秘的法则——叶芝与抒情形式》出版于2007年，文德勒着重于诗歌的内部形式，就叶芝的抒情诗进行整体性研究，探讨其抒情诗的形式如何服务于内容。第一章从读者较为熟悉的三首抒情诗入手，打开诗歌中形式、比例和韵律隐秘的大门；接下来的数章中，文德勒联系抒情诗主题、突出诗歌形式，结合韵律、节奏、诗行长度及数量，详细剖析了其作品中组诗、民谣、十四行诗、素体无韵诗、八行体诗以及一些少见的诗歌形式。这本书是近年来叶芝诗歌研究的扛鼎之作，它不仅丰富了读者对于叶芝抒情诗的理解和认识，更能帮助读者一探英语诗歌形式与结构的奥秘，是深入了解英语诗歌形式与特征的一把宝贵的钥匙。

翻译本非易事，翻译文德勒作品更是难上加难。她的评论引经据典，字里行间有着鲜明的个人特色。在此，我想特别感谢复旦大学中文系王柏华老师的推荐和广西人民出版社编辑部主任吴小龙老师的信任，我于2018年初接到本书的翻译任务，耗时近两年，历经数稿，从遣词造句到文字风格，虽费尽思量却乐此不疲。2002年的秋天，在蒋清凤老师的《英国文学》课上我认识了叶芝，转眼间与叶芝结缘将近二十载，最初的喜欢成就了眼前这本册子。翻译的过程中，得到了编辑部老师的悉心指点，老师认真细致的工作让我惭愧不已。囿于自己的学识、语言理解和表达能力，书中难免会有疏漏，还请读者朋友多提批评意见，我不胜感激。

翻译过程中得到了老师、同事和学生们的帮助。感谢我的老师何云波教授对最初样稿的指导和肯定；感谢我的同事姚历博士对本书原稿中的法语诗句和内容进行校对和勘误。我的硕士研究生姜梦、张雄和刘娟分别完成了第五章、第十章和第十一章初稿的翻译工作，李晨、左利祥、汪秋培、王轲馨、陈爱萍、郭美薇、卓淑敏、李晓琳等协助我进行了译稿最后的校对工作。最后，我想特别感谢我的家人对于此次翻译工作的理解与大力支持，没有你们，我定然无法顺利完成此次翻译任务。

叶芝从1889年出版第一本诗集《十字路口》起笔耕不辍，直到生命的尽头。我的叶芝研究萌芽于《一件外衣》，十几年来一直萦绕于心头久未散去，希望我也能如叶芝般拥有“更大勇气”，勇往直前。

周　丹

2020年8月于上海

OUR SECRET DISCIPLINE：Yeats and Lyric Form
by Helen Vendler

桂图登字：20-2018-102

图书在版编目（CIP）数据

我们隐秘的法则：叶芝与抒情形式 /（美）海伦·文德勒著；周丹译 .—南宁：广西人民出版社，2021.4
（文德勒诗歌课）
书名原文：OUR SECRET DISCIPLINE：Yeats and Lyric Form by Helen Vendler
ISBN 978-7-219-11056-0

Ⅰ. ①我… Ⅱ. ①海… ②周… Ⅲ. ①叶芝（Yeats，William Butler 1865-1939）—抒情诗—诗歌研究 Ⅳ. ① I562.072

中国版本图书馆 CIP 数据核字（2021）第 036932 号

我们隐秘的法则——叶芝与抒情形式
WOMEN YINMI DE FAZE——YEZHI YU SHUQING XINGSHI
［美］海伦·文德勒 / 著　周　丹 / 译

执行策划　吴小龙
责任编辑　李亚伟
责任校对　梁小琪　蒋倩华　李新楠　文　慧
书籍设计　刘　凛
责任排版　李宗娟

出版发行　广西人民出版社
社　　址　广西南宁市桂春路 6 号
邮　　编　530021
印　　刷　恒美印务（广州）有限公司
开　　本　889mm × 1194mm　1 / 32
印　　张　17.5
字　　数　471 千字
版　　次　2021 年 4 月　第 1 版
印　　次　2021 年 4 月　第 1 次印刷
书　　号　ISBN 978-7-219-11056-0
定　　价　79. 80 元